国美好教材

中国文学新编

兰宇冬　主编

中国美术学院出版社

《中国文学新编》编委会委员：
兰宇冬　戴　燕　沈　晴　葛加锋

责任编辑：徐新红
装帧设计：李　文
责任校对：杨轩飞
责任印制：娄贤杰

图书在版编目（C I P）数据

中国文学新编 / 兰宇冬主编. -- 杭州 : 中国美术学院出版社, 2020.4 (2024.8 重印)
国美好教材
ISBN 978-7-5503-2004-8

Ⅰ. ①中… Ⅱ. ①兰… Ⅲ. ①中国文学－教材 Ⅳ. ①I2

中国版本图书馆CIP数据核字(2019)第147478号

国美好教材
中国文学新编
兰宇冬　主编

出 品 人：祝平凡
出版发行：中国美术学院出版社
地　　址：中国・杭州市南山路 218 号 / 邮政编码：310002
网　　址：http：//www.caapress.com
经　　销：全国新华书店
制　　版：杭州海洋电脑制版印刷有限公司
印　　刷：浙江省邮电印刷股份有限公司
版　　次：2020 年 4 月第 1 版
印　　次：2024 年 8 月第 3 次印刷
印　　张：18.5
开　　本：889mm×1194mm　1 / 16
字　　数：500 千
印　　数：4001 － 6000
书　　号：ISBN 978-7-5503-2004-8
定　　价：58.00 元

目录

第一章 兴观群怨——诗词篇

第二章 游于林府——散文篇

兴观群怨——诗词篇

小子，何莫学夫《诗》？《诗》可以兴，可以观，可以群，可以怨。

——《论语·阳货》

第一章　兴观群怨——诗词篇

《诗经》三首

黍　离

彼黍离离[1]，彼稷之苗[2]。行迈靡靡[3]，中心摇摇[4]。
知我者，谓我心忧；不知我者，谓我何求。
悠悠苍天[5]，此何人哉？

彼黍离离，彼稷之穗。行迈靡靡，中心如醉。
知我者，谓我心忧；不知我者，谓我何求。
悠悠苍天，此何人哉？

彼黍离离，彼稷之实。行迈靡靡，中心如噎[6]。
知我者，谓我心忧；不知我者，谓我何求。
悠悠苍天，此何人哉？

创作背景：

本诗选自《诗经》中的《国风·王风》，是《诗经》十五国风之一。《王风》共十篇，是东都王城一代的乐调，多悲苦之音，都是周平王东迁洛邑以后的作品。关于本诗的立意，《毛诗序》说："《黍离》，闵宗周也。周大夫行役，至于宗周，过故宗庙宫室，尽为禾黍。闵周室之颠覆，彷徨不忍去，而作是诗也。"今人对诗旨虽各有新说，但路经故地、伤时感事的内涵是无可争辩的。这首诗可以说是中国"怀古诗"的鼻祖。

注释：
1　黍（shǔ）：黄米，北方的一种农作物，形似小米，有黏性。　离离：黍的茎叶披散之貌，又有茂盛貌、行列貌等说。
2　稷（jì）：高粱。古代粮食作物。
3　行迈：远行。　靡（mǐ）靡：步行迟缓之貌。
4　中心：心中。　摇摇：忧闷无法诉说之貌。
5　悠悠：浩茫无际。
6　噎（yē）：食物阻塞咽喉，以此来比喻气逆胸闷、无法呼吸。

评论：

（宋）朱熹《诗集传》：黍之离离，与稷之苗，以兴行之靡靡，心之摇摇。既叹时人莫识己意，又伤所以致此者，果何人哉？追怨之深也。”“稷穗下垂如心之醉，所以起兴。”“稷之实，如心之噎，故以起兴。

（明）万时华《诗经偶笺》：且于“谓我心忧”“谓我何求”处，俱有含蓄。……不须点破。宫室宗庙。“彼何人哉？”不斥其人，而追怨之意，更楚而深矣。

（清）方玉润《诗经原始》：三章只换六字，而一往情深，低回无限。此专以描摹虚神擅长，凭吊诗中绝唱也。

七　月

七月流火[1]，九月授衣[2]。
一之日觱发[3]，二之日栗烈[4]。
无衣无褐[5]，何以卒岁。
三之日于耜[6]，四之日举趾。
同我妇子，馌彼南亩[7]，田畯至喜[8]。

七月流火，九月授衣。
春日载阳[9]，有鸣仓庚[10]。
女执懿筐[11]，遵彼微行，爰求柔桑[12]。
春日迟迟[13]，采蘩祁祁[14]。
女心伤悲，殆及公子同归[15]。

七月流火，八月萑苇[16]。
蚕月条桑[17]，取彼斧斨[18]，以伐远扬[19]，猗彼女桑[20]。
七月鸣鵙[21]，八月载绩[22]。
载玄载黄[23]，我朱孔阳[24]，为公子裳。

四月秀葽[25]，五月鸣蜩[26]。
八月其获，十月陨萚[27]。
一之日于貉[28]，取彼狐狸，为公子裘。
二之日其同[29]，载缵武功[30]。
言私其豵[31]，献豜于公[32]。

五月斯螽动股[33]，六月莎鸡振羽[34]。
七月在野，八月在宇，九月在户，十月蟋蟀入我床下。
穹室熏鼠[35]，塞向墐户[36]。
嗟我妇子，曰为改岁[37]，入此室处。

六月食郁及薁[38]，七月亨葵及菽[39]。
八月剥枣[40]，十月获稻；
为此春酒[41]，以介眉寿[42]。
七月食瓜，八月断壶[43]，九月叔苴[44]。
采荼薪樗[45]，食我农夫。

九月筑场圃[46]，十月纳禾稼[47]。
黍稷重穋[48]，禾麻菽麦[49]。
嗟我农夫，我稼既同[50]，上入执宫功[51]。
昼尔于茅，宵尔索绹[52]。

亟其乘屋[53]，其始播百谷。

二之日凿冰冲冲[54]，三之日纳于凌阴[55]。
四之日其蚤[56]，献羔祭韭[57]。
九月肃霜[58]，十月涤场[59]。
朋酒斯飨[60]，曰杀羔羊。
跻彼公堂[61]，称彼兕觥[62]，万寿无疆。

创作背景：

《七月》收于《国风·豳（bīn）风》，是《国风》中最长的一首诗。《毛诗序》认为它的主题是“陈后稷、先公风化之所由，致王业之艰难”，按《汉书·地理志》云：“昔后稷封斄（lí），公刘处豳，太王徙岐，文王作酆，武王治镐，其民有先王遗风，好稼穑，务本业，故豳诗言农桑衣食之本甚备。”因此，此篇当作于公刘处豳的西周初期。豳地在今陕西旬邑、彬县一带，公刘时代周之先民还是一个农业部落。《七月》按时间顺序，描述了先民一年四季劳作生产、衣食住行的各个方面，犹如一部电影纪录片，真实再现了先民劳动生活的具体场景。

诗从七月写起，以平铺直叙的手法，按农事活动的顺序，逐月展开各个画面。必须注意的是诗中使用的是周历。周历以夏历（今之农历，一称阴历）的十一月为正月，“一之日”“二之日”“三之日”“四之日”，即夏历的十一月、十二月、一月、二月。

注释：

1　七月流火：火（古读huǐ），指大火星，即心宿二。流火，每年夏历五月最为酷热之时，黄昏时候，这星当正南方，也就是正中和最高的位置。　此句意为过了六月就偏西向下行，时暑热开始减退，天气就开始变凉。
2　授衣：九月之时，丝麻已成，此时将裁制冬衣的工作交给女工。
3　一之日：夏历的十一月，周历以夏历的十一月为正月。以下二之日、三之日为十二月、一月，以此后推。　觱（bì）发：“滭泼”的假借，风寒也。
4　栗烈：亦作“凛冽”，寒气刺骨。
5　褐：粗布衣服。
6　于：为，修理。　为耜（sì）：修理耒耜。
7　馌（yè）：送饭。　南亩：南北向的田地叫作“南亩”。　这两句是说妇人童子往田里送饭给耕者。
8　田畯（jùn）：监工农官名，又称农正或田大夫。
9　载：开始。　阳：温暖。
10　仓庚：黄莺。
11　懿（yì）：深。
12　爰（yuán）：于是。　柔桑：初生的嫩桑叶。
13　迟迟：指日子很长。
14　蘩（fán）：白蒿。一说用蘩水洗蚕子使蚕易出。　祁祁：采蘩妇女众多的样子。
15　公子：指豳公的儿子，或说为豳公的女儿。　殆及公子同归：殆，害怕，是说怕被公子抢去，或说怕被豳公女儿带去陪嫁。
16　萑（huán）苇：荻草和芦苇，八月长成，收割下来，可以做养蚕的箔。
17　蚕月：指三月。　条桑：修剪桑树枝条。
18　斨（qiāng）：伐木器具，柄孔圆为斧，孔方为斨。
19　远扬：指长得过长过高的桑树枝。
20　猗（yǐ）：同“掎”，牵引。“掎桑”是用绳或手拉着桑枝来采叶。　女桑：嫩桑叶。
21　鵙（jú）：伯劳鸟。
22　载：又。　绩：纺织。
23　玄黄：玄、黄指丝织品与麻织品的染色。玄是黑红色。
24　朱：红色，这里做动词。　孔：非常。　阳：鲜明。
25　秀：不开花而结穗。　葽（yāo）：植物名，今名远志。　秀葽：言远志结实。
26　蜩（tiáo）：蝉。
27　陨萚（tuò）：落叶。
28　于：取。　于貉（hé）：狩猎前的祭祀。貉，狗獾。

29 同：聚合，指聚众狩猎。
30 缵（zuǎn）：继续。 武功：指田猎之事。
31 豵（zōng）：一岁小猪，这里指代小兽。此句意为小兽归猎者私有。
32 豜（jiān）：三岁大猪，代表大兽。大兽献给国公。
33 斯螽（zhōng）：即蚱蜢、蚂蚱。 动股：旧说斯螽以腿摩擦发声。
34 莎（suō）鸡：虫名，今名纺织娘。 振羽：鼓翅发声。
35 穹：治除，清扫。 窒：堵塞。 言将室内满塞的物品搬空，方便熏鼠。
36 向：北窗。 墐：用泥涂抹。贫家门扇用柴竹编成，涂泥使之不漏风。
37 曰：亦作“聿”，发语词。 改岁：过年。
38 郁：蔷薇科植物，果实名郁李。 薁（yù）：山葡萄。
39 菽（shū）：豆的总名。
40 剥（pū）：读为“扑”，打。
41 春酒：冬天酿酒经春始成，叫作“春酒”。枣和稻都是酿酒的原料。
42 介：祈求。 眉寿：长寿，老人眉上有长眉毛，叫秀眉，所以长寿亦称眉寿。
43 壶：葫芦。
44 叔：拾捡。 苴（jū）：秋麻之籽，可以吃。
45 荼：苦菜。 樗（chū）：臭椿。 言采苦菜为菜，伐樗木为薪。
46 场：打谷晒谷的场地。 圃：菜园。春夏耕种之地，秋天筑场堆谷，故为“场圃”。
47 纳：收入谷仓。禾稼：谷类的通称。
48 重：即“穜”，是先种后熟的谷。 穋（lù）：后种先熟的谷。
49 禾：指小米。
50 同：集中。指聚粮入仓。
51 上：同“尚”，还得。 执：操作。 功：事。宫功：指公室官府之役，或指室内的事。
52 索：动词，指搓制。 绹（táo）：绳子。索绹：是说打绳子。 上两句言白天取茅草，夜晚打绳子。
53 亟：急。乘屋：覆盖房屋。茅和绳都是盖屋需用的东西。以上三句言宫功完毕后，急忙修理自己的屋子。因为播谷的工作又要开始了，不得不急。
54 冲冲：凿冰之声。
55 凌阴：指藏冰的地窖。
56 蚤：同“爪”，取冰；一说同“早”，古代的一种祭祀仪式。
57 献羔祭韭（jiǔ）：用羔羊和韭菜祭祖。《礼记·月令》说仲春献羔开冰，“四之日”正是仲春。
58 肃霜：犹“肃爽”，双声连语。九月天高气爽。
59 涤场：十月农事完毕，场地打扫干净。一说十月草木摇落，天宇澄清。
60 朋酒：两樽酒为朋。 飨：会餐。
61 跻（jī）：登上。 公堂：或指公共场所，或指国公朝堂。
62 称：举起。 兕（sì）觥（gōng）：古代用兽角做的酒器。

评论：

（清）姚际恒《诗经通论》：鸟语虫鸣，草荣木实，似《月令》；妇子入室，茅绹升屋，似《风俗书》；流火寒风，似《五行志》；养老慈幼，跻堂称觥，似庠序礼；田官染职，狩猎藏冰，祭献执宫，似国家典制书。其中又有似《采桑图》《田家乐图》《食谱》《谷谱》《酒经》，一诗之中，无不具备，洵天下之至文也！……无体不备，有美必臻，晋唐后陶、谢、王、孟、韦、柳田家诸诗，从未臻此境界。

吴闿生《诗义会通》：此诗天时、人事、百物、政令、教养之道，无所不赅，而用意之处尤为神行无迹。神妙奇伟，殆有非语言形容所能曲尽者。洵六籍中之至文矣！

鹿　鸣

呦呦鹿鸣[1]，食野之苹[2]。
我有嘉宾，鼓瑟吹笙。
吹笙鼓簧[3]，承筐是将[4]。
人之好我，示我周行[5]。

呦呦鹿鸣，食野之蒿。
我有嘉宾，德音孔昭[6]。
视民不恌[7]，君子是则是傚[8]。
我有旨酒[9]，嘉宾式燕以敖[10]。

呦呦鹿鸣，食野之芩[11]。
我有嘉宾，鼓瑟鼓琴。
鼓瑟鼓琴，和乐且湛[12]。
我有旨酒，以燕乐嘉宾之心。

创作背景：

《鹿鸣》选自《诗经・小雅》，朱熹《诗集传》中说，此诗原是君王宴请群臣时所唱，后来逐渐推广到民间。学者考证认为成诗时间当在西周中后期的宣王时代，此诗是对君王"燕群臣嘉宾"之和乐盛况的描绘。汉末曹操《短歌行》还引用了此诗首章前四句以表求贤若渴之心。

注释：

1 呦（yōu）呦：鹿和鸣的叫声。　朱熹《诗集传》："呦呦，声之和也。"
2 苹：又叫青蒿、香蒿、藾蒿，菊科植物。陆玑《毛诗草木鸟兽虫鱼疏》中"藾蒿，叶青色，茎似箸而轻脆，始生香，可生食。"
3 簧：《说文》中"簧，笙中簧也"，《释名》中"簧，横也，于管头横施于中也，以竹铁作于口，横鼓之也"，笙上的簧片。笙是用几根有簧片的竹管、一根吹气管装在斗子上做成的。
4 承筐：奉上币帛等礼品。　将：送，献。
5 周行（háng）：原指大道、大路，引申为至善至美之道。
6 德音：美好的品德声誉。　孔：很。
7 视：同"示"。　恌：同"佻"，轻薄、轻佻、轻浮。
8 则：法则、楷模，此作动词。
9 旨：甘美。
10 式：语助词。　燕：同"宴"，宴会。　敖：同"遨"，快乐嬉游。
11 芩（qín）：草名，蒿类植物。
12 湛（dān）：沉醉。　《毛传》："湛，乐之久。"

评论：

（唐）孔颖达《毛诗正义》：鹿得萍，呦呦然鸣而相呼，恳诚发乎中。

（宋）朱熹《诗集传》："（一章）兴也。此燕飨宾客之诗也。盖君臣之分，以严为主；朝廷之礼，以敬为主。然一于严敬，则情或不通，而无以尽其忠告之益。故先王因其饮食聚会，而制为燕飨之礼，以通上下之情。而其乐歌，又以鹿鸣起兴，而言其礼意之厚如此。庶乎人之好我，而示我以大道也。《记》曰：私惠不归德，君子不自留焉。盖其所望于群臣嘉宾者，唯在于示我以大道，则必不以私惠为德，而自留焉。呜呼！此其所以和乐而不淫也欤？""（二章）言嘉宾之德音甚明，足以示民使不偷薄，而君子所当则效，则亦不待言语之间，而其所以示我者深矣。""（三章）言安乐其心，则非止养其体、娱其外而已。盖所以致其殷勤之厚，而欲其教示之无已也。"

《楚辞》两首

九歌・湘夫人

［战国］屈　原

帝子降兮北渚[1]，目眇眇兮愁予[2]。
袅袅兮秋风[3]，洞庭波兮木叶下。
登白薠兮骋望，[4]与佳期兮夕张[5]。
鸟何萃兮苹中[6]，罾何为兮木上[7]？
沅有芷兮醴有兰[8]，思公子兮未敢言[9]。
荒忽兮远望[10]，观流水兮潺湲[11]。
麋何食兮庭中[12]，蛟何为兮水裔[13]？
朝驰余马兮江皋[14]，夕济兮西澨[15]。
闻佳人兮召予，将腾驾兮偕逝[16]。
筑室兮水中，葺之兮荷盖[17]。
荪壁兮紫坛[18]，播芳椒兮成堂[19]。
桂栋兮兰橑[20]，辛夷楣兮药房[21]。
罔薜荔兮为帷[22]，擗蕙櫋兮既张[23]。
白玉兮为镇[24]，疏石兰兮为芳[25]。
芷葺兮荷屋，缭之兮杜衡[26]。
合百草兮实庭[27]，建芳馨兮庑门[28]。
九嶷缤兮并迎[29]，灵之来兮如云[30]。
捐余袂兮江中[31]，遗余褋兮醴浦[32]。
搴汀洲兮杜若[33]，将以遗兮远者[34]。
时不可兮骤得[35]，聊逍遥兮容与[36]！

创作背景：

屈原（约前340—前278），名平，字原，出生于楚国丹阳，战国时期楚国贵族出身，任三闾大夫、左徒，兼管内政外交大事，中国古代伟大的爱国诗人。公元前278年，白起攻破楚国郢都，屈原在汨罗江忧愤沉水自尽。他在楚国民歌的基础上创造了“楚辞”文体，写下许多不朽诗篇，成为中国古代浪漫主义诗歌的奠基者，与《诗经》并称“风骚”二体，对后世诗歌创作产生积极影响。

《九歌》是屈原十一篇作品的总称。《九歌》本是古乐章名，王逸《楚辞章句》云：“昔楚国南郢之邑，沅湘之间，其俗信鬼而好祠。其祠必作歌乐鼓舞以乐诸神。屈原放逐，窜伏其域，怀忧苦毒，愁思沸郁。出见俗人祭祀之礼，歌舞之乐，其辞鄙陋，因为作《九歌》之曲，上陈事神之敬，下见己之冤结，托之以风谏。”《湘夫人》是《楚辞・九歌》组诗十一首中的第四首，是祭湘水女神的诗歌，和《九歌・湘君》是姊妹篇。

注释：

1　关于湘夫人和湘君为谁，多有争论。二人为湘水之神，则无疑。　帝子：指湘夫人。舜妃为帝尧之女，故称帝子。　北渚：靠近洞庭湖北岸的小洲。

2　眇眇（miǎo）：瞻望不及，望眼欲穿之貌。　愁予：使我忧愁。

3 袅袅（niǎo）：绵长不绝的样子。
4 白薠（fán）：水草名。 骋望：放眼远望。
5 与：为之意。 佳期：男女相会的日子。 张：陈设，布置。
6 萃：集。 苹：浅水中的水草。鸟本当集在木上，反说在水草中。
7 罾（zēng）：捕鱼的网。 罾原在水中，反说在木上，比喻不得其所、所愿不得。
8 沅：即沅水，在今湖南省。 茝（chǎi）：一种香草，即白芷。 澧（lǐ）：即澧水，在今湖南省，流入洞庭湖。
9 公子：指湘君。
10 荒忽：模糊不清。
11 潺湲：水缓缓流淌的样子。
12 麋：兽名，似鹿，又称四不像。
13 水裔：水边。此句意为蛟本当在深渊而在水边，比喻失其所处。
14 皋：水边高地。
15 澨（shì）：水滨。
16 腾驾：驾着马车奔腾飞驰。 偕逝：同往。
17 葺：编草盖房。 盖：指屋顶。
18 荪壁：用荪草装饰墙壁。荪（sūn），一种香草。 紫坛：用紫贝光滑的一面砌中庭地面。
19 椒：一种科香木。 堂：坛，用以祭祀的方形土台。
20 桂栋：桂木做的屋脊。 橑（lǎo）：屋椽（chuán）。
21 辛夷：木名，初春开花。 楣：房屋的次梁。 药房：用白芷饰房。
22 罔：通“网”，编结。 薜荔；一种香草，即木莲。 帷：帷帐。
23 擗（pǐ）：分开。 蕙：一种香草。 櫋（mián）：隔扇。
24 镇：压东西的用具，此处用作压席。
25 疏：分陈放置。 石兰：一种香草，又名石苇。
26 缭：缠绕。 杜衡：一种香草，即杜若。
27 合：聚合。 实：充实。
28 馨：芳香，借指香草。 庑（wǔ）：堂下走廊。
29 九嶷（yí）：湘水南之山，传说中舜的葬地，这里指九嶷山神。 缤：盛多貌。
30 灵：扮神的女巫。 如云：众多貌。
31 袂（mèi）：衣袖。
32 褋（dié）：禅衣，即女子贴身穿的无里之内衣，是湘夫人送给湘君的信物。
33 汀：水中或水边的平地。
34 远者：指湘夫人。
35 骤得：屡得，数得。
36 逍遥：缓步行走之貌。 容与：悠闲的样子。

评论：

（明）胡应麟《诗薮》：“沅有茝兮醴有兰，思公子兮未敢言。荒忽兮远望，观流水兮潺湲。”唐人绝句千万，不能出此范围，亦不能入此阃域。

林云铭《楚辞灯》：开篇“袅袅秋风”二句，是写景之妙；“沅有芷”二句，是写情之妙。其中皆有情景相生、意中会得、口中说不得之妙。……“无边落木萧萧下，不尽长江滚滚来”，实以“袅袅秋风”二句作蓝本也。《楚辞》开后人无数奇句，岂可轻易读过！

陆侃如、龚克昌《楚辞选译》：《湘夫人》为《九歌》的第四首，是祭湘水女神时用的乐歌，和《湘君》可相配合。在由女巫扮演湘夫人而由男巫迎神时，同样对唱，互表情意。这一首侧重写湘君思念湘夫人的心情，在形式上和《湘君》一首有相似之处。

九歌·国殇[1]

［战国］屈　原

操吴戈兮被犀甲[2]，车错毂兮短兵接[3]。
旌蔽日兮敌若云，矢交坠兮士争先。
凌余阵兮躐余行[4]，左骖殪兮右刃伤[5]。
霾两轮兮絷四马[6]，援玉枹兮击鸣鼓[7]。
天时怼兮威灵怒[8]，严杀尽兮弃原野[9]。
出不入兮往不反[10]，平原忽兮路超远[11]。
带长剑兮挟秦弓[12]，首身离兮心不惩[13]。
诚既勇兮又以武[14]，终刚强兮不可凌[15]。
身既死兮神以灵[16]，魂魄毅兮为鬼雄[17]。

创作背景：

《国殇》之作，乃因“怀、襄之世，任馋弃德，背约忘亲，以至天怒神怨，国蹙兵亡，徒使壮士横尸膏野，以快敌人之意。原盖深悲而极痛之”。在秦楚战争中，战死疆场的楚国将士因是战败者，无人替这些为国战死者操办丧礼，进行祭祀。于是放逐之中的屈原创作了这一不朽名篇。

《九歌》是一组祭歌，共十一篇，是屈原据民间祭神乐歌的再创作。《九歌·国殇》取民间“九歌”之祭奠之意，以哀悼死难的爱国将士，追悼和礼赞为国捐躯的楚国将士的亡灵。

注释：

1　国殇：指为国捐躯的人。殇，指未成年而死，也指死难的人。　戴震《屈原赋注》：“殇之义二：男女未冠（男二十岁）笄（女十五岁）而死者，谓之殇；在外而死者，谓之殇。殇之言伤也。国殇，死国事，则所以别于二者之殇也。”

2　吴戈：吴国先进冶铁技术制造的精良之戈。　被：通“披”（pī），穿着。　犀甲：犀牛皮或牛皮制成的坚硬铠甲。

3　错：交错。　毂（gǔ）：指战车的轮轴。　短兵：指刀剑一类的短兵器。

4　凌：侵犯。　躐（liè）：踩踏。　行（háng）：行列。

5　骖（cān）：驾车时在两边的马。　殪（yì）：死。

6　霾（mái）：通“埋”，掩埋。　絷（zhí）：拴住马足。战败之际，埋轮缚马，以示坚守。

7　援：手持。　玉枹（fú）：镶玉鼓槌。　鸣鼓：很响亮的鼓。先秦作战，主将击鼓督战，以旗鼓指挥进退。

8　天时怼（duì）兮威灵怒：天地一片昏暗，连威严的神灵都发起怒来。天怨神怒。天时，上天际会，这里指上天。天时怼，指上天都怨恨。怼，怨恨。威灵，威严的神灵。

9　严杀：严酷的厮杀。　尽：皆，全都。

10　出不入：出征之时就不打算再回来。　反：通“返”。

11　忽：恍惚不明。　超远：极其遥远。

12　挟：夹持。　秦弓：秦地制作的良弓。

13　惩：畏惧。

14　诚：诚然，确实。　以：且，连词。　武：威武。

15　终：始终。　凌：侵犯。

16　神以灵：指死而有知，英灵不泯。　神：指精神。

17　鬼雄：鬼中英豪。　此句一作“子魂魂魄兮为鬼雄”。

评论：

（明）汪瑗《楚辞集解》：此曰国殇者，谓死于国事者，固人君之所当祭者也。此篇极叙其忠勇节义之志，读之令人足以壮浩然之气，而坚确然之守也。后世乐府有 《从军行》，其或昉于此乎？汉魏而下， 虽多能言之士，何足以逾之。

汉乐府两首

战城南

战城南，死郭北[1]，野死不葬乌可食[2]。
为我谓乌：且为客豪[3]！
野死谅不葬[4]，腐肉安能去子逃[5]？
水深激激[6]，蒲苇冥冥[7]；
枭骑战斗死[8]，驽马徘徊鸣[9]。
梁筑室[10]，何以南？何以北？
禾黍不获君何食？愿为忠臣安可得？
思子良臣[11]，良臣诚可思：
朝行出攻，暮不夜归！

创作背景：

《战城南》是西汉乐府民歌《汉鼓吹铙歌十八曲》第六首，是为在战场上的阵亡者所作。诗中以死者的口吻劝告来啄食的乌鸦，借此倾诉战争对个体的残酷伤害，抒发悲怆之情。其中既有奇特的想象，又有表面戏谑下的无奈与悲痛。

注释：
1 郭：外城。
2 野死：战死荒野。乌：乌鸦。
3 客：指战死的他乡士卒。　豪：同“嚎”，大声号哭，权作招魂。
4 谅：谅必，推想。
5 安：怎么。
6 激激：流水清澈的样子。
7 冥冥：昏茫一片的样子。
8 枭骑（xiāo jì）：枭通“骁”，作“勇”解，指善战的骏马。
9 驽（nú）马：笨拙的劣马。
10 梁筑室：指在桥上面造房子，阻碍南北交通。梁，水桥也。
11 良臣：指死去的这些忠心为国的战士。

评论：

（明）王夫之《古诗评选》：所咏虽悲壮，而声情缭绕，自不如吴均一派装长髯大面腔也。丈夫虽死，亦闲闲尔，何至赪面张拳？

（清）陈本礼《汉诗统笺》：客固不惜一己殪之尸，但我为国捐躯，首虽离兮心不惩，耿耿孤忠，豪气未泯，乌其少缓我须臾之食焉。

悲　歌

悲歌可以当泣[1]，远望可以当归。
思念故乡，郁郁累累[2]。
欲归家无人，欲渡河无船。
心思不能言[3]，肠中车轮转[4]。

创作背景：

这首古辞收在《乐府诗集·杂曲歌辞》中，写游子思乡不得归的悲哀。当作于东汉后期社会动荡不安之时。“思归”之叹是文学中常见的一种题材，但此篇的特点在于将归家不得的伤感用“悲歌”“远望”来替代，而接下来却用现实将愿望生生碾破，结尾又重新回到开头的“悲”中，这似乎是个死循环。但人无解的痛苦又似乎需要这样不断循环的想象来予以慰藉。

注释：

1　可以：虽不足，且聊以。　当（dàng）：代也。

2　郁郁累累（léi léi）：郁郁，愁闷的样子。累累，失意的样子。

3　思：悲伤、哀愁。

4　肠中：腹中。　转：来回碾压。

评论：

（明）王夫之《古诗评选》：突拔忼壮，而无霸气。以曹孟德乐府衡之，正闰自分，况后人哉？总无所述，唯“完题”二字。

古诗十九首（两首）

西北有高楼

西北有高楼，上与浮云齐。
交疏结绮窗[1]，阿阁三重阶[2]。
上有弦歌声[3]，音响一何悲[4]！
谁能为此曲，无乃杞梁妻[5]。
清商随风发[6]，中曲正徘徊[7]。
一弹再三叹[8]，慷慨有余哀[9]。
不惜歌者苦[10]，但伤知音稀。
愿为双鸿鹄[11]，奋翅起高飞。

创作背景：

《古诗十九首》大约是东汉后期作品，作者已佚，大多是文人模仿乐府之作。今人综合考察十九首诗所表现的情感倾向、所折射的社会生活情状以及它纯熟的艺术技巧，一般认为这十九首诗所产生的年代应当在汉末献帝建安之前的几十年间。

《西北有高楼》是《古诗十九首》之一。此诗的作者，因琴声而发感慨，世事多蹇而知己难寻，期盼觅得知己、振翅高飞。

注释：

1 交疏：一横一直的窗格子，指窗制造的精致。疏，镂刻。 结：张挂。 绮（qǐ）：有文彩的丝织品。

2 阿（ē）阁：四面有檐的楼阁。阿是四阿的略称，指古代考究的宫殿建筑上屋脊四面的曲檐。 三重阶：指台。 阿阁建在有三层阶梯的高台上，形容楼阁之高。

3 弦歌声：有琴瑟等弦乐伴奏的歌声。

4 一何：何其，多么。

5 无乃：莫非，大概。 杞梁妻：春秋时齐国大夫杞梁殖的妻子。征伐莒国时，战死于莒国城下，他的妻子抚尸痛哭十日后投水自杀，而莒国城墙被哭塌。传说死前谱有琴曲《杞梁妻叹》。

6 清商：乐曲名，曲调清婉悠扬，适宜表现哀怨的情调。 发：指乐声传播。

7 中曲：乐曲的中段。 徘徊：来往行走，不能前进的样子，这里借指乐曲往返萦回，反复不已。

8 一弹（tán）：奏完一曲弦乐。 再三叹：指歌词里复沓的曲句和乐调的泛声。

9 慷慨：指不得志于心也。 余哀：曲调传播的悲哀情绪对他人的感染不停止。

10 惜：悲叹。

11 鸿鹄（hú）：大雁、天鹅类善于高飞的大鸟。

评论：

（明末清初）吴淇《选诗定论》：（《古诗十九首》）惟此首最为悲酸。

（清）张庚《古诗十九首解》：摹写声音，正摹写其人也。

徐中玉、金启华《中国古代文学作品选》：全诗风格朴素浑厚，但已用典，带有文人之作的特色。

涉江采芙蓉

涉江采芙蓉[1]，兰泽多芳草[2]。
采之欲遗谁[3]？所思在远道[4]。
还顾望旧乡[5]，长路漫浩浩[6]。
同心而离居[7]，忧伤以终老。

创作背景：

这是反映游子思妇的相思之诗，是《古诗十九首》之一，大约是东汉后期作品，当作于汉献帝建安之前的几十年间。两汉时期，经学成为士人跻身朝堂、谋求功名的重要资本。于是千千万万的学子离乡游学求宦，但得意者少，失意者多。这些宦途失意的游学士子在前途无望、朋友道绝的孤单失意中，自然会怀念故乡和亲人。此诗即是《古诗十九首》中描写怀乡思亲的代表作。

注释：
1 芙蓉：荷花的别名。
2 兰泽：生有兰草的水泽。 芳草：这里指兰草。
3 遗（wèi）：赠予。
4 所思：所思念的人。 远道：犹言“远方”，即下句的“旧乡”。
5 还顾：回顾，回头看。 旧乡：故乡。
6 漫浩浩：犹“漫漫浩浩”，这里用以形容路途广阔无边。 漫漫，路长貌。浩浩，水流貌。
7 同心：夫妇感情融洽。

评论：

夏传才《中国古代爱情诗选讲》：这是一首游子思乡怀人的诗。他采摘了兰草，想送给心上人，可是心上人却在遥远的故乡，这束芳草送给谁呢？想到同相爱的人分隔异地，诗人不禁悲从中来。这首诗点化了楚辞采芳寄情的意境，表现出相会无缘的浓厚的感伤情调。

咏怀（其一）

［魏］阮　籍

夜中不能寐，起坐弹鸣琴。
薄帷鉴明月[1]，清风吹我襟。
孤鸿号外野[2]，翔鸟鸣北林[3]。
徘徊将何见？忧思独伤心。

创作背景：

阮籍（210—263），字嗣宗，三国魏诗人。陈留尉氏（今属河南尉氏县）人。竹林七贤之一，是建安七子之一阮瑀的儿子。曾任步兵校尉，世称阮步兵。好老庄之学，因处在司马氏与曹氏激烈斗争的政治漩涡之中，政治上则采谨慎避祸的态度，常用醉酒的方法自我保全。阮籍著有《咏怀》《大人先生传》等。《咏怀》诗以“忧思独伤心”为主要基调，具有强烈的抒情色彩，成为“正始之音”的代表。在艺术上多采用比兴、寄托、象征等手法，因而形成了一种“悲愤哀怨，隐晦曲折”的诗风。刘勰说“阮旨遥深。”（《文心雕龙・明诗》）钟嵘说“厥旨渊放，归趣难求。”（《诗品》上）李善说“文多隐避，百代之下，难以情测。”（《文选》卷二十三）都说明阮籍诗隐晦难解。而这是特定的时代和险恶的政治环境及诗人独特的遭遇造成的，南朝颜延之说：“阮籍在晋文代，常虑祸患，故发此咏耳。”

据明代冯维讷编《诗纪》，阮籍《咏怀》诗八十二首，本诗是其中第一首。

注释：
1　薄帷：薄薄的帐幔。　鉴：照。　此句意为帐幔轻薄，月光照入。
2　孤鸿：失群孤雁。　号：哀号。
3　翔鸟：飞翔盘旋的鸟。

评论：

（元）刘履《选读补注》：比也，此嗣宗忧世道之昏乱，无以自适，故托言夜半之时起坐而弹琴也。所谓薄帷照月，已见阴光之盛，而清风吹衿，则又寒气之渐也。况贤者在外，如孤鸿之哀号于野，而群邪阿附权臣，亦犹众鸟回翔，而鸣于阴背之林焉。是时魏室既衰，司马氏专政，故有是喻。其气象如此，我之徘徊不寐复将何见邪？意谓昏乱愈久，则所见殆有不可言者。是以忧思独深，而至于伤心也。

（清）王夫之《古诗评选》：晴月凉风，高云碧宇之致见之吟咏者，实自公始。但如此诗，以浅求之，若一无所怀，而字后言前，眉端吻外，有无尽藏之怀，令人循声测影而得之。

（清）王士祯《师友诗传录》：阮公殿魏诗之末，而绰有汉音，非邺下诸子所可步趋也。……总之，步兵《咏怀》诸作，寄愁天上，埋忧地下，其胸次非复人间机轴。

（清）沈德潜《古诗源》卷六：阮公咏怀，反复零乱，兴寄无端。和愉哀怨，杂集于中，令读者莫求归趣。此其为阮公之诗也。必求时事以实之，则凿矣。

（清）方东树《昭昧詹言》卷一：此是八十一首发端，不过总言所以咏怀不能已于言之故。而情景融合，含蓄不尽，意味无穷。

陶渊明诗两首

归园田居（其一）

［东晋］陶渊明

少无适俗韵[1]，性本爱丘山。
误落尘网中[2]，一去三十年[3]。
羁鸟恋旧林[4]，池鱼思故渊[5]。
开荒南野际[6]，守拙归园田[7]。
方宅十余亩[8]，草屋八九间。
榆柳荫后檐[9]，桃李罗堂前[10]。
暧暧远人村[11]，依依墟里烟[12]。
狗吠深巷中，鸡鸣桑树颠。
户庭无尘杂[13]，虚室有余闲[14]。
久在樊笼里[15]，复得返自然。

创作背景：

陶渊明（约 365—427），字符亮，（又一说名潜，字渊明）号五柳先生，私谥“靖节”，诗人、辞赋家、散文家。东晋浔阳柴桑人（今江西九江）。陶渊明从二十九岁起开始出仕，任官十三年，一直厌恶官场，向往田园。他在义熙元年（405 年）四十一岁时，最后一次出仕，做了八十多天的彭泽县令即辞官回家，从此隐居。归来后次年作《归园田居》诗五首。此为第一首。田园生活是陶渊明诗的主要题材，相关作品有《饮酒》《归园田居》《桃花源记》《五柳先生传》《归去来兮辞》等。

注释：

1 少：指少年时。 适俗：适应世俗。 韵：性情，气韵。
2 尘网：指尘世，官府生活污浊而又拘束，犹如网罗，这里指仕途。
3 三十年：当为“十二年”，陶渊明从太元十八年（393年）为江州祭酒，至彭泽弃官共十二年，次年写此诗，共计十三年。
4 羁（jī）鸟：笼中之鸟。
5 池鱼：池中之鱼。 故渊：鱼曾经生活的水潭。
6 野：一作“亩”。 际：间。
7 守拙（zhuō）：固守愚拙的本性。
8 方宅：宅地方圆。一说，“方”通“旁”。
9 荫（yìn）：荫蔽。
10 罗：罗列。
11 暧暧（ài）：隐约不明。
12 依依：轻柔而缓慢的飘升。 墟里：村落。
13 户庭：门庭。 尘杂：尘俗杂事。
14 虚室：闲寂的空室。 余闲：闲暇。
15 樊（fán）笼：关鸟兽的笼子。

评论：

（宋）苏轼《评韩柳诗》：谓其外枯而中膏，似澹而实美，渊明、子厚之流是也。

（元）元好问《论诗绝句》：一语天然万古新，豪华落尽见真淳。南窗白日羲皇上，未害渊明是晋人。

（明）钟惺《古诗归》卷九：幽厚之气，有似乐府。储、王田园诗妙处出此。浩然非不近陶，而似不能为此一派，曰清而微逊其朴。

（清）方东树《昭昧詹言》卷四：此诗纵横浩荡，汪茫溢满，而元气磅礴。大含细入，精气入而粗秽除奄有汉魏，包孕众胜，后来惟杜公有之。韩公较之，犹觉圭角镵露，其余不足论也。

梁启超《陶渊明之文艺及品格》：《归园田居》只是把他的实历感写出来，便成为最亲切有味之文。

饮酒（其七）

［东晋］陶渊明

秋菊有佳色，裛露掇其英[1]。
泛此忘忧物[2]，远我遗世情[3]。
一觞虽独进，杯尽壶自倾[4]。
日入群动息[5]，归鸟趋林鸣[6]。
啸傲东轩下[7]，聊复得此生[8]。

创作背景：

此诗约写于义熙十二年（416年），作者五十二岁时，是其二十首《饮酒》组诗中的第七首。陶渊明在《饮酒》诗序中说：“余闲居寡欢，兼比夜已长，偶有名酒，无夕不饮。顾影独尽，忽焉复醉。既醉之后，辄题数句自娱。纸墨遂多，辞无诠次。聊命故人书之，以为欢笑尔。”所谓“以为欢笑”之言未可全信，清人陶必铨《萸江诗话》云：“此二十首，当是晋宋易代之际，借饮酒以寓言。骤读之不觉，深求其意，莫不中有寄托。”其时正当刘裕北伐势力扩张之际，作为东晋开国功臣陶侃之后，陶渊明更深刻地感受到晋室飘摇的悲哀，寓情于酒，写成此组诗。

注释：
1　裛（yì）：通“浥”，沾湿。　掇（duō）：拾取，采摘。　英：花。
2　泛：浮。　此：指菊花。意即以菊花泡酒。　忘忧物：指酒。
3　远：这里作动词，使远。　遗世情：遗弃世俗的情怀，即隐居。
4　壶自倾：从酒壶中往杯中续酒。
5　群动：各类活跃的生命。　息：歇息，止息。
6　趋：归向。
7　啸傲：放歌长啸，傲然自得。指行为旷达，不受世俗礼法拘束谓。　轩：窗。
8　得此生：指得到真实的人生意蕴。

评论：

（宋）苏轼《东坡题跋•题渊明诗》：靖节以无事自适为得此生，则凡役于物者，非失此生耶？

（元）李公焕《笺注陶渊明集》卷三引定斋曰：自南北朝以来，菊诗多矣，未有能及渊明之妙。如“秋菊有佳色”，他花不足当此一佳字。然通篇寓意高远，皆由菊而发耳。又引艮斋曰“秋菊有佳色”一语，洗尽古今尘俗气。

谢灵运诗两首

石壁精舍还湖中作

［南朝　宋］谢灵运

昏旦变气候[1]，山水含清晖[2]。
清晖能娱人[3]，游子憺忘归[4]。
出谷日尚早，入舟阳已微[5]。
林壑敛暝色[6]，云霞收夕霏[7]。
芰荷迭映蔚[8]，蒲稗相因依[9]。
披拂趋南径[10]，愉悦偃东扉[11]。
虑澹物自轻[12]，意惬理无违[13]。
寄言摄生客[14]，试用此道推[15]。

创作背景：

谢灵运（385—433）晋宋间诗人。原籍陈郡阳夏（今河南太康），生于会稽始宁（今浙江绍兴上虞区）。东晋名将谢玄之孙，袭爵封康乐公，世称“谢康乐”。出身名门，兼负才华，但仕途坎坷。为了摆脱政治烦恼，常常放浪山水、探奇览胜。诗歌大部分描绘了他所到之处，如永嘉、会稽、彭蠡等地的山水景物。其中有不少自然清新的佳句，从不同角度刻画自然景物，给人以美的享受。谢灵运第一个将笔触深入荒野山林，将文人的视野从玄言、宴会等人类社会的中心引入到更宽广的自然世界，开创了中国诗歌中最具特色的“山水诗”这一类型。

南朝宋景平元年（423年）秋天，谢灵运托病辞去永嘉（治所在今浙江温州）太守职务，回到故乡会稽始宁的庄园里。石壁精舍就是他在北山营立的一处书斋。精舍，即儒者授生徒之处，后人亦称佛舍为精舍。此诗当作于元嘉元年（424年）夏。

注释：

1　昏旦：傍晚和清晨。
2　清晖：明净的山光水色。
3　娱人：使人快乐。
4　憺（dàn）：安闲舒适。
5　入舟：是说乘舟渡湖。　微：这里指天色将晚，天光晦暗。
6　林壑：丛林山谷。　敛：收拢，聚集。　暝色：暮色。
7　霏：云飞貌。
8　芰（jì）：菱。　迭：层层叠叠。　蔚：茂盛。
9　蒲稗（bài）：菖蒲和稗草。
10　披拂：用手拨开草木。
11　偃（yǎn）：仰卧。　扉（fēi）：门，这里指代居室。
12　澹（dàn）：淡泊。
13　惬（qiè）：舒适，满足。　理：指养生的道理。
14　摄生客：养生之人。
15　此道：指上面“虑澹”“意惬”二句所讲的道理。

评论：

（唐）李白《酬殷明佐见赠五云裘歌》（节选）：故人赠我我不违，著令山水含清晖。顿惊谢康乐，诗兴生我衣。襟前林壑敛暝色，袖上云霞收夕霏。

（唐）白居易《读谢灵运诗》：吾闻达士道，穷通顺冥数。通乃朝廷来，穷即江湖去。谢公才廓落，与世不相遇。壮志郁不用，须有所泄处。泄为山水诗，逸韵谐奇趣。大必笼天海，细不遗草树。岂惟玩景物，亦欲摅心素。往往即事中，未能忘兴谕。因知康乐作，不独在章句。

（唐）敖陶孙《敖陶孙诗评》：谢康乐如东海扬帆，风日流丽。

（明）王夫之《古诗评选》卷五：谢诗有极易入目者，而引之益无尽；有极不易寻取者，而径遂正自显。然顾非其人，弗与察尔。言情则于往来动止缥缈有无之中，得灵响而执之有象；取象则于击目经心丝分缕合之际，貌固有而言之不欺。而且情不虚情，情皆可景；景非滞景，景总含情。神理流乎两间，天地供其一目，大无外而细无垠。落笔之先，匠意之始，有不可知者存焉，岂徒“兴会标举”如沈约之所云哉！

于南山往北山经湖中瞻眺[1]

［南朝　宋］谢灵运

朝旦发阳崖[2]，景落憩阴峰[3]。
舍舟眺迥渚[4]，停策倚茂松[5]。
侧径既窈窕[6]，环洲亦玲珑[7]。
俯视乔木杪[8]，仰聆大壑淙[9]。
石横水分流，林密蹊绝踪[10]。
解作竟何感[11]？升长皆丰容[12]。
初篁苞绿箨[13]，新蒲含紫茸[14]。
海鸥戏春岸[15]，天鸡弄和风[16]。
抚化心无厌[17]，览物眷弥重[18]。
不惜去人远[19]，但恨莫与同。
孤游非情叹，赏废理谁通[20]？

创作背景：

宋文帝元嘉二年（425年）春，谢灵运自南山新居经过巫湖返回北山故宅，一路之上，游山玩水，颇有感受，于是写下了这首诗。

注释：

1　南山：指今浙江省嵊州市西北的嶀山、石门山一带。　北山：相对南山而言，指今浙江省绍兴市上虞区南的东山一带。　瞻（zhān）：往前或往上看。　眺（tiào）：远望。
2　阳崖：指南山。古时以山南为阳，山北为阴，所以称南山为阳崖。
3　景：日光，这里指太阳。　憩（qì）：休息。　阴峰：北山。
4　迥（jiǒng）：远。　渚（zhǔ）：水中的小块陆地，也称洲。
5　停策：止步的意思。策，手杖。
6　窈（yǎo）窕（tiǎo）：细长曲折的样子。
7　玲珑：澄明闪光的样子，形容小洲在天光水色辉映中晶莹透明的样子。
8　杪（miǎo）：树梢。
9　淙（cóng）：流水声。
10　蹊（xī）：小路。
11　解作：雷雨大作。
12　丰容：草木茂盛的样子。
13　初篁（huáng）：初生的竹子。　苞：包裹。　箨（tuò）：竹笋的外壳。
14　新蒲：新生的菖蒲。　紫茸（róng）：初生的蒲叶呈紫色，所以称紫茸。
15　海鸥：一名江鸥，水鸟名，随潮水上下翻飞。
16　天鸡：山鸡或锦鸡。
17　抚化：欣赏大化的迁流。
18　览物：观赏景物。　弥（mí）：更。
19　去人：隐逸之人。
20　赏废：赏心之事废止，也就是说，再也不能与好友欢会言笑了。

评论：

（明）王世贞《读书后》：余始读谢灵运诗，初甚不能入，既入而渐爱之，以至于不能释手，其体虽或近俳，而其意有似合掌者，然至秾丽之极，而反若淡琢磨之极，而更似天然，则非余子所可及也。鲍照对颜延之之请骘，而谓谢如初发芙蓉，自然可爱，君若铺锦列绣，亦复雕缋满眼也。

（明）王夫之《古诗评选》卷五：一命笔即作数往回，古无创人，后亦无继者。人非不欲继，无其随往不穷之才致故也。

（清）何焯《义门读书记》卷四十六：“俯视乔木”四语，可悟画理。

夜归鹿门山歌[1]

［唐］孟浩然

山寺钟鸣昼已昏[2]，渔梁渡头争渡喧[3]。
人随沙岸向江村，余亦乘舟归鹿门。
鹿门月照开烟树[4]，忽到庞公栖隐处[5]。
岩扉松径长寂寥[6]，惟有幽人自来去[7]。

创作背景：

孟浩然（689—740），盛唐诗人。本名不详（一说名浩），字浩然，襄州襄阳（今湖北襄阳）人，世称“孟襄阳”。孟浩然早先一直隐居岘山南园的家里，四十岁赴长安谋仕不遇，游历吴、越数年后返乡，决心追步乡先贤庞德公的行迹，隐居鹿门山。著诗二百余首。孟浩然与另一位山水田园诗人王维合称为“王孟”。

此诗当作于作者四十岁后隐居鹿门时，即景龙二年（708年）至先天元年（712年）间，故题为“夜归鹿门山”。

注释：

1　鹿门：山名，在襄阳。
2　昼已昏：天色已黄昏。
3　渔梁：洲名，在湖北襄阳城外汉水中。《水经注·沔水》中记载：“襄阳城东沔水中有渔梁洲，庞德公所居。”　喧：吵闹。
4　开烟树：指月光下，原先烟雾缭绕下的树木渐渐显现出来。
5　庞公：庞德公，东汉襄阳人，隐居鹿门山。荆州刺史刘表请他做官，不久后，携妻登鹿门山采药，一去不回。
6　岩扉：指山岩相对如门。
7　幽人：隐居者，诗人自称。

评论：

（明）周珽《唐诗选脉会通评林》：清澈，真澄水明霞。陈继儒曰：明月在天，清风徐引，一种高气，凌虚欲下。知此可读孟诗。

（清）张文荪《唐贤清雅集》：幽秀至此，直是诗中精灵。

闻一多《孟浩然》：正如当时许多有隐士倾向的读书人，孟浩然原来是为隐居而隐居，为着一个浪漫的理想，为着对古人的一个神圣的默契而隐居。在他这回，无疑的那成立默契的对象便是庞德公。孟浩然当然不能为韩朝宗背弃庞公。鹿门山不许他，他自己家园所在，也就是“庞公栖隐处”的鹿门山，决不许他那样做。……这幽人究竟是谁？庞公的精灵，还是诗人自己？恐怕那时他自己也分辨不出，因为心理上他早与那位先贤同体化了。……澹到看不见诗了，才是真正孟浩然的诗，不，说是孟浩然的诗，倒不如说是诗的孟浩然，更为准确。在许多旁人，诗是人的精华，在孟浩然，诗纵非人的糟粕，也是人的剩余。

听安万善吹觱篥歌[1]

［唐］李　颀

南山截竹为觱篥，此乐本自龟兹出。
流传汉地曲转奇[2]，凉州胡人为我吹[3]。
傍邻闻者多叹息[4]，远客思乡皆泪垂[5]。
世人解听不解赏[6]，长飙风中自来往[7]。
枯桑老柏寒飕飗[8]，九雏鸣凤乱啾啾[9]。
龙吟虎啸一时发，万籁百泉相与秋[10]。
忽然更作渔阳掺[11]，黄云萧条白日暗[12]。
变调如闻杨柳春[13]，上林繁花照眼新[14]。
岁夜高堂列明烛[15]，美酒一杯声一曲[16]。

创作背景：

李颀（690—751），东川（今四川三台）人（有争议），唐代诗人。少年时曾寓居河南登封。开元十三年进士，做过新乡县尉的小官，诗以写边塞题材为主，风格豪放，慷慨悲凉，七言歌行尤具特色。李颀有三首涉及音乐的诗：《琴歌》写琴，《听董大弹胡笳声兼语弄寄房给事》写胡笳，本诗写觱篥。从这些诗中既可看出诗人李颀善于欣赏音乐，同时也可窥探唐代文人艺术生活的一个侧面。这首诗的转韵尤为巧妙，全诗共十八句，根据诗情的发展，变换了七个不同的韵脚，声韵意境，相得益彰。

注释：

1　安万善：唐代著名觱篥（bìlì）师，世为昭武九姓之西域安国人，居姑臧（今甘肃武威），以善吹觱篥驰名长安。　觱篥：簧管古乐器，似唢呐，汉代由西域传入，以骨为管，以芦为头，开九孔，后演变为以竹为管，以芦为哨，上开八孔（前七后一），可独奏、伴奏、领奏，音韵高亢激彻，为隋唐燕乐和唐宋教坊的重要乐器。安万善吹奏的觱篥是“剪削干芦插寒竹，九孔漏声五音足”的九孔竹管。
2　曲转奇：曲调开始变得新奇、精妙。
3　凉州：在今甘肃一带。
4　傍：靠近、临近。
5　远客：漂泊在外的旅人。
6　解：懂，明白。　听：聆听。　赏：欣赏。
7　飙（biāo）：暴风，这里用如形容词。　自：独自。
8　飕飗（sōu liú）：拟声词，风声。
9　九雏鸣凤：典出古乐府“凤凰鸣啾啾，一母将九雏”，形容琴声细杂清越。
10　万籁：自然界的各种天然音响。　百泉：百道流泉之声音。　相与：共同，一起。
11　渔阳掺：渔阳一带悲壮、凄凉的民间鼓曲名。
12　黄云：近晚昏暗之云。　萧条：寂寥，冷落。
13　杨柳：古曲《折杨柳》，曲调轻快热闹。
14　上林：即汉天子上林苑。　新：清新。
15　岁夜：除夕。
16　声：动词，听。

评论：

（明）钟惺《唐诗归》引谭云：与世人学舞只是舞，同一高寄之言，而“长飙风中”句形容聋聩人光景可笑（“世人解听”二句下）。

（清）王士祯《唐贤三昧集》：步步踏实，绝不空衍。亦是对迭，妙乃如此（“傍邻闻者”二句下）。都是迭，甚得声韵。换韵平仄互用，吋多用二句一解，自觉音调急促。

林东海《历代诗法》：行间善自裁制，故不至于烦芜，而笔情所向，又多油然惬适。

春泛若耶溪[1]

［唐］綦毋潜

幽意无断绝[2]，此去随所偶[3]。
晚风吹行舟，花路入溪口[4]。
际夜转西壑[5]，隔山望南斗[6]。
潭烟飞溶溶[7]，林月低向后。
生事且弥漫[8]，愿为持竿叟[9]。

创作背景：

綦（qí）毋潜（生卒年不详），字孝通，虔州（今江西南康）人，唐代著名诗人。约开元十四年（约726年）进士及第，授宜寿（今陕西周至）尉，迁右拾遗，终官著作郎，安史之乱后归隐，游江淮一带，后不知所终。綦毋潜才名盛于当时，与许多著名诗人如李颀、王维、张九龄、储光羲、孟浩然、卢象、高适、韦应物过从甚密，其诗清丽典雅、恬淡适然，善写方外之情及山林孤寂之境，流露出追慕隐逸之意。本诗代表了唐代山水诗渐渐向自然消融的一类趋向，隐居山林的萧瑟与仕途挺进的壮思是贯穿于唐代文人心灵始终的两种维度。

注释：

1　若耶溪：在今浙江省绍兴市东南，传为西施浣纱处。风景旖旎，富有诗情画意，历代的文人雅士流连忘返，多有咏叹。南朝王籍的“蝉噪林逾静，鸟鸣山更幽”，唐代独孤及的“万山苍翠色，两溪清浅流”，孟浩然的“白首垂钓翁，新装浣纱女”，李白的“若耶溪畔采莲女，笑隔荷花共人语“，丘为的”一川草长绿，四时那得辨“等诗句，都生动地描绘了若耶溪两岸的美丽的风光。

2　幽意：寻访清幽之地的想法。

3　偶：面对面相逢。

4　花路：开满鲜花的路。

5　际：适逢。

6　南斗：星宿名称，古以二十八宿与地理对应来划分区域，称分野，夏季南斗与吴越相应。

7　溶溶：形容水汽缓缓流动、四处弥散的样子。

8　生事：繁琐俗事。　弥漫：四处消散。

9　持竿叟：持竿垂钓的老翁。

评论：

（明）周珽《唐诗选脉会通评林》：陈继儒曰：“遗其形迹、动乎天机，诗至此进乎技矣。”

（清）王闿运《王闿运手批唐诗选》：真景实赋，便成奇句。

林东海《历代诗法》：景色佳胜，呈露笔端。

王维诗两首

山　中

［唐］王　维

荆溪白石出[1]，天寒红叶稀[2]。
山路元无雨[3]，空翠湿人衣[4]

创作背景：

王维（701—761，一说669—761），字摩诘，唐代诗人。原籍祁（今属山西），其父迁居蒲州（治今山西永济西），遂为河东人。开元进士，累官至给事中。安禄山叛军陷长安时曾受职，乱平后，降为太子中允。后官至尚书右丞，故亦称“王右丞”。晚年居蓝田辋川，过着亦官亦隐的优游生活。诗与孟浩然齐名，并称“王孟”。其作品风格多样，但最善于写山水诗。将山水与禅理结合，被誉为“一代文宗”。兼通音乐，工书画。有《王右丞集》。

注释：

1　荆溪：本名长水，又称浐水、荆谷水，源出陕西蓝田县西南秦岭山中，北流至长安东北入灞水。参见《水经注·渭水》《长安志》卷一六，一作“溪清”。

2　红叶：深秋，秦岭山中黄栌树、火炬树、枫树、槭树、柿子树等树的叶子都变成红色。

3　元：原，本来。

4　空翠：指山间在潮湿雾气掩映下几欲流淌的翠绿色。

评论：

（宋）苏轼《东坡题跋·书摩诘蓝田烟雨图》：味摩诘之诗，诗中有画；观摩诘之画，画中有诗。诗曰：“蓝溪白石出，玉川红叶稀。山路元无雨，空翠湿人衣。”

田园乐·闲居

［唐］王　维

桃红复含宿雨[1]，柳绿更带朝烟[2]。
花落家童未扫[3]，莺啼山客犹眠[4]。

创作背景：

这首诗作于王维晚年隐居辋川蓝田时期。此段时间是王维创作最为成熟的时期，以五绝组诗《辋川集》为代表，融禅思与诗情，代表了唐代山水诗的最高成就。《田园乐》是由七首六言绝句构成的组诗，写作者退居辋川别墅与大自然亲近的乐趣，所以一题作“辋川六言”，此诗是其中第六首。这一组诗是王维创造力和高超技巧的完美结合，以并不多见的“六言”形式表现出来，即使放于《辋川集》中也毫不逊色，各擅胜场。本诗词句浅显易懂，却构筑画境。

注释：
1　宿雨：昨夜下的雨。
2　朝烟：指清晨的雾气。
3　家童：童仆。
4　山客：隐居山庄的人，这里指诗人自己。　犹眠：还在睡眠。

评论：

（宋）黄升《玉林诗话》：六言绝句，如王摩诘“桃红复含宿雨”，及王荆公“杨柳鸣蜩暗晴”，二诗最为警绝，后难继者。

（宋）胡仔《苕溪渔隐丛话》：“桃红复含宿雨，云云”，每哦此句，令人坐想辋川春日之胜，此老傲睨闲适于其间也。

（明）周珽《唐诗选脉会通评林》：上联景媚句亦媚，下联居逸趣亦逸。

（清）潘德舆《养一斋诗话》：或问六言诗法，予曰，王右丞“花落家僮未扫，鸟啼山客犹眠”；康伯可“啼鸟一声春晓，落花满地人归”，此六言之式也。必如此自在谐协方妙，若稍有安排，只是减字七言绝耳，不如无作也。

李白诗三首

襄阳歌[1]

［唐］李　白

落日欲没岘山西[2]，倒着接䍦花下迷[3]。
襄阳小儿齐拍手，拦街争唱白铜鞮。
旁人借问笑何事，笑杀山翁醉似泥[4]。
鸬鹚杓，鹦鹉杯[5]。
百年三万六千日，一日须倾三百杯。
遥看汉水鸭头绿[6]，恰似葡萄初酦醅[7]。
此江若变作春酒，垒曲便筑糟丘台[8]。
千金骏马换小妾[9]，笑坐雕鞍歌落梅[10]。
车旁侧挂一壶酒，凤笙龙管行相催[11]。
咸阳市中叹黄犬[12]，何如月下倾金罍[13]？
君不见晋朝羊公一片石[14]，龟头剥落生莓苔[15]。
泪亦不能为之堕，心亦不能为之哀。
清风朗月不用一钱买，玉山自倒非人推。
舒州杓，力士铛[16]，李白与尔同死生。
襄王云雨今安在？江水东流猿夜声。

创作背景：

李白（701－762），字太白，号青莲居士，唐朝伟大的浪漫主义诗人，被后人誉为“诗仙”。祖籍陇西成纪（待考），出生于西域碎叶城，四岁再随父迁至剑南道绵州。李白存世诗文千余篇，风格豪迈奔放，清新飘逸，雄奇壮美。

唐玄宗开元十三年（725年），李白自巴蜀东下。开元十五年（727年），在湖北安陆和退休宰相许圉师的孙女结婚。开元二十二年（734年），韩朝宗在襄阳任荆州长史兼东道采访史。李白写了著名的《与韩荆州书》前往谒官不遂，乃作此诗以抒愤。

注释：

1　襄阳歌：为李白创辞，属杂歌谣辞。　襄阳：唐县名，今属湖北。

2　岘山：又名岘首山，在湖北襄樊市南。

3　倒着接䍦：用山简事。山简（253—312），“竹林七贤”山涛第五子，山简性温雅，有父风。　《世说新语·任诞》：“山季伦（山简）为荆州，时出酣畅。　人为之歌曰：‘山公时一醉，径造高阳池。日莫（暮）倒载归，酩酊无所知。复能乘骏马。倒著白接䍦（头巾）。举手问葛疆，何如并州儿。’高阳池在襄阳，疆是其爱将，并州人也。”

4　山翁：即山简。

5　鸬鹚杓（sháo）：形如鸬鹚颈的长柄酒杓。　鹦鹉杯：用鹦鹉螺制成的酒杯。

6　鸭头绿：指像鸭头绿毛一般的颜色，此处形容水色。

7　酦醅（pō pēi）：重酿而没有滤过的绿葡萄酒。

8　垒：堆积。　曲：俗称酒曲，即酿酒时所用的发酵剂。　糟丘台：酒糟堆成的山丘高台。纣王沉湎于酒，以糟为丘，见《论衡·语增》。

9　“千金”句：用曹彰典，《独异志》卷中：“后魏曹彰性倜傥，偶逢骏马爱之，其主所惜也。　彰曰：‘予有美妾可换，惟君所选。’马主因指一妓，彰遂换之。”

10　落梅：即《梅花落》，乐府横吹曲名。

11　凤笙：笙形似凤，古人常称为凤笙。　龙管：笛声如龙鸣，故称笛为龙管。

12　叹黄犬：用秦相李斯被杀事。《史记·李斯列传》中“二世二年七月，具斯五刑，论腰斩咸阳市。斯出狱，与其中子俱执，顾谓其中子曰：‘吾欲与若复牵黄犬俱出上蔡东门逐狡兔，岂可得乎！’遂父子相哭，而夷三族”。

13　罍（léi）：酒器。

14　羊公：指羊祜。　一片石：指堕泪碑。羊祜为官，深得百姓爱戴。他死后，襄阳百姓在其生前游憩之地岘山建庙立碑，以示纪念。每当人们至此，睹碑生情，莫不流泪，人称此碑为“堕泪碑”。

15　龟：古时碑石下的石刻动物，形状似龟。

16　舒州杓（sháo）：舒州（今安徽潜山县一带）出产的杓。唐时舒州以产酒器著名。　力士铛（chēng）：一种温酒的器具，唐代豫章（今江西南昌一带）所产。

评论：

（宋）王直方《王直方诗话》：欧阳公云，“落日欲没岘山西，倒着接䍦花下迷，襄阳小儿齐拍手，大家争唱《白铜鞮》。”此常语也，至于“清风明月不用一钱买，玉山自倒非人推”，然后见太白之横放，所以惊动千古者，顾不在于此乎？

（清）乾隆御定《唐宋诗醇》：意旷神逸，极颓唐之趣，入后俯仰含情，乃有心人语，“韬精日沉饮，谁知非荒宴”，亦同此怀抱耳，子美云，“长镵长镵白木柄，我生托子以为命”，语奇矣。此诗云，“舒州杓，力士铛，李白与尔同死生。”苦乐不同，造语正复匹敌。

（清）方东树《昭昧詹言》：笔如天半游龙，断非学力所能到，然读之使人气王。“笑杀”句，借山公自兴；“遥看”二句，又借兴换笔换气；“此江”句，起棱；“千金骏马”，谓以妾换得马也。“咸阳”二句，言所以饮酒者，正见此耳；“君不见”二句，以上许多都为此故；“玉山”句束题，正意藏脉，如草蛇灰线。此与上所谓笔墨化为烟云，世俗作死诗者千年不悟，只借作指点，供吾驱驾发泄之料耳。

梁甫吟[1]

［唐］李　白

长啸梁甫吟[2]，何时见阳春[3]？
君不见朝歌屠叟辞棘津[4]，八十西来钓渭滨。
宁羞白发照清水，逢时壮气思经纶[5]。
广张三千六百钧[6]，风期暗与文王亲[7]。
大贤虎变愚不测[8]，当年颇似寻常人。
君不见高阳酒徒起草中[9]，长揖山东隆准公[10]。
入门不拜骋雄辩，两女辍洗来趋风[11]。
东下齐城七十二，指挥楚汉如旋蓬[12]。
狂客落魄尚如此，何况壮士当群雄！
我欲攀龙见明主[13]，雷公砰訇震天鼓[14]。
帝旁投壶多玉女[15]，三时大笑开电光[16]，倏烁晦冥起风雨[17]。
阊阖九门不可通[18]，以额扣关阍者怒[19]。
白日不照吾精诚，杞国无事忧天倾[20]。
猰貐磨牙竞人肉[21]，驺虞不折生草茎[22]。
手接飞猱搏雕虎[23]，侧足焦原未言苦[24]。
智者可卷愚者豪[25]，世人见我轻鸿毛。
力排南山三壮士，齐相杀之费二桃[26]。
吴楚弄兵无剧孟，亚夫咍尔为徒劳[27]。
梁甫吟，声正悲。
张公两龙剑[28]，神物合有时。
风云感会起屠钓[29]，大人鼿屼当安之[30]。

创作背景：

唐玄宗天宝三年（744年）李白被“赐金放还”，离开长安。这首诗大概写于唐玄宗天宝九年（750年）。是年李白初寓金陵，五月之浔阳，后游襄阳，复北上至南阳度岁。

注释：

1　《梁甫吟》：原属乐府古辞，郭茂倩《乐府诗集·相和歌辞·楚调曲》收诸葛亮《梁甫吟》，解题云，“按梁甫，山名，在泰山下。《梁甫吟》盖言人死葬此山，亦葬歌也。”李白此篇取诸葛亮原作君臣遇合的主题。

2　长啸：长歌吟啸。

3　见阳春：沐浴君王的恩泽。

4　朝歌屠叟：指姜太公吕望，发迹前朝歌城屠牛为业，卖食于棘津。　《韩诗外传》：“太公望……屠牛朝歌，赁于棘津，钓于磻溪，文王举而用之，封于齐。”　棘津：古代黄河津渡名，在今河南省延津县东北。

5　经纶：治理国家。

6　三千六百钓：晋张华《博物志》中“昆仑山北地转下三千六百里，有八玄幽都，方二十万里。地下有四柱，四柱广十万里，地有三千六百轴，犬牙相举。”这里指天下。

7　风期：风度和品格。

8　虎变：喻非常之人行为际遇变化莫测。　《易》九五：“大人虎变。”

9　高阳酒徒：西汉人郦食（yì）其（jī）。　《史记·郦生陆贾列传》：“郦生食其者，陈留高阳人也。好读书，家贫落魄，无以为衣食业，为里监门吏。然县中贤豪不敢役，县中皆谓之狂生。……沛公至高阳传舍，使人召郦生。郦生至，入谒，沛公方倨床使两女子洗足，而见郦生。郦生入，则长揖不拜。”郦生尝自称高阳酒徒。

10 隆准公：隆准，高鼻。这里指刘邦。 《史记·高祖本纪》：“高祖为人，隆准而龙颜。”
11 趋风：疾行如风前来迎接。
12 旋蓬：在空中飘旋的蓬草。
13 攀龙：依附帝王建立功业。
14 雷公：传说中的雷神。 砰訇：形容声音宏大。
15 帝旁投壶多玉女：《神异经·东荒经》载：东王公常与一玉女玩投壶的游戏，每次投一千二百支，不中则天为之笑。天笑时，流火闪耀，即为闪电。
16 三时：晨、午、晚。
17 倏烁：电光闪耀不定。 晦冥：昏暗。
18 阊阖：神话中的天门。
19 阍者：看守天门的人。 《离骚》：“吾令帝阍开关兮，倚阊阖而望予。” 此句指有才之人报国无门。
20 杞国无事忧天倾：《列子·天瑞》：“杞国有人忧天地崩坠，身亡所寄，废寝食者。” 此用“杞人忧天”自嘲。
21 猰貐（yà yǔ）：古代神话中的吃人野兽。
22 驺（zōu）虞：古代神话中一种仁兽，白质黑纹，不伤人畜，不践踏生草。
23 接：搏斗。 飞猱（náo）：善于攀援腾跃的猿。 雕虎：斑纹如雕画的猛虎。
24 焦原：传说春秋时莒国长约五百步的大石，下临万丈深渊，唯勇者敢于登临。
25 卷：隐退。《论语卫灵公》中“邦无道则可卷而怀之”。
26 “力排”二句：用《晏子春秋》“二桃杀三士”之典讽刺当时权相李林甫陷害韦坚、李邕、裴敦复等大臣。
27 “吴楚”句：汉景帝时，吴楚等七国诸侯王起兵反汉，景帝派大将周亚夫领兵讨伐，周到河南见到剧孟（著名侠士），高兴地说，吴楚叛汉，却不用剧孟，注定要失败。 咍尔：讥笑。
28 张公：指西晋张华。 《晋书·张华传》载：西晋时丰城（今江西省丰城）县令雷焕掘地得双剑，即古代名剑干将和莫邪。雷把干将送给张华，自己留下莫邪。后来张华被杀，干将失落。雷焕死后，他的儿子雷华有一天佩带着莫邪经过延平律（今福建南平市东），突然，剑从腰间跳进水中，与早已在水中的干将会合，化作两条蛟龙。
29 风云感会：即风云际会。古人认为云从龙，风从虎，常以风云际会形容君臣相得，成就大业。
30 大人：有才干的人。 臲卼（niè wú）：不安。此指暂遇坎坷。

评论：

（宋）葛立方《韵语阳秋》卷十一：尝观其所作《梁父吟》，首言钓叟遇文王，又言酒徒遇高阳，卒自叹己之不遇。有云：“我欲攀龙见明主……以额扣关阍者怒。”人间门户尚不可入，则太清倒景，岂易凌蹑乎？太白忤杨妃而去国，所谓“玉女起风雨”者，乃怒怼妃子之词也。

（明）陆时雍《唐诗镜》：气魄驰骤，如风雨凭陵，惊起四座。

（清）沈德潜《唐诗别裁》：始言吕尚之耄年、郦食其之狂士，犹乘时遇合，为壮士者，正当自奋。然欲以忠言寤主，而权奸当道，言路壅塞。非不愿剪除之，而人主不听，恐为匪人戕害也。究之论其常理，终当以贤辅国，惟安命以俟有为而已。后半拉杂使事而不见其迹，以气胜也。若无太白本领，不易追逐。

（清）方东树《昭昧詹言》：此是大诗，意脉明白而段落迷离莫辨。二句冒起。“朝歌”八句为一段，“大贤”二句总太公。“高阳”八句为一段，“狂客”二句总郦生。“我欲”句入己，以下奇横，用《骚》“帝旁”句，指群邪“三时”二句，言喜怒莫测。“阊阖”句归宿，如屈子意，承上一束。“以额”句奇气横肆，承上一束。“白日”二句转。“猰貐”句断，言性如此耳。“驺虞”句再束上顿位。“手接”句续。“力排”二句，解上“手接”二句。“吴楚”二句，解上“智者”二句。此上十九句为一大段。“梁甫吟”以下为一段，自慰作收。

（清）吴闿生《古今诗范》卷九：雄奇俊伟，韩公所谓光焰万丈者也。通体设喻，所以错落而雄深。

庐山谣寄卢侍御虚舟[1]

［唐］李　白

我本楚狂人[2]，凤歌笑孔丘[3]。
手持绿玉杖[4]，朝别黄鹤楼。
五岳寻仙不辞远，一生好入名山游。
庐山秀出南斗傍[5]，屏风九叠云锦张[6]，影落明湖青黛光[7]。
金阙前开二峰长[8]，银河倒挂三石梁[9]。
香炉瀑布遥相望[10]，回崖沓嶂凌苍苍[11]。
翠影红霞映朝日，鸟飞不到吴天长[12]。
登高壮观天地间，大江茫茫去不还。
黄云万里动风色[13]，白波九道流雪山[14]。
好为庐山谣，兴因庐山发。
闲窥石镜清我心[15]，谢公行处苍苔没[16]。
早服还丹无世情[17]，琴心三叠道初成[18]。
遥见仙人彩云里，手把芙蓉朝玉京[19]。
先期汗漫九垓上[20]，愿接卢敖游太清[21]。

创作背景：

这首诗作于肃宗上元元年（760年），诗人流放夜郎途中遇赦后游庐山作了此诗。此时李白历经磨难，建功立业之志渐泯，求仙学道之心日炙。

注释：

1 谣：不合乐的歌，一种诗体。　卢侍御虚舟：卢虚舟，字幼真，范阳（今北京大兴县）人，唐肃宗时曾任殿中侍御史，曾与李白同游庐山。

2 楚狂人：春秋时楚人陆通，字接舆，不满楚昭王政令无常，披发佯狂不仕，时人谓之“楚狂”。

3 凤歌笑孔丘：孔子适楚，陆通游其门而歌：“凤兮凤兮，何德之衰……”劝孔不要做官。

4 绿玉杖：镶有绿玉的杖，传为仙人所用。

5 南斗：二十八宿中的斗宿。古天文学家认为浔阳属南斗分野。

6 屏风九迭：指庐山五老峰东的九迭屏，其山丸迭如屏得名。

7 明湖：指鄱阳湖。　青黛（dài）：青黑色。

8 金阙（què）：庐山西南有铁船峰和天池山对峙，形如石门，又名金阙岩。

9 银河：指瀑布。　三石梁：庐山有三叠泉，水势分三折冲击而下。

10 香炉：南香炉峰。

11 回崖沓（tà）嶂：曲折的山崖，重迭的山峰。　凌：高出。　苍苍：青色的天空。

12 吴天：九江春秋时属吴国。

13 黄云：昏暗的云色。

14 白波九道：古书多说长江至九江附近分为九道，李白在此沿用旧说。　雪山：白色的浪花。

15 石镜：指庐山东面的“石镜峰”，其圆如镜，光可鉴人。

16 谢公：南朝诗人谢灵运，曾游庐山，作诗《登庐山绝顶望诸峤》。

17 服：服食。　还丹：道家炼丹法，合九转丹与朱砂再次提炼形成的仙丹。

18 琴心三叠：道家内丹修炼法。

19 玉京：道教称元始天尊在天中心之上的所居之处，名玉京山。

20 先期：预先约好。　汗漫：仙人名，一云造物者。　九垓（gāi）：九天之外。

21 卢敖：战国时燕国人，周游至蒙谷山，见一古怪之士迎风而舞。卢敖邀他同游，那人笑着说：“吾与汗漫期于九垓之外，不可久留。”遂纵身跳入云中。此处喻指卢虚舟。　太清：道家“三清”之一，泛指仙境。

评论：

（明）高棅《批点唐诗正声》：方外玄语，不拘流例。全篇开阖佚荡，冠绝古今，即使杜工部为之，未易及此，高、岑辈恐亦胁息。又襟期雄旷，辞旨慨慷，音节浏亮，无一不可。结句非素胎仙骨，必无此诗。

（明）高棅《唐诗品汇》七言古诗叙目第三卷《正宗》：太白天仙之词，语多率然而成者，故乐府歌词咸善。……今观其……《庐山谣》等作，长篇短韵，驱驾气势，殆与南山秋气并高可也。

杜甫诗三首

饮中八仙歌

［唐］杜　甫

知章骑马似乘船[1]，眼花落井水底眠[2]。
汝阳三斗始朝天[3]，道逢曲车口流涎[4]，恨不移封向酒泉[5]。
左相日兴费万钱[6]，饮如长鲸吸百川[7]，衔杯乐圣称避贤[8]。
宗之潇洒美少年[9]，举觞白眼望青天[10]，皎如玉树临风前[11]。
苏晋长斋绣佛前[12]，醉中往往爱逃禅[13]。
李白一斗诗百篇，长安市上酒家眠，天子呼来不上船，自称臣是酒中仙。
张旭三杯草圣传[14]，脱帽露顶王公前，挥毫落纸如云烟。
焦遂五斗方卓然[15]，高谈雄辩惊四筵。

创作背景：

杜甫（712—770），河南府巩县（今河南省巩义市）人，唐代伟大的现实主义诗人，字子美，自号少陵野老，世称“杜工部”“杜少陵”等，杜甫被世人尊为“诗圣”，与李白合称“李杜”，其诗被称为“诗史”。他忧国忧民，人格高尚，他的诗约一千四百余首被保留了下来，诗艺精湛，在中国古典诗歌中备受推崇，影响深远。

这首诗大约是天宝五年（746年）杜甫初到长安时所作。史称李白与贺知章、李适之、李琎、崔宗之、苏晋、张旭、焦遂八人俱善饮，称为“酒中八仙人”，都在长安生活过，在嗜酒、豪放、旷达这些特点上彼此相似。作为后学，杜甫以一位刚刚进入长安文士圈的年轻人的眼光，为八位名人“以诗画像”。

注释：

1　知章：即贺知章，越州永兴（今浙江萧山）人，官至秘书监。性旷放纵诞，自号“四明狂客”，又称“秘书外监”。他在长安一见李白，便称他为“谪仙人”，解所佩金龟换酒痛饮。

2　这两句写贺知章醉后骑马，摇摇晃晃，像乘船一样。醉眼昏花，跌落井可以在水中继续睡觉。

3　汝阳：汝阳王李琎，唐玄宗的侄子。　朝天：朝见天子。此谓李痛饮后才入朝。

4　曲车：酒车。

5　移封：改换封地。　酒泉：在今甘肃酒泉县。传说城下有泉，味如酒曲故名酒泉。

6　左相：指左丞相李适之，天宝元年（742年）八月为左丞相，天宝五年（746年）四月，为李林甫排挤罢相。

7　长鲸：鲸鱼。古人以为鲸鱼能吸百川之水，故用来形容李适之的酒量之大。

8　衔杯：贪酒。　圣：酒的代称。

9　宗之：崔宗之，吏部尚书崔日用之子，袭父封为齐国公，官至侍御史，也是李白的朋友。

10　觞：大酒杯。　白眼：晋阮籍能作青白眼，青眼看朋友，白眼视俗人。

11　玉树临风：崔宗之风姿秀美，故以玉树为喻。

12　苏晋：开元进士，曾为户部和吏部侍郎。　长斋：长期斋戒。　绣佛：画的佛像。

13　逃禅：佛教戒饮酒，苏晋长斋信佛，却不守佛门戒律嗜酒，故曰“逃禅”。

14　张旭：吴人，唐代著名书法家，善草书，时人称为“草圣”。　脱帽露顶：写张旭狂放不羁的醉态。据说张旭每当大醉，常呼叫奔走，索笔挥洒，甚至以头濡墨而书。醒后自视手迹，以为神异，不可复得，世称“张颠”。

15　焦遂：布衣之士，平民，以嗜酒闻名，事迹不详。　卓然：神采焕发的样子。

评论：

（明）唐汝询《唐诗解》：其他若崔之貌、苏之禅、李之诗、张旭之草圣、焦遂之高谈，皆任其性直，逞其才俊，托于酒以自见者。藉令八人而当圣世，未必不为元恺之伦，今皆流落不偶。知章则以辅太子而见疏，适之则以忤权相而被斥，青莲则以触力士而放弃，其五人亦皆厌世之浊而托于酒，故子美咏之，有废中权之义云。

（明）周珽编《唐诗选脉会通评林》引蒋一梅评曰：一篇凡八章，是传神写照语，得趣欲飞。陆时雍曰：创格既高，描神复妙。周珽曰：翠盘之舞，龙律之跃，鹅笼之书生，取盒之红线，合而为八仙之歌。开天落地异品。

（清）张谦宜《茧斋诗谈》：一路如连山断岭，似接不接，似闪不闪，极行文之乐事。用《史记》合传例为歌行，须有大力为根。至于错综剪裁，又乘一时笔势兴会得之，此有法而无法者也。此等诗以笔健为贵、清则劲而上腾，若加重色雕刻，便累坠不能高举矣。

丹青引赠曹将军霸[1]

［唐］杜　甫

将军魏武之子孙[2]，于今为庶为清门[3]。
英雄割据虽已矣，文采风流今尚存。
学书初学卫夫人[4]，但恨无过王右军[5]。
丹青不知老将至，富贵于我如浮云。
开元之中常引见，承恩数上南薰殿[6]。
凌烟功臣少颜色[7]，将军下笔开生面[8]。
良相头上进贤冠[9]，猛将腰间大羽箭。
褒公鄂公毛发动[10]，英姿飒爽来酣战。
先帝御马玉花骢[11]，画工如山貌不同。
是日牵来赤墀下[12]，迥立阊阖生长风[13]。
诏谓将军拂绢素，意匠惨澹经营中[14]。
斯须九重真龙出[15]，一洗万古凡马空。
玉花却在御榻上，榻上庭前屹相向。
至尊含笑催赐金，圉人太仆皆惆怅[16]。
弟子韩干早入室[17]，亦能画马穷殊相[18]。
干惟画肉不画骨，忍使骅骝气凋丧。
将军画善盖有神[19]，必逢佳士亦写真。
即今漂泊干戈际[20]，屡貌寻常行路人。
途穷反遭俗眼白，世上未有如公贫。
但看古来盛名下，终日坎壈缠其身[21]。

创作背景：

曹霸是盛唐时期著名的画马大师，安史之乱后，潦倒漂泊。唐代宗广德二年（764年），杜甫和曹霸在成都相识，十分同情曹霸的遭遇，写下了这首《丹青引赠曹将军霸》，借以感慨古今。

注释：

1　丹青：指绘画。　引：乐曲体裁之一，有序奏之意，亦为一种诗体。　曹霸：唐代名画家，善画人及马，颇得唐高宗的宠幸，官至左武卫将军，故称他“曹将军”。
2　魏武：指魏武帝曹操。
3　庶：即庶人、平民。　清门：即寒门，玄宗末年，霸得罪，削籍为庶人。
4　卫夫人：晋代著名的女书法家，擅长隶书，王羲之曾师从她学书法。
5　王右军：即晋代书法家王羲之，官至右军将军。
6　承恩：获得皇帝的恩宠。　南薰殿：唐宫殿名。
7　凌烟：即凌烟阁，贞观十七年（643年），诏阎立本画凌烟阁功臣二十四人。鄂国公尉迟敬德第七，褒，国公段志玄第十。　少颜色，指功臣图像因年久而褪色。
8　开生面：展现出如生的面貌。
9　进贤冠：古代成名，文儒者之服。
10　褒公：即段志玄，封褒国公。　鄂公：即尉迟敬德，封鄂国公。　二人均系唐代开国名将，同为功臣图中的人物。
11　先帝：指唐玄宗。死于公元762年。　玉花骢：玄宗所骑的骏马名。骢是青白色的马。　山：众多的意思。　貌不同：画得不一样，即画得不像。貌，在这里作动词用。
12　赤墀（chí）：也叫丹墀。宫殿前的台阶。
13　阊阖（chāng hé）：宫门。

14　意匠：指画家的立意和构思。　惨澹（dàn）：费心良苦。经营：即绘画的“经营位置，结构安排。　这句说曹霸在画马前经过审慎的酝酿，胸有全局而后落笔作画。
15　九重：代指皇宫，因天子有九重门。真龙、古人称马高八尺为龙，这里喻所画的玉花骢。
16　圉（yǔ）人，管理御马的官吏。　太仆：管理皇帝车马的官吏。
17　韩干：唐代名画家。善画人物，更擅长画马。他初师曹霸，注重写生，后来自成一家。
18　穷殊相：极尽各种不同的形姿变化。
19　盖有神：大概有神明之助，极言曹霸画艺高超。　写真：指画肖像。
20　干戈：战争，当指安史之乱。　貌：即写真。
21　坎壈（lǎn）：贫困潦倒。

评论：

（宋）杨万里《诚斋诗话》：七言长韵古诗，如杜少陵《丹青引曹将军画马》《奉先县刘少府山水障歌》等篇，皆雄伟宏放，不可捕捉。学诗者于李、杜、苏、黄诗中，求此等类，诵读沈酣，深得其意味，则落笔自绝矣。

（清）沈德潜《唐诗别裁集》卷七：画人画马，宾主相形，纵横跌宕，此得之于心，应之于手，有化工而无人力，观止矣！

（清）翁方纲《王文简古诗平仄论》：如此气势充盛之大篇，古今七言诗第一压卷之作。

（清）张谦宜《茧斋诗谈》卷四：《丹青引》与《画与图》一样做法，细按之，彼如神龙在天，此如狮子跳踯，有平涉飞腾之分。此在手法上论，所以古人文章贵于超忽变化也。

（清）方东树《昭昧詹言》：此诗处处皆有开合，通身用衬，一大法门。此与上《曹将军画马图》，有起有讫，波澜明画，轨度可寻，而其妙处在神来气来，纸上起棱。凡诗文之妙者，无不起棱，有汁浆，有兴象，不然，非神品也。

（清）徐增《而庵说唐诗》：此歌起处，写将军之当时，极其宠炭；结处写将军之今日，极其慷慨；中间叙其丹青之思遇，以画马为主；马之前后，又将功臣、佳士来衬，起头之上，更有起头，结尾之下，又有结尾。气厚力大，沉酣夭矫。看其局势，如百万雄兵团团围住，独马单枪杀进去又杀出来，非同小可，子美，歌行中大将，此首尤为旗鼓。可见行兵、行文、作诗、作画，无异法也。

（清）叶燮《原诗》：杜甫七言长篇，变化神妙，极惨淡经营之奇。就《赠曹将军丹青引》一篇论之：起手“将军魏武之子孙”四句，如天半奇峰，拔地陡起；他人于此下便欲接丹青等语，用转韵矣。忽接“学书”二句，又接“老至”“浮云”二句，却不转韵，诵之殊觉缓而无谓。然一起奇峰高插，使又连一峰，将来如何撒手？故即跌下陂陀，沙砾石确，使人蹇裳委步，无可盘桓。故作画蛇添足，拖沓迤逦，是遥望中峰地步。接“开元引见”二句，方转入曹将军正面。……接“凌烟”“下笔”二句，盖将军丹青是主，先以学书作宾；转韵画马是主，又先以画功臣作宾，章法经营，极奇而整。……接“良相”“猛士”四句，宾中之宾，益觉无谓。不知其层次养局，故纡折其途，以渐升极高极峻处，令人目前忽划然天开也。至此方入画马正面，一韵八句，连峰互映，万笏凌霄，是中峰绝顶处。转韵接“玉花”“御榻”四句，峰势稍平，蛇蟺游衍出之，忽接“弟子韩干”四句。他人于此必转韵。更将韩干作排场，仍不转韵，以韩干作找足语，盖此处不当更以宾作排场，重复掩主，便失体段。然后咏叹将军画，包罗收拾，以感慨系之篇终焉。章法如此，极森严，极整暇。

（清）何焯《义门读书记》：《类本》云，此等，太史公《列传》也。多少事，多少议论，多少气魄！

观公孙大娘弟子舞剑器行[1]（并序）

［唐］杜　甫

大历二年十月十九日[2]，夔府别驾元持宅[3]，见临颍李十二娘舞剑器[4]，壮其蔚跂[5]，问其所师。曰："余公孙大娘弟子也。"

开元三载[6]，余尚童稚[7]，记于郾城观公孙氏舞剑器浑脱[8]，浏漓顿挫[9]，独出冠时[10]。自高头宜春、梨园二伎坊内人[11]，洎外供奉[12]，晓是舞者[13]，圣文神武皇帝初[14]，公孙一人而已。玉貌锦衣[15]，况余白首[16]，今兹弟子[17]，亦匪盛颜[18]。既辨其由来[19]，知波澜莫二[20]，抚事慷慨[21]，聊为《剑器行》。

昔者吴人张旭善草书书帖[22]，数常于邺县见公孙大娘舞西河剑器[23]，自此草书长进，豪荡感激[24]，即公孙可知矣[25]。

昔有佳人公孙氏[26]，一舞剑器动四方[27]。
观者如山色沮丧[28]，天地为之久低昂[29]。
㸌如羿射九日落[30]，矫如群帝骖龙翔[31]。
来如雷霆收震怒[32]，罢如江海凝清光[33]。
绛唇珠袖两寂寞[34]，况有弟子传芬芳[35]。
临颍美人在白帝[36]，妙舞此曲神扬扬[37]。
与余问答既有以[38]，感时抚事增惋伤[39]。
先帝侍女八千人[40]，公孙剑器初第一[41]。
五十年间似反掌[42]，风尘澒洞昏王室[43]。
梨园弟子散如烟，女乐余姿映寒日。
金粟堆南木已拱，瞿唐石城草萧瑟。
玳筵急管曲复终[44]，乐极哀来月东出。
老夫不知其所往[45]，足茧荒山转愁疾[46]。

创作背景：

该诗是作者大历二年（767年）在夔州时所作。公孙大娘是唐代著名的"剑器"舞蹈家。开元三年（715年）杜甫五岁时，曾在郾城看过她的"剑器"舞，留下极其深刻的影响。大历二年又在夔州看见她的弟子李十二娘舞"剑器"，作者回忆开元年间观看公孙大娘舞剑器时那种惊天地、泣鬼神的场面，时隔五十年，世事巨变，诗人以兴亡之感，写了这首诗。

注释：

1　公孙大娘：唐玄宗开元年间著名的教坊舞伎。公孙是其姓，大娘是对年长妇人的敬称。　弟子：徒弟、学生，公孙大娘弟子，即序中所说的李十二娘。　剑器：古舞曲名，属健舞（武舞）之一，舞者为女子，作男子戎装，空手而舞。表现出一种力与美相结合的武健精神。今有人考证谓执剑而舞。

2　大历：唐代宗李豫年号（766—779）。

3　别驾：官名，州刺史的佐吏。又唐代都督府属官也有别驾。　元持：人名，生平不详。

4　临颍：今河南省临颍县西北，是李十二娘籍贯。

5　壮：用作动词，有赞赏、钦佩之意。　蔚跂（qí）：光彩蔚然，而有举足凌厉的矫健姿态。

6　开元三载：即公元715年。

7　童稚：年幼。开元三年杜甫5岁。

8　郾（yǎn）城：县名，即今河南省郾城县。公孙氏，即公孙大娘。　剑器浑脱：把剑器舞和浑脱舞结合起来的一种新型舞蹈。浑脱：浑脱舞原名《泼寒胡戏》，又名《苏幕遮》（波斯语"披巾"）。北周及初唐舞蹈。出自伊朗，由龟兹传入中原。北周大象元年腊月在正武殿上使胡人作此舞，以水互浇身子，谓之“乞寒”。唐代以武后、中宗时为最盛行、不但都市相率为之，宫廷中亦舞《浑脱》。后来《浑脱》和《剑器》二舞同演，甚至糅在一起。

9 浏漓（lí）：流利飘逸的样子。　顿挫：形容舞蹈跌宕起伏，回旋曲折。

10 独出：特出，超群出众。　冠时：在当时数第一。

11 高头：犹如说“前头”，指在皇帝跟前。　宜春：即宜春院。　宜春院与梨园是唐玄宗时宫内教授歌舞的处所。　伎坊：也称教坊，是教练歌舞的机构。　内人：宫中的女伎，也称“前头人”。

12 洎（jì）：及。外供奉舞女，与内人相对而言，指不居宫中，随时应诏入宫表演的歌舞艺伎。

13 晓：通晓。

14 圣文神武皇帝：唐玄宗的尊号，开元二十七年（739年）群臣所上。　初：初年。

15 玉貌：美白如玉的容貌。　锦衣：华美彩色的服饰。

16 况：何况。　白首：白头，指年老。

17 兹：这个。

18 匪，同“非”，不是。　盛颜：指年轻时的容貌。

19 辨：明白，弄清楚。　由来：指李十二娘舞艺的师承渊源。

20 波澜莫二：指公孙大娘弟子剑器舞表现出来的气势与艺术风格，和她的老师没有两样。

21 慷慨：情绪激昂，心情激动。

22 昔者：从前。

23 数：屡次，多次。　尝：曾经。　西河剑器：剑器舞的一种。

24 豪荡感激：指书法意态飞动，饱含着激情。

25 即公孙可知矣：那么公孙大娘舞蹈艺术的高妙便可想而知了。即，则、那么。

26 佳人：美人。

27 动四方：轰动四方。

28 观者如山：形容观看的人多。　色沮丧：指因震惊而失色。

29 之：指公孙大娘的舞蹈。　低昂：一起一伏，表示震动。一说，低昂是偏义复词，取其“低”义。

30 㸌（huò）：闪烁的样子。后羿射九日，上古神话，在尧统治天下的时代，天上有十个太阳一起出来，庄稼草木都晒枯焦了，尧就派后羿去射日，结果射落了其中的九个。

31 矫：矫捷，形容动作有力而敏捷。　帝：天神。　骖龙：犹言驾着龙。　骖，驾在车两旁的马，这里用作动词。

32 来：指开场。剑器舞主要以鼓伴奏，舞前鼓乐喧哗，形成一种紧张的战斗气氛。鼓声一落，舞者登场，所以说“雷霆收震怒”。　震怒：盛怒、大怒。

33 罢：结束，指收场。　凝：凝聚，凝固，形容舞蹈结束时静止不动。

34 绛唇：大红的嘴唇，这里指青年时代的公孙大娘。　珠袖，饰有珍珠的衣袖，借指公孙大娘的舞姿。　寂寞：无声无息，两寂寞，是说人舞俱亡。

35 传：继承。　芬芳：香气，这里比喻舞艺美妙，不同凡俗。

36 临颍美人：指李十二娘。　白帝：即白帝城。故址在夔州（今四川奉节城东白帝山上），这里指夔州城。

37 神扬扬：神彩飞扬。

38 既有以：即序文中所说“既辨其由来”之意。　以：因由，原委。

39 时：时局。　事：指安史之乱之事。　惋伤：怅恨悲伤。

40 先帝：指已故的唐玄宗。　八千人：极言人多，不一定是确数。

41 初：当初。

42 五十年间：自杜甫初见公孙大娘舞剑器到夔州又见李十二娘舞剑器相隔50年。

43 风尘：比喻战乱。　澒（hòng）洞：弥漫无际。　昏：使其昏暗，喻使国运衰退。　王室：指朝廷。

44 玳（dài）筵：形容豪华的筵席。急管：指管乐吹奏的急促的音乐声。

45 老夫：杜甫自指。　不知其所往：心情迷惘，不知应前往何处。

46 茧：此处指因路长迷惘而磨出茧子。　疾：快。

评论：

（清）浦起龙《读杜心解》：结二句，所谓对此茫茫，百端交集，天涯流落，去住两难，作者读者，俱欲噭（jiào）然一哭。

（清）施补华《岘佣说诗》：读《公孙大娘弟子舞剑器》诗，叙天宝事只数语而无限凄凉，可悟《长恨歌》之繁冗。

白居易诗三首

夜　雨

［唐］白居易

我有所念人，隔在远远乡。
我有所感事，结在深深肠。
乡远去不得，无日不瞻望。
肠深解不得，无夕不思量。
况此残灯夜，独宿在空堂。
秋天殊未晓，风雨正苍苍。
不学头陀法[1]，前心安可忘。

创作背景：

白居易（772—846），字乐天，号香山居士，又号醉吟先生，祖籍太原，到其曾祖父时迁居下邽，生于河南新郑。唐贞元年间进士，官至校书郎、赞善大夫，后历任江州司马、杭州刺史、苏州刺史、太子少傅，以刑部尚书致仕。白居易是唐代三大诗人之一，诗歌题材广泛，形式多样，语言平易通俗，有“诗魔”和“诗王”之称。白居易与元稹共倡新乐府运动，世称“元白”，与刘禹锡并称“刘白”。

此诗写于元和六年（811年），是为一个与其相爱的女子而写。学者考证，这个女子就是与白居易相恋的“东邻婵娟子”湘灵，这段爱情却被白居易的母亲拆散。白居易念念不忘，几度在诗作中提及，此诗即其中一首。后来白居易蒙冤被贬江州途中，再逢正在漂泊的湘灵父女，然物是人非，白居易写下了《逢旧》两首诗：“我梳白发添新恨，君扫青娥减旧容。应被旁人怪惆怅，少年离别老相逢。”“久别偶相逢，俱疑是梦中。即今欢乐事，放盏又成空。”

注释：
1　头陀法：佛法，这里指忘情之法。

评论：

（明）瞿佑《归田诗话》：纤媚如晚唐，不俗，故别。

高步瀛《唐宋诗举要》：字字沉着，体物浏亮，斯为不负。

江楼夕望招客[1]

［唐］白居易

海天东望夕茫茫，山势川形阔复长。
灯火万家城四畔[2]，星河一道水中央[3]。
风吹古木晴天雨[4]，月照平沙夏夜霜[5]。
能就江楼消暑否[6]？比君茅舍较清凉。

创作背景：

此诗作于长庆三年（823年）年夏天，白居易任杭州刺史时所作。作品描绘诗人夏夜登楼远眺时见到的景色。“风吹古木晴天雨，月照平沙夏夜霜”为千古名句，逼真传神地描绘了夏夜清凉优美的景致。美景在前，“能就江楼消暑否？比君茅舍较清凉”，白居易欲招友人来分享，正如他在《问刘十九》一诗中，因美酒向友人发出的邀请：“晚来天欲雪，能饮一杯无？”白居易的诗恰因此种温情而被铭记和传颂。

注释：
1 江楼：杭州城东楼，又叫“望潮楼”或“望海楼”，也叫“东楼”。
2 四畔：四边。
3 星河：银河，也叫天河。
4 晴天雨：风吹古木，飒飒作响，像雨声一般，但天空却是晴朗的，所以叫“晴天雨”。
5 平沙：平地。 夏夜霜：月照平沙，洁白似霜，但却是夏夜，所以叫“夏夜霜”
6 就：近、到。 消暑：消除暑气。

评论：

（宋）苏轼：白公晚年诗极高妙，“风吹古木晴天雨，月照平沙夏夜霜”。

（清）乾隆御定《唐宋诗醇》：高瞻远瞩，坐驰可以役万景也。他人有此眼力，无此笔力。

（清）薛雪《一瓢诗话》：章法变化，条理井然。

霓裳羽衣歌（和微之）

［唐］白居易

我昔元和侍宪皇[1]，曾陪内宴宴昭阳[2]。
千歌万舞不可数，就中最爱霓裳舞。
舞时寒食春风天，玉钩栏下香案前[3]。
案前舞者颜如玉，不著人家俗衣服。
虹裳霞帔步摇冠[4]，钿璎累累佩珊珊[5]。
娉婷似不任罗绮，顾听乐悬行复止[6]。
磬箫筝笛递相搀[7]，击㧓弹吹声逦迤[8]。
散序六奏未动衣[9]，阳台宿云慵不飞[10]。
中序擘騞初入拍[11]，秋竹竿裂春冰坼[12]。
飘然转旋回雪轻[13]，嫣然纵送游龙惊[14]。
小垂手后柳无力[15]，斜曳裾时云欲生[16]。
烟蛾敛略不胜态[17]，风袖低昂如有情。
上元点鬟招萼绿[18]，王母挥袂别飞琼[19]。
繁音急节十二遍，跳珠撼玉何铿铮[20]！
翔鸾舞了却收翅，唳鹤曲终长引声[21]。
当时乍见惊心目[22]，凝视谛听殊未足。
一落人间八九年[23]，耳冷不曾闻此曲[24]。
湓城但听山魈语[25]，巴峡唯闻杜鹃哭[26]。
移领钱塘第二年，始有心情问丝竹[27]。
玲珑箜篌谢好筝[28]，陈宠觱篥沈平笙[29]。
清弦脆管纤纤手，教得霓裳一曲成。
虚白亭前湖水畔[30]，前后只应三度按[31]。
便除庶子抛却来[32]，闻道如今各星散。
今年五月至苏州，朝钟暮角催白头。
贪看案牍常侵夜[33]，不听笙歌直到秋。
秋来无事多闲闷，忽忆霓裳无处问。
闻君部内多乐徒[34]，问有霓裳舞者无？
答云七县十万户[35]，无人知有霓裳舞。
唯寄长歌与我来，题作霓裳羽衣谱[36]。
四幅花笺碧间红，霓裳实录在其中。
千姿万状分明见，恰与昭阳舞者同。
眼前仿佛睹形质，昔日今朝想如一。
疑从魂梦呼召来，似著丹青图写出。
我爱霓裳君合知[37]，发于歌咏形于诗。
君不见我歌云“惊破霓裳羽衣曲”[38]，
又不见我诗云“曲爱霓裳未拍时”[39]。
由来能事皆有主[40]，杨氏创声君造谱[41]。

君言此舞难得人，须是倾城可怜女[42]。
吴妖小玉飞作烟[43]，越艳西施化为土。
娇花巧笑久寂寥[44]，娃馆苎萝空处所[45]。
如君所言诚有是，君试从容听我语。
若求国色始翻传[46]，但恐人间废此舞。
妍蚩优劣宁相远[47]，大都只在人抬举[48]。
李娟张态君莫嫌[49]，亦拟随宜且教取[50]。

创作背景：

本诗作于宝历元年（825年），白居易时在苏州。白居易收到元稹寄来的《霓裳羽衣舞》曲谱，诗题下作者原注："和微之。"诗篇前半部分完整、生动地描绘了当年任朝官时所见《霓裳羽衣舞》的优美舞姿和动听音乐。后半部分自"当时乍见惊心目"始，结合自己的仕途经历，叙述对此舞的搜寻和教习，表达不使此舞失传的心愿。诗中为后代留下迄今所见的有关唐代这一著名歌舞最完整的记载，作者善于以诗描绘歌舞艺术的高超能力又一次得到体现。

《霓裳羽衣曲》是唐代著名宫廷乐曲。出自印度，原名《婆罗门曲》，开元中河西节度使杨敬述献呈宫廷，经唐玄宗李隆基加工润色，于天宝十三年（754年）改名为《霓裳羽衣曲》。玄宗宠妃杨玉环就以善舞《霓裳羽衣舞》闻名于世。安史之乱后，谱调逐渐失传，到元和、长庆年间，地方上已很少有人能表演。白居易极喜爱音乐，每到一处，必以诗记录当地歌舞女。因此，他的诗集里，有关唐代音乐的资料很多。白居易这首《霓裳羽衣舞歌》用诗句加自注的方式，记录了自己曾在宫中内宴时看过的盛大的表演，生动传神地描述了这种舞蹈的服饰、乐器伴奏和具体表演的细节。除了具有很高的文学价值，还具有极其重要的音乐史料价值。

注释：

1　宪皇：即唐宪宗。
2　昭阳殿：汉宫名，赵飞燕曾居住过，这时代指杨贵妃旧居处。
3　钩栏：即勾栏。表演歌舞杂戏的场所，四周有围栏。　香案：放香炉的几案。
4　帔（pèi）：披肩。　步摇：一种首饰的名称，用金银丝宛转屈曲制成花枝形状，上缀珠玉，插在发髻上，行走时摇动，所以叫"步摇"。
5　钿璎（yīng）：用黄金镶嵌的珠串。　累累：下垂的样子。　珊珊：玉佩的响声。
6　乐悬：悬挂的钟磬类打击乐器。这里指伴奏乐。
7　搀：交互着弹奏。
8　擪（yè），用手指按捺管乐器的洞孔。　逦迤（lǐ yǐ），连绵不断。　"磬箫"二句作者原注："凡法曲之初，众乐不齐，唯金石丝竹次第发声。《霓裳》序初亦复如此。"
9　散序：是《霓裳羽衣舞》的前奏曲，只演奏乐器，没有节拍，不歌不舞。　六奏：六遍，乐曲的一段称遍。
10　慵不飞：娇慵伫立暂不舞动。　"散序"二句：作者原注："散序六遍无拍，故不舞也。"。
11　中序：是《霓裳羽衣舞》的中段。　擘騞（bò huō），象声词。
12　坼（chè），开裂。"中序"二句：作者原注，"中序始有拍，亦名拍序。"
13　回雪：雪回旋飞舞，喻舞姿轻盈优美如雪花飞舞。　本句借用曹植《洛神赋》："飘飖兮若流风之回雪。"
14　纵送：迅疾舞动貌。
15　小垂手：舞姿名。吴兢《乐府解题》："大垂手，小垂手，皆言舞而垂其手也。"
16　斜曳裙：舞女斜拉裙边的舞姿。　以上四句，作者原注，"四句皆霓裳舞之初态。"
17　烟蛾：淡黑色的眉毛。　敛略：蹙眉展眉。　不胜态：无法描述丰富的表情神态。
18　上元：上元夫人，道教传说中的尊贵女仙。
19　王母：指西王母。　"上元"二句：作者原注，"许飞琼、萼绿华，皆女仙也。"
20　铿铮：乐声响亮。　"繁音"二句：作者原注，"霓裳曲十二遍而终。"
21　"唳鹤"句：作者原注，"凡曲将毕，皆声拍促速，唯《霓裳》之末，长引一声也。"
22　乍见：初见。
23　人间：唐代把在京城任职接近皇帝看作在天上，把出任地方官看作降落人间。白居易在江州、忠州、杭州、苏州合计约八、九年。

24 耳冷：耳边冷清。
25 山魈：山中精怪。
26 巴峡：巴县（治所在今重庆巴南区）以东的一段江峡。这里泛指忠州一带山峡。 “巴峡”句：作者原注，“予自江州司马转忠州刺史。”
27 问：寻访，留意。
28 玲珑：杭州商姓名妓，见白居易《醉歌示妓人商玲珑》。 箜篌（kōng hóu）：汉代时西域传入的弦乐器。
29 觱篥（bì lì）：汉代时西域龟兹传入的簧管乐器。作者原注，“自玲珑已下，皆杭之妓名。”
30 虚白亭：在杭州刺史衙中，为休息处所。
31 衹（zhī）：同“只”，正、恰。 按：演奏。
32 除庶子：白居易于长庆四年五月罢杭州刺史，以太子左庶子分司东都。
33 案牍：官府文书。 侵夜：入夜。
34 君：指元稹，时为浙东观察使、越州刺史。 部：古代监察区域名。这里指浙东观察使辖区。 乐徒：乐人。
35 七县十万户：据《元和郡县志》卷二十六越州载，浙东观察使辖越州等七州，共十万四千三百六十七户，可知“七县”当作“七州”为是。
36 《霓裳羽衣谱》：今元稹集中不载，已佚。
37 合知：应当知道。
38 “惊破”句：作者原注，“《长恨歌》云。”指《长恨歌》“渔阳鼙鼓动地来，惊破霓裳羽衣曲”。
39 “曲爱”句：作者原注，“钱塘诗云。”钱塘诗，指《重题别东楼》诗，有诗句“宴宜云髻新梳后，曲爱霓裳未拍时”。
40 能事：所擅长的事。
41 “杨氏”句：作者原注，“开元中，西凉府节度杨敬述造。”
42 可怜：可爱。
43 妖：指艳丽女子。“吴妖”句：作者原注，“夫差女小玉死后，形见于王，其母抱之，霏微若烟雾散空。”事见东晋干宝《搜神记》卷十六。
44 娇花：指美丽的容貌。 巧笑：指动人的笑容。
45 娃馆：馆娃宫。吴王夫差为西施而建，遗址在今苏州西南灵岩山上。 苎罗：西施的故乡，在今浙江诸暨南。
46 翻传：指依谱传授。
47 妍蚩（chī）：美与丑。 蚩，同“媸”。 宁：岂，难道。
48 抬举：追捧，扶植。
49 “李娟”句：作者原注，“娟、态，苏妓之名。”
50 取：用在动词后作为助词。

评论：

（宋）葛立方《韵语阳秋》：《霓裳羽衣舞》，始于开元，盛于天宝，今寂不传矣。白乐天作歌和元微之云：“今年五月至苏州，朝钟晨鼓催白头，……惟寄长歌与我来，题作《霓裳羽衣谱》。”想其千姿万状，缀兆音声，具载于长歌，按歌而谱可传也。今元集不载此，惜哉！赖有白诗，可见一二尔。“虹裳霞披步摇冠，钿缨累累佩珊珊”者，言所饰之服也。又曰：“散序之奏未动衣，中序擘騞初入拍。繁音急节十二遍，唳鹤曲终长引声。”言所奏之曲也。而《唐会要》谓：《破阵乐》《赤白桃李花》《望瀛》《霓裳羽衣》，总名法曲。今世所传《望瀛》亦十二遍，散离元拍曲，终亦长引声。若乐奏《望瀛》，亦可仿佛其遗意也。

（清）毛奇龄《西河诗话》：白乐天工声吕，故诗中每寓歌格、舞法。如《霓裳羽衣舞曲》，此世人所最难响象者。

（清）乾隆御定《唐宋诗醇》：“我昔元和侍宪皇”至“唳鹤曲终长引声”，叙《霓裳羽衣》之节奏声容也。“当时乍见惊心目”至“闻道如今各星散”，叙自己之仕途迁移而选伎以教《霓裳》。“今年五月至苏州”至“似著丹青图写出”，叙微之之寄《霓裳羽衣》谱也。“我爱《霓裳》君合知”至末，以和诗意作结，而言此舞之不可失其传也。……叙次分明，层层照应，可当一篇《霓裳羽衣》记；情致缠绵往复，极一唱三叹之妙。

（清）翁方纲《石洲诗话》：白公之为《长恨歌》《霓裳羽衣曲》诗篇，自是不得不然，不但不蹈杜公、韩公之辙也，是乃“浏漓顿挫，独出冠时”，所以为豪杰耳。始悟后之欲复古者，真强作解事。

寄全椒山中道士[1]

［唐］韦应物

今朝郡斋冷[2]，忽念山中客[3]。
涧底束荆薪[4]，归来煮白石[5]。
欲持一瓢酒[6]，远慰风雨夕[7]。
落叶满空山，何处寻行迹[8]。

创作背景：

韦应物（约737—792），唐代诗人。京兆长安（今陕西西安）人。少年时为玄宗近侍，扈从游幸。安史之乱后，唐玄宗奔蜀，韦应物立志读书，进士及第，官至洛阳丞，后为滁州和江州刺史、左司郎中、苏州刺史，故世称韦江州、韦左司或韦苏州。其诗以擅写田园山水，其味高远詹淡。与王维、孟浩然、柳宗元并称“王孟韦柳”。

此诗作于唐德宗建中四年（783年）或兴元元年（784年）秋日，正值作者在滁州刺史任上，借滁州美景，韦应物在此段时间内创作了多篇名作。

注释：

1　寄：寄赠。　全椒：今安徽省全椒县，唐时属滁州。
2　郡斋：滁州刺史衙署的斋舍。
3　山中客：指全椒县西三十里神山上的道士。
4　涧：山间流水的沟。　束：捆。　荆薪：杂柴。
5　白石：《神仙传》云：“白石先生者，中黄丈人弟子也，常煮白石为粮，因就白石山居，时人故号曰白石先生。”此指山中道士艰苦的修炼生活。
6　瓢：用葫芦制成的盛水或盛酒的器具。
7　风雨夕：风雨之夜。
8　行迹：来去的踪迹。

评论：

（宋）洪迈《容斋随笔》：韦应物在滁州，以酒寄全椒山中道士，作诗云云。其为高妙超诣，固不容夸说，而结尾两句，非复语句思索可到。

（清）张谦宜《茧斋诗谈》：无烟火气，亦无云雾光，一片空明，中涵万象。

（清）王闿运《王闿运手批唐诗选》：超妙极矣，不必有深意。然不能数见，以其通首空灵，不可多得也。

李贺诗两首

将进酒[1]

［唐］李　贺

琉璃钟[2]，琥珀浓[3]，小槽酒滴真珠红[4]。
烹龙庖凤玉脂泣[5]，罗帏绣幕围香风[6]。
吹龙笛[7]，击鼍鼓[8]；皓齿歌，细腰舞。
况是青春日将暮，桃花乱落如红雨。
劝君终日酩酊醉，酒不到刘伶坟上土[9]。

创作背景：

李贺（791—817），字长吉，中唐诗人。祖籍陇西成纪（今甘肃秦安），生于福昌县昌谷（今河南洛阳宜阳县）。李贺是唐朝宗室没落后裔，家境贫困，虽才华出众，但仕途偃蹇，仅曾官奉礼郎。其一生郁郁不得志，穷困潦倒，死时年仅二十七岁。其诗述世事沧桑、生死荣枯，感触尤多。善于熔铸词采，驰骋想象，运用神话传说，创造出新奇瑰丽的诗境，在诗史上独树一帜，被后人称为“诗鬼”。

注释：

1 将（qiāng）进酒：原是汉乐府短箫铙歌的曲调，这里意为“劝酒歌”。
2 钟：盛酒的器皿。
3 琥珀：以明黄色喻指美酒。
4 小槽：古时制酒器中的一个部件，酒由此缓缓流出。　真珠红：红酒滴落如珍珠。
5 玉脂泣：比喻油脂在烹煮时发出的声音。
6 罗帏：一作“罗屏”。
7 龙笛：长笛。
8 鼍（tuó）鼓：用鼍皮制作的鼓。鼍，扬子鳄。
9 刘伶：晋人，“竹林七贤”之一，以嗜酒著称，曾命童仆荷锄跟随，云“死便埋我”，著有《酒德颂》。

评论：

（宋）胡仔《苕溪渔隐丛话后集》引《复斋漫录》：长吉有“桃花乱落如红雨”之句，以此名世。余观刘禹锡云：“花枝满空迷处所，摇动繁英追红雨。”刘、李出于一时，绝非相剽窃也。

（明）杨慎《升庵诗话》：东坡诗“山中故人应有招我归来篇”，十一言也。“我不敢效我之自逸”，亦可作两句：若长吉“酒不到刘伶坟上土”八言，一句浑全。

（清）沈德潜《唐诗别裁》：佳句，不须雕刻（“桃花乱落”句）。达人之言（最后二句）。

（清）史承豫《唐贤小三昧集》：此长吉诗之最接近人、最可法者。风调从太白来。

（清）宋宗元《网师园唐诗笺》：悲咽，令人肠断（最后二句）。

李凭箜篌引[1]

［唐］李　贺

吴丝蜀桐张高秋[2]，空山凝云颓不流。
湘娥啼竹素女愁[3]，李凭中国弹箜篌[4]。
昆山玉碎凤凰叫[5]，芙蓉泣露香兰笑[6]。
十二门前融冷光[7]，二十三丝动紫皇[8]。
女娲炼石补天处，石破天惊逗秋雨[9]。
梦入神山教神妪[10]，老鱼跳波瘦蛟舞[11]。
吴质不眠倚桂树[12]，露脚斜飞湿寒兔[13]。

创作背景：

此诗大约作于唐宪宗元和六年（811年）至元和八年（813年），当时李贺任职于长安，官奉礼郎（执掌祭祀的九品小官）。

注释：

1　李凭：当时的梨园艺人，善弹奏箜篌（kōng hóu），唐人有多位诗人描写。　箜篌引：乐府旧题，属《相和歌辞·瑟调曲》。　箜篌：古代弦乐器，其弦数从五弦到二十五弦不定，形状亦有多种。据诗中“二十三丝”，可知李凭弹的是竖箜篌。　引：一种古代诗歌体裁，篇幅较长，音节、格律一般比较自由，形式有五言、七言、杂言。

2　吴丝蜀桐：吴地之丝，蜀地之桐，是制作箜篌的最好材料。　张：调好弦，准备弹奏。　高秋：深秋，指弹奏的季节。

3　湘娥：湘水神，指舜帝二妃娥皇、女英。　素女：传说中的神女，善鼓瑟。

4　中国：即国之中央，即京城长安。

5　昆山：即昆仑山，山上多玉石。　玉碎：形容乐音清脆。　凤凰叫：形容乐声如凤鸣。

6　泣露：形容乐声幽咽。　幽兰笑：形容乐声明快。

7　十二门：长安城东西南北每一面各三门，共十二门。　融冷光：形容乐声清冷，使人觉得长安城融在寒光之中。

8　二十三丝：《通典》卷一百四十四：“竖箜篌，胡乐也，汉灵帝好之，体曲而长，二十三弦。竖抱于怀中，用两手齐奏，俗谓之擘箜篌。”　紫皇：道教称天上最尊的神为“紫皇”。这里用来指皇帝。

9　逗：吸引过来。

10　神妪（yù）：《搜神记》卷四：“永嘉中，有神现兖州，自称樊道基。有妪号成夫人。夫人好音乐，能弹箜篌，闻人弦歌，辄便起舞。”所谓“神妪”，疑用此典。　教神妪：李凭在梦中将他的绝艺教给神仙。

11　老鱼跳波：鱼随着乐声跳跃。源自《列子·汤问》：“瓠巴鼓琴而鸟舞鱼跃。”

12　吴质：即月宫中伐桂不息的吴刚。

13　露脚：形容露珠下滴。　寒兔：月中玉兔。

评论：

（宋）杨万里《诚斋诗话》：诗有惊人句。杜《山水障》中“堂上不合生枫树，怪底江山起烟雾。”……李贺云：“女娲炼石补天处，石破天惊逗秋雨。”

（明）高棅《唐诗品汇》：刘云，“其形容偏得于此，而于箜篌为近（“老鱼跳波”句下）。”“状景如画，自其所长。箜篌声碎有之，‘昆山玉’颇无谓。下七字妙语，非玉箫不足以当，‘石破天惊’过于绕梁遏云之上。至“教神妪”忽入鬼语。吴质懒态，月露无情。”

（明）高棅辑 、（明）谭元春鉴正《增订评注唐诗正声》：幽玄神怪，至此而极，妙在写出声音情态。

（清）黄周星《唐诗快》：本咏箜篌耳，忽然说到女娲、神妪，惊天入月，变眩百怪，不可方物，真是鬼神于文。

（清）叶矫然《龙性堂诗话初集》：长吉耽奇凿空，真有“石破天惊”之妙，阿母所谓是儿不呕出心不已也。然其极作意费解处，人不能学，亦不必学。义山古体时效此调，却不能工，要非其至也。

（清）方扶南《李长吉诗集批注》卷一：白香山“江上琵琶”、韩退之《颖师琴》，李长吉《李凭箜篌》，皆摹写声音至文。韩足以惊天，李足以泣鬼，白足以移人。

高步瀛《唐宋诗举要》：吴云，“通体皆从神理中曲曲摹绘，出神入幽，无一字落恒人蹊径。”

九日齐山登高[1]

［唐］杜 牧

江涵秋影雁初飞，与客携壶上翠微[2]。
尘世难逢开口笑，菊花须插满头归。
但将酩酊酬佳节[3]，不用登临恨落晖[4]。
古往今来只如此，牛山何必独沾衣。

创作背景：

杜牧（803—853），晚唐诗人。字牧之，京兆万年（今陕西西安）人，宰相杜佑之孙。大和进士，授宏文馆校书郎。多年在外地任幕僚，后历任监察御史，史馆修撰，黄州、池州、睦州刺史等职，后入为司勋员外郎，官终中书舍人。诗以七言绝句著称，独步于晚唐诸家。后人谓之“小杜”，以济世之才自负。诗文中多指陈时政之作。写景抒情的小诗，多清丽生动。

本诗作于唐会昌五年（845年），诗人张祜来池州拜访杜牧。因二人都怀才不遇，同命相怜，故九日登齐山时，感慨万千，遂作此诗。

注释：

1　九日：旧历九月九日重阳节，旧俗登高饮菊花酒。　齐山：在今安徽省贵池县。杜牧在武宗会昌年间曾任池州刺史。

2　翠微：这里代指山。

3　酩酊（mǐng dǐng）：醉得稀里胡涂。这句暗用晋朝陶渊明典故。　《艺文类聚·卷四》引《续晋阳秋》：“陶潜尝九月九日无酒，宅边菊丛中摘菊盈把，坐其侧，久望，见白衣至，乃王弘送酒也。即便就酌，醉而后归。”

4　登临：登山临水，泛指游览山水。

评论：

（元）方回《瀛奎律随》：“尘世”对“菊花”，开合抑扬，殊无斧凿痕，又变体之俊者。后人得其法，则诗如禅家散圣矣。

（明）胡应麟《诗薮•内编》卷五：虽意稍疏野，亦自一种风致。

（明）郝敬《批选唐诗》：豪爽真率，不用雕饰，可想其人。

（清）杨逢春《唐诗绎》：通体浑灏流转，挥洒自然，犹见盛唐风格。

（清）黄叔灿《唐诗笺注》：通幅气体豪迈，直逼少陵。

（清）吴汝纶《桐城吴先生评点唐诗鼓吹》：此等诗，自杜公外，盖不多见，当为小杜七律中第一。

破阵子·春景[1]

［宋］晏　殊

燕子来时新社[2]，梨花落后清明。
池上碧苔三四点[3]，叶底黄鹂一两声，日长飞絮轻[4]。

巧笑东邻女伴[5]，采桑径里逢迎[6]。
疑怪昨宵春梦好[7]，元是今朝斗草赢[8]，笑从双脸生。

创作背景：

晏殊（991—1055），北宋初期著名诗人，字同叔，谥元献，临川（今江西省抚州市）人。十四岁以神童招试，被真宗赐同进士出身。后拜集贤殿学士，同中书门下平章事，兼枢密使。一生显达，好文学，喜人才，当时范仲淹、富弼、欧阳修、张先等不少名士皆出其门。晏殊的词承袭五代冯延巳，题材虽不出男欢女爱、佳会宴游，但风格闲雅婉丽，造语自然，富于个性特征。有《珠玉词》，存词一百二十余首。

这首词创作的具体年代已不详。晏殊自小在农村生活，因此在描写富贵之余，涉足农村生活题材也一样不同凡响，这首《破阵子》即是代表。可当"温润秀洁"的评价。

注释：
1　破阵子：原唐教坊曲，一名《十拍子》。
2　新社：新社即春社，时间在立春后、清明前，祭祀土地神，以祈丰收。
3　碧苔：碧绿青苔。
4　飞絮：飘飞着的柳絮。
5　巧笑：少女明媚动人的笑容。
6　逢迎：相逢。
7　疑怪：怪不得。
8　斗草：古代妇女的一种游戏，也叫"斗百草"。梁代宗懔的《荆楚岁时记》载："五月五日，谓之浴兰节。荆楚人并踏百草，又有斗百草之戏。"

评论：

（明）卓人月《古今词统》卷十：小倩香奁中笔。

（清）陈廷焯《闲情集》卷一：风神婉约。

（清）许昂霄《词综偶评》：如闻香口，如见冶容。

刘永济《唐五代两宋词简析》：此乃纯用旁观者之言，描写春日游女戏乐之情景。因见游女斗草得胜之笑，而代写其心情。言今朝斗草得胜，乃昨宵好梦之验，可谓能深入人物之心者。此种词虽无寄托，而描绘人情物态，极其新鲜生动，使读者如亲见其人其事，而与作者同感其乐。单就艺术性说来，亦有可采之处也。

东　溪[1]

［宋］梅尧臣

行到东溪看水时，坐临孤屿发船迟[2]。
野凫眠岸有闲意[3]，老树着花无丑枝[4]。
短短蒲茸齐似剪[5]，平平沙石净于筛[6]。
情虽不厌住不得[7]，薄暮归来车马疲[8]。

创作背景：

梅尧臣（1002—1060），字圣俞，北宋宣州宣城（今属安徽）人。宣城古名宛陵，世称“梅宛陵”。少时应进士不第。历任州县官属。皇佑（1049—1054）初期赐进士出身，授国子监直讲，官至尚书都官员外郎。曾预修《唐书》。诗风古淡，对宋代诗风的转变影响很大，与欧阳修同为北宋前期诗文革新运动领袖。

皇佑五年（1055年），梅尧臣居母丧回到家乡，是年已五十三岁。他徜徉于家乡秀丽的景色中，写了不少诗，寄托对山水及人生的情趣。

注释：

1　东溪：即宛溪，在作者家乡安徽宣城。溪发源于天目山，至城东北与句溪合，宛、句两水，合称“双溪”。溪中多石，水波翻涌，奇变可玩。

2　孤屿：这里指水中孤石。

3　野凫（fú）：野鸭。

4　着（zhuó）花：开花。

5　蒲茸：初生的菖蒲。

6　净于筛：比筛子筛过还干净。

7　住不得：再不能停留下去了。

8　薄暮：黄昏。

评论：

（宋）欧阳修《水谷夜行》评梅尧臣：文词愈清新，心意难老大，有如妖娆女，老自有余态。

（宋）胡仔《苕溪渔隐丛话》：似此等句，须细味之，方见其用意。

（元）方回《瀛奎律髓》赞“野凫”句为“当世名句”。

苏轼诗三首

游金山寺[1]

[宋]苏　轼

我家江水初发源[2]，宦游直送江入海[3]。
闻道潮头一丈高，天寒尚有沙痕在。
中泠南畔石盘陀[4]，古来出没随涛波。
试登绝顶望乡国，江南江北青山多。
羁愁畏晚寻归楫[5]，山僧苦留看落日。
微风万顷靴文细，断霞半空鱼尾赤。
是时江月初生魄[6]，二更月落天深黑。
江心似有炬火明[7]，飞焰照山栖鸟惊。
怅然归卧心莫识，非鬼非人竟何物。
江山如此不归山，江神见怪惊我顽。
我谢江神岂得已[8]，有田不归如江水[9]。
（是夜所见如此。）

创作背景：

苏轼（1037—1101），字子瞻，号东坡居士，四川人，北宋文学家、书画家。一生仕途坎坷，学识渊博，天资极高，诗文书画皆精。其文汪洋恣肆，明白畅达，与欧阳修并称“欧苏”，为“唐宋八大家”之一；诗清新豪健，善用夸张、比喻，艺术表现独具风格，与黄庭坚并称“苏黄”；词开豪放一派，对后世有巨大影响，与辛弃疾并称“苏辛”；书法擅长行书、楷书，能自创新意，用笔丰腴跌宕，有天真烂漫之趣，与黄庭坚、米芾、蔡襄并称“宋四家”；画学文同，论画主张神似，提倡“士人画”。

熙宁四年（1071年），苏轼得罪新党，自求外放，在前往杭州任通判的途中，途经镇江，夜宿城外金山寺，观赏到江上夜景，写下此诗。

注释：

1　金山寺：在今江苏镇江西北的长江边的金山上，宋时山在江心。
2　初发源：古人认为长江的源头是岷山，苏轼的家乡眉山正在岷江边。
3　江入海：镇江一带因江面较宽古称海门，所以说“直送江入海”。
4　中泠：金山西之泉。　盘陀：形容石头突兀不平。
5　归楫：楫是船桨。归楫代指从金山回去的船。
6　初生魄：苏轼游金山在农历十一月初三，见到新月初生。
7　“江心”一句：或指江中能发光的某些水生动物。
8　谢：以词相告。　岂得已：这里指我宦游不归并非自己的本意。
9　有田不归：如果我有田却不归园田居。　如江水：古人发誓的一种方式。如《晋书·祖逖传》载祖逖“中流击楫而誓曰：‘祖逖不能清中原而复济者，有如大江！”

评论：

（清）汪师韩《苏诗选评笺释》卷一：一往作缥渺之音，觉自来赋金山者，极意着题，正无从得此远韵。起二句将万里程，半生事，一笔道尽，恰好由岷山导江至此处海门归宿为入题之语。中间“望乡国”句，故作羁望语以环应首尾。“微风万倾”二句，写出空旷幽静之致。忽接入“是时江月”一段，此不过记一时阴火潜燃景象耳。思及江神见怪，而终之以归田。矜奇之语，见道之言，想见登眺徘徊，俯视一切。

（清）施补华《岘佣说诗》：“我家江水初发源，宦游直送江入海”，确是东坡游金山寺发端，他人抄袭不得。盖东坡家眉州近岷江，故曰“江初发源”；金山在镇江，下此即海，故曰“送江入海”。中间“微风万顷”二句，说的是江心晚景。收处“江山如此”四句两转，尤见跌宕。

陈衍《宋诗精华录》：一起高屋建瓴，为蜀人独足夸口处。通篇遂全就望乡归山落想，可作《庄子·秋水篇》读。

高步瀛：既之与《后赤壁赋》同，而意境甚彼。

临江仙[1]

[宋] 苏　轼

夜饮东坡醒复醉，归来仿佛三更。
家童鼻息已雷鸣。敲门都不应，倚杖听江声[2]。

长恨此身非我有，何时忘却营营[3]。
夜阑风静縠纹平[4]。小舟从此逝，江海寄余生。

创作背景：

这首词作于宋神宗元丰五年（1082年）九月，这是苏轼因“乌台诗案”被谪贬黄州（今湖北黄冈）的第三年。经历了劫后余生，苏轼思想中的出世之思渐渐抬头，在深秋之夜苏轼与朋友在东坡雪堂开怀畅饮，醉后返归临皋住，写成此诗。此时，喧嚣归于落寞，诗人以一种旷达不羁、遗世独立的形象抒写内心的自由与不屈。全词风格清旷而飘逸，却又暗含孤独与伤感。

注释：

1　东坡：在湖北黄冈县东。苏轼谪贬黄州时，住在城南长江边上的临皋亭。后来，又在不远处开垦了一片荒地，种上庄稼树木，在这里筑屋名雪堂，又效白居易忠州东坡之名，故云“东坡”，并以之作为自己的别号名。

2　听江声：苏轼寓居湖北黄县南长江边，故能听长江涛声。

3　营营：形容为利禄竞逐钻营。

4　夜阑：夜晚将尽。　縠纹：如绉纱一般的水波细纹。

六月二十日夜渡海

［宋］苏　轼

参横斗转欲三更[1]，苦雨终风也解晴[2]。
云散月明谁点缀？天容海色本澄清[3]。
空余鲁叟乘桴意[4]，粗识轩辕奏乐声[5]。
九死南荒吾不恨[6]，兹游奇绝冠平生[7]。

创作背景：

苏轼的晚年，经历新旧党，因为其耿介不阿的性格，屡遭迫害。绍圣元年（1094年），宋哲宗亲政，蔡京、章惇之流执掌朝政，严厉打击元佑旧臣。苏轼更成了打击迫害的主要对象，一贬再贬，由英州（今广东英德）而至惠州，最后远放儋州（州治在今广东儋县，辖境在今海南），前后七年。直到哲宗病死，才遇赦北还。这首诗，就是元符三年（1100年）六月自海南岛返回时所作，此时苏轼已被贬南荒三年，但苏轼自有其旷达与倔强，“九死南荒吾不恨，兹游奇绝冠平生”，这是以傲然的姿态向政敌公然示威。

惯见沧海成桑田，唯余诗句日日新。这，或许就是一位诗人能做到的最伟大的反抗吧！

注释：
1　参（shēn）横斗转：时值夜深，参宿横斜，北斗转向。
2　苦雨终风：雨下不停，风刮终日。
3　天容：青天的本色。　本澄清：喻指自己原本就是清白，污蔑终如云散。
4　鲁叟：指孔子。　桴（fú）：小筏子。《论语·公冶长》载孔子说：“道不行，乘桴浮于海。”
5　轩辕：即黄帝。　奏乐声：这里形容涛声，也隐指老庄玄理。《庄子·天运》：黄帝张咸池之乐于洞庭之野。
6　南荒：僻远荒凉的南方。　恨：悔恨。
7　兹游：把这次贬谪海南比作游历。　冠平生：在此生中最为精彩。

评论：

（清）纪昀《瀛奎律髓刊误》：前半纯是比体。如此措辞，自无痕迹。

叶嘉莹《北宋名家词选讲》：这是苏东坡的一种修养，就像他在《超然台记》开头所写的“凡物皆有可观。苟有可观，皆有可乐”。他说，凡是宇宙万物，都有它值得观赏的地方：高大雄伟的山川值得观赏，幽花细草也值得观赏；圣贤伟人有值得你尊仰的地方，田夫野老、稚子儿童也有值得你爱赏的地方。

书磨崖碑后[1]

［宋］黄庭坚

春风吹船着浯溪[2]，扶藜上读中兴碑[3]。
平生半世看墨本[4]，摩挲石刻鬓成丝[5]。
明皇不作苞桑计[6]，颠倒四海由禄儿[7]。
九庙不守乘舆西[8]，万官已作鸟择栖[9]。
抚军监国太子事[10]，何乃趣取大物为[11]？
事有至难天幸耳[12]，上皇蹰蹐还京师[13]。
内间张后色可否[14]？外间李父颐指挥[15]。
南内凄凉几苟活[16]，高将军去事尤危[17]。
臣结舂陵二三策[18]，臣甫杜鹃再拜诗[19]。
安知忠臣痛至骨，世上但赏琼琚词[20]。
同来野僧六七辈，亦有文士相追随。
断崖苍藓对立久，冻雨为洗前朝悲[21]。

创作背景：

黄庭坚（1045—1105），字鲁直，号山谷道人，晚号涪翁，洪州分宁（今江西省九江市修水县）人，北宋英宗治平四年（1067年）进士。曾任秘书省校书郎等职。后遭贬谪，卒于贬所。黄庭坚是北宋著名文学家、书法家，为盛极一时的江西诗派“开山之祖”，与杜甫、陈师道和陈与义素有“一祖三宗”（黄庭坚为其中一宗）之称。与张耒、晁补之、秦观都游学于苏轼门下，合称为“苏门四学士”。生前与苏轼齐名，世称“苏黄”。著有《山谷词》，且黄庭坚书法亦能独树一格，为“宋四家”之一。

宋徽宗崇宁二年（1103年），诗人以“幸灾谤国”的罪名从鄂州（今湖北武昌）贬往宜州（今广西宜山）。崇宁三年（1104年）春天，诗人由鄂州寓所前往，途经祁阳县，泛舟浯溪，亲见《中兴颂》石刻，写下了这首诗。诗以元结的《中兴颂》碑文为咏，既是一篇涉及唐玄宗、唐肃宗千秋功罪的史论，又隐含着诗人当下的寄托。

注释：

1 磨崖碑：指由元结撰文、颜真卿书写的《大唐中兴颂》，内容描写肃宗平定安史之乱，使唐室“中兴”的事。该文刻于湖南祁阳境内的浯溪临江石崖上。

2 浯（wú）溪：在今湖南祁阳西南五里。

3 藜（lí）：藜杖，手杖。

4 墨本：拓本。

5 摩挲（suō）：抚摸。

6 明皇：即唐玄宗李隆基。 苞桑计：《周易》：“其亡其亡，繫于苞桑。” 孔颖达疏：“苞，本也。凡物繫于桑之苞本，则牢固也。若能其亡其亡，以自戒慎，则有系于苞桑之固，无倾危也。”后因用“苞桑”指帝王能经常思危而不自安，国家就能巩固。

7 颠倒四海：使国家倾覆。 禄儿：即安禄山。

8 九庙：即帝王祖先之庙，古天子庙九室。诗中代指京城。 乘舆（yú）西：指唐玄宗出奔四川事，此处用“乘舆”代替皇帝。

9 鸟择栖：指朝臣们另找靠山。一说宰相陈希烈等投降安禄山，一是说部分官员追随太子李亨到灵武。

10 抚军监国：统率军队，守护国家。 事：分内之事。

11 趣：同“促”，匆忙。 大物：国家，天下。

12 天幸尔：代指肃宗成功乃是天幸。

13 蹰（jú）蹐（jí）：累足不安，无法舒展的样子。诗中指唐玄宗回国都后，受唐肃宗所制，无法施展自己以前的权力，没有自主之力。

14　张后：唐肃宗皇后张良娣。
15　李父：即李辅国，唐朝中期权宦。安史之乱期间，劝说太子李亨继承帝位。唐肃宗即位后，被加封为元帅府行军司马，开始掌握兵权，并改名为辅国。　颐指挥：以下巴示意而指挥人，常以形容趾高气扬的傲慢态度。
16　南内：唐玄宗自回蜀后，住南内庆兴宫，后迁西内软禁。
17　高将军：唐玄宗心腹高力士，曾封骠骑大将军。后遭李辅国诬陷，流放巫州。
18　臣结：指元结，作有《舂（chōng）陵行》诗，反映民间疾苦。
19　臣甫：即杜甫。　杜鹃：杜甫作《杜鹃行》诗，以杜鹃喻唐玄宗失位。
20　琼琚（qióng jū）：华美的佩玉。诗中指文辞华丽。
21　冻雨：即暴雨。

评论：

（宋）曾季狸《艇斋诗话》：山谷浯溪碑诗有史法，古今诗人不至此也。

（宋）胡仔《苕溪渔隐丛话》：杰句伟论，殆为绝唱，后来难复措词矣。

（宋）张戒《岁寒堂诗话》：可谓入子美（杜甫）之室。

（元）刘壎《隐居通议》：精深有议论，严整有格律。

（明）王世贞《弇州山人四部稿》：是论宗语，俯仰感慨，不忍再读；迫切诘屈，亦令人易厌。

陈衍《宋诗精华录》：此首音节甚佳，而议论未是。

踏莎行·郴州旅舍[1]

［宋］秦　观

雾失楼台[2]，月迷津渡[3]。桃源望断无寻处。
可堪孤馆闭春寒[4]，杜鹃声里斜阳暮[5]。

驿寄梅花[6]，鱼传尺素[7]。砌成此恨无重数[8]。
郴江幸自绕郴山[9]，为谁流下潇湘去[10]。

创作背景：

秦观（1049—1100）字少游，又字太虚，自号淮海先生。北宋扬州高邮（今江苏省高邮县）人，官至太学博士，国史馆编修。秦观一生坎坷，所写诗词，高古沉重，寄托身世，感人至深。

此词为作者绍圣四年（1097年）作者因坐党籍连遭贬谪于郴州旅店所写。当时作者因新旧党争先贬杭州通判，再贬监州酒税，后又被罗织罪名贬谪郴州，削去所有官爵和俸禄；又贬横州，此词作于离郴前。因担心被苏轼牵连，秦观曾经因进退失据而有所失态，这首《踏莎行》的下阕，很可能是秦观在流放岁月中，通过同为苏门友人的黄庭坚，向苏轼所作的曲折表白。

注释：

1　踏莎行：词牌名。 郴（chēn）州：今湖南郴县。
2　雾失楼台：暮霭沉沉，楼台消失在浓雾中。
3　月迷津渡：月色朦胧，渡口隐没不见。
4　可堪：怎堪，受不住。 孤馆：馆舍孤居。
5　杜鹃：鸟名，相传其鸣叫声像人言“不如归去”，惹人思乡。
6　驿寄梅花：陆凯在《赠范晔诗》：“折梅逢驿使，寄与陇头人。江南无所有，聊赠一枝春。”作者自比范晔，表示收到了来自远方的问候。
7　鱼传尺素：东汉蔡邕的《饮马长城窟行》中有“客从远方来，遗我双鲤鱼。呼儿烹鲤鱼，中有尺素书。”这里表示友人从远方来信。
8　砌：堆积。无重数：数不尽。
9　郴江：清顾祖禹《读史方舆纪要·湖广》载，郴水在“州东一里，一名郴江，源发黄岑山，北流经此……下流会来水及自豹水入湘江。” 幸自：本自，本来是。
10 为谁：为什么。 潇湘：湖南境内的潇水和湘水，合流后称湘江，又称潇湘。 这句词的意思是：为什么要流去潇湘呢？连郴江都有诸种无奈何况人呢？

评论：

（清）王士祯《花草蒙拾》：“郴江幸自绕郴山，为谁流下潇湘去？”千古绝唱。秦殁后坡公常书此于扇云：“少游已矣，虽万人何赎！”高山流水之悲，千载而下，令人腹痛。

（清）黄苏《蓼园词选》：少游坐党籍，安置郴州。首一阙是写在郴，望想玉堂天上，如桃源不可寻，而自己意绪无聊也。次阕言书难达意，自己同郴水之自绕郴山，不能下潇湘以向北流也。语意凄切，亦自蕴藉，玩味不尽。“雾失”“月迷”，总是被谗写照。

王国维《人间词话》：少游词境，最为凄婉。至“可堪孤馆闭春寒，杜鹃声里斜阳暮”，则变而凄厉矣。

唐圭璋《唐宋词简释》：此首写羁旅，哀怨欲绝。起写旅途景色，已有归路茫茫之感。末引“郴江”“郴山”，以喻人之分别，无理已极，沉痛已极，宜东坡爱之不忍释也。

王方俊《唐宋词赏析》：这首词层次极为分明。开头两句都以对句起，都是平叙；中间第三句一顿；末两句是中心所在。虽是小词，用的是慢词作法。

叶嘉莹《唐宋词十七讲》：头三句的象征与结尾的发问有类似《天问》的深悲沉恨的问语，写得这样沉痛，是他过人的成就，是词里的一个进展。

李清照词两首

渔家傲·记梦[1]

［宋］李清照

天接云涛连晓雾，星河欲转千帆舞[2]。
彷佛梦魂归帝所[3]，闻天语[4]，殷勤问我归何处[5]？

我报路长嗟日暮[6]，学诗谩有惊人句[7]。
九万里风鹏正举[8]，风休住，蓬舟吹取三山去[9]。

创作背景：

李清照（1084—约1155），宋代女词人。号易安居士，齐州章丘（今属山东）人。一生创作历经北南宋之变。早期与夫赵明诚共同致力于书画金石的搜集整理，生活闲适。金兵入据中原，流寓南方，丈夫病死，境遇孤苦。其词前期多写其悠闲生活，后期多悲叹身世，情调感伤，也流露出对中原的怀念。形式上善用白描手法，自辟途径，语言清丽。提出词“别是一家”，强调协律，崇尚典雅，反对以文为词。后人有《漱玉词》辑本。今人有《李清照集校注》。

此词作于李清照南渡之后。据《金石录后序》记载，宋高宗建炎四年（1130年）春，李清照曾在海上航行，历尽风涛之险。此词中写到大海、乘船，人物有天帝及词人自己，都与这段真实的生活所得到的感受有关。

注释：

1 渔家傲：词牌名。
2 星河：银河。
3 帝所：天帝居住之地。
4 天语：天帝的问话。
5 殷勤：关心，关注。
6 报：回答。 路长：隐括屈原《离骚》中“路曼曼其修远兮，我将上下而求索”，坚持理想、勇敢追索之意。
嗟（jiē）：慨叹。日暮，隐括屈原《离骚》中“欲少留此灵琐兮，日忽忽其将暮”之意。
7 学诗谩有惊人句：隐括杜甫句“语不惊人死不休”。 谩：徒然。
8 九万里：《庄子·逍遥游》中说大鹏腾风上飞九万里。
9 蓬舟：像蓬蒿一般轻盈的小舟。 吹取：吹到。 三山：传说渤海中有仙人居住的蓬莱、方丈、瀛洲三座仙山。

评论：

（清）黄苏《蓼园词选》：浑成大雅，无一毫钗粉气。

梁启超《艺蘅馆词选》：此绝似苏辛派，不类《漱玉词》中语。

徐培均：这首词气势磅礴、音调豪迈，是婉约派词宗李清照的另类作品，具有明显的豪放派风格，是李词中仅见的浪漫主义名篇。

永遇乐[1]

［宋］李清照

落日熔金，暮云合璧，人在何处？
染柳烟浓，吹梅笛怨[2]，春意知几许。
元宵佳节，融和天气，次第岂无风雨[3]。
来相召，香车宝马[4]，谢他酒朋诗侣。

中州盛日[5]，闺门多暇，记得偏重三五[6]。
铺翠冠儿[7]，捻金雪柳[8]，簇带争济楚[9]。
如今憔悴，风鬟霜鬓[10]，怕见夜间出去[11]。
不如向，帘儿底下，听人笑语。

创作背景：

这首词写作时间约为宋高宗绍兴二十年（1150年），李清照流寓南宋都城临安（今杭州），词人已经七十六岁，历经战乱，痛失亲人，回想当年盛景，不胜唏嘘，写成此首伤今追昔之作。

注释：
1　永遇乐：词牌名。一百四字，前后片各四仄韵。
2　吹梅笛怨：梅，指乐曲《梅花落》，用笛子吹出《梅花落》这哀怨的曲调。
3　次第：接下去。
4　香车宝马：这里指贵族妇女所乘坐的、雕镂工致装饰华美的车驾。
5　中州：即中土、中原。这里指北宋的都城汴京，今河南开封。
6　三五：十五日。此处指元宵节。
7　铺翠冠儿：装饰着翠羽的帽子。
8　雪柳：以素绢和银纸做成的头饰（详见《岁时广记》卷十一）。
9　簇带：簇，聚集之意。带即戴，加在头上谓之戴。　济楚：齐整。
10　风鬟雾鬓：形容头发蓬松散乱。
11　怕见：怕得，懒得。见，语助词。

评论：

（宋）张端义《贵耳集》卷上：易安居士李氏，赵明诚之妻。《金石录》亦笔削其间。南渡以来，常怀京洛旧事。晚年赋《元宵·永遇乐》词云“落日熔金，暮云合璧”，已自工致。至于“染柳烟轻，吹梅笛怨，春意知几许”，气象更好。后迭云：“于今憔悴，风鬟霜鬓，怕见夜间出去。”皆以寻常语度人音律。炼句精巧则易，平淡入调者难。

（宋）刘辰翁《须溪词》卷二：余自乙亥上元诵李易安《永遇乐》，为之涕下。今三年矣，每闻此词，辄不自堪。遂依其声，又托之易安自喻，虽辞情不及，而悲苦过之。

（清）李调元《雨村词话》：易安在宋诸媛中，自卓然一家，不在秦七、黄九之下。词无一首不工，其炼处可夺梦窗之席，其丽处直参片玉班，盖不徒俯视巾帼，直欲压倒须眉。

唐圭璋《唐宋词简释》：实则其《永遇乐》一词，亦富于爱国思想，后来刘辰翁读此词为之泪下，并以其声以情照自喻。可见其感人之深，而二人痛心亡国．怀念故都，先后亦如出一辙。上片写首都临安之元宵现实，景色好，天气好，倾城赏灯，盛极一时，而己则暗伤亡国，无心往观。下片回忆当年汴都之元宵盛况，妇女多浓妆艳饰，出门观灯，转眼金兵侵入，风流云散，万户流离失所，残不可言。而己亦首如飞蓬，无心梳洗，再逢元宵佳节，更不思夜出赏灯，正是“良辰美景奈何天，赏心乐事谁家院”。最后，从听人笑语，反映一己之孤独悲哀，默默无言，吞声饮泣，实甚于放声痛哭。

吴熊和《唐宋词通论》：这首词写节序根本不是为了应景，而是难以抑制家国变故的深切悲痛。“不如向，帘儿底下，听人笑语”，说得既苦涩，又辛酸，要是真的听人笑语，恐怕听者于月光之下不禁泪痕满面了。南宋灭亡后，刘辰翁每读此词，就感到黍离之悲。他的《永遇乐》（璧月初晴）词序：“余自乙亥上元诵李易安《永遇乐》，为之涕下。今三年矣，每闻此词，辄不自堪，遂依其声，又托之易安自喻，虽辞情不及，而悲苦过之。”词中说李清照“缃帙流离，风鬟三五，能赋词最苦”，不失为李清照的异代知音。“能赋词最苦”，也正好说明了李清照后期词的基调。

陆游诗三首

剑门道中遇微雨[1]

［宋］陆　游

衣上征尘杂酒痕，远游无处不消魂[2]。
此身合是诗人未[3]？细雨骑驴入剑门。

创作背景：

陆游（1125—1210），南宋著名爱国诗人，字务观，号放翁，越州山阴（今浙江绍兴）人。高宗时应礼部试，为秦桧所黜。孝宗时赐进士出身。中年入蜀，投身军旅生活，官至宝章阁待制。晚年退居家乡。今存诗九千多首，内容极为丰富，有“小李白”之称。著有《剑南诗稿》《渭南文集》《南唐书》《老学庵笔记》等。

此诗当作于南宋孝宗乾道八年（1172年）三月，陆游由南郑（今陕西汉中）前线调回后方成都（今属四川），途经四川剑阁剑门关时写下这首诗。

注释：

1　剑门：在今四川省剑阁县北二十五里有大剑山，其山削壁中断，两崖如剑，相对如门故又名剑门山。

2　销魂：因伤心或苦思而神情恍惚之。

3　合：原本，应该。　未：表示发问。

三月十七日夜醉中作

［宋］陆　游

前年脍鲸东海上[1]，白浪如山寄豪壮；
去年射虎南山秋[2]，夜归急雪满貂裘。
今年摧颓最堪笑[3]，华发苍颜羞自照。
谁知得酒尚能狂，脱帽向人时大叫。
逆胡未灭心未平，孤剑床头铿有声。
破驿梦回灯欲死[4]，打窗风雨正三更。

创作背景：

这首诗作于乾道九年（1173年）春，当时陆游权理蜀州（今四川崇庆县）通判，因事到成都。他满怀报国壮志，郁郁不得舒，抚今感昔，在旅店里借酒消愁，醉醒后作了这首诗。

注释：

1　“前年”二句：前年，指前些年。陆游在绍兴三十年（1160年）官宁德主簿，曾在福州泛海。有《航海》《海中醉题》等诗。脍（kuài）鲸，把鲸鱼肉切碎。

2　“去年”二句：乾道八年（1172年），陆游佐王炎军幕，驻陕西南郑，积极筹划北伐。他在军中常参加打猎，曾刺虎，有多首诗谈到打虎事。南山，终南山。

3　摧颓：摧丧颓废，精神不振。　堪笑：可笑。

4　破驿：破败的驿站。　梦回：从梦中醒来。　灯欲死：灯光微弱将熄。

临安春雨初霁[1]

［宋］陆　游

世味年来薄似纱[2]，谁令骑马客京华[3]。
小楼一夜听春雨，深巷明朝卖杏花。
矮纸斜行闲作草[4]，晴窗细乳戏分茶[5]。
素衣莫起风尘叹[6]，犹及清明可到家。

创作背景：

陆游写这首《临安春雨初霁》时已六十二岁，在家乡山阴（今浙江绍兴）赋闲了五年。经历了少年时的意气风，度过了壮年时的金戈铁马，此时却在后方辗转，壮志难酬。淳熙十三年（1186年）春，作者奉诏入京，住在西湖边上的客栈里听候皇帝的召见，在仿佛闲适的日子中，写下了这首广泛传诵的名作。“小楼一夜听春雨，深巷明朝卖杏花。”此句被誉为“绘尽江南春的神魄”。

注释：
1　霁（jì）：雨后或雪后转晴。
2　世味：人世滋味；社会人情。
3　客：客居，原作“驻”，据钱仲联校注本改。　京华：京城之美称。因京城是文物、人才汇集之地，故称。
4　矮纸：短纸、小纸。　斜行：倾斜的行列。　草：草书。
5　晴窗：明亮的窗户。　细乳：彻茶时水面呈白色的小泡沫。　戏：原作“试”，据钱仲联校注本改。　分茶：宋元时煎茶之法。注汤后用箸搅茶乳，使汤水波纹幻变成种种形状。校按：分茶指宋人饮茶之点茶法，乃将茶置盏中，缓注沸水，以茶筅或茶匙搅动，无何盏而现白色浮沫，即所谓细乳。
6　素衣：原指白色的衣服，这里用作代称。是诗人对自己的谦称（类似于“素士”）。　风尘叹：因风尘而叹息。暗指不必担心京城的不良风气会玷污自己的品质。

评论：

（清）舒位《书剑南诗集序》：小楼深巷卖花声，七字春愁隔夜生。

殷光熹《宋诗名篇赏析》：“小楼”一联，从诗的意境看，有三个层次：身居小楼，一夜听雨，是一诗境；春雨如丝，绵绵不断，杏花开放，带露艳丽，另一诗境；深巷卖花，声声入耳，又一诗境。

辛弃疾词三首

清平乐·题上卢桥[1]

［宋］辛弃疾

清溪奔快。不管青山碍[2]。千里盘盘平世界。更著溪山襟带[3]。
古今陵谷茫茫[4]。市朝往往耕桑[5]。此地居然形胜[6]，似曾小小兴亡。

创作背景：

辛弃疾（1140—1207），原字坦夫，改字幼安，别号稼轩，历城（今山东济南）人。南宋豪放派词人，词作题材广阔又善化用前人典故入词，风格沉雄豪迈又不乏细腻柔媚之处。人称词中之龙，与苏轼合称“苏辛”，与李清照并称“济南二安”。

宋淳熙八年（1181年）冬天，辛弃疾四十二岁，由于王蔺等人的弹劾而被罢官，归居上饶。此词当作于词人闲居上饶时期，内容主要写上卢桥一带形势景致，藉以生发议论，提醒时人应以世之兴亡为念。

注释：

1 清平乐：词牌名，又名《清平乐令》《醉东风》《忆萝月》，为宋词常用词牌。晏殊、晏几道、黄庭坚、辛弃疾等著名词人均用过此调，其中晏几道尤多。 上卢桥：在江西上饶境内。

2 不管：不许。

3 更着：再加上。

4 陵谷：高山深谷。 《诗经·小雅·十月之交》：“百川沸腾，山冢崒崩。高岸为谷，深谷为陵。”

5 市朝：人口聚集的都市。 耕桑：田地。

6 形胜：地理形势优越。

评论：

（清）陈廷焯《白雨斋词话》：稼轩词其源出楚骚，起势飘洒。

徐北文：仅以描写风光而论，这件小品，写得声色俱佳。如此风光明媚之中，也忘不了“形胜”“兴亡”，憨直热衷之情可掬。

贺新郎[1]

［宋］辛弃疾

别茂嘉十二弟。鹈鴂、杜鹃实两种，见《离骚补注》。

绿树听鹈鴂[2]。更那堪、鹧鸪声住[3]，杜鹃声切[4]。
啼到春归无寻处，苦恨芳菲都歇。算未抵、人间离别[5]。
马上琵琶关塞黑[6]，更长门翠辇辞金阙[7]。看燕燕，送归妾[8]。

将军百战身名裂[9]。向河梁、回头万里，故人长绝[10]。
易水萧萧西风冷[11]，满座衣冠似雪。正壮士、悲歌未彻。
啼鸟还知如许恨[12]，料不啼清泪长啼血[13]。谁共我，醉明月。

创作背景：

辛弃疾的这首词大约作于他闲居铅山期间，其族弟茂嘉远调桂林任职，辛弃疾写成两词相赠，此为其一。张惠言《词选》以为“茂嘉盖以得罪谪徙，是故有言。”

注释：

1 贺新郎：词牌名，又名“金缕曲”“金缕歌”“贺新凉”等，该词牌一百十六字，上片五十七字，下片五十九字。此调声情沉郁苍凉，宜抒发激越情感。

2 鹈鴂（tíjué）：屈原《离骚》云，“恐鹈鴂之先鸣兮，使夫百草为之不芳。”因此鹈鴂常被用来表现岁月蹉跎、年华虚度、众芳衰歇、青春迟暮的悲哀。

3 鹧鸪：鸣声凄切。

4 杜鹃：其声哀婉。鹈鴂、鹧鸪、杜鹃都是在暮春时节啼叫的鸟，叫声都很悲切。

5 算未抵人间离别：啼鸟伤春虽苦，却抵不上人间离别之苦。

6 马上琵琶：此为人间离别第一事，言昭君出塞。

7 长门：指代王昭君居住的后宫。　金阙：皇宫。

8 看燕燕：此为第二事，《诗经·邶风·燕燕》“燕燕于飞，差池其羽”，言卫庄公之妾戴妫因其子死于政变而被遣归之事。

9 将军：此用第三事，言汉武帝时李陵战败降匈奴。

10 故人长绝：苏武别李陵事。

11 易水：此为第四事，言易水送别，荆轲刺秦。

12 如许恨：像上面的许多恨。

13 长啼血：啼鸟知道人间如许恨，就会啼血而鸣。

评论：

（明）杨慎《词品》：庐陵陈了宏云，蔡光工于词，靖康中陷虏庭。辛幼安尝以诗词谒之，蔡曰，“子之诗则未也，他日当以词名家。”故稼轩归宋，晚年词笔尤高。尝作贺新郎云，“绿树……”此词尽集许多怨事，全与李太白拟恨赋手段相似。

（清）陈廷焯《白雨斋词话》：稼轩词自以《贺新郎（别茂嘉十二弟）》一篇为冠，沉郁苍凉，跳跃动荡，古今无此笔力。

王国维《人间词话》：稼轩《贺新郎》词送茂嘉十二弟，章法绝妙。且语语有境界，此能品而几于神者。然非有意为之，故后人不能学也。

西江月·遣兴[1]

［宋］辛弃疾

醉里且贪欢笑，要愁那得工夫[2]。
近来始觉古人书，信著全无是处[3]。

昨夜松边醉倒，问松我醉何如[4]。
只疑松动要来扶，以手推松曰去。

创作背景：

此词当作于庆元年间（1195—1201）辛弃疾卜居铅山期思村瓢泉（今江西省铅山县稼轩乡期思村瓜山下）期间。此时南宋朝廷只图享乐，不思恢复中原，现实黑暗，是非颠倒。辛弃疾其力主抗金而不为南宋统治者所用，词人忧心忡忡，却又无法明言，只能借愤懑之态、醉狂之语曲折地表达了自己的思想情绪。

注释：
1　西江月：原唐教坊曲名，后用作词牌名。又名“步虚词”“江月令”等。双调五十字，上下片字句作法相同。　遣兴：即兴之作，遣发意兴。
2　那：同“哪”。
3　著：即“着”。　“近来”二句：语本《孟子·尽心下》：“尽信书，则不如无书。”因一心抗金却遭谗落职，辛弃疾借此慨叹世道日非，正话反说。
4　我醉何如：我醉成什么样子。

评论：

胡云翼《宋词选》：作者说古人书“信著全无是处”，意思不是菲薄古人，否定一切古书的意义，而是针对当时政治上没有是非和古人至理名言被抛弃的现状，发出的激愤之辞。词中写醉态、狂态，都是对政治现实不满的一种表示。

夏承焘《唐宋词欣赏》：这首词题目是“遣兴”，从词的字面看，好像是抒写悠闲的心情，但骨子里却透露出他那不满现实的思想感情和倔强的生活态度。

吴则虞《辛弃疾词选集》：下片写醉态，无意求新，而能戛戛独造。此词实写一“愁”字，纯从反面写。

淡黄柳[1]

［宋］姜　夔

客居合肥南城赤阑桥之西[2]，巷陌凄凉，与江左异[3]。唯柳色夹道，依依可怜。因度此阕，以纾客怀[4]。

空城晓角[5]，吹入垂杨陌[6]。马上单衣寒恻恻[7]。
看尽鹅黄嫩绿[8]，都是江南旧相识。

正岑寂[9]，明朝又寒食。强携酒、小桥宅[10]。怕梨花落尽成秋色。
燕燕飞来，问春何在？惟有池塘自碧。

创作背景：

姜夔（1155—1221），字尧章，号白石道人，饶州鄱阳（今江西鄱阳）人。南宋文学家、音乐家。少年孤贫，屡试不第，终生未仕，一生转徙江湖，靠卖字和朋友接济为生。姜夔词题材广泛，有感时、抒怀、咏物、恋情、写景、记游、节序、交游、酬赠等，其词格律严密，极富想象，语言灵动自然，风格清空高洁。有《白石道人歌曲》。

宋光宗赵淳绍熙二年（1191年），姜夔寄居在合肥的两位歌妓姐妹处，此词就是这年春天在合肥写的。此时金人入侵，南宋朝廷偏安江南，江淮一带已成边区，合肥的大街小巷，多植柳树。其时已近寒食，春光明媚。但人去苍茫，只有绿柳夹道，仿佛在向作者呜呜倾诉，有感于此，作者便作了这首《淡黄柳》。

注释：

1　淡黄柳：宋姜夔自度曲，《白石道人歌曲》入“正平调”，六十五字。
2　客居合肥：时在宋光宗绍熙二年（1191年）。　赤阑桥：红色栏杆的桥。
3　江左：指江南。
4　纾（shū）：宽解，排除。
5　晓角：司晨报晓的号角声。
6　垂杨陌：杨柳飘拂的巷陌。
7　恻恻：寒冷凄恻。
8　鹅黄：形容柳芽初绽，叶色嫩黄。
9　岑寂：寂静。
10　小桥宅：姜夔寓居合肥情侣家的住宅。

评论：

（宋）黄升《花庵词选》：白石、稼轩，同音笙磬，但清脆与镗鞳异响，此事自关性分。

（宋）张炎赞此词：不惟清空，且又骚雅，读之使人神观飞越。

（清）周济选、（清）谭献评《谭评词辨》：长吉有“梨花落尽成秋苑”之句，白石正用以入词，而改一“色”字协韵。当时清真、方回多取贺诗隽句为面。

沈祖棻《宋词赏析》：词极精妙，不减清真，其高处有美成所不能及。

夏承焘《姜白石词校注》：此词以柳色起兴。作者客居合肥，柳色由鹅黄变嫩绿，时序已从早春度入暮春，“明朝又寒食”，正面点明暮春。下片词以惜春为主题。因为“怕梨花落尽成秋色”，所以才“强携酒，小桥宅”。结句“池塘自碧”，只寥寥四字，概括出“暮春三月，江南草长”的景色。综观全词，上片“马上单衣寒恻恻”，寓飘零之感；下片“怕梨花落尽成秋色”，寓迟暮之悲。

登金陵雨花台望大江[1]

［明］高　启

大江来从万山中，山势尽与江流东[2]。
钟山如龙独西上[3]，欲破巨浪乘长风。
江山相雄不相让，形胜争夸天下壮。
秦皇空此瘞黄金[4]，佳气葱葱至今王[5]。
我怀郁塞何由开[6]，酒酣走上城南台[7]；
坐觉苍茫万古意[8]，远自荒烟落日之中来！
石头城下涛声怒[9]，武骑千群谁敢渡？
黄旗入洛竟何祥[10]？铁锁横江未为固[11]。
前三国，后六朝[12]，草生宫阙何萧萧[13]。
英雄乘时务割据[14]，几度战血流寒潮。
我生幸逢圣人起南国[15]，祸乱初平事休息[16]。
从今四海永为家[17]，不用长江限南北。

创作背景：

高启（1336—1374），字季迪，号槎轩、青丘子，长洲（今江苏苏州）人。明初著名诗人。明洪武初，以荐参修《元史》，授翰林院国史编修官，受命教授诸王。擢户部右侍郎，力辞不受。苏州知府魏观在张士诚宫址改修府治，获罪被诛，高启因文章连坐被腰斩。高启才华高逸，学问渊博，能文，尤精于诗，与刘基、宋濂并称“明初诗文三大家”，又与杨基、张羽、徐贲一起被誉为“吴中四杰”。他的诗兼采众家之长，富有生活气息，风格雄劲奔放。

此诗作于明太祖洪武二年（1369年），明代开国不久。当时诗人正应征参加《元史》的修撰，怀抱理想，要为国家作一番事业。当他登上金陵雨花台，眺望荒烟落日笼罩下的长江之际，随着江水波涛的起伏，思潮起伏，有感而作。作者生于元末，饱尝战乱之苦。此诗中真诚咏叹战争的结束、国家的统一，并赞颂明太祖的伟业。但他并未能预料，在五年之后，他会惨烈地死于自己赞颂过的“圣人”之手。

注释：

1　金陵：今江苏南京市。　雨花台：在南京市南中华门外聚宝山上。传梁武帝时，云光法师在此讲经，落花如雨，故名，这里地势高，可俯瞰长江，远眺钟山。
2　山势：山的走势。
3　钟山：紫金山，在南京市东。　独西上：指钟山山势与众山不同，由东向西而上。
4　瘞（yì），埋藏。《丹阳记》载，“秦始皇埋金玉杂宝以压天子气，故名金陵”。
5　佳气：山川灵秀的美好气象。　葱葱：旺盛貌。　王：通“旺”。
6　郁塞：忧郁窒塞。
7　城南台：即前文所言雨花台。
8　坐觉：顿觉、忽觉。
9　石头城：古城名，故址位于南京清凉山，形势险要。
10　黄旗入洛：三国时吴王孙皓听术士说自己有天子气象，于是就率家人宫女数千人西上入洛以顺天命。阻雪于途中，军心不稳，被迫返回。此处说“黄旗入洛”其实是东吴被晋灭的先兆，所以说“竟何祥”。
11　铁锁横江：西晋大将王濬攻吴，东吴军在长江上设置铁锥铁锁阻拦，被晋兵攻破，孙皓投降，吴亡。
12　六朝：东吴、东晋、宋、齐、梁、陈均建都金陵，史称六朝。
13　萧萧：凄清荒凉。
14　英雄：指六朝的开国君主。　务：致力，从事。
15　圣人：指明太祖朱元璋。　起南国：指朱元璋起事于安徽凤阳。
16　事休息：指明初实行减轻赋税、休养生息的政策以恢复生产。事，从事。
17　四海永为家：指全国统一。

评论：

王紫微《古代怀古诗词三百首》：诗人登上金陵雨花台，眺望荒烟落日笼罩下的长江，历史上古都金陵几度兴废的往事如在眼前。由古及今诗人庆幸躬逢盛世，歌颂“圣人”朱元璋平定天下，与民休息，从此可以四海一家，不因长江分割南北再起干戈。歌颂之余，也表达了诗人对新朝政治的热情期待。

春 草

[明] 杨 基

嫩绿柔香远更浓，春来无处不茸茸[1]。
六朝旧恨斜阳里，南浦新愁细雨中[2]。
近水欲迷歌扇绿[3]，隔花偏衬舞裙红。
平川十里人归晚，无数牛羊一笛风。

创作背景：

杨基（1326—？）元末明初诗人。字孟载，号眉庵。原籍嘉州（今四川乐山），大父仕江左，遂家吴中（今浙江湖州），明初十才子之一。杨基与高启、张羽、徐贲为诗友，时人称为“吴中四杰”。

杨基诗风清俊纤巧，《春草》是杨基的代表作，写于南京。融融春辉，激起了诗人对生命意义的沉思。却又寓情于景，自然流出，不着痕迹。

注释：
1 茸茸：茂盛的样子。
2 南浦：泛指水滨。 屈原《九歌·河伯》：“子交手兮东行，送美人兮南浦。”后多指以送别之处。
3 歌扇：唱歌时用的扇子。

一剪梅·咏柳[1]

［明］夏完淳

无限伤心夕照中，故国凄凉，剩粉余红。
金沟御水自西东[2]，昨岁陈宫[3]，今岁隋宫[4]。

往事思量一晌空[5]，飞絮无情，依旧烟笼。
长条短叶翠蒙蒙，才过西风，又过东风。

创作背景：

夏完淳（1631—1647）原名复，字存古，明松江府华亭县（现上海市松江）人，明末著名诗人，少年抗清英雄，民族英雄。早慧能诗文，十四岁从父及陈子龙参加抗清活动。鲁王监国授中书舍人。事败被捕下狱，赋绝命诗，遗母与妻，临刑神色不变。著有《南冠草》《续幸存录》等。

该词上片写南明的残山剩水在落照中的凄凉景象，暗寓昏溃的南明小朝庭亦将不可避免地走向崩溃。下片点题，写柳絮飘飞，往事不堪回首。全词寓情于景，借景抒情，借咏柳表达了词人对国家倾覆的无限哀伤。

注释：

1　一剪梅：词牌名。此词牌以周邦彦所作起句有“一剪梅花万样娇”句，故取为调名。又名“玉簟秋”“腊梅香”。重头六十字，平韵。

2　金沟：御沟、御河，上有金鳌玉蝀桥，故简言之，水即沟中水。

3　陈宫：陈朝宫殿。

4　隋宫：隋朝宫殿。隋炀帝曾筑长堤植万柳。

5　一晌（shǎng）：一转眼。

评论：

（清）况周颐《蕙风词话》卷五：洎乎晚季，夏节愍（夏完淳）、陈忠裕、彭茗斋、王凄斋诸贤，含婀娜于刚健，有风骚之遗则，庶几纤靡者之药石矣。……明夏节愍完淳，年十七殉国难，词人中未之有也。其《大哀》《九哀》诸作，庶几趾美楚骚。夫以灵均辞笔为长短句，乌有不工者乎。谢枚如称其所作如猿啸、如鹃啼，略得其似。唯所举《鹊踏枝》《千秋岁》二阕及《一斛珠》《忆王孙》断句，则犹非甚至者。

张璋、姚普《金元明清词鉴赏辞典》：这首词选用了伤心夕照、御水隋提、飞絮笼烟、长条滴翠等意象，扣题甚为紧密，用字遣词多含蓄藉，而寄托的意境却是深辽的。夏完淳词中，家国之恨的主题反复出现，却采取了各种不同的表现手法。这首词借咏物的方式来写亡国的忧伤，也是一法。

采桑子[1]

［清］纳兰性德

明月多情应笑我[2]。
笑我如今，
孤负春心。
独自闲行独自吟。

近来怕说当时事。
结编兰襟[3]，
月浅灯深。
梦里云归何处寻？

创作背景：

纳兰性德（1655—1685），清代词人，字容若，号楞伽山人，大学士明珠长子。与朱彝尊、陈维崧并称“清词三大家”。

注释：

1　采桑子：又名《丑奴儿》。采桑子格律为双调四十四字，上下片各四句三平韵。
2　多情应笑我：取苏轼《念奴娇·赤壁怀古》句，意为应取笑我如此多情。
3　兰襟：芬芳的衣襟。比喻知已好友

评论：

赵秀亭、冯统一《饮水词笺校》：此阕多用晏几道语意，当为写情之作。

张秉戍《纳兰词笺注》：此词意是为怀友之作。纳兰是极重友情之人，其“结遍兰襟”并非夸饰之语，但重情又往往成了负担，常常带来失落和惆怅。本篇即是抒写此种情怀的小词。

赠梁任父同年[1]

［清］黄遵宪

寸寸河山寸寸金，侉离分裂力谁任[2]？
杜鹃再拜忧天泪，精卫无穷填海心！

创作背景：

黄遵宪（1848—1905），字公度，别号"人境庐主人"。广东嘉应州人，1876年中举人，历充师日参赞、旧金山总领事、驻英参赞、新加坡总领事，戊戌变法期间署湖南按察使，助巡抚陈宝箴推行新政。喜以新事物熔铸入诗，有"诗界革新导师"之称。黄遵宪的作品有《人境庐诗草》《日本国志》《日本杂事诗》等。被誉为"近代中国走向世界第一人"。

1896年黄遵宪盛邀梁启超到上海办《时务报》，于时以这首七言绝句赠梁启超，表达为国献身、变法图强的决心和对梁启超的热切希望。面对晚清时局的溃败，诗人心痛无比、悲愤无比，满腹忧国，却无力回天。但他依然相信中华民族拥有巨大的力量，精卫填海的恒心古今传承，收复国土的一天终将到来。

注释：

1　梁任父：即指梁启超，梁启超号任公。父通甫，旧时"父"字是加在男子名号后面的美称。"任父"是诗人对梁的尊称。同年：旧时科举制度中，同一榜考中的人叫"同年"。

2　侉（kuǎ）离：这里是分割的意思，指晚清割地与外国的局面。

秋心三首（其一）

［清］龚自珍

秋心如海复如潮，惟有秋魂不可招[1]。
漠漠郁金香在臂[2]，亭亭古玉佩当腰[3]。
气寒西北何人剑，声满东南几处箫。
一川星斗烂无数，长天一月坠林梢[4]。

创作背景：

龚自珍（1792—1841），号定庵，清代思想家、史学家、诗人、文学家和改良主义的先驱者。浙江仁和（今杭州）人。二十七岁为举人。道光元年（1821年）官内阁中书，任国史馆校对官。

本诗是其《秋心》组诗中第一首，后收入《已亥杂诗》。《秋心》组诗作于道光六年（1826年），此时他第五次参加会试失败，而好友谢阶树、陈沆、程同文等相继谢世，《秋心三首》既为亡友招魂，亦自伤沦落，然字句铿锵，在落寞中又独含傲骨。

注释

1　秋魂：《楚辞》有《招魂》篇，这里有悼念亡友、自伤身世之意。
2　漠漠：浓郁。香在肩：将“郁金”装入香囊佩戴于臂。
3　亭亭：高洁貌。
4　星斗：隐喻无能之。　长天一月：喻才能之士沦。

蛇

冯　至

我的寂寞是一条蛇，
静静地没有言语。
你万一梦到它时，
千万啊，不要悚惧！

它是我忠诚的侣伴，
心里害着热烈的乡思：
它想那茂密的草原——
你头上的、浓郁的乌丝。

它月影一般轻轻地
从你那儿轻轻走过；
它把你的梦境衔了来
像一只绯红的花朵。

1926

（初收入1927年出版的诗集《昨日之歌》，后诗人内容略有改动。
本篇选自《冯至全集》第一卷，河北教育出版社1999年出版）

创作背景：

冯至（1905—1993），原名冯承植。1923年加入林如稷的文学团体浅草社。1925年和杨晦、陈翔鹤、陈炜谟等成立沉钟社，出版《沉钟》周刊，半月刊和《沉钟丛刊》。1930年留学德国先后就读柏林大学、海德堡大学，1935年获得海德堡大学哲学博士学位。1936年至1939年任教于同济大学。曾任中国社会科学院外国文学研究所所长。

此诗是冯至早期抒情诗的名篇，写于1926年，诗人借“蛇”这一独特的意象，在冰冷冷的表象下，包含了浓郁而复杂的情感。

雪落在中国的土地上

艾　青

雪落在中国的土地上，
寒冷在封锁着中国呀……

风，
像一个太悲哀了的老妇。
紧紧地跟随着
伸出寒冷的指爪
拉扯着行人的衣襟。
用着像土地一样古老的话，
一刻也不停地絮聒着……

那从林间出现的，
赶着马车的
你中国的农夫
戴着皮帽
冒着大雪
你要到哪儿去呢？

告诉你
我也是农人的后裔——
由于你们的
刻满了痛苦的皱纹的脸
我能如此深深地
知道了
生活在草原上的人们的
岁月的艰辛。

而我
也并不比你们快乐啊
——躺在时间的河流上
苦难的浪涛
曾经几次把我吞没而又卷起——
流浪与监禁
已失去了我的青春的最可贵的日子，
我的生命
也像你们的生命
一样地憔悴呀

雪落在中国的土地上，
寒冷在封锁着中国呀……

沿着雪夜的河流，
一盏小油灯在徐缓地移行，
那破烂的乌篷船里
映着灯光，垂着头
坐着的是谁呀？

——啊，你，
蓬发垢面的少妇，
是不是
你的家
——那幸福与温暖的巢穴——
已被暴戾的敌人
烧毁了么？
是不是
也像这样的夜间，
失去了男人的保护，
在死亡的恐怖里
你已经受尽敌人刺刀的戏弄？

咳，就在如此寒冷的今夜，
无数的
我们的年老的母亲，
都蜷伏在不是自己的家里，
就像异邦人
不知明天的车轮
要滚上怎样的路程……
——而且
中国的路
是如此地崎岖
是如此地泥泞呀。

雪落在中国的土地上，
寒冷在封锁着中国呀……

透过雪夜的草原
那些被烽火所啮啃着的地域，

无数的，土地的垦植者
失去了他们所饲养的家畜
失去了他们肥沃的田地
拥挤在
生活的绝望的污巷里；
饥馑的大地
朝向阴暗的天
伸出乞援的
颤抖着的两臂。

中国的苦痛与灾难
像这雪夜一样广阔而又漫长呀！

雪落在中国的土地上
寒冷在封锁着中国呀……

中国，
我的在没有灯光的晚上
所写的无力的诗句
能给你些许的温暖么？

1937年12月28日夜间

（选自《艾青诗选》，人民文学出版社2002年出版）

创作背景：

艾青（1910—1996），原名蒋正涵，号海澄，曾用笔名莪加、克阿、林壁等，浙江省金华人。被认为是中国现代诗的代表诗人之一。

此诗写于一个独特的时间点：1937年“卢沟桥事变”爆发。日本帝国主义开始了对华全面侵略，时局危难，其时艾青从浙江投奔到抗战中心武汉，旧年已尽新年将始，却阴云重重，前途危重，处处是饥民、流民、凋敝与困顿。一场铺天盖地的大雪，触动了诗人的内心的深广的忧虑，诗人将个人命运与国家、民族命运紧紧联系在一起，终于流着热泪写出了民族的苦难，表达了诗人对战争的强烈控诉。诗歌成为诗人抵抗战争、团结人心的有力武器！

冬

穆　旦

一

我爱在淡淡的太阳短命的日子，
临窗把喜爱的工作静静做完；
才到下午四点，便又冷又昏黄，
我将用一杯酒灌溉我的心田。
人生本来是一个严酷的冬天。

我爱在枯草的山坡，死寂的原野，
独自凭吊已埋葬的火热一年，
看着冰冻的小河还在冰下面流，
不知低语着什么，只是听不见。
人生本来是一个严酷的冬天。

我爱在冬晚围着温暖的炉火，
和两三昔日的好友会心闲谈，
听得北风吹得门窗沙沙地响，
而我们回忆着快乐无忧的往年。
人生本来是一个严酷的冬天。

我爱在雪花飘飞的不眠之夜，
把已死去或尚存的亲人珍念，
当茫茫白雪铺下遗忘的时节，
我愿意感情的激流溢于心间，
人生本来是一个严酷的冬天。

二

寒冷，寒冷，尽量束缚了手脚，
潺潺的小河用冰封住了口舌，
盛夏的蝉鸣和蛙声都沉寂，
大地一笔勾销它笑闹的蓬勃。

谨慎，谨慎，使生命受到挫折，
花呢？绿色呢？血液闭塞住欲望，
经过多日的阴霾和犹疑不决，
才从枯树枝漏下淡淡的阳光。

奇怪！春天是这样深深隐藏，
哪儿都无消息，都怕峥露头角，
年轻的灵魂裹进老年的硬壳，
仿佛我们穿着厚厚的棉袄。

三

你大概已停止了分赠爱情，
把书信写了一半就住手，
望望窗外，天气是如此萧杀，
因为冬天是感情的刽子手。

你把夏季的礼品拿出来，
无论是蜂蜜，是果品，是酒，
然后坐在炉前慢慢品尝，
因为冬天已经使心灵枯瘦。

你那一本小说躺在床上，
在另一个幻象世界周游，
它使你感叹，或使你向往，
因为冬天封住了你的门口。

你疲劳了一天才得休息，
听着树木和草石都在嘶吼，
你虽然睡下，却不能成梦，
因为冬天是好梦的刽子手。

四

在马房隔壁的小土屋里，
风吹着窗纸沙沙响动，
几只泥脚带着雪走进来，
让马吃料，车子歇在风中。

高高低低围着火坐下，
有的添木柴，有的在烘干，
有的用他粗而短的指头
把烟丝倒在纸里卷成烟。

一壶水滚沸，白色的水雾
弥漫在烟气缭绕的小屋，
吃着，哼着小曲，还谈着
枯燥的原野上枯燥的事物。

北风在电线上朝他们呼唤，
原野的道路还一望无际，
几条暖和的身子走出屋，
又迎面扑进寒冷的空气。

1976年12月

（选自《穆旦诗文集》卷一，人民文学出版社2014年出版）

创作背景：

穆旦（1918—1977），原名查良铮，祖籍浙江省海宁，出生于天津。“九叶诗派”著名诗人、翻译家。1940年毕业于西南联大外文系并留校任教。1948年留学美国芝加哥大学，获文学硕士学位。1953年回国，执教于南开大学。早在天津南开中学读高中时，穆旦就开始了诗歌创作。20世纪40年代前，他的诗歌受英国浪漫派现代诗风的影响较大。后来在浪漫主义中融合了现代主义和现实主义的因素，诗风富于象征寓意和思辨色彩。主要出版了《探险者》《穆旦诗集（1939—1945）》《旗》三部诗集。

本首诗作于1976年岁末，两月之后诗人逝世，此诗成为诗人的绝笔。这首诗与其它七首遗作一起刊登于《诗刊》1980年第二期。本篇第一部分在发表时听从友人杜运燮的建议对初稿略有修改，本篇则采用诗人的初稿版本。

评论：

蓝棣之《论穆旦诗的演变轨迹及其特征》：在《冬》里一片交响音乐中，突出的调子是：生命跳动在严酷的冬天，渴望感情的热流的温暖。诗人在冬天里有好梦，他奇怪为什么深藏的春天还没有一点儿消息。从季节看，是从春到冬，大自然逐渐萧条，而从诗人的心境看，似乎他的希望在逐渐复归。春日里他感觉到过一刹那生的进攻，夏日里他透露出关心国家大事，秋日里他恬静安详，总结，沉思，冬日里他复活了种种希望。所以尽管这些诗看去与时代社会无甚关系，实际上有一条感情的线索可寻。在最幻灭、最绝望的时候，诗人仍怀有一丝最潜在的希望……

谢冕《一颗星亮在天边》：他创造了仅仅属于他自己的诗歌语言：他把充满血性的现实感受提炼、升华而为闪耀着理性光芒的睿智；他的让人感到陌生的独特意象的创造极大地拓宽和丰富了中国现代诗的内涵和表现力；他使疲软而程式化的语言在他的魔法般的驱遣下变得内敛、富有质感的男性的刚健；最重要的是，他诗中的现代精神与极丰富的中国内容有着完好的结合，他让人看到的不是所谓“纯粹” 的技巧的炫示，而是给中国的历史重负和现实纠结以现代性的观照，从而使传统中国式的痛苦和现代人类的尴尬处境获得了心理、情感和艺术表现上的均衡和共通。

游于林府——散文篇

游文章之林府，嘉丽藻之彬彬。

——陆机《文赋》

第二章　游于林府——散文篇

道德经·第二十八章

知其雄[1]，守其雌，为天下谿[2]。为天下谿[3]，常德不离，复归于婴儿[4]。

知其白，守其黑，为天下式[5]。为天下式，常德不忒[6]，复归于无极[7]。知其荣，守其辱，为天下谷[8]。为天下谷，常德乃足，复归于朴[9]。

朴散则为器[10]，圣人用之，则为官长[11]，故大制不割[12]。

创作背景：

老子，又称李耳、老聃，生活于春秋末期，生卒年不详。老子是著名的思想家、哲学家、文学家和史学家，道家学派创始人，与庄子并称为“老庄”。《道德经》又称《道德真经》《老子》《五千言》《老子五千文》等，据传为老子口述，由其弟子整理成书。他所述的“道”其大旨是“无为自化，清静自正”，是对人生体验之精辟总结。

春秋末年身处乱世的老子提出了“守雌”的处世原则：在“濡弱”“谦下”的表象下，若能收敛锐利，内蕴锋芒，雌中涵雄，柔中有刚，即具有了掌控全局的更大可能性。“守雌”可以返朴归真以达到天下之大治。“守雌”之外仍需“知雄”，在雄雌对立中透彻理解所谓“雄”，才能达到真正的“守雌”。

注释：

1　雄：比喻刚劲、躁进、强大。

2　雌：比喻柔静、退守、谦下。

3　谿：蹊径。

4　婴儿：象征纯真、稚气。

5　式：楷模，范式。

6　忒：过失，差错。

7　无极：最终的真理。

8　谷：深谷、峡谷，喻胸怀广阔。

9　朴：没有加工的木材。此处指纯朴的原始状态。

10　器：器物。此处指万事万物。

11　官长：百官的首长，指君主。

12　大制不割：制，制作器物，引申为政治；割，割裂。此句意为完整的政治是不割裂的。

评论：

徐复观《中国人性论史》：老学的动机与目的，并不在于宇宙论的建立，而依然是由人生的要求，逐步向上推求，推求到作为宇宙根源的处所，以作为人生安顿之地。因此，道家的宇宙论，可以说是他的人生哲学的副产物。他不仅是要在宇宙根源的地方来发现人的根源，并且是要在宇宙根源的地方来决定人生与自己根源相应的生活态度，以取得人生的安全立足点。

肖天石《道德经圣》：知其雄，知其白，知其荣，此三知者，圣人之大知也，所以明白四达，朗照天下，洞烛万类，前知后知，而无或遗也。守其雌，守其黑，守其辱，此三守者，圣人之大守也，所以柔弱自处，愚昧自全，卑下自居，光而不耀，而应化无穷也。为天下溪，为天下式，为天下谷，此三为者，圣人之大行藏也，圣人道超天地，智周万类，德冠群伦，学绝今古，而能卑下自持，藏身于虚，应物而无伤也。复归于婴儿，复归于无极，复归于朴，此三复者，圣人之大休歇处也。婴儿者，中和之至也；无极者，虚无之至也；素朴者，全真之至也；斯乃返本还无，复归于道也。

庄子·大宗师（节选）

子祀、子舆、子犁、子来[1]四人相与语曰："孰能以无为首，以生为脊，以死为尻[2]，孰知死生存亡之一体者，吾与之友矣！"四人相视而笑，莫逆于心[3]，遂相与为友。

俄而子舆有病，子祀往问[4]之。曰："伟哉夫造物[5]者，将以予为此拘拘[6]也。"曲偻发背[7]，上有五管[8]，颐隐于齐[9]，肩高于顶，句赘[10]指天，阴阳之气有沴[11]，其心闲而无事，跰𨇤[12]而鉴于井，曰："嗟乎！夫造物者又将以予为此拘拘也。"

子祀曰："女恶之乎？"

曰："亡[13]，予何恶！浸假[14]而化予之左臂以为鸡，予因以求时夜[15]；浸假而化予之右臂以为弹，予因以求鸮炙[16]；浸假而化予之尻以为轮，以神为马，予因以乘之，岂更驾[17]哉！且夫得[18]者，时[19]也；失者，顺[20]也。安时而处顺，哀乐不能入也。此古之所谓县解[21]也，而不能自解者，物有结之。且夫物不胜天久矣，吾又何恶焉！"

俄而子来有病，喘喘然[22]将死。其妻子环而泣之[23]。子犁往问之，曰："叱[24]！避！无怛化[25]！"倚其户与之语曰："伟哉造化！又将奚以汝为[26]？将奚以汝适？以汝为鼠肝乎？以汝为虫臂乎？"

子来曰："父母于子，东西南北，唯命之从。阴阳[27]于人，不翅[28]于父母。彼近吾死而我不听，我则悍矣，彼何罪焉？夫大块以载我以形，劳我以生，佚我以老，息我以死。故善吾生者，乃所以善吾死也。今大冶铸金[29]，金踊跃曰：'我且必为镆铘[30]！'大冶必以为不祥[31]之金。今一犯人之形，而曰：'人耳人耳！'夫造化者必以为不祥之人。今一以天地为大炉，以造化为大冶，恶乎往而不可哉！"成然寐[32]，蘧然觉[33]。

创作背景：

庄子，姓庄，名周，字子休（亦说子沐），宋国蒙（今河南商丘民权县）人。他是战国中期著名的思想家、哲学家和文学家，是继老子之后战国时期道家学派的代表人物。《庄子》一书《汉书艺文志》记载五十二篇，今存三十三篇，分为内篇、外篇、杂篇三部分，为庄子学派的思想集成，一般认为内篇为庄子所著。其阐发的"无用之用""无功无名""坐忘""心斋"等思想对中国哲学和艺术有极其重要的影响。

《大宗师》是《庄子》内七篇中的第六篇。"宗"指敬仰、尊崇，"大宗师"意思是最值得敬仰、尊崇的老师。能够称作这样的老师的就是"道"，也就是他所主张清心寂神，离形去智，忘却生死，顺应自然。

注释：

1 子祀、子舆、子犁、子来：寓言故事中假托虚构的人名。
2 尻（kāo）：脊骨最下端，也泛指臀部。
3 莫逆于心：内心相契，心照不宣。
4 问：拜访。
5 造物：造化。
6 拘拘：挛缩不伸之貌。
7 曲偻（lóu）：弯腰。 发背：背骨外露。
8 五管：五脏的穴口。
9 颐（yí）：下巴。 齐：肚脐，这个意思后代写作"脐"。
10 句（gōu）赘：颈椎隆起状如赘瘤。
11 沴（lì）：凌乱。
12 跰𨇤（pián xiān）：蹒跚，行步倾倒不稳的样子。
13 亡：同"无"，没有的意思。
14 浸：渐渐。 假：假令。

15 时夜：司夜，即报晓的公鸡。
16 鸮（xiāo）：斑鸠。 炙（zhì）：烤熟的肉，“鸮炙”即烤熟的斑鸠肉。
17 更（gēng）：更换。 驾：这里指车驾坐骑。
18 得：指得到生命，与下句的“失”相对应。“得”“失”，即生、死。
19 时：适时。
20 顺：顺应规律。
21 县（xuán）：悬挂。 县解：解脱倒悬。
22 喘喘然：气息急促的样子。
23 妻子：妻子儿女。 环：绕。
24 叱：呵叱之声。
25 怛（dá）：惊扰。 化：变化，这里指人之将死。
26 为：这里是改变、造就的意思。
27 阴阳：这里指整个自然变化。
28 不翅：“翅”作“啻”，不啻，不异于、等同于。
29 金：金属。 大冶：熔炼金属高超的工匠。冶，熔炼金属。
30 踊跃：跃起。 镆铘：亦作“莫邪”，宝剑名。相传春秋时期干将、莫邪夫妇两人为楚王铸剑，三年剑成，雄剑取名为“干将”，雌剑取名为“莫邪”。
31 祥：善。
32 成然：安闲熟睡的样子。 寐：睡着，这里实指死亡。
33 蘧（qú）然：惊喜的样子。 觉：睡醒，这里喻指生还。

评论：

（元）刘辰翁《庄子南华真经点校》：伟哉，有平视造物之感。

（清）吴世尚《庄子解》：此一段说理如冰雪，行文如云霞，有情有韵，千古无二。

（清）刘凤苞《南华雪心编》：孰能孰知，写尽举世梦梦。

墨子·公输

公输盘[1]为楚造云梯[2]之械，成，将以攻宋。子墨子[3]闻之，起于齐，行十日十夜而至于郢[4]，见公输盘。

公输盘曰："夫子何命焉为？"

子墨子曰："北方有侮臣者，愿藉子杀之。"

公输盘不说。

子墨子曰："请献十金。"

公输盘曰："吾义固不杀人。"

子墨子起，再拜，曰："请说之。吾从北方闻子为梯，将以攻宋。宋何罪之有？荆国[5]有余于地[6]而不足于民。杀所不足而争所有余，不可谓智。宋无罪而攻之，不可谓仁。知而不争[7]，不可谓忠。争而不得，不可谓强。义不杀少而杀众，不可谓知类[8]。"

公输盘服。

子墨子曰："然，胡不已乎？"

公输盘曰："不可。吾既已言之王矣。"

子墨子曰："胡不见我于王？"

公输盘曰："诺。"

子墨子见王。曰："今有人于此，舍其文轩[9]，邻有敝舆[10]而欲窃之；舍其锦绣，邻有短褐[11]而欲窃之；舍其粱肉，邻有糠糟而欲窃之。此为何若人？"

王曰："必为有窃疾矣。"

子墨子曰："荆之地方五千里，宋之地方五百里。此犹文轩之与敝舆也。荆有云梦[12]，犀兕[13]麋鹿满之，江汉[14]之鱼鳖鼋鼍[15]为天下富，宋所谓无雉兔鲋鱼[16]者也。此犹粱肉之与糠糟也。荆有长松文梓楩枬楠豫章[17]，宋无长木。此犹锦绣之与短褐也。臣以三事之攻宋也，为与此同类。臣见大王之必伤义而不得。"

王曰："善哉！虽然，公输盘为我为云梯，必取宋。"

于是见公输盘。子墨子解带为城，以牒[18]为械。公输盘九设攻城之机变，子墨子九距[19]之。公输盘之攻械尽，子墨子之守圉[20]有余。

公输盘诎[21]，而曰："吾知所以距子矣，吾不言。"子墨子亦曰："吾知子之所以距我，吾不言。"

楚王问其故。

子墨子曰："公输子之意，不过欲杀臣，杀臣，宋莫能守，乃可攻也。然臣之弟子禽滑厘[22]等三百人，已持臣守圉之器，在宋城上而待楚寇矣。虽杀臣，不能绝也。"

楚王曰："善哉！吾请无攻宋矣。"

子墨子归，过宋。天雨，庇其闾中，守闾者不内[23]也。故曰：治于神者，众人不知其功。争于明者，众人知之。

创作背景：

墨子（生卒年不详），名翟，生活于春秋末战国初，是著名的思想家、教育家、科学家、军事家。墨子创立的墨家学派与儒家并称为"显学"，所提出的"兼爱""非攻""尚贤""尚同""天志""明鬼""非命""非乐""节葬""节用"等观点在先秦时影响极大。其弟子以及后学根据墨子生平事迹的史料，收集其语录，完成《墨子》一书传世。

墨子身处乱世，此篇主要记述他出使楚国说服大夫公输盘和楚王放弃侵宋企图的事件。文章通过对话形式体现了墨子高超的论辩技巧，通过行动实践了他“兼爱”“非攻”的主张。

注释：

1 公输盘：春秋时鲁国人，精于制造器械。
2 云梯：攻城器械。
3 子墨子：指墨翟。
4 郢：春秋战国时楚国国都，在今湖北江陵。
5 荆国：楚国的别称。
6 有余于地：在土地方面有多余。 于，在……方面。
7 争：劝阻。
8 知类：明白类推的道理。 类：对事物作类比进而明白它的事理。
9 文轩：装饰华美的车。文，彩饰。轩，有篷的车。
10 敝舆：破旧的车。
11 褐：粗布衣。
12 云梦：古代楚国的大泽，跨长江的南北。
13 犀：雄性的犀牛。 兕：雌性的犀牛。
14 江汉：长江和汉水。
15 鼋鼍：汉族神话传说中的巨鳖和猪婆龙（扬子鳄）。
16 鲋鱼：鲫鱼。
17 长松文梓楩枬楠豫章：都是珍贵有用的木材。
18 牒：木片。
19 距：同“拒”，抵抗。
20 圉：同“御”。
21 诎：同“屈”。
22 禽滑（gǔ）厘：人名，魏国人。
23 内：通“纳”，接纳。

评论：

《孟子・尽心上》：墨子兼爱，摩顶放踵利天下，为之。

《庄子・天下篇》：今墨子独生不歌，死不服，桐棺三寸而无椁，以为法式。以此教人，恐不爱人；以此自行，固不爱己。未败墨子道。虽然，歌而非歌，哭而非哭，乐而非乐，是果类乎？其生也勤，其死也薄，其道大觳。使人忧，使人悲，其行难为也。恐其不可以为圣人之道，反天下之心。天下不堪。墨子虽独能任，奈天下何！离于天下，其去王也远矣！……墨翟、禽滑厘之意则是，其行则非也。将使后世之墨者，必以自苦腓无胈、胫无毛相进而已矣。乱之上也，治之下也。虽然，墨子真天下之好也，将求之不得也，虽枯槁不舍也，才士也夫！

《荀子·富国篇》：墨子之言昭昭然，为天下忧不足。

《二十九子品汇释评》引楼防曰：“义不杀人”一句，是子墨子逆诱他出来，下方把攻宋事好开口。此是将他言语制他辩士悬河之口也。

张之纯《评注诸子菁华录·墨子》：全篇大意，不过一喻一正。见公输盘一段，先讽以北方侮臣，后始援攻宋之非，层层驳责，此为前半篇之一喻一正。见王一段，先举忘己之有而攘取他人者，然后质言楚之不必取宋，此为下半段之一喻一正。

史记·游侠列传

［西汉］司马迁

韩子[1]曰："儒[2]以文乱法，而侠[3]以武犯禁。"二者皆讥[4]，而学士多称于世云[5]。至如以术[6]取宰相、卿、大夫，辅翼[7]其世主，功名俱著于春秋，固无可言者。及若季次、原宪，闾巷人[8]也，读书怀独行君子之德[9]，义不苟合当世，当世亦笑之。故季次、原宪终身空室蓬户[10]，褐衣疏食不厌[11]。死而已四百馀年，而弟子志[12]之不倦。今游侠，其行虽不轨于正义[13]，然其言必信，其行必果，已诺必诚，不爱其躯，赴士之戹[14]困。既已存亡死生矣，而不矜[15]其能，羞伐[16]其德，盖亦有足多[17]者焉。

且缓急[18]，人之所时有也。太史公曰：昔者虞舜窘于井廪[19]，伊尹负于鼎俎[20]，傅说匿于傅险[21]，吕尚困于棘津[22]，夷吾桎梏[23]，百里饭牛[24]，仲尼畏匡[25]，菜色陈、蔡[26]。此皆学士所谓有道仁人也，犹然遭此菑[27]，况以中材而涉乱世之末流乎？其遇害何可胜道哉！

鄙[28]人有言曰："何知仁义，已飨[29]其利者为有德。"故伯夷丑周[30]，饿死首阳山，而文武不以其故贬王[31]；跖、蹻暴戾[32]，其徒诵义[33]无穷。由此观之，"窃钩者诛，窃国者侯，侯之门，仁义存[34]"，非虚言也。

今拘学或抱咫尺之义[35]，久孤于世，岂若卑论侪俗[36]，与世沈浮而取荣名哉！而布衣之徒，设取予然诺[37]，千里诵义，为死不顾世，此亦有所长，非苟而已也。故士穷窘而得委命[38]，此岂非人之所谓贤豪间者邪[39]？诚使乡曲[40]之侠，予[41]季次、原宪比权量力，效功于当世[42]，不同日而论矣。要以功见言信[43]，侠客之义又曷[44]可少哉！

古布衣之侠，靡[45]得而闻已。近世延陵、孟尝、春申、平原、信陵之徒[46]，皆因王者亲属，藉于有土卿相之富厚[47]，招天下贤者，显名诸侯，不可谓不贤者矣。比如顺风而呼，声非加疾[48]，其势激[49]也。至如闾巷之侠，修行砥名[50]，声施[51]于天下，莫不称贤，是为难耳。然儒、墨皆排摈[52]不载。自秦以前，匹夫之侠，湮灭不见，余甚恨之。以余所闻，汉兴有朱家、田仲、王公、剧孟、郭解之徒[53]，虽时扞当世之文罔[54]，然其私义廉洁退让，有足称者。名不虚立，士不虚附。至如朋党宗强比周设财役贫[55]，豪暴侵凌孤弱恣欲自快，游侠亦丑之。余悲世俗不察其意，而猥[56]以朱家、郭解等令与暴豪之徒同类而共笑之也。

鲁朱家者，与高祖同时。鲁人皆以儒教，而朱家用[57]侠闻。所藏活[58]豪士以百数，其馀庸人不可胜言。然终不伐其能，歆其德[59]，诸所尝施，唯恐见之。振人不赡[60]，先从贫贱始。家无馀财，衣不完采[61]，食不重味，乘不过軥牛[62]。专趋人之急，甚己之私。既阴脱季布将军之戹[63]，及布尊贵，终身不见也。自关以东，莫不延颈[64]愿交焉。

楚田仲以侠闻，喜剑，父事[65]朱家，自以为行弗及。

田仲已死，而洛阳有剧孟。周人以商贾为资[66]，而剧孟以任侠显诸侯[67]。吴楚反时[68]，条侯[69]为太尉，乘传车将至河南[70]，得剧孟，喜曰："吴楚举大事而不求孟，吾知其无能为已矣。"天下骚动，宰相[71]得之若得一敌国云。剧孟行大类朱家[72]，而好博[73]，多少年之戏。然剧孟母死，自远方送丧，盖千乘[74]。及剧孟死，家无馀十金之财。而符离人王孟亦以侠称江淮之间。

是时济南瞯氏、陈周庸，亦以豪闻。景帝闻之，使使尽诛此属。其后代诸白[75]、梁韩无辟、阳翟薛兄、陕韩孺纷纷复出焉。

郭解，轵[76]人也，字翁伯，善相人[77]者许负外孙也。解父以任侠，孝文[78]时诛死。解为人短小精悍，不饮酒。少时阴贼[79]，慨不快意[80]，身所杀[81]甚众。以躯借交报仇[82]，藏命作奸剽攻不休[83]，及铸钱掘冢[84]，固不可胜数。适有天幸，窘急常得脱，若[85]遇赦。及解年长，更折节为俭[86]，以德报怨，厚施而薄望[87]。然其自喜为侠益甚。既已振[88]人之命，不矜其功，其阴贼著于心，卒发于睚眦如故[89]云。而少年慕其行，亦辄为报仇，不使知也。

解姊子负[90]解之势，与人饮，使之嚼[91]。非其任[92]，强必灌之。人怒，拔刀刺杀解姊子，亡去。解姊怒曰："以翁伯之义，人杀吾子，贼不得。"弃其尸于道，弗葬，欲以辱解。解使人微知[93]贼处。贼窘自归，具以实告解。解曰："公杀之固当，吾儿不直[94]。"遂去其贼，罪其姊子，乃收而葬之。诸公闻之，皆多[95]解之义，益附焉。

解出入，人皆避之。有一人独箕倨[96]视之，解遣人问其名姓。客欲杀之，解曰："居邑屋至不见敬[97]，是吾德不修也，彼何罪！"乃阴属尉史曰[98]："是人，吾所急也，至践更时脱之[99]。"每至践更，数过[100]，吏弗求。怪之，问其故，乃解使脱之。箕踞者乃肉袒[101]谢罪。少年闻之，愈益慕解之行。

洛阳人有相仇者，邑中贤豪居间[102]者以十数，终不听。客[103]乃见郭解。解夜见仇家，仇家曲听解[104]。解乃谓仇家曰："吾闻洛阳诸公在此间，多不听者。今子幸[105]而听解，解奈何乃从他县夺人邑中贤大夫权乎[106]！"乃夜去，不使人知，曰："且无用待我[107]，待我去，令洛阳豪居其间，乃听之。"

解执[108]恭敬，不敢乘车入其县廷[109]。之旁郡国，为人请求事，事可出[110]，出之；不可者，各厌[111]其意，然后乃敢尝酒食。诸公以故严重[112]之，争为用[113]。邑中少年及旁近县贤豪，夜半过[114]门常十馀车，请得解客舍养之[115]。

及徙豪富茂陵也[116]，解家贫，不中訾[117]，吏恐，不敢不徙。卫将军[118]为言："郭解家贫不中徙。"上曰："布衣权至使将军为言，此其家不贫。"解家遂徙。诸公送者出千馀万。轵人杨季主子为县掾[119]，举[120]徙解。解兄子断杨掾头。由此杨氏与郭氏为仇。

解入关，关中贤豪知与不知，闻其声，争交驩[121]解。解为人短小，不饮酒，出未尝有骑。已[122]又杀杨季主。杨季主家上书，人又杀之阙下[123]。上闻，乃下吏捕解。解亡[124]，置其母家室夏阳，身至临晋。临晋籍少公[125]素不知解，解冒[126]，因[127]求出关。籍少公已出解，解转入太原，所过辄告主人家。吏逐之，迹[128]至籍少公。少公自杀，口绝[129]。

久之，乃得解。穷治[130]所犯，为解所杀，皆在赦前。轵有儒生侍使者坐，客誉郭解，生曰："郭解专以奸犯公法，何谓贤！"解客闻，杀此生，断其舌。吏以此责解，解实不知杀者。杀者亦竟绝，莫知为谁。吏奏解无罪。御史大夫公孙弘议曰："解布衣为任侠行权，以睚眦杀人，解虽弗知，此罪甚于解杀之。当[131]大逆无道。"遂族[132]郭解翁伯。

自是之后，为侠者极众，敖[133]而无足数者。然关中长安樊仲子，槐里赵王孙，长陵高公子，西河郭公仲，太原卤公孺[134]，临淮儿长卿[135]，东阳田君孺，虽为侠而逡逡[136]有退让君子之风。至若北道姚氏，西道诸杜，南道仇景，东道赵他、羽公子，南阳赵调之徒，此盗跖居民间者耳，曷足道哉！此乃乡[137]者朱家之羞也。

太史公曰：吾视郭解，状貌不及中人，言语不足采[138]者。然天下无贤与不肖，知与不知，皆慕其声，言侠者皆引以为名。谚曰："人貌荣名，岂有既乎[139]！"於戏，惜哉！

创作背景：

司马迁（前145—约前90），字子长，夏阳（今陕西韩城南）人，一说龙门（今山西河津）人。西汉伟大的史学家、文学家、思想家。他以其"究天人之际，通古今之变，成一家之言"的史识创作了中国第一部纪传体通史《史记》。该书记载了从上古传说中的黄帝时期到汉武帝元狩元年长达3000余年的历史，居于"二十五史"之首，被鲁迅誉为"史家之绝唱，无韵之《离骚》"。

《史记·游侠列传》记述了汉代侠士朱家、剧孟和郭解之事迹，对所谓的"布衣之侠""乡曲之侠""闾巷之侠"作出了重新评价。

注释：
1 韩子：即韩非，战国时期法家代表。
2 文：指儒家经典。
3 侠：游侠者。
4 二者：指儒、侠。 讥：非难。
5 学士：指儒生。 称：被人称扬。
6 术：方法。双关语，此处实指权术。
7 辅翼：辅助。
8 季次：即公皙哀，孔子的学生。 原宪：即子思，孔子的学生。 闾巷人：即平民百姓。
9 怀：怀抱。 独行君子：不随波逐流的高士。
10 空室蓬户：言家贫。按《庄子·让王》记原宪之贫穷曰：“原宪居鲁，环堵之宫，茨以生草，蓬户不完，桑以为枢而瓮牖，二室，褐以为塞，上漏下湿，匡坐而弦歌。”
11 褐衣：粗布上衣。 疏食：粗糙低劣的饭食。 厌：通“餍”，足。
12 志：怀念。
13 轨：车轨。 不轨：不合。 正义：指当时的道德准则和法律。
14 戹：灾祸。
15 矜：自我夸耀。
16 伐：夸耀。
17 多：称赞。
18 缓急：复词偏义，急迫。
19 廪：米仓。 按《孟子·万章上》言舜未称帝时，多次遭其父与弟的迫害，舜修仓廪，其父瞽瞍撤梯烧仓，欲将他烧死。后又让舜淘井，舜入井后其父与弟象把井填死，欲活埋舜。但舜大难不死，皆逃脱。
20 伊尹：商汤贤臣。 负：背。 鼎：古炊具，如今之饭锅。 俎（zǔ）：切肉的案板。 按《孟子·万章上》说，伊尹曾寻机当了商汤的厨师，以烹调之理暗示为政之道，深得汤的赏识，建立大功。
21 傅险：又作“傅岩”，地名。 据卷三《殷本纪》记载，傅说本为在傅岩服苦役的犯人，后被武丁发现，委以重任，使商代大治。
22 棘津：古代河水名。 据《正义》引《尉缭子》说，姜尚年七十还未得志，只能在棘津做贩卖饮食的小贩。
23 夷吾：即管仲。 桎（zhì）梏（gù）：古代刑具，即脚镣与手铐。 据卷六十二《管晏列传》记载，管仲原为公子纠之臣，公子纠在与公子小白（桓公）争君位的斗争中失败，逃往鲁国，桓公让鲁杀公子纠，将管仲缚押至齐。
24 百里：即百里奚。 饭牛：喂牛。按《孟子·万章》《管子·小问》《盐铁论》等书皆言百里奚早年曾自卖为奴，替人喂牛，寻找机会，取得秦穆公的信任。
25 仲尼：即孔子。 据卷四十七《孔子世家》载，孔子周游列国，从卫国到陈国，路过卫国的匡地时，匡人见他貌似匡人憎恨的阳虎，便将他围困起来，几乎把他害死。 畏：在这里有拘囚的意思。
26 菜色：指饥饿的容颜。 陈：陈国。 蔡：蔡国。按据卷四十七《孔子世家》记载，孔子周游列国，路过陈、蔡两国，途中无粮可吃，被饿得面黄肌瘦。
27 犹然：尚且。 菑：同“灾”。
28 鄙：浅陋。
29 飨：享受。
30 伯夷：殷末名士。据卷六十一《伯夷列传》记载，他认为周武王伐纣是以暴易暴，故反对周伐纣，隐居在首阳山。周建立后，认为吃周的粮食是可耻的，故饿死于首阳山。 丑：认为可耻。
31 文、武：指周文王与周武王。 不以：不因为。 贬王：损害王者的声誉。
32 跖：盗跖。 蹻：庄蹻。古时反抗贵族的领袖。 暴戾：凶暴残忍。
33 诵义：称赞道义。
34 窃钩者：窃取衣带钩的人，此指小偷。以下三句出自《庄子·胠箧》。 窃国者：指最高统治者。
35 拘学：抱着一得之见，或拘守偏面理论而固步自封的学者。 或：有的。 咫尺之义：狭隘的道理。咫，八寸，此喻陕小。
36 卑论：低下的论点。 侪（chái）俗：迁就世俗之人。
37 设：大，此指重视，看重。 取予：从别人那里取得，或给予别人。此指符合道义的取予。 然诺：应允。
38 委命：托身。
39 贤豪间者：贤人和豪侠中间的人物。间，中间。 邪：同“耶”。
40 乡曲：乡间，民间。
41 予：通“与”，同。
42 效功：比较功业。 效：通“校”，比较。
43 要：总之。 功见（xiàn）：事功显现出来，意谓事情办成了。见，同“现”。
44 曷：何。
45 靡：无，不。
46 延陵：春秋时期吴国公子季札，被封于延陵，故称“延陵季子”。他出使中原路过徐国时，徐君颇爱其剑，他心有赠送之意，未曾说出。待他回返时，知徐君已死，于是便将其剑挂于徐君墓地树上，以示重言诺之意。不过延陵季子为春秋时人，文中不当言“近世”。又后文并未言及延陵季子事，只说战国四公子事，故清人梁玉绳《史记志疑》、崔适《史记探源》等皆疑“延陵”二字为衍文，可信。 孟尝：即齐国孟尝君田文。 春申：即楚国春申君黄歇。 平原：即赵国平原君赵胜。 信陵：即魏国公子信陵君无忌。以上四人是战国时代以养士闻名的好侠之士。
47 藉：依靠。 土：指封地。
48 疾：声音洪亮。
49 激：激荡。
50 砥名：砥砺名节，提高名声。
51 施（yì）：延。
52 排摈：排斥、抛弃。
53 朱家、田仲、王公、剧孟、郭解：皆汉代侠士。
54 扞（hàn，捍）：违。 文罔：同“文网”，法律禁令。
55 朋党宗强：结成帮派的豪强。 比周：互相勾结。比，近。周，合。 设财役贫：依仗自己的财富役使穷人。
56 猥：同“谬”，错误。
57 用：因。
58 藏活：藏匿而使其活命。
59 歆：欣喜，自我欣赏。 德：恩惠。
60 振：通“赈”，救济。 赡：足。
61 完采：完整的花纹。
62 軥（qú）：车辕前端驾于马脖子上的弯曲横木。“軥牛”犹言用牛驾车。
63 阴脱：暗中使其摆脱。季布原为项羽的将领，项羽失败后，逃到濮阳隐藏在周家。后来刘邦悬赏捉拿他，周氏无奈将季布转到朱家那里。朱家通过汝阴侯夏侯婴劝说刘邦，赦免了季布，并重用他为中郎将等职。此处“阴脱”即指上述事实。
64 延颈：伸长脖子。此指急于相见、相交。
65 父事：像对待父亲一样服侍他。
66 周人：指洛阳人。 商贾：做买卖。 资：生活的资本。
67 任侠：讲义气，抱打不平。 显：显扬。
68 吴、楚反：指吴、楚七国之乱。汉景帝三年（前154年），吴王刘濞联合楚国、赵国、济南、胶东、菑川六国诸侯王反叛中央，被太尉周亚夫率军平定。
69 条侯：即周亚夫。
70 传车：驿站所用的车驾。 河南：汉朝郡名，此指洛阳。
71 宰相：指周亚夫。亚夫为太尉，相当于副宰相。 敌国：与一个国家相匹敌。此极言剧孟地位的重要。
72 行：行为。 大类：很像。
73 博：指六博棋，古代一种棋类游戏。
74 千乘：千辆。古代一车四马谓之“乘”。
75 诸白：白家。
76 轵：河南轵城镇。
77 相人：给人相面。
78 孝文：汉文帝。
79 阴贼：内心阴险狠毒。
80 慨：愤慨。 不快意：不满意。
81 身所杀：亲自所杀。
82 借：助。 交：指朋友。
83 命：指亡命。 作奸：干坏事。 剽攻：抢劫。
84 休：止。 掘冢：盗掘坟墓。
85 若：或。
86 更：改。 折节：改变操行。 俭：通“检”，检束、检点。
87 薄望：怨恨小。
88 振：救。
89 卒：通“猝”，突然。 睚眦（zì）：怒目而视。
90 负：依仗。
91 嚼：通“釂”，干杯。
92 非其任：酒量不行。
93 微知：暗中探知。
94 不直：理曲。
95 多：称赞。
96 箕倨：岔开两腿坐着，像簸箕之状，是一种无礼不恭敬的表现。倨，通“踞”。
97 居邑屋：在家乡居住。邑屋，乡里。 见：被。
98 阴：暗中。 属：同“嘱”。
99 践更：按汉代法律，在籍男丁每年在地方服役一个月，称为卒更。贫苦者想得到雇更钱的，可由当出丁者出钱，每月二千钱，称践更。 脱：免。
100 数过：多次轮到。
101 肉袒：脱去上衣，露出身体的一部分。

102 居间：从中间调解。
103 客：这里指门客。
104 曲听：委屈心意而听从，以示对劝说人的尊重。
105 幸：谦词，使我感到荣幸。
106 他县：别的县。郭解是轵人，对洛阳而言，是外县之人。 权：权力，实指声望。
107 且：暂时。 无用：不便听我的话。
108 执：谨守。
109 县廷：县衙门。
110 出：得到解决。
111 厌：通“餍”，满足。
112 严重：尊重。
113 为用：替他出力。
114 过：拜访。
115 客：指郭解的门客。 舍养：供养在自家房舍之中。
116 徙：迁移。 茂陵：汉武帝的陵墓。按汉武帝建元二年（前139年），为扩充新修的茂陵的居民人数，“内实京师，外销奸滑”，迁移全国家财在三百万以上的人家到茂陵居住；至元朔二年（前127年），又迁郡国富豪人家到茂陵居住。郭解就在这时迁居茂陵。
117 訾：通“资”，钱财。
118 卫将军：指卫青。 为言：替他谈话。
119 县掾：县里的助理官员。
120 举：检举。
121 交驩：结交。
122 已：不久。
123 阙下：宫阙之下。
124 亡：逃跑。
125 籍少公：人名，姓籍，名少公。
126 冒：冒昧。此指冒然相见。
127 因：顺便。
128 迹：追踪而来。
129 口绝：灭口。
130 穷治：深究其事，追问到底。
131 当：判处。
132 族：族诛。
133 敖：通“傲”，傲慢无礼。
134 卤公儒：《汉书》写作“鲁公儒”。
135 儿长卿：又作“倪长卿”。
136 逡逡：谦虚退让的样子。
137 乡：通“向”，从前。
138 不足采：不值得采取。
139 既：尽。 於戏：通“呜呼”，表感叹。

评论：

（东汉）班固《汉书·司马迁传》：是非颇谬于圣人，论大道则先黄老而后六经，序游侠则退处士而进奸雄，述货殖则崇势利而羞贫贱，此其蔽也。

（明）李光缙增补、凌稚隆辑校《史记评林》引董份说：史迁遭李陵之难，交游莫救，身坐法困，故感游侠之义。其辞多激，故班固讥其“进奸雄”，此太史之过也。然咨嗟慷慨，感叹惋转，其文曲至，百代之绝矣。

（清）吴见思《史记论文》：篇中先以儒侠相提而论，层层迴环，步步转折，曲尽其妙，后乃出二传，反若藉以为印证，为注释，而篇章之妙，此又一奇也。

归田赋

［东汉］张　衡

游都邑以永久[1]，无明略以佐时[2]。徒临川以羡鱼[3]，俟河清乎未期[4]。感蔡子之慷慨[5]，从唐生以决疑[6]。谅天道之微昧[7]，追渔父以同嬉[8]。超埃尘以遐逝[9]，与世事乎长辞[10]。

于是仲春令月[11]，时和气清；原隰郁茂[12]，百草滋荣。王雎[13]鼓翼，鸧鹒[14]哀鸣；交颈颉颃[15]，关关嘤嘤。于焉逍遥[16]，聊以娱情。尔乃龙吟方泽[17]，虎啸山丘。仰飞纤缴[18]，俯钓长流。触矢而毙，贪饵吞钩。落云间之逸禽[19]，悬渊沈之魦鰡[20]。于时曜灵俄景[21]，係以望舒[22]。极般游[23]之至乐，虽日夕而忘劬[24]。感老氏之遗诫[25]，将回驾乎蓬庐。弹五弦之妙指[26]，咏周、孔之图书[27]。挥翰墨以奋藻[28]，陈三皇之轨模[29]。苟纵心于物外，安知荣辱之所如[30]？

创作背景：

张衡（78—139），字平子，南阳西鄂（今河南南阳卧龙区石桥镇）人。“南阳五圣”之一，与司马相如、扬雄、班固并称为“汉赋四大家”。张衡为东汉著名的天文学家、数学家、发明家、地理学家、文学家。

《归田赋》是张衡从仕途转向退隐时所作的一篇小赋。此赋作于汉顺帝永和三年（138年）于河间相任上乞骸骨时。由于深感朝政日非，既“俟河清乎未期”，又“无明略以佐时”，遂有“徒临川以羡鱼，不如退而织网”之感。

注释：

1　都邑：指东汉京都洛阳。　永：长。　久：滞。言久滞留于京都。

2　明略：明智的谋略。这句意思说自己无明略以匡佐君主。

3　徒临川以羡鱼：《淮南子·说林训》曰：“临流而羡鱼，不如归家织网。”以此典表明自己空有佐时的愿望。徒，空、徒然。羡，愿。

4　俟：等待。　河清：黄河水清，古人认为这是政治清明的标志。此句意思为等待政治清明未可预期。

5　蔡子：指战国时燕人蔡泽。《史记》卷七九有传。　慷慨：壮士不得志于心。

6　唐生：即唐举，战国时梁人。　决疑：请人看相以决对前途命运的疑惑。蔡泽游学诸侯，未发迹时，曾请唐举看相，后入秦，代范雎为秦相。

7　谅：确实。　微昧：幽隐。

8　渔父：宋洪兴祖《楚辞补注》引东汉王逸《渔父章句序》：“渔父避世隐身，钓鱼江滨，欣然自乐。”　嬉：乐。此句表明自己将与渔父同乐于川泽。

9　超尘埃：即游于尘埃之外。尘埃，比喻纷浊的事务。　遐逝：远去。

10　长辞：永别。由于政治昏乱，世路艰难，自己与时代不合，产生了归田隐居的念头。

11　仲春令月：春季的第二个月，即农历二月。令月，美好的月份。

12　原：宽阔平坦之地。　隰（xí）：低湿之地。　郁茂：草木繁盛。

13　王雎：鸟名。即雎鸠。

14　鸧鹒（cāng gēng）：鸟名，即黄鹂。

15　颉颃（xié háng）：鸟飞上下貌。

16　于焉：于是乎。　逍遥：安闲自得。

17　而乃：于是。　方泽：大泽。这两句言自己从容吟啸于山泽间，类乎龙虎。

18　纤缴（zhuó）：指箭。纤，细。缴，射鸟时系在箭上的丝绳。

19　逸禽：云间高飞的鸟。

20　悬：鱼在深渊中被钓起。　沈：通“沉”，没于水中。　魦鰡：皆鱼名。

21　曜灵：日。　俄：斜。　景：同“影”。

22　係：继。　望舒：神话传说中为月亮驾车的仙人，这里代指月亮。

23　般（pán）游：游乐。般，乐。

24　虽：虽然。　劬：劳苦。

25　感老氏之遗诫：指《老子》十二章：“驰骋田猎，令人心发狂。”

26　五弦：五弦琴。　指：通“旨”。

27 周孔之图书：周公、孔子著述的典籍。此句写其读书自娱。
28 翰：毛笔。 藻：辞藻。此句写其挥翰怡情。
29 陈：陈述。 轨模：法则。
30 如：往，到。以上两句说自己纵情物外，脱略形迹，不在乎荣辱得失所带来的结果。

评论：

（南朝）刘勰《文心雕龙·体性》：平子淹通，故虑周而藻密。

（唐）李善《文选注》：《归田赋》者，张衡士不得志，欲归于田，因作此赋。

（唐）李善《文选注》引李周翰曰：衡游京师，四十不仕。顺帝时阉官用事，欲归田里。故作是赋。

马积高《赋史》：张衡赋写得很精美的，只有《归田赋》一篇。……此赋在内容上亦无特别深刻之处，不过有感于世路艰难，欲自外荣辱、隐居著书而已。

洛神赋

［三国　魏］曹　植

黄初[1]三年，余朝京师[2]，还济洛川[3]。古人有言，斯水之神名曰宓妃[4]。感宋玉对楚王说神女之事[5]，遂作斯赋。其辞曰：

余从京域，言[6]归东藩[7]。背伊阙[8]，越轘辕[9]，经通谷[10]，陵景山[11]。日既西倾，车殆马烦。尔乃税驾[12]乎蘅皋[13]，秣驷[14]乎芝田[15]，容与[16]乎杨林[17]，流眄[18]乎洛川。

于是精移神骇，忽焉[19]思散。俯则未察，仰以殊观[20]：睹一丽人，于岩之畔。

乃援御者而告之曰："尔有觌[21]于彼者乎？彼何人斯！若此之艳也！"御者对曰："臣闻河洛之神，名曰宓妃。然则君王所见也，无乃是乎？其状若何？臣愿闻之。"

余告之曰："其形也：翩若惊鸿[22]，婉若游龙[23]；荣曜秋菊[24]，华茂春松[25]。仿佛[26]兮若轻云之蔽月，飘飖[27]兮若流风之回雪[28]。远而望之，皎[29]若太阳升朝霞。迫[30]而察之，灼若芙蕖出渌波[31]。秾纤得衷[32]，修短合度。肩若削成[33]，腰如约素[34]。延颈秀项[35]，皓质呈露[36]。芳泽无加[37]，铅华弗御[38]。云髻峨峨[39]，修眉联娟[40]。丹唇外朗[41]，皓齿内鲜。明眸善睐，靥辅承权[42]。瓌姿艳逸[43]，仪静体闲[44]。柔情绰[45]态，媚于语言。奇服旷世，骨像应图[46]。披罗衣之璀粲[47]兮，珥瑶碧之华琚[48]。戴金翠之首饰，缀明珠以耀躯。践远游之文履[49]，曳雾绡之轻裾[50]。微幽兰之芳蔼兮[51]，步踟蹰于山隅[52]。"

于是忽焉纵体[53]，以遨以嬉。左倚采旄[54]，右荫桂旗[55]。攘[56]皓腕于神浒兮，采湍濑[57]之玄芝。余情悦其淑美兮，心振荡而不怡。无良媒以接欢兮[58]，托微波而通辞。愿诚素[59]之先达，解玉佩以要[60]之。嗟佳人之信修[61]，羌习礼而明诗[62]。抗琼珶以和予兮[63]，指潜渊而为期[64]。执眷眷之款实兮[65]，惧斯灵之我欺[66]。感交甫之弃言兮[67]，怅犹豫而狐疑。收和颜而静志兮[68]，申礼防以自持[69]。

于是洛灵感焉，徙倚[70]彷徨。神光离合，乍阴乍阳。竦轻躯以鹤立[71]，若将飞而未翔。践椒涂[72]之郁烈，步蘅薄而流芳[73]。超长吟以永慕兮[74]，声哀厉而弥长[75]。

尔乃众灵杂沓[76]，命俦啸侣[77]。或戏清流，或翔神渚[78]。或采明珠，或拾翠羽[79]。从南湘之二妃[80]，携汉滨之游女[81]。叹匏瓜[82]之无匹兮，咏牵牛[83]之独处。扬轻袿之猗靡兮[84]，翳修袖以延伫[85]。

体迅飞凫[86]，飘忽若神。凌[87]波微步，罗袜生尘[88]。动无常则，若危若安。进止难期，若往若还。转眄流精[89]，光润玉颜。含辞未吐，气若幽兰。华容婀娜，令我忘餐。

于是屏翳收风[90]，川后静波[91]。冯夷[92]鸣鼓，女娲清歌[93]。腾文鱼以警乘[94]，鸣玉鸾以偕逝[95]。六龙俨其齐首[96]，载云车之容裔[97]，鲸鲵踊而夹毂[98]，水禽翔而为卫。

于是越北沚[99]，过南冈。纡素领[100]，回清阳[101]。动朱唇以徐言，陈交接[102]之大纲。恨人神之道殊兮，怨盛年之莫当[103]。抗罗袂[104]以掩涕兮，泪流襟之浪浪[105]。悼良会之永绝兮，哀一逝而异乡。无微情以效爱[106]兮，献江南之明珰[107]。虽潜处于太阴[108]，长寄心于君王。忽不悟其所舍，怅神宵而蔽光[109]。

于是背下陵高[110]，足往心留。遗情想象[111]，顾望怀愁。冀灵体之复形，御轻舟而上溯[112]。浮长川[113]而忘反，思绵绵而增慕。夜耿耿[114]而不寐，沾繁霜而至曙。命仆夫而就驾，吾将归乎东路。揽騑辔以抗策[115]，怅盘桓[116]而不能去。

创作背景：

曹植（192—232），字子建，沛国谯（今安徽省亳州市）人。生前封陈王，谥号"思"，因此世称陈思王。曹植为三国时魏国著名文学家，其代表作有《洛神赋》《白马篇》《七哀诗》等。后人因其文学上的造诣而将他与曹操、曹丕合称为"三曹"。《诗品》的作者钟嵘赞他："骨气奇高，词彩华茂，情兼雅怨，体被文质，粲溢今古，卓尔不群。"

《洛神赋》讲的是一个以分离而告终的人神爱恋的故事。依序所言，系曹植于魏文帝黄初三年（222年）入朝京师洛阳后，在回封地鄄城途中经过洛水时“感宋玉对楚王神女之事”而作。全篇想象奇幻，文风华而不浮，人物刻画传神，同时对曹植后期抑郁苦闷心境亦有所写照。

注释：

1 黄初：魏文帝曹丕年号，即公元220年至226年。
2 京师：魏都洛阳。
3 济：渡。 洛川：即洛水，源出陕西，东南入河南，流经洛阳。
4 宓妃：传说古帝宓（fú）羲氏之女溺死洛水而为神，故名洛神，又名宓妃。
5 宋玉对楚王说神女之事：传战国时宋玉所作《高唐赋》和《神女赋》记载了宋玉与楚襄王对答梦遇巫山神女事。
6 言：语助词。
7 东藩：东方藩国，指曹植的封地。黄初三年，曹植被立为鄄（juàn）城（即今山东鄄城县）王，城在洛阳东北方向，故称东藩。
8 伊阙：山名，又称阙塞山、龙门山，在洛阳南。
9 轘（huán）辕：山名，在今河南偃师县东南。
10 通谷：山谷名。在洛阳城南。
11 陵：登。 景山：山名，在今河南偃师县南。
12 税驾：停车。
13 蘅皋：生着杜蘅的河岸。蘅，杜蘅，香草名。皋，岸。
14 秣：喂马。 驷：一车四马，此泛指驾车之马。
15 芝田：种着芝草的田地，此处指野草繁茂之地。
16 容与：悠然安闲貌。
17 阳林：地名。
18 流眄：纵目四望。
19 忽焉：急速貌。
20 殊观：特别的景象。
21 觌（dí）：看见。
22 翩：鸟疾飞的样子，此处指飘忽摇曳的样子。 惊鸿：惊飞的鸿雁。
23 婉：蜿蜒曲折。
24 荣：丰盛。 曜：日光照耀。
25 华茂：华美茂盛。
26 仿佛：似有若无。
27 飘飖，飞翔貌。
28 流风之迴雪：如被清风吹转的雪花。
29 皎：明亮。
30 迫：靠近。
31 灼：鲜明，鲜艳。 芙蕖：一作“芙蓉”，荷花。 渌（lù）：水清貌。
32 秾：花木繁盛，此指人体丰腴。 纤：细。衷：同“中”。
33 削成：形容两肩瘦削下垂的样子。
34 约素：一束白绢。 素：白细丝织品。
35 延、秀：均指长。
36 皓：洁白。 呈露：显现，外露。
37 泽：润肤的油脂。
38 铅华：粉。古代烧铅成粉，故称铅华。 御：用。
39 峨峨：高耸貌。
40 联娟：微曲貌。
41 朗：明润。
42 靥（yè）：酒窝。 辅：面颊。 承权：在颧骨之下。 权，颧骨。
43 瓌：同“瑰”，奇妙。 艳逸：艳丽飘逸。
44 闲：娴雅。
45 绰：绰约，美好。
46 骨像：骨格形貌。 应图：指与画中人相当。
47 璀粲：鲜明貌。
48 珥：珠玉耳饰。此用作动词，作佩戴解。 瑶、碧：均为美玉。 华琚：刻有花纹的佩玉。琚，佩玉名。
49 践：穿，着。 远游：鞋名。 文履：饰有花纹图案的鞋。
50 曳：拖。 雾绡：轻薄如雾的绡。绡，生丝。 裾：裙边。
51 微：轻微。 芳蔼：香气。
52 踟蹰：徘徊。 隅：角。

53 纵体：身体轻举貌。
54 采旄（máo）：彩旗。采，同“彩”。旄，旗竿上旄牛尾饰物，此处指旗。
55 桂旗：以桂木做旗竿的旗，形容旗的华美。
56 攘：此指挽袖伸出。 神浒：为神所游的岸边。浒，水边泽畔。
57 湍濑：石上急流。 玄芝：黑色芝草，相传为神草。
58 接欢：从中介绍使得互通情好。
59 诚素：真诚的情意。 素，同“愫”，情愫。
60 要：同“邀”，约请。
61 信修：确实美好。修，美好。
62 羌：发语词。 习礼：懂得礼法。 明：善于言辞。这句意指有很好的文化教养。
63 抗：举起。 琼珶（dì）：美玉。 和：应答。
64 潜川：深渊，一说指洛神所居之地。 期：会。
65 眷眷：依恋貌。 款实：诚实。
66 斯灵：此神，指宓妃。 我欺：即欺我。
67 交甫：郑交甫。《文选》李善注引《神仙传》：“切仙一出，游于江滨，逢郑交甫。交甫不知何人也，目而挑之，女遂解佩与之。交甫行数步，空怀无佩，女亦不见。” 弃言：背弃承诺。
68 收和颜：收起和悦的容颜。 静志：镇定情志。
69 申：施展。 礼防：礼法，礼能防乱，故称礼防。 自持：自我约束。
70 徙倚：留连徘徊。
71 竦（sǒng）：耸。 鹤立：形容身躯轻盈飘举，如鹤之立。
72 椒涂：布满香草的地方。
73 蘅薄：杜蘅丛生地。 流芳：散发香气。
74 超：惆怅。 永慕：长久思慕。
75 厉：疾。 弥：久。
76 杂沓：纷纭，多而乱的样子。
77 命俦啸侣：招呼同伴。俦，伙伴、同类。
78 渚：水中高地。
79 翠羽：翠鸟的羽毛。
80 南湘之二妃：指娥皇和女英。据西汉刘向《列女传》载，尧以长女娥皇和次女女英嫁舜，后舜南巡，死于苍梧。二妃往寻，自投湘水而死，为湘水之神。
81 汉滨之游女：汉水之女神，即前注中郑交甫所遇之神女。
82 匏瓜：星名，又名天鸡，在河鼓星东。
83 牵牛：星名，又名天鼓，与织女星各处天河之旁。相传每年七月七日才得一会。
84 袿（guī）：妇女的上衣。 猗（yī）靡：随风飘动貌。
85 翳（yì）：遮蔽。 延伫：久立。
86 凫：野鸭。
87 凌：踏。
88 尘：指细微四散的水沫。
89 转眄流精：转眼顾盼之间流露出奕奕神采。流精，形容目光流转而有光彩。
90 屏翳：传说中的众神之一，司职说法不一，或以为是云师，或以为是雷师，或以为是雨师，在此篇中被曹植视作风神。
91 川后：传说中的河神。
92 冯（píng）夷：传说中的水神。
93 女娲：女神名，相传笙簧是她所造，所以这里说“女娲清歌”。
94 腾：升。 文鱼：神话中一种能飞的鱼。 警乘：警卫车乘。
95 玉銮：鸾鸟形的玉制车铃，动则发声。 偕逝：俱往。
96 六龙：相传神出游多驾六龙。 俨：庄严的样子。 齐首：六龙齐头并进。
97 云车：相传神以云为车。 容裔：即“容与”，舒缓安详貌。
98 鲸鲵（ní）：即鲸鱼。水栖哺乳动物，雄者称鲸，雌者称鲵。 毂（gǔ）：车轮中用以贯轴的圆木，这里指车。
99 沚：水中小块陆地。
100 纡：回。 素领：白皙的颈项。
101 迴：扭。 清阳：人的眉目之间。
102 交接：结交往来。
103 盛年：少壮之年。 莫当：无匹、无偶，即两人不能结合。
104 抗：举。 袂：衣袖。
105 浪浪：水流不断貌。
106 效爱：致爱慕之意。
107 明珰：以明月珠作的耳环。
108 潜处，深处，幽居。 太阴：众神所居之处。
109 宵：通“消”，消失。 蔽光：隐去光彩。

110　背下：离开低地。　陵高：登上高处。
111　遗情：留情，情思留连。　想象：指思念洛神的美好形象。
112　上溯：逆流而上。
113　长川：指洛水。
114　耿耿：心神不安的样子。
115　騑（fēi）：车旁之马。古代驾车称辕外之马为騑或骖，此泛指驾车之马。　辔：马缰绳。　抗策：犹举鞭。
116　盘桓：徘徊不进貌。

评论：

（南朝）沈约《南齐书》：以《洛神》比陈思他赋，有似异手之作，故知天机启，则律吕自调，六情滞，则音律顿舛也。

（清）刘熙载《艺概》：曹子建《洛神赋》出于《湘君》《湘夫人》，而屈子深远矣。

（清）潘德舆《养一斋诗话》：即《洛神》一赋，亦纯是爱君恋阙之词。其赋以“朝京师，还济洛川”入手，以“潜处于太阴，寄心于君王”收场，情词亦至易见矣。盖魏文性残刻而薄宗支，子建遭谗谤而多哀惧，故形于诗者非一，而此亦其类也。首陈容色以表其才，次言性修以表其德，继以狐疑为忧，终以交结为愿，岂非诗人讽托之常言哉？不解注此赋者，何以阑入甄后一事，致使忠爱之苦心，诬为禽兽之恶行，千古奇冤，莫大于此。予久持此论，后见近人张君若需《题陈思王墓》诗云：“白马诗篇悲逐客，惊鸿词赋比湘君。”卓识鸿议，瞽论一空，极快事也。

（宋）刘克庄《后村先生大全集》：《洛神赋》，子建寓言也，好事者乃造甄后以实之。使果有之，当见诛于黄初之朝矣。唐彦谦云：“惊鸿瞥过游龙去，虚恼陈王一事无。”似为子建分疏者。

与山巨源绝交书[1]

［三国　魏］嵇　康

康白：足下昔称吾于颍川[2]，吾常谓之知言[3]。然经[4]怪此意，尚未熟悉于足下，何从便得之也？前年从河东[5]还，显宗、阿都说足下议以吾自代[6]，事虽不行，知足下故不知之。足下傍通[7]，多可而少怪[8]；吾直性狭中，多所不堪，偶与足下相知耳。间闻足下迁[9]，惕然[10]不喜，恐足下羞庖人之独割，引尸祝以自助[11]，手荐鸾刀[12]，漫[13]之羶腥，故具为足下陈其可否。

吾昔读书，得并介[14]之人，或谓无之，今乃信其真有耳。性有所不堪，真不可强。今空语同知有达人，无所不堪，外不殊俗，而内不失正，与一世同其波流，而悔吝[15]不生耳。老子、庄周，吾之师也，亲居贱职；柳下惠、东方朔[16]，达人也，安乎卑位，吾岂敢短[17]之哉！又仲尼兼爱[18]，不羞执鞭[19]；子文[20]无欲卿相，而三登令尹[21]，是乃君子思济物[22]之意也。所谓达则兼善而不渝，穷则自得而无闷。以此观之，故尧、舜之君世[23]，许由[24]之岩栖，子房[25]之佐汉，接舆[26]之行歌，其揆[27]一也。仰瞻数君，可谓能遂其志者也。故君子百行，殊途而同致[28]，循性而动，各附所安。故有处朝廷而不出，入山林而不返之论[29]。且延陵高子臧之风[30]，长卿慕相如之节[31]，志气所托，不可夺也。

吾每读尚子平、台孝威传[32]，慨然慕之，想其为人。少加孤露[33]，母兄见骄[34]，不涉经学。性复疏懒，筋驽肉缓[35]，头面常一月十五日不洗，不大闷痒，不能沐也[36]。每常小便而忍不起，令胞[37]中略转乃起耳。又纵逸来久，情意傲散，简与礼相背，懒与慢相成，而为侪类[38]见宽，不攻其过。又读庄、老，重增其放，故使荣进之心日颓，任实[39]之情转笃。此犹禽[40]鹿少见驯育，则服从教制；长而见羁，则狂顾顿缨[41]，赴蹈汤火；虽饰以金镳[42]，飨以嘉肴[43]，愈思长林而志在丰草也。

阮嗣宗[44]口不论人过，吾每师之，而未能及；至性过人，与物无伤，唯饮酒过差[45]耳。至为礼法之士所绳，疾之如仇，幸赖大将军保持之耳[46]。吾不如嗣宗之贤[47]，而有慢弛之阙[48]；又不识人情，闇于机宜[49]；无万石[50]之慎，而有好尽之累[51]。久与事接，疵衅[52]日兴，虽欲无患，其可得乎？又人伦有礼，朝廷有法，自惟至熟[53]，有必不堪者七，甚不可者二：卧喜晚起，而当关呼之不置[54]，一不堪也。抱琴行吟，弋[55]钓草野，而吏卒守之，不得妄动，二不堪也。危坐一时，痹[56]不得摇，性[57]复多虱，把搔无已[58]，而当裹以章服[59]，揖拜上官，三不堪也。素不便书，又不喜作书，而人间多事，堆案盈机[60]，不相酬答，则犯教伤义，欲自勉强，则不能久，四不堪也。不喜吊丧，而人道以此为重，已为未见恕者所怨，至欲见中伤者；虽瞿然[61]自责，然性不可化，欲降心顺俗，则诡故不情[62]，亦终不能获无咎无誉[63]；如此，五不堪也。不喜俗人，而当与之共事，或宾客盈坐，鸣声聒[64]耳，嚣尘臭处，千变百伎，在人目前，六不堪也。心不耐烦，而官事鞅掌[65]，机务缠其心，世故烦其虑，七不堪也。又每非汤武而薄周孔[66]，在人间不止，此事会显[67]，世教所不容，此甚不可一也。刚肠疾恶，轻肆直言，遇事便发，此甚不可二也。以促中小心之性[68]，统此九患，不有外难，当有内病，宁可久处人间邪？又闻道士遗言，饵术黄精[69]，令人久寿，意甚信之。游山泽，观鱼鸟，心甚乐之。一行作吏，此事便废，安能舍其所乐，而从其所惧哉！

夫人之相知，贵识其天性，因而济之。禹不逼伯成子高[70]，全其节也；仲尼不假盖于子夏[71]，护其短也；近诸葛孔明不逼元直以入蜀[72]，华子鱼不强幼安以卿相[73]，此可谓能相终始，真相知者也。足下见直木不可以为轮，曲木不可以为桷[74]，盖不欲枉其天才，令得其所也。故四民[75]有业，各以得志为乐，唯达者为能通之，此足下度内[76]耳。不可自见好章甫[77]，强越人以文冕也；己嗜臭腐，养鸳雏以死鼠也[78]。吾顷学养生之术，方外荣华[79]，去滋味[80]，游心于寂寞，以无为为贵。纵无九患，尚不顾足下所好者。又有心闷疾，顷转增笃[81]，私意自试，不能堪其所不乐。自卜已审，若道尽途穷则已耳。足下无事冤之[82]，令转于沟壑也[83]。

吾新失母兄之欢，意常凄切。女年十三，男年八岁，未及成人，况复多病。顾此悢悢[84]，如何可言！今但愿守陋巷，教养子孙，时与亲旧叙离阔，陈说平生，浊酒一杯，弹琴一曲，志愿毕矣。足下若嬲[85]之不置，不过欲为官得人，以益时用耳。足下旧知吾潦倒粗疏[86]，不切事情，自惟亦皆不如今日之贤能也。若以俗人皆喜荣华，独能离之，以此为快；此最近之，可得言耳。然使长才广度[87]，无所不淹[88]，而能不营[89]，乃可贵耳。若吾多病困，欲离事自全，以保余年，此真所乏耳，岂可见黄门[90]而称贞哉！若趣欲共登王途[91]，期于相致，时为欢益，一旦迫之，必发狂疾。自非重怨[92]，不至于此也。野人有快炙背而美芹子者[93]，欲献之至尊[94]，虽有区区[95]之意，亦已疏矣。愿足下勿似之。其意如此，既以解足下，并以为别[96]。嵇康白。

创作背景：

嵇康，（224—263，一作223—262），字叔夜。谯国铚县（今安徽省濉溪县）人 。三国时期曹魏思想家、音乐家、文学家。官至中散大夫，世称“嵇中散”。后隐居不仕，屡拒为官。因得罪钟会遭其构陷而被司马昭处死，时年四十岁。嵇康与阮籍等竹林名士共倡玄学新风，主张“越名教而任自然”“审贵贱而通物情”，为“竹林七贤”之重要成员。嵇康工诗善文，其作品风格清峻。

《与山巨源绝交书》是嵇康写给朋友山涛的一封信。是嵇康听到山涛在由选曹郎调任大将军从事中郎时，想荐举他代其原职之消息所写。信中拒绝了山涛的荐引，指出人的秉性各有所好，自己本性疏懒，不堪礼法约束，更愿意放达自然。

注释：

1　山巨源：山涛，字巨源，和嵇康同为“竹林七贤”成员。

2　颍川：指山嵚。是山涛的叔父，曾经做过颍川太守，故以代称。

3　知言：相知之言。

4　经：常常。

5　河东：地名。在今山西省夏县西北。

6　显宗：公孙崇，字显宗，谯国人，曾为尚书郎。　阿都：吕安，字仲悌，小名阿都，东平人，嵇康好友。　以吾自代：指山涛拟推荐嵇康代己之职。嵇康在河东时，山涛正担任选曹郎职务。

7　傍通：善于应付变化。

8　多可而少怪：多有许可而少有责怪。

9　间：近来。　迁：升官。指山涛从选曹郎迁为大将军从事中郎。

10　惕然：忧惧的样子。

11　“恐足下”二句：语本《庄子·逍遥游》：“庖人虽不治庖，尸祝不越樽俎而代之。”意思是说：即使厨师（庖人）不做菜，祭师（祭祀时读祝辞的人）也不应该越职替代之。这里引用这个典故，说明山涛独自做官感到不好意思，所以要荐引嵇康出仕。

12　荐：举。　鸾刀：刀柄缀有鸾铃的屠刀。

13　漫：污染。

14　并：兼善天下的品格。　介：孤直守志的品格。

15　悔吝：悔恨。

16　柳下惠：即展禽。名获，字季，春秋时鲁国人。为鲁国典狱官，曾被罢职三次，有人劝他到别国去，他自己却不以为意。居于柳下，死后谥“惠”，故称柳下惠。　东方朔：字曼倩，汉武帝时人，常为侍郎。二人职位都很低下，所以说“安乎卑位”。

17　短：轻视。

18　仲尼：孔子的字。　兼爱：博爱无私。

19　执鞭：指执鞭赶车的人。《论语·述而》：“子曰：‘富而可求也，虽执鞭之士，吾亦为之。’”

20　子文：姓鬬，名谷於菟（gòu wū tū），春秋时楚国人。

21　令尹：楚国官名，相当宰相。《论语·公冶长》：“令尹子文，三仕为令尹，无喜色；三已之，无愠色。”

22　济物：救世济人。

23　君世：为君于世。“君”作动词用。

24　许由：尧时隐士。尧想把天下让给他，他不肯接受，就到箕山去隐居。

25　子房：张良的字。他曾帮助汉高祖刘邦统一天下，建立汉王朝。

26　接舆：春秋时楚国隐士。孔子游宦楚国时，接舆唱着讽劝孔子归隐的歌从其车边走过。

27　揆（kuí）：原则，道理。

28　殊途而同致：所走道路不同而达到相同的目的。语出《周易》：“天下同归而殊途，一致而百虑。”

29　“故有”二句：语出《韩诗外传》卷五：“朝廷之人为禄，故入而不出；山林之士为名，故往而不返。”

30 延陵：春秋时吴国公子，因居于延陵，人称“延陵季子”。 子臧：一名欣时，曹国公子。曹宣公死后，曹人要立子臧为君，子臧拒不接受，离国而去。季札的父兄要立季札为嗣君，季札引子臧不为曹国君为例，拒不接受。 风：风概，指高尚情操。
31 长卿：西汉司马相如的字。相如：指战国时赵国人蔺相如，以“完璧归赵”功拜上大夫。《史记·司马相如传》载：“（司马）相如既学，慕蔺相如之为人，更名相如。”
32 尚子平：东汉时人。《文选》李善注引《英雄记》说他：“有道术，为县功曹，休归，自入山担薪，卖以供食饮。”《后汉书·逸民传》作“向子平”，说他在儿女婚嫁后，即不再过问家事，恣意游五岳名山，不知所终。 台孝威：名佟，东汉时人。隐居武安山，凿穴而居，以采药为业。
33 孤：幼年丧父。 露：羸弱。
34 兄：指嵇喜。 见骄：指受到母兄的骄纵。
35 驽：原指劣马，这里是迟钝的意思。 缓：松弛。
36 不能（nài）：不愿。能，通“耐”。 沐：洗头。
37 胞：原指胎衣，这里指膀胱。
38 侪（chái）类：指同辈朋友。
39 任实：指放任本性。
40 禽：古代对鸟兽的通称。一说通“擒”。
41 狂顾：疯狂地四面张望。 顿缨：挣脱羁索。
42 金镳（biāo）：金属制作的马笼头，这里指鹿笼头。
43 飨（xiǎng）：用酒食款待，这里是喂的意思。 嘉肴：好菜，这里指精美的饲料。
44 阮嗣宗：阮籍，字嗣宗，与嵇康同列于“竹林七贤”，不拘礼法，常用醉酒的办法，以“口不臧否人物”来避祸。
45 过差：过度。
46 大将军：指司马昭。 保持：保护。
47 贤：当作“资”，指天赋的资材。
48 慢弛：傲慢懒散。 阙：缺点。
49 闇于机宜：不懂得随机应变。
50 万石：汉代石奋。他和四个儿子都官至二千石，共一万石，所以 汉景帝称他为“万石君”，一生以谨慎著称。
51 好尽：尽情直言，不知忌讳。 累：过失，毛病。
52 疵（cī）：缺点。 衅（xìn）：争端。
53 惟：思虑。 熟：精详。
54 当关：守门的差役。 不置：不已。
55 弋（yì）：系有绳子的箭，用来射取禽鸟。这里即指射禽鸟。
56 痹（bì）：麻木。
57 性：身体。
58 把（pá）搔：用于搔痒。把，通“爬”。 无已：没有停止。
59 章服：冠服。指官服。
60 机：同“几”，小桌子。
61 瞿然：惊惧的样子。
62 诡故：违背自己本性。 不情：不符合真情。
63 无咎无誉：指既不遭到罪责也得不到称赞。
64 聒（guō）：喧闹。
65 鞅（yāng）掌：职事忙碌。
66 非：非难。 汤：成汤，曾推翻夏桀统治，建立商王朝。 武：周武王姬发。推翻殷纣王统治，建立周王朝。 周：周公姬旦，曾辅助武王灭纣，建立周王朝。 孔：孔子。
67 会显：会当显著，为众人所知。
68 促中小心：指心胸狭隘。
69 饵（ěr）：服食。 术、黄精：两种中草药名，古人认为服食后可以轻身延年。
70 禹：舜以后的帝王，建立夏王朝。 伯成子高：禹时隐士。《庄子·天地》：“尧治天下，伯成子高立为诸侯。尧授舜，舜授禹，伯成子高辞为诸侯而耕。禹往见之，则耕在野。禹趋就下风，立而问焉，曰：‘昔尧治天下，吾子立为诸侯，尧授舜，舜授予，而吾子辞为诸侯而耕，敢问其何故也？’子高曰：‘昔尧治天下，不赏而民劝，不罚而民畏；今子赏罚，而民且不仁，德自此衰，刑自此立，后世之乱自此始矣。夫子阖行邪，无落吾事！’俋俋乎耕而不顾。”
71 假：借。 盖：雨伞。 子夏：孔子弟子卜商的字。《孔子家语·致思》：“孔子将行，雨而无盖。门人曰：‘商也有之。’孔子曰：‘商之为人也，甚吝于财。吾闻与人交，推其长者，违其短者，故能久也。’”
72 诸葛孔明：三国时诸葛亮的字。元直：徐庶的字。两人原来都在刘备部下，后来徐庶的母亲被曹操捉去，他就辞别刘备而投奔曹操，诸葛亮没有加以阻留。
73 华子鱼：三国时华歆的字。 幼安：管宁的字。 两人为同学好友，魏文帝时，华歆为太尉，想推举管宁接任自己的职务，管宁便举家渡海而归，华歆也不加强迫。
74 桷（jué）：屋上承瓦的椽子。
75 四民：指士、农、工、商。
76 度内：意料之中。
77 章甫：古代一种须绾在发髻上的帽子。

78 鸳雏（chú）：传说中像凤凰一类的鸟。《庄子·秋水》中说：惠子做了梁国的相，害怕庄子来夺他的相位，便派人去搜寻庄子，于是庄子就往见惠子，并对他说："南方有鸟，其名为鸳雏……非梧桐不止，非练实不食，非醴泉不饮。于是鸱得腐鼠，鸳雏过之，仰而视之，曰：'赫！'"
79 外：疏远，排斥。
80 滋味：美味。
81 增笃：加重。
82 无事：不要做。　冤：委屈。
83 转于沟壑：流转在山沟河谷之间。指流离而死。
84 悢（liàng）悢：悲恨。
85 嬲（niǎo）：纠缠。
86 潦倒粗疏：放任散漫的意思。
87 长才广度：指有高才大度的人。
88 淹：贯通。
89 不营：不营求。指不求仕进。
90 黄门：宦官。
91 趣（cù）：急于。　王途：仕途。
92 自非：若不是。　重怨：大仇。
93 野人：居住在乡野的人。　快炙（zhì）背：对太阳晒背感到快意。　美芹子：以芹菜为美味。
94 至尊：指君主。以上两句原本出于《列子·杨朱》："宋国有田夫，常衣缊黂，仅以过冬。暨春东作，自曝于日，不知天下之有广厦隩室，绵纩狐狢，顾谓其妻曰：'负日之暄，人莫知者，以献吾君，将有重赏。'里之富者告之曰：'昔人有美戎菽、甘枲茎芹萍子者，对乡豪称之；乡豪取而尝之，蜇于口，惨于腹，众哂而怨之，其人大惭。子此类也。'"
95 区区：形容感情恳切。
96 别：告别。这是绝交的婉辞。

评论：

（南朝）颜延之《五君咏之嵇中散》：中散不偶世，本自餐霞人。形解验默仙，吐论知凝神。立俗迕流议，寻山洽隐沦。鸾翮有时铩，龙性谁能驯。

（元）陈绎曾《诗谱》：嵇康人品胸次高，自然流出。

（清）陈祚明《采菽堂古诗选》：叔夜婞直，所触即形，集中诸篇，多抒感愤，召祸之故，乃亦缘兹……叔夜衷怀既然，文笔亦尔，径遂直陈，有言必尽，无复吞吐之致，故知诗诚关乎性情，婞直之人必不能为婉转之调。

（南朝）刘勰《文心雕龙·书记》：嵇康《绝交》，实志高而文伟矣。

（明）王世贞《艺苑卮言》：嵇叔夜土木形骸，不事雕饰，想于文亦尔。如《养生论》《绝交书》，类信笔成者，或遂重犯，或不相续，然独造之语，自是奇丽超逸，览览跃然而醒。

（清）汪懋麟《百尺梧桐阁文集》：康罹横祸者在《绝交》一书……循性而动，所以明高也；托好老庄，足以自豪也；七不堪、二不可，肆语何骄也。立言有体，与人有道，头面可不须洗，而虱痒固须搔也，何至小便忍起而转胞也！骄悍之气，悖谬之词，揆之于理，理无可守；返之于生，生岂能久！潦倒粗疏固如是乎？率此以往，势难终日。

登大雷岸与妹书

［南朝　宋］鲍　照

吾自发寒雨，全行日少，加秋潦浩汗[1]，山溪猥至[2]，渡泝[3]无边，险径游历，栈石[4]星饭，结荷水宿[5]，旅客贫辛，波路[6]壮阔，始以今日食时[7]，仅及大雷。涂登千里[8]，日逾十晨[9]，严霜惨节[10]，悲风断肌，去亲为客，如何如何！

向因涉顿[11]，凭观川陆；遨神清渚，流睇方曛[12]；东顾五州之隔，西眺九派之分[13]；窥地门之绝景[14]，望天际之孤云。长图大念[15]，隐心[16]者久矣。

南则积山万状，负气[17]争高，含霞饮景[18]，参差代雄，凌跨长陇[19]，前后相属，带天有匝[20]，横地[21]无穷；东则砥原远隰[22]，亡端靡际[23]，寒蓬夕捲，古树云平，旋风四起，思鸟群归，静听无闻，极视不见。北则陂池潜演[24]，湖脉通连，苎蒿攸积[25]，菰[26]芦所繁，栖波之鸟，水化之虫，智吞愚，彊[27]捕小，号噪惊聒[28]，纷乎其中；西则回江永指[29]，长波天合[30]，滔滔何穷，漫漫安竭？创古迄今，舳舻[31]相接。思尽波涛，悲满潭壑[32]。烟归八表，终为野尘[33]。而是注集，长写[34]不测，修灵浩荡[35]，知其何故哉？

西南望庐山，又特惊异。基[36]压江潮，峰与辰汉[37]相接。上常积云霞，雕锦缛[38]。若华[39]夕曜，岩泽气通[40]，传明[41]散彩，赫似绛天[42]。左右青霭[43]，表里紫霄[44]。从岭而上，气尽[45]金光，半山以下，纯为黛色[46]。信可以神居帝郊[47]，镇控湘汉者也。

若潈洞所积[48]，溪壑[49]所射，鼓怒之所豗击[50]，涌澓之所宕涤[51]，则上穷荻浦[52]，下至狶洲[53]；南薄燕派[54]，北极雷淀[55]，削长埤短[56]，可数百里。其中腾波触天，高浪灌日[57]，吞吐百川，写泄万壑。轻烟不流，华鼎振涾[58]。弱草朱靡[59]，洪涟陇蹙[60]。散涣[61]长惊，电透箭疾[62]。穹溘[63]崩聚，坻飞岭复[64]。回沫冠山[65]，奔涛空谷[66]。碪石[67]为之摧碎，碕岸为之齑落[68]。仰视大火[69]，俯听波声、愁魄胁息[70]，心惊慓[71]矣！

至于繁化殊育[72]，诡质怪章[73]，则有江鹅、海鸭、鱼鲛、水虎之类，豚首[74]、象鼻、芒须、针尾之族，石蟹[75]、土蚌、燕箕、雀蛤之俦，折甲[76]、曲牙、逆鳞、返舌之属[77]。掩沙涨[78]，被[79]草渚，浴雨排风，吹涝弄翮[80]。夕景欲沈，晓雾将合，孤鹤寒啸[81]，游鸿远吟，樵苏[82]一叹，舟子再泣[83]。诚足悲忧，不可说也。

风吹雷飙[84]，夜戒前路[85]。下弦[86]内外，望达所届[87]。寒暑难适，汝专自慎，夙夜[88]戒护，勿我为念。恐欲知之，聊书所睹。临涂草蹙[89]，辞意不周。

创作背景：

鲍照（414—466），字明远，东海郡人（今属山东临沂市兰陵县长城镇），南朝宋时的文学家。宋元嘉中，临川王刘义庆“招聚文学之士，近远必至”，鲍照以辞章之美而被看重，遂引为“佐史国臣”。元嘉十六年因献诗而被宋文帝用为中书令、秣稜令。大明五年出任前军参军，故世称“鲍参军”。 鲍照与颜延之、谢灵运同为宋元嘉时代的著名诗人，合称“元嘉三大家”，和庾信合称“南照北信”。

宋文帝永嘉十六年（439年），临川王义庆出镇江州，引鲍照为佐吏。是年秋，鲍照从建康（今南京）西行赶赴江州，至大雷岸（今安徽望江县附近）作此骈文家书致妹令晖。书中描绘了九江、庐山一带美景；言辞中含蕴着严霜悲风中去亲为客、苦于行役之凄苦。而末尾则是对妹妹的叮嘱，殷殷关切之情溢于言表。

注释：
1 秋潦：秋雨。 浩汗：大水浩浩无边的样子。
2 猥（wěi）：多。猥至指秋雨后山溪水多流入江。
3 泝（sù）：同“溯”，逆流而上。
4 栈石：指在险绝的山路上搭木为桥而过。栈，小桥。
5 结荷：结起荷叶为屋。 水宿：歇宿在水边。亦言行旅之苦。
6 波路：水路。
7 日食时：即午饭时。
8 涂：道路。 登：走，行进。
9 踰：即“逾”，越过。 两句谓已走了千里路，过了十天。按自建康至大雷岸，实际上行程不足千里，此处为约数。
10 憯：疼痛。这里用作动词。 节：关节。
11 涉顿：徒步过水曰“涉”。住宿歇息称“顿”。
12 遨神：骋目娱怀。 清渚：清流中的洲渚。 流睇：转目斜视。 曛：黄昏。
13 五洲：长江中相连的五座洲渚。《水经注·江水》：“（轪县故城）城在山之阳，南对五洲也。江中有五洲相接，故以五洲为名。”九派：指江州（今九江）所分的九条水。又因之称流经江州附近的长江。
14 地门：即武关山。《河图括地象》云：“武关山为地门，上与天齐。”
15 长图大念：即宏图大志。
16 隐心：动心。
17 负气：恃着气势。
18 含霞：映衬着鲜艳的朝霞。 饮景：闪射着灿烂的阳光。景，太阳。
19 淩（líng）：亦作“凌”，逾越。 陇：山丘。
20 带：这里用作动词，即“围起”之意。 匝（zā）：环绕一周。
21 横地：群山横亘大地。
22 砥：磨刀石。 隰（xí）：低下之地。
23 亡：通“无”。 靡：没有。
24 陂（bēi）池：水塘。 潜演：潜流。演，长长的水流。
25 苎（zhù）蒿：苎麻和蒿草。 攸积：所积。
26 菰（gū）：俗称“茭白”。
27 疆：同“强”。
28 惊聒（guō）：惊扰嘈杂。
29 回江：曲折的江水。 永指：永远流向远方。
30 天合：与天相连。
31 舳舻（zhú lú）：船尾和船头。
32 壑：山谷。
33 八表：八方以外极远的地方。 野尘：天地间的尘埃。两句语本《庄子·逍遥游》：“野马也，尘埃也，生物之以息相吹也。”有幻灭无常之想。
34 写：同“泻”。
35 修灵浩荡：语出《离骚》：“怨灵修之浩荡兮。”修灵，指河神。
36 基：山基。
37 辰汉：星辰天汉。
38 雕锦缛：形容云霞的绮丽绚烂。
39 若华：若木之花。《淮南子·坠形训》：“若木在建木西，末有十日，其华照下地。”此指霞光。
40 气通：雾岚连成一片。
41 传明：闪射光明。
42 赩：火光红艳。 绛：大红色。
43 霭：雾气。
44 紫霄：庐山高峰名。
45 气尽：烟岚散尽。
46 黛色：青黑色。
47 神居帝郊：神仙、天帝的居处。
48 潨（cōng）：小水汇入大水。 洞：疾流。
49 溪壑：山谷间溪水。
50 豗（huī）：同“灰”，相击。
51 澓（fú）：同“洑”，洄流。 宕涤：摇荡，激荡。
52 荻浦，长满芦的水滨。
53 狶（xī）洲：野猪出没的荒洲。 狶：同“豨”，猪。
54 薄：迫近。 𠂢：“派”的本字，水分流处。
55 淀：浅湖。
56 削长埤（pí）短：对众多河流湖泊加以削长补短。埤，增益。
57 高浪灌日：形容波浪翻腾之高。
58 涾（tà）：水沸溢。

59 朱：同“株”，株干。这里指草茎。 靡：披靡，倒伏。
60 蹙（cù）：追近。此句意为大水迫近田陇。
61 散涣：波浪崩散。 涣：水盛貌。
62 透、疾：均指迅速。
63 穹：高大。 溘：水花。
64 坻（chí）：河岸。复：倒复。
65 回沫：回迸的水花飞沫。冠山：谓水势逾山。
66 空谷：扫空山谷。空，用作动词。
67 碪（zhēn）石：河边的捣衣石板。
68 碕（qí）岸：弯曲的河岸。 齏（jī）落：变成碎末飞落。
69 大火：星名。即心宿二。
70 愁魄：因发愁而动魂魄。 胁息：屏住呼吸。胁，通“翕”，敛缩。
71 慓（piào）：迅速。
72 繁化殊育：指各种生物的繁殖蕃衍。
73 诡质：奇异的躯体。 怪章：怪诞的外表。
74 江鹅：《本草》引《释名》中“鸥者浮水上，轻漾如沤也，在海者名海鸥，在江者名江鸥，江夏人讹为江鹅也。” 海鸭：《金楼子》云“海鸭大如常鸭，斑白文，亦谓之文鸭”。鱼鲛：《山海经》中“荆山，漳水出焉，东南流，注于雎。其中多鲛鱼”。注：“鲛，鲋鱼类也，皮有珠文而坚，尾长三四尺，末有毒，螫人。” 水虎：《襄沔记》载“沔水中有物，如三四岁小儿，甲如鳞鲤、秋曝沙上，膝头如虎掌爪，常没水，名曰水虎”。
75 豚首：郭璞《江赋》中“鱼则江豚海狶。”注：《临海水土记》曰，“海狶（猪），豕头（豚首）、身长九尺。” 象鼻：《北史》云，“真腊国有鱼名建同，四足无鳞，鼻如象，吸水上喷，高五六十丈”。 芒须：王隐《交广记》载“吴置广州，以滕修为刺史，或语修，虾须长一丈，修不信，其人后至东海，取虾须长四丈四尺，封以示修，修乃服之”。 针尾：据《山海经》注云，鲛鱼“尾长三四尺，末有毒，螫人”。
76 石蟹：《蟹谱》云“明越溪涧石穴中，亦出小蟹，其色赤而坚，俗呼为石蟹”。 土蚌：《说文》云“蚌，蜃属，老产珠者也，一名含浆”。 燕箕：《兴化县志》载“魟鱼头圆秃如燕，其身圆褊如簸箕，又曰燕魟鱼”。 雀蛤：《礼记》中“季秋之月，雀入大水为蛤”。
77 折甲：鳖、甲鱼。《宁波志》载“鲎形如复斗，其壳坚硬，腰间横纹一线，软可屈摺，每一屈一行。” 曲牙：《函史》引《物性志》云“形似石首鱼，三牙如铁锯”。 逆鳞：王旻之《与琅琊太守许诚言书》：“贵郡临沂县，其沙村逆鳞鱼，可调药物。逆鳞鱼仙经谓之肉芝。” 返舌：《释文》云“反舌，蔡伯喈云：虾蟆”。以上“江鹅”至“返舌”等十六种水生动物，有的实有其物，有的是神话传说中的名称，故难一一考实。
78 沙涨：沙滩。
79 被：此处意为躲避。
80 吹涝：吐水。 弄翮（hé）：搜理毛羽。翮，羽毛。
81 寒啸：哀鸣。
82 樵苏：樵夫。苏，取草。
83 舟子：船夫。 以上四句，暗示自己“去亲为客”的悲凉情怀。
84 夙（sù）夜：早晚。
85 飙：风暴。
86 戒：提防。 前路：前途。
87 下弦：月亮亏缺下半的形状，指二十三、四日。《诗经·小雅·天保》孔颖达《正义》云，“至十五、十六日，月体满。”“从此后渐亏，至二十三日、二十四日，亦正半在，谓之下弦。”
88 届：至。
89 夙（sù）夜：早晚。

评论：

（南朝）钟嵘《诗品》：宋参军鲍照，其源出於二张，善制形状写物之词，得景阳之諔诡，含茂先之靡嫚。骨节强於谢混，驱迈疾於颜延。总四家而擅美，跨两代而孤出。嗟其才秀人微，故取湮当代。然贵尚巧似，不避危仄，颇伤清雅之调。故言险俗者，多以附照。

（南朝）萧子显《南齐书·文学传论》：次则发声惊挺，操调险急，雕藻淫艳，倾炫心魂，亦犹五色之有红紫，八音之有郑卫，斯鲍照之遗烈也。

（宋）王应麟《困学纪闻》：其辞奇丽，超绝笔墨蹊径，可以讽诵。

（清）沈德潜《古诗源》：如五丁凿山，开人世所未有。

（清）刘熙载《艺概·诗概》：明远长句，慷慨任气，磊落使才，在当时不可无一，不能无二。

钱钟书《管锥编》：按鲍文第一，即标为宋文第一，亦无不可也。

吊古战场文

［唐］李　华

浩浩乎平沙无垠[1]，夐[2]不见人。河水萦带，群山纠纷[3]。黯兮惨悴[4]，风悲日曛[5]。蓬断草枯[6]，凛若霜晨。鸟飞不下，兽铤[7]亡群。亭长[8]告余曰："此古战场也，常覆三军[9]。往往鬼哭，天阴则闻。"伤心哉！秦欤？汉欤？将近代欤？

吾闻夫齐魏[10]徭戍，荆韩召募[11]。万里奔走，连年暴露。沙草晨牧，河冰夜渡。地阔天长，不知归路。寄身锋刃，腷臆谁愬[12]？秦汉而还，多事四夷[13]，中州耗斁[14]，无世无之。古称戎夏[15]，不抗王师[16]。文教[17]失宣，武臣用奇[18]。奇兵[19]有异于仁义，王道[20]迂阔而莫为。呜呼噫嘻！

吾想夫北风振漠，胡兵伺便。主将骄敌，期门[21]受战。野竖旄旗[22]，川回组练[23]。法重心骇，威尊命贱。利镞穿骨，惊沙入面。主客相搏，山川震眩。声析[24]江河，势崩雷电。至若穷阴[25]凝闭，凛冽海隅[26]，积雪没胫，坚冰在须。鸷鸟休巢，征马踟蹰。缯纩[27]无温，堕指裂肤。当此苦寒，天假强胡，凭陵[28]杀气，以相剪屠。径截辎重[29]，横攻士卒。都尉[30]新降，将军覆没。尸踣[31]巨港之岸，血满长城之窟。无贵无贱，同为枯骨。可胜[32]言哉！鼓衰兮力竭，矢尽兮弦绝，白刃交兮宝刀折，两军蹙[33]兮生死决。降矣哉？终身夷狄；战矣哉？暴骨沙砾。鸟无声兮山寂寂，夜正长兮风淅淅。魂魄结兮天沉沉，鬼神聚兮云幂幂[34]。日光寒兮草短，月色苦兮霜白。伤心惨目，有如是耶！

吾闻之：牧[35]用赵卒，大破林胡，开地千里，遁逃匈奴。汉倾天下，财殚力痡[36]。任人而已，岂在多乎！周逐猃狁[37]，北至太原。既城朔方[38]，全师而还。饮至策勋[39]，和乐且闲。穆穆棣棣[40]，君臣之间。秦起长城，竟海为关。荼毒生民，万里朱殷[41]。汉击匈奴，虽得阴山[42]，枕骸徧野，功不补患。

苍苍蒸民[43]，谁无父母？提携捧负，畏其不寿。谁无兄弟？如足如手。谁无夫妇？如宾如友。生也何恩，杀之何咎？其存其没，家莫闻知。人或有言，将信将疑。悁悁[44]心目，寤寐见之。布奠倾觞[45]，哭望天涯。天地为愁，草木凄悲。吊祭不至，精魂[46]何依？必有凶年[47]，人其流离。呜呼噫嘻！时耶？命耶？从古如斯。为之奈何？守在四夷[48]。

创作背景：

李华（715—766），字遐叔，赵郡赞皇（今河北赞皇县）人，玄宗开元二十三年（735年）进士。天宝二年（743年）登博学宏辞科，官监察御使、右补阙。安禄山陷长安时，被迫任凤阁舍人。唐代著名散文家，与萧颖士齐名，世称"萧李"，为文主张"尊经""明道"，开韩、柳古文运动之先河。

《资治通鉴·唐纪》载：天宝十年（751年）夏，剑南节度使鲜于仲通讨伐南诏，"军大败，士卒死者六万人"。"天宝八载六月，哥舒翰以兵六万三千，攻吐蕃石堡城，拔之，唐军率死者数万。"李华有感于此作《吊古战场文》，名为"吊古"，实为讽今，力主实行王道以达天下大统。

注释：

1　浩浩：辽阔的样子。　垠（yín）：边际。

2　夐（xiòng）：远。

3　纠纷：重叠交错的样子。

4　黯：昏黑。　悴：忧伤。

5　曛：赤黄色，形容日色昏暗。

6　蓬：草名，即蓬蒿。本句说秋枯根拔，随风飘转。

7　挺：通"铤"（tǐng），疾走的样子。

8　亭长：秦汉时每十里为一亭，设亭长一人，掌管治安、诉讼等事。唐代在尚书省各部衙门设置亭长，负责省门开关和通报传达事务，是流外（不入九品职级）吏职。此借指地方小吏。

9　三军：周制：天子置六军，诸侯大国可置三军，每军一万二千五百人。此处泛指军队。
10　齐魏、荆韩：战国七雄中的四个国家。　荆：即楚国，这里泛指战国时代。
11　召募：以钱物招募兵员。
12　腷（bì）臆：心情苦闷。　愬：即“诉”。
13　四夷：四方边境的少数民族。夷，古时对异族的贬称。
14　耗斁（dù）：损耗败坏。
15　戎：西方少数民族，此泛指少数民族。　夏：华夏，汉族。
16　王师：帝王的军队。古称帝王之师是应天顺人、吊民伐罪的仁义之师。
17　文教：指礼乐法度，文章教化。
18　用奇：使用阴谋诡计。
19　奇兵：乘敌不备进行突然袭击的部队。
20　王道：指礼乐仁义等治理天下的准则。　迂阔：迂远而不切实际。
21　期门：军营的大门。
22　旄旗：用旄牛尾和彩色鸟羽作竿饰的旗，泛指军旗。
23　组练：即“组甲被练”，战士的衣甲服装。此处代指战士。
24　析：分离，劈开。原作“折”，据《唐文粹》及《文集》改。
25　穷阴：犹穷冬，极寒之时。
26　海隅：西北极远之地。海，瀚海，在蒙古高原东北；一说指今内蒙古自治区之呼伦贝尔湖。
27　缯纩（zēng kuàng）：缯，丝织品的总称；纩，丝绵。古代尚无棉花，絮衣都用丝棉。
28　凭陵：有所凭借而欺凌别人。
29　辎（zī）重：军用物资的总称。
30　都尉：官名，此指职位低于将军的武官。
31　踣（bó）：向前扑。
32　胜（shēng）：尽。
33　蹙（cù）：迫近，接近。
34　幂（mì）幂：深浓阴暗。
35　牧：李牧，战国末赵国良将，守雁门（今山西北部），大破匈奴的入侵，击败东胡，降服林胡（均为匈奴所属的部族）。其后十余年，匈奴不敢靠近赵国边境。见《史记·廉颇蔺相如列传》。
36　殚（dān）：尽。　痡（pū）：劳倦，病苦。　汉武帝时，多次大举征伐匈奴及大宛、西羌、南越，以至“赋税既竭，犹不足以奉战士”“天下虚耗”，甚至“人复相食”。见《史记·平准书》《汉书·食货志》。
37　猃狁（xiǎn yǔn）：也作“猃狁”“荤粥”“獯鬻”“薰育”“荤允”等，古代北方的少数民族，即匈奴的前身。周宣王时，猃狁南侵，宣王命尹吉甫统军抗击，逐至太原（今宁夏固原县北），不再穷追。二句出自《诗经·小雅·六月》：“薄伐猃狁，至于太原”。
38　城：筑城。　朔方：北方。一说即今宁夏灵武县一带。句出《诗经·小雅·出车》：“天子命我，城彼朔方。”
39　饮至：古代盟会、征伐归来后，告祭于宗庙，举行宴饮，称为“饮至”。　策勋：把功勋记载在简策上。句出《左传·桓公二年》：“凡公行，告于宗庙；反行，饮至，舍爵策勋焉，礼也。”
40　穆穆：端庄盛美，恭敬谨肃的样子，多用以形容天子的仪表，如《礼记·曲礼下》：“天子穆穆”。棣（dì）棣：娴雅安和的样子。
41　殷（yān）：赤黑色。《左传·成公二年》杜注：“血色久则殷。”
42　阴山：在今内蒙古中部，西起河套，东接内兴安岭，原为匈奴南部屏障，匈奴常由此以侵汉。汉武帝时为卫青、霍去病统军夺取，汉军损失亦惨重。
43　苍苍：指天。　蒸：通“烝”，众多。
44　悁（yuān）悁：忧愁郁闷的样子。
45　布奠倾觞：把酒倒在地上以祭奠死者。布，陈列。奠，设酒食以祭祀。
46　精魂：精气灵魂。古时认为人死后，其精气灵魂能够离开身体而存在。
47　凶年：荒年。语出《道德经·第三十章》：“大军之后，必有凶年。”大举兴兵造成大量农业劳动力的征调伤亡，再加上双方军队的蹂躏掠夺以及军费的负担，必然影响农业生产的种植和收成。故此处不仅指自然灾荒。
48　守在四夷：语出《左传·昭公二十三年》：“古者天子，守在四夷。”

评论：

《新唐书·李华传》：华文辞绵丽，少宏杰气，颖士健爽自肆，时谓不及颖士，而华自疑过之。因著《吊古战场文》，极思研摧，已成，污为故书，杂置梵书之庋。它日，与颖士读之，称工，华问：“今谁可及？”颖士曰：“君加精思，便能至矣。”华愕然而服。

（明）谢榛《四溟诗话》：熟读初唐、盛唐诸家所作，有雄浑如大海奔涛，秀拔如孤峰峭壁。

臧克家《悲惨阴暗的战争画卷——重读〈吊古战场文〉》：他以激昂悲愤的热情，气盛言宜地控诉了战争使生活秩序被破坏……他是想用儒家的所谓“文教”以感化、维系少数民族的专权者……

毛颖传

［唐］韩　愈

毛颖者，中山人也[1]。其先明眎[2]，佐禹治东方土[3]，养万物有功[4]，因封于卯地[5]，死为十二神[6]。尝曰：吾子孙神明之后，不可与物同，当吐而生[7]。已而果然。明眎八世孙䨲[8]，世传当殷时居中山，得神仙之术，能匿光使物[9]，窃姮娥、骑蟾蜍入月[10]，其后代遂隐不仕云。居东郭者曰㕙[11]，狡而善走，与韩卢争能[12]，卢不及。卢怒，与宋鹊[13]谋而杀之，醢[14]其家。

秦始皇时，蒙将军恬[15]南伐楚，次中山[16]，将大猎以惧楚。召左右庶长与军尉[17]，以《连山》筮之[18]，得天与人文之兆[19]。筮者贺曰："今日之获，不角不牙[20]，衣褐之徒[21]。缺口而长须，八窍而趺居[22]，独取其髦[23]，简牍是资[24]。天下其同书，秦其遂兼诸侯乎！"遂猎，围毛氏之族，拔其豪[25]，载颖[26]而归，献俘于章台宫[27]，聚其族而加束缚焉[28]。秦皇帝使恬赐之汤沐[29]，而封诸管城[30]，号曰管城子，日见亲宠任事。

颖为人，强记而便敏[31]，自结绳之代[32]以及秦事，无不纂录。阴阳、卜筮、占相、医方、族氏、山经、地志、字书、图画、九流、百家、天人之书[33]，及至浮图[34]、老子、外国之说，皆所详悉。又通于当代之务，官府簿书[35]、市井贷钱注记[36]，惟上所使。自秦皇帝及太子扶苏、胡亥、丞相斯、中车府令高[37]，下及国人，无不爱重。又善随人意，正直、邪曲、巧拙，一随其人。虽见废弃，终默不泄[38]。惟不喜武士，然见请，亦时往。累拜中书令[39]，与上益狎[40]，上尝呼为中书君。上亲决事，以衡石自程[41]，虽宫人不得立左右，独颖与执烛者常侍，上休方罢。颖与绛人陈玄[42]、弘农陶泓[43]，及会稽褚先生[44]友善，相推致[45]，其出处必偕[46]。上召颖，三人者不待诏，辄俱往，上未尝怪焉。

后因进见，上将有任使，拂试[47]之，因免冠谢[48]。上见其发秃，又所摹画不能称上意。上嘻笑曰："中书君老而秃，不任吾用。吾尝谓中书君，君今不中书邪？"对曰："臣所谓尽心者[49]。"因不复召，归封邑，终于管城。其子孙甚多，散处中国、夷狄，皆冒管城，惟居中山者，能继父祖业。

太史公曰：毛氏有两族。其一姬姓，文王之子，封於毛，所谓鲁、卫、毛、聃者也[50]。战国时有毛公、毛遂[51]。独中山之族，不知其本所出，子孙最为蕃昌[52]。《春秋》之成，见绝于孔子[53]，而非其罪。及蒙将军拔中山之豪，始皇封诸管城，世遂有名，而姬姓之毛无闻。颖始以俘见，卒见任使。秦之灭诸侯，颖与有功，赏不酬劳，以老见疏，秦真少恩哉[54]！

创作背景：

韩愈（768—824），字退之，河南河阳（今河南省孟州市）人。自称"郡望昌黎"，世称"韩昌黎""昌黎先生"。唐代杰出的文学家、思想家、哲学家、政治家。贞元八年（792年），韩愈登进士第，两任节度推官，累官监察御史。曾因论事以及谏迎佛骨而被贬。晚年官至吏部侍郎，人称"韩吏部"。病逝后追赠谥号"文"，故称"韩文公"。

韩愈是唐代古文运动的倡导者，被后人尊为"唐宋八大家"之首，与柳宗元并称"韩柳"，有"文章巨公"和"百代文宗"之名。他提出的"文道合一""气盛言宜""务去陈言""文从字顺"等理论对后世文风影响极大。

贞元十九年（803年），关中大灾。韩愈因上疏"请宽民徭而免田租"遭贬，心情郁积，遂借为毛笔立传以纾解情怀。

注释：

1　毛颖者，中山人也：毛颖，中山人。此指毛笔产自中山。毛颖，毛笔的别名，文中借作人名。毛，指兔毛。颖，指毛笔的锋毫。中山，战国时国名，在今河北省定县一带，以产紫毫毛笔出名。东汉蔡邕《笔论》："若迫於事，虽中山兔豪不能佳也。"

2　其先明眎（shì）：毛颖祖先明眎。明眎，兔子的别名。《礼记·曲礼下》："兔曰明眎。"

3　佐禹治东方土：辅佐夏禹治理东方国土。佐，辅助。

4　养万物有功：四时之中，春的位置亦在东方，春天万物生，故言。

5　卯（mǎo）地：即"东方土"。古代按十二地支划分方位，卯位是指东方。

6　十二神：指十二生肖（属相）。

7　吐而生：传说兔子是口吐而生，故兔嘴上唇开裂。东汉王充《论衡•奇怪篇》："兔吮毫而怀子，及其子生，从口而出。"

8　䨲（nóu）：刚出生的幼兔，此泛指兔。

9　匿光使物：指隐身形於光日下，能驱使诸物。

10　姮（héng）娥：嫦娥。《淮南子·览冥训》："羿请不死之药於西王母，姮娥窃以奔月。"月中有蟾蜍亦是神话传说。《初学记·天部》上引《五经通义》："月中有兔，与蟾蜍何？兔，阴也；蟾蜍，阳也，而与兔并明，阴系於阳也。"

11　㕙（jùn）：狡兔。西汉刘向《新序·杂事》五："昔者，齐有良兔曰东郭㕙，盖一旦而走五百里。"

12　与韩卢争能：《战国策·齐策》三："齐欲伐魏，淳于髡谓齐王曰：'韩子卢者，天下之疾犬也，东郭逡（㕙）者，海内之狡兔也。韩子庐逐东郭逡（㕙），环山者三，腾山者五，兔极於前，犬废於后，犬兔俱罢，各死其处。'"韩卢，战国时韩国的良犬名。　东汉郑玄注《礼记·少仪》："守犬、田犬问名，畜养者当呼之名，谓若韩卢、宋鹊之属。"

13　宋鹊：战国时宋国的良犬名。《广雅》："韩卢、宋鹊，犬属。"

14　醢（hǎi）：肉酱。此处用作动词，剁成肉酱。

15　蒙将军恬：蒙恬，秦朝名将，相传为毛笔的发明者。

16　次：临时驻扎、停留。　中山国为赵所灭，始皇十九年灭赵，二十一年伐楚，当时秦自中山移兵伐楚，故上文说"南伐楚"。

17　左右庶长：左庶长、右庶长，秦朝官爵名。　军尉：武官名。

18　《连山》：夏朝的占卦之术，与殷之《归藏》、周之《周易》，统称"三易"。　筮：用蓍草卜卦。

19　天与人文之兆：指自然与人事的征兆。《周易》："观乎天文，以察时变；观乎人文，以化成天下。"

20　不角不牙：兔不生角，也无犬齿。

21　褐：粗布衣服。此指全身有毛的兔子。

22　八窍而趺（fū）居：北宋陆佃《埤雅·释兽》中"盖咀嚼者，九窍而胎生，独兔雌雄八窍。"此乃古人不明兔子生理结构的一种妄言。趺，两足交叠而坐。居，同"踞"，蹲。

23　髦（máo）：毛中长毫，引申为同辈中不群者。

24　简牍（dú）是资：此言兔毫笔是简牍书写的工具。简牍，书写用的竹简和木片。资，依仗、凭借。

25　豪：豪杰，此处双关，又指兔毫之长者。

26　颖：既指兔子，又指毛笔的尖端。

27　章台宫：秦宫殿名，秦王及秦始皇日常处理政务起居的重要场所。

28　聚其族而加束缚焉：暗指束缚兔毫制笔。

29　赐之汤沐：古时诸侯朝见天子，事前要沐浴斋戒，以表虔诚。后来天子赐给诸侯的以供"沐浴之资"的封地为汤沐邑。此也指制笔过程中，将兔毛用热水洗净。汤，热水。沐，洗发。

30　管城：县名。周时管叔的封地，今河南郑州。也暗指制作毛笔时必需竹管。下文的"管城子"是以封号的形式来指毛笔，后来成了毛笔的别名。

31　强记：记忆力强。　便敏：便利敏捷。

32　结绳之代：指远古尚无文字，靠结绳记事的时代。《周易》下："上古结绳而治。"

33　阴阳：指阴阳家的书。　卜筮：指占卜的书。　占相：指相面的书。　医方：指医药之类的书。　族氏：指族谱之类的书。　山经：地理方面的书。　地志：方志之类的书。　字书：文字之类的书。　图画：指图册之类的书。　九流：泛指各流派。百家：指诸子百家。　天人之书：天道人事之书，泛指图书。

34　浮图：梵语，此指佛教。

35　官府簿书：官府的文件和簿册。

36　市井货钱注记：商贾交易的货物钱财的账簿。市井，商贾交易的场所。

37　秦皇帝：秦始皇。　扶苏：秦始皇长子。　胡亥：秦始皇少子，即秦二世。　丞相斯：指李斯，秦国丞相。　中车府令高：指赵高，任中车府令，掌皇帝乘舆之事。

38　终默不泄：始终沉默而不泄露曾书写过的内容。默，沉默不语。泄，泄露。

39　累拜：依次升迁。　中书令：官名。原主文书奏章，后掌机密大政，至唐为中书省的长官，官位极高。这里与下文的"中书君"皆为双关语，表示可以用来书写的意思。后来"中书君"成了毛笔的别名。

40　益狎（xiá）：更加亲密。

41　衡：秤。　石：重量单位，一百二十斤为一石。　自程：指皇帝自定的每日审阅公文的限量。《史记·秦始皇本纪》："天下之事无小大，皆决於上，上至以衡石量书，日夜有呈（程），不中呈不得休息。"

42　绛人陈玄：指墨。唐时绛州（今山西绛县）贡墨，墨以陈旧为佳，故拟其姓陈。玄，黑色。

43　弘农陶泓（hóng）：指砚。唐时虢州弘农（今河南灵宝县）贡瓦砚，瓦砚是陶土烧制的，故拟其姓陶。砚中盛水，故取名泓。

44　会稽褚先生：指纸。唐时越州会稽（今浙江绍兴）贡纸，纸以楮木为原材料，故拟称褚先生。

45　相推致：互相推荐延请。

46　出处：出仕或退隐。指笔、墨、纸、砚的使用与搁置。　必偕（xié）：必定在一起。

47　拂拭：擦拭。表示受到皇上的恩宠。
48　免冠谢：脱帽谢恩，执行使命。双关语，指脱下笔帽写字。
49　臣所谓尽心者：暗指笔心用尽。
50　姬：周朝的国姓。　毛：周朝初年所封诸侯国名，在今河南宜阳县。周文王第八子名郑，封于此。　鲁、卫、毛、聃：周朝所封的诸侯国。　《左传·僖公二十四年》："昔周公吊二叔之不咸，故封建亲戚以蕃屏周。管、蔡、郕、霍、鲁、卫、毛、聃、郜、雍、曹、滕、毕、原、酆、郇，文之昭也。"杜预注："十六国，皆文王之子也。"
51　毛公：赵国隐士，后为魏国信陵君门客，事见《史记·魏公子列传》。　毛遂：赵国平原君门客，曾自荐於平原君，说服楚王出兵援赵攻秦，事见《史记·平原君虞卿列传》。
52　蕃（fán）昌：蕃衍昌盛。
53　《春秋》之成，见绝于孔子：孔子作《春秋》，绝笔于"获麟之年"（鲁哀公十四年，即公元前481年，鲁国猎获了一只麒麟，孔子听说以后非常伤心，他认为，麒麟是神灵之物，在太平盛世才会出现，而现在正逢乱世，出非其时，而被人抓获），孔子叹道："吾道穷矣！"《春秋》写成之后，毛笔就被孔子弃置不用了。
54　秦之灭诸侯，颖与有功，赏不酬劳，以老见疏，秦真少恩哉：秦朝灭掉诸侯，一统天下，毛颖参与其中且立有功勋，但是奖赏不抵其酬劳，今又因老而见弃，所以说秦王朝对待毛颖一族太少恩德了。与，参与。

评论：

（唐）李肇《国史补》：韩愈撰毛颖传，其文尤高，不下史迁。

（唐）柳宗元《与杨诲之书》：足下所持韩生《毛颖传》来，仆甚奇其书，恐世人非之，今作数百言，知前圣不必罪俳也。

（明）王岩《唐宋八大家文钞·韩文》卷八：《毛颖传》通篇将无作有，所谓以文滑稽者。赞论尤高古，直逼马迁。

（清）储欣《唐宋八大家类选》：《毛颖传》以史为戏，巧夺天工。

（清）包世臣《艺舟双楫》论文二：《毛颖传》，旧史以为至纰缪，《国史补》以为逼史迁，后人皆是李说，然士君子立言有体，遇事之必不可无言，而势有必不能明言者，则常托于谐词卮说以见意，彼《毛颖》何所取耶？无取而以文为嬉笑，是俳优角抵之末技，岂非介甫所讥，无补费精神者乎。

梓人[1]传

［唐］柳宗元

裴封叔[2]之第，在光德里[3]。有梓人款[4]其门，愿佣隙宇[5]而处焉。所职[6]寻引[7]规矩绳墨[8]，家不居[9]砻斫[10]之器。问其能，曰："吾善度[11]材，视栋宇之制，高深圆方短长之宜，吾指使而群工役焉。舍我众莫能就一宇。故食于官府[12]，吾受禄三倍；作于私家，吾收其直[13]太半焉。"他日入其室，其床阙[14]足而不能理，曰："将求他工。"余甚笑之，谓其无能而贪禄嗜货[15]者。

其后京兆尹[16]将饰官署，余往过焉。委[17]群材，会群工，或执斧斤，或执刀锯，皆环立向之。梓人左持引，右执杖，而中处焉。量栋宇之任[18]，视木之能举[19]，挥其杖曰："斧！"彼执斧者奔而右。顾而指曰："锯！"彼执锯者趋而左。俄而斤者斫，刀者削，皆视其色，俟[20]其言，莫敢自断者。其不胜任者，怒而退之，亦莫敢愠[21]焉。画宫于堵[22]，盈尺而曲尽其制。计其毫厘而构大厦，无进退[23]焉。既成，书于上栋曰某年某月某日某建。则其姓字也。凡执用之工不在列。余圜[24]视大骇，然后知其术之工大矣。

继而叹曰：彼将舍其手艺，专其心智，而能知体要[25]者欤！吾闻劳心者役人，劳力者役于人。彼其劳心者欤！能者用而智者谋，彼其智者欤！是足为佐天子，相天下[26]法矣。物莫近乎此也。

彼为天下者本于人。其执役者为徒隶[27]，为乡师里胥[28]；其上为下士[29]；又其上为中士，为上士；又其上为大夫，为卿，为公。离[30]而为六职[31]，判[32]而为百役。外薄[33]四海，有方伯连率[34]。郡有守[35]，邑[36]有宰[37]，皆有佐政[38]；其下有胥吏[39]，又其下皆有啬夫[40]、版尹[41]以就役焉，犹众工之各有执伎以食力也。

彼佐天子相天下者，举而加焉[42]，指而使焉，条其纲纪[43]而盈缩[44]焉，齐其法制而整顿焉；犹梓人之有规矩绳墨以定制也。择天下之士，使称其职；居[45]天下之人，使安其业。视都[46]知野，视野知国，视国[47]知天下。其远迩[48]细大，可手据其图而究焉，犹梓人画宫于堵而绩于成[49]也。能者进而由之，使无所德；不能者退而休之，亦莫敢愠。不衒[50]能，不矜名，不亲小劳，不侵众官，日与天下之英才讨论其大经[51]，犹梓人之善运众工而不伐[52]艺也。夫然后相道[53]得而万国理矣。

相道既得，万国既理，天下举首而望曰："吾相之功也！"后之人循迹而慕曰："彼相之才也！"士或谈殷、周之理者，曰伊、傅、周、召[54]。其百执事之勤劳，而不得纪焉；犹梓人自名其功，而执用者不列也。大哉相乎！通是道者，所谓相而已矣。

其不知体要者反此，以恪[55]勤为公，以簿书[56]为尊，衒能矜名，亲小劳，侵众官，窃取六职百役之事，听听[57]于府庭，而遗其大者远者焉，所谓不通是道者也。犹梓人而不知绳墨之曲直，规矩之方圆，寻引之短长，姑夺众工之斧斤刀锯以佐其艺，又不能备其工，以至败绩用而无所成也，不亦谬欤！

或曰："彼主为室者，傥或发其私智，牵制梓人之虑，夺其世守[58]，而道谋是用[59]，虽不能成功，岂其罪邪？亦在任之而已！"余曰："不然！夫绳墨诚陈，规矩诚设，高者不可抑而下也，狭者不可张而广也，由我则固，不由我则圮。彼将乐去固而就圮[60]也，则卷其术，默其智，悠尔而去，不屈吾道，是诚良梓人耳！其或嗜其货利，忍而不能舍也，丧其制量，屈而不能守也，栋桡[61]屋坏，则曰："非我罪也。"可乎哉，可乎哉？"

余谓梓人之道类于相，故书而藏之。梓人盖古之审曲面势[62]者，今谓之都料匠[63]云。余所遇者杨氏，潜其名。

创作背景：

柳宗元（773—819），字子厚，唐代河东（今山西运城）人，人称“柳河东”。又因终于柳州刺史任上，后称“柳柳州”。柳宗元是唐代杰出的诗人、哲学家、政治家，位列“唐宋八大家”，中唐古文运动的重要领导者之一。其论说性散文峭拔矫健、锐利透彻，山水游记则情深意远、疏淡峻洁。

《梓人传》是柳宗元的早期散文。德宗贞元十四年（798），他以博学宏词授集贤殿正字，后调蓝田尉。初入仕途的柳宗元敏感地察觉到朝廷政出多门、吏治混乱之弊端。他认为要改变这种局面，执政者首先必须能够统揽全局、善于用人，是故作《梓人传》以为喻。

注释：

1 梓人：木工。此处指建筑设计者。
2 裴封叔：名墐，柳宗元的姊夫；一说名玮，为其妹夫。
3 光德里：长安旧址，在今陕西西安西南郊。
4 款：通“叩”。
5 佣隙宇：指出劳力以抵房租。隙宇，空闲的房子。
6 职：掌管。
7 寻引：长度单位，八尺为“寻”，十丈为“引”，此指测量工具。
8 规矩：木工工具，校正圆形的叫“规”，校正方形的叫“矩”。 绳墨：木工画直线的工具。
9 居：积。
10 砻斫（lóng zhuó）：磨和砍削，还有琢磨、切磋的意思。
11 度（duó）：量长短。
12 食于官府：受官府雇用。
13 直：通“值”，报酬。
14 阙：通“缺”。
15 货：钱物。
16 京兆尹：官名，京兆府（治所在今陕西西安）的长官。
17 委：堆积。
18 栋宇之任：房屋的规模。
19 举：承担。
20 俟（sì）：等待。
21 愠（yùn）：怨怒。
22 画宫于堵：把房屋的设计图画在墙壁上。
23 进退：等于说“入”。
24 圜：围绕。
25 体要：主体和纲要。指关键。
26 相天下：治理天下。
27 徒隶：社会底层从事各种体力劳动的人。
28 乡师、里胥：泛指小官吏。乡师，一乡之长。里胥，一里之长。
29 下士：西周时期统治阶级中的最低等级。其上有中士、上士、大夫、卿、公等各级官僚，借以指统治阶级中的各阶级官吏。
30 离：粗分。
31 六职：指王公、士大夫、百工、商旅、农夫、妇功六种职别。
32 判：细分。
33 薄：接近。
34 方伯：古代诸侯中的领袖。 连率：即“连帅”，古代十国诸侯的领袖。
35 守：太守，一郡的最高行政长官。
36 邑（yì）：县。
37 宰：指一县的最高行政长官。
38 佐政：指郡、县等的副长官。
39 胥（xū）吏：办理文书的小吏。
40 啬（sè）夫：佐助县令管理赋税、诉讼等事务的乡官。
41 版尹：主管户籍的官吏。版，即户籍。
42 举而加焉：选拔各种官吏，赋予他们各种职务。焉，代词，指各级官吏。
43 条其纲纪：整理纲纪使其有条理。
44 盈缩：增减。
45 居：安置。

46 都：都城。
47 国：诸侯的封地。
48 迩：近。
49 绩于成：指房屋设计图经实施而业绩完成。
50 衒（xuàn）：同“炫”，卖弄才能。
51 大经：根本的原则、法则。
52 伐：自夸。
53 相道：当宰相的方法。
54 伊：伊尹，商初的功臣，曾佐商灭夏。 傅：傅说（yuè），商王武丁大臣。 周：周公，周武王之弟，佐武王灭商，后辅佐成王。 召（shào）：召公，姓姬，名奭（shì），曾佐武王灭商，后与周公一起辅佐成王。
55 恪：谨慎。
56 簿书：文书。泛指具体事务。
57 听（yín）听：通“龂龂”，争辩的样子。
58 世守：指固有的经验法则。
59 道谋是用：听信过路不负责任的议论。指造屋的主人，不信任梓人的方案而同过路的人商量，结果屋子终造不成。
60 圮（pǐ）：倒塌。
61 桡（náo）：弯曲变形。
62 审曲面势：视材料的曲直形状。
63 都料匠：总管木工并统筹工程材料的匠人。

评论：

（宋）王应麟《困学纪闻》：《梓人传本吕览庄注》迂斋云：“《梓人传》规模，从《吕氏春秋》来。”愚按吕氏《分职篇》云：“使众能，与众贤、功名大立于世。不予佐之者，而予其主使之也。譬若为之宫室，必任巧匠。奚故？曰：匠不巧，则宫室不善。夫国，重物也。其不善也，岂特宫室哉！巧匠为宫室，为圆必以规，为方必以矩，为平直必以准绳。功已就，不知规矩绳墨，而赏匠巧也。匠之宫室已成，不知巧匠，而皆曰善，此某君某王之宫室也。”柳子立意本于此。

（明）茅坤《唐宋八大家文钞》：次序摹写，井井入构。

（清）金圣叹《天下才子必读书》：前幅细写梓人，后幅细合相道。段段字字句句精练，无一懈字懈句懈段。

（清）吕留良《古文精选•柳文》：文以理胜，又间架峻整，文势跌宕，造语精警，可谓尽善。荆川乃云文体方，不如《圬者》圆转。此等讲究，适见荆川之陋。通篇喻相体，末一段用舍行藏之道，所论益。前段犹萧、曹、房、杜所能，后非伊、吕莫能与也。

沧浪亭[1]记

［宋］苏舜钦

予以罪废，无所归。扁舟吴中[2]，始僦[3]舍以处。时盛夏蒸燠[4]，土居皆褊狭，不能出气，思得高爽虚辟之地，以舒所怀，不可得也。

一日过郡学[5]，东顾草树郁然[6]，崇阜[7]广水，不类乎城中。并水[8]得微径于杂花修竹之间。东趋数百步，有弃地，纵广合五六十寻[9]，三向皆水也。杠[10]之南，其地益阔，旁无民居，左右皆林木相亏蔽。访诸旧老，云："钱氏有国[11]，近戚孙承右[12]之池馆也。"坳[13]隆胜势，遗意尚存。予爱而徘徊，遂以钱四万得之，构亭北碕[14]，号"沧浪"焉。前竹后水，水之阳又竹无穷极。澄川翠榦[15]，光影会合于轩户之间，尤与风月为相宜。

予时榜小舟[16]，幅巾[17]以往，至则洒然忘其归。觞而浩歌，踞而仰啸，野老不至，鱼鸟共乐。形骸既适则神不烦，观听无邪则道以明；返思向之汩汩荣辱之场，日与锱铢[18]利害相磨戛，隔此真趣，不亦鄙哉！

噫！人固动物[19]耳。情横于内而性伏，必外寓于物而后遣[20]。寓久则溺，以为当然；非胜是而易之，则悲而不开[21]。惟仕宦溺人为至深。古之才哲君子，有一失而至于死者，多矣，是未知所以自胜之道[22]。予既废而获斯境，安于冲旷[23]，不与众驱；因之复能见乎内外失得之源，沃然有得，笑闵万古[24]。尚未能忘其所寓目，用是以为胜焉[25]！

创作背景：

苏舜钦（1008—1048），字子美，号沧浪翁，北宋诗人，景祐进士。庆历中，范仲淹荐为集贤校理、监进奏院。苏舜钦诗与梅尧臣齐名，人称"梅苏"，文多论政之作，慷慨激切，又工书法。

庆历四年（1044年），苏舜卿因支持范仲淹改革遭反对派倾陷遭罢职退居苏州，后在城南营建沧浪亭并写下此文，聊以抒怀。

注释：

1　沧浪亭：在今江苏苏州城南三元坊附近，原为五代时吴越国广陵王钱元璙的花园。五代末此处为吴军节度使孙承祐的别墅。北宋庆历年间为苏舜钦购得，在园内建沧浪亭，后以亭名为园名。

2　吴中：今江苏省，大致相当于春秋时吴国地方。

3　僦：租赁。

4　燠（yù）：热。

5　过：拜访。　郡学：苏州府学宫，旧址在今苏州市南，沧浪亭就在其东面，郡国的最高学府。

6　顾：看。郁然：树木等繁盛的样子。

7　崇阜（fù）：高山。

8　并（bàng）水：沿水而行。并，通"傍"，《汉书·武帝纪》："遂北至琅邪并海"。颜师古注："'并'，读曰'傍'。傍，依也。"

9　寻：长度单位。

10　杠：独木桥。清段玉裁《说文解字注》："凡独木者曰杠，骈木者曰桥。"

11　钱氏有国：指五代十国时钱镠建立的吴越国。

12　孙承祐：吴越王钱俶的小舅子，任节度使，镇守苏州，在苏州大建园亭。

13　坳：山间的平地。

14　北碕（qí）：北边曲岸上。

15　榦：同"干"。

16　榜：船桨，借指船，这里作动词用，意为驾船。

17　幅巾：古代男子以一幅绢束头发，称为幅巾，这里表示闲散者的装束。

18　锱（zī）铢：比喻极其微小的数量。

19　动物：受外物所感而动。

20　"情"两句：意即感情充塞在内心而天性抑伏，必定要寓寄于外物而后得到排遣。

21 “寓久”四句：意为感情寄寓于某事物一长久，就会认为理所当然，如果没有胜过它的事物去替换，就会悲哀而无法排解。
22 自胜之道：克制自己、战胜自己的办法。
23 冲旷：冲淡旷远，这里既指沧浪亭的空旷辽阔的环境，也兼指淡泊旷适的心境。
24 “因之”三句：意即对于内外失得的本源，内心深有所得，因而对万古以来久溺仕宦者感到可笑可悯。内，指情性。外，指情所寓之物。失，指前文所言“寓久则溺”的情况。得，指能“胜是而易之”。闵，同“悯”，悲悯。
25 用是以为胜焉：意即把沧浪亭作为战胜仕宦之物，使自己从所溺之中解脱出来。

金石录后序

［宋］李清照

右[1]金石录三十卷者何？赵侯德父[2]所著书也。取上自三代[3]，下迄五季[4]，钟、鼎、甗、鬲、盘、匜、尊、敦之款识[5]，丰碑、大碣[6]，显人、晦士[7]之事迹，凡见于金石刻者二千卷，皆是正伪谬[8]，去取褒贬，上足以合圣人之道，下足以订史氏之失者皆载之，可谓多矣。呜呼！自王播、元载之祸[9]，书画与胡椒无异；长舆、元凯之病[10]，钱癖与传癖何殊。名虽不同，其惑一也。

余建中辛巳[11]，始归[12]赵氏。时先君作礼部员外郎[13]，丞相时作吏部侍郎[14]。侯年二十一，在太学[15]作学生。赵、李族寒，素贫俭，每朔望谒告出[16]，质衣取半千钱[17]，步入相国寺[18]，市[19]碑文果实归，相对展玩咀嚼，自谓葛天氏[20]之民也。

后二年，出仕宦，便有饭蔬衣练[21]，穷遐方绝域，尽天下古文奇字[22]之志。日就月将[23]，渐益堆积。丞相居政府，亲旧或在馆阁[24]，多有亡诗、逸史，鲁壁、汲冢所未见之书[25]。遂尽力传写，浸[26]觉有味，不能自已。后或见古今名人书画，一代奇器，亦复脱衣市易。尝记崇宁[27]间，有人持徐熙[28]牡丹图，求钱二十万。当时虽贵家子弟，求二十万钱，岂易得耶。留信宿[29]，计无所出而还之。夫妇相向惋怅者数日。

后屏居[30]乡里十年，仰取俯拾[31]，衣食有馀。连守两郡[32]，竭其俸入以事铅椠[33]。每获一书，即同共勘校，整集、签题。得书、画、彝[34]、鼎，亦摩玩舒卷[35]，指摘疵病，夜尽一烛为率[36]。故能纸札精致，字画完整，冠诸收书家。余性偶强记，每饭罢，坐归来堂[37]烹茶，指堆积书史，言某事在某书某卷第几叶[38]第几行，以中否角胜负，为饮茶先后。中即举杯大笑，至茶倾覆怀中，反不得饮而起。甘心老是乡矣。故虽处忧患困穷而志不屈。收书既成，归来堂起书库大橱，簿甲乙[39]，置书册。如要讲读，即请钥上簿[40]，关出卷帙[41]。或少损污，必惩责揩完涂改，不复向时之坦夷[42]也。是欲求适意而反取憀慄[43]。余性不耐[44]，始谋食去重肉[45]，衣去重采[46]，首无明珠翡翠之饰，室无涂金刺绣之具。遇书史百家，字不刓[47]缺，本不讹谬者，辄市之，储作副本。自来家传《周易》《左氏传》，故两家者流，文字最备。于是几案罗列，枕席枕藉[48]，意会心谋，目往神授[49]，乐在声色狗马[50]之上。

至靖康丙午岁[51]，侯守淄川[52]。闻金寇犯京师，四顾茫然，盈箱溢箧，且恋恋，且怅怅，知其必不为己物矣。建炎丁未[53]春三月，奔太夫人[54]丧南来。既长物[55]不能尽载，乃先去书之重大印本者，又去画之多幅者，又去古器之无款识者，后又去书之监本[56]者，画之平常者，器之重大者。凡屡减去，尚载书十五车。至东海[57]，连舻渡淮，又渡江，至建康。青州[58]故第，尚锁书册什物，用屋十余间，冀望来春再备船载之。十二月，金人陷青州，凡所谓十馀屋者，已皆为煨烬[59]矣。

建炎戊申[60]秋九月，侯起复[61]，知建康府。己酉[62]春三月罢，具舟上芜湖[63]，入姑孰[64]，将卜居赣水[65]上。夏五月，至池阳[66]。被旨知湖州[67]，过阙上殿[68]。遂驻家池阳，独赴召。六月十三日，始负担舍舟，坐岸上，葛衣岸巾[69]，精神如虎，目光烂烂射人，望舟中告别。余意甚恶，呼曰："如传闻城中缓急[70]，奈何？"戟手[71]遥应曰："从众。必不得已，先弃辎重，次衣被，次书册卷轴，次古器，独所谓宗器[72]者，可自负抱，与身俱存亡，勿忘也。"遂驰马去。途中奔驰，冒大暑，感疾。至行在[73]，病痁[74]。七月末，书报卧病。余惊怛，念侯性素急，奈何病痁。或热，必服寒药，疾可忧。遂解舟下，一日夜行三百里。比至，果大服柴胡、黄芩药[75]，疟且痢，病危在膏肓[76]。余悲泣，仓皇不忍问后事。八月十八日遂不起，取笔作诗，绝笔而终，殊无分香卖履[77]之意。

葬毕，余无所之。朝廷已分遣六宫[78]，又传江当禁渡。时犹有书二万卷，金石刻二千卷，器皿、茵褥[79]可待百客，他长物称是[80]。余又大病，仅存喘息。事势日迫，念侯有妹婿任兵部侍郎，从卫在洪州[81]，遂遣二故吏先部送[82]行李往投之。冬十二月，金人陷洪州，遂尽委弃。所谓连舻渡江之书，又散为云烟矣。独余少轻小卷轴、书帖、写本李、杜、韩、柳集，《世说》《盐铁论》[83]，汉唐石刻副本数十轴，三代鼎鼐十数事[84]，南唐写本书数箧，偶病中把玩，搬在卧内者，岿然独存[85]。

上江[86]既不可往，又虏势叵测[87]，有弟迒任敕局删定官[88]，遂往依之。到台[89]，台守已遁。之剡[90]，出陆[91]，又弃衣被。走黄岩，雇舟入海，奔行朝[92]，时驻跸章安[93]，从御舟海道之温[94]，又之越[95]。庚戌[96]十二月，放散百官，遂之衢[97]。绍兴辛亥[98]春三月，复赴越，壬子[99]，又赴杭[100]。

先侯疾亟[101]时，有张飞卿学士，携玉壶过视侯，便携去，其实珉[102]也。不知何人传道，遂妄言有颁金[103]之语。或传亦有密论列[104]者。余大惶怖，不敢言，亦不敢遂已，尽将家中所有铜器等物，欲赴外廷投进[105]。到越，已移幸四明[106]。不敢留家中，并写本书寄剡。后官军收叛卒，取去，闻尽入故李将军家。所谓岿然独存者，无虑[107]十去五六矣。惟有书画砚墨可五七簏[108]，更不忍置他所。常在卧塌下，手自开阖。在会稽[109]，卜居土民钟氏舍。忽一夕；穴壁[110]负五簏去。余悲恸不已，重立赏收赎。后二日，邻人钟复皓出十八轴求赏，故知其盗不远矣。万计求之，其馀遂牢不可出。今知尽为吴说运使[111]贱价得之。所谓岿然独存者，乃十去其七八。所有一二残零不成部帙书册，三数种平平书帙，犹复爱惜如护头目，何愚也耶。

今日忽阅此书，如见故人。因忆侯在东莱静治堂[112]，装卷初就，芸签缥带[113]，束十卷作一帙。每日晚吏散，辄校勘二卷，跋题一卷。此二千卷，有题跋者五百二卷耳。今手泽[114]如新，而墓木已拱[115]，悲夫！

昔萧绎江陵陷没，不惜国亡，而毁裂书画[116]。杨广江都倾覆，不悲身死，而复取图书[117]。岂人性之所著，死生不能忘之欤。或者天意以余菲薄[118]，不足以享此尤物[119]耶。抑亦死者有知，犹斤斤爱惜，不肯留在人间耶。何得之艰而失之易也。呜呼，余自少陆机作赋之二年[120]，至过蘧瑗知非之两岁[121]，三十四年之间，忧患得失，何其多矣！然有有必有无，有聚必有散，乃理之常。人亡弓，人得之[122]，又胡足道！所以区区记其终始者，亦欲为后世好古博雅者之戒云。

绍兴二年玄黓岁壮月朔甲寅[123]，易安室题。

创作背景：

李清照（1084—约1155），号易安居士，齐州济南（今山东省济南市章丘区）人。李清照出生于书香门第，其父李格非藏书甚富。出嫁后与夫赵明诚共同致力于书画金石的搜集整理。她擅长书、画，通晓金石，而尤精诗词。她的词作独步一时，流传千古，被誉为“词家一大宗”。

《金石录》著录从上古三代至隋唐五代以来钟鼎彝器的铭文款识和碑铭墓志等石刻文字，是中国最早的金石目录和研究专著之一。《金石录》倾注了李清照夫妇毕生之心血，因赵明诚自己生前已写了书的序文列于书首，并请好友清河县刘跂写了后序，一般人们把刘跂的后序称为《金石录刘序》，而李清照作的这篇“序”附于书后，故称“后序”。李清照作《金石录后序》之时，夫赵明诚已亡六载。几年中李清照生活几经曲折，与丈夫共同收藏的文物或失于战火或遇贼遇盗，存之不到十之二三，每每念及于此不由得百感交集、情不能禁。

注释：

1　右：以上。后序在书末故云。

2　赵侯德父：唐时以州、府长官称侯，赵明诚曾任莱州、淄州、建康府及湖州长官。德父，赵明诚之字。

3　三代：夏、商、周三朝。

4　五季：即五代后梁、后唐、后晋、后汉、后周。

5　钟：青铜铸乐器。　鼎：青铜铸炊具。　甗（yǎn）：陶制炊具。　鬲（lì）：陶制炊具。　匜（yí）：青铜制盛水器。　敦（duì）：青铜制食器。　款识（zhì）：铭刻在金石器物上的文字。

6　丰碑、大碣：古以长方形刻石为碑，圆形刻石为碣。丰，大。

7　晦士：犹隐士。
8　是正：订正。
9　王播：唐文宗时人。李清照笔误应是王涯。王涯，字广律，唐文宗时人，酷爱收藏。甘露之变，为宦官所杀家产被抄没，所藏书画，尽弃于道。　元载：唐代宗时宰相，为官贪横，好聚敛。后获罪赐死抄没其家产时，仅胡椒即有八百石。
10　“长舆、元叙”句：《晋书•杜预传》：“预常称（王）济有马癖，（和）峤有钱癖。武帝闻之，谓预曰：‘卿有何癖？’对曰：‘臣有《左传》癖。’”和峤字长舆；杜预字元凯。
11　建中辛巳：宋徽宗建中靖国元年（1101年）。
12　归：嫁。
13　先君：指李清照父亲李格非。旧过世的父亲为先君、先父。　礼部员外郎：礼部分曹办事官员。
14　丞相：指赵明诚父挺之，曾官至尚书右仆射（相当于丞相）。　吏部侍郎：吏部副长官。
15　太学：古代国家的最高学府。
16　朔望：阴历每月之初一为朔日，十五日为望日。　谒告：谒见后告假。
17　质：典当。　半千：五百。
18　相国寺：北宋时汴京（今河南开封）最大的寺庙，也是当时著名的集市。
19　市：购买。
20　葛天氏：传说中远古时代的帝王，其时民风淳朴，安居乐业。
21　饭蔬衣练：生活朴素。蔬，蔬菜。练，粗帛。
22　古文奇字：《晋书》中论六书：“一曰古文，孔氏壁中书也;二曰奇字，即古文而异者”。
23　日就月将：日积月累。
24　馆阁：掌管国家图、编修国史的机构。
25　亡诗逸史：泛指散失的历史文化资料。亡诗，《诗经》305篇之外的周诗。　鲁壁汲冢：泛指出土文物。《汉书·艺文》：“武帝末，鲁共王坏孔子宅，欲以广其宫，而得古文《尚书》及《礼记》《论语》《孝经》凡数十篇，古字也。”《晋书·武帝纪》：“汲郡人不准掘魏襄王冢，得竹简小篆古书十余万言。”冢，墓。
26　浸：渐渐。
27　崇宁：宋徽宗年号（1102—1106）。
28　徐熙：五代时南唐著名画家。
29　信宿：再宿为信。
30　屏（bǐng）居：退职闲居。赵挺之罢相后不久死去，亲旧多遭迫害。赵明诚去官后携李清照回到青州故里。
31　仰取俯拾：指多方谋求衣食。
32　连守两郡：赵明诚自宋徽宗宣和三年（1121年）至宋钦宗靖康元年（1126年）先后知莱州、淄州。
33　铅椠（qiàn）：铅，铅粉笔。椠，书写的木板。都是书写用具，这里指校勘、刻写。
34　彝（yí）：青铜制祭器。
35　舒卷：把字画展开。
36　率（lǜ）：限度。
37　归来堂：赵李二人退居青州时住宅名。
38　叶：同“页”。
39　簿甲乙：分类登记。
40　请钥：取钥匙。　上簿：登记。
41　关出：检出。　卷帙：帙为书套，卷帙即为书本。
42　坦夷：随意无所谓的样子。
43　憀慄（liáo lì）：不安貌。
44　不耐：无能，缺乏持家的本事。
45　重肉：多样荤菜。
46　重采：多种颜色的华美衣服
47　刓（wán）缺：缺落。
48　枕藉：堆积。
49　神授：神往。
50　声色狗马：歌舞、女色以及狗马珍奇之玩。
51　靖康丙午岁：宋钦宗靖康元年（1126年）。
52　淄川：即淄州，今山东淄博。
53　建炎丁未：宋高宗建炎元年（1127年）。
54　太夫人：指赵明诚之母。
55　长物：多余之物。
56　监本：五代以来国子监刻印的版本。
57　东海：即海州，今江苏连云港一带。
58　青州：今山东青州。
59　煨烬：灰烬。
60　建炎戊申：建炎二年（（1128年）。
61　起复：居丧未满期而被任用。

62 己酉：建炎三年（（1129年）。
63 芜湖：今安徽芜湖。
64 姑孰：今安徽当涂。
65 赣水：即赣江。
66 池阳：今安徽贵池。
67 湖州：今浙江湖州市吴兴区一带。
68 过阙上殿：指上任前朝见皇帝。
69 葛衣岸巾：穿葛布衣，戴露额头巾。
70 缓急：偏义复词，指危急。
71 戟手：举手屈肘如戟状。
72 宗器：宗庙所用的祭、乐器。
73 行在：皇帝出外居留之所，这里指建康。
74 痁（shān）：疟疾。
75 柴胡、黄芩：两味退热的中药。
76 膏肓：古以心尖脂肪为膏，心脏与隔膜之间为肓，膏肓之间是药力不到之处。形容病情特别严重，无法医治。
77 分香卖屦：指就家事留遗嘱。曹操《遗令》：“余香可分与诸夫人，不命祭。诸舍中无所为，学作履组卖也。” 屦：麻鞋。
78 分遗六宫：金兵南下，朝廷疏散宫中妃子、宫女人等。
79 茵褥：枕席、被子之类。
80 他长物称是：其余用物与此数相当。
81 从卫：担任皇帝的侍从、警卫。 洪州：今江西南昌。
82 部送：押送。
83 世说：即《世说新语》，南朝宋刘义庆组织门人撰写而成。 盐铁论：汉桓宽著。
84 鼒：大鼎。 十数事：十余种。
85 岿然独存：遭劫难而得幸存者。岿然，高峻独立貌。
86 上江：安徽以上较之江苏居于长江上游故名。
87 叵测：不可测度。
88 敕局删定官：负责编辑皇上诏令的官员。
89 台：台州，今浙江临海。
90 剡：剡溪，著名的风景胜地，在今浙江嵊县。
91 出陆：走陆路。
92 行朝：同“行在”。
93 驻跸（bì）：指皇帝停留。 章安：属台州，在今浙江临海东南。
94 温：温州，治所在今浙江温州。
95 越：越州，治所在今浙江绍兴。
96 庚戌：建炎四年（1130年）。
97 衢：衢州，治所在今浙江衢县。
98 绍兴辛亥：宋高宗绍兴元年（1131年）。
99 壬子：绍兴二年（1132年）。
100 杭：今浙江杭州。
101 疾亟：病危。
102 珉：似玉的石头。
103 颁金：分取金银财物。
104 密论列：秘密举报。
105 外廷：朝廷迁流在外。 投进：进献。
106 幸：皇帝光临称“幸”。 四明：即明州，今浙江宁波。
107 无虑：大约。
108 簏：竹箱。
109 会稽：今浙江绍兴。
110 穴壁：在墙上打洞。
111 吴说（yuè）：宋代著名书法家。时任福建路转运判官，故称运使。
112 东莱：即莱州。静治堂：当为赵、李之书斋名。
113 芸签：用芸草制成的书签。 缥带：用来束扎卷轴的丝带。
114 手泽：亲手书写之墨迹。
115 墓木已拱：指死已多时。《左传·傅公三十二年》：秦穆公派人对蹇叔说：“尔何知？中寿，尔墓之木拱矣。”拱，两手合围。
116 “萧绎”句：梁元帝，名绎，字世诚，自号金缕子。西魏伐梁，江陵陷没，他“聚图书十余万卷尽烧之”。（见《南史·梁元帝纪》）
117 “杨广”句：唐颜师古撰传奇《南部烟花录》载，其死后显灵将生前所珍爱的书卷尽数据为己有。
118 菲薄：指命薄。
119 尤物：特异之物

120 少陆机作赋之二年：指十八岁。杜甫《醉歌行》：“陆机二十作文赋。”
121 过蘧瑗知非之两岁：指五十二岁。《淮南子·原道训》：“蘧伯玉年五十而知四十九年之非。”蘧瑗，伯玉，春秋时卫国大夫。
122 “人亡弓”句：《孔子家语·好生》：“游，亡弓。左右请求之。王曰：‘止。楚王失弓，楚人得之，又何求之！’孔子闻之，惜乎其不大也。不曰‘人遗弓，人得之’而已，何必楚也！”
123 绍兴二年：即1132年。 玄黓：天干壬的别称，用以纪年。壬年称玄黓。绍兴二年适为壬子年。 壮月：八月。按，此署年或有误。

评论：

（宋）洪迈《容斋四笔》：其妻易安居士，平生与词同志，赵殁后，愍悼旧物之不存，乃作后序，极道遭罹变故本末。

（明）赵世杰《古今女史》引萧良有评语：叙次详曲，光景可睹。存亡之感，更凄然言外。

（清）俞正燮《癸巳类稿•易安居士事辑》：审视《金石录后序》，殆知段金事白，綦有湔洗之力，小人改易安《谢启》，以飞卿玉壶为汝舟玉台，用轻薄之词，作善谑之报，而不悟牵连君父，诬衅庙堂，则小人之不善于立言也。

（清）李慈铭《越缦堂读书记》：叙致错综，笔墨疏秀，萧然出町畦之外。予向爱诵之，谓宋以后闺阁之文，此为观止。

雪窦游志[1]

［元］邓　牧

岁癸巳春暮[2]，余游甬东[3]，闻雪窦游胜最诸山[4]，往观焉。

廿四日，由石湖登舟，二十五里下北堰[5]达江。江行九折，达江口。转之[6]西，大桥横绝[7]溪上，覆以栋宇[8]。自桥下入溪行，九折达泉口。凡舟楫[9]往还，视湖上下，顷刻数十里；非其时，用人力牵挽，则劳而缓焉。初，大溪薄[10]山转，岩壑深窈[11]，有曰“仙人洞”，巨石临水[12]，若坐垂踵者[13]；有曰“金鸡洞”，相传凿石破山，有金鸡飞鸣去，不知何年也。

水益涩[14]，曳[15]舟不得进，路行六七里，止药师寺。寺负[16]紫芝山，僧多读书，不类城府[17]。越信宿[18]，遂缘小溪，益出山左。涉溪水，四山回环，遥望白蛇蜿蜒下赴大壑，盖涧水尔。桑畦麦陇[19]，高下联络，田家隐翳竹树，樵童牧竖[20]相征逐，真行图画中！欲问地所历名[21]，则舆夫[22]朴野，不深解吴语[23]，或强然诺[24]，或不应所问[25]，率[26]十问仅得二三。次度[27]大溪，架木为梁，首尾相啮[28]，广三尺余，修且二百跬[29]，独野人往返捷甚[30]。次溪口市[31]，凡大宅多废者，间有诵声出廊庑[32]，久听不知何书，殆所谓《兔园册》耶[33]？渐上，陟林麓[34]，路益峻，则睨[35]松林在足下。花粉逆风起为黄尘，留衣襟不去，他香无是[36]清也。

越二岭，首有亭当道[37]，髹书[38]“雪窦山”字。山势奥处[39]，仰见天宇，其狭若在陷井；忽出林际[40]，则廓然[41]开朗，一瞬[42]百里。次亭曰隐秀，翳万杉间，溪声绕亭址出山去。次亭曰寒华，多留题，不暇[43]读；相对数步为漱玉亭，复泉，窦[44]虽小，可汲[45]，饮之甘。次大亭，值路所入[46]，路析为两。先朝御书“应梦名山”其上，刻石其下，盖昭陵梦游绝境，诏图天下名山以进，兹山是也[47]。左折松径，径达雪窦[48]；自右折入，中道因桥为亭[49]，曰锦镜，亭之下为圆池，径余十丈，横海棠环之，花时影注水涘，烂然疑乎锦[50]，故名。度亭支径亦达寺，而缭曲[51]。主僧少野[52]，有诗声[53]，具觞豆劳客[54]，相与道钱塘故旧[55]。止余宿[56]；余度诘旦且雨[57]，不果留[58]。

出寺右偏[59]登千丈岩，流瀑自锦镜出，泻落绝壁下潭中，深不可计。林崖端，引手援树下顾，率目眩心悸。初若大练[60]，触崖石，喷薄如急雪飞下，故其上为飞雪亭。憩亭上，时觉沾醉[61]，清谈玄辩[62]，触喉吻[63]动欲发，无足与云者[64]；坐念平生友[65]，怅然久之。寺前秧田羡衍[66]，山林所环，不异平地。然侧出见在下村落，相去已数百丈；仰见在山上峰峦，高复称此[67]。

次妙高台，危石突岩畔[68]，俯视山址环凑[69]，不见来路。周览诸山，或绀或苍；孟者，委弁者，蛟而跃、兽而踞者，殆不可殚状[70]。远者晴岚[71]上浮，若处子光绝溢出眉宇[72]，未必有意，自然动人；凡陵登，胜观花焉。

土人云，又有为小雪窦[73]，为板锡寺，为四明洞天[74]。余兴亦尽，不暇登陟矣。

创作背景：

邓牧（1247—1306），字牧心，自称“三教外人”，又号九锁山人，世称文行先生，钱塘（今浙江杭州）人。宋末元初思想家。家世贫寒，南宋亡后遍游名山大川，其身世史无详载。据《洞霄图志》中的《邓文行先生传》记载，邓牧少年时，喜读《庄子》《列子》等先秦诸子典籍，崇尚古代学者。元大德三年（1299年），邓牧到余杭大涤山中的洞霄宫隐居，终身不仕不娶。

本文为作家癸巳（1293年）春暮二十四日游雪窦山所作游记。

注释：

1　雪窦：山名，四明山支脉最高峰，在今浙江奉化市溪口镇西北。

2　岁癸巳：指元世祖至元三十年（1293年）。　春暮：晚春。

3 甬（yǒng）东：古地名，今浙江舟山。
4 游胜最诸山：游览之美好是众山中最突出的。
5 北堰（yàn）：二字中间一字原缺。堰，拦水坝。
6 之：往。
7 横绝：横断，横跨。
8 覆以栋宇：在桥上盖了亭子。栋宇，泛指房屋、亭阁一类的建筑物。
9 楫（jí）：船桨，此指船。
10 薄：迫近。
11 岩壑（hè）深窈（yǎo）：山谷幽深。
12 临：从高处往下靠近。
13 若坐垂踵者：好像一个人放下脚坐着。踵，脚后跟。
14 益：更加。涩：不通畅，指水浅，行船艰难。
15 曳：拉，牵引。
16 负：背，背靠。
17 不类城府：意谓不像那些出入城市官署的和尚。类，类似。
18 越：过。 信宿：连住两夜。
19 畦、陇：园田间的长条土埂。
20 牧竖：牧童。
21 地所历名：所经之处的地名。
22 舆夫：轿夫。
23 不深解吴语：不很懂得吴地（今江苏东部、浙江西部）方言。
24 或强然诺：有时勉强答应。
25 或不应所问：有时答非所问。不应，对不上。
26 率：大致、大抵。
27 次：接下去，接着。 度：过。
28 相啮（niè）：相接。啮，咬。
29 修：长。 且：将近。 跬（kuǐ）：半步，实指一举足的距离，等于今称“一步”。
30 野人：指当地村民。捷甚：轻快得很。
31 口：地名，即今奉化县溪口镇。 市：街市。
32 间（jiàn）：间或，偶而。 诵声：读书声。 廊庑（wǔ）：堂前两侧的厢房。
33 殆：大概。 《兔园册》：即《兔园策》，唐代人编纂的一部书，民间用作启蒙课本。
34 陟（zhì）：登，上。 林麓：树林覆盖的山脚。
35 睨（nì）：斜看。
36 是：指花粉香。
37 首：起头。当道：止处在路上。
38 髹（xiū）书：用漆涂饰书写。髹：把漆涂在器物上。
39 “山势”三句：谓从山谷抬头看去，天空狭窄得就像在陷阱中所见一样。奥：深。
40 林际：树林边缘。
41 廓然：广阔的样子。
42 一瞬：一眨眼，这里有一眼望去的意思。
43 不暇：没有空闲。
44 窦：孔，这里指泉眼。
45 汲（jí）：由下往上取水。
46 值：正对。 所入：所延伸的地方，前方。
47 “先朝”五句：据记载，南宋理宗梦游一处风景优美的地方，醒来后下令绘画天下名山进阅，认为雪窦山就是他梦中所到之处，故亲笔写了“应梦名山”四字赐寺刻石。先朝，指宋朝。昭陵，古代宗庙或墓地的排列，以始祖居中，二世、四世、六世，位于始祖左方，称“昭”；三世、五世、七世，位于始祖右方，称“穆”。这里“昭陵”是指南宋理宗陵。绝境，风景最佳的地方。图，画。兹山，此山。
48 径达：直到。 雪窦：寺名，唐末始建，初名瀑布观音禅院，至宋真宗时，赐名雪窦资圣禅寺，是禅宗十刹之一。
49 因桥为亭：就着桥盖了一座亭子。
50 “花时”二句：谓海棠花开时节，花影投在水边，灿烂似锦。注，投。水涘（sì），水边。疑（nǐ），通“拟”，比拟。
51 缭曲：缭绕曲折。
52 主僧：主持寺庙的和尚，法号少野。
53 有声：谓作诗有点名气。
54 具觞（shāng）豆劳客：准备了酒菜招待客人。觞，酒器。豆，盛菜器。劳，慰劳。
55 钱塘故旧：杭州的老朋友。
56 止余宿：留我住一夜。
57 度（duó）：揣度：估计。 诘（jié）旦：第二天早晨。
58 不果留：没有留宿。不果，事情没有实行。

59　右偏：右侧、右边。
60　练：白绢。
61　沾（zhān）醉：大醉，谓为风景陶醉。
62　清谈玄辩：谈论老庄学说的话语。
63　触喉吻：指话到了嘴边。吻，嘴唇。
64　无足与云者：没有够得上共谈的人。
65　坐：因。　平生：一生，这辈子。
66　羡衍：延伸，扩展。
67　高复称此：意谓从雪窦寺到山峰的高度同到山下村庄的距离相当，也有数百丈。称，相当。
68　危石：高耸的岩石。　突岩畔：突出在山崖边。
69　环凑：合拢聚集在一起。
70　“周览”六句：谓环视众山，有的黑中透红，有的山色青绿；像盆盂倒扣的，像古代礼帽的，像蛟龙跳起、野兽蹲坐的，不能一一描述。绀（gàn），稍带红的黑色。委弁（biàn），周代的礼帽，用绢做的叫委，用皮革做的叫弁，形状像倒扣的杯子，前头高而宽，后面矮而尖。蛟，古代传说中的一种龙。踞（jù），蹲坐。殚（dān），尽。
71　晴岚（lán）：晴天山中的雾气。
72　溢出眉宇：充满表露于眉额之间。
73　小雪窦：即白岩山。
74　四明洞天：在丹水山。白岩山、丹水山都属于雪窦山。

徐文长传

［明］袁宏道

余一夕坐陶太史[1]楼，随意抽架上书，得《阙编》诗一帙[2]，恶楮毛书[3]，烟煤败黑，微有字形。稍就灯间读之。读未数首，不觉惊跃，急呼周望，《阙编》何人作者？今耶？古耶？”周望曰：“此余乡徐文长先生书也。”两人跃起，灯影下，读复叫，叫复读，童仆睡者皆惊起。盖不佞[4]生三十年，而始知海内有文长先生。噫，是何相识之晚也？因以所闻于越人者，略为次第[5]，为徐文长传。

徐渭，字文长，为山阴诸生[6]，声名籍甚[7]。薛公蕙[8]校越时，奇其才，有国士之目[9]。然数奇[10]，屡试辄蹶[11]。中丞胡公宗宪[12]闻之，客诸幕[13]。文长每见，则葛衣乌巾[14]，纵谈天下事，胡公大喜。是时，公督数边兵[15]，威振东南，介胄之士，膝语蛇行[16]，不敢举头，而文长以部下一诸生傲之，议者方之刘真长、杜少陵云[17]。会得白鹿[18]，属[19]文长作表。表[20]上，永陵[21]喜。公以是益奇之，一切疏记[22]，皆出其手。

文长自负才略，好奇计，谈兵多中，视一世士无可当意者。然竟不偶[23]。文长既已不得志于有司[24]，遂乃放浪曲蘖[25]，恣情山水。走齐鲁燕赵之地，穷览朔漠[26]。其所见山奔海立、沙起云行、风鸣树偃、幽谷大都、人物鱼鸟，一切可惊可愕之状，一一皆达之于诗。其胸中又有勃然不可磨灭之气，英雄失路、托足无门之悲，故其为诗，如嗔，如笑，如水鸣峡，如种出土，如寡妇之夜哭，羁人[27]之寒起。虽其体格时有卑者，然匠心独出，有王者气[28]，非彼巾帼而事人者[29]所敢望也。文有卓识，气沉而法严，不以模拟损才，不以议论伤格，韩、曾之流亚也[30]。文长既雅不与时调合，当时所谓骚坛主盟者，文长皆叱而奴之。故其名不出于越，悲夫！喜作书，笔意奔放如其诗，苍劲中姿媚跃出，欧阳公所谓“妖韶女老，自有余态”者也[31]。间以其余[32]，旁溢为花鸟，皆超逸有致。卒以疑杀其继室，下狱论死。张太史元汴[33]力解，乃得出。晚年愤益深，佯狂益甚，显者至门，或拒不纳。时携钱至酒肆，呼下隶[34]与饮。或自持斧击破其头，血流被面，头骨皆折，揉之有声。或以利锥锥其两耳，深入寸余，竟不得死。周望言：“晚岁诗文益奇。无刻本，集藏于家。”余同年有官越者，托以钞录，今未至。余所见者，《徐文长集》《阙编》二种而已。然文长竟以不得志于时，抱愤而卒。

石公[35]曰：先生数奇不已，遂为狂疾；狂疾不已，遂为囹圄[36]。古今文人，牢骚困苦未有若先生者也。虽然，胡公间世豪杰，永陵英主，幕中礼数异等，是胡公知有先生矣；表上，人主悦，是人主知有先生矣。独身未贵耳。先生诗文崛起，一扫近代芜秽之习，百世而下，自有定论，胡为不遇哉？梅客[37]生尝寄余书曰：“文长吾老友。病奇于人，人奇于诗。”余谓文长，无之而不奇者也，无之而不奇，斯无之而不奇也，悲夫[38]！

创作背景：

袁宏道（1568—1610），字中郎，又字无学，号石公，又号六休。湖广公安（今属湖北省公安县）人。万历二十年（1592年）进士。在文学上反对“文必秦汉，诗必盛唐”的风气，提出“独抒性灵，不拘格套”的性灵说。与其兄袁宗道、弟袁中道并有才名，合称“公安三袁”。

徐渭是一位奇人，在文学、戏曲、绘画、书法方面都自成一格。徐文长一生侘傺潦倒，其磊落不平之气，一一发之于诗文，“愤激无聊，放言高论，不复问古人法度为何物”。袁宏道与徐素昧平生，但对其才略品行由衷钦佩，遂为其刊布文集，并作此传，使之大显于世，进而扬名后代。

注释：

1 陶太史：作者之友陶望龄，授翰林编修，官至国子监祭酒。
2 帙（zhì）：用布帛包制的书套。
3 恶楮（chǔ）毛书：纸质低劣，刻工粗糙。楮，木名，树皮可造纸，因作为纸的代称。
4 不佞：自称的谦词。
5 次第：依次编写。
6 山阴：今浙江绍兴。 诸生：经考试入学的生员，俗称秀才。
7 籍甚：盛大。
8 薛公蕙：薛蕙，字君采，亳州（今安徽省亳州市）人。正德九年（1514）进士，授刑部主事，嘉靖中为给事中。曾任绍兴府乡试官，所以称“校越”。
9 国士之目：对杰出人物的评价。国士，国中才能出众的人。
10 数奇（jī）：命运坎坷，遭遇不顺。
11 辄蹶（jué）：总是失败。
12 胡宗宪：字汝贞，绩溪（今属安徽）人。嘉靖年间进士，任浙江巡抚，总督军务，以平倭功，加右都御史、太子太保。因投靠严嵩，严嵩倒台后，他也被下狱。
13 客诸幕：作为幕宾。“客”用作动词，为“使做幕客”。
14 葛衣乌巾：身着布衣，头戴黑巾。此为布衣装束。
15 督数边兵：胡宗宪总督南直隶、浙、闽军务。
16 膝语蛇行：跪着说话，爬着走路，形容极其恭敬惶恐。
17 刘真长：晋朝刘惔，字真长，著名清谈家，曾为简文帝幕中上宾。 杜少陵：杜甫，在蜀时曾作剑南节度使严武的幕僚。
18 会得白鹿：《徐文长自著畸谱》载“三十八岁，孟春之三日，幕再招，时获白鹿二，……令草两表以献”。
19 属：通“嘱”，嘱咐。
20 表：一种臣下呈于君主的文体，一般用来陈述衷情，颂贺谢圣。
21 永陵：明世宗嘉靖皇帝的陵墓，此用来代指嘉靖皇帝本人。
22 疏记：两种文体。疏，即臣下给皇帝的奏疏。记，书牍、札子。
23 不偶：不遇。
24 有司：主管部门的官员。
25 曲蘖（niè）：即酒母，酿酒的发酵物，后遂以之代指酒。
26 朔漠：北方沙漠地带。
27 羁人：旅途漂泊的人。
28 王者气：称雄文坛的气派。
29 巾帼事人：古代妇人的头巾和发饰，后也用以指代妇女。此处指男子装着女人的媚态，趋奉人，不知羞耻。帼，妇女的头巾，用巾帼代指妇女。
30 韩、曾之流亚：韩愈、曾巩一类的人。
31 “欧阳公”句：欧阳修《水谷夜行寄子美圣俞》有句云，“譬如妖韶女，老自有馀态。”妖韶，美艳。
32 间：有时。余：余力。
33 张太史元汴：张元汴，字子荩，山阴人。隆庆五年（1571年）廷试第一，授翰林修撰，故称太史。
34 下隶：衙门差役。
35 石公：作者的号。
36 囹圄（líng yǔ）：监狱。这里指身陷囹圄。
37 梅客生：梅国桢，字客生。万历进士，官兵部右侍郎。
38 前两个“奇”是奇特的意思，第三个是数奇之奇，表示不顺利。

评论：

《四库全书总目提要·徐文长集》：其诗欲出入李白、李贺之间，而才高识僻，流为魔趣。选言失雅，纤佻居多。譬之急管幺弦，凄清幽渺，足以感荡心灵，而揆以中声，终为别调，观袁宏道之激赏，知其臭昧所近矣。

陶庵梦忆序

［明］张　岱

陶庵国破家亡，无所归止。披发入山，駴駴[1]为野人。故旧见之，如毒药猛兽，愕窒不敢与接[2]。作《自挽诗》，每欲引决[3]，因《石匮书》未成，尚视息[4]人世。然瓶粟屡罄[5]，不能举火[6]。始知首阳二老[7]，直头[8]饿死，不食周粟，还是后人妆点语也。

饥饿之余，好弄笔墨。因思昔人生长王谢[9]，颇事豪华，今日罹此果报[10]：以笠报颅，以蒉报踵，仇簪履也[11]；以衲报裘，以苎报絺，仇轻暖也[12]；以藿报肉，以粝报粻，仇甘旨也[13]；以荐[14]报床，以石报枕，仇温柔也；以绳报枢，以瓮报牖，仇爽垲也[15]；以烟报目，以粪报鼻，仇香艳也；以途报足，以囊报肩，仇舆从[16]也。种种罪案，从种种果报中见之。

鸡鸣枕上[17]，夜气方回[18]。因想余生平，繁华靡丽，过眼皆空，五十年来，总成一梦。今当黍熟黄粱[19]，车旅蚁穴[20]，当作如何消受？遥思往事，忆即书之，持问佛前，一一忏悔。不次岁月[21]，异年谱也；不分门类，别《志林》[22]也。偶拈一则，如游旧径，如见故人，城郭人民[23]，翻用自喜。真所谓痴人前不得说梦矣。

昔有西陵脚夫，为人担酒，失足破其瓮。念无以偿，痴坐伫想曰："得是梦便好！"一寒士乡试中式，方赴鹿鸣宴[24]，恍然犹意非真[25]，自啮[26]其臂曰："莫是梦否？"一梦耳，惟恐其非梦，又惟恐其是梦，其为痴人则一也。

余今大梦将寤[27]，犹事雕虫[28]，又是一番梦呓。因叹慧业文人[29]，名心难化，政如邯郸梦断，漏尽钟鸣[30]，卢生遗表，犹思摹拓二王[31]，以流传后世。则其名根[32]一点，坚固如佛家舍利[33]，劫火[34]猛烈，犹烧之不失也。

创作背景：

张岱（1597—1680），又名维城，字宗子，又字石公，号陶庵、天孙，别号蝶庵居士，晚号六休居士。山阴（今浙江绍兴）人。精小品文，工诗词，是公认成就最高的明代文学家之一，尤擅散文。张岱出身仕宦家庭，早岁生活优渥，久居杭州。晚年则避居山中。张岱一生爱好广泛，在园林、音乐、茶道、戏曲等方面都颇有建树，审美品位极高。

《陶庵梦忆序》是张岱为其书《陶庵梦忆》所作的序。在经历了前半生的人世繁华后，随着明清政权更替，张岱"披发入山"，以至"常至炊断"。今时与往昔，现实与梦幻交织牵萦，成就了《陶庵梦忆》这样一部散文绝品。

注释：

1　駴駴（hài）：通"骇骇"，令人惊异的样子。

2　愕窒（è zhì）不敢与接：不敢喘气，害怕接近。愕，陡然一惊的样子。窒，指窒息。接，接近、接触。

3　引决：自裁，自杀。

4　视息：观看和呼吸，即指活着。

5　罄（qìng）：空，净尽。

6　举火：指生火做饭。

7　首阳二老：伯夷、叔齐是商末孤君的两个儿子。相传其父遗命要立次子叔齐为继承人。孤竹君死后，叔齐让位给伯夷，伯夷不接受，叔齐也不愿意登位，先后都逃到周国。周武王伐纣，二人叩马谏阻。武王灭商后，他们耻食周粟，采薇而食，饿死于首阳山。

8　直头：竟自，一直。

9　生长王谢：这句是说，生长在王、谢这样的家庭里。王谢，指东晋时王导、谢安两大望族，他们的生活都很豪华。《南史·侯景传》："景请婚于王、谢，帝曰：'王、谢门高，非偶；可于朱、张以下求之。'"后世因以代指门高世族。

10　罹（lì）此果报：遭到这样的因果报应。罹，到。果报，迷信说法，认为人做了什么样的事，就会得到什么样的后果，称为"果报"，也称"因果报应"。

11　以笠报颅，以蒉（kuì）报踵，仇簪履也：这三句话是说，今天头戴草帽，脚穿草鞋，这是报应过去的插簪穿履。下面几句句意相同。笠，草帽。蒉，草编的筐子，这里指草鞋。踵，脚跟。仇，报答、报应。

12　衲（nà）：补裰的衣服。　裘：皮袍。　苎（zhù）：通"苎"，麻织品。　絺（xì）：粗葛布。　轻暖：轻而温暖，比喻衣服鲜厚。

13 藿：一种野菜。 粝：粗米。 粻：好粮米。 甘旨：美味的食品。
14 荐：草褥子。
15 枢：门轴。 牖：窗口，这里说用绳拴门板，用瓦瓮的口作窗户，极言其贫穷之状。爽垲：指明亮干燥的房子。
16 舆：车，轿。 从：随从的人。
17 鸡鸣枕上：在枕上听见鸡叫。
18 夜气：黎明前的清新之气。《孟子•告子上》："夜气不足以存，则其违禽兽不远矣"。孟子认为，人在清明的夜气中一觉醒来，思想未受外界感染，良心易于发现。因此用经比喻人未受物欲影响时的纯洁心境。 方回：指思想刚一转动。
19 黍熟黄粱：自己刚从梦中醒来。黄粱，事出唐沈既济作的《枕中记》。大意是说，卢生在邯郸路上遇见道士吕翁，吕翁给他一个瓷枕，他枕着入睡，梦见自己一世富贵，梦醒以后，才明白是道士警告他富贵是一场虚空。在他初睡时，旁边正煮着一锅黄黍，醒来时，黄黍还没有熟。
20 车旅蚁穴：自己的车马刚从蚂蚁穴中回来。蚁穴，事见唐李公佐作的《南柯太守传》。大意是说，淳于棼在家中酒醉，梦至"槐安国"，国王以女嫁之，任南柯太守，荣华富贵，显赫一时。后与敌战而败，公主亦死，被遣回，梦醒之后，寻找梦里踪迹，见槐树南枝下有蚁穴，即梦中所历。以上两句都是借比自己历经艰难之后的寂寥时刻。
21 不次岁月：不排列年月。
22 志林：书名，后人整理苏轼的笔记，分类编辑而成。这里借指一般分类编排的笔记本。
23 城郭人民，翻用自喜：古代传说汉朝人丁令威学道于灵虚山，后来变成了一只鹤，飞回家乡辽东，见到人世已经发生了很大的变化，于是唱道："有鸟有鸟丁令威，去家千年今始归。城郭如故人民非，何不学仙冢累累。"（见《搜神后记》）这两句是说，如同见到了昔日的城郭人民，自己反而能因此高兴。张岱所作《陶庵梦忆》一书，多记明代旧事，所以暗用了这个世典故。
24 鹿鸣宴：唐代乡试后，州县长官宴请考中举子的宴会。因宴会时歌《诗经•小雅•鹿鸣》之章，故名。（见《新唐书•选举志上》）明清时，于乡试放榜次日，宴请主考以下各官及考中的举人，称鹿鸣宴。
25 犹意非真：还以为不是真的。
26 啮（niè）：咬。
27 大梦将寤：这里指人的一生将尽。佛家常称人生一世为大梦一场。寤，醒。
28 犹事雕虫：这里指写作。雕虫，雕刻此虫，比喻小技巧。
29 慧业文人：能运用智力、写作文章的人。慧业，佛家名词，运用智慧的事业，这里指文事。
30 漏尽钟鸣：古代用铜壶滴漏来计时刻，又在天明时打钟报晓。漏尽，即指夜尽。钟鸣，即指天明。都是说夜梦该醒的时候。
31 卢生遗表，犹思摹拓二王：《枕中记》载卢生将殁时上疏，没有"犹思摹拓二王"的事。汤显祖根据同一故事写的戏曲《邯郸记》，在卢生临死时，却说过这样的话："俺的字是钟繇法贴，皇上最所爱重，俺写下一通，也留与大唐作镇世之宝。" 二王：指王羲之、王献之，他们和钟繇都是著名书法家。
32 名根：指产生好名这一思想的根性。根，佛教的说法，是能生之义。人的眼、耳、鼻、舌、身、意，都能生出意识，称为六根。
33 舍利：梵语"身骨"的译音，佛教徒死后火葬，身体内一些烧不化的东西，结成颗粒，称为"舍利子"。
34 劫火：佛家以为坏劫中有水、风、火三劫灾，这里指焚化身体（结束一生）的火。劫，梵语"劫簸"的略称，劫簸是一段时间的意思，这里指人的一生。

评论：

（明）张岱《自为墓志铭》：少为纨绔子弟，极爱繁华。好精舍，好美婢，好娈童，好鲜衣，好美食，好骏马，好华灯，好烟火，好梨园，好鼓吹，好古董，好花鸟，兼以茶淫橘虐，书蠹诗魔。

（明）祁豸佳《〈西湖梦寻〉序》：余友张陶庵，笔具化工。其所记游，有郦道元之博奥，有刘同人之生辣，有袁中郎之倩丽，有王季重之诙谐，无所不有；其一种空灵晶映之气，寻其笔墨，又一无所有。为西湖传神写照，政在阿堵矣。

周作人《〈陶庵梦忆〉序》：张宗子是个"都会诗人"，他所注意的是人事而非天然，山水不过是他所写的生活的背景。

陈平原《"都市诗人"张岱的为人与为文》：都市诗人张岱是中国散文史上的大家。他的散文所表现出的"空灵之气"，只可意会而难以言传……比起王季重（王思任）、刘同人（刘侗）或者徐霞客来，张宗子张岱更难评说。因为在大家心目中，各有各的张岱，容不得别人指手画脚。好在我的见解平实，估计跟大家的感觉没有根本性的冲突。在我看来，明文第一，张岱莫属。而且，如果在中国散文史上评选"十佳"，我估计他也能入选。

台静农《陶庵梦忆序》：一场热闹的梦，醒过来时，总想将虚幻变为实有。于是而有《梦忆》之作。也许明朝不亡，他（张岱）不会为珍惜眼前生活而着笔；即使着笔，也许不免铺张豪华，点缀承平，而不会有《梦忆》中的种种境界。至于《梦忆》文章的高处，是无从说出的，如看雪个（八大山人）和瞎尊者（石涛）的画，总觉水墨滃郁中，有一种悲凉的意味，却又捉摸不着。

雪

鲁 迅

暖国的雨，向来没有变过冰冷的坚硬的灿烂的雪花。博识的人们觉得他单调，他自己也以为不幸否耶？江南的雪，可是滋润美艳之至了；那是还在隐约着的青春的消息，是极壮健的处子的皮肤。雪野中有血红的宝珠山茶，白中隐青的单瓣梅花，深黄的磬[1]口的蜡梅花；雪下面还有冷绿的杂草。胡蝶[2]确乎没有；蜜蜂是否来采山茶花和梅花的蜜，我可记不真切了。但我的眼前仿佛看见冬花开在雪野中，有许多蜜蜂们忙碌地飞着，也听得他们嗡嗡地闹着。

孩子们呵着冻得通红，象紫芽姜一般的小手，七八个一齐来塑雪罗汉。因为不成功，谁的父亲也来帮忙了。罗汉就塑得比孩子们高得多，虽然不过是上小下大的一堆，终于分不清是壶卢[3]还是罗汉，然而很洁白，很明艳，以自身的滋润相粘结，整个地闪闪地生光。孩子们用龙眼核给他做眼珠，又从谁的母亲的脂粉奁[4]中偷得胭脂来涂在嘴唇上。这回确是一个大阿罗汉了。他也就目光灼灼地嘴唇通红地坐在雪地里。

第二天还有几个孩子来访问他；对了他拍手，点头，嘻笑。但他终于独自坐着了。晴天又来消释他的皮肤，寒夜又使他结一层冰，化作不透明的水晶模样，连续的晴天又使他成为不知道算什么，而嘴上的胭脂也褪尽了。

但是，朔方[5]的雪花在纷飞之后，却永远如粉，如沙，他们决不粘连，撒在屋上，地上，枯草上，就是这样。屋上的雪是早已就有消化了的，因为屋里居人的火的温热。别的，在晴天之下，旋风忽来，便蓬勃地奋飞，在日光中灿灿地生光，如包藏火焰的大雾，旋转而且升腾，弥漫太空，使太空旋转而且升腾地闪烁。

在无边的旷野上，在凛冽的天宇下，闪闪地旋转升腾着的是雨的精魂……

是的，那是孤独的雪，是死掉的雨，是雨的精魂。

一九二五年一月十八日

（选自《鲁迅全集》第二卷，人民文学出版社1981年出版）

创作背景：

鲁迅（1881—1936），浙江绍兴人，原名周樟寿，后改名周树人，字豫山，后改豫才，“鲁迅”是他1918年发表《狂人日记》时所用的笔名，也是他影响最为广泛的笔名。鲁迅一生在文学创作、文学批评、思想研究、文学史研究、翻译、美术理论引进、基础科学介绍和古籍校勘与研究等多个领域具有重大贡献。

这篇文章最初发表于1925年1月26日《语丝》周刊第十一期，副题：《野草之八》。此时南方的革命形势蓬勃发展，可谓正是春暖花开，然而，北方还处于一片萧飒之中。现实环境与《雪》创作之关联未必坐实，但其于心灵之影响的确有迹可循。

注释：

1 磬：古代乐器，形如钵。

2 胡蝶：同“蝴蝶”。

3 壶卢：同“葫芦”。

4 奁（lián）：女子梳妆用的镜匣。

5 朔方：北方。

饿

萧　红

“列巴圈[1]”挂在过道别人的门上，过道好象还没有天明，可是电灯已经熄了。夜间遗留下来睡朦朦的气息充塞在过道，茶房气喘着，抹着地板。我不愿醒得太早，可是已经醒了，同时再不能睡去。

厕所房的电灯仍开着，和夜间一般昏黄，好象黎明还没有到来，可是“列巴圈”已经挂上别人家的门了！有的牛奶瓶也规规矩矩地等在别的房间外。只要一醒来，就可以随便吃喝。但，这都只限于别人，是别人的事，与自己无关。

扭开了灯，郎华[2]睡在床上，他睡得很恬静，连呼吸也不震动空气一下。听一听过道连一个人也没走动。全旅馆的三层楼都在睡中，越这样静越引诱我，我的那种想头越坚决。过道尚没有一点声息，过道越静越引诱我，我的那种想头越想越充涨我：去拿吧！正是时候，即使是偷，那就偷吧！

轻轻扭动钥匙，门一点响动也没有。探头看了看，“列巴圈”对门就挂着，东隔壁也挂着，西隔壁也挂着。天快亮了！牛奶瓶的乳白色看得真真切切，“列巴圈”比每天也大了些，结果什么也没有去拿，我心里发烧，耳朵也热了一阵，立刻想到这是“偷”。儿时的记忆再现出来，偷梨吃的孩子最羞耻。过了好久，我就贴在已关好的门扇上，大概我像一个没有灵魂的、纸剪成的人贴在门扇。大概这样吧：街车唤醒了我，马蹄得得、车轮吱吱地响过去。我抱紧胸膛，把头也挂到胸口，向我自己心说：我饿呀！不是“偷”呀！

第二次也打开门，这次我决心了！偷就偷，虽然是几个“列巴圈”，我也偷，为着我“饿”，为着他“饿”。

第二次又失败，那么不去做第三次了。下了最后的决心，爬上床，关了灯，推一推郎华，他没有醒，我怕他醒。在“偷”这一刻，郎华也是我的敌人；假若我有母亲，母亲也是敌人。

天亮了！人们醒了，马路也醒了。做家庭教师，无钱吃饭也要去上课，并且要练武术。他喝了一杯空茶走的，过道那些“列巴圈”早已不见，都让别人吃了。

从昨夜饿到中午，四肢软弱一点，肚子好象被踢打放了气的皮球。

窗子在墙壁中央，天窗似的，我从窗口升了出去，赤裸裸，完全和日光接近；市街临在我的脚下，直线的，错综着许多角度的楼房，大柱子一般工厂的烟囱，街道横顺交组着，秃光的街树。白云在天空作出各样的曲线，高空的风吹破我的头发，飘荡我的衣襟。市街象一张繁繁杂杂颜色不清晰的地图，挂在我们眼前。楼顶和树梢都挂住一层稀薄的白霜，整个城市在阳光下闪闪灼灼撒了一层银片。我的衣襟被风拍着作响，我冷了，我孤孤独独的好象站在无人的山顶。每家楼顶的白霜，一刻不是银片了，而是些雪花、冰花，或是什么更严寒的东西在吸我，像全身浴在冰水里一般。

我披了棉被再出现到窗口，那不是全身，仅仅是头和胸突在窗口。一个女人站在一家药店门口讨钱，手下牵着孩子，衣襟裹着更小的孩子。药店没有人出来理她，过路人也不理她，都像说她有孩子不对，穷就不该有孩子，有也应该饿死。

我只能看到街路的半面，那女人大概向我的窗下走来，因为我听见那孩子的哭声很近。

“老爷，太太，可怜可怜……”可是看不见她在追逐谁，虽然是三层楼，也听得这般清楚，她一定是跑得颠颠断断地呼喘：“老爷……老爷……可怜吧！”

那女人一定正相同我，一定早饭还没有吃，也许昨晚的也没有吃。她在楼下急迫的来回的呼声传染了我，肚子立刻响起来，肠子不住的呼叫……

郎华仍不回来，我拿什么来喂肚子呢？桌子可以吃吗？草褥子可以吃吗？

晒着阳光的行人道，来往的行人，小贩，乞丐……这一些看得我疲倦了！打着呵欠，从窗口爬下来。

窗子一关起来，立刻满生了霜，过一刻，玻璃片就流着眼泪了！起初是一条条的，后来就大哭了！满脸是泪，好象在行人道上讨饭的母亲的脸。

我坐在小屋，饿在笼中的鸡一般，只想合起眼睛来静着，默着，但又不是睡。

“咯，咯！”这是谁在打门！我快去开门，是三年前旧学校里的图画先生。

他和从前一样很喜欢说笑话，没有改变，只是胖了一点，眼睛又小了一点。他随便说，说得很多。他的女儿，那个穿红花旗袍的小姑娘，又加了一件黑绒上衣，她在藤椅上，怪美丽的。但她有点不耐烦的样子：“爸爸，我们走吧。”小姑娘哪里懂得人生！小姑娘只知道美，哪里懂得人生？

曹先生问：“你一个住在这里吗？”

“是——”我当时不晓得为什么答应“是”，明明是和郎华同住，怎么要说自己住呢？好象这几年并没有别开，我仍在那个学校读书一样。他说：

“还是一个人好，可以把整个的心身献给艺术。你现在不喜欢画，你喜欢文学，就把全心献给文学。只有忠心于艺术的心才不空虚，只有艺术才是美，才是真美。‘爱情’这话很难说，若是为了性欲才爱，那么就不如临时解决，随便可以找到一个，只要是异性。爱是爱，“爱”很不容易，那么就不如爱艺术，比较不空虚……”

“爸爸，走吧！”小姑娘那里懂得人生，只知道“美”，她看一看这屋子一点意思也没有，床上只铺一张草褥子。

“是，走——”曹先生又说，眼睛指着女儿，“你看我，十三岁就结了婚。这不是吗？曹云都十五岁啦！”

“爸爸，我们走吧！”

他和前几年一样，总爱说“十三岁”就结了婚。差不多全校同学都知道曹先生是十三岁结婚的。

“爸爸，我们走吧！”

他把一张票子丢在桌上就走了！那是我写信去要的。

郎华还没有回来，我应该立刻想到饿，但我完全被青春迷惑了，读书的时候，哪里懂得“饿”？只晓得青春最重要，虽然现在我也并没老，但总觉得青春是过去了！过去了！

我冥想了一个长时期，心浪和海水一般潮了一阵。

追逐实际吧！青春惟有自私的人才系念她，“只有饥寒，没有青春。”

几天没有去过的小饭馆，又坐在那里边吃喝了。“很累了吧！腿可疼？道外道里要有十五里路。”我问他。

只要有的吃，他也很满足，我也很满足。其余什么都忘了！

那个饭馆，我已经习惯，还不等他坐下，我就抢个地方先坐下，我也把菜的名字记得很熟，什么辣椒白菜啦，雪里红豆腐啦……什么酱鱼啦！怎么叫酱鱼呢？那里有鱼！用鱼骨头炒一点酱，借一点腥味就是啦！我很有把握，我简直都不用算一算就知道这些菜也超不过一角钱。因此我用很大的声音招呼，我不怕，我一点也不怕花钱。

回来没有睡觉之前，我们一面喝着开水，一面说：

“这回又饿不着了，又够吃些日子。”

闭了灯，又满足又安适的睡了一夜。

（选自《萧红全集》，北京燕山出版社2014出版）

创作背景：

萧红（1911—1942），出生于黑龙江省哈尔滨市呼兰区，幼年丧母。乳名荣华，学名张秀环，后由外祖父改名为张廼莹，笔名萧红。1933年，发表第一篇小说《弃儿》。1935年，在鲁迅的支持下发表成名作《生死场》。1936年东渡日本，创作散文《孤独的生活》、长篇组诗《砂粒》等。1940年抵中国香港后发表中篇小说《马伯乐》、长篇小说《呼兰河传》等。1942年1月22日，因肺结核和恶性气管扩张病逝于中国香港，年仅31岁。

1932年11月，萧红与萧军搬到哈尔冰道里商市街25号。当时，两人的境遇非常困顿，基本靠典当借债勉强应付，时时处在冻死和饿死的边缘。《饿》反映的即是二人商市街时期困窘的生活境况。从1932年11月至1934年6月间这段潦倒的生活经历构成了萧红写作一系列纪实性散文的基础，这些作品日后结集成册，名为《商市街》。

注释：

1 列巴：俄文译音，是俄罗斯的主食面包。

2 郎华：指萧军。

学画回忆

丰子恺

假如有人探寻我儿时的事，为我作传记或讣启，可以为我说得极漂亮："七岁入塾即擅长丹青，课余常摹古人笔意，写人物图，以为游戏。同塾年长诸生竞欲乞得其作品而珍藏之，甚至争夺殴打。师闻其事，命出画观之，不信，谓之曰：'汝真能画，立为我作至圣先师孔子像！不成，当受罚。'某从容研墨抻纸 挥毫立就 神颖哗然。师弃戒尺于地，叹曰：'吾无以教汝矣！'遂装裱其画，悬诸塾中，命诸生朝夕礼拜焉。于是亲友竞乞其画像，所作无不维妙维肖……"百年后的人读了这段记载，便会赞叹道："七岁就有作品，真是天才，神童！"

朋友来信要我写些关于儿时学画的回忆的话，我就根据上面的一段话写些吧。上面的话都是事实，不过欠详明些，宜解释之如下：

我七八岁时——到底是七岁或八岁，现在记不清楚了。但都可说，说得小了可说是照搬外国算法的；说得大了可说是照中国算法的。——入私垫，先读《三字经》，后来又读《千家诗》。《千家诗》每页上端有一幅木板画，记得第一幅画的是一只大象和一个人，在那里耕田，后来我知道这是二十四孝中的大舜耕田图。但当时并不知道画的是什么意思，只觉得看上端的画，比读下面的"云淡风轻近午天"有趣。我家开着染坊店，我向染匠司务讨些颜料来，溶化在小盅子里，用笔蘸了为书上的单色画着色，涂一只红象，一个蓝人，一片紫地，自以为得意。但那书的纸不是道林纸，而是很薄的中国纸，颜色涂在上面的纸上，会渗透下面好几层。我的颜料笔又吸得饱，透的更深。等得着好色，翻开书来一看，下面七八页上，都有一只红象、一个蓝人和一片紫地，好像用三色版套印的。

第二天上书的时候，父亲——就是我的先生——就骂，几乎要打手心；被母亲不知大姐劝住了，终于没有打。我抽抽咽咽地哭了一顿，把颜料盅子藏在扶梯底下了。晚上，等到先生——就是我的父亲上鸦片馆去了，我再向扶梯底下取出颜料盅子，叫红英——管我的女仆——到店堂里去偷几张煤头纸来，就在扶梯底下的半桌上的"洋油手照"底下描色彩画。画一个红人，一只蓝狗，一间紫房子……这些画的最初的鉴赏者，便是红英。后来母亲和诸姐也看到了，她们都说"好"；可是我没有给父亲看，防恐吃手心。这就叫做"七岁入塾即擅长丹青"。况且向染坊店里讨来的颜料不止丹和青呢！

后来，我在父亲晒书的时候找到了一部人物画谱，翻一翻，看见里面花样很多，便偷偷地取出了，藏在自己的抽斗里。晚上，又偷偷地拿到扶梯底下的半桌上去给红英看。这回不想再在书上着色；却想照样描几幅看，但是一幅也描不像。亏得红英想工好，教我向习字簿上撕下一张纸来，印着了描。记得最初印着描的是人物谱上的柳柳州像。当时第一次印描没有经验，笔上墨水吸得太饱，习字簿上的纸又太薄，结果描是描成了，但原本上渗透了墨水，弄得很龌龊，曾经受大姐的责骂。这本书至今还存在，最近我晒旧书时候还翻出这个弄龌龊了的柳柳州像来看：穿了很长的袍子，两臂高高地向左右伸起，仰起头作大笑状。但周身都是斑斓的墨点，便是我当日印上去的。回思我当日最初就印这幅画的原因，大概是为了他高举两臂作大笑状，好像父亲打呵欠的模样，所以特别感兴味吧。后来，我的"印画"的技术渐渐进步。大约十二三岁的时候（父亲已经弃世，我在另一私塾读书了），我已把这本人物谱统统印全。所用的纸是雪白的连史纸，而且所印的画都着色。着色所用的颜料仍旧是染坊里的，但不复用原色。我自己会配出各种间色来，在画上施以复杂华丽的色彩，同塾的学生看了都很欢喜，大家说"比原本上的好看得多！"而且大家问我讨画，拿去贴在灶间里，当作灶君菩萨；或者贴在床前，当作新年里买的"花纸儿"。所以说我"课余常摹古人笔意，写人物花鸟之图，以为游戏。同塾年长诸生竞欲乞得其作品而珍藏之"，也都有因；不过其事实是如此。

至于学生夺画相殴打，先生请我画至圣先师孔子像悬诸塾中，命诸生晨夕礼拜，也都是确凿的事实，你听我说吧：那时候我们在私塾中弄画，同在现在社会里抽鸦片一样，是不敢公开的。我好像是一个土贩或私售灯吃的，同学们好像是上了瘾的鸦片鬼，大家在暗头里作勾当。先生坐在案桌上的时候，我们的画具和画都藏好，大家一摇一摆地读“幼学”书。等到下午，照例一个大块头来拖先生出去吃茶了，我们便拿出来弄画。我先一幅幅地印出来，然后一幅幅地涂颜料。同学们便像看病时向医生挂号一样，依次认定自己所欲得的画。得画的人对我有一种报酬，但不是稿费或润笔，而是种种玩意儿：金铃子一对连纸匣；挖空老菱壳一只，可以加上绳子去当作陀螺抽的；“云”字顺治铜钱一枚（有的顺治铜钱，后面有一个字，字总共有二十种。我们儿时听大人说，积得了一套，用绳编成宝剑形状，挂在床上，夜间一切鬼都不敢来。但其中，好像是“云”字，最不易得；往往为缺少此一字而编不成宝剑。故这种铜钱在当时的我们之间是一种贵重的赠品），或者铜管子（就是当时炮船上用的后膛枪子弹的壳）一个。有一次，两个同学为交换一张画，意见冲突，相打起来，被先生知道了。先生审问之下，知道相打的原因是为画；追求画的来源，知道是我所作，便厉声喊我走过去。我料想是吃戒尺了，低着头不睬，但觉得手心里火热了。终于先生走过来了。我已吓得魂不附体；但他走到我的坐位旁边，并不拉我的手，却问“这画是不是你画的？”我回答一个“是”字，预备吃戒尺了。他把我的身体拉开。抽开我的抽斗，搜查起来。我的画谱、颜料，以及印好而未着色的画，就都被他搜出。我以为这些东西全被没收了，结果不然，他但把画谱拿了去，坐在自己的椅子上一张一张地观赏起来。过了好一会，先生旋转头来叱一声“读！”大家朗朗地读“混沌初开，乾坤始奠……”这件案子便停顿了。我偷眼看先生，见他把画谱一张一张地翻下去，一直翻到底。放假的时候我夹了书包走到他面前去作一个揖，他换了一种与前不同的语气对我说：“这书明天给你。”明天早上我到塾，先生翻出画谱中的孔子像，对我说：“你能照这样子画一个大的吗？”我没有防到先生也会要我画起画来，有些“受宠若惊”的感觉，支吾地回答说“能”。其实我向来只是“印”，不能“放大”。这个“能”字是被先生的威严吓出来的。说出之后心头发一阵闷，好像一块大石头吞在肚里了。先生继续说：“我去买张纸来，你给我放大了画一张，也要着色彩的。”我只得说“好”。同学们看见先生要我画画了，大家装出惊奇和羡慕的脸色，对着我看。我却带着一肚皮心事，直到放假。

放假时我夹了书包和先生交给我的一张纸回家，便去向大姐商量。大姐教我，用一张画方格子的纸，套在画谱的书页中间。画谱纸很薄，孔子像就有经纬格子范围着了。大姐又拿缝纫用的尺和粉线袋给我在先生交给我的大纸上弹了大方格子，然后向镜箱中取出她画眉毛用的柳条枝来，烧一烧焦，教我依方格子放大的画法。那时候我们家里还没有铅笔和三角板、米突尺，我现在回想大姐所教我的画法，其聪明实在值得佩服。我依照她的指导，竟用柳条枝把一个孔子像的底稿描成了；同画谱上的完全一样，不过大得多，同我自己的身体差不多大。我伴着了热烈的兴味，用毛笔钩出线条；又用大盆子调了多量的颜料，着上色彩，一个鲜明华丽而伟大的孔子像就出现在纸上。店里的伙计，作坊里的司务，看见了这幅孔子像，大家说“出色！”还有几个老妈子，尤加热烈地称赞我的“聪明”和画得“齐整”，并且说“将来哥儿给我画个容像，死了挂在灵前，也沾些风光。”我在许多伙计、司务和老妈子的盛称声中，俨然地成了一个小画家。但听到老妈子要托我画容像，心中却有些儿着慌。我原来只会“依样画葫芦”的，全靠那格子放大的枪花[1]，把书上的小画改成为我的“大作”；又全靠那颜色的文饰，使书上的线描一变而为我的“丹青”。格子放大是大姐教我的，颜料是染匠司务给我的，归到我自己名下的工作，仍旧只有“依样画葫芦”。如今老妈子要我画容像，说“不会画”有伤体面；说“会画”将来如何兑现？且置之不答，先把画缴给先生去。先生看了点头。次日画就粘贴在堂名匾下的板壁上。学生们每天早上到塾，两手捧着书包向它拜一下；晚上散学，再向它拜一下。我也如此。

自从我的“大作”在塾中的堂前发表以后，同学们就给我一个绰号“画家”。每天来访先生的那个大块头看了画，点点头对先生说：“可以。”过时候学校初兴，先生忽然要把我们的私塾大加改良了。他买一架风琴来，自己先练习几天，然后教我们唱“男儿第一志气高，年纪不妨小”的歌。又请一个朋友来教我们学体操。我们都很高兴。有一天，先生呼我走过去，拿出一本书和一大块黄布来，和蔼地对我说：“你给我在黄布上画一条龙；”又翻开书来，继续说：“照这条龙一样。”原来这是体操时用的国旗。我接受了这命令，只得又去向大姐商量；再用老法子把龙放大，然后描线，涂色。但这回的颜料不是从染坊店里拿来，是由先生买来的铅粉、牛皮胶和红、黄、蓝各种颜色。我把牛皮胶煮溶了，加入铅粉，调制各种不透明的颜料，涂到黄布上，同西洋中世纪的fresco[2]画法相似。龙旗画成了，就被高高地张在竹竿上，引导学生通过市镇，到野外去体操。我悔不在体操后偷把那龙旗藏过了，好让我的传记里添两句：“其画龙点睛后忽不见，盖已乘云上天矣。”我的“画家”绰号自此更盛行；而老妈子的画像也催促得更紧了。我再向大姐商量。

她说二姐丈会画肖像，叫我到他家“偷关子”。我到二姐丈家，果然看见他们有种种特别的画具：玻璃九宫格、擦笔、Conte[3]、米突尺、三角板。我向二姐丈请教了些笔法，借了些画具，又借了一包照片来，作为练习的样本。因为那时我们家乡地方没有照相馆，我家里没有可用玻璃格子放大的四寸半身照片。回家以后，我每天一放学就埋头在擦笔照相画中。这原是为了老妈子的要求而“抱佛脚”的；可是她没有照相，只有一个人。我的玻璃格子不能罩到她的脸孔上去，没有办法给她画像。天下事有会巧妙地解决的。大姐在我借来的一包样本中选出某老妇人的一张照片来，说：“把这个人的下巴改尖些，就活像我们的老妈子了。”我依计而行，果然画了一幅八九分像的肖像画，外加在擦笔上面涂以漂亮的淡彩：粉红色的肌肉，翠蓝色的上衣，花带镶边；耳朵上外加挂上一双金黄色的珠耳环。老妈子看见珠耳环，心花盛开，即使完全不像，也说“像”了。自此以后，亲戚家死了人我就有差使——画容像。活着的亲戚也拿一张小照来叫我放大，挂在厢房里；预备将来可现成地移挂在灵前。我十七岁出外求学，年假、暑假回家时还常常接受这种义务生意。直到我十九岁时，从先生学了木炭写生画，读了美术的论著，方才把此业抛弃。到现在，在故乡的几位老伯伯和老太太之间，我的擦笔肖像画家的名誉依旧健在；不过他们大都以为我近来“不肯”画了，不再来请教我。前年还有一位老太太把她的新死了的丈夫的四寸照片寄到我上海的寓所来，哀求地托我写照。此道我久已生疏，早已没有画具，况且又没有时间和兴味。但无法对她说明，就把照片送到照相馆里，托他们放大为廿四寸的，寄了去。后遂无问津者。

假如我早得学木炭写生画，早得受美术论著的指导，我的学画不会走这条崎岖的小径。唉，可笑的回忆，可耻的回忆，写在这里，给世间学画的人作借镜吧。

一九三四年二月作

（选自《丰子恺散文》，人民文学出版社2003年出版）

创作背景：

丰子恺（1898—1975），浙江桐乡石门镇人，原名丰润，字子恺，笔名TK（主要原因是丰子恺的威氏拼音法名字为FONG， TSE KA），中国著名漫画家、散文家、美术教育家、音乐教育家和翻译家。入读杭州浙江第一师范学校后，师从李叔同学音乐、绘画，从夏丏尊学国文。毕业后与刘质平、吴梦非、刘海粟、姜丹书等创立中华美育会，办《美育》杂志并从事西洋美术教育。其漫画往往是寥寥几笔，就勾画出一个意境，而散文亦是质朴隽永、言简意丰。正如俞平伯所说：“一片片的落英，都含蓄着人间的情味。”

注释：

1 枪花：作者家乡方言中有“掉枪花”的说法，意即耍手段。

2 Fresco：意即壁画。

3 Conte：木炭铅笔。

傅雷译序两篇

罗曼·罗兰《约翰·克利斯朵夫》译序

傅　雷

译者献辞

真正的光明决不是永没有黑暗的时间，只是永不被黑暗所掩蔽罢了。真正的英雄决不是永没有卑下的情操，只是永不被卑下的情操所屈服罢了。

所以在你要战胜外来的敌人之前，先得战胜你内在的敌人，你不必害怕沉沦堕落，只消你能不断的自拔与更新。

《约翰•克利斯朵夫》不是一部小说，——应当说：不止是一部小说，而是人类一部伟大的史诗，它所描绘歌咏的不是人类在物质方面而是在精神方面所经历的艰险，不是征服外界而是征服内界的战迹。它是千万生灵的一面镜子，是古今中外英雄圣哲的一部历险记，是贝多芬式的一阕大交响乐。愿读者以虔敬的心情来打开这部宝典罢！

战士啊，当你知道世界上受苦的不止你一个时，你定会减少痛楚，而你的希望也将永远在绝望中再生了罢！

译者　一九三七年

（选自《约翰克里斯多夫》，人民文学出版社1997年出版）

罗曼·罗兰《贝多芬传》译者序

傅　雷

唯有真实的苦难，才能驱除浪漫底克的幻想的苦难；唯有看到克服苦难的壮烈的悲剧，才能帮助我们承担残酷的命运；唯有抱着“我不入地狱谁入地狱”的精神，才能挽救一个萎靡而自私的民族：这是我十五年前初次读到本书时所得的教训。

不经过战斗的舍弃是虚伪的，不经劫难磨炼的超脱是轻佻的，逃避现实的明哲是卑怯的，中庸、苟且、小智小慧，是我们的致命伤：这是我十五年来与日俱增的信念，而这一切都由于贝多芬的启示。

我不敢把这样的启示自秘，所以十年前就迻译了本书。现在阴霾遮蔽了整个天空，我们比任何时都更需要精神的支持，比任何时都更需要坚忍、奋斗、敢于向神明挑战的大勇主义。现在，当初生的音乐界只知训练手的技巧，而忘记了培养心灵的神圣工作的时候，这部《贝多芬传》对读者该有更深刻的意义。——由于这个动机，我重译了本书。

此外，我还有个人的理由。疗治我青年时世纪病的是贝多芬，扶植我在人生中的战斗意志的是贝多芬，在我灵智的成长中给我大影响的是贝多芬，多少次的颠扑曾由他搀扶，多少的创伤曾由他抚慰——且不说引我进音乐王国的这件次要的恩泽。除了把我所受的恩泽转赠给比我年青的一代之外，我不知道还有什么方法可以偿还我对贝多芬，和对他伟大的传记家罗曼·罗兰所负的债务。表示感激的最好的方式，是施予。

为完成介绍的责任起见，我在译文以外，附加了一篇分析贝多芬的文字。我明知道是一件越俎的工作，但望这番力不从心的努力，能够发生抛砖引玉的作用。

译者　一九四二年三月

（选自《傅雷传记五种》，北京十月文艺出版社2004年出版）

创作背景：

傅雷（1908—1966），字怒安，号怒庵，生于原江苏省南汇县下沙乡，中国著名的翻译家、作家、教育家、美术评论家。傅雷，早年留学法国，一生翻译了大量的法文作品，其中包括巴尔扎克、罗曼·罗兰、伏尔泰等名家著作。20世纪60年代初，傅雷因在翻译巴尔扎克作品方面的卓越贡献，被法国巴尔扎克研究会吸收为会员。

傅雷的艺术造诣极为深厚，对古今中外的文学、绘画、音乐各个领域都有极深的理解。其《世界美术名作二十讲》影响深远。

街谈巷语——小说篇

小说家者流，盖出于稗官。街谈巷语，道听途说者之所造也。

——《汉书·艺文志》

第三章　街谈巷语——小说篇

八月浮槎

［西晋］张　华

旧说云天河与海通。近世有人居海渚者，年年八月有浮槎[1]去来，不失期，人有奇志，立飞阁于槎上，多赍粮，乘槎而去。十余日中，犹观星月日辰，自后茫茫忽忽，亦不觉昼夜。去十余日，奄至一处，有城郭状，屋舍甚严。遥望宫中多织妇，见天丈夫牵牛渚次饮之。牵牛人乃惊问曰："何由至此？"此人具说来意，并问此是何处，答曰："君还至蜀郡访严君平则知之。"竟不上岸，因还如期。后至蜀，问君平，曰："某年月日有客星犯牵牛宿。"计年月，正是此人到天河时也。

创作背景：

节选自《博物志》卷十。张华（232—300），字茂先，范阳方城（今河北固安）人。西晋时期政治家、文学家、藏书家，西汉留侯张良的十六世孙、唐朝名相张九龄的十四世祖。他博学多才，记忆力极强，工于诗赋，编纂了中国第一部博物学著作《博物志》。魏晋南北朝小说可分为志怪和志人两类，《博物志》属于志怪小说集，记载了异境奇物、古代琐闻杂事和神仙方术等内容，多取材于古籍，保存了不少古代神话材料，是继《山海经》后，我国又一部包罗万象的奇书。这一阶段的小说篇幅短小，叙事简单，基本按照传闻加以直录，并无太多艺术的想象和丰富的细节，但在中国小说史上，是不可缺少的一环，为唐传奇的写作积累了经验。八月有人浮槎至天河见牛郎的传闻，是有关牛郎织女神话故事的原始资料，表现了古人探索大自然奥秘的愿望。宋代李石《续博物志》、明代游潜的《博物志补》均可视为张华的续书。

注释：

1　槎（chá）：指竹、木筏。

犀照

［南朝］刘敬叔

晋温峤[1]至牛渚矶，闻水底有音乐之声，水深不可测。传言下多怪物，乃燃犀角而照之。须臾[2]，见水族覆火，奇形异状，或乘马车著赤衣帻。其夜，梦人谓曰："与君幽明道阁，何意相照耶？"峤甚恶之，未几卒。

创作背景：

选自《异苑》，志怪小说集，南朝宋刘敬叔撰。刘敬叔，彭城人。生年不详，约卒于宋明帝泰始中。少颖敏有异才，作有《异苑》十卷，（《隋书志》作十卷，与今通行本同。此从胡震亨所作敬叔小传）传于世。《津逮秘书》《学津讨源》等古丛书中收有此书。《异苑》之名系仿自刘向的《说苑》，共计382条，基本上都是各种奇闻异事，诸如山川灵异，古今名人、动植物、器物的神奇变化和吉凶征兆，民间祭祀神祇、鬼神故事、冢墓灵异和梦兆，妖精变化，死而复生等。文字简短，只有几十字或百来字，情节简单，叙事概略，缺乏描写性语言，所以形象不够生动，难与《幽明录》等同类著作相比，这也是它几乎一度失传，对后世影响不大的原因。

注释：

1 温峤：温峤（288—329），字泰真，一作太真，太原祁县（今山西祁县）人，东晋名将，司徒温羡之侄。

2 须臾：不一会儿。

画工弃市

［东晋］葛　洪

元帝[1]后宫既多，不得常见，乃使画工图形，案图召幸之。诸宫人皆赂画工，多者十万，少者亦不减五万。独王嫱不肯，遂不得见。匈奴入朝，求美人为阏氏[2]。于是上案图，以昭君行。及去，召见，貌为后宫第一，善应付，举止优雅。帝悔之，而名籍已定。帝重信于外国，故不复更人。乃穷案[3]其事，画工皆弃市[4]，籍[5]其家，资皆巨万。画工有杜陵毛延寿，为人形，丑好老少，必得其真；安陵陈敞、新丰刘白、龚宽，并工为牛马飞鸟众势，人形好丑，不逮延寿、下杜阳望亦善画，尤善布色，樊育亦善布色：同日弃市。京师画工于是差稀。

创作背景：

《画工弃市》出自葛洪伪托刘歆所作的《西京杂记》。葛洪（284—364或343）为东晋道教学者、著名炼丹家、医药学家。字稚川，自号抱朴子，汉族，晋丹阳郡句容（今江苏句容县）人。三国方士葛玄之侄孙，世称小仙翁。他曾受封为关内侯，后隐居罗浮山炼丹。著有《神仙传》《抱朴子》《肘后备急方》《西京杂记》等。《西京杂记》是笔记体志人小说集，其中的“西京”指的是西汉的首都长安。该书写的是西汉的野史，既有历史也有许多遗闻轶事，涉及宫室制度、风俗习惯、衣饰器物并带有怪异色彩，从语气及内容看，当是杂抄汉魏六朝佚史而成。中华书局《古小说丛刊》本较佳。

注释：

1　元帝：指汉元帝。

2　阏氏（yān zhī）：汉时匈奴单于之妻的称号，即匈奴皇后之号。

3　穷案：彻底追查。

4　弃市：古时在闹市执行死刑，并把尸体暴露街头。

5　籍：登记，抄查没收。

三王墓[1]

［晋］干　宝

楚干将莫邪为楚王作剑，三年乃成。王怒，欲杀之。剑有雌雄。其妻重身当产[2]。夫语妻曰："吾为王作剑，三年乃成。王怒，往必杀我。汝若生子是男，大，告之曰：'出户望南山，松生石上，剑在其背。'"于是即将雌剑往见楚王。王大怒，使相之[3]。剑有二，一雄一雌，雌来雄不来。王怒，即杀之。

莫邪子名赤，比后壮[4]，乃问其母曰："吾父所在？"母曰："汝父为楚王作剑，三年乃成。王怒，杀之。去时嘱我：'语汝子出户望南山，松生石上，剑在其背。'"于是子出户南望，不见有山，但睹堂前松柱下石低之上[5]。即以斧破其背，得剑，日夜思欲报楚王。

王梦见一儿眉间广尺，言欲报雠。王即购之千金。儿闻之亡去，入山行歌。客有逢者，谓："子年少，何哭之甚悲耶？"曰："吾干将莫邪子也，楚王杀吾父，吾欲报之。"客曰："闻王购子头千金。将子头与剑来，为子报之。"儿曰："幸甚！"即自刎，两手捧头及剑奉之，立僵。客曰："不负子也。"于是尸乃仆。

客持头往见楚王，王大喜。客曰："此乃勇士头也，当于汤镬煮之[6]。"王如其言煮头，三日三夕不烂。头踔出汤中[7]，踬目大怒[8]。客曰："此儿头不烂，愿王自往临视之，是必烂也。"王即临之。客以剑拟王，王头随堕汤中，客亦自拟己头，头复坠汤中。三首俱烂，不可识别。乃分其汤肉葬之，故通名三王墓。今在汝南北宜春县界[9]。

创作背景：

《三王墓》，出自晋代干宝的志怪小说集《搜神记》卷十一。此篇故事在《列士传》《吴越春秋》《越绝书》《博物志》《列异传》等书中均有记载，文字各异。以《搜神记》所记最详，文辞亦佳。《搜神记》是一部辑录古代民间传说神奇怪异的志怪小说集。它与地理博物作品不同，以辑录鬼怪神仙故事为主，也包括一些琐闻杂记，直承了《穆天子传》及《山海经》的影响。《搜神记》的作者是东晋初年著名史学家干宝。干宝（？—351年），字令升，祖籍新蔡（今河南）人，南迁定居海盐。出身世家，少即勤学，博览群书，著《晋纪》二十卷，时称良史。后有托名陶潜的《搜神后记》10卷和宋代章炳文的《搜神秘览》上下卷，都是《搜神记》的仿制品。六朝"志怪"远承上古时代的神话传说，近继先秦两汉史书及诸子百家著作中的神鬼妖异故事，下开唐代传奇和宋代评话中"烟粉灵怪"故事的先河，一直深远地影响到元、明、清三代的小说和戏剧文学，而明清的笔记小说则可以说是六朝志怪的嫡传。六朝志怪在我国文学史上，特别是在古代小说的发展史上有着承先启后的作用。《搜神记》则是现存"志怪"小说中价值最高，对后世影响最大的一种，是这个时期"志怪"小说的代表。

注释：

1　三王墓：本篇选自《搜神记》卷十一。巧匠干将莫邪为楚王铸剑，反而被杀，其子为复仇而献头，客为代其复仇而自刎，被压迫者的复仇精神在作品得到了强烈的体现。干将莫邪是古代著名的铸剑师，姓干将，名莫邪。一说干将、莫邪是夫妻两人：干将是夫，莫邪是妻。

2　重身：有身孕，因怀孕是身中身，故名重身。

3　相：察看。

4　比后壮：等到后来长大了。比，等到。

5　石低："低"疑应作"砥"，石砥，柱下基石。

6　镬（huò）：形似鼎而无足，秦汉时用作烹人刑具。

7　踔（chuō）：跳跃。

8　踬目：疑应作"瞋目"，睁大眼睛瞪人。

9　汝南，汉郡名，治所在上蔡（今河南省上蔡西南）。北宜春县，在今河南省汝南县西南。西汉时名宜春，东汉时改名北宜春。

《世说新语》两则

刘伶病酒

［南朝］刘义庆

刘伶[1]病酒，渴甚，从妇求酒。妇捐[2]酒毁器，涕泣谏曰："君饮太过，非摄生[3]之道，必宜断之！"伶曰："甚善。我不能自禁，唯当祝[4]鬼神自誓断之耳，便可具酒肉。"妇曰："敬闻命。"供酒肉于神前，请伶祝誓。伶跪而祝曰："天生刘伶，以酒为名，一饮一斛[5]，五斗解酲[6]。妇人之言，慎不可听！"便引酒进肉，隗然[7]已醉矣。

王子猷居山阴

［南朝］刘义庆

王子猷[8]居山阴[9]，夜大雪，眠觉[10]，开室，命酌酒。四望皎然，因起彷徨。咏左思《招隐》诗[11]。忽忆戴安道[12]，时戴在剡[13]，即便夜乘小船就之。经宿[14]方至，造门不前而返。人问其故，王曰："吾本乘兴而行，兴尽而返，何必见戴？"

创作背景：

《世说新语》，又称《世说》《世说新书》，由南朝宋临川王刘义庆组织一批文人编写。刘义庆（403—444），彭城（今江苏徐州）人，南朝宋宗室，官至尚书左仆射、中书令。自幼才华出众，爱好文学，晚年好佛。

《世说新语》的内容主要是记载魏晋名士的逸闻轶事和玄虚清谈，所谓魏晋风流的故事。全书分上、中、下三卷，依内容可分为德行、言语、政事、文学、方正等三十六类，每类有若干则故事，共一千二百多则。书中所载均属历史上实有的人物，是研究魏晋风流的极好史料。其中关于魏晋名士的种种活动如清谈、品题，种种性格特征如任诞、忿狷、简傲，种种人生追求，以及种种嗜好，都有生动的描写，所记虽是片言数语，却简约含蓄、隽永传神，广泛地反映了这一时期上流士族阶层的生活风尚、精神面貌，是记叙轶闻隽语的笔记小说的先驱，也是后来小品文的典范。《世说新语》对后世文学有着深远的影响，模仿它的小说不断出现，书中不少故事，成为后世戏曲小说的素材，或是后世诗文常用的典故，在中国文学史上具有重要地位，鲁迅先生称它为"一部名士底（的）教科书"。

注释：

1 刘伶：西晋沛国（今安徽宿州西北）人，字伯伦。魏晋 "竹林七贤"之一，性嗜酒。曾为建威参军。晋武帝泰始初，对朝廷策问，强调无为而治，以无能罢免。著有《酒德颂》，《晋书》卷四十九有传。所作《酒德颂》，宣扬老庄思想和纵酒放诞之情趣，对传统"礼法"表示蔑视。

2 捐：倒。

3 摄生：养生。

4 祝：祷告。

5 斛（hú）：量器名，一斛为十斗，南宋末改为五斗。

6 酲：酒醒后神志不清犹如患病的感觉。

7 隗然：隗通"颓"，醉倒的样子。

8 王子猷（yóu）：王徽之，名徽之，字子猷，王羲之第五子。

9 山阴：山的北面，现指旧县名，在今浙江绍兴市。阴：山北水南。

10 眠觉：一觉醒来。

11 左思：西晋文学家，所作《招隐诗》旨在歌咏隐士清高的生活。

12 戴安道：即戴逵，西晋人，博学多能，擅长音乐、书画和佛像雕刻，性高洁，终生隐居不仕。

13 剡（shàn）县：今绍兴嵊州市。

14 经宿：经过了一夜。

评论：

（南朝齐）敬胤《世说序录》：《世说》苟欲爱奇而不详事理。

（唐）刘知几《史通•采撰篇》：晋世杂书，谅非一族，若《语林》《世说》《幽明录》《搜神记》之徒，其所载或诙谐小辩，或神鬼怪物。其事非圣，扬雄所不观；其言乱神，宣尼所不语。皇朝新撰晋史，多采以为书。夫以干、邓之所粪除，王、虞之所糠秕，持为逸史，用补前传，此何异魏朝之撰《皇览》，梁世之修《遍略》，务多为美，聚博为功，虽取说于小人，终见嗤于君子矣。

（明）胡应麟：读其语言，晋人面目气韵，恍然生动，而简约玄澹，真致不穷。

鲁迅《中国小说史略》：记言则玄远冷隽，记行则高简瑰奇。

聂隐娘

［唐］裴　铏

聂隐娘者，贞元中魏博大将聂锋之女也。年方十岁，有尼乞食于锋舍，见隐娘，悦之，云："问押衙乞取此女教。"锋大怒，叱尼。尼曰："任押衙铁柜中盛，亦须偷去矣。"及夜，果失隐娘所向。锋大惊骇，令人搜寻，曾无影响。父母每思之，相对涕泣而已。

后五年，尼送隐娘归，告锋曰："教已成矣，子却领取。"尼亦不见。一家悲喜，问其所学，曰："初但读经念咒，余无他也。"锋不信，恳诘[1]。隐娘曰："真说又恐不信，如何？"锋曰："但真说之。"曰："隐娘初被尼挈，不知行几里。及明，至大石穴中，嵌空数十步，寂无居人，猿猱极多，松萝益邃。尼先已有二女，亦各十岁，皆聪明婉丽，不食。能于峭上飞走，若捷猱登木，无有蹶失。尼与我药一粒，兼令长执宝剑一口，长二尺许，锋利，吹毛可断，逐令二女教吾攀缘，渐觉身轻如风。一年后，刺猿狖，百无一失。后刺虎豹，皆决其首而归。三年后，能使刺鹰隼，无不中。剑之刃渐减五寸，飞禽遇之，不知其来也。至四年，留二女守穴，挈我于都市，不知何处也。指其人者，一一数其过，曰：'为我刺其首来，无使知觉。定其胆，若飞鸟之容易也。'受以羊角匕首，刀广三寸。遂白日刺其人于都市，人莫能见。以首入囊，返主人舍，以药化之为水。五年，又曰：'某大僚有罪，无故害人若干。夜可入其室，决其首来。'又携匕首入室，度其门隙无有障碍，伏之梁上[2]。至暝，持得其首而归。尼大怒：'何太晚如是？'某云：'见前人戏弄一儿，可爱，未忍便下手。'尼叱曰：'以后遇此辈，先断其所爱，然后决之。'某拜谢。尼曰：'吾为汝开脑后，藏匕首而无所伤。用即抽之。'曰：'汝术已成，可归家。'遂送还，云：'后二十年，方可一见。'"

锋闻语甚惧。后遇夜即失踪，及明而返。锋已不敢诘之，因兹亦不甚怜爱。忽值磨镜少年及门，女曰：此人可与我为夫。白父，父不敢不从，遂嫁之。其夫但能淬镜，余无他能。父乃给衣食甚丰，外室而居。

数年后，父卒。魏帅稍知其异，遂以金帛署为左右吏。如此又数年。至元和间，魏帅与陈许节度使刘昌裔不协，使隐娘贼其首。隐娘辞帅之许。

刘能神算，已知其来。召衙将，令来日早至城北，候一丈夫一女子，各跨白黑卫[3]。至门，遇有鹊前噪，丈夫以弓弹之不中，妻夺夫弹，一丸而毙鹊者，揖之云："吾欲相见，故远相祗迎也。"衙将受约束[4]，遇之。隐娘夫妻曰："刘仆射果神人，不然者，何以洞吾[5]也，愿见刘公。"刘劳之。隐娘夫妻拜曰："合负仆射万死。"刘曰："不然，各亲其主，人之常事。魏今与许何异？照请留此，勿相疑也。"隐娘谢曰："仆射左右无人，愿舍彼而就此，服公神明也。"知魏帅之不及刘。刘问其所须，曰："每日只要钱二百文足矣。"乃依所请。忽不见二卫所之。刘使人寻之，不知所向。后潜搜布囊中，见二纸卫，一黑一白。

后月余，白刘曰："彼未知止，必使人继至。今宵请剪发系之以红绡，送于魏帅枕前，以表不回。"刘听之。至四更，却返，曰："送其信矣。后夜必使精精儿来杀某及贼仆射之首。此时亦万计杀之。乞不忧耳。"刘豁达大度，亦无畏色。

是夜明烛，半宵之后，果有二幡子，一红一白，飘飘然如相击于床四隅。良久，见一人望空而踣，身首异处。隐娘亦出曰："精精儿已毙。"拽出于堂之下，以药化为水，毛发不存矣。隐娘曰："后夜当使妙手空空儿继至。空空儿之神术，人莫能窥其用，鬼莫得蹑其踪。能从空虚而入冥，善无形而灭影。隐娘之艺，故不能造其境。此即系仆射之福耳。但以于阗玉[6]周其颈，拥以衾，隐娘当化为蠛蠓，潜入仆射肠中听伺，其余无逃避处。"刘如言。至三更，瞑目未熟。果闻项上铿然，声甚厉。隐娘自刘口中跃出，贺曰："仆射无患矣。此人如俊鹘[7]，一搏不中，即翩然远逝，耻其不中，才未逾一更，已千里矣。"后视其玉，果有匕首划处，痕逾数分。自此刘厚礼之。

自元和八年，刘自许入觐，隐娘不愿从焉。云："自此寻山水，访至人，但乞一虚[8]给与其夫。"刘如约，后渐不知所之。及刘薨于统军，隐娘亦鞭驴而一至京师柩前，恸哭而去。

开成年，昌裔子纵除陵州刺史，至蜀栈道，遇隐娘，貌若当时。甚喜相见，依前跨白卫如故。语纵曰："郎君大灾，不合适此。"出药一粒，令纵吞之。云："来年火急抛官归洛，方脱此祸。吾药力只保一年患耳。"纵亦不甚信。遗其缯彩，隐娘一无所受，但沉醉而去。后一年，纵不休官，果卒于陵州。自此无复有人见隐娘矣。

创作背景：

《聂隐娘》是唐代裴铏创作的传奇小说，原载于《传奇》，后收录于《太平广记》卷一百九十四。《太平广记》是古代文言纪实小说的第一部总集。宋代人撰写的一部大书。全书共五百卷，目录十卷，取材于汉代至宋初的纪实故事及道经、释藏等为主的杂著，属于类书。许多六朝志怪、唐代传奇作品，全赖此书而得以流传。宋代以后，话本、曲艺、戏剧的编者，都从《太平广记》里选取素材，把许多著名故事加以改编，是中国古代小说的一个宝藏。裴铏，约唐懿宗咸通初前后在世，著有《传奇》三卷。原书久佚，唐代小说之所以称为传奇，便是依《传奇》一书命名的。

唐传奇是指流行于唐代的文言文小说，作者多以传、记名篇，用史家笔法写异闻奇事。传奇的出现，标志着中国文言文小说发展到了成熟的阶段。唐代传奇作者最乐于描写的题材，是爱情和侠义，尤其唐代后期的传奇名篇，侠义题材大为增加。这和时代背景密切关联。中唐以后，藩镇割据，军阀迭起，暗杀之风盛行，一方面权贵需要收罗具有特殊技能的侠士以供驱策，一方面人们也希望出现一些侠义之士，发挥超常能力救危济困、救民水火。《聂隐娘》就是其中的代表之作。它创造了一种通过人物的高超技艺来塑造人物形象的叙事技巧，推动了后世武侠小说向描写技艺的方向发展。作者把聂隐娘等侠客写得极为离奇、神异，开启了后代仙侠的写作风气。宋元以后，很多戏剧、话本、拟话本小说皆取材于此，此书更成为后来武侠类小说、戏曲的开端。

注释：

1 恳诘：恳切地，苦苦地追问。
2 瞑：天亮。
3 黑白卫：黑色、白色的驴。
4 受约束：按照约定、吩咐去做。
5 洞：洞悉，预知。
6 阗玉：古西域于阗国所产的玉石。
7 俊鹘：老鹰。
8 虚：虚职，挂名的差事。

评论：

（宋）洪迈《唐人小说序》：唐人小说，不可不熟。小小情事，凄婉欲绝，洵有神遇而不自知者，与诗律可称一代之奇。

（明）胡应麟《笔丛》三十六：变异之谈，盛于六朝，然多是传录舛讹，未必尽幻社语，至唐人乃作意好奇，假个说以寄笔端。

鲁迅《中国小说史略》：小说亦如诗，至唐代而一变，虽尚不离于搜奇记逸，然叙述宛转，文辞华艳，与六朝之粗陈梗概者较，演进之迹甚明，而尤显者乃在是时则始有意为小说。……传奇者流，源盖出于志怪，然施之藻绘，扩其波澜，故所成就乃特异，其间虽亦或托讽喻以纾牢愁，谈祸福以寓惩劝，而大归则究在文采与意想，与昔之传鬼神明因果而外无他意者，甚异其趣矣。

郑振铎《中国文学史》：传奇文与过去的故事不同，其重要之处是它不仅脱离了宗教的影响，也不再讲神秘、空想的东西，而是真正地面对生活，现实主义地表现了那个时代，描写了那个时代的生活情况。

青　凤

［清］蒲松龄

太原耿氏，故大家，第宅弘阔。后凌夷[1]，楼舍连亘，半旷废之。因生怪异，堂门辄自开掩，家人恒中夜骇哗。耿患之，移居别墅，留老翁门焉。由此荒落益甚。或闻笑语歌吹声。耿有从子去病，狂放不羁，嘱翁有所闻见，奔告之。至夜，见楼上灯光明灭，走报生。生欲入觇其异。止之，不听。门户素所习识，竟拨蒿蓬，曲折而入。登楼，殊无少异。穿楼而过，闻人语切切。潜窥之，见巨烛双烧，其明如昼。一叟儒冠南面坐，一媪相对，俱年四十余。东向一少年，可二十许；右一女郎，裁及笄耳[2]。酒胾满案，团坐笑语。生突入，笑呼曰："有不速之客一人来！"群惊奔匿。独叟出，叱问："谁何入人闺闼[3]？"生曰："此我家闺闼，君占之。旨酒自饮，不一邀主人，毋乃太吝？"叟审睇，曰："非主人也。"生曰："我狂生耿去病，主人之从子耳。"叟致敬曰："久仰山斗[4]！"乃揖生入，便呼家人易馔。生止之。叟乃酌客。生曰："吾辈通家[5]，座客无庸见避，还祈招饮。"叟呼："孝儿！"俄少年自外入。叟曰："此豚儿也[6]。"揖而坐，略审门阀。叟自言："义君姓胡。"生素豪，谈议风生，孝儿亦倜傥；倾吐间，雅相爱悦。生二十一，长孝儿二岁，因弟之。叟曰："闻君祖纂涂山外传[7]，知之乎？"答："知之。"叟曰："我涂山氏之苗裔也[8]。唐以后，谱系犹能忆之；五代而上无传焉。幸公子一垂教也。"生略述涂山女佐禹之功，粉饰多词，妙绪泉涌。叟大喜，谓子曰："今幸得闻所未闻。公子亦非他人，可请阿母及青凤来，共听之，亦令知我祖德也。"孝儿入帏中。少时，媪偕女郎出。审顾之，弱态生娇，秋波流慧，人间无其丽也。叟指妇云："此为老荆[9]。"又指女郎："此青凤，鄙人之犹女也[10]。颇惠，所闻见辄记不忘，故唤令听之。"生谈竟而饮，瞻顾女郎，停睇不转。女觉之，辄俯其首。生隐蹑莲钩，女急敛足，亦无愠怒，生神志飞扬，不能自主，拍案曰："得妇如此，南面王不易也！"媪见生渐醉，益狂，与女俱起，遽搴帏去。生失望，乃辞叟出。而心萦萦，不能忘情于青凤也。

至夜，复往，则兰麝犹芳，而凝待终宵，寂无声咳。归与妻谋，欲携家而居之，冀得一遇。妻不从，生乃自往，读于楼下。夜方凭几，一鬼披发人，面黑如漆，张目视生。生笑，染指研墨自涂，灼灼然相与对视。鬼惭而去。次夜，更既深，灭烛欲寝，闻楼后发扃，辟之闸然[11]。急起窥觇，则扉半启。俄闻履声细碎，有烛光自房中出。视之，则青凤也。骤见生，骇而却退，遽阖双扉。生长跽而致词曰[12]："小生不避险恶，实以卿故。幸无他人，得一握手为笑，死不憾耳。"女遥语曰："惓惓深情，妾岂不知？但叔闺训严，不敢奉命。"生固哀之，云："亦不敢望肌肤之亲，但一见颜色足矣。"女似肯可，启关出，捉之臂而曳之。生狂喜，相将入楼下[13]，拥而加诸膝。女曰："幸有夙分[14]；过此一夕，即相思无用矣。"问："何故？"曰："阿叔畏君狂，故化厉鬼以相吓，而君不动也。今已卜居他所[15]，一家皆移什物赴新居，而妾留守，明日即发矣。"言已，欲去，云："恐叔归。"生强止之，欲与为欢。方持论间，叟掩入。女羞惧无以自容，俯首倚床，拈带不语。叟怒曰："贱辈辱吾门户！不速去，鞭挞且从其后！"女低头急去，叟亦出。尾而听之，诃诟万端。闻青凤嘤嘤啜泣，生心意如割，大声曰："罪在小生，于青凤何与？倘宥凤也，刀锯鈇钺[16]，小生愿身受之！"良久寂然，生乃归寝。自此第内绝不复声息矣。生叔闻而奇之，愿售以居，不较直。生喜，携家口而迁焉。居逾年，甚适，而未尝须臾忘凤也。

会清明上墓归，见小狐二，为犬逼逐，其一投荒窜去，一则皇急道上。望见生，依依哀啼，耳辑首[17]，似乞其援。生怜之，启裳衿，提抱以归。闭门，置床上，则青凤也。大喜，慰问。女曰："适与婢子戏，遘此大厄。脱非郎君，必葬犬腹。望无以非类见憎。"生曰："日切怀思，系于魂梦。见卿如获异宝，何憎之云！"女曰："此天数也，不因颠覆[18]，何得相从？然幸矣，婢子必以妾为已死，可与君坚永约耳。”生喜，另舍舍之。积二年余，生方夜读，孝儿忽入。生辍读，讶诘所来。孝儿伏地，怆然曰：“家君有横难，非君莫拯。将自诣恳，恐不见纳，故以某来。”问：“何事？”曰：“公子识莫三郎否？”曰：“此吾年家子也[19]。”孝儿曰：“明日将过，倘携有猎狐，望君之留之也。”生曰：“楼下之羞，耿耿在念，他事不敢预闻[20]。必欲仆效绵薄，非青凤来不可！”孝儿零涕曰：“凤妹已野死[21]三年矣！”生拂衣曰[22]：“既尔，则恨滋深耳！”执卷高吟，殊不顾瞻。孝儿起，哭失声，掩面而去。生如青凤所，告以故。女失色曰：“果救之否？”曰：“救则救之；适不之诺者，亦聊以报前横耳[23]。”女乃喜曰：“妾少孤，依叔成立。昔虽获罪，乃家范应尔[24]。”生曰：“诚然，但使人不能无介介耳[25]。卿果死，定不相援。”女笑曰：“忍哉！”次日，莫三郎果至，镂膺虎[26]，仆从甚赫[27]。生门逆之[28]。见获禽甚多，中一黑狐，血殷毛革[29]；抚之，皮肉犹温。便托裘敝，乞得缀补。莫慨然解赠。生即付青凤，乃与客饮。客既去，女抱狐于怀，三日而苏，展转复化为叟。举目见凤，疑非人间。女历言其情。叟乃下拜，惭谢前愆[30]。喜顾女曰：“我固谓汝不死，今果然矣。”女谓生曰：“君如念妾，还乞以楼宅相假，使妾得以申返哺之私[31]。”生诺之。叟赧然谢别而去。入夜，果举家来。由此如家人父子，无复猜忌矣。生斋居，孝儿时共谈讌。生嫡出子渐长，遂使傅之[32]；盖循循善教，有师范焉。

创作背景：

蒲松龄（1640年—1715年）字留仙，一字剑臣，别号柳泉居士，世称聊斋先生，自称异史氏，现山东省淄博市淄川区洪山镇蒲家庄人。十九岁应童子试，县、府、道三试第一，早有文名，以后屡试不第，教书为生，直至七十一岁时才援例为贡生。创作的文言短篇小说集《聊斋志异》在中国文学史上有重要地位。亦工诗文，著作有《聊斋文集》《聊斋诗集》。

《聊斋志异》全书将近五百篇，内容丰富，题材、体式、风格多样。既有精彩充实，离奇生动如同唐传奇的篇章，也有简约短小，粗陈梗概如同六朝志怪的短章。内容多是狐鬼精魅神仙故事，人入幻境、异类化入人间，或者人、物互变等，具有超现实的奇异与虚幻之感。但这种神秘思维却不完全是迷信的因袭，而是作为一种文学幻想的审美方式，借以观照现实世界、抒写人间苦乐，寄托个人的内心隐秘。《青凤》描写了耿生和狐女青凤的爱情故事，但不是只孤立地写青凤这一个狐狸精，而是把她放在富有礼教传统的封建家庭当中来写，这就具有了现实主义的深度。

注释：

1 凌夷：通作“陵夷”。 衰败、颓替：家势衰落。

2 及笄（jī）：笄，簪。古代女子一般十五岁结发插簪，表示成年，可以议婚，因称女子十五岁为及笄之年。

3 闺闼：私室，内寝。

4 久仰山斗：犹言久仰大名，作为初次会面时的客套话。

5 通家：家族之间，累世通好，即世交。

6 豚儿：旧时因而对人谦称己子为“豚儿”或“犬子”。

7 涂山外传：狐叟杜撰的书名。涂山，指涂山氏，禹之妻。古史关于禹娶涂山的 记载，有的认为她是古涂山国诸侯之女，有的认为她是涂山九尾白狐之女。广引异闻、增补史传的书，以及推衍故训、不主经义的书，统称外传。此所谓《涂山外传》，隐指记载狐族古老传说的书籍。《吴越春秋·越王无余外传》载，夏禹三十未娶。行至涂山，始有娶妻意。乃有九尾白狐来见。涂山民谣说：娶了九尾白狐之女可以成为帝王，而且家国昌盛。禹以为吉，于是娶之，名为女娇，即涂山氏。后生子，名启。

8 苗裔：后代子孙。

9 老荆：老妻。一般称拙荆，胡叟年辈长于耿生，故称妻曰老荆。荆，谓荆钗布裙。

10 犹女：侄女。

11 辟之閛（pēng）然：砰的一声，门被推开了。閛，这里形容门扇的撞击声。

12 长跽（jì）：长跪，直挺挺地跪着，表示有所哀求。

13 相将（jiāng）：携手。

14 夙分（fèn）：宿缘，前世注定的缘分。

15 卜居：选择居所。这里指迁居。

16 鈇（fǔ）：鈇同“斧”。 钺（yuè）：钺，大斧。
17 耳辑首：畏惧驯服的样子。此“耳”当义同“帖耳”，谓双耳帖附脑部，状犬兽之驯顺依人。又或借为耷，义为耷拉，下垂貌。辑，敛、缩。
18 颠覆：比喻严重的挫折、灾祸。
19 年家子：科举同年的晚辈子侄。同年。
20 预闻：过问。
21 野死：死于荒野，未经敛葬。
22 拂衣：以袖拂衣，是气愤的表示，此处有峻拒逐客之意。
23 报前横：报复胡叟从前的粗暴干涉。
24 乃家范应尔：按照家规，是应该这样的。家范，家规。尔，如此。
25 介介：犹言耿耿；意思是耿耿于怀，不能忘却。
26 镂膺虎韔（chàng）：马的胸带饰以镂金，骑士的弓袋饰以虎纹。形容主人和坐骑英武华贵。语出《诗·秦风·小戎》。膺，指马胸带。
27 赫：显耀、有声势的样子。
28 门逆之：到大门外迎接客人，表示殷勤尽礼。逆，迎。
29 血殷（yān）毛革：伤口流出的血把皮、毛染红了。殷，赤黑色，是经时积血的颜色。
30 惭谢前愆（qiān）：面色羞惭地对往日过失表示歉意。谢，告罪、道歉。愆，过失。
31 申返哺之私：表达对长辈的孝心。传说幼鸟长大后衔食喂养老乌，称为“反哺”，因以比喻子女对父母尽孝。私，私衷，指孝心。
32 傅之：作孩子的老师。

评论：

（清）王士祯《题聊斋志异》：姑妄言之姑听之，豆棚瓜架雨如丝。料应厌作人间语，爱听秋坟鬼唱诗（时）。

（清）冯镇峦《读聊斋杂说》：聊斋非独文笔之佳，独有千古，第一议论醇正，准情酌理，毫无可驳。如名儒讲学，如老僧谈禅，如乡曲长者读诵劝世文，观之实有益于身心，警戒顽愚。至说到忠孝节义，令人雪涕，令人猛醒，更为有关世教之书。

（清）陈廷机《〈聊斋志异〉序》：亦以空前绝后之作，使唐人见之，自当把臂入林，后来作者，宜其搁笔耳。

鲁迅《中国小说史略》：《聊斋志异》虽亦如当时同类之书，不外记神仙狐鬼精魅故事，然描写委曲，叙次井然，用传奇法，而以志怪。变幻之状，如在目前；又或易调该弦，别叙崎人异行，出于幻灭，顿入人间；偶叙琐闻，亦多简洁，故读者耳目，为之一新。……明末志怪群书，大抵简略，又多荒诞不情；《聊斋志异》独于详尽之处，示以平常，使花妖狐魅，多是人情，和易可亲，忘为异类，而又偶见鹘突，知复非人。

郭沫若（对联）：写鬼写妖高人一等，刺贪刺虐入骨三分。

老舍（对联）：鬼狐有性格，笑骂成文章。

黄金莺巧结梅花络（节选）

［清］曹雪芹

如今且说袭人见人去了，便携了莺儿过来，问宝玉打什么络子。宝玉笑向莺儿道："才只顾说话，就忘了你。烦你来不为别的，也替我打几根络子。"莺儿道："装什么的络子？"宝玉见问，便笑道："不管装什么的，你都每样打几个罢。"莺儿拍手笑道："这还了得！要这样，十年也打不完了。"宝玉笑道："好姐姐，你闲着也没事，都替我打了罢。"袭人笑道："那里一时都打得完，如今且拣要紧的打两个罢。"莺儿道："什么要紧，不过是扇子，香坠儿，汗巾子。"宝玉道："汗巾子就好。"莺儿道："汗巾子是什么颜色的？"宝玉道："大红的。"莺儿道："大红的须是黑络子才好看，或是石青的才压的住颜色。"宝玉道："松花色配什么？"莺儿道："松花配桃红。"宝玉笑道："这才娇艳。再要雅淡之中带些娇艳。"莺儿道："葱绿柳黄，我是最爱的。"宝玉道："也罢了，也打一条桃红，再打一条葱绿。"莺儿道："什么花样呢？"宝玉道："共有几样花样？"莺儿道："一炷香，朝天凳，象眼块，方胜，连环，梅花，柳叶。"宝玉道："前儿你替三姑娘打的那花样是什么？"莺儿道："那是攒心梅花。"宝玉道："就是那样好。"一面说，一面叫袭人。刚拿了线来，窗外婆子说"姑娘们的饭都有了。"宝玉道："你们吃饭去，快吃了来罢。"袭人笑道："有客在这里，我们怎好去的！"莺儿一面理线，一面笑道："这话又打那里说起，正经快吃了来罢。"袭人等听说方去了，只留下两个小丫头听呼唤。

宝玉一面看莺儿打络子，一面说闲话，因问他"十几岁了？"莺儿手里打着，一面答话说："十六岁了。"宝玉道："你本姓什么？"莺儿道："姓黄。"宝玉笑道："这个名姓倒对了，果然是个黄莺儿。"莺儿笑道："我的名字本来是两个字，叫作金莺。姑娘嫌拗口，就单叫莺儿，如今就叫开了。"宝玉道："宝姐姐也算疼你了。明儿宝姐姐出阁，少不得是你跟去了。"莺儿抿嘴一笑。宝玉笑道："我常常和袭人说，明儿不知那一个有福的消受你们主子奴才两个呢。"莺儿笑道："你还不知道我们姑娘有几样世人都没有的好处呢，模样儿还在次。"宝玉见莺儿娇憨婉转，语笑如痴，早不胜其情了，那禁又提起宝钗来！便问他道："好处在那里？好姐姐，细细告诉我听。"莺儿笑道："我告诉你，你可不许又告诉他去。"宝玉笑道："这个自然的。"正说着，只听外头说道："怎么这样静悄悄的！"二人回头看时，不是别人，正是宝钗来了。宝玉忙让坐。宝钗坐了，因问莺儿"打什么呢？"一面问，一面向他手里去瞧，才打了半截。宝钗笑道："这有什么趣儿，倒不如打个络子把玉络上呢。"一句话提醒了宝玉，便拍手笑道："倒是姐姐说得是，我就忘了。只是配个什么颜色才好？"宝钗道："若用杂色，断然使不得，大红又犯了色，黄的又不起眼，黑的又过暗。等我想个法儿：把那金线拿来，配着黑珠儿线，一根一根的拈上，打成络子，这才好看。"

宝玉听说，喜之不尽，一叠声便叫袭人来取金线。正值袭人端了两碗菜走进来，告诉宝玉道："今儿奇怪，才刚太太打发人给我送了两碗菜来。"宝玉笑道："必定是今儿菜多，送来给你们大家吃的。"袭人道："不是，指名给我送来的，还不叫我过去磕头。这可是奇了。"宝钗笑道："给你的，你就吃了，这有什么可猜疑的。"袭人笑道："从来没有的事，倒叫我不好意思的。"宝钗抿嘴一笑，说道："这就不好意思了？明儿比这个更叫你不好意思的还有呢。"袭人听了话内有因，素知宝钗不是轻嘴薄舌奚落人的，自己方想起上日王夫人的意思来，便不再提，将菜与宝玉看了，说："洗了手来拿线。"说毕，便一直的出去了。吃过饭，洗了手，进来拿金线与莺儿打络子。此时宝钗早被薛蟠遣人来请出去了。

这里宝玉正看着打络子，忽见邢夫人那边遣了两个丫鬟送了两样果子来与他吃，问他"可走得了？若走得动，叫哥儿明儿过去散散心，太太着实记挂着呢。”宝玉忙道：“若走得了，必请太太的安去。疼的比先好些，请太太放心罢。”一面叫他两个坐下，一面又叫秋纹来，把才刚那果子拿一半送与林姑娘去。秋纹答应了，刚欲去时，只听黛玉在院内说话，宝玉忙叫“快请”。要知端的，且听下回分解。

创作背景：

节选自清代曹雪芹所著《红楼梦》第三十五回“白玉钏亲尝莲叶羹，黄金莺巧结梅花络”。曹雪芹（约1715—约1763），名霑，字梦阮，号雪芹，又号芹溪、芹圃。祖籍辽阳，出身清代内务府正白旗包衣世家，江宁织造曹寅之孙 。曹雪芹生于江宁（今南京），少年时代曾经历过一段富贵繁华的贵族生活，随着父辈的革职抄家，从鲜花着锦之盛落入凋零衰败之境，使他深刻地体验了人世的幻灭和伤感。这种悲剧的体验全部熔铸到了旷世奇书《红楼梦》之中。

《红楼梦》是章回体长篇小说，又名《石头记》，古典四大名著之首，分为一百二十回“程本”和八十回“脂本”两种版本系统，一般认为是清代文学家曹雪芹所著。小说以贾、史、王、薛四大家族的兴衰为背景，反映了上至皇宫、下及乡村的广阔历史画面，尤其深刻的是，小说所描绘的生活图景，展示出维持着这个贵族世家运行秩序的礼法习俗以及复杂的人情世故、人生百态。全书以贾宝玉为轴心，以他独特的视角来感悟人生，将一群身份地位不同的女性放在这个既是诗化又是真实的小说世界里，展示青春的生命和美的毁灭，匠心独运地营造了一个多重层次、又互相融合的悲剧世界。

评论：

（清）脂砚斋《红楼梦旨义》：此书只是着意于闺中，故叙闺中之事切，略涉于外事者则简，不得谓其不均也。此书不敢干涉朝廷，凡有不得不用朝政者，只略用一笔带出，盖实不敢以写儿女之笔墨唐突朝廷之上也，又不得谓其不备。诗曰：浮生着甚苦奔忙，盛席华筵终散场。悲喜千般同幻渺，古今一梦尽荒唐。谩言红袖啼痕重，更有情痴抱恨长。字字看来皆是血，十年辛苦不寻常。

鲁迅《中国小说史略》：《红楼梦》是中国许多人所知道，至少，是知道这名目的书。谁是作者和续者姑且勿论，单是命意，就因读者的眼光而有种种：经学家看见《易》，道学家看见淫，才子看见缠绵，革命家看见排满，流言家看见宫闱秘事……全书所写，虽不外悲喜之情，聚散之迹，而人物事故，则摆脱旧套，与在先之人情小说甚不同。……至于说到《红楼梦》的价值，可是在中国底小说中实在是不可多得的。其要点在敢于如实描写，并无讳饰，和从前的小说叙好人完全是好，坏人完全是坏的，大不相同，所以其中所叙的人物，都是真的人物。总之自有《红楼梦》出来以后，传统的思想和写法都打破了。——它那文章的旖旎和缠绵，倒是还在其次的事。

王国维《〈红楼梦〉评论》：故《桃花扇》，政治的也，国民的也，历史的也；《红楼梦》，哲学的也，宇宙的也，文学的也。此《红楼梦》之所以大背于吾国人之精神，而其价值亦即存乎此。……《红楼梦》一书与一切喜剧相反，彻头彻尾之悲剧也！

俞平伯《〈红楼梦〉辨》：《红楼梦》作者第一本领，是善写人情。细细看去，凡写书中人没有一个不适如其分际，没有一个过火的；写事写景亦然。《红楼梦》自发牢骚，自感身世，自忏情孽，于是不能自已的发为文章。并且他的材料全是实事，不能任意颠倒改造的，于是不得已要打破窠臼得罪读者了。作者当时或是不自觉的也未可知，不过这总是《红楼梦》的一种大胜利，大功绩。《红楼梦》作者的第一大本领，只是肯说老实话，只是做一面公平的镜子。

狂人日记[1]

鲁 迅

某君昆仲，今隐其名，皆余昔日在中学时良友；分隔多年，消息渐阙。日前偶闻其一大病；适归故乡，迂道往访，则仅晤一人，言病者其弟也。劳君远道来视，然已早愈，赴某地候补[2]矣。因大笑，出示日记二册，谓可见当日病状，不妨献诸旧友。持归阅一过，知所患盖"迫害狂"之类。语颇错杂无伦次，又多荒唐之言；亦不著月日，惟墨色字体不一，知非一时所书。间亦有略具联络者，今撮录一篇，以供医家研究。记中语误，一字不易；惟人名虽皆村人，不为世间所知，无关大体，然亦悉易去。至于书名，则本人愈后所题，不复改也。七年四月二日识。

一

今天晚上，很好的月光。

我不见他，已是三十多年；今天见了，精神分外爽快。才知道以前的三十多年，全是发昏；然而须十分小心。不然，那赵家的狗，何以看我两眼呢？

我怕得有理。

二

今天全没月光，我知道不妙。早上小心出门，赵贵翁的眼色便怪：似乎怕我，似乎想害我。还有七八个人，交头接耳地议论我，又怕我看见。一路上的人，都是如此。其中最凶的一个人，张着嘴，对我笑了一笑；我便从头直冷到脚根，晓得他们布置，都已妥当了。

我可不怕，仍旧走我的路。前面一伙小孩子，也在那里议论我；眼色也同赵贵翁一样，脸色也铁青。我想我同小孩子有什么仇，他也这样。忍不住大声说，"你告诉我！"他们可就跑了。

我想：我同赵贵翁有什么仇，同路上的人又有什么仇；只有廿年以前，把古久先生的陈年流水簿子[3]，踹了一脚，古久先生很不高兴。赵贵翁虽然不认识他，一定也听到风声，代抱不平；约定路上的人，同我作冤对。但是小孩子呢？那时候，他们还没有出世，何以今天也睁着怪眼睛，似乎怕我，似乎想害我。这真教我怕，教我纳罕而且伤心。

我明白了。这是他们娘老子教的！

三

晚上总是睡不着。凡事须得研究，才会明白。

他们——也有给知县打枷过的，也有给绅士掌过嘴的，也有衙役占了他妻子的，也有老子娘被债主逼死的；他们那时候的脸色，全没有昨天这么怕，也没有这么凶。

最奇怪的是昨天街上的那个女人，打他儿子，嘴里说道，"老子呀！我要咬你几口才出气！"他眼睛却看着我。我出了一惊，遮掩不住；那青面獠牙的一伙人，便都哄笑起来。陈老五赶上前，硬把我拖回家中了。

拖我回家，家里的人都装作不认识我；他们的脸色，也全同别人一样。进了书房，便反扣上门，宛然是关了一只鸡鸭。这一件事，越教我猜不出底细。

前几天，狼子村的佃户来告荒，对我大哥说，他们村里的一个大恶人，给大家打死了；几个人便挖出他的心肝来，用油煎炒了吃，可以壮壮胆子。我插了一句嘴，佃户和大哥便都看我几眼。今天才晓得他们的眼光，全同外面的那伙人一模一样。

想起来，我从顶上直冷到脚跟。

他们会吃人，就未必不会吃我。

你看那女人“咬你几口”的话，和一伙青面獠牙人的笑，和前天佃户的话，明明是暗号。我看出他话中全是毒，笑中全是刀。他们的牙齿，全是白厉厉地排着，这就是吃人的家伙。

照我自己想，虽然不是恶人，自从踹了古家的簿子，可就难说了。他们似乎别有心思，我全猜不出。况且他们一翻脸，便说人是恶人。我还记得大哥教我做论，无论怎样好人，翻他几句，他便打上几个圈；原谅坏人几句，他便说“翻天妙手，与众不同”。我哪里猜得到他们的心思，究竟怎样；况且是要吃的时候。

凡事总须研究，才会明白。古来时常吃人，我也还记得，可是不甚清楚。我翻开历史一查，这历史没有年代，歪歪斜斜的每页上都写着“仁义道德”几个字。我横竖睡不着，仔细看了半夜，才从字缝里看出字来，满本都写着两个字是“吃人”！

书上写着这许多字，佃户说了这许多话，却都笑吟吟地睁着怪眼看我。

我也是人，他们想要吃我了！

四

早上，我静坐了一会儿。陈老五送进饭来，一碗菜，一碗蒸鱼；这鱼的眼睛，白而且硬，张着嘴，同那一伙想吃人的人一样。吃了几筷，滑溜溜的不知是鱼是人，便把它兜肚连肠地吐出。

我说“老五，对大哥说，我闷得慌，想到园里走走。”老五不答应，走了；停一会，可就来开了门。

我也不动，研究他们如何摆布我；知道他们一定不肯放松。果然！我大哥引了一个老头子，慢慢走来；他满眼凶光，怕我看出，只是低头向着地，从眼镜横边暗暗看我。大哥说，“今天你仿佛很好。”我说“是的。”大哥说，“今天请何先生来，给你诊一诊。”我说“可以！”其实我岂不知道这老头子是刽子手扮的！无非借了看脉这名目，揣一揣肥瘠：因这功劳，也分一片肉吃。我也不怕；虽然不吃人，胆子却比他们还壮。伸出两个拳头，看他如何下手。老头子坐着，闭了眼睛，摸了好一会，呆了好一会；便张开他鬼眼睛说，“不要乱想。静静地养几天，就好了。”

不要乱想，静静地养！养肥了，他们是自然可以多吃；我有什么好处，怎么会“好了”？他们这群人，又想吃人，又是鬼鬼祟祟，想法子遮掩，不敢直捷下手，真要令我笑死。我忍不住，便放声大笑起来，十分快活。自己晓得这笑声里面，有的是义勇和正气。老头子和大哥，都失了色，被我这勇气正气镇压住了。

但是我有勇气，他们便越想吃我，沾光一点这勇气。老头子跨出门，走不多远，便低声对大哥说道，“赶紧吃罢！”大哥点点头。原来也有你！这一件大发见，虽似意外，也在意中：合伙吃我的人，便是我的哥哥！

吃人的是我哥哥！

我是吃人的人的兄弟！

我自己被人吃了，可仍然是吃人的人的兄弟！

五

这几天是退一步想：假使那老头子不是刽子手扮的，真是医生，也仍然是吃人的人。他们的祖师李时珍做的“本草什么”[4]上，明明写着人肉可以煎吃；他还能说自己不吃人么？

至于我家大哥，也毫不冤枉他。他对我讲书的时候，亲口说过可以“易子而食”[5]；又一回偶然议论起一个不好的人，他便说不但该杀，还当“食肉寝皮”[6]。我那时年纪还小，心跳了好半天。前天狼子村佃户来说吃心肝的事，他也毫不奇怪，不住地点头。可见心思是同从前一样狠。既然可以“易子而食”，便什么都易得，什么人都吃得。我从前单听他讲道理，也糊涂过去；现在晓得他讲道理的时候，不但唇边还抹着人油，而且心里满装着吃人的意思。

六

黑漆漆的，不知是日是夜。赵家的狗又叫起来了。

狮子似的凶心，兔子的怯弱，狐狸的狡猾，……

七

我晓得他们的方法，直接杀了，是不肯的，而且也不敢，怕有祸祟。所以他们大家连络，布满了罗网，逼我自戕。试看前几天街上男女的样子，和这几天我大哥的作为，便足可悟出八九分了。最好是解下腰带，挂在梁上，自己紧紧勒死；他们没有杀人的罪名，又偿了心愿，自然都欢天喜地的发出一种呜呜咽咽的笑声。否则惊吓忧愁死了，虽则略瘦，也还可以首肯几下。

他们是只会吃死肉的！——记得什么书上说，有一种东西，叫“海乙那”[7]的，眼光和样子都很难看；时常吃死肉，连极大的骨头，都细细嚼烂，咽下肚子去，想起来也教人害怕。“海乙那”是狼的亲眷，狼是狗的本家。前天赵家的狗，看我几眼，可见它也同谋，早已接洽。老头子眼看着地，岂能瞒得我过。

最可怜的是我的大哥，他也是人，何以毫不害怕；而且合伙吃我呢？还是历来惯了，不以为非呢？还是丧了良心，明知故犯呢？

我诅咒吃人的人，先从他起头；要劝转吃人的人，也先从他下手。

八

其实这种道理，到了现在，他们也该早已懂得，……

忽然来了一个人；年纪不过二十左右，相貌是不很看得清楚，满面笑容，对了我点头，他的笑也不像真笑。我便问他，“吃人的事，对么？”他仍然笑着说，“不是荒年，怎么会吃人。”我立刻就晓得，他也是一伙，喜欢吃人的；便自勇气百倍，偏要问他。

“对么？”

“这等事问他什么。你真会……说笑话。……今天天气很好。”

天气是好，月色也很亮了。可是我要问你，“对么？”

他不以为然了。含含糊糊地答道，“不……”

“不对？他们何以竟吃？！”

“没有的事……”

“没有的事？狼子村现吃；还有书上都写着，通红斩新！”

他便变了脸，铁一般青。睁着眼说，“有许有的，这是从来如此……”

“从来如此，便对么？”

“我不同你讲这些道理；总之你不该说，你说便是你错！”

我直跳起来，张开眼，这人便不见了。全身出了一大片汗。他的年纪，比我大哥小得远，居然也是一伙；这一定是他娘老子先教的。还怕已经教给他儿子了；所以连小孩子，也都恶狠狠地看我。

九

自己想吃人，又怕被别人吃了，都用着疑心极深的眼光，面面相觑。……

去了这心思，放心做事走路吃饭睡觉，何等舒服。这只是一条门槛，一个关头。他们可是父子、兄弟、夫妇、朋友、师生、仇敌和各不相识的人，都结成一伙，互相劝勉，互相牵掣，死也不肯跨过这一步。

十

大清早，去寻我大哥；他立在堂门外看天，我便走到他背后，拦住门，格外沉静，格外和气的对他说，

“大哥，我有话告诉你。”

“你说就是，”他赶紧回过脸来，点点头。

“我只有几句话，可是说不出来。大哥，大约当初野蛮的人，都吃过一点人。后来因为心思不同，有的不吃人了，一味要好，便变了人，变了真的人。有的却还吃，——也同虫子一样，有的变了鱼，鸟，猴子，一直变到人。有的不要好，至今还是虫子。这吃人的人比不吃人的人，何等惭愧。怕比虫子的惭愧猴子，还差得很远很远。”

“易牙[8]蒸了他儿子，给桀纣吃，还是一直从前的事。谁晓得从盘古开辟天地以后，一直吃到易牙的儿子；从易牙的儿子，一直吃到徐锡林[9]；从徐锡林，又一直吃到狼子村捉住的人。去年城里杀了犯人，还有一个生痨病的人，用馒头蘸血舐。”

“他们要吃我，你一个人，原也无法可想；然而又何必去入伙。吃人的人，什么事做不出；他们会吃我，也会吃你，一伙里面，也会自吃。但只要转一步，只要立刻改了，也就是人人太平。虽然从来如此，我们今天也可以格外要好，说是不能！大哥，我相信你能说，前天佃户要减租，你说过不能。”

当初，他还只是冷笑，随后眼光便凶狠起来，一到说破他们的隐情，那就满脸都变成青色了。大门外立着一伙人，赵贵翁和他的狗，也在里面，都探头探脑地挨进来。有的是看不出面貌，似乎用布蒙着；有的是仍旧青面獠牙，抿着嘴笑。我认识他们是一伙，都是吃人的人。可是也晓得他们心思很不一样，一种是以为从来如此，应该吃的；一种是知道不该吃，可是仍然要吃，又怕别人说破他，所以听了我的话，越发气愤不过，可是抿着嘴冷笑。

这时候，大哥也忽然显出凶相，高声喝道：

“都出去！疯子有什么好看！”

这时候，我又懂得一件他们的巧妙了。他们岂但不肯改，而且早已布置；预备下一个疯子的名目罩上我。将来吃了，不但太平无事，怕还会有人见情。佃户说的大家吃了一个恶人，正是这方法。这是他们的老谱！

陈老五也气愤愤地直走进来。如何按得住我的口，我偏要对这伙人说，

“你们可以改了，从真心改起！要晓得将来容不得吃人的人，活在世上。”

“你们要不改，自己也会吃尽。即使生得多，也会给真的人除灭了，同猎人打完狼子一样！——同虫子一样！”

那一伙人，都被陈老五赶走了。大哥也不知那里去了。陈老五劝我回屋子里去。屋里面全是黑沉沉的。横梁和椽子都在头上发抖；抖了一会，就大起来，堆在我身上。

万分沉重，动弹不得；他的意思是要我死。我晓得他的沉重是假的，便挣扎出来，出了一身汗。可是偏要说，

"你们立刻改了，从真心改起！你们要晓得将来是容不得吃人的人，……"

十一

太阳也不出，门也不开，日日是两顿饭。

我捏起筷子，便想起我大哥；晓得妹子死掉的缘故，也全在他。那时我妹子才五岁，可爱可怜的样子，还在眼前。母亲哭个不住，他却劝母亲不要哭；大约因为自己吃了，哭起来不免有点过意不去。如果还能过意不去，……

妹子是被大哥吃了，母亲知道没有，我可不得而知。

母亲想也知道；不过哭的时候，却并没有说明，大约也以为应当的了。记得我四五岁时，坐在堂前乘凉，大哥说爷娘生病，做儿子的须割下一片肉来，煮熟了请他吃，才算好人[10]；母亲也没有说不行。一片吃得，整个的自然也吃得。但是那天的哭法，现在想起来，实在还教人伤心，这真是奇极的事！

十二

不能想了。

四千年来时时吃人的地方，今天才明白，我也在其中混了多年；大哥正管着家务，妹子恰恰死了，他未必不和在饭菜里，暗暗给我们吃。

我未必无意之中，不吃了我妹子的几片肉，现在也轮到我自己，……

有了四千年吃人履历的我，当初虽然不知道，现在明白，难见真的人！

十三

没有吃过人的孩子，或者还有？

救救孩子……

一九一八年四月

（选自《鲁迅全集》第一卷，人民文学出版社1991年出版）

创作背景：

鲁迅（1881—1936），浙江绍兴人，原名周樟寿，后改名周树人，字豫山，后改豫才，"鲁迅"是他1918年发表《狂人日记》时所用的笔名，也是他影响最为广泛的笔名。鲁迅一生在文学创作、文学批评、思想研究、文学史研究、翻译、美术理论引进、基础科学介绍、古籍校勘与书籍装帧和封面设计等多个领域均有建树，是著名文学家、思想家，"五四新文化运动"的重要参与者，中国现代小说的奠基人。

《狂人日记》是中国新文学史上第一个短篇现代白话小说，同时也给中国的现代小说标上了一个极高的起点。《狂人日记》受到俄罗斯作家果戈理的同名小说与尼采思想的影响，但却比果戈理的忧愤深广，也不如尼采的超人的渺茫。把西方现代文学技巧与中国语境和问题意识相嫁接，鲁迅做出了非凡的探索。小说所塑造的“狂人”这一文学史上的经典形象，是鲁迅对中国社会及民族的深刻洞察和反思，既是启蒙话语的范畴又超出了启蒙话语，与20世纪西方现代主义文学思潮同步。“狂人”的痛苦、焦虑、忧郁乃至病愈，直到今天仍旧发人深省、沉重无比。“狂人”的呐喊仍在现世鸣响——“从来如此，便对吗？”

注释：

1 本篇最初发表于1918年5月《新青年》第四卷第五号。作者首次采用了“鲁迅”这一笔名。它是我国现代文学史上第一篇猛烈抨击“吃人”的封建礼教的小说。作者除在本书（《呐喊》）《自序》中提及它产生的缘由外，又在《〈中国新文学大系〉小说二集序》中指出它“意在暴露家族制度和礼教的弊害”，可以参看。

2 候补：清代官制，通过科举或捐纳等途径取得官衔，但还没有实际职务的中下级官员，由吏部抽签分发到某部或某省，听候委用，称为候补。

3 古久先生的陈年流水簿子：这里比喻我国封建主义统治的长久历史。

4 “本草什么”：《本草纲目》，明代医学家李时珍（1518—1593）的药物学著作，共五十二卷。该书曾经提到唐代陈藏器《本草拾遗》中以人肉医治痨的记载，并表示了异议。这里说李时珍的书“明明写着人肉可以煎吃”，当是“狂人”的“记中语误”。

5 “易子而食”:语见《左传》宣公十五年，是宋将华元对楚将子反叙说宋国都城被楚军围困时的惨状:“敝邑易子而食，析骸而爨”。

6 “食肉寝皮”：语出《左传·襄公二十一年》，晋国州绰对齐庄公说，“然二子者，譬于禽兽，臣食其肉而寝处其皮矣。”（按：“二子”指齐国的殖绰和郭最，他们曾被州绰俘虏过。）

7 “海乙那”：英语hyena的音译，即鬣狗（又名土狼），一种食肉兽，常跟在狮虎等猛兽之后，以它们吃剩的兽类的残尸为食。

8 易牙：春秋时齐国人，善于调味。据《管子·小称》：“夫易牙以调和事公（按：指齐桓公），公曰‘惟蒸婴儿之未尝’，于是蒸其首子而献之公。”桀、纣各为我国夏朝和商朝的最后一代君主，易牙和他们不是同时代人。这里说的“易牙蒸了他儿子，给桀纣吃”，也是“狂人”“语颇错杂无伦次”的表现。

9 徐锡林：隐指徐锡麟（1873—1907），字伯荪，浙江绍兴人，清末革命团体光复会的重要成员。1907年与秋瑾准备在浙、皖两省同时起义。7月6日，他以安徽巡警处会办兼巡警学堂监督身份为掩护，乘学堂举行毕业典礼之机刺死安徽巡抚恩铭，率领学生攻占军械局，弹尽被捕，当日惨遭杀害，心肝被恩铭的卫队挖出炒食。

10 指“割股疗亲”，即割取自己的股肉煎药，以医治父母的重病。这是封建社会的一种愚孝行为。《宋史·选举志一》：“上以孝取人，则勇者割股，怯者庐墓。”

评论：

茅盾《读〈呐喊〉》：这奇文冷隽的句子，挺峭的文调，对照着那储蓄半吐的意义，和淡淡的象征主义色彩，便构成了异样的风格，使人一见就感着不言而喻的悲哀和愉快。

任艺萍《记取赤子心曲》：《狂人日记》这样一篇从语言到内容、形式都堪称现代的小说，就好比青铜冶炼技术尚在初试，就有人直接铸成了一件可以传世的重器。

余华《鲁迅是我这辈子唯一讨厌过的作家》：……读的第一篇小说就是我曾经谱写成歌曲的《狂人日记》，可是我完全忘记了里面的内容，小说开篇写到那个狂人感觉整个世界失常时，用了这样一句话：‘要不，赵家的狗为何看了我一眼。’我吓了一跳，心想这个鲁迅有点厉害，他只用一句话就让一个人物精神失常了。另外一些没有才华的作家也想让自己笔下的人物精神失常，可是这些作家费力写下了几万字，他们笔下的人物仍然很正常。

钱理群《〈狂人日记〉细读》：鲁迅曾讲述过一个万难破毁的铁屋子的寓言，“里面有许多熟睡的人们，不久都要闷死了，然而是从昏睡入死灭，并不感到就死的悲哀”，这寓言用来解释《狂人日记》，却是另一种形态：狂人大嚷起来，但没有惊醒熟睡的人们，因为大家都知道大嚷的是一个疯子，而狂人最终也发现自己原来是疯子，所以也复归于熟睡的人们。“从昏睡入死灭”，一切照常，“并不感到就死的悲哀”，更没有惊恐万状与死前的颤懔。毁灭将在无言中在沉默中进行而不再有狂人的呼喊。

断魂枪

老 舍

沙子龙的镳局已改成客栈。

东方的大梦没法子不醒了。炮声压下去马来与印度野林中的虎啸。半醒的人们，揉着眼，祷告着祖先与神灵；不大会儿，失去了国土、自由与主权。门外立着不同面色的人，枪口还热着。他们的长矛毒弩，花蛇斑彩的厚盾，都有什么用呢；连祖先与祖先所信的神明全不灵了啊！龙旗的中国也不再神秘，有了火车呀，穿坟过墓破坏着风水。枣红色多穗的镳旗，绿鲨皮鞘的钢刀，响着串铃的口马，江湖上的智慧与黑话，义气与声名，连沙子龙，他的武艺、事业，都梦似的成昨夜的。今天是火车、快枪，通商与恐怖。听说，有人还要杀下皇帝的头呢！

这是走镳已没有饭吃，而国术还没被革命党与教育家提倡起来的时候。

谁不晓得沙子龙是短瘦、利落、硬棒，两眼明得像霜夜的大星？可是，现在他身上放了肉。镳局改了客栈，他自己在后小院占着三间北房，大枪立在墙角，院子里有几只楼鸽。只是在夜间，他把小院的门关好，熟习熟习他的“五虎断魂枪”。这条枪与这套枪，二十年的工夫，在西北一带，给他创出来：“神枪沙子龙”五个字，没遇见过敌手。现在，这条枪与这套枪不会再替他增光显胜了；只是摸摸这凉、滑、硬而发颤的杆子，使他心中少难过一些而已。只有在夜间独自拿起枪来，才能相信自己还是“神枪沙”。在白天，他不大谈武艺与往事；他的世界已被狂风吹了走。

在他手下创练起来的少年们还时常来找他。他们大多数是没落子的，都有点武艺，可是没地方去用。有的在庙会上去卖艺：踢两趟腿，练套家伙，翻几个跟头，附带着卖点大力丸，混个三吊两吊的。有的实在闲不起了，去弄筐果子，或挑些毛豆角，赶早儿在街上论斤吆喝出去。那时候，米贱肉贱，肯卖膀子力气本来可以混个肚儿圆；他们可是不成：肚量既大，而且得吃口管事儿的；干饽饽辣饼子咽不下去。况且他们还时常去走会：五虎棍，开路，太狮少狮……虽然算不了什么——比起走镳来——可是到底有个机会活动活动，露露脸。是的，走会捧场是买脸的事，他们打扮的得象个样儿，至少得有条青洋绉裤子，新漂白细市布的小褂，和一双鱼鳞洒鞋——顶好是青缎子抓地虎靴子。他们是神枪沙子龙的徒弟——虽然沙子龙并不承认——得到处露脸，走会得赔上俩钱，说不定还得打场架。没钱，上沙老师那里去求。沙老师不含糊，多少不拘，不让他们空着手儿走。可是，为打架或献技去讨教一个招数，或是请给说个“对子”——什么空手夺刀，或虎头钩进枪——沙老师有时说句笑话，马虎过去：“教什么？拿开水浇吧！”有时直接把他们赶出去。他们不大明白沙老师是怎么了，心中也有点不乐意。

可是，他们到处为沙老师吹腾，一来是愿意使人知道他们的武艺有真传授，受过高人的指教；二来是为激动沙老师：万一有人不服气而找上老师来，老师难道还不露一两手真的么？所以：沙老师一拳就砸倒了个牛！沙老师一脚把人踢到房上去，并没使多大的劲！他们谁也没见过这种事，但是说着说着，他们相信这是真的了，有年月，有地方，千真万确，敢起誓！

王三胜——沙子龙的大伙计——在土地庙拉开了场子，摆好了家伙。抹了一鼻子茶叶末色的鼻烟，他抡了几下竹节钢鞭，把场子打大一些。放下鞭，没向四围作揖，叉着腰念了两句：“脚踢天下好汉，拳打五路英雄！”向四围扫了一眼：“乡亲们，王三胜不是卖艺的；玩艺儿会几套，西北路上走过镳，会过绿林中的朋友。现在闲着没事，拉个场子陪诸位玩玩。有爱练的尽管下来，王三胜以武会友，有赏脸的，我陪着。神枪沙子龙是我的师傅；玩艺地道！诸位，有愿下来的没有？”他看着，准知道没人敢下来，他的话硬，可是那条钢鞭更硬，十八斤重。

王三胜，大个子，一脸横肉，努着对大黑眼珠，看着四围。大家不出声。他脱了小褂，紧了紧深月白色的“腰里硬”，把肚子杀进去。给手心一口唾沫，抄起大刀来：

“诸位，王三胜先练趟瞧瞧。不白练，练完了，带着的扔几个；没钱，给喊个好，助助威。这儿没生意口。好，上眼！”

大刀靠了身，眼珠努出多高，脸上绷紧，胸脯子鼓出，象两块老桦木根子。一跺脚，刀横起，大红缨子在肩前摆动。削砍劈拨，蹲越闪转，手起风生，忽忽直响。忽然刀在右手心上旋转，身弯下去，四围鸦雀无声，只有缨铃轻叫。刀顺过来，猛的一个“跺泥”，身子直挺，比众人高着一头，黑塔似的。收了势：“诸位！”一手持刀，一手叉腰，看着四围。稀稀地扔下几个铜钱，他点点头。“诸位！”他等着，等着，地上依旧是那几个亮而削薄的铜钱，外层的人偷偷散去。他咽了口气：“没人懂！”他低声的说，可是大家全听见了。

“有功夫！”西北角上一个黄胡子老头儿答了话。

“啊？”王三胜好似没听明白。

“我说：你——有——功——夫！”老头子的语气很不得人心。

放下大刀，王三胜随着大家的头往西北看。谁也没看重这个老人：小干巴个儿，披着件粗蓝布大衫，脸上窝窝瘪瘪，眼陷进去很深，嘴上几根细黄胡，肩上扛着条小黄草辫子，有筷子那么细，而绝对不象筷子那么直顺。王三胜可是看出这老家伙有功夫，脑门亮，眼睛亮——眼眶虽深，眼珠可黑得象两口小井，深深的闪着黑光。王三胜不怕：他看得出别人有功夫没有，可更相信自己的本事，他是沙子龙手下的大将。

“下来玩玩，大叔！”王三胜说得很得体。

点点头，老头儿往里走。这一走，四外全笑了。他的胳臂不大动；左脚往前迈，右脚随着拉上来，一步步的往前拉扯，身子整着，象是患过瘫痪病。蹭到场中，把大衫扔在地上，一点没理会四围怎样笑他。

“神枪沙子龙的徒弟，你说？好，让你使枪吧；我呢？”老头子非常的干脆，很像久想动手。

人们全回来了，邻场耍狗熊的无论怎么敲锣也不中用了。

“三截棍进枪吧？”王三胜要看老头子一手，三截棍不是随便就拿得起来的家伙。

老头子又点点头，拾起家伙来。

王三胜努着眼，抖着枪，脸上十分难看。

老头子的黑眼珠更深更小了，像两个香火头，随着面前的枪尖儿转，王三胜忽然觉得不舒服，那俩黑眼珠似乎要把枪尖吸进去！四外已围得风雨不透，大家都觉出老头子确是有威。为躲那对眼睛，王三胜耍了个枪花。老头子的黄胡子一动：“请！”王三胜一扣枪，向前躬步，枪尖奔了老头子的喉头去，枪缨打了一个红旋。老人的身子忽然活展了，将身微偏，让过枪尖，前把一挂，后把撩王三胜的手。拍，拍，两响，王三胜的枪撒了手。场外叫了好。王三胜连脸带胸口全紫了，抄起枪来；一个花子，连枪带人滚了过来，枪尖奔了老人的中部。老头子的眼亮得发着黑光；腿轻轻一屈，下把掩裆，上把打着刚要抽回的枪杆；拍，枪又落在地上。

场外又是一片彩声。王三胜流了汗，不再去拾枪，努着眼，木在那里。老头子扔下家伙，拾起大衫，还是拉拉着腿，可是走得很快了。大衫搭在臂上，他过来拍了王三胜一下：

“还得练哪，伙计！”

“别走！”王三胜擦着汗，“你不离，姓王的服了！可有一样，你敢会会沙老师？”

“就是为会他才来的！”老头子的干巴脸上皱起点来，似乎是笑呢，“走，收了吧；晚饭我请！”

王三胜把兵器拢在一处，寄放在变戏法二麻子那里，陪着老头子往庙外走。后面跟着不少人，他把他们骂散了。

“你老贵姓？”他问。

“姓孙哪，”老头子的话与人一样，都那么干巴，“爱练，久想会会沙子龙。”

沙子龙不把你打扁了！王三胜心里说。他脚底下加了劲，可是没把孙老头落下。他看出来，老头子的腿是老走着查拳门中的连跳步；交起手来，必定很快。但是，无论他怎么快，沙子龙是没对手的。准知道孙老头要吃亏，他心中痛快了些，放慢了些脚步。

“孙大叔贵处？”

“河间的，小地方。”孙老者也和气了些，“月棍年刀一辈子枪，不容易见功夫！说真的，你那两手就不坏！”

王三胜头上的汗又回来了，没言语。

到了客栈，他心中直跳，唯恐沙老师不在家，他急于报仇。他知道老师不爱管这种事，师弟们已碰过不少回钉子，可是他相信这回必定行，他是大伙计，不比那些毛孩子；再说，人家在庙会上点名叫阵，沙老师还能丢这个脸么？

“三胜，”沙子龙正在床上看着本《封神榜》，“有事吗？”

三胜的脸又紫了，嘴唇动着，说不出话来。

沙子龙坐起来：“怎么了，三胜？”

“栽了跟头！”

只打了个不甚长的哈欠，沙老师没别的表示。

王三胜心中不平，但是不敢发作；他得激动老师：“姓孙的一个老头儿，门外等着老师呢；把我的枪，枪，打掉了两次！”他知道“枪”字在老师心中有多大分量。没等吩咐，他慌忙跑出去。

客人进来，沙子龙在外间屋等着呢。彼此拱手坐下，他叫三胜去泡茶。三胜希望两个老人立刻交了手，可是不能不沏茶去。孙老者没话讲，用深藏着的眼睛打量沙子龙。沙很客气：

“要是三胜得罪了你，不用理他，年纪还轻。”

孙老者有些失望，可也看出沙子龙的精明。他不知怎样好了，不能拿一个人的精明断定他的武艺。“我来领教领教枪法！”他不由地说出来。

沙子龙没接碴儿。王三胜提着茶壶走进来——急于看二人动手，他没管水开了没有，就沏在壶中。

“三胜，”沙子龙拿起个茶碗来，“去找小顺们去，天汇见，陪孙老者吃饭。”

“什么！”王三胜的眼珠几乎掉出来。看了看沙老师的脸，他敢怒而不敢言地说了声“是啦！”走出去，撇着大嘴。

“教徒弟不易！”孙老者说。

“我没收过徒弟。走吧，这个水不开！茶馆去喝，喝饿了就吃。”沙子龙从桌子上拿起缎子褡裢，一头装着鼻烟壶，一头装着点钱，挂在腰带上。

“不，我还不饿！”孙老者很坚决，两个“不”字把小辫从肩上抡到后边去。

“说会子话儿。”

“我来为领教领教枪法。”

“功夫早搁下了，”沙子龙指着身上，“已经放了肉！”

“这么办也行，”孙老者深深地看了沙老师一眼，“不比武，教给我那趟五虎断魂枪。”

“五虎断魂枪？”沙子龙笑了，“早忘干净了！早忘干净了！告诉你，在我这儿住几天，咱们各处逛逛，临走，多少送点盘缠。”

“我不逛，也用不着钱，我来学艺！”孙老者立起来，“我练趟给你看看，看够得上学艺不够！”一屈腰已到了院中，把楼鸽都吓飞起去。拉开架子，他打了趟查拳：腿快，手飘洒，一个飞脚起去，小辫儿飘在空中，象从天上落下来一个风筝；快之中，每个架子都摆得稳、准，利落；来回六趟，把院子满都打到，走得圆，接得紧，身子在一处，而精神贯串到四面八方。抱拳收势，身儿缩紧，好似满院乱飞的燕子忽然归了巢。

“好！好！”沙子龙在台阶上点着头喊。

“教给我那趟枪！”孙老者抱了抱拳。

沙子龙下了台阶，也抱着拳:“孙老者，说真的吧;那条枪和那套枪都跟我入棺材，一齐入棺材！”

“不传？”

“不传！”

孙老者的胡子嘴动了半天，没说出什么来。到屋里抄起蓝布大衫，拉拉着腿:“打搅了，再会！”

“吃过饭走！”沙子龙说。

孙老者没言语。

沙子龙把客人送到小门，然后回到屋中，对着墙角立着的大枪点了点头。

他独自上了天汇，怕是王三胜们在那里等着。他们都没有去。

王三胜和小顺们都不敢再到土地庙去卖艺，大家谁也不再为沙子龙吹胜；反之，他们说沙子龙栽了跟头，不敢和个老头儿动手；那个老头子一脚能踢死个牛。不要说王三胜输给他，沙子龙也不是他的对手。不过呢，王三胜到底和老头子见了个高低，而沙子龙连句硬话也没敢说。“神枪沙子龙”慢慢似乎被人们忘了。

夜静人稀，沙子龙关好了小门，一气把六十四枪刺下来；而后，拄着枪，望着天上的群星，想起当年在野店荒林的威风。叹一口气，用手指慢慢摸着凉滑的枪身，又微微一笑，“不传！不传！”

（选自《老舍文集》第八卷，人民文学出版社1985年出版）

创作背景：

老舍（1899—1966），原名舒庆春，字舍予，北京满族正红旗人。中国现代小说家、作家、语言大师、人民艺术家，中华人民共和国第一位获得“人民艺术家”称号的作家。代表作有《骆驼祥子》《四世同堂》《茶馆》。老舍的作品着力刻画了各种下层市民的形象，人物传神，情节起伏，尤其善于运用精确流畅的北京口语，具有浓郁的市井风味，体现出诙谐、幽默的艺术风格。

《断魂枪》是老舍写于1935年初秋的短篇小说。从小说的创作时间来看，国家和整个中华民族面临着深重的危机，国人的盲目自大、无知和麻木不仁令人惊心。作者认为一个民族文化的生存，需要有自我批判的精神，时时矫正自己，充实自己，以老牌号自夸自傲，固执地拒绝更进一步，是自取灭亡。因此借沙子龙“断魂”枪术的泯灭，发出呼啸，以期唤醒那些仍徜徉在“东方的大梦”中的国民的灵魂。但是，小说的重心又不仅仅在于批判什么，而在于展示。作品通过拳师沙子龙的遭遇展示了民族传统文化在现代文明社会中的尴尬处境。沙子龙、孙老者、王三胜三个人物，三种待人处世的方式，三种对待武艺的态度和追求，分别折射出当时社会的不同心态和价值取向。小说结局的“不传”一词耐人琢磨，是老舍全篇写作的文眼所在，甚至就如老舍自己所说，是我心中想过了许多回的全部落脚处，深藏匠心，具有值得探讨的空间。

评价：

胡风：舍予是经过了生活的甜酸苦辣的，深通人情世故的人，但他的“真”不但没有被这些所湮没，反而显得更凸出，更难能而且可爱。所以他的真不是憨直，不是忘形，而是被复杂的枝叶所衬托着的果子。他的客客气气，谈笑风生里面，常常要跳出不知道是真话还是笑话的那一种幽默。现在大概大家都懂得那里面正闪耀着他的对于生活的真意，但他有时却要为国事，为公共事业，为友情伤心堕泪，这恐怕是很少为人知道的。

舍予是非常欢喜交友，最能合群的人，但同时也是富于艺术家气质，能够孤独的人。

舍予是尽了他的责任的，要他卖力的时候他卖力，要他挺身而出的时候他挺身而出，要他委曲求全的时候他委曲求全……特别是为了公共的目的而委屈自己的那一种努力，就我目前接过的若干事实说，只有暗暗叹服包在谦和的言行里面的他的舍己的胸怀。

许子东《凤凰文化》：有一点是不变的，老舍先生对北京的感情，是其他作家代替不了的。你看今天北京胡同里的膀爷，还有一些小商人贩什么的，很多人看不起他们，但老舍先生不一样。没有作家写北京像他那么好。

竹林的故事

废　名

出城一条河，过河西走，坝脚下有一簇竹林，竹林里露出一重茅屋，茅屋两边都是菜园：十二年前，它们的主人是一个很和气的汉子，大家呼他老程。

那时我们是专门请一位先生在祠堂里讲《了凡纲鉴》，为得拣到这菜园来割菜，因而结识了老程，老程有一个小姑娘，非常地害羞而又爱笑，我们以后就藉了割菜来逗她玩笑。我们起初不知道她的名字，问她，她笑而不答，有一回见了老程呼“阿三”，我才挽住她的手：“哈哈，三姑娘！”我们从此就呼她三姑娘。从名字看来，三姑娘应该还有姊妹或兄弟，然而我们除掉她的爸爸同妈妈，实在没有看见别的谁。

一天我们的先生不在家，我们大家聚在门口掷瓦片，老程家的捏着香纸走我们的面前过去，不一刻又望见她转来，不笔直地循走原路，勉强带笑地弯近我们：“先生！替我看看这签。”我们围着念菩萨的绝句，问道：“你求的是什么呢？”她对我们诉一大串，我们才知道她的阿三头上本来还有两个姑娘，而现在只要让她有这一个，不再三朝两病就好了。

老程除了种菜，也还打鱼卖。四五月间，霪雨之后，河里满河山水，他照例拿着摇网走到河边的一个草墩上——这墩也就是老程家的洗衣裳的地方，因为太阳射不到这来，一边一棵树交荫着成一座天然的凉棚。水涨了，搓衣的石头沉在河底，剩现绿团团的坡，刚刚高过水面，老程老像乘着划船一般站在上面把摇网朝水里兜来兜去；倘若兜着了，那就不移地的转过身倒在挖就了的荡里，——三姑娘的小小的手掌，这时跟着她的欢跃的叫声热闹起来，一直等到碰跳碰跳好容易给捉住了，才又坐下草地望着爸爸。

流水潺潺，摇网从水里探起，一滴滴的水点打在水上，浸在水当中的枝条也冲击着查查作响。三姑娘渐渐把爸爸站在那里都忘掉了，只是不住地抠土，嘴里还低声地歌唱；头毛低到眼边，才把脑壳一扬，不觉也就瞥到那滔滔水流上的一堆白沫，顿时兴奋起来，然而立刻不见了，偏头又给树叶子遮住了——使得眼光回复到爸爸的身上，突然一声“阿呀”！这回是一尾大鱼！而妈妈也沿坝走来，说盐钵里的盐怕还够不了一餐饭。

老程由街转头，茅屋顶上正在冒烟，叱咤一声，躲在园里吃菜的猪飞奔地跑，——三姑娘也就出来了，老程从荷包里掏出一把大红头绳：“阿三，这个打辫好吗？”三姑娘抢在手上，一面还接下酒壶，奔向灶角里去。“留到端午扎艾呵，别糟蹋了！”妈妈这样答应着，随即把酒壶伸到灶孔烫。三姑娘到房里去了一会又出来，见了妈妈抽筷子，便赶快拿出杯子——家里只有这一个，老是归三姑娘照管——踮着脚送在桌上；然而老程终于还是要亲自朝中间挪一挪，然后又取出壶来。“爸爸喝酒，我吃豆腐干！”老程实在用不着下酒的菜，对着三姑娘慢慢地喝了。

三姑娘八岁的时候，就能够代替妈妈洗衣。然而绿团团的坡上，从此也不见老程的踪迹了——这只要看竹林的那边河坝倾斜成一块平坦的上面，高耸着一个不毛的同教书先生（自然不是我们的先生）用的戒方一般模样的土堆，堆前竖着三四根只有抄梢还没有斩去的枝桠吊着被雨粘住的纸幡残片的竹竿，就可以知道是什么意义。

老程家的已经是四十岁的婆婆，就在平常，穿的衣服也都是青蓝大布，现在不过系鞋的带子也不用那水红颜色的罢了，所以并不显得十分异样。独有三姑娘的黑地绿花鞋的尖头蒙上一层白布，虽然更显得好看，却叫人见了也同三姑娘自己一样懒懒地没有话可说了。

然而那也并非是长久的情形。母女都是那样勤敏，家事的兴旺，正如这块小天地，春天来了，林里的竹子，园里的菜，都一天一天的绿得可爱。老程的死却正相反，一天比一天淡漠起来，只有鹞鹰在屋头上打圈子，妈妈呼喊女儿道，“去，去看坦里放的鸡娃。”三姑娘才走到竹林那边，知道这里睡的是爸爸了。到后来，青草铺平了一切，连曾经有个爸爸这件事实几乎也没有了。

正二月间城里赛龙灯，大街小巷，真是人山人海。最多的还要算邻近各村上的女人，她们像一阵旋风，大大小小牵成一串从这街冲到那街，街上的汉子也藉这个机会撞一撞她们的奶。然而能够看得见三姑娘同三姑娘的妈妈吗？不，一回也没有看见！锣鼓喧天，惊不了她母子两个，正如惊不了栖在竹林的雀子。鸡上埘的时候，比这里更西也是住在坝下的堂嫂子们，顺便也邀请一声“三姐”，三姑娘总是微笑地推辞。妈妈则极力鼓励着一路去，三姑娘送客到坝上，也跟着出来，看到底攀缠着走了不；然而别人的渐渐走得远了，自己的不还是影子一般地依在身边吗？

三姑娘的拒绝，本是很自然的，妈妈的神情反而有点莫名其妙了！用询问的眼光朝妈妈脸上一睄，——却也正在睄过来，于是又掉头望着嫂子们走去的方向：

“有什么可看？成群打阵，好像是发了疯的！”

这话本来想使妈妈热闹起来，而妈妈依然是无精打采沉着面孔。河里没有水，平沙一片，现得这坝从远远看来是蜿蜒着一条蛇，站在上面的人，更小到同一颗黑子了。由这里望过去，半圆形的城门，也低斜得快要同地面合成了一起；木桥俨然是画中见过的，而往来蠕动都在沙滩；在坝上分明数得清楚，及至到了沙滩，一转眼就失了心目中的标记，只觉得一簇簇的仿佛是远山上的树林罢了。至于聒聒的喧声，却比站在近旁更能入耳，虽然听不着说的是什么，听者的心早被他牵引了去了。竹林里也同平常一样，雀子在奏他们的晚歌，然而对于听惯了的人只能够增加静寂。

打破这静寂的终于还是妈妈：

“阿三！我就是死了也不怕猫跳！你老这样守着我，到底……”

妈妈不作声，三姑娘抱歉似地不安，突然来了这埋怨，刚才的事倒好像给一阵风赶跑了，增长了一番力气娇恼着：

“到底！这也什么到底不到底！我不欢喜玩！”

三姑娘同妈妈间的争吵，其原因都出在自己的过于乖巧，比如每天清早起来，把房里的家具抹得干净，妈妈却说，“乡户人家呵，要这样？”偶然一出门做客，只对着镜子把散在额上的头毛梳理一梳理，妈妈却硬从盒子里拿出一枝花来。现在站在坝上，眶子里的眼泪快要迸出来了，妈妈才不作声。这时节难为的是妈妈了，皱着眉头不转眼地望，而三姑娘老不抬头！待到点燃了案上的灯，才知道已经走进了茅屋，这期间的时刻竟是在梦中过去了。

灯光下也立刻照见了三姑娘，拿一束稻草，一菜篮适才饭后同妈妈在园里割回的白菜，坐下板凳三棵捆成一把。

“妈妈，这比以前大得多了！两棵怕就有一斤。”

妈妈那想到屋里还放着明天早晨要卖的菜呢？三姑娘本不依恃妈妈的帮忙，妈妈终于不出声地叹一口气伴着三姑娘捆了。

三姑娘不上街看灯，然而当年背在爸爸的背上是看过了多少次的，所以听了敲在城里响在城外的锣鼓，都能够在记忆中画出是怎样的情境来。“再是上东门，再是在衙门口领赏……”忖着声音所来的地方自言自语的这样猜。妈妈正在做嫂子的时候，也是一样地欢喜赶热闹，那情境也许比三姑娘更记得清白，然而对于三姑娘的仿佛亲临一般的高兴，只是无意地吐出来几声“是”——这几乎要使得三姑娘稀奇得伸起腰来了：“刚才还催我去玩哩！”

三姑娘实在是站起来了，一二三四地点着把数，然后又一把把地摆在菜篮，以便于明天一大早挑上街去卖。

见了三姑娘活泼泼的肩上一担菜，一定要奇怪，昨夜晚为什么那样没出息，不在火烛之下现一现那黑然而美的瓜子模样的面庞的呢？不——倘若奇怪，只有自己的妈妈。人一见了三姑娘挑菜，就只有三姑娘同三姑娘的菜，其余的什么也不记得，因为耽误了一刻，三姑娘的菜就买不到手；三姑娘的白菜原是这样好，隔夜没有浸水，煮起来比别人的多，吃起来比别人的甜了。

我在祠堂里足足住了六年之久，三姑娘最后留给我的印象，也就在卖菜这一件事。

三姑娘这时已经是十二三岁的姑娘，因为是暑天，穿的是竹布单衣，颜色淡得同月色一般——这自然是旧的了，然而倘若是新的，怕没有这样合式，不过这也不能够说定，因为我们从没有看见三姑娘穿过新衣：总之三姑娘是好看罢了。三姑娘在我们的眼睛里同我们的先生一样熟，所不同的，我们一望见先生就往里跑，望见三姑娘都不知不觉地站在那里笑。然而三姑娘是这样淑静，愈走近我们，我们的热闹便愈是消灭下去，等到我们从她的篮里拣起菜来，又从自己的荷包里掏出了铜子，简直是犯了罪孽似地觉得这太对不起三姑娘了。而三姑娘始终是很习惯的，接下铜子又把菜篮肩上。

一天三姑娘是卖青椒。这时青椒出世还不久，我们大家商议买四两来煮鱼吃——鲜青椒煮鲜鱼，是再好吃没有的。三姑娘在用秤称，我们都高兴的了不得，有的说买鲫鱼，有的说鲫鱼还不及鳊鱼。其中有一位是最会说笑的，向着三姑娘道：

“三姑娘，你多称一两，回头我们的饭熟了，你也来吃，好不好呢？”

三姑娘笑了：

“吃先生们的一餐饭使不得？难道就要我出东西？”

我们大家也都笑了；不提防三姑娘果然从篮子里抓起一把掷在原来称就了的堆里。

“三姑娘是不吃我们的饭的，妈妈在家里等吃饭。我们没有什么谢三姑娘，只望三姑娘将来碰一个好姑爷。”

我这样说。然而三姑娘也就赶跑了。

从此我没有见到三姑娘。到今年，我远道回来过清明，阴雾天气，打算去郊外看烧香，走到坝上，远远望见竹林，我的记忆又好像一塘春水，被微风吹起波皱了。正在徘徊，从竹林上坝的小径，走来两个妇人，一个站住了，前面的一个且走且回应，而我即刻认定了是三姑娘！

“我的三姐，就有这样忙，端午中秋接不来，为得先人来了饭也不吃！”

那妇人的话也分明听到。

再没有别的声息：三姑娘的鞋踏着沙土。我急于要走过竹林看看，然而也暂时面对流水，让三姑娘低头过去。

1924年10月

（选自《废名集》第一卷，北京大学出版社2009年出版）

创作背景：

废名（1901—1967），原名冯文炳，湖北黄梅人，师从周作人，在文学史上被视为“京派文学”的鼻祖。1925年出版的《竹林的故事》是他的第一本小说集。废名有旧学的底子，又有西学的修养，还有佛家、道家的情趣，中土、西土、梵国三种文化在他身上交织。废名自道写小说，是用绝句的方法写的，不肯浪费语言。他将中国传统六朝文、唐诗艺术和西方现代派观念熔于一炉，文辞简约平和，具有一种冲淡朴讷和静观空灵之美，体现出明显的散文化特色。这种独特的创作风格被人称为“废名风”，对沈从文、汪曾祺以及后来的贾平凹等文学大师产生过影响。

《竹林的故事》写的都是日常生活，琐碎但不繁杂，行文自始至终都有“竹”的骨架在其中。清淡洗练的笔触使得一切景语皆情语。看似不着意的图景实际蕴含着丰富的内涵，人生的波澜、人物的感情都被冲淡在这一方竹林流水的土地里。灵性化的自然景物与雅致的人物消融在一起，勾勒而写意的叙事随物赋形，汇成一曲隐忧而清悠的牧歌。

评论：

周作人《中国新文学源流》：胡适之、冰心和徐志摩的作品，很像公安派的，清新透明而味道不甚深厚，好像一个水晶球样，虽是晶莹好看，但仔细地多看一时就觉得没有多少意思了。和竟陵派相似的是俞平伯和废名两人，他们的作品有时很难懂，而这难懂却正是他们的好处。

朱光潜《评废名的〈桥〉》：废名先生不能成为一个循规蹈矩的小说家，因为他在心境原型上是一个极端的内倾者。小说家须得把眼睛朝外看，而废名的眼睛却老是朝里看；小说家须把自我沉没到人物性格里面去，让作者过人物的生活，而废名的人物却都沉没在作者的自我里面，处处都是过作者的生活。

汪曾祺《万寿宫丁丁响》：他把晚唐诗的超越理性，直写感觉的象征手法移到小说里来了。他用写诗的办法写小说，他的小说实际上是诗。他的小说不注重写人物，也几乎没有故事。《竹林的故事》算是长篇，叫做“故事”，实无故事，只是几个孩子每天生活的记录。他不写故事，写意境。但是他的小说是感人的，使人得到一种不同寻常的感动。因为他对于小儿女是那样富于同情心。他用儿童一样明亮而敏感的眼睛观察周围世界，用儿童一样简单而准确的笔墨来记录。他的小说是天真的，具有天真的美。

萧萧

沈从文

乡下人吹唢呐接媳妇，到了十二月是成天有的事情。

唢呐后面一顶花轿，两个夫子平平稳稳地抬着，轿中人被铜锁锁在里面，虽穿了平时没上过身的体面红绿衣裳，也仍然得荷荷大哭。在这些小女人心中，做新娘子，从母亲身边离开，且准备做他人的母亲，从此必然将有许多新事情等待发生。像做梦一样，将同一个陌生男子汉在一个床上睡觉，做着承宗接祖的事情。这些事想起来，当然有些害怕，所以照例觉得要哭哭，于是就哭了。

也有做媳妇不哭的人。萧萧做媳妇就不哭。这小女子没有母亲，从小寄养到伯父种田的庄子上，终日提个小竹兜箩，在路旁田坎捡狗屎挑野菜。出嫁只是从这家转到那家。因此到那一天，这女人还只是笑。她又不害羞，又不怕。她是什么事也不知道，就做了人家的新媳妇了。

萧萧做媳妇时年纪十二岁，有一个小丈夫，年纪还不到三岁。丈夫比她年少九岁，还不曾断奶。按地方规矩，过了门，她喊他做弟弟。她每天应作的事是抱弟弟到村前柳树下去玩，到溪边去玩，饿了，喂东西吃，哭了，就哄他，摘南瓜花或狗尾草戴到小丈夫头上，或者亲嘴，一面说："弟弟，哪，啵。再来，啵。"在那满是肮脏的小脸上亲了又亲，孩子于是便笑了。孩子一欢喜兴奋，行动粗野起来，会用短短的小手乱抓萧萧的头发。那是平时不大能收拾蓬蓬松松在头上的黄发。有时候，垂到脑后那条小辫儿被拉得太久，把红绒线结也弄松了，生了气，就打那弟弟几下，弟弟自然哇地哭出声来。萧萧于是也装成要哭的样子，用手指着弟弟的哭脸，说："哪，人不讲理，可不行！"

天晴落雨日子混下去，每日抱抱丈夫，也帮同家中作点杂事，能动手的就动手。又时常到溪沟里去洗衣，搓尿片，一面还捡拾有花纹的田螺给坐在身边的小丈夫玩。到了夜里睡觉，便常常做这种年龄人所做过的梦，梦到后门角落或别的什么地方捡得大把大把铜钱，吃好东西，爬树，自己变成鱼到水中各处溜，或一时仿佛身子很小很轻，飞到天上众星中，没有一个人，只是一片白，一片金光，于是大喊"妈！"人就吓醒了。醒来心里还只是跳。吵了隔壁的人，不免骂着："疯子，你想什么！白天玩得疯，晚上就做梦！"萧萧听着却不作声，只是咕咕地笑。也有很好很爽快的梦，为丈夫哭醒的事情。那丈夫本来晚上在自己母亲身边睡，吃奶方便，但是吃多了奶，或因另外情形，半夜大哭，起来放水拉稀是常有的事。丈夫哭到婆婆无可奈何，于是萧萧轻脚轻手爬起床来，睡眼迷蒙，走到床边，把人抱起，给他看月光，看星光；或者仍然啵啵地亲嘴，互相觑着，孩子气地"嗨嗨，看猫呵！"那样喊着哄着，于是丈夫笑了。玩一会会，困倦起来，慢慢地阖上眼。人睡定后，放上床，站在床边看着，听远处一传一递的鸡叫，知道天快到什么时候了，于是仍然蜷到小床上睡去。天亮后，虽不做梦，却可以无意中闭眼开眼，看一阵在面前空中变幻无端的黄边紫心葵花，那是一种真正的享受。

萧萧嫁过了门，做了拳头大的丈夫小媳妇，一切并不比先前受苦，这只看她一年来身体发育就可明白。风里雨里过日子，像一株长在园角落不为人注意的蓖麻，大叶大枝，日增茂盛，这小女人简直是全不为丈夫设想那么似的，一天比一天长大起来了。

夏夜光景说来如做梦。大家饭后坐到院中心歇凉，挥摇蒲扇，看天上的星同屋角的萤，听南瓜棚上纺织娘咯咯拖长声音纺车，远近声音繁密如落雨，禾花风悠悠吹到脸上，正是让人在各种方便中说笑话的时候。

萧萧好高，一个人常常爬到草料堆上去，抱了已经熟睡的丈夫在怀里，轻轻地轻轻地随意唱着自编的四句头山歌。唱来唱去却把自己也催眠起来，快要睡去了。

在院坝中，公公婆婆，祖父祖母，另外还有帮工汉子两个，散乱地坐在小板凳上，摆龙门阵学古，轮流下去打发上半夜。

祖父身边有个烟包，在黑暗中放光。这用艾蒿作成的烟包，是驱逐长脚蚊得力东西，蜷在祖父脚边，犹如一条乌梢蛇。间或又拿起来晃那么几下。

想起白天场上的事情，祖父开口说话："我听三金说，前天又有女学生过身。"

大家就哄然笑了起来。

这笑的意义何在？只因为在大家印象中，都知道女学生没有辫子，留下个鹌鹑尾巴，像个尼姑，又不完全像。穿的衣服像洋人，又不是洋人。吃的，用的，……总而言之，事事不同，一想起来就觉得怪可笑！

萧萧不大明白，她不笑。所以老祖父又说话了。他说："萧萧，你长大了，将来也会做女学生！"

大家于是更哄然大笑起来。

萧萧为人并不愚蠢，觉得这一定是不利于己的一件事情，所以接口便说："爷爷，我不做女学生。"

"你像个女学生，不做可不行。"

"我不做。"

众人有意取笑，异口同声的说："萧萧，爷爷说得对，你非做女学生不行！"

萧萧急得不知如何，"做就做，我不怕。"其实做女学生有什么不好，萧萧全不知道。

女学生这东西，在本乡的确永远是奇闻。每年一到六月天，据说放"水假"日子一到，照例便有三三五五女学生，由一个荒谬不经的热闹地方来，到另一个远地方去，取道从本地过身。从乡下人眼中看来，这些人都近于另一世界中活下的人，装扮奇奇怪怪，行为更不可思议。这种女学生过身时，使一村人都可以说一整天的笑话。

祖父是当地一个人物，因为想起所知道的女学生在大城中的生活情形，所以说笑话要萧萧也去作女学生。一面听到这话，就感觉一种打哈哈趣味，一面还有那被说的萧萧感觉一种惶恐，说这话的不为无意义了。

女学生由祖父方面所知道的是这样一种人：她们穿衣服不管天气冷暖，吃东西不问饥饱，晚上直到子时才睡觉，白天正经事全不做，只知唱歌打球，读洋书。她们都会花钱，一年用的钱可以买十六只水牛。她们在省里京里想往什么地方去时，不必走路，只要钻进一个大匣子中，那匣子就可以带她到地。城市中还有各种各样的大小不同匣子，都用机器开动。她们在学校，男女在一处上课读书，人熟了，就随意同那男子睡觉，也不要媒人，也不要财礼，名叫"自由"。她们也做做州县官，带家眷上任，男子仍然喊作"老爷"，小孩子叫"少爷"。她们自己不养牛，却吃牛奶羊奶，如小牛小羊；买那奶时是用铁罐子盛的。她们无事时到一个唱戏地方去，那地方完全像个大庙，从衣袋中取出一块洋钱来（那洋钱在乡下可买五只母鸡），买了一小方纸片儿，拿了那纸片到里面去，就可以坐下看洋人扮演影子戏。她们被冤了，不赌咒，不哭。她们年纪有老到二十四岁还不肯嫁人的，有老到三十四十居然还好意思嫁人的。她们不怕男子，男子不能使她们受委屈，一受委屈就上衙门打官司，要官罚男子的款，这笔钱她有时独占自己花用，有时和官平分。她们不洗衣煮饭，也不养猪喂鸡，有了小孩子，也只花五块钱或十块钱一月，雇个人专管小孩，自己仍然整天看戏打牌，或者读那些没有用处的闲书……

总而言之，说来事事都希奇古怪，和庄稼人不同，有的简直还可说岂有此理。这时经祖父一为说明，听过这话的萧萧，心中却忽然有了一种模模糊糊的愿望，以为倘若她也是个女学生，她是不是照祖父说的女学生一个样子去做那些事情？不管好歹，女学生并不可怕，因此一来，却已为这乡下姑娘初次体念到了。

因为听祖父说起女学生是怎样的人物，到后萧萧独自笑得特别久。笑够了时，她说："爷爷，明天有女学生过路，你喊我，我要看看。"

“你看，她们捉你去作丫头。”

“我不怕她们。”

“她们读洋书念经你也不怕？”

“念观音菩萨消灾经，念紧箍咒，我都不怕。”

“她们咬人，和做官的一样，专吃乡下人，吃人骨头渣渣也不吐，你不怕？”

萧萧肯定地回答说：“也不怕。”

可是这时节萧萧手上所抱的丈夫，不知为甚么，在睡梦中哭了，媳妇于是用做母亲的声势，半哄半吓地说：“弟弟，弟弟，不许哭，不许哭，女学生咬人来了。”

丈夫还仍然哭着，得抱起各处走走。萧萧抱着丈夫离开了祖父，祖父同人说另外一样古话去了。

萧萧从此以后心中有个“女学生”。做梦也便常常梦到女学生，且梦到同这些人并排走路。仿佛也坐过那种自己会走路的匣子，她又觉得这匣子并不比自己跑路更快。在梦中那匣子的形体同谷仓差不多，里面还有小小灰色老鼠，眼珠子红红的，各处乱跑，有时钻到门缝里去，把个小尾巴露在外边。

因为有这样一段经过，祖父从此喊萧萧不喊“小丫头”，不喊“萧萧”，却唤作“女学生”。在不经意中萧萧答应得很好。

乡下里日子也如世界上一般日子，时时不同。世界上人把日子糟蹋，和萧萧一类人家把日子吝惜是同样的，各有所得，各属分定。许多城市中文明人，把一个夏天完全消磨到软绸衣服、精美饮料以及种种好事情上面。萧萧的一家，因为一个夏天的劳作，却得了十多斤细麻，二三十担瓜。

作小媳妇的萧萧，一个夏天中，一面照料丈夫，一面还绩了细麻四斤。到秋八月工人摘瓜，在瓜间玩，看硕大如盆、上面满是灰粉的大南瓜，成排成堆摆到地上，很有趣味。时间到摘瓜，秋天真的已来了，院子中各处有从屋后林子里树上吹来的大红大黄木叶。萧萧在瓜旁站定，手拿木叶一束，为丈夫编小小笠帽玩。

工人中有个名叫花狗，年纪二十三岁，抱了萧萧的丈夫到枣树下去打枣子。小小竹竿打在枣树上，落枣满地。

“花狗大，莫打了，太多了吃不完。”

虽这样喊，还不动身。到后，仿佛完全因为丈夫要枣子，花狗才不听话。

萧萧于是又警告她那小丈夫：“弟弟，弟弟，来，不许捡了。吃多了生东西肚子痛！”

丈夫听话，兜了大堆枣子向萧萧身边走来，请萧萧吃枣子。

“姊姊吃，这是大的。”

“我不吃。”

“要吃一颗！”

她两手哪里有空！木叶帽正在制边，工夫要紧，还正要个人帮忙！

“弟弟，把枣子喂我口里。”

丈夫照她的命令做事，做完了觉得有趣，哈哈大笑。

她要他放下枣子帮忙捏紧帽边，便于添加新木叶。

丈夫照她吩咐作事，但老是顽皮地摇动，口中唱歌。这孩子原来像一只猫，欢喜时就得捣乱。

“弟弟，你唱的是什么？”

“我唱花狗大告我的山歌。”

“好好地唱一个给我听。”

丈夫于是帮忙拉着帽边，一面就唱下去，照所记到的歌唱：

天上起云云起花，
苞谷林里种豆荚，
豆荚缠坏苞谷树，
娇妹缠坏后生家。

天上起云云重云，
地下埋坟坟重坟，
娇妹洗碗碗重碗，
娇妹床上人重人。

歌中意义丈夫全不明白，唱完了就问萧萧好不好。萧萧说好，并且问从谁学来的，她知道是花狗教他的，却故意盘问他。

“花狗大告我，他说还有好多歌，长大了再教我唱。”

听说花狗会唱歌，萧萧说：“花狗大，花狗大，你唱一个正经好听的歌我听听。”

那花狗，面如其心，生长得不很正气，知道萧萧要听歌，人也快到听歌的年龄了，就给她唱“十岁娘子一岁夫”。那故事说的是妻年大，可以随便到外面做一点不规矩事情；夫年小，只知吃奶，让他吃奶。这歌丈夫完全不懂，懂到一点儿的是萧萧。把歌听过后，萧萧装成“我全明白”那种神气，她用生气的样子，对花狗说：“花狗大，这个不行，这是骂人的歌！”

花狗分辩说：“不是骂人的歌。”

“我明白，是骂人的歌。”

花狗难得说多话，歌已经唱过了，错了赔礼，只有不再唱。他看她已经有点懂事了，怕她回头告祖父，会挨顿臭骂，就把话支吾开，扯到“女学生” 上头去。他问萧萧，看不看过女学生习体操唱洋歌的事情。

若不是花狗提起，萧萧几乎已忘却了这事情。这时又提到女学生，她问花狗近来有没有女学生过路，她想看看。

花狗一面把南瓜从棚架边抱到墙角去，告她女学生唱歌的事情，这些事的来源还是萧萧的那个祖父。他在萧萧面前说了点大活，说他曾经到官路上见过四个女学生，她们都拿得有旗帜，走长路流汗喘气之中仍然唱歌，同军人所唱的一模一样。不消说，这自然完全是胡诌的笑话。可是那故事把萧萧可乐坏了。因为花狗说这个就叫做“自由”。

花狗是起眼动眉毛、一打两头翘、会说会笑的一个人。听萧萧带着歆羡口气说“花狗大，你膀子真大”，他就说：“我不止膀子大。”

“你身个子也大。”

“我全身无处不大。”

萧萧还不大懂得这个话的意思，只觉得憨而好笑。

到萧萧抱了她的丈夫走去以后，同花狗在一起摘瓜，取名字叫哑巴的，开了平时不常开的口。

“花狗，你少坏点。人家是十三岁黄花女，还要等十二年后才圆房！”

花狗不做声，打了那伙计一巴掌，走到枣树下捡落地枣去了。

到摘瓜的秋天，日子计算起来，萧萧过丈夫家有一年半了。

几次降霜落雪，几次清明谷雨，一家中人都说萧萧是大人了。天保佑，喝冷水，吃粗粝饭，四季无疾病，倒发育得这样快。婆婆虽生来像一把剪子，把凡是给萧萧暴长的机会都剪去了，但乡下的日头同空气都帮助人长大，却不是折磨可以阻拦得住。

萧萧十五岁时已高如成人，心却还是一颗糊糊涂涂的心。

人大了一点，家中做的事也多了一点。绩麻、纺线、洗衣、照料丈夫以外，打猪草推磨一些事情也要做，还有浆纱织布。凡事都学，学学就会了。乡下习惯凡是行有余力的都可以从劳作中攒点本分私房，两三年来仅仅萧萧个人份上所聚集的粗细麻和纺就的棉纱，也够萧萧坐到土机上抛三个月的梭子了。

丈夫早断了奶。婆婆有了新儿子，这五岁儿子就像归萧萧独有了。不论做什么，走到什么地方去，丈夫总跟在身边。丈夫有些方面很怕她，当她如母亲，不敢多事。他们俩实在感情不坏。

地方稍稍进步，祖父的笑话转到“萧萧你也把辫子剪去好自由”那一类事上去了。听着这话的萧萧，某个夏天也看过了一次女学生，虽不把祖父笑话认真，可是每一次在祖父说过这笑话以后，她到水边去，必不自觉地用手捏着辫子末梢，设想没有辫子的人那种神气，那点趣味。

打猪草，带丈夫上螺蛳山的山阴是常有的事。

小孩子不知事故，听别人唱歌也唱歌。一开腔唱歌，就把花狗引来了。

花狗对萧萧生了另外一种心，萧萧有点明白了，常常觉得惶恐不安。但花狗是男子，凡是男子的美德恶德都不缺少，劳动力强，手脚勤快，又会玩会说，所以一面使萧萧的丈夫非常欢喜同他玩，一面一有机会即缠在萧萧身边，且总是想方设法把萧萧那点惶恐减去。

山大人小，到处是树林蒙茸，平时不知道萧萧所在，花狗就站在高处唱歌逗萧萧身边的丈夫；丈夫小口一开，花狗穿山越岭就来到萧萧面前了。

见了花狗，小孩子只有欢喜，不知其他。他原要花狗为他编草虫玩，做竹箫哨子玩，花狗想方法支使他到一个远处去找材料，便坐到萧萧身边来，要萧萧听他唱那使人开心红脸的歌。她有时觉得害怕，不许丈夫走开；有时又像有了花狗在身边，打发丈夫走去反倒好一点。终于有一天，萧萧就这样给花狗把心窍子唱开，变成个妇人了。

那时节，丈夫走到山下采刺莓去了，花狗唱了许多歌，到后却向萧萧唱：

娇家门前一重坡，
别人走少郎走多，
铁打草鞋穿烂了，
不是为你为哪个？

末了却向萧萧说：“我为你睡不着觉。”他又说他赌咒不把这事情告给人。听了这些话仍然不懂什么的萧萧，眼睛只注意到他那一对粗粗的手膀子，耳朵只注意到他最后一句话。末了花狗大便又唱了许多歌给她听。她心里乱了。她要他当真对天赌咒，赌过了咒，一切好像有了保障，她就一切尽他了。

到丈夫返身时，手被毛毛虫蜇伤，肿了一大片，走到萧萧身边。萧萧捏紧这一只小手，且用口去呵它，吮它，想起刚才的糊涂，才仿佛明白自己作了一点不大好的糊涂事。

花狗诱她做坏事情是麦黄四月，到六月，李子熟了，她欢喜吃生李子。她觉得身体有点特别，在山上碰到花狗，就将这事情告给他，问他怎么办。

讨论了多久，花狗全无主意。虽以前自己当天赌得有咒，也仍然无主意。原来这家伙个子大，胆量小。个子大容易做错事，胆量小做了错事就想不出办法。

到后，萧萧捏着自己那条乌梢蛇似的大辫子，想起城里了，她说："花狗大，我们到城里去自由，帮帮人过日子，不好么？"

"那怎么行？到城里去做什么？"

"我肚子大了。"

"我们找药去。场上有郎中卖药。"

"你赶快找药来，我想……"

"你想逃到城里去自由，不成的。人生面不熟，讨饭也有规矩，不能随便！"

"你这没有良心的，你害了我，我想死！"

"我赌咒不辜负你。"

"负不负我有什么用，帮我个忙，赶快拿去肚子里这块肉罢。我害怕！"

花狗不再做声，过了一会，便走开了。不久丈夫从他处拿了大把山里红果子回来，见萧萧一个人坐在草地上眼睛红红的，丈夫心中纳罕。看了一会，问萧萧："姐姐，为甚么哭？"

"不为甚么，灰尘落到眼睛窝里，痛。"

"我吹吹罢。"

"不要吹。"

"你瞧我，得这些这些。"

他把手中拿的和从溪中捡来放在衣口袋里的小蚌、石头全部陈列到萧萧面前，萧萧泪眼婆娑看了一会，勉强笑着说："弟弟，我们要好，我哭你莫告家中。告家中我可要生气！"到后这事情家中当真就无人知道。

过了半个月，花狗不辞而行，把自己所有的衣裤都拿去了。祖父问同住的长工哑巴，知不知道他为什么走路，走哪儿去？是上山落草，还是做薛仁贵投军？哑巴只是摇头，说花狗还欠了他两百钱，临走时话都不留一句，为人少良心。哑巴说他自己的话，并没有把花狗走的理由说明。因此这一家希奇一整天，谈论一整天。不过这工人既不偷走物件，又不拐带别的，这事情过后不久，自然也就把他忘掉了。

萧萧仍然是往日的萧萧。她能够忘记花狗就好了，但是肚子真有些不同了，肚中东西总在动，使她常常一个人干着急，尽做怪梦。

她脾气坏了一点，这坏处只有丈夫知道，因为她对丈夫似乎严厉苛刻了好些。

仍然每天同丈夫在一处，她的心，想到的事自己也不十分明白。她常想，我现在死了，什么都好了。可是为什么要死？她还很高兴活下去，愿意活下去。

家中人不拘谁在无意中提起关于丈夫弟弟的话，提起小孩子，提起花狗，都像使这话如拳头，在萧萧胸口上重重一击。

到九月，她担心人知道更多了，引丈夫庙里去玩，就私自许愿，吃了一大把香灰。吃香灰被她丈夫看见了，丈夫问这是做甚么，萧萧就说肚痛，应当吃这个。虽说求菩萨保佑，菩萨当然没有如她的希望，肚子中长大的东西依旧在慢慢地长大。

她又常常往溪里去喝冷水，给丈夫看见时，丈夫问她，她就说口渴。

一切她所想到的方法都没有能够使她与自己不欢喜的东西分开。大肚子只有丈夫一人知道，他却不敢告这件事给父母晓得。因为时间长久，年龄不同，丈夫有些时候对于萧萧的怕同爱，比对于父母还深切。

她还记得那花狗赌咒那一天里的事情，如同记着其他事情一样。到秋天，屋前屋后毛毛虫都结茧，成了各种好看蝴蛾，丈夫像故意折磨她一样，常常提起几个月前被毛毛虫蜇手的旧话，使萧萧心里难过。她因此极恨毛毛虫，见了那小虫就想用脚去踹。

有一天，又听人说有好些女学生过路，听过这话的萧萧，睁了眼做过一阵梦，愣愣地对日头出处痴了半天。

萧萧步花狗后尘，也想逃走，收拾一点东西预备跟了女学生走的那条路上城去。但没有动身，就被家里人发觉了。这种打算照乡下人说来是一件大事，于是把她两手捆了起来，丢在灶屋边，饿了一天。

家中追究这逃走的根源，才明白这个十年后预备给小丈夫生儿子继香火的萧萧肚子已被另一个人抢先下了种。这在一家人生活中真是了不得的一件大事！一家人的平静生活，为这件新事全弄乱了。生气的生气，流泪的流泪，骂人的骂人，各按本分乱下去。悬梁，投水，吃毒药，被禁困着的萧萧，诸事漫无边际的全想到了，究竟是年纪太小，舍不得死，却不曾做。于是祖父从现实出发，想出个聪明主意，把萧萧关在房里，派两人好好看守着，请萧萧本族的人来说话，照规矩，看是"沉潭"还是"发卖"？萧萧家中人要面子，就沉潭淹死了她，舍不得死就发卖。萧萧只有一个伯父，在近处庄子里为人种田，去请他时先还以为是吃酒，到了才知是这样丢脸事情，弄得这老实忠厚的家长手足无措。

大肚子作证，什么也没有可说。照习惯，沉潭多是读过"子曰"的族长爱面子才作出的蠢事。伯父不读"子曰"，不忍把萧萧当牺牲，萧萧当然应当嫁人作"二路亲"了。

这也是一种处罚，好像极其自然，照习惯受损失的是丈夫家里，然而却可以在改嫁上收回一笔钱，当作赔偿损失的数目。那伯父把这事情告给了萧萧，就要走路。萧萧拉着伯父衣角不放，只是幽幽地哭。伯父摇了一会头，一句话不说，仍然走了。

一时没有相当的人家来要萧萧，送到远处去也得有人，因此暂时就仍然在丈夫家中住下。这件事情既经说明白，照乡下规矩，倒又像不甚么要紧，只等待处分，大家反而释然了。先是小丈夫不能再同萧萧在一处，到后又仍然如月前情形，姊弟一般有说有笑的过日子了。

丈夫知道了萧萧肚子中有儿子的事情，又知道因为这样萧萧才应当嫁到远处去。但是丈夫并不愿意萧萧去，萧萧自己也不愿意去。大家全莫名其妙，只是照规矩像逼到要这样做，不得不做。究竟是谁定的规矩，是周公还是周婆，也没有人说得清楚。

在等候主顾来看人，等到十二月，还没有人来，萧萧只好在这人家过年。

萧萧次年二月间，十月满足，坐草生了一个儿子，团头大眼，声响洪壮。大家把母子二人照料得好好的，照规矩吃蒸鸡同江米酒补血，烧纸谢神。一家人都欢喜那儿子。

生下的既是儿子，萧萧不嫁别处了。

到萧萧正式同丈夫拜堂圆房时，儿子已经年纪十岁，有了半劳动力，能看牛割草，成为家中生产者一员了。平时喊萧萧丈夫做大叔，大叔也答应，从不生气。

这儿子名叫牛儿。牛儿十二岁时也接了亲，媳妇年长六岁。媳妇年纪大，才能诸事作帮手，对家中有帮助。唢呐到门前时，新娘在轿中呜呜地哭着，忙坏了那个祖父，曾祖父。

这一天，萧萧刚坐月子不久，孩子才满三月，抱了自己新生的毛毛，在屋前榆蜡树篱笆间看热闹，同十年前抱丈夫一个样子。小毛毛哭了，唱歌一般地哄着他：

"哪，弟弟，看，花轿来了。看，新娘子穿花衣，好体面！不许闹，不讲道理不成的！不讲理我要生气的！看看，女学生也来了！明天长大了，我们也讨个女学生媳妇！"

1929年冬作，1957年校改

（选自《沈从文小说选集》，人民文学出版社1982年出版）

创作背景：

沈从文（1902—1988），湖南凤凰县人，出生行伍世家，身上流淌着汉、苗、土家族的血液。十四岁当兵的沈从文很早就直面了生活中的鲜血和阴暗，这反而促使他在文学中追求真、善、美的艺术品格，构造出一个田园牧歌式的湘西世界。沈从文是一个生命力旺盛的作家和文物研究专家，一生著有五百万字的著作文章，《边城》《长河》《从文自传》是他的代表作，他曾两次入围诺贝尔奖。晚年专著《中国古代服饰研究》，填补了中国物质文化史上的空白。

奠定沈从文在文学史上地位的，是他以湘西的人情、自然、风俗为背景，展现淳朴的人性和理想的人生情态的"湘西小说"。沈从文发现和写出了民间世界的丰富性，看到了民间的生气。小说《萧萧》，在人性与制度的对抗中，作家写的是人性的胜利。萧萧以天然的人性来对抗童养媳婚姻；家人以农人纯朴的天性来对抗族规礼法。这样的对抗，是不自觉的，混沌而弱小，但是却藏在这些"种田的庄子"里。沈从文心中所希望的人性的"希腊小庙"由此悄然搭建。小说又不乏现实主义的清醒，也写出萧萧的命运带有极大的偶然性，她一生都为外在的力量所摆布，无法自觉地主宰自己命运。人性的力量是天然的，但却潜伏着无知与麻木。

评论：

朱光潜《关于沈从文同志的文学成就历史将会重新评价》：于今文学批评家们爱替作家们戴些空洞的帽子，这人是现实主义者，那人是浪漫主义者，这人是喜剧家，那人是悲剧家，如此等等。我感觉到这些相反的帽子安在从文头上都很合适，这种辩证的统一正足以证明从文不是一个平凡的作家，在世界文学史中终会有他的一席地。据我所接触到的世界文学情报，目前在全世界得到公认的中国新文学家也只有从文和老舍，我相信公是公非，因此有把握地预言从文的文学成就，历史将会重新评价，而他在历史文物考古方面的卓越成就，也只会提高而不会淹没或降低他的文学成就。

张允和：不折不从，星斗其文；亦慈亦让，赤子其人。

黄永玉《平常的沈从文》：沈从文是一个勇敢坚强的人，面对艰难和困惑，总是用微笑面对，他像上善若水中的"水"……他就像水那么平常。永远向下，滋养生灵，长年累月生发出水磨石穿的力量。

封　锁

张爱玲

开电车的人开电车。在大太阳底下，电车轨道像两条光莹莹的，水里钻出来的曲蟮，抽长了，又缩短了；抽长了，又缩短了，就这么样往前移——柔滑的，老长老长的曲蟮，没有完，没有完……开电车的人眼睛钉住了这两条蠕蠕的车轨，然而他不发疯。

如果不碰到封锁，电车的进行是永远不会断的。封锁了。摇铃了。“叮玲玲玲玲玲”，每一个“玲”字是冷冷的一小点，一点一点连成了一条虚线，切断了时间与空间。

电车停了，马路上的人却开始奔跑，在街的左面的人们奔到街的右面，在右面的人们奔到左面。商店一律地沙啦啦拉上铁门。女太太们发狂一般扯动铁栅栏，叫道：“让我们进来一会儿！我这儿有孩子哪，有年纪大的人！”然而门还是关得紧腾腾的。铁门里的人和铁门外的人眼睁睁对看着，互相惧怕着。

电车里的人相当镇静。他们有座位可坐，虽然设备简陋一点，和多数乘客的家里的情形比较起来，还是略胜一筹。街上渐渐地也安静下来，并不是绝对地寂静，但是人声逐渐渺茫，像睡梦里所听到的芦花枕头里的窸窣声。这庞大的城市在阳光里盹着了，重重地把头搁在人们的肩上，口涎顺着人们的衣服缓缓流下去，不能想象的巨大的重量压住了每一个人。上海似乎从来没有这么静过——大白天里！一个乞丐趁着鸦雀无声的时候，提高了喉咙唱将起来：“阿有老爷太太先生小姐做做好事救救我可怜人哇？阿有老爷太太……”然而他不久就停了下来，被这不经见的沉寂吓噤住了。

还有一个较有勇气的山东乞丐，毅然打破了这静默。他的嗓子浑圆嘹亮：“可怜啊可怜！一个人啊没钱！”悠久的歌，从一个世纪唱到下一个世纪。音乐性的节奏传染上了开电车的。开电车的也是山东人。他长长地叹了一口气，抱着胳膊，向车门上一靠，跟着唱了起来：“可怜啊可怜！一个人啊没钱！”

电车里，一部分的乘客下去了。剩下的一群中，零零落落也有人说句把话。靠近门口的几个公事房里回来的人继续谈讲下去。一个人撒喇一声抖开了扇子，下了结论道：“总而言之，他别的毛病没有，就吃亏在不会做人。”另一个鼻子里哼了一声，冷笑道：“说他不会做人，他把上头敷衍得挺好的呢！”

一对长得颇像兄妹的中年夫妇把手吊在皮圈上，双双站在电车的正中，她突然叫道：“当心别把裤子弄脏了！”他吃了一惊，抬起他的手，手里拎着一包熏鱼。他小心翼翼使那油汪汪的纸口袋与他的西装裤子维持二寸远的距离。他太太兀自絮叨道：“现在干洗是什么价钱？做一条裤子是什么价钱？”

坐在角落里的吕宗桢，华茂银行的会计师，看见了那熏鱼，就联想到他夫人托他在银行附近一家面食摊子上买的菠菜包子。女人就是这样！弯弯扭扭最难找的小胡同里买来的包子必定是价廉物美的！她一点也不为他着想——一个齐齐整整穿着西装戴着玳瑁边眼镜提着公事皮包的人，抱着报纸里的热腾腾的包子满街跑，实在是不像话！然而无论如何，假使这封锁延长下去，耽误了他的晚饭，至少这包子可以派用场。他看了看手表，才四点半。该是心理作用罢？他已经觉得饿了。他轻轻揭开报纸的一角，向里面张了一张。一个个雪白的，喷出淡淡的麻油气味。一部分的报纸粘住了包子，他谨慎地把报纸撕了下来，包子上印了铅字，字都是反的，像镜子里映出来的，然而他有这耐心，低下头去逐个认了出来：“讣告……申请……华股动态……隆重登场候教……”都是得用的字眼儿，不知道为什么转载到包子上，就带点开玩笑性质。也许因为“吃”是太严重的一件事了，相形之下，其他的一切都成了笑话。吕宗桢看着也觉得不顺眼，可是他并没有笑，他是一个老实人。他从包子上的文章看到报上的文章，把半页旧报纸读完了，若是翻过来看，包子就得跌出来，只得罢了。他在这里看报，全车的人都学了样，有报的看报，没有报的看发票，看章程，看名片。任何印刷物都没有的人，就看街上的市招。他们不能不填满这可怕的空虚——不然，他们的脑子也许会活动起来。思想是痛苦的一件事。

只有吕宗桢对面坐着的一个老头子，手心里骨碌碌骨碌碌搓着两只油光水滑的核桃，有板有眼的小动作代替了思想。他剃着光头，红黄皮色，满脸浮油，打着皱，整个的头像一个核桃。他的脑子就像核桃仁，甜的，滋润的，可是没有多大意思。

老头子右首坐着吴翠远，看上去像一个教会派的少奶奶，但是还没有结婚。她穿着一件白洋纱旗袍，滚一道窄窄的蓝边——深蓝与白，很有点讣闻的风味。她携着一把蓝白格子小遮阳伞。头发梳成千篇一律的式样，惟恐唤起公众的注意。然而她实在没有过分触目的危险。她长得不难看，可是她那种美是一种模棱两可的，仿佛怕得罪了谁的美，脸上一切都是淡淡的，松弛的，没有轮廓。连她自己的母亲也形容不出她是长脸还是圆脸。

在家里她是一个好女儿，在学校里她是一个好学生。大学毕了业后，翠远就在母校服务，担任英文助教。她现在打算利用封锁的时间改改卷子。翻开了第一篇，是一个男生做的，大声疾呼抨击都市的罪恶，充满了正义感的愤怒，用不很合文法的，吃吃艾艾的句子，骂着“红嘴唇的卖淫妇……大世界……下等舞场与酒吧间”。翠远略略沉吟了一会，就找出红铅笔来批了一个“A”字。若在平时，批了也就批了，可是今天她有太多的考虑的时间，她不由地要质问自己，为什么她给了他这么好的分数：不问倒也罢了，一问，她竟涨红了脸。她突然明白了：因为这学生是胆敢这么毫无顾忌地对她说这些话的唯一的一个男子。

他拿她当做一个见多识广的人看待；他拿她当做一个男人，一个心腹。他看得起她。翠远在学校里老是觉得谁都看不起她——从校长起，教授、学生、校役……学生们尤其愤慨得厉害：“申大越来越糟了！一天不如一天！用中国人教英文，照说，已经是不应当，何况是没有出过洋的中国人！”翠远在学校里受气，在家里也受气。吴家是一个新式的，带着宗教背景的模范家庭。家里竭力鼓励女儿用功读书，一步一步往上爬，爬到了顶儿尖儿上——一个二十来岁的女孩子在大学里教书！打破了女子职业的新纪录。然而家长渐渐对她失掉了兴趣，宁愿她当初在书本上马虎一点，匀出点时间来找一个有钱的女婿。

她是一个好女儿，好学生。她家里都是好人，天天洗澡，看报，听无线电向来不听申曲滑稽京戏什么的，而专听贝多芬瓦格涅的交响乐，听不懂也要听。世界上的好人比真人多……翠远不快乐。

生命像圣经，从希伯莱文译成希腊文，从希腊文译成拉丁文，从拉丁文译成英文，从英文译成国语。翠远读它的时候，国语又在她脑子里译成了上海话。那未免有点隔膜。

翠远搁下了那本卷子，双手捧着脸。太阳滚热地晒在她背脊上。

隔壁坐着个奶妈，怀里躺着小孩，孩子的脚底心紧紧抵在翠远的腿上。小小的老虎头红鞋包着柔软而坚硬的脚……这至少是真的。

电车里，一位医科学生拿出一本图画簿，孜孜修改一张人体骨骼的简图。其他的乘客以为他在那里速写他对面盹着的那个人。大家闲着没事干，一个一个聚拢来，三三两两，撑着腰，背着手，围绕着他，看他写生。拈着熏鱼的丈夫向他妻子低声道：“我就看不惯现在兴的这种立体派，印象派！”他妻子附耳道：“你的裤子！”

那医科学生细细填写每一根骨头，神经，筋络的名字。有一个公事房里回来的人将折扇半掩着脸，悄悄向他的同事解释道：“中国画的影响。现在的西洋画也时兴题字了，倒真是‘东风西渐’！”

吕宗桢没凑热闹，孤零零地坐在原处。他决定他是饿了。大家都走开了，他正好从容地吃他的菠菜包子，偏偏他一抬头，瞥见了三等车厢里有他一个亲戚，是他太太的姨表妹的儿子。他恨透了这董培芝。培芝是一个胸怀大志的清寒子弟，一心只想娶个略具资产的小姐。吕宗桢的大女儿今年方才十三岁，已经被培芝睃在眼里，心里打着如意算盘，脚步儿越发走得勤了。吕宗桢一眼望见了这年青人，暗暗叫声不好，只怕培芝看见了他，要利用这绝好的机会向他进攻。若是在封锁期间和这董培芝困在一间屋子里，这情形一定是不堪设想！他匆匆收拾起公事皮包和包子，一阵风奔到对面一排座位上，坐了下来。现在他恰巧被隔壁的吴翠远挡住了，他表侄绝对不能够看见他。翠远回过头来，微微瞪了他一眼。糟了！这女人准是以为他无缘无故换了一个座位，不怀好意。他认得出那被调戏的女人的脸谱——脸板得纹丝不动，眼睛里没有笑意，嘴角也没有笑意，连鼻洼里都没有笑意，然而不知道什么地方有一点颤巍巍的微笑，随时可以散布开来。觉得自己太可爱了的人，是煞不住要笑的。

该死，董培芝毕竟看见了他，向头等车厢走过来了，谦卑地，老远的就躬着腰，红喷喷的长长的面颊，含有僧尼气息的灰布长衫——一个吃苦耐劳，守身如玉的青年，最合理想的乘龙快婿。宗桢迅疾地决定将计就计，顺水推舟，伸出一只手臂来搁在翠远背后的窗台上，不声不响宣布了他的调情的计划。他知道他这么一来，并不能吓退了董培芝，因为培芝眼中的他素来是一个无恶不作的老年人。由培芝看来，过了三十岁的人都是老年人，老年人都是一肚子的坏。培芝今天亲眼看见他这样下流，少不得一五一十要去报告给他太太听——气气他太太也好！谁叫她给他弄上这么一个表侄！气，活该气！

他不怎么喜欢身边这女人。她的手臂，白倒是白的，像挤出来的牙膏。她的整个的人像挤出来的牙膏，没有款式。

他向她低声笑道："这封锁，几时完哪？真讨厌！"翠远吃了一惊，掉过头来，看见了他搁在她身后的那只胳膊，整个身子就僵了一僵，宗桢无论如何不能容许他自己抽回那只胳膊。他的表侄正在那里双眼灼灼望着他，脸上带着点会心的微笑。如果他夹忙里跟他表侄对一对眼光，也许那小子会怯怯地低下头去——处女风韵的窘态；也许那小子会向他挤一挤眼睛——谁知道？

他咬一咬牙，重新向翠远进攻。他道："您也觉着闷罢？我们说两句话，总没有什么要紧！我们——我们谈谈！"他不由自主的，声音里带着哀恳的调子。翠远重新吃了一惊，又掉回头来看了他一眼。他现在记得了，他瞧见她上车的——非常戏剧化的一刹那，但是那戏剧效果是碰巧得到的，并不能归功于她。他低声道："你知道么？我看见你上车，前头的玻璃上贴的广告，撕破了一块，从这破的地方我看见你的侧面，就只一点下巴。"是乃络维奶粉的广告，画着一个胖孩子，孩子的耳朵底下突然出现了这女人的下巴，仔细想起来是有点吓人的。"后来你低下头去从皮包里拿钱，我才看见你的眼睛，眉毛，头发。"拆开来一部分一部分地看，她未尝没有她的一种风韵。

翠远笑了。看不出这人倒也会花言巧语——以为他是个靠得住的生意人模样！她又看了他一眼。太阳光红红地晒穿他鼻尖下的软骨。他搁在报纸包上的那只手，从袖口里出来，黄色的，敏感的——一个真的人！不很诚实，也不很聪明，但是一个真的人！她突然觉得炽热，快乐。她背过脸去，细声道："这种话，少说些罢！"

宗桢道："嗯？"他早忘了他说了些什么。他眼睛盯着他表侄的背影——那知趣的青年觉得他在这儿是多余的，他不愿得罪了表叔，以后他们还要见面呢，大家都是快刀斩不断的好亲戚；他竟退回三等车厢去了。董培芝一走，宗桢立刻将他的手臂收回，谈吐也正经起来。他搭讪着望了一望她膝上摊着的练习簿，道："申光大学……您在申光读书？"

他以为她这么年青？她还是一个学生？她笑了，没做声。

宗桢道："我是华济毕业的。华济。"她颈子上有一粒小小的棕色的痣，像指甲刻的印子。宗桢下意识地用右手捻了一捻左手的指甲，咳嗽了一声，接下去问道："您读的是哪一科？"

翠远注意到他的手臂不在那儿了，以为他态度的转变是由于她端凝的人格，潜移默化所致。这么一想，倒不能不答话了，便道："文科。您呢？"宗桢道："商科。"他忽然觉得他们的对话，道学气太浓了一点，便道："当初在学校里的时候，忙着运动，出了学校，又忙着混饭吃。书，简直没念多少！"翠远道："你公事忙么？"宗桢道："忙得没头没脑。早上乘电车上公事房去，下午又乘电车回来，也不知道为什么去，为什么来！我对于我的工作一点也不感到兴趣。说是为了挣钱罢，也不知道是为谁挣的！"翠远道："谁都有点家累。"宗桢道："你不知道——我家里——咳，别提了！"翠远暗道："来了！他太太一点都不同情他！世上有了太太的男人，似乎都是急切需要别的女人的同情。"宗桢迟疑了一会，方才吞吞吐吐，万分为难地说道："我太太——一点都不同情我。"

翠远皱着眉毛望着他，表示充分了解。宗桢道："我简直不懂我为什么天天到了时候就回家去。回到哪儿去？实际上我是无家可归的。"他褪下眼镜来，迎着亮，用手绢子拭去上面的水渍，道："咳！混着也就混下去了，不能想——就是不能想！"近视眼的人当众摘下眼镜子，翠远觉得有点秽亵，仿佛当众脱衣服似的，不成体统。宗桢继续说道："你——你不知道她是怎么样的一个女人！"翠远道："那么，你当初……"宗桢道："当初我也反对来着。她是我母亲给订下的。我自然是愿意让我自己拣，可是……她从前非常地美……我那时又年轻……年轻的人，你知道……"翠远点点头。

宗桢道："她后来变成了这么样的一个人——连我母亲都跟她闹翻了，倒过来怪我不该娶了她！她……她那脾气——她连小学都没有毕业。"翠远不禁微笑道："你仿佛非常看重那一纸文凭！其实，女子教育也不过是那么一回事！"她不知道为什么她说出这句话来，伤了她自己的心。宗桢道："当然哪，你可以在旁边说风凉话，因为你是受过上等教育的。你不知道她是怎么样的一个——"他顿住了口，上气不接下气，刚戴上了眼镜子，又褪下来擦镜片。翠远道："你说得太过分了一点罢？"宗桢手里捏着眼镜，艰难地做了一个手势道："你不知道她是——"翠远忙道："我知道，我知道。"她知道他们夫妇不和，决不能单怪他太太，他自己也是一个思想简单的人。他需要一个原谅他，包涵他的女人。

街上一阵乱，轰隆轰隆来了两辆卡车，载满了兵。翠远与宗桢同时探头出去张望；出其不意地，两人的面庞异常接近。在极短的距离内，任何人的脸都和寻常不同，像银幕上特写镜头一般的紧张。宗桢和翠远突然觉得他们俩还是第一次见面。在宗桢的眼中，她的脸像一朵淡淡几笔的白描牡丹花，额角上两三根吹乱的短发便是风中的花蕊。

他看着她，她红了脸，她一脸红，让他看见了，他显然是很愉快。她的脸就越发红了。宗桢没有想到他能够使一个女人脸红，使她微笑，使她背过脸去，使她掉过头来。在这里，他是一个男子。平时，他是会计师，他是孩子的父亲，他是家长，他是车上的搭客，他是店里的主顾，他是市民。可是对于这个不知道他的底细的女人，他只是一个单纯的男子。

他们恋爱着了。他告诉她许多话，关于他们银行里，谁跟他最好，谁跟他面和心不和，家里怎样闹口舌，他的秘密的悲哀，他读书时代的志愿……无休无歇的话，可是她并不嫌烦。恋爱着的男子向来是喜欢说，恋爱着的女人向来是喜欢听。恋爱着的女人破例地不大爱说话，因为下意识地她知道：男人彻底地懂得了一个女人之后，是不会爱她的。

宗桢断定了翠远是一个可爱的女人——白，稀薄，温热，像冬天里你自己嘴里呵出来的一口气。你不要她，她就悄悄地飘散了。她是你自己的一部分，她什么都懂，什么都宽宥你。你说真话，她为你心酸；你说假话，她微笑着，仿佛说："瞧你这张嘴！"

宗桢沉默了一会，忽然说道："我打算重新结婚。"翠远连忙做出惊慌的神气，叫道："你要离婚？那……恐怕不行罢？"宗桢道："我不能够离婚。我得顾全孩子们的幸福。我大女儿今年十三岁了，才考进了中学，成绩很不错。"翠远暗道："这跟当前的问题又有什么关系？"她冷冷地道："哦，你打算娶妾。"宗桢道："我预备将她当妻子看待。我——我会替她安排好的。我不会让她为难。"翠远道："可是，如果她是个好人家的女孩子，只怕她未见得肯罢？种种法律上的麻烦……"宗桢叹了口气道："是的。你这话对。我没有这权利。我根本不该起这种念头……我年纪也太大了。我已经三十五了。"翠远缓缓地道："其实，照现在的眼光看来，那倒也不算大。"宗桢默然。半晌方说道："你…… 几岁？"翠远低下头去道："二十五。"宗桢顿了一顿，又道："你是自由的么？"翠远不答。宗桢道："你不是自由的。即使你答应了，你的家里人也不会答应的，是不是？……是不是？"

翠远抿紧了嘴唇。她家里的人——那些一尘不染的好人——她恨他们！他们哄够了她。他们要她找个有钱的女婿，宗桢没有钱而有太太——气气他们也好！气，活该气！

车上的人又渐渐多了起来，外面许是有了"封锁行将开放"的谣言，乘客一个一个上来，坐下，宗桢与翠远给他们挤得紧紧的，坐近一点，再坐近一点。

宗桢与翠远奇怪他们刚才怎么这样地糊涂，就想不到自动地坐近一点，宗桢觉得她太快乐了，不能不抗议。他用苦楚的声音向她说："不行！这不行！我不能让你牺牲了你的前程！你是上等人，你受过这样好的教育……我——我又没有多少钱，我不能坑了你的一生！"可不是，还是钱的问题。他的话有理。翠远想道："完了。"以后她多半是会嫁人的，可是她的丈夫决不会像一个萍水相逢的人一般的可爱——封锁中的电车上的人……一切再也不会像这样自然。再也不会……呵，这个人，这么笨！这么笨！她只要他的生命中的一部分，谁也不希罕的一部分。他白糟蹋了他自己的幸福。那么愚蠢的浪费！她哭了，可是那不是斯斯文文的，淑女式的哭。她简直把她的眼泪唾到他脸上。他是个好人——世界上的好人又多了一个！

向他解释有什么用？如果一个女人必须倚仗着她的言语来打动一个男人，她也就太可怜了。

宗桢一急，竟说不出话来，连连用手去摇撼她手里的阳伞。她不理他。他又去摇撼她的手，道："我说——我说——这儿有人哪！别！别这样！等会儿我们在电话上仔细谈。你告诉我你的电话。"翠远不答。他逼着问道："你无论如何得给我一个电话号码。"翠远飞快地说了一遍道："七五三六九。"宗桢道："七五三六九？"她又不做声了。宗桢嘴里喃喃重复着："七五三六九"，伸手在上下的口袋里掏摸自来水笔，越忙越摸不着。翠远皮包里有红铅笔，但是她有意地不拿出来。她的电话号码，他理该记得。记不得，他是不爱她，他们也就用不着往下谈了。

封锁开放了。"叮玲玲玲玲玲"摇着铃，每一个"玲"字是冷冷的一点，一点一点连成一条虚线，切断时间与空间。

一阵欢呼的风刮过这大城市。电车当当当往前开了。宗桢突然站起身来，挤到人丛中，不见了。翠远偏过头去，只做不理会。他走了。对于她，他等于死了。电车加足了速力前进，黄昏的人行道上，卖臭豆腐干的歇下了担子，一个人捧着文王神卦的匣子，闭着眼霍霍地摇。一个大个子的金发女人，背上背着大草帽，露出大牙齿来向一个义大利水兵一笑，说了句玩笑话。翠远的眼睛看到了他们，他们就活了，只活那么一刹那。车往前当当的跑，他们一个个地死去了。

翠远烦恼地合上了眼。他如果打电话给她，她一定管不住她自己的声音，对他分外地热烈，因为他是一个死去了又活过来的人。

电车里点上了灯，她一睁眼望见他遥遥坐在他原先的位子上。她震了一震——原来他并没有下车去！她明白他的意思了：封锁期间的一切，等于没有发生。整个的上海打了个盹，做了个不近情理的梦。

开电车的放声唱道："可怜啊可怜！一个人啊没钱！可怜啊可——"一个缝穷婆子慌里慌张掠过车头，横穿过马路。开电车的大喝道："猪猡！"

1943年8月

（选自《张爱玲全集》第一卷，北京十月文艺出版社2009年出版）

创作背景：

张爱玲（1920—1995），中国现代女作家，生于上海，系出名门。幼年即显露文学的天才，年少成名，著有小说集《传奇》、散文集《流言》以及电影剧本若干。1955年，赴美国定居，用双语写作，创作小说、编写剧本、从事翻译和学术方面的工作。1995年9月在美国洛杉矶去世，终年七十五岁。

深厚的古典文化教养与西方的现代文化教育孕育了张爱玲超越时代的独特风格。她的小说展现了日常生活中人性的欲望和生存的困境。张爱玲的笔下没有英雄，没有"飞扬"，安稳的底子，软弱的凡人才是任何时代最广大的负荷者，在他们日常平庸的生活中，把握人生的"生趣"。张爱玲的写作具有独特鲜明的叙事风格，既传统又现代。她的艺术感觉敏锐精微，擅于调动声、色、味等感官因素，把肖像、语言、动作、心理流程结合在一起，匠心独运的人物、情节和时空，使小说营造出苍凉悲悯的美学风格。

评论：

贾平凹《读张爱玲》：我往往读她的一部书，读完了如逛大的园子，弄不清了从哪儿进门的，又如何穿径过桥走到这里？又像是醒来回忆梦，一部分清楚，一部分无法理会，恍恍惚惚。她明显地有曹雪的才情，又有现今人的思考，就和曹氏有了距离，她没有曹氏的气势，浑淳也不及沈从文，但她的作品的切入角度，行文的诡谲以及弥漫的一层神气，又是旁人无以类比。

天才的长处特长，短处极短，孔雀开屏最美丽的时候也暴露了屁股，何况张又是个执拗的人。时下的人，尤其是也稍要弄些文的人，已经有了毛病，读作品不是浸淫作品，不是学人家的精华，启迪自家的智慧，而是卖石灰就见不得卖面粉，还没看原著，只听别人说着好了，就来气，带气入读，就只有横挑鼻子竖挑眼。这无损于天才，却害了自家。张的书是可以收藏了常读的。

与许多人来谈张的作品，都感觉离我们很远，这不指所描叙的内容，而是那种才气如云，以为她是很古的人。当知道张现在还活着，还和我们同在一个时候，这多少让我们感到形秽和丧气。

《西厢记》上说：不会相思，学会相思，就害相思！《西厢记》上又说：好思量，不思量，怎不思量？嗨，与张爱玲同活在一个世上，也是幸运，有她的书读，这就够了！

王安忆《人生戏剧的鉴赏者》：说实在，我很为张爱玲惋惜，她其实是具备很好的条件，可以塑造重大的情感状态。她能够领会深刻的人生哀痛，在文字上，可说是找到了原动力，有可能去创造文字的宫殿。可是，她的创痛不知在哪一个节骨眼上得到了有效的缓解，很快解脱出来，站在一边，成了一个人生戏剧的鉴赏者，口气轻松了许多。其实，张爱玲是站在虚无的深渊边上，稍一转眸，便可看见那无底的黑洞，可她不敢看，她得回过头去，她有足够的情感能力去抵达深刻，可她却没有勇敢承受这能力所获得的结果，这结果太沉重，她是很知道这份量的，于是她便自己攫住自己，束缚在一些生活的可爱的细节上，拼命去吸吮它的实在之处，以免自己再滑到虚无的边缘。

白先勇（访谈）：张爱玲当然是不世出的天才，她的文字风格很有趣，像是绕过了"五四"

时期的文学，直接从《红楼梦》《金瓶梅》那一脉下来的，张爱玲的小说语言更纯粹，是正宗的中文，她的中国传统文化造诣其实很深。

许子东《许子东现代文学课》：鲁迅是一座山，但张爱玲是一条河。

剖情析采——文论篇

至于剖情析采，笼圈条贯，摛神性，图风势，苞会通，阅声字，崇替于时序，褒贬于才略，怊怅于知音，耿介于程器，长怀序志，以驭群篇，下篇以下，毛目显矣。

——刘勰《文心雕龙·序志》

第四章　剖情析采——文论篇

季札观乐[1]

［春秋末期］左丘明

吴公子札来聘[2]。……请观于周乐[3]。

使工为之歌《周南》《召南》[4]，曰："美哉！始基之矣[5]，犹未也，然勤而不怨矣。为之歌《邶》《鄘》《卫》[6]，曰："美哉，渊乎！忧而不困者也。吾闻卫康叔、武公之德如是[7]，是其《卫风》乎？"为之歌《王》曰："美哉！思而不惧[8]，其周之东乎[9]！"为之歌《郑》，曰："美哉！其细已甚[10]，民弗堪也[11]。是其先亡乎！"为之歌《齐》，曰："美哉，泱泱乎[12]！大风也哉！表东海者[13]，其大公乎？国未可量也。"为之歌《豳》[14]，曰："美哉，荡乎[15]！乐而不淫[16]，其周公之东乎[17]？"为之歌《秦》，曰："此之谓夏声[18]。夫能夏则大，大之至也，其周之旧乎！"为之歌《魏》，曰："美哉，沨沨乎[19]！大而婉，险而易行，以德辅此，则明主也！"为之歌《唐》[20]，曰："思深哉！其有陶唐氏之遗民乎[21]？不然，何忧之远也？非令德之后[22]，谁能若是？"为之歌《陈》，曰："国无主，其能久乎！"自《郐》以下无讥焉[23]！

为之歌《小雅》，曰。"美哉！思而不贰[24]，怨而不言[25]，其周德之衰乎？犹有先王之遗民焉[26]！"为之歌《大雅》，曰："广哉！熙熙乎[27]！曲而有直体[28]，其文王之德乎？"

为之歌《颂》，曰："至矣哉[29]！直而不倨[30]，曲而不屈[31]；迩而不逼，远而不携[32]；迁而不淫[33]，复而不厌[34]；哀而不愁，乐而不荒；用而不匮[35]，广而不宣[36]；施而不费[37]，取而不贪[38]；处而不底[39]，行而不流[40]。五声和[41]，八风平[42]；节有度[43]，守有序。盛德之所同也[44]！"

见舞《象箾》《南籥》者[45]，曰："美哉，犹有憾！"见舞《大武》者，曰："美哉，周之盛也，其若此乎？"见舞《韶濩》者[46]，曰："圣人之弘也[47]，而犹有惭德[48]，圣人之难也！"见舞《大夏》者[49]，曰："美哉！勤而不德[50]。非禹，其谁能修之[51]！"见舞《韶箾》者[52]，曰："德至矣哉！大矣，如天之无不帱也[53]，如地之无不载也[54]！虽甚盛德[55]，其蔑以加于此矣[56]。观止矣[57]！若有他乐，吾不敢请已！

创作背景

左丘明（前502—前422），姜姓丘氏，名明。丘穆公吕印的后代。其先祖任楚国的左史官，故在姓前添"左"字，左氏世为鲁国太史。左丘明则约与孔子（前551—前479）同时，而年辈稍晚，又与孔子一起"如周，观书于周史"，故熟悉诸国史事，并深刻理解孔子思想。左丘明是著名史家、学者与思想家，著有《春秋左氏传》《国语》等。

《季札观乐》选自《左传·襄公二十九年》，是《左传》中一篇特别的文章，它包含了许多文学批评的因素。季札虽然是对周乐发表评论，其实也就是评论《诗》，因为当时《诗》是入乐的。《墨子·公孟》曰“颂诗三百，弦诗三百，歌诗三百，舞诗三百”。马瑞辰说：“诗三百篇，未有不可入乐者。……《左传》：吴季札请观周乐，使工为之歌周南、召南，并及于十二国。若非入乐，则十四国之诗，不得统之以周乐也。”（《毛诗传笺通释卷一：诗入乐说》）虽然，脱离了音乐的诗或许少了感发作用，而周乐中的舞已不能再现，但毕竟季札评论的周乐，其文字主体还能在《诗经》中看到。所以我们可以从《季札观乐》中总结出传统文学批评的一些特点。

注释：

1 《季札观乐》讲的是季札出使鲁国，鲁国人为他表演周王室的乐舞。这是《左传》中一篇特别的文章，它包含了许多文学批评的因素。

2 公子札：即季札，吴王寿梦第四子，有贤名。襄公二十九年，出访鲁、齐、晋、郑、卫诸国。来聘：来鲁国友好访问。古代诸侯与天子间、诸侯与诸侯间派使者问候叫聘。

3 观：观赏。周乐：周天子的音乐。周成王曾把周天子的音乐赐给周公，鲁为周公的后代，所以保存这套音乐。

4 工：指乐工。 《周南》《召南》：《诗经》十五国风开始的诗歌，以下所歌诗篇均见《诗经》。

5 基之：指为王业奠定基础。 未：指未成功。

6 邶（bèi）：周代诸侯国，在今河南汤阴南。 鄘：周代诸侯国，在今河南新乡市南。 卫：周代诸侯国，在今河南淇县。这里是指诗经中的邶风、鄘风、卫风。

7 康叔：周公的弟弟，卫国开国君主。 武公：康叔的九世孙。

8 思而不惧：虽有愁思，却不惧。

9 周之东：指周室往东迁。

10 其细已甚：指《郑风》多男女琐碎情事。已，太。

11 弗堪：经受不住。意指民风日颓，无法挽回。

12 泱泱：声音洪大。

13 表东海者：此言太公姜尚封于齐，成为东海一带诸侯的表率。

14 豳（bīn）：西周公刘时的旧都，在今陕西彬县东北。这里指代即《豳风》，豳地的歌曲。

15 荡乎：荡然、广阔貌。

16 乐而不淫：指有所节制。

17 周公之东：指周公东征。

18 夏：西周王跷一带。 秦：在今陕西、甘肃一带。 夏声：正声、雅声、西方之声，秦在西，故云。

19 沨沨（fēng）：形容乐声和谐，婉转抑扬。

20 唐：在今山西太原。晋国开国国君叔虞初封于唐。

21 陶唐氏：指帝尧。晋国是陶唐氏旧地。

22 令德之后：美德者的后代，指陶唐氏的后代。

23 郐：也写作“桧”。 讥：评论。

24 思而不贰：杜预注“思文、武之德，无叛贰之心”。

25 怨而不言：虽有怨恨却没说出来。

26 先王：指周初圣王。

27 熙熙：和乐声。

28 曲而有直体：指委婉而刚劲。体，质。

29 至矣：美极了。

30 直：正直。 倨：傲慢。

31 曲而不屈：委婉而不卑屈。

32 携：通“隙”，指二心。

33 迁：迁移。 淫：淫邪。

34 复而不厌：虽反复却不让人烦厌。

35 匮：用尽。

36 宣：炫耀。

37 施：施惠。 不费：不滥施。

38 取而不贪：以义取之，不贪婪。

39 处：静。 底：停滞。

40 流：指放任自流。

41 五声：宫、商、角、徵、羽。 和：和谐。

42 八风：指金、石、丝、竹、翰、土、革、本做成的八类乐器。 平：协调。

43　度：序，指“五声”“八风”和而不乱。
44　盛德：指周、鲁、商三颂所展现的美德。
45　《象箾（shuò）》：武舞，箾是舞者所拿的竿（一说箫）。　《南籥（yuè）》：文舞，籥为舞者所持的乐器，其形似笛。杜预 注：“《象箾》，舞所执。《南籥》，以籥舞也。皆文王之乐。”
46　《韶濩（hù）》：商汤乐舞。
47　宏：大。
48　惭德：指德有欠缺，即以征伐取天下。
49　《大夏》：禹之乐舞。
50　不德：不自夸其恩德。
51　修之：指创作《大夏》乐舞。
52　《韶箾》：亦名《箫箾》，舜之乐舞。
53　帱（dào）：覆盖。
54　载：承载。
55　虽：唯，语气助词。　甚盛德：盛德已极。
56　蔑：无。
57　观止：已观赏到最高水平的乐舞，到此为止。

说文解字序

［东汉］许　慎

古者包羲氏之王天下也[1]，仰则观象于天[2]，俯则观法于地，视鸟兽之文与地之宜[3]，近取诸身，远取诸物，于是始作《易》八卦，以垂宪象[4]。及神农氏结绳为治而统其事[5]，庶业其繁[6]，饰伪萌生[7]。黄帝之史仓颉，见鸟兽蹄迒之迹[8]，知分理之可相别异也[9]，初造书契[10]。“百工以乂[11]，万品以察[12]，盖取诸夬[13]”，“夬扬于王庭[14]”言文者宣教明化于王者朝廷[15]，君子所以施禄及下[16]，居德则忌也[17]。仓颉之初作书，盖依类象形，故谓之文。其后形声相益，即谓之字。文者，物象之本；字者，言孳乳而浸多也[18]。著于竹帛谓之书，书者如也[19]。以迄五帝三王之世[20]，改易殊体[21]。封于泰山者七十有二代，靡有同焉[22]。

《周礼》：八岁入小学，保氏教国子先以六书[23]。一曰指事。指事者，视而可识，察而可见，“上下”是也。二曰象形。象形者，画成其物，随体诘诎，“日月”是也。三曰形声。形声者，以事为名，取譬相成[24]，“江河”是也。四曰会意。会意者，比类合谊[25]，以见指撝[26]，“武信”是也，五曰转注。转注者，建类一首[27]，同意相受[28]，“考老”是也。六曰假借。假借者，本无其字，依声托事，“令长”是也。及宣王太史籀著《大篆》十五篇，与古文或异[29]。至孔子书《六经》，左丘明述《春秋传》，皆以古文，厥意可得而说[30]。其后诸侯力政[31]，不统于王，恶礼乐之害己[32]，而皆去其典籍[33]分为七国，田畴异亩，车途异轨，律令异法，衣冠异制，言语异声，文字异形。秦始皇初兼天下，丞相李斯乃奏同之[34]，罢其不与秦文合者[35]。斯作《仓颉篇》，中车府令赵高作《爰历篇》，太史令胡毋敬作《博学篇》，皆取史籀大篆，或颇省改[36]，所谓小篆者也。是时秦烧灭经书，涤除旧典，大发隶卒，兴役戍，官狱职务繁，初有隶书，以趣约易[37]，而古文由此绝矣。自尔秦书有八体：一曰大篆，二曰小篆，三曰刻符[38]，四曰虫书[39]，五曰摹印[40]，六曰署书[41]，七曰殳书[42]，八曰隶书。

汉兴有草书[43]。尉律[44]：学童十七以上始试，讽籀书九千字乃得为吏[45]；又以八体试之[46]。郡移太史并课[47]，最者以为尚书史[48]。书或不正，辄举劾之[49]。今虽有尉律，不课[50]，小学不修[51]，莫达其说久矣。孝宣时，召通《仓颉》读者[52]，张敞从受之[53]；凉州刺史杜业、沛人爰礼、讲学大夫秦近，亦能言之。孝平时，征礼等百余人令说文字未央廷中，以礼为小学元士，黄门侍郎扬雄采以作《训纂篇》[54]。凡《仓颉》以下十四篇，凡五千三百四十字，群书所载，略存之矣。及亡新居摄[55]，使大司空甄丰等校文书之部[56]。自以为应制作[57]，颇改定古文。时有六书：一曰古文，孔子壁中书也；二曰奇字，即古文而异者也；三曰篆书，即小篆，秦始皇帝使下杜人程邈所作也；四曰佐书，即秦隶书；五曰缪篆，所以摹印也；六曰鸟虫书，所以书幡信也。

壁中书者[58]，鲁恭王坏孔子宅而得《礼记》《尚书》《春秋》《论语》《孝经》。又北平侯张仓献《春秋左氏传》，郡国亦往往于山川得鼎彝[59]，其铭即前代之古文，皆自相似。虽叵复见远流[60]，其详可得略说也。而世人大共非訾[61]，以为好奇者也，故诡更正文，乡壁虚造不可知之书[62]，变乱常行[63]，以耀于世。诸生竞说字解经[64]，喧称秦之隶书为仓颉时书，云：父子相传，何得改易？乃猥曰[65]：马头人为长，人持十为斗，虫者屈中也。廷尉说律，至以字断法，“苛人受钱”[66]，“苛”之字“止句”也。若此者甚众，皆不合孔氏古文，谬于史籀。俗儒鄙夫翫其所习[67]，蔽所希闻[68]，不见通学，未尝睹字例之条[69]，怪旧艺而善野言，以其所知为秘妙，究洞圣人之微恉[70]。又见《仓颉篇》中“幼子承诏”，因号古帝之所作也，其辞有神仙之术焉。其迷误不谕，岂不悖哉！

《书》曰：“予欲观古人之象。”言必遵修旧文而不穿凿。孔子曰：“吾犹及史之阙文，今亡也夫！”盖非其不知而不问，人用己私，是非无正，巧说衺辞[71]，使天下学者疑。盖文字者，经艺之本，王政之始，前人所以垂后，后人所以识古。故曰：“本立而道生”，“知天下之至啧而不可乱也”。今叙篆文，合以古籀，博采通人[72]，至于小大，信而有证[73]。稽譔其说[74]，将以理群类，解谬误，晓学者，达神恉[75]。分别部居，不相杂厕[76]。万物咸睹，靡不兼载[77]。厥宜不昭[78]，爰明以谕[79]。其称《易》，孟氏，《书》孔氏，《诗》毛氏，《礼》《周官》《春秋》《左氏》《论语》《孝经》[80]，皆古文也。其于所不知，盖阙如也[81]。

创作背景

许慎（约58—约147），字叔重，汝南召陵人。东汉著名经学家、文字学家。曾任太尉南阁祭酒等职。师事贾逵攻古文经学。为正秦汉以来书体错乱和今文经派臆解经义之谬，于汉和帝永元十二年（100年）到安帝建光元年（121年）积二十年之力撰写了《说文解字》，是首部按部首编排的汉语字典，为我国古文字学的开山之作。

《说文解字》以小篆为研究对象，同时参照小篆以外的古文、籀文。共十五卷，前十四卷正文加上末卷叙目。全书是五百四十部。据许慎所说，全书收字九千三百五十三，重文（即异体字）一千一百六十三，解说字十三万八千四百四十一，是中国第一部系统地分析汉字字形和考究字源的字书。《说文解字》是科学文字学和文献语言学的奠基之作，在中国语言学史上有极其重要的地位，也是世界上很早的字典之一。

注释：

1　包羲氏：即伏羲。

2　象：法象，现象。

3　文：错画也。象交文。今字作纹。　与地：一说为“舆地”，即“与”之繁体“與”通“舆”，“与地”即“舆地”。“舆地”，以车喻地，即大地之意。　宜：通“仪”，仪象或法度。

4　垂：示范、流传后世。　宪象：事物变化的基本法则。宪，法也。

5　统：纪也。相传神农时代结绳纪事。

6　庶：众多。　其：同“綦”，犹极也。

7　饰：假托、掩饰。　伪：作伪，虚假。　饰伪：即巧饰伪诈。

8　远（háng）：鸟兽之迹。

9　分理：即纹理。　相别异：悟出纹理有别而鸟兽可辨。

10　书契：即文字。

11　乂（yì）：治理。

12　察：分辨、明察。

13　夬：（guài）《說文》分決也，即断决、分辨。引自《周易》。

14　扬：传播。此句引《周易夬卦》卦辞。

15　宣教明化：说的是文字是在国王朝廷宣明教化的工具。

16　君子：王臣百官。　下：下层庶民。

17　居德：蓄德。　忌：明白禁忌。

18　孳乳：繁衍孳生。　浸：一作寖，渐渐。

19　如：谓如其事物本身之状也。训“文”为“本”，“字”为“孳”，“书”为“如”，都是依“同音相训”的原理从语音的角度释义。

20　迄：同讫，止也。　五帝：指黄帝、帝颛顼（zhuān xū）高阳、帝喾（kù）高辛、帝尧、帝舜。　三王：指夏禹、商汤、周文武。

21　易：改变。　殊体：不同的形体。

22　靡有：没有。

23　保氏：官名。　国子：公卿大夫之子弟。　六书：即下面的指事、象形、形声、会意、转注、假借。

24　譬：喻也。形声字其字半主义半主声。半主义者，取其义而形之，半主声者取其声而言之。得其音之近似故曰象声、曰形声。

25　比：比合，组合。　类：字类，字群。　谊：义之本字，义乃谊之假借字。

26　见（xiàn）：通“现”，表现。　指撝（huī）：撝，当“挥”来解。就是说用这种方式能表现出这个字的所指。

27　建类：造字类。　一首：统一其部首。

28　受：加也。

29　与古文或异：谓与仓颉之古文稍有不同。

30　厥意：文字构成之义。厥，其也，指示代词。　说：说明。　这几句意思是：直到孔子编写六经，左丘明写春秋传，都用古文，字的意义还能够说明。

31 力政：以武力相征伐。政，即征。
32 害己：妨害自己。
33 去：废弃。 典籍：典章书籍。
34 奏：上奏。 同：同一，统一。
35 罢：删除。 合：相合、相同。
36 省改：这里指简化改变。
37 趣：求。 易：简便。
38 刻符：刻于符信的书体。
39 虫书：象鸟虫之形，书写旗幡的书体。
40 摹印：规摹印章的书体。
41 署书：题署之体。
42 殳（shū）书：刻于兵器的书体。殳，一种用竹或木制成的兵器。
43 草书：段玉裁曰："按草书之称起于草稿……其各字不相连绵者曰章草，晋以下相连绵者曰今草。"草书之特征有二：一简化，二连绵。
44 尉律：廷尉之法律。
45 讽：背诵。 籀：紬绎理解之意。讽籀者谓讽诵理解也。有人说：籀书九千文，是用籀文所写之文长达九千字，也通。
46 八体试之：试用秦之八体使之书写之。
47 并课：合并考试。
48 最者：成绩最优者。
49 举劾：以法纠有罪也。
50 不课：不考试。
51 小学：文字之学谓之小学者。
52 召：寻找。 通：明白，理解。 仓颉读：谓李斯所作仓颉篇之说解。读，即说解。
53 受之：从之受业。
54 采：采取，采取会议讲学讨论之结果。
55 亡新：指王莽。 摄：摄政，指王莽代汉自立。
56 大司空：官名。 甄丰：人名。
57 为应制作：谓应王莽之命而作。
58 壁中书：以古文出于壁中故谓之壁中书。晋人谓之蝌蚪文，则以周时古文头粗尾细，有似蝌蚪之故。
59 指古代祭祀用的鼎、尊等礼器，上面多刻着表彰有功业的文字。
60 叵（pǒ）：不可之意。 复见远流：此言虽不可再见远古文字之流变，然其构字之详尚可说明。
61 訾：非议。
62 乡：向，先前。
63 常行：通行之书，即指隶书。
64 说字解经：言依秦隶书之形体牵强解字释经。
65 猥：曲也，误也。
66 苛：诃之假借字，斥责也。
67 翫：wàn，玩弄。 所习：指隶书。
68 蔽：不明之意。 希：同稀，少、罕之意。
69 字例之条：谓构字之条例。
70 恉：意旨。
71 衺（xié）：同"邪"，不正也。
72 博：广也。 通人：学识渊博的专家。
73 信：可信也。 证：证据也。
74 稽：稽考。 譔：诠释。
75 神恉：深奥之旨，此谓文字结构之神妙意义。
76 厕：置也，放置。
77 兼载：尽记也。
78 厥：其也，代词。 昭：明也。
79 谕：告也。
80 称：举也，犹今言征引、引证。
81 阙如：即阙略不言之意。阙，即"缺"。

文 赋

［西晋］陆　机

余每观才士之所作[1]，窃有以得其用心[2]。夫其放言遣辞[3]，良多变矣。妍蚩好恶[4]，可得而言。每自属文[5]，尤见其情[6]。恒患意不称物[7]，文不逮意[8]，盖非知之难，能之难也。故作《文赋》以述先士之盛藻[9]，因论作文之利害所由[10]，他日殆可谓曲尽其妙[11]。至于操斧伐柯[12]，虽取则不远[13]，若夫随手之变，良难以辞逮。盖所能言者，具于此云尔。

伫中区以玄览，颐情志于典坟[14]。遵四时以叹逝，瞻万物而思纷；悲落叶于劲秋，喜柔条于芳春。心懔懔以怀霜，志眇眇而临云；[15]咏世德之骏烈，诵先人之清芬[16]；游文章之林府，嘉丽藻之彬彬[17]。慨投篇而援笔，聊宣之乎斯文[18]。

其始也，皆收视反听[19]，耽思傍讯[20]，精骛八极[21]，心游万仞。其致也，情曈昽而弥鲜，物昭晰而互进[22]，倾群言之沥液，漱六艺之芳润[23]，浮天渊以安流，濯下泉而潜浸[24]。于是沉辞怫悦[25]，若游鱼衔钩，而出重渊之深；浮藻联翩，若翰鸟缨缴[26]，而坠曾云之峻[27]。收百世之阙文，采千载之遗韵[28]，谢朝华于已披，启夕秀于未振[29]，观古今于须臾，抚四海于一瞬。

然后选义按部[30]，考辞就班[31]，抱景者咸叩[32]，怀响者毕弹[33]。或因枝以振叶[34]，或沿波而讨源，或本隐以之显，或求易而得难，或虎变而兽扰[35]，或龙见而鸟澜[36]，或妥帖而易施[37]，或岨峿而不安[38]。罄澄心以凝思，眇众虑而为言，[39]笼天地于形内，挫万物于笔端。始踯躅于燥吻，终流离于濡翰。[40]理扶质以立干，文垂条而结繁，信情貌之不差，故每变而在颜；思涉乐其必笑，方言哀而已叹。或操觚以率尔[41]，或含毫而邈然[42]。

伊兹事之可乐，固圣贤之所钦。课虚无以责有，叩寂寞而求音，[43]函绵邈于尺素，吐滂沛乎寸心。[44]言恢之而弥广，思按之而逾深。[45]播芳蕤之馥馥，发青条之森森，[46]粲风飞而猋竖，郁云起乎翰林。[47]体有万殊，物无一量，[48]纷纭挥霍，形难为状。[49]辞程才以效伎[50]，意司契而为匠[51]，在有无而僶俛[52]，当浅深而不让。虽离方而遁圆，期穷形而尽相。[53]故夫夸目者尚奢，惬心者贵当，[54]言穷者无隘，论达者唯旷。诗缘情而绮靡[55]；赋体物而浏亮[56]；碑披文以相质[57]；诔缠绵而凄怆[58]；铭博约而温润[59]；箴顿挫而清壮[60]；颂优游以彬蔚[61]；论精微而朗畅[62]；奏平彻以闲雅[63]；说炜晔而谲诳[64]。虽区分之在兹，亦禁邪而制放。[65]要辞达而理举[66]，故无取乎冗长。

其为物也多姿，其为体也屡迁。其会意也尚巧，其遣言也贵妍。暨音声之迭代[67]，若五色之相宣[68]。虽逝止之无常[69]，固崎锜而难便[70]，苟达变而识次，犹开流以纳泉。[71]如失机而后会，恒操末以续颠，[72]谬玄黄之秩序，故淟涊而不鲜[73]。

或仰偪于先条[74]，或俯侵于后章[75]；或辞害而理比[76]，或言顺而义妨[77]。离之则双美，合之则两伤。考殿最于锱铢[78]，定去留于毫芒。苟铨衡之所裁，固应绳其必当。

或文繁理富，而意不指适[79]。极无两致，尽不可益。立片言而居要[80]，乃一篇之警策[81]。虽众辞之有条，必待兹而效绩。亮功多而累寡[82]，故取足而不易[83]。

或藻思绮合[84]，清丽芊眠[85]。炳若缛绣[86]，凄若繁弦[87]。必所拟之不殊，乃暗合于曩篇[88]。虽杼轴于予怀[89]，怵他人之我先。苟伤廉而愆义[90]，亦虽爱而必捐[91]。

或苕发颖竖[92]，离众绝致[93]。形不可逐，响难为系。块孤立而特峙，非常音之所纬。[94]心牢落而无偶，意徘徊而不能揥[95]。石韫玉而山晖，水怀珠而川媚。彼榛楛之勿翦[96]，亦蒙荣于集翠。缀《下里》于《白雪》，吾亦济夫所伟[97]。

或托言于短韵，对穷迹而孤兴[98]。俯寂寞而无友，仰寥廓而莫承[99]。譬偏弦之独张，含清唱而靡应。

或寄辞于瘁音，言徒靡而弗华[100]。混妍蚩而成体，累良质而为瑕[101]。象下管之偏疾[102]，故虽应而不和。

或遗理以存异[103]，徒寻虚而逐微[104]。言寡情而鲜爱，辞浮漂而不归[105]。犹弦幺而徽急[106]，故虽和而不悲[107]。

或奔放以谐合，务嘈囋而妖冶[108]。徒悦目而偶俗[109]，故声高而曲下。寤《防露》与《桑间》[110]，又虽悲而不雅。

或清虚以婉约[111]，每除烦而去滥。阙大羹之遗味[112]，同朱弦之清氾[113]。虽一唱而三叹，固既雅而不艳[114]。

若夫丰约之裁[115]，俯仰之形[116]，因宜适变，曲有微情。或言拙而喻巧，或理朴而辞轻[117]，或袭故而弥新[118]，或沿浊而更清[119]。或览之而必察[120]，或研之而后精[121]。譬犹舞者赴节之投袂[122]，歌者应弦而遣声[123]。是盖轮扁所不得言[124]，亦非华说之所能精。

普辞条与文律[125]，良余膺之所服。练世情之常尤[126]，识前修之所淑。虽浚发于巧心[127]，或受嗤于拙目[128]。彼琼敷与玉藻[129]，若中原之有菽。同橐龠之罔穷[130]，与天地乎并育。虽纷蔼于此世[131]，嗟不盈于予掬[132]。患挈瓶之屡空[133]，病昌言之难属[134]。故踸踔于短韵[135]，放庸音以足曲。恒遗恨以终篇，岂怀盈而自足。惧蒙尘于叩缶，顾取笑乎鸣玉。[136]

若夫应感之会，通塞之纪，来不可遏，去不可止。藏若景灭[137]，行犹响起。方天机之骏利[138]，夫何纷而不理。思风发于胸臆，言泉流于唇齿。纷葳蕤以馺遝，唯毫素之所拟。[139]文徽徽以溢目，音泠泠而盈耳。[140]及其六情底滞[141]，志往神留，兀若枯木[142]，豁若涸流。览营魂以探赜，顿精爽而自求。[143]理翳翳而愈伏，思轧轧其若抽。[144]是故或竭情而多悔，或率意而寡尤[145]。虽兹物之在我，非余力之所戮。[146]故时抚空怀而自惋，吾未识夫开塞之所由也[147]。

伊兹文之为用，固众理之所因[148]。恢万里而无阂，通亿载而为津。[149]俯贻则于来叶，仰观象乎古人。[150]济文武于将坠，宣风声于不泯。[151]涂无远而不弥，理无微而不纶。[152]配沾润于云雨[153]，象变化乎鬼神。被金石而德广，流管弦而日新。[154]

创作背景：

陆机（261—303），字士衡，吴郡华亭（今上海松江）人。西晋文学家、书法家，与其弟陆云合称“二陆”。吴亡入晋，曾历任平原内史、祭酒、著作郎等职，世称“陆平原”。后死于“八王之乱”，被夷三族。他“少有奇才，文章冠世”（《晋书·陆机传》），与弟陆云俱为中国西晋时期著名文学家。还是一位杰出的书法家，他的《平复帖》是中国古代存世最早的名人书法真迹。

《文赋》是中国古代最早系统地探讨文学创作问题的论著，其中精彩之处在于描述了创作过程中最重要，同时也是最神秘、最难以捕捉的创造性思维的运转过程。创造过程中最动人的部分第一次在陆机笔下得以展示，露出其神秘的面纱，后来刘勰所言“文之思也，其神远矣。故寂然凝虑，思接千载；悄然动容，视通万里；吟咏之间，吐纳珠玉之声；眉睫之前，卷舒风云之色；其思理之致乎。故思理为妙，神与物游。”（《文心雕龙·神思》）正是此次探索的延续。

全文以赋的形式写成，从中亦可见到赋体文学的一些特色。

注释：

1　才士：有才气的人。
2　窃：私下。　用心：此指在构思、技巧等方面的创作意图。
3　放言：发言，指写作。　遣词：用词。
4　妍蚩：美丑。蚩，同“媸”。　言：评论。
5　属（zhǔ）文：写文章。

6 情：指创作中的甘苦感受。
7 恒：经常。 患：担心。 意不称物：构思的无法与外物对应和相似。
8 文不逮意：指写出的文章并不能准确表达自己的想法。
9 先士：前人，前代优秀作家。 盛藻：华美的辞藻，此指优秀的作品。
10 因：趁机，借此。 由：根源，缘由。
11 他日：将来的时间。 曲尽：委婉细致地充分表达出来。
12 操斧伐柯：语出《诗经·豳风·伐柯》，是说拿斧子砍木材做斧柄，手里的斧柄就可作标准，这里意为借鉴前人经验，研究创作规律。
13 则：法则，样子。
14 伫：长时间站着。 中区：即区中，指天地宇宙之中。 玄：幽深，深远。 览：观察。 颐：养，引申为陶冶、熏陶。 情志：性情和志趣。 典坟：《五典》和《三坟》。据汉代孔安国《尚书序》载，五帝（少昊、颛顼、高辛、唐尧、虞舜）的书叫《五典》；三皇（伏羲、神农、黄帝）的书叫《三坟》。
15 懔懔：危惧貌。 怀霜：抱着霜雪，比喻高洁。 霜，洁白。 眇眇：高远貌。 临云：达到云端，喻志向崇高。
16 世德：世代积累的业绩。一说指陆机的祖父三国时东吴丞相陆逊及父亲东吴大将陆抗的功德；另一说指有功绩的人。 骏烈：伟大功业。 诵：同“咏”，歌颂或叙述。 清芬：清美芬芳的美德和名声。
17 游：游览。 林府：林海，指众多的文章。 嘉：赞许，赞美。 彬彬：文质兼备，文情并茂。
18 聊：姑且，暂且。 宣：泄漏，引申为流畅地表达、阐发。 斯文：此文。
19 收视反听：不看不听。指精神集中，无外用心。反，通返。
20 耽：专心致志。 耽思傍讯：言想得深广。傍讯，广泛地探求。
21 精：心神，精神。 骛：奔驰。 八极：八方，比喻极远。
22 曈昽（tóng lóng）：太阳刚出来由暗而渐明的景象。比喻文情由隐而显。 弥：更加。 鲜：显明。 物：物象。 昭晰：鲜明清晰。 互进：交互涌进，即纷至沓来。
23 群言：群书，此处专指六艺之外诸子百家的著作和经史。 沥液：喻精华。沥，液体点滴。 漱：含，咀嚼品味。 六艺：指《六经》，即《诗》《书》《礼》《乐》《易》《春秋》。 芳润：芳香和润泽，指“六艺”内在与外在的美。
24 浮：在水面或空中浮游，言文思驰骋之远，想象之丰富。天渊：天河。 濯：洗涤。 下泉：阴间的黄泉。 潜浸：在深水中浸洗，喻文思精深。
25 沈辞：深沉的词意。沈，同“沉”。 怫悦：同“怫郁”，郁结之貌，引申为吐辞艰涩。
26 翰鸟：高飞的鸟。 缨缴：鸟被射出的箭上的生丝所缠，即中箭。 缨，缠绕。缴（zhuó），射鸟而系在箭上的生丝绳。
27 曾云：即云层，指高处的云。 峻：高。
28 阙文：残缺的文字，指古代留传下来的文字。阙，同“缺”。 收：收拾，收取。 采：采集。
29 谢：丢弃。 朝华：早开的花。 已披：萎靡的样子，比喻前人已用过的辞意。 启：打开。 夕秀：晚开的花朵。秀，与“华”同义，都是花。 振：放，怒放。
30 选义：选择恰当的事或意见，也就是所要表达的内容。 按：依照，照着。
31 考辞：考虑选取确切的词汇、文句。 按部、就班：安排在恰当贴切的位置上。就，归于。部、班，指门类、次序。
32 景：同“影”，指形象。 叩：敲。抱：有。
33 怀响：能发声之物体。 怀：有。
34 因：沿，依照。 枝：枝干，指文章的主要部分。 振叶：发芽长叶，此指语词的运用。振，摇动，抖动。 叶与枝对，喻枝干以外的部分，词语的选择运用。
35 虎变：原指虎毛更生，此引申为文章美善而多变化。见《周易》“大人虎变”。疏：“……有文章之美，焕然可观，有似虎变，其文彪炳。” 扰：驯服。
36 龙见（xiàn）：龙出现在水上。 澜：原指水波，此有涣散之意。 此处虎和龙喻文章的根本，兽、鸟喻文章的枝叶。
37 妥帖：文辞平稳妥当。
38 岨峿（jǔ yǔ）：互相抵触，不合牙。在此引申为比较困难，苦心经营，仍格格不合。
39 罄、眇：都是尽的意思，指概括全部。
40 踯躅（zhí zhú）：徘徊不进，比喻吐辞艰涩。 燥吻：干裂的嘴唇。 流离：同“流利”。 濡翰：饱蘸墨汁的笔。
41 操觚（gū）：写作。觚（gū），古代用来书写的木简。 率尔：本指轻率、不慎重，此处引申为快敏轻捷。
42 含毫：嘴里含着毛笔，喻文思艰涩。 邈然：缓慢的样子。
43 课：试，遵循。 虚无：不实而抽象的。 责：索求。 叩：敲击。 寂寞：寂静，无声。 求：追求。 音：音响。
44 函：同“含”，包含。 绵邈：远。 素：古人书写用的绫绢。 吐：倾吐，指写出来的文章。 滂沛：形容浩大而繁盛。 寸心：指心中。
45 言：文句，语言。 恢：发扬，扩大。 思：思想。 按：考查，精思。 逾：与“弥”同义，更加。
46 播：发，写出。 蕤（ruí）：草木的花。 馥馥：芳香。 森森：又长又密的样子。
47 粲：鲜明美丽的样子。 飙：旋风。 竖：立起，风向上卷。 郁：浓郁。 翰林：文坛。
48 体：文体。 殊：差异，不同。 物：客观事物。 量：标准。
49 纷纭：多而乱。 挥霍：迅疾的样子，言变化之快。 形：外物的形态。 为：“为之”的省文，即替它。 状：陈述或描摹。
50 程：显示，呈现。 伎：通“技”，技艺、技巧。
51 司：掌握。 司契：掌握要领。契，契约，证券。古代把合同、总帐、具结都叫契，此指图样。 匠：工匠，引申为施工、进行。
52 在：察。 有无：有，具体的；无，抽象的。此指文辞丰富或贫乏。 僶俛（mǐn miǎn）：勤勉努力。

53　方圆：规矩，法则。　遁：回避逃离。　期：期望，务必。　穷形：穷尽物之形。　尽相：尽量表现物之相。
54　夸目：善于夸张描绘，炫耀辞藻，使人感到琳琅满目。　奢：浮艳，奢华。　惬心者：注重文章内容的人。惬，心意满足。　当：严密，精当。
55　缘情：抒情。因情而生文。　绮靡：美丽细致。
56　体：体现，表现。　物：描绘的对象。　浏亮：清楚明朗。
57　碑：刻石记功之文体。　披文：加以文饰。　相质：指虽需文饰但要与质相当。
58　诔：用来哀祭的文体。
59　铭：古代刻于金石用来记功的文体。
60　箴：以规戒为目的的文体，用以讽刺得失。
61　颂：颂扬功绩品德的文体。　优游：态度从容舒缓，闲暇自得。　彬蔚：辞采华茂。
62　论：评论是非、褒贬功过的文体。
63　奏：向君主陈情、叙事之文体，亦称“奏章”。
64　说：推理、辩论之文体，亦称“辩论”。　炜晔（wěi yè）：光采夺目。　谲诳：诡异迷乱，变化多端。
65　兹：代词，此。　邪：不正，指意言。　放：不雅，措辞言。
66　辞达：用词恰当，序列清楚，能完善地表达意思。　理举：文理清晰，话说得明白，内容站得住脚。
67　暨：以及，到。　迭代：互相更迭替代。
68　五色：指青、赤、黄、白、黑五种颜色。　宣：互相作用，更为鲜明。
69　逝止：去留，取舍。　无常：没有一定的常规。
70　崎锜（qí qí）：山势不平，山石嵌空。喻文辞安排不妥贴。
71　苟：如果。　达变：通晓事物的变化。　识次：掌握规律。　开流纳泉：找到新的源头使思如泉涌。
72　失机：失去机会。　后会：强行掇取。　操末：拿着尾巴。　续颠：接在头上。
73　澳涊（tiǎn niǎn）：污浊貌。
74　仰偪：后文与前文文意相抵牾。偪，通“逼”。　先条：上文。
75　俯侵：前面的文意侵犯后面的文意。　后章：下文。
76　理比：道理还妥帖。理，道理。比，切近、妥帖。
77　妨：妨害，比喻文意不妥。
78　殿最：最下等功称为殿，最上等功称为最，此处表等差。　锱铢：古代重量单位，本文比喻极轻微的分量。
79　意不指适（dí）：意不能称物。适，当。
80　片言：几句话。　居要：放在重要位置。
81　警策：重点强调的核心。
82　亮：同“谅”。　信：确实。　功：功力，功效。　累：累害。
83　取足：得到满足，理极言尽。　不易：不可改。
84　藻思：文章的辞藻和文思。　绮合：如丝织品那样，组织得严密漂亮。绮，用丝织成的有花纹的绫，是一种高级丝织品。
85　芊眠：又书“芊绵”，草木繁盛的样子。
86　炳：光明显著。　缛绣：色彩明丽繁密的锦绣。
87　凄：悲伤，凄恻，指动人之意。　繁弦：多弦合奏的音乐，声调抑郁。
88　曩篇：前人的篇章。
89　杼轴：旧时织布机上管经线和纬线的两个部件。杼是梭子，轴是筘。这里比喻文意的组织构思。
90　苟：如果。伤廉：损伤廉洁。　愆（qiān）：违背。
91　捐：舍弃，抛弃。
92　苕：芦苇的花。　颖：禾穗的尖端。　竖：显示出来。
93　离众：出众。　绝致：神态超伦，达到最高点。这里指绝妙的文辞。
94　块：孤独貌。　纬：编织，此谓配合、交织。
95　揥（dì）：舍弃，捐弃。
96　榛楛（zhēn hù）：两种不美观的灌木。比喻平庸的文句。
97　济：增益，成，有利。　伟：奇特，奇伟，美。
98　短韵：简短的几句文句，小文。　穷迹：指较少的写作素材。　孤兴：指孤立的话，简单的感想。　李善注：“言文小而事寡，故曰穷迹；穷迹而无偶，故曰孤兴。”
99　“俯寂寞”二句：李善注，“言事寡而无偶，俯求之则寂寞而无友，仰而应之，则寥廓而无所承。”　寥廓：高远空旷。莫承：没有相配的佳句。
100　瘁音：病苦之音，指无力而不健康的声音。　靡：美好。　华：光华，光彩。
101　成体：组成文章。　累：连累，有害。
102　象：类似，譬如。　下管：演奏时，歌者在上，管乐在下，与雅声不相和谐。　偏疾：指节奏过快。
103　遗理：抛弃文意。　存异：保存奇异的文辞。
104　虚：与“实”相对，指虚浮不实的文词。　微：末节。
105　不归：不归于实，无所归宿。
106　幺：细小。　徽：琴徽，即琴上系弦之绳。
107　悲：感动人。古人论音乐，用“悲”表示感人的意思。
108　嘈囋（cáo zá）：声音杂乱，喧闹。

109 偶：迎合。
110 《防露》《桑间》：古代情歌，当时视之为亡国之音、淫佚之曲。
111 清虚：文辞朴素清淡，没有色彩。
112 大羹：不加调料无味之肉汁，即水煮的肉汤。
113 清氾（fàn）：清散，不繁密，即单调、质朴。
114 艳：文辉华美。
115 若夫：至于那。 丰约：文辞的繁缛和简约。
116 俯仰：上下，深浅，指文辞安排位置。 形：结构。
117 理朴：道理质朴。 轻：轻巧，华饰。
118 袭故弥新：因袭旧辞，赋予新意，有化腐朽为神奇之意。
119 沿浊更清：出自沉浊，赋予新意，而显得更清新，有推陈出新之意。
120 览之而必察：文章的曲折微情，一看就知道。 览：看。 察：看清楚。
121 精：精妙，精通。
122 投袂：挥动衣袖。 袂：袖子。
123 遣声：发出声音，放声歌唱。
124 轮扁：见《庄子·天道》中“轮扁议书”之典，齐国制作车轮的工匠扁以做车轮为例阐述读书，认为微妙和高深的经验“得之于手而应于心，口不能言”意思是最精妙处只可体会而无法言传。
125 普：普遍，所有的。 辞条、文律：均指写作法则。
126 练：熟悉，谙练。 世情：世俗人之常情。 尤：通病，过失，毛病。
127 浚发：从深处发出。
128 嗤：耻笑，讥笑。拙目：眼光很差的人。
129 琼敷、玉藻：皆指好文章。 琼：美玉。敷：花朵。
130 橐籥（tuó yuè）：古代冶炼用的鼓风工具，《老子》“天地之间，其犹橐籥乎？虚而不屈，动而俞出。”此处借指不竭的气息。 罔：无。
131 纷葳：繁多。
132 掬：两手捧着，一满把。
133 挈瓶：提着瓶子打水，比喻知识浅薄。见《左传·昭公七年》“虽有挈瓶之知，守不假器”句。 屡空：空匮，瓶中水常空，比喻才智枯竭。见《论语·先进》“回也其庶乎，屡空”。
134 昌言：当言，适当的文辞，指古代前贤的佳作。
135 踸踔（chěn chuō）：跛行貌，喻文思迟滞，写作吃力。
136 叩：敲打的意思。 缶：瓦器。 顾：反而。 鸣玉：指美玉发出悦耳的声音。全句意思是生怕自己的文章覆盖瓦罐落满灰尘也无人叩击，只能被音响清越的鸣玉取笑不已。
137 藏：隐藏，枯竭。 景：同“影”。
138 天机：灵感，神秘的天意，这里指文思涌现时的自然之势。 骏利：流利通畅，形容文思敏捷。
139 葳蕤（wěi ruí）：草木茂盛，此指文思繁茂。 馺（sà）遝（là）：连续不断，引申为盛多貌。 毫：笔。 素：洁白的生绢，古代用以写字。
140 徽徽：文采华丽美盛貌。徽通“辉”。 泠泠：形容声音清脆、响亮。
141 底滞：停滞，阻滞。
142 兀：呆立不动，茫然无知的样子。
143 览：招引，引申为集中。 营魂：精神，魂魄。 赜（zé）：幽深玄妙，深奥。 顿：振作，抖擞。
144 翳翳：阴暗不明的样子。 轧轧：形容极不容易出来的样子。
145 寡尤：过错很少。 尤：过错。
146 兹物：指所写的文章。 戮：尽力，戮力。
147 开：指“天机骏利”，文思通畅。 塞：指“六清底滞”，文思阻塞。
148 众理：指宇宙万物之理。
149 阂：界限，阻碍。 通：沟通。 津：桥梁，引申为传授。
150 贻：同遗，留给。 则：法则。 来叶：后辈。 观：观察，此处有学习的意思。 象：模范，此指法则、法式。
151 济：振兴。 文武：指周文王、周武王，泛指儒家文武道统。 宣：宣扬，传播。 风声：风教，诗教。
152 涂：通途。 弥：到达。 纶：知。
153 配：配当，使两种东西配合在一起。 沾：浸湿。 润：润泽。
154 被：同“披”，刻，此有刻写之意。 流：注入，此处是配上的意思。 管弦：乐器，音乐。

评论：

（南朝 梁）刘勰《文心雕龙·总术篇》：昔陆氏《文赋》，号为曲尽，然泛论纤悉，而实体未该。

章学诚《文史通义·文德》：古人论文，唯论文辞而已矣。刘勰氏出，本陆机氏说而倡论文心。

文心雕龙·物色

［南朝　梁］刘　勰

春秋代序[1]，阴阳惨舒[2]，物色之动，心亦摇焉。盖阳气萌而玄驹步[3]，阴律凝而丹鸟羞[4]，微虫犹或入感，四时之动物深矣[5]。若夫珪璋挺其惠心[6]，英华秀其清气[7]，物色相召，人谁获安？是以献岁发春[8]，悦豫之情畅[9]；滔滔孟夏[10]，郁陶之心凝[11]；天高气清，阴沈之志远[12]；霰雪无垠，矜肃之虑深[13]。岁有其物，物有其容；情以物迁，辞以情发[14]。一叶且或迎意，虫声有足引心。况清风与明月同夜，白日与春林共朝哉！

是以诗人感物，联类不穷[15]。流连万象之际[16]，沉吟视听之区；写气图貌，既随物以宛转[17]；属采附声[18]，亦与心而徘徊[19]。故灼灼状桃花之鲜[20]，依依尽杨柳之貌[21]，杲杲为出日之容[22]，瀌瀌拟雨雪之状[23]，喈喈逐黄鸟之声[24]，喓喓学草虫之韵[25]；皎日嘒星[26]，一言穷理；参差沃若[27]，两字穷形[28]：并以少总多，情貌无遗矣[29]。虽复思经千载，将何易夺。及离骚代兴，触类而长[30]，物貌难尽，故重沓舒状[31]，于是嵯峨之类聚[32]，葳蕤之群积矣[33]。及长卿之徒，诡势瑰声[34]，模山范水，字必鱼贯[35]，所谓诗人丽则而约言，辞人丽淫而繁句也[36]。至如《雅》咏棠华，或黄或白[37]；《骚》述秋兰，绿叶紫茎[38]。凡摛表五色[39]，贵在时见[40]，若青黄屡出，则繁而不珍。

自近代以来[41]，文贵形似，窥情风景之上，钻貌草木之中。吟咏所发，志惟深远；体物为妙，功在密附[42]。故巧言切状，如印之印泥，不加雕削，而曲写毫芥[43]；故能瞻言而见貌，印字而知时也[44]。然物有恒姿，而思无定检[45]，或率尔造极[46]，或精思愈疏[47]。且诗骚所标[48]，并据要害，故后进锐笔[49]，怯于争锋。莫不因方以借巧，即势以会奇，善于适要[50]，则虽旧弥新矣。是以四序纷回[51]，而入兴贵闲[52]；物色虽繁，而析辞尚简；使味飘飘而轻举，情晔晔而更新[53]。古来辞人，异代接武[54]，莫不参伍以相变，因革以为功[55]，物色尽而情有余者，晓会通也。若乃山林皋壤[56]，实文思之奥府，略语则阙，详说则繁。然屈平所以能洞监风骚之情者，抑亦江山之助乎！

赞曰[57]：山沓水匝[58]，树杂云合。目既往还，心亦吐纳[59]。春日迟迟[60]，秋风飒飒[61]。情往似赠[62]，兴来如答[63]。

创作背景

刘勰（约465—约520），字彦和，南朝梁人，中国历史上著名的文学理论家、文学批评家。生于京口（今镇江），祖籍山东莒县（今山东省莒县）。一生虽任多种官职，但其名不以官显，却以文彰，一部《文心雕龙》奠定了他在中国文学批评史上的地位。

《文心雕龙》成书于公元501—502年（南朝齐和帝中兴二年）间，它是中国文学理论批评史上第一部有严密体系的文学理论专著，被后人赞为“体大而虑周”（章学诚《文史通义•诗话篇》）。全书共十卷，五十篇（原分上、下部，各二十五篇），以孔子美学思想为基础，兼采道家，全面总结了齐梁时代以前的美学成果，细致地探索和论述了语言文学的审美本质及其创造的美学规律。

本篇为其中的第四十六篇，敏锐地抓住了晋宋以来诗文表现自然景物的新风气，并总结出情景交融的写作经验，是中国山水艺术的理论奠基之作。

注释：

1　春秋：这里用春秋来代指四季。　代：更替。　序：次序。

2　阴阳惨舒：即阴惨阳舒。秋冬为阴，春夏为阳。惨舒，惨，通“黪”，阴暗。舒，与“惨”相对，舒朗。

3　阳气萌：冬至后阳气开始萌生。　玄驹：蚂蚁。　步：走动。春夏暖故蚂蚁开始四处爬行。

4　阴律凝：阴历八月秋天到来阴气开始凝聚。古代乐律分阴阳二种，古人以十二种乐律分配于十二律，阳律六、阴律六。八月属于阴律，这里借指阴冷的季节。　丹鸟：萤火虫的异名。《大戴礼记·夏小正》：“丹鸟羞白鸟。丹鸟者、谓丹良也；白鸟者，谓蚊蚋也。”　羞：进食。

5　动物：使动用法，即“使物动”（不是现代汉语的“动物”）。

6 珪（guī）璋：古代聘问时所用的名贵的玉器，这里泛指美玉。 挺：挺拔。 惠：通“慧”。
7 英华：美丽的花朵。
8 献岁：进一年。献，进也。 发春：春气发扬。《楚辞·招魂》：“献岁发春兮，汩吾南征些。”
9 豫：悦也，适也。 《孟子·公孙丑下》：“夫子若有不豫色然”。
10 《楚辞·九章·怀沙》：“滔滔孟夏兮，草木莽莽。”滔滔：阳气盛发的样子。
11 郁陶：忧闷郁积。
12 阴沈：深沉。沈，同“沉”。阴、沉，都是深。这里说志气阴沉。
13 矜：严肃，庄重。
14 “情以物迁”二句：《明诗》所说“应物斯感，感物吟志”和这两句意思相同。
15 联：联系，联想。 类：相近，相似的。
16 流连：徘徊不忍离去。 万象：各种自然现象。
17 宛转：曲折随顺，指在写作中根据事物的状貌来构思。即《神思》篇所云“神与物游”。
18 属：连缀。 声：指文章的音节。
19 徘徊：来回走动，这里指反复构思。
20 灼灼：形容桃花色彩明艳。《诗经·周南·桃夭》：“桃之夭夭，灼灼其华。”
21 依依：枝条轻柔的样子。《诗经·小雅·采薇》：“昔我往矣，杨柳依依。” 尽：完全，即完全描绘出。
22 杲杲（gǎo）：光明。《诗经·卫风·伯兮》：“其雨其雨，杲杲出日。”
23 瀌瀌（biāo）：雪多的样子。《诗经·小雅·角弓》：“雨雪瀌瀌。” 拟：模仿。
24 喈喈（jiē）：众鸟和鸣的声音。《诗经·周南·葛覃》：“黄鸟于飞，集于灌木，其鸣喈喈。” 逐：追，指追模、表现。
25 喓喓（yāo）：虫鸣声。《诗经·召南·草虫》：“喓喓草虫，喓喓阜螽。” 韵：虫鸣声。
26 皎（jiǎo）：洁白明亮。《诗经·王风·大车》：“谓予不信，有如皎日。” 嘒（huì）：微小。《诗经·召南·小星》“嘒彼小星，三五在东。”
27 参差：不齐貌，《诗经·周南·关雎》：“参差荇菜，左右流之。” 沃若：润泽。《诗经·卫风·氓》：“桑之未落，其叶沃若。”
28 两字：两字相连成为双声字和叠韵字。“参差”是双声，“沃若”是叠韵。
29 情貌：神情状貌。 无遗：指完全表达出来。
30 长：发展、引申。
31 重沓（tà）：多的意思。 舒：伸展，即铺陈描写。
32 嵯峨（cuó é）：山峰高险的样子。汉赋中用这类辞藻很多，如司马相如《上林赋》“山气巃嵸兮石嵯峨”，王延寿《鲁灵光殿赋》“嵯峨嶵嵬”等。
33 葳蕤（wēi ruí）：形容枝叶繁盛。
34 诡：不平常。 势：文章的气势。 瑰：瑰丽。
35 鱼贯：所用词藻如鱼之成行，指罗列堆砌的毛病。
36 “诗人丽则”二句：扬雄《法言·吾子篇》：“诗人之赋丽以则，辞人之赋丽以淫。”诗人，指《诗经》作者。则，合乎规则。约，简练。辞人，指辞赋家。淫，过度。
37 或黄或白：《小雅·裳裳者华》：“裳裳者华，或黄或白。”
38 绿叶、紫茎：《九歌·少司命》：“秋兰兮青青，绿叶兮紫茎。”
39 摛（chī）：描写。
40 时见：适时出现
41 近代：指晋、南朝刘宋时期。
42 密附：文字描写与事物形貌相吻合。
43 曲：详尽。毫芥：细微之处。
44 印：当作“即”，就。 时：指四时。
45 检：法式。
46 率尔：随便的样子。 造极：达到理想的境地。
47 疏：远，指所写的与客观物象距离很大。
48 标：指《诗经》《楚辞》中描写景物的文字。
49 锐笔：指文思敏捷之人。
50 适要：适当地抓住要点。
51 四序：四季。 纷回：变化繁多。
52 入兴贵闲：在进入感兴的状态时内心最好保持虚静。闲，闲静。
53 晔晔（yè）：美盛的样子。
54 接武：继承效法前人。武，足迹。
55 因革：继承革新。
56 皋壤：池边地。皋，泽。
57 赞：《文心雕龙·颂赞》云：“赞者，明也，助也。”“赞曰”是对全文的总结说明性的文字。纪昀评：“诸赞之中，此为第一。”
58 沓：重复。 匝（zā）：围绕。
59 吐纳：指抒发。
60 春日迟迟：和缓舒适之貌。
61 飒飒（sà）：风声。
62 赠：馈赠。
63 兴：指物色引起作者产生的创作兴致。 答：酬答。

答李翊书[1]

［唐］韩　愈

六月二十六日，愈白[2]。李生足下：生之书辞甚高，而其问何下而恭也[3]。能如是，谁不欲告生以其道？道德之归也有日矣，况其外之文乎[4]？抑愈所谓望孔子之门墙而不入于其宫者[5]，焉足以知是且非邪？虽然，不可不为生言之。

生所谓“立言”者[6]，是也；生所为者与所期者，甚似而几矣。抑不知生之志：蕲胜于人而取于人邪[7]？将蕲至于古之立言者邪？蕲胜于人而取于人，则固胜于人而可取于人矣！将蕲至于古之立言者，则无望其速成，无诱于势利[8]，养其根而俟其实[9]，加其膏而希其光。根之茂者其实遂[10]，膏之沃者其光晔。仁义之人，其言蔼如也[11]。

抑又有难者。愈之所为，不自知其至犹未也。虽然，学之二十余年矣。始者，非三代两汉之书不敢观，非圣人之志不敢存。处若忘，行若遗，俨乎其若思，茫乎其若迷。当其取于心而注于手也，惟陈言之务去[12]，戛戛乎其难哉[13]！其观于人，不知其非笑之为非笑也[14]。如是者亦有年，犹不改。然后识古书之正伪，与虽正而不至焉者，昭昭然白黑分矣，而务去之，乃徐有得也。当其取于心而注于手也，汩汩然来矣[15]。其观于人也，笑之则以为喜，誉之则以为忧，以其犹有人之说者存也。如是者亦有年，然后浩乎其沛然矣。吾又惧其杂也，迎而距之[16]，平心而察之，其皆醇也，然后肆焉。虽然，不可以不养也[17]，行之乎仁义之途[18]，游之乎诗书之源[19]，无迷其途，无绝其源，终吾身而已矣。气，水也；言，浮物也。水大而物之浮者大小毕浮。气之与言犹是也，气盛则言之短长与声之高下者皆宜[20]。

虽如是，其敢自谓几于成乎[21]？虽几于成，其用于人也奚取焉？虽然，待用于人者，其肖于器邪[22]？用与舍属诸人[23]。君子则不然。处心有道[24]，行己有方[25]，用则施诸人，舍则传诸其徒，垂诸文而为后世法。如是者，其亦足乐乎？其无足乐也？

有志乎古者希矣，志乎古必遗乎今[26]。吾诚乐而悲之。亟称其人，所以劝之，非敢褒其可褒而贬其可贬也[27]。问于愈者多矣，念生之言不志乎利[28]，聊相为言之。愈白。

创作背景：

《答李翊书》写于唐德宗贞元十七年（801年），韩愈三十四岁，自贞元八年（792年）考取进士后，在长安韩愈未能经由吏部考度步入仕途，有用世之志却无所施展，虽不得志，但韩愈尊尚古道、复兴儒学之心仍坚定不移。本文是韩愈写给李翊的一封回信，在信中向他介绍了自己学习和写文章的经验，较系统地阐发了文道合一的古文创作的理论。

注释：

1 李翊：唐贞元十八年（802年）进士，时权德舆主持礼部考试，祠部员外郎陆惨为副，韩愈荐李翊于陆惨，遂中第。李翊曾跟韩愈学习古文。

2 白：禀告、陈述。这里做谦辞。

3 下而恭：谦虚而恭敬。

4 其外之文：其，前文所指“道德”。作为道德表现形式的文章。

5 抑：不过，可是，转折连词。　望孔之门墙而不入于其宫：谦称自己对于圣人之道还是一个未能登堂入室的门外汉。

6 立言：《左传·襄公二十四年》：“太上有立德，其次有立功，其次有立言，虽久不废，此之谓不朽。这里是说著书立说。

7 蕲：同“祈”，求、希望。

8 诱于势利：为眼前的势利所诱惑。

9 养其根：培养其根源，喻指道德、学问之修养。　俟其实：等待其结果，喻指作文立言。

10 遂：果实饱满状。

11 蔼如：和蔼温顺的样子。

12 陈言：没有表现力的陈词滥调。　务去：务必除去。
13 戛戛（jiá jiá）：吃力的样子。
14 非笑：非难和讥笑。
15 汩汩然：水流急速，此处喻文思泉涌。
16 迎而距之：试图从反面去批驳自己的文章，以检验其是否精纯。距，同“拒”，抗拒，此指批驳。
17 养：培养，充实自己。
18 行之乎仁义之途：按照儒家“仁义”的原则行事。
19 游之乎诗书之源：在《诗经》《尚书》等儒家思想的源泉中遨游。
20 气盛：指文章的思想纯正、内容丰富。
21 几于成：几乎达到完美无缺的地步。
22 肖于器：像一件有固定用处的器物。
23 舍：不用。　属诸人：完全取决于别人。
24 处心有道：心中有主见，即以儒家的思想、道德来考虑问题。
25 行己有方：做事有自己的行为准则。
26 遗：抛弃。
27 本句的意思是：并非敢随意表扬那些可以表扬、批评那些可以批评的人。
28 不志乎利：其用心不在求利。

书蒲永升画后[1]

［宋］苏　轼

古今画水，多作平远细皱[2]，其善者不过能为波头起伏，使人至以手扪之[3]，谓有窪隆[4]，以为至妙矣。然其品格，特与印板水纸争工拙于毫厘间耳。

唐广明中[5]，处士孙位[6]始出新意，画奔湍巨浪，与山石曲折，随物赋形，尽水之变，号称神逸[7]。其后蜀人黄筌、孙知微皆得其笔法[8]。始，知微欲于大慈寺寿宁院壁作湖滩水石四堵，营度经岁[9]，终不肯下笔。一日，仓黄入寺[10]，索笔墨甚急，奋袂如风，须臾而成，作输泻跳蹙之势[11]，汹汹欲崩屋也。知微既死，笔法中绝五十余年。

近岁成都人蒲永升，嗜酒放浪，性与画会[12]，始作活水，得二孙本意，自黄居寀兄弟、李怀衮之流[13]，皆不及也。王公富人或以势力使之[14]，永升辄嘻笑舍去。遇其欲画，不择贵贱，顷刻而成。尝与予临寿宁院水[15]，作二十四幅，每夏日挂之高堂素壁，即阴风袭人，毛发为立。永升今老矣，画亦难得，而世之识真者亦少。如往日董羽、近日常州戚氏画水，世或传宝之。如董、戚之流，可谓死水，未可与永升同年而语也。

元丰三年十二月十八日夜[16]，黄州临皋亭西斋戏书。

创作背景：

这是北宋文豪苏轼为蒲永昇画所作的一篇题跋，蒲永升是作者的友人，此文既赞其画，又赞其人。宋郭若虚《图画见闻志》曾引述此文，谓“子瞻在黄州临皋亭，乘兴书数百言寄成都僧惟简”，知此文乃书寄惟简之作。在文中，苏轼借赞“活水”贬“死水”，探讨了绘画中的“神似”与“形似”问题，并进而结合蒲永升的性格以达到“知人论画”的目的，表达了创作内容与创作者人格统一的艺术见解，这和苏轼自己一生的艺术追求是一致的。

苏轼善画，尤其善作枯木怪石，画法即取神似；也喜欢欣赏画，在苏轼的许多诗文题词中，多次高度评价了诸如王维、李成、李公麟、文同、米芾等人的成就；苏轼更喜欢表达对画画的独特见解，他第一个提出“士夫画”概念，在《又跋汉杰回山》中品评宋子房画时曰：“观士人画如阅天下马，取其意气所到。乃若画工，往往只取鞭策皮毛、槽枥刍秣，无一点俊发，看数尺许便倦。汉杰，真士夫画也。”苏轼有很多谈画的诗句，如“诗画本一律，天工与清新”“论画以形似，见与儿童邻。赋诗必此诗，定知非诗人”“时时出木石，荒怪意象外”，还有多篇专门论画的文章，除本篇外，还有《净因院画记》《宝绘堂记》《文与可画筼筜谷偃竹记》《传神记》《书吴道子画后》《王维吴道子画》《又跋汉杰画山二首》等，这些观点构成了在中国影响深远的“文人画”观念。

在宋代，绘画被文人士大夫仅仅视为“游于艺”的小道。至北宋中期，苏东坡为首的文人雅集活动无疑推动了文人对于绘画的重视与品评。李公麟的《西园雅集图》就再现了以苏轼为中心的文人间的雅集活动，可以看出品评绘画已经成为文人雅集中一个非常重要的内容。通过雅集和诗文的传播，苏轼将自己对于绘画的审美和评价进一步宣传开来，渐成风尚，“文人画”日渐成为宋元之后绘画的主流，影响深远。

注释：

1　本篇又名《画水记》。蒲永升：成都人，晚唐时著名画家，善画水。

2　皱：曲折的纹路。

3　扪：用手摸，古人观画，有用手摸之法。

4　窪隆：窪即洼，窪隆，凹凸不平之貌。宋人沈括《梦溪笔谈》卷十七《书画》云：“又有观画而以手摸之，相传以为色不隐指

（硌触手指）者为佳画。”范镇《东斋记事》卷四也记了一个故事：“又有赵昌者，汉州人，善画花。每晨朝露下时，绕栏槛谛玩，手中调采色写之。自号写生赵昌。人谓赵昌画染成，不布采色，验之者以手扪摸，不为采色所隐，乃真赵昌画也。”可与苏轼描述互证。
5 广明：唐僖宗的年号（880—881）。
6 孙位：晚唐时期著名画家，曾改名孙遇。早年居会稽山（在今浙江绍兴），号会稽山人僖宗时随驾入蜀，以处士身分为蜀之文成殿上将军，特别擅长画水，是画活水的创始者。《益州名画录》说他所画龙水，“龙拏水汹，千状万态，势愈飞动”。
7 神逸：神韵十足。
8 黄筌：（约903—965）五代时西蜀画院的宫廷画家，入宋，任太子左赞善大夫。早以工画得名，擅花鸟，又兼工人物、山水、墨竹。与江南徐熙并称“黄徐”，形成五代、宋初花鸟画两大主要流派。 孙知微：字太古，宋代画家。
9 营度：这里指构思、布置。
10 苍黄：仓促，匆忙。
11 跳蹙（tiào cù）：形容水势汹涌奔腾。
12 会：契合。
13 黄居寀（cǎi）：黄筌季子，字伯鸾，幼传家学，善绘花竹禽鸟，精于勾勒，形象逼真，兼擅画奇山石景。仕蜀孟昶为翰林待诏，归宋授光禄寺丞。
14 使：命令，让。
15 临：临摹。
16 元丰三年：即1080年。元丰，宋神宗赵顼的一个年号。

评论：

（明）郑之惠等《苏长公合作》补卷下引王圣俞云：东坡善画，故知画；知画，故言入底里。

（清）沈德潜《唐宋八家文读本》卷二十四云：活水死水，可悟行文之法。中苍黄入寺一段，尤能状出神来之候。盖古今妙文，无不成于神来者，天机忽动，得之自然，人力不与也。

童心说[1]

［明］李　贽

龙洞山农叙《西厢》[2]，末语云："知者勿谓我尚有童心可也。"夫童心者，真心也。若以童心为不可，是以真心为不可也。夫童心者，绝假纯真，最初一念之本心也。若失却童心，便失却真心；失却真心，便失却真人。人而非真，全不复有初矣。

童子者，人之初也；童心者，心之初也。夫心之初，曷可失也？然童心胡然而遽失也[3]。盖方其始也，有闻见从耳目而入，而以为主于其内而童心失[4]。其长也，有道理从闻见而入，而以为主于其内而童心失。其久也，道理闻见日以益多，则所知所觉日以益广，于是焉又知美名之可好也，而务欲以扬之而童心失。知不美之名之可丑也，而务欲以掩之而童心失。夫道理闻见，皆自多读书识义理而来也。古之圣人，曷尝不读书哉。然纵不读书，童心固自在也；纵多读书，亦以护此童心而使之勿失焉耳，非若学者反以多读书识义理而反障之也。夫学者既以多读书识义理障其童心矣，圣人又何用多著书立言以障学人为耶？童心既障，于是发而为言语，则言语不由衷；见而为政事，则政事无根柢；著而为文辞，则文辞不能达。非内含于章美也，非笃实生辉光也，欲求一句有德之言，卒不可得，所以者何？以童心既障，而以从外入者闻见道理为之心也。

夫既以闻见道理为心矣，则所言者皆闻见道理之言，非童心自出之言也，言虽工，于我何与？岂非以假人言假言，而事假事、文假文乎！盖其人既假，则无所不假矣。由是而以假言与假人言，则假人喜；以假事与假人道，则假人喜；以假文与假人谈，则假人喜。无所不假，则无所不喜。满场是假，矮人何辩也[5]。然则虽有天下之至文，其湮灭于假人而不尽见于后世者，又岂少哉！何也？天下之至文，未有不出于童心焉者也。苟童心常存，则道理不行，闻见不立，无时不文，无人不文，无一样创制体格文字而非文者。诗何必古《选》[6]，文何必先秦，降而为六朝，变而为近体，又变而为传奇，变而为院本，为杂剧，为《西厢曲》，为《水浒传》，为今之举子业[7]，皆古今至文，不可得而时势先后论也。故吾因是而有感于童心者之自文也，更说什么六经，更说什么《语》《孟》乎！

夫六经、《语》《孟》，非其史官过为褒崇之词，则其臣子极为赞美之语，又不然，则其迂阔门徒、懵懂弟子，记忆师说，有头无尾，得后遗前，随其所见，笔之于书。后学不察，便谓出自圣人之口也，决定目之为经矣，孰知其大半非圣人之言乎？纵出自圣人，要亦有为而发，不过因病发药，随时处方，以救此一等懵懂弟子，迂阔门徒云耳。药医假病，方难定执，是岂可遽以为万世之至论乎？然则六经、《语》《孟》，乃道学之口实，假人之渊薮也[8]，断断乎其不可以语于童心之言明矣。呜呼！吾又安得真正大圣人童心未曾失者而与之一言文哉！

创作背景：

李贽（1527—1602），字宏甫，号卓吾，福建泉州人。明代官员、思想家、文学家，泰州学派的一代宗师。晚年往来于南北两京等地，最后被诬下狱，自刎死于狱中。

《童心说》写于明神宗万历十四年（1585年），收录于《焚书》。在该文中李贽主要阐述了"童心"的文学观念。"童心"就是赤子之心，"一念之本心"，是表达个体的真实感受与真实愿望的"私心"，他认为文学都必须真实坦率地表露作者内心的情感和人生的欲望。而与"童心"的"真"相对的就是由道学的熏习而带来的"伪"，要使文学存真去假，就必须割断与道学的联系。本文极具批判色彩和在斗争精神，将那些儒学经典大胆斥为与"童心之真"相对立的伪道学，在其特殊的时代中振聋发聩。

注释：
1 童心：孩子气，儿童般的心性。这里引申为本性、真心。
2 龙洞山农：焦竑（1540年—1620年），字弱侯，号漪园，又号澹园，又号龙洞山农。万历二十六年（1598），継志斋陈邦泰刊本五卷《重校北西厢记》，卷首的《刻重校北西厢记序》题“万历壬午夏，龙洞山农撰，谢山樵隐重书于戊戌之夏日”。从书题可见，此书原为焦竑撰于1582年，经陈邦泰重校。 《西厢》：指元代王实甫的《西厢记》。
3 胡然：为什么。 遽（jù）：忽然、突然。
4 而以为主于其内：耳闻目睹的东西进入人心，变成了心灵活动的主持者。
5 矮人何辩：这里以演戏为喻，矮人根本看不到，就无法分辨了。
6 《选》：这里指梁代萧统编的古诗集《文选》。
7 举子业：指科举考试的文章，也就是八股文。
8 渊薮（sǒu）鱼和兽类聚居的处所。比喻某种人或事、物聚集之地。

论小说与群治之关系

［近代］梁启超

欲新一国之民，不可不先新一国之小说。故欲新道德，必新小说；欲新宗教，必新小说；欲新政治，必新小说；欲新风俗，必新小说；欲新学艺，必新小说；乃至欲新人心，欲新人格，必新小说。何以故？小说有不可思议之力支配人道故。

吾今且发一问：人类之普通性，何以嗜他书不如其嗜小说？答者必曰：以其浅而易解故，以其乐而多趣故。是固然；虽然，未足以尽其情也。文之浅而易解者，不必小说；寻常妇孺之函札，官样之文牍，亦非有艰深难读者存也，顾谁则嗜之？不宁惟是，彼高才赡学之士，能读坟典索邱，能注虫鱼草木，彼其视渊古之文与平易之文，应无所择，而何以独嗜小说？是第一说有所未尽也。小说之以赏心乐事为目的者固多，然此等顾不甚为世所重，其最受欢迎者，则必其可惊可愕可悲可感，读之而生出无量噩梦，抹出无量眼泪者也。夫使以欲乐故而嗜此也，而何为偏取此反比例之物而自苦也？是第二说有所未尽也。吾冥思之，穷鞫之，殆有两因：凡人之性，常非能以现境界而自满足者也；而此蠢蠢躯壳，其所能触能受之境界，又顽狭短局而至有限也。故常欲于其直接以触以受之外，而间接有所触有所受，所谓身外之身、世界外之世界也。此等识想，不独利根众生有之，即钝根众生亦有焉。而导其根器，使日趋于钝，日趋于利者，其力量无大于小说。小说者，常导人游于他境界，而变换其常触常受之空气者也。此其一。人之恒情，于其所怀抱之想像，所经阅之境界，往往有行之不知，习矣不察者。无论为哀为乐，为怨为怒，为恋为骇，为忧为惭，常若知其然而不知其所以然。欲摹写其情状，而心不能自喻，口不能自宣，笔不能自传。有人焉，和盘托出，彻底而发露之，则拍案叫绝曰：善哉善哉！如是如是！所谓“夫子言之，于我心有戚戚焉”。感人之深，莫此为甚。此其二。此二者实文章之真谛，笔舌之能事。苟能批此窾、导此窍，则无论为何等之文，皆足以移人。而诸文之中能极其妙而神其技者，莫小说若。故曰：小说为文学之最上乘也！由前之说，则理想派小说尚焉；由后之说，则写实派小说尚焉。小说种目虽多，未有能出此两派范围外者也。

抑小说之支配人道也，复有四种力：一曰熏，熏也者，如入云烟中而为其所烘，如近墨朱处而为其所染，《楞伽经》所谓“迷智为识，转识成智”者，皆恃此力。人之读一小说也，不知不觉之间，而眼识为之迷漾，而脑筋为之摇飏，而神经为之营注，今日变一二焉，明日变一二焉；刹那刹那，相断相续，久之而此小说之境界，遂入其灵台而据之，成为一特别之原质之种子。有此种子故，他日又更有所触所受者，旦旦而熏之，种子愈盛，而又以之熏他人，故此种子遂可以徧世界。一切器世间、有情世间之所以成、所以住，皆此为因缘也。而小说则巍巍焉具此威德以操纵众生者也。二曰浸，熏以空间言，故其力之大小，存其界之广狭；浸以时间言，故其力之大小，存其界之长短。浸也者，入而与之俱化者也。人之读一小说也，往往既终卷后，数日或数旬而终不能释然。读《红楼》竟者，必有余恋，有余悲；读《水浒》竟者，必有余快，有余怒，何也？浸之力使然也。等是佳作也，而其卷帙愈繁、事实愈多者，则其浸人也亦愈甚；如酒焉，作十日饮，则作百日醉。我佛从菩提树下起，便说偌大一部《华严》，正以此也。三曰刺，刺也者，刺激之义也。熏、浸之力，利用渐；刺之力，利用顿。熏、浸之力，在使感受者不觉；刺之力，在使感受者骤觉。刺也者，能入于一刹那顷，忽起异感而不能自制者也。我本蔼然和也，乃读林冲雪天三限、武松飞云浦一厄，何以忽然发指？我本愉然乐也，乃读晴雯出大观园、黛玉死潇湘馆，何以忽然泪流？我本肃然庄也，乃读实甫之琴心、酬简，东塘之眠香、访翠，何以忽然情动？若是者，皆所谓刺激也。大抵脑筋愈敏之人，则其受刺激力也愈速且剧。而要之必以其书所含刺激力之大小为比例。禅宗之一棒一喝，皆利用此刺激力以度人者也。此力之为用也，文字不如语言。然语言力所被，不能广、不能久也，于是不得不乞灵于文字。在文字中，则文言不如其俗语，庄论不如其寓言，故具此力最大者，非小说末由！四曰提，前三者之力，自外而灌之使入；提之力，自内而脱之使出，实佛法之最上乘也。凡读小说者，必常若自化其身焉——入于书中，而为其书之主人翁。读《野叟曝言》者，必自拟文素臣；读《石头记》者，必自拟贾宝玉；读《花月痕》者，必自拟韩荷生若韦痴珠；读梁山泊者，必自拟黑旋风若花和尚。虽读者自辩其无是心焉，吾不信也。夫既化其身以入书中矣，则当其读此书时，此身已非我有，截然去此界以入于彼界，所谓华严楼阁，帝网重重，一毛孔中，万亿莲花，一弹指顷，百千浩劫，文字移人，至此而极！然则吾书中主人翁而华盛顿，则读者将化身为华盛顿；主人翁而拿破仑，则读者将化身为拿破仑；主人翁而释迦、孔子，则读者将化身为释迦、孔子，有断然也。度世之不二法门，岂有过此？此四力者，可以卢牟一世，亭毒群伦，教主之所以能立教门，政治家所以能组织政党，莫不赖是。文家能得其一，则为文豪；能兼其四，则为文圣。有此四力而用之于善，则可以福亿兆人；有此四力而用之于恶，则可以毒万千载。而此四力所最易寄者惟小说。可爱哉小说！可畏哉小说！

小说之为体，其易入人也既如彼，其为用之易感人也又如此，故人类之普通性，嗜他文不如其嗜小说，此殆心理学自然之作用，非人力之所得而易也。此天下万国凡有血气者莫不皆然，非直吾赤县神州之民也。夫既已嗜之矣，且遍嗜之矣，则小说之在一群也，既已如空气如菽粟，欲避不得避，欲屏不得屏，而日日相与呼吸之餐嚼之矣。于此其空气而苟含有秽质也，其菽粟而苟含有毒性也，则其人之食息于此间者，必憔悴，必萎病，必惨死，必堕落，此不待蓍龟而决也。于此而不洁净其空气，不别择其菽粟，则虽日饵以参苓，日施以刀圭，而此群中人之老病死苦，终不可得救。知此义，则吾中国群治腐败之总根原，可以识矣。吾中国人状元宰相之思想何自来乎？小说也；吾中国人佳人才子之思想何自来乎？小说也；吾中国人江湖盗贼之思想何自来乎？小说也；吾中国人妖巫狐鬼之思想何自来乎？小说也。若是者，岂尝有人焉提其耳而诲之，传诸钵而授之也？而下自屠爨[1]贩卒、妪娃童稚，上至大人先生、高才硕学，凡此诸思想必居一于是。莫或使之，若或使之。盖百数十种小说之力直接间接以毒人，如此其甚也。（即有不好读小说者，而此等小说，既已渐溃社会，成为风气；其未出胎也，固已承此遗传焉；其既入世也，又复受此感染焉。虽有贤智，亦不以自拔，故谓之间接。）今我国民，惑堪舆，惑相命，惑卜筮，惑祈禳，因风水而阻止铁路，阻止开矿，争坟墓而阖族械斗，杀人如草，因迎神赛会而岁耗百万金钱，废时生事，消耗国力者，曰惟小说之故。今我国民慕科第若膻，趋爵禄若鹜，奴颜婢膝，寡廉鲜耻，惟思以十年萤雪，暮夜苞苴，易其归骄妻妾、武断乡曲一日之快，遂至名节大防扫地以尽者，曰惟小说之故。今我国民轻弃信义，权谋诡诈，云翻雨覆，苛刻凉薄，驯至尽人皆机心，举国皆荆棘者，曰惟小说之故。今我国民轻薄无行，沉溺声色，绻恋床第，缠绵歌泣于春花秋月，销磨其少壮活泼之气，青年子弟，自十五岁至三十岁，惟以多情、多感、多愁、多病为一大事业，儿女情多，风云气少，甚者为伤风败俗之行，毒遍社会，曰惟小说之故。今我国民绿林豪杰，遍地皆是，日日有桃园之拜，处处为梁山之盟，所谓“大碗酒，大块肉，分秤称金银，论套穿衣服”等思想，充塞于下等社会之脑中，遂成为哥老、大刀等会，卒至有如义和拳者起，沦陷京国，启召外戎，曰惟小说之故。呜呼！小说之陷溺人群，乃至如是！乃至如是！大圣鸿哲数万言谆诲之而不足者，华士坊贾一二书败坏之而有余！斯事既愈为大雅君子所不屑道，则愈不得不专归于华士坊贾之手。而其性质，其位置，又如空气然，如菽粟然，为一社会中不可得避、不可得屏之物，于是华士坊贾，遂至握一国之主权而操纵之矣。呜呼！使长此而终古也，则吾国前途，尚可问耶？尚可问耶？故今日欲改良群治，必自小说界革命始！欲新民，必自新小说始！

1902年11月14日

（选自梁启超著《饮冰室合集》）第二册，中华书局1989年出版）

创作背景：

1902年，梁启超在《新民丛报》连载了著名的《新民说》，系统地阐释了自己的道德和政治理想。同年，在《论小说与群治之关系》一文末尾，梁启超写到“故今日欲改良群治，必自小说界革命始；欲新民，必自新小说始。”——这就是全篇之精华。他将小说作用于人的途径细分为“熏”“浸”“刺”“提”四种，而这四种途径最后的作用都落脚于社会——必须经由“新小说”而达到“群治”和“新民”的旨归，第一次将小说的作用提高到社会改良的高度，为此后中国小说地位的提升打下重要基础。

注释：

1 爨（cuàn）：本意为烧火做饭，这里指代厨子。

中国艺术意境之诞生

宗白华

引　言

世界是无穷尽的，生命是无穷尽的，艺术的境界也是无穷尽的。“适我无非新”（王羲之诗句），是艺术家对世界的感受。“光景常新”，是一切伟大作品的烙印。“温故而知新”，却是艺术创造与艺术批评应有的态度。历史上向前一步的进展，往往是伴着向后一步的探本穷源。李、杜的天才，不忘转益多师。十六世纪的文艺复兴追摹着希腊，十九世纪的浪漫主义憧憬着中古。二十世纪的新派且溯源到原始艺术的浑朴天真。

现代的中国站在历史的转折点。新的局面必将展开。然而我们对旧文化的检讨，以同情的了解给予新的评价，也更形重要。就中国艺术方面——这中国文化史上最中心最有世界贡献的一方面——研寻其意境的特构，以窥探中国心灵的幽情壮采，也是民族文化底自省工作。希腊哲人对人生指示说：“认识你自己！”近代哲人对我们说：“改造这世界！”为了改造世界，我们先得认识。

一、意境的意义

龚定庵在北京，对戴醇士说：“西山有时渺然隔云汉外，有时苍然堕几榻前，不关风雨晴晦也！”西山的忽远忽近，不是物理学上的远近，乃是心中意境的远近。

方士庶在《天慵庵随笔》里说：“山川草木，造化自然，此实境也。因心造境，以手运心，此虚境也。虚而为实，是在笔墨有无间，——故古人笔墨具此山苍树秀，水活石润，于天地之外，别构一种灵奇。或率意挥洒，亦皆炼金成液，弃滓存精，曲尽蹈虚揖影之妙。”中国绘画的整个精粹在这几句话里。本文的千言万语，也只是阐明此语。

恽南田《题洁庵图》说：“谛视斯境，一草一树，一丘一壑，皆洁庵灵想之所独辟，总非人间所有。其意象在六合之表，荣落在四时之外。将以尻轮神马，御泠风以游无穷。真所谓藐姑射之山，汾水之阳，尘垢秕糠，绰约冰雪。时俗龌龊，又何能知洁庵游心之所在哉！”

画家诗人“游心之所在”，就是他独辟的灵境，创造的意象，作为他艺术创作的中心之中心。

什么是意境？人与世界接触，因关系的层次不同，可有五种境界：（1）为满足生理的物质的需要，而有功利境界；（2）因人群共存互爱的关系，而有伦理境界；（3）因人群组合互制的关系，而有政治境界；（4）因穷研物理，追求智慧，而有学术境界；（5）因欲返本归真，冥合天人，而有宗教境界。功利境界主于利，伦理境界主于爱，政治境界主于权，学术境界主于真，宗教境界主于神。但介乎后二者的中间，以宇宙人生的具体为对象，赏玩它的色相、秩序、节奏、和谐，借以窥见自我的最深心灵的反映；化实景而为虚境，创形象以为象征，使人类最高的心灵具体化、肉身化，这就是“艺术境界”。艺术境界主于美。

所以一切美的光是来自心灵的源泉：没有心灵的映射，是无所谓美的。瑞士思想家阿米尔（Amiel）说：

> 一片自然风景是一个心灵的境界。

中国大画家石涛也说：

山川使予代山川而言也。……山川与予神遇而迹化也。

艺术家以心灵映射万象，代山川而立言，他所表现的是主观的生命情调与客观的自然景象交融互渗，成就一个鸢飞鱼跃，活泼玲珑，渊然而深的灵境；这灵境就是构成艺术之所以为艺术的“意境”。（但在音乐和建筑，这时间中纯形式与空间中纯形式的艺术，却以非模仿自然的境相来表现人心中最深的不可名的意境，而舞蹈则又为综合时空的纯形式艺术，所以能为一切艺术的根本型态，这事后面再说到。）

意境是“情”与‘景”（意象）的结晶品。王安石有一首诗：

杨柳鸣蜩绿暗，
荷花落日红酣。
三十六陂春水，
白头相见江南。

前三句全是写景，江南的艳丽的阳春，但着了末一句，全部景象遂笼罩上，啊，渗透进，一层无边的惆怅，回忆的愁思，和重逢的欣慰，情景交织，成了一首绝美的“诗”。

元人马东篱有一首《天净沙》小令：

枯藤老树昏鸦，
小桥流水人家，
古道西风瘦马，
夕阳西下——
断肠人在天涯！

也是前四句完全写景，着了末一句写情，全篇点化成一片哀愁寂寞，宇宙荒寒，怅触无边的诗境。

艺术的意境，因人因地因情因景的不同，现出种种色相，如摩尼珠，幻出多样的美。同是一个星天月夜的景，影映出几层不同的诗境：

元人杨载《景阳宫望月》云：

大地山河微有影，
九天风露浩无声。

明画家沈周《写怀寄僧》云：

明河有影微云外，
清露无声万木中。

清人盛青嵝咏《白莲》云：

半江残月欲无影，
一岸冷云何处香。

杨诗写函盖乾坤的封建的帝居气概，沈诗写迥绝世尘的幽人境界，盛诗写风流蕴藉，流连光景的诗人胸怀。一主气象，一主幽思（禅境），一主情致。至于唐人陆龟蒙咏白莲的名句："无情有恨何人见，月晓风清欲堕时。"却系为花传神，偏于赋体，诗境虽美，主于咏物。

在一个艺术表现里情和景交融互渗，因而发掘出最深的情，一层比一层更深的情，同时也透入了最深的景，一层比一层更晶莹的景；景中全是情，情具象而为景，因而涌现了一个独特的宇宙，崭新的意象，为人类增加了丰富的想象，替世界开辟了新境，正如恽南田所说"皆灵想之所独辟，总非人间所有！"这是我的所谓"意境"。"外师造化，中得心源"。唐代画家张璪这两句训示，是这意境创现的基本条件。

二、意境与山水

元人汤采真说："山水之为物，禀造化之秀，阴阳晦冥，晴雨寒暑，朝昏昼夜，随形改步，有无穷之趣，自非胸中丘壑，汪汪洋洋，如万顷波，未易摹写。"

艺术意境的创构，是使客观景物作我主观情思的象征。我人心中情思起伏，波澜变化，仪态万千，不是一个固定的物象轮廓能够如量表出，只有大自然的全幅生动的山川草木，云烟明晦，才足以表象我们胸襟里蓬勃无尽的灵感气韵。恽南田题画说："写此云山绵邈，代致相思，笔端丝纷，皆清泪也。"山水成了诗人画家抒写情思的媒介，所以中国画和诗，都爱以山水境界做表现和咏味的中心。和西洋自希腊以来拿人体做主要对象的艺术途径迥然不同。董其昌说得好："诗以山川为境，山川亦以诗为境。"艺术家禀赋的诗心，映射着天地的诗心。（诗纬云："诗者天地之心。"）山川大地是宇宙诗心的影现；画家诗人的心灵活跃，本身就是宇宙的创化，它的卷舒取舍，好似太虚片云，寒塘雁迹，空灵而自然！

三、意境创造与人格涵养

这种微妙境界的实现，端赖艺术家平素的精神涵养，天机的培植，在活泼泼的心灵飞跃而又凝神寂照的体验中突然地成就。元代大画家黄子久说："终日只在荒山乱石，丛木深筱中坐，意态忽忽，人不测其为何。又往泖中通海处看急流轰浪，虽风雨骤至，水怪悲诧而不顾。"宋画家米友仁说："画之老境，于世海中一毛发事泊然无着染。每静室僧趺，忘怀万虑，与碧虚寥廓同其流。"黄子久以狄阿理索斯（Dionysius）的热情深入宇宙的动象，米友仁却以阿波罗（Apollo）式的宁静涵映世界的广大精微，代表着艺术生活上两种最高精神形式。

在这种心境中完成的艺术境界自然能空灵动荡而又深沉幽渺。南唐董源说："写江南山，用笔甚草草，近视之几不类物象，远视之则景物灿然，幽情远思，如睹异境。"艺术家凭借他深静的心襟，发现宇宙间深沉的境地；他们在大自然里"偶遇枯槎顽石，勺水疏林，都能以深情冷眼，求其幽意所在"。黄子久每教人作深潭，以杂树滃之，其造境可想。

所以艺术境界的显现，绝不是纯客观地机械地描摹自然，而以"心匠自得为高"（米芾语）。尤其是山川景物，烟云变灭，不可临摹，须凭胸臆的创构，才能把握全景。宋画家宋迪论作山水画说：

> 先当求一败墙，张绢素讫，朝夕视之。既久，隔素见败墙之上，高下曲折，皆成山水之象，心存目想：高者为山，下者为水，坎者为谷，缺者为涧，显者为近，晦者为远。神领意造，恍然见人禽草木飞动往来之象，了然在目，则随意命笔，默以神会，自

然景皆天就，不类人为，是谓活笔。

他这段话很可以说明中国画家所常说的“丘壑成于胸中，既寤发之于笔墨”，这和西洋印象派画家莫奈（Monet）早、午、晚三时临绘同一风景至于十余次，刻意写实的态度，迥不相同。

四、禅境的表现

中国艺术家何以不满于纯客观的机械式的模写？因为艺术意境不是一个单层的平面的自然的再现，而是一个境界层深的创构。从直观感相的模写，活跃生命的传达，到最高灵境的启示，可以有三层次。蔡小石在《拜石山房词》序里形容词里面的这三境层极为精妙：

> 夫意以曲而善托，调以杳而弥深。始读之则万萼春深，百色妖露，积雪缟地，余霞绮天，一境也。（这是直观感相的渲染）再读之则烟涛澒洞，霜飙飞摇，骏马下坡，泳鳞出水，又一境也。（这是活跃生命的传达）卒读之而皎皎明月，仙仙白云，鸿雁高翔，坠叶如雨，不知其何以冲然而澹，翛然而远也。（这是最高灵境的启示）江顺贻评之曰：“始境，情胜也。又境，气胜也。终境，格胜也。”

“情”是心灵对于印象的直接反映，“气”是“生气远出”的生命，“格”是映射着人格的高尚格调。西洋艺术里面的印象主义、写实主义，是相等于第一境层。浪漫主义倾向于生命音乐性的奔放表现，古典主义倾向于生命雕象式的清明启示，都相当于第二境层。至于象征主义、表现主义、后期印象派，它们的旨趣在于第三境层。

而中国自六朝以来，艺术的理想境界却是“澄怀观道”（晋宋画家宗炳语），在拈花微笑里领悟色相中微妙至深的禅境。如冠九在《都转心庵词序》说得好：

> “明月几时有”词而仙者也。“吹皱一池春水”词而禅者也。仙不易学而禅可学。学矣而非栖神幽遐，涵趣寥旷，通拈花之妙悟，穷非树之奇想，则动而为沾滞之音矣。其何以澄观一心而腾踔万象。是故词之为境也，空潭印月，上下一澈，屏知识也。清馨出尘，妙香远闻，参净因也。鸟鸣珠箔，群花自落，超圆觉也。

澄观一心而腾踔万象，是意境创造的始基，鸟鸣珠箔，群花自落，是意境表现的圆成。

绘画里面也能见到这意境的层深。明画家李日华在《紫桃轩杂缀》里说：

> 凡画有三次。一曰身之所容；凡置身处非邃密，即旷朗水边林下、多景所凑处是也。（按此为身边近景）二曰目之所瞩；或奇胜，或渺迷，泉落云生，帆移鸟去是也。（按此为眺瞩之景）三曰意之所游；目力虽穷而情脉不断处是也。（按此为无尽空间之远景）然又有意有所忽处，如写一树一石，必有草草点染取态处。（按此为有限中见取无限，传神写生之境）写长景必有意到笔不到，为神气所吞处，是非有心于忽，盖不得不忽也。（按此为借有限以表现无限，造化与心源合一，一切形象都形成了象征境界）其于佛法相宗所云极迥色极略色之谓也。

于是绘画由丰满的色相达到最高心灵境界，所谓禅境的表现，种种境层，以此为归宿。戴醇士曾说："恽南田以'落叶聚还散，寒鸦栖复惊'（李白诗句）、品一峰（黄子久）笔，是所谓孤蓬自振，惊沙坐飞，画也而几乎禅矣！"禅是动中的极静，也是静中的极动，寂而常照，照而常寂，动静不二，直探生命的本原。禅是中国人接触佛教大乘义后体认到自己心灵的深处而灿烂地发挥到哲学境界与艺术境界。静穆的观照和飞跃的生命构成艺术的两元，也是构成"禅"的心灵状态。《雪堂和尚拾遗录》里说："舒州太平灯禅师颇习经论，傍教说禅。白云演和尚以偈寄之曰：'白云山头月，太平松下影，良夜无狂风，都成一片境。'灯得偈颂之，未久，于宗门方彻渊奥。"禅境借诗境表达出来。

所以中国艺术意境的创成，既须得屈原的缠绵悱恻，又须得庄子的超旷空灵。缠绵悱恻，才能一往情深，深入万物的核心，所谓"得其环中"。超旷空灵，才能如镜中花，水中月，羚羊挂角，无迹可寻，所谓"超以象外"。色即是空，空即是色，色不异空，空不异色，这不但是盛唐人的诗境，也是宋元人的画境。

五、道、舞、空白：中国艺术意境结构的特点

庄子是具有艺术天才的哲学家，对于艺术境界的阐发最为精妙。在他是"道"，这形而上原理，和"艺"，能够体合无间。"道"的生命进乎技，"技"的表现启示着"道"。在《养生主》里他有一段精彩的描写：

> 庖丁为文惠君解牛，手之所触，肩之所倚，足之所履，膝之所踦，砉然响然，奏刀騞然，若不中音。合于桑林之舞，乃中经首（尧乐章）之会（节也）。文惠君曰："嘻，善哉！技盖至此乎？"庖丁释刀对曰："臣之所好者道也，进乎技矣。始臣之解牛之时，所见无非牛者。三年之后，未尝见全牛也。方今之时，臣以神遇而不以目视，官知止而神欲行，依乎天理，批大郤，道大窾，因其固然，技经肯綮之未尝，而况大軱乎！良庖岁更刀，割也。族庖月更刀，折也。今臣之刀十九年矣，所解数千牛矣，而刀刃若新发于硎。彼节者有间，而刀刃者无厚，以无厚入有间，恢恢乎其于游刃，必有余地矣。是以十九年而刀刃若新发于硎。虽然，每至于族（交错聚结处）吾见其难为，怵然为戒，视为止，行为迟，动刀甚微，謋然已解，如土委地！提刀而立，为之四顾，为之踌躇满志。善刀而藏之。"文惠君曰："善哉，吾闻庖丁之言，得养生焉。"

"道"的生命和"艺"的生命，游刃于虚，莫不中音，合于桑林之舞，乃中经首之会。音乐的节奏是它们的本体。所以儒家哲学也说："大乐与天地同和，大礼与天地同节。"《易》云："天地絪缊，万物化醇。"这生生的节奏是中国艺术境界的最后源泉。石涛题画云："天地氤氲秀结，四时朝暮垂垂，透过鸿濛之理，堪留百代之奇。"艺术家要在作品里把握到天地境界！德国诗人诺瓦理斯（Novalis）说："混沌的眼，透过秩序的网幕，闪闪地发光。"石涛也说："在于墨海中立定精神，笔锋下决出生活，尺幅上换去毛骨，混沌里放出光明。"艺术要刊落一切表皮，呈显物的晶莹真境。

艺术家经过"写实""传神"到"妙悟"境内，由于妙悟，他们"透过鸿濛之理，堪留百代之奇"。这个使命是够伟大的！

那么艺术意境之表现于作品，就是要透过秩序的网幕，使鸿濛之理闪闪发光。这秩序的网幕是由

各个艺术家的意匠组织线、点、光、色、形体、声音或文字成为有机谐和的艺术形式，以表出意境。

因为这意境是艺术家的独创，是从他最深的“心源”和“造化”接触时突然的领悟和震动中诞生的，它不是一味客观的描绘，象一照像机的摄影。所以艺术家要能拿特创的“秩序的网幕”来把住那真理的闪光。音乐和建筑的秩序结构，尤能直接地启示宇宙真体的内部和谐与节奏，所以一切艺术趋向音乐的状态、建筑的意匠。

然而，尤其是“舞’，这最高度的韵律、节奏、秩序、理性，同时是最高度的生命、旋动、力、热情，它不仅是一切艺术表现的究竟状态，且是宇宙创化过程的象征。艺术家在这时失落自己于造化的核心，沉冥入神，“穷元妙于意表，合神变乎天机”（唐代大批评家张彦远论画语）。“是有真宰，与之浮沉”（司空图《诗品》语），从深不可测的玄冥的体验中升化而出，行神如空，行气如虹。在这时只有“舞”，这最紧密的律法和最热烈的旋动，能使这深不可测的玄冥的境界具象化、肉身化。

在这舞中，严谨如建筑的秩序流动而为音乐，浩荡奔驰的生命收敛而为韵律。艺术表演着宇宙的创化。所以唐代大书家张旭见公孙大娘剑器舞而悟笔法，大画家吴道子请裴将军舞剑以助壮气说：“庶因猛厉以通幽冥！”郭若虚的《图画见闻志》上说：

> 唐开元中，将军裴旻居丧，诣吴道子，请于东都天宫寺画神鬼数壁，以资冥助。道子答曰：“吾画笔久废，若将军有意，为吾缠结，舞剑一曲，庶因猛厉，以通幽冥！”旻于是脱去缞服，若常时装束，走马如飞，左旋右转，掷剑入云，高数十丈，若电光下射。旻引手执鞘承之，剑透室而入。观者数千人，无不惊栗。道子于是援毫图壁，飒然风起，为天下之壮观。道子平生绘事，得意无出于此。

诗人杜甫形容诗的最高境界说：“精微穿溟涬，飞动摧霹雳。”《夜听许十一诵诗爱而有作》前句是写沉冥中的探索，透进造化的精微的机缄，后句是指着大气盘旋的创造，具象而成飞舞。深沉的静照是飞动的活力的源泉。反过来说，也只有活跃的具体的生命舞姿、音乐的韵律、艺术的形象，才能使静照中的“道”具象化、肉身化。德国诗人侯德林（Hoerdelin）有两句诗含义极深：

> 谁沉冥到
> 那无边际的“深”，
> 将热爱着
> 这最生动的“生”。

他这话使我们突然省悟中国哲学境界和艺术境界的特点。中国哲学是就“生命本身”体悟“道”的节奏。“道”具象于生活、礼乐制度。道尤表象于“艺”。灿烂的“艺”赋予“道”以形象和生命，“道”给予“艺”以深度和灵魂。庄子《天地》篇有一段寓言说明只有艺“象罔”才能获得道真“玄珠”：

> 黄帝游乎赤水之北，登乎昆仑之丘而南望，还归，遗其玄珠。（司马彪云：玄珠，道真也）使知（理智）索之而不得。使离朱（色也，视觉也）索之而不得。使喫诟（言辩也）索之而不得也。乃使象罔，象罔得之。黄帝曰：“异哉！象罔乃可以得之乎？”

吕惠卿注释得好：“象则非无，罔则非有，不皦不昧，玄珠之所以得也。”非无非有，不皦不昧，这正是艺术形相的象征作用。“象”是境相，“罔”是虚幻，艺术家创造虚幻的境相以象征宇宙人生的真际。真理闪耀于艺术形相里，玄珠的皪于象罔里。歌德曾说：“真理和神性一样，是永不肯让我们直接识知的。我们只能在反光、譬喻、象征里面观照它。”又说：“在璀灿的反光里面我们把握到生命。”生命在他就是宇宙真际。他在《浮士德》里面的诗句：“一切消逝者，只是一象征”，更说明“道”“真的生命”是寓在一切变灭的形相里。英国诗人勃莱克的一首诗说得好：

一花一世界，
一沙一天国，
君掌盛无边，
刹那含永劫。

这诗和中国宋僧道灿的重阳诗句（田汉译）：“天地一东篱，万古一重九”，都能喻无尽于有限，一切生灭者象征着永恒。

人类这种最高的精神活动，艺术境界与哲理境界，是诞生于一个最自由最充沛的深心的自我。这充沛的自我，真力弥满，万象在旁，掉臂游行，超脱自在，需要空间，供他活动。（参见拙作《中西画法所表现的空间意识》）于是“舞”是它最直接、最具体的自然流露。“舞”是中国一切艺术境界的典型。中国的书法、画法都趋向飞舞。庄严的建筑也有飞檐表现着舞姿。杜甫《观公孙大娘弟子舞剑器行》首段云：

昔有佳人公孙氏，
一舞剑器动四方，
观者如山色沮丧，
天地为之久低昂……

天地是舞，是诗（诗者天地之心），是音乐（大乐与天地同和）。中国绘画境界的特点建筑在这上面。画家解衣盘礴，面对着一张空白的纸（表象着舞的空间），用飞舞的草情篆意谱出宇宙万形里的音乐和诗境。照像机所摄万物形体的底层在纸上是构成一片黑影。物体轮廓线内的纹理形象模糊不清。山上草树崖石不能生动地表出他们的脉络姿态。只在大雪之后，崖石轮廓林木枝干才能显出它们各自的弈弈精神性格，恍如铺垫了一层空白纸，使万物以嵯峨突兀的线纹呈露它们的绘画状态。所以中国画家爱写雪景（王维），这里是天开图画。

中国画家面对这幅空白，不肯让物的底层黑影填实了物体的“面”，取消了空白，像西洋油画；所以直接地在这一片虚白上挥毫运墨，用各式皴文表出物的生命节奏。（石涛说：“笔之于皴也，开生面也。”）同时借取书法中的草情篆意或隶体表达自己心中的韵律，所绘出的是心灵所直接领悟的物态天趣，造化和心灵的凝合。自由潇洒的笔墨，凭线纹的节奏，色彩的韵律，开径自行，养空而游，蹈光揖影，抟虚成实。（参看本文首段引方士庶语）

庄子说：“虚室生白。”又说：“唯道集虚。”中国诗词文章里都着重这空中点染，抟虚成实的表现方法，使诗境、词境里面有空间，有荡漾，和中国画面具同样的意境结构。

中国特有的艺术——书法，尤能传达这空灵动荡的意境。唐张怀瓘在他的《书议》里形容王羲之的用笔说：“一点一画，意态纵横，偃亚中间，绰有余裕。然字峻秀，类于生动，幽若深远，焕若神明，以不测为量者，书之妙也。”在这里，我们见到书法的妙境通于绘画，虚空中传出动荡，神明里透出幽深，超以象外，得其环中，是中国艺术的一切造境。

王船山在《诗绎》里说：“论画者曰，咫尺有万里之势，一势字宜着眼。若不论势，则缩万里于咫尺，直是《广舆记》前一天下图耳。五言绝句以此为落想时第一义。唯盛唐人能得其妙。如‘君家住何处，妾住在横塘，停船暂借问，或恐是同乡’，墨气所射，四表无穷，无字处皆其意也！”高日甫论画歌曰：“即其笔墨所未到，亦有灵气空中行。”笪重光说：“虚实相生，无画处皆成妙境。”三人的话都是注意到艺术境界里的虚空要素。中国的诗词、绘画、书法里，表现着同样的意境结构，代表着中国人的宇宙意识。盛唐王、孟派的诗固多空花水月的禅境；北宋人词空中荡漾，绵渺无际；就是南宋词人姜白石的“二十四桥仍在，波心荡冷月无声”，周草窗的“看画船尽入西泠，闲却半湖春色”，也能以空虚衬托实景，墨气所射，四表无穷。但就它渲染的境象说，还是不及唐人绝句能“无字处皆其意”，更为高绝。中国人对“道”的体验，是“于空寂处见流行，于流行处见空寂”，唯道集虚，体用不二，这构成中国人的生命情调和艺术意境的实相。

王船山又说：“工部（杜甫）之工在即物深致，无细不章。右丞（王维）之妙，在广摄四旁，圜中自显。”又说：“右丞妙手能使在远者近，抟虚成实，则心自旁灵，形自当位。”这话极有意思。“心自旁灵”表现于“墨气所射，四表无穷”，“形自当位”，是“咫尺有万里之势”。“广摄四旁，圜中自显”，“使在远者近，抟虚成实”，这正是大画家大诗人王维创造意境的手法，代表着中国人于空虚中创现生命的流行，絪缊的气韵。

王船山论到诗中意境的创造，还有一段精深微妙的话，使我们领悟“中国艺术意境之诞生”的终极根据。他说：“唯此窅窅摇摇之中，有一切真情在内，可兴可观，可群可怨，是以有取于诗。然因此而诗则又往往缘景缘事，缘以往缘未来，经年苦吟，而不能自道。以追光蹑影之笔，写通天尽人之怀，是诗家正法眼藏。”“以追光蹑影之笔，写通天尽人之怀”，这两句话表出中国艺术的最后的理想和最高的成就。唐、宋人诗词是这样，宋、元人的绘画也是这样。

尤其是在宋、元人的山水花鸟画里，我们具体地欣赏到这“追光蹑影之笔，写通天尽人之怀”。画家所写的自然生命，集中在一片无边的虚白上。空中荡漾着“视之不见、听之不闻、搏之不得”的“道”，老子名之为“夷”“希”“微”。在这一片虚白上幻现的一花一鸟、一树一石、一山一水，都负荷着无限的深意、无边的深情。（画家、诗人对万物一视同仁，往往很远的微小的一草一石，都用工笔画出，或在逸笔撇脱中表出微茫惨淡的意趣）万物浸在光被四表的神的爱中，宁静而深沉。深，像在一和平的梦中，给予观者的感受是一澈透灵魂的安慰和惺惺的微妙的领悟。

中国画的用笔，从空中直落，墨花飞舞，和画上虚白，溶成一片，画境恍如“一片云，因日成彩，光不在内，亦不在外，既无轮廓，亦无丝理，可以生无穷之情，而情了无寄”（借王船山评王俭《春诗》绝句语）。中国画的光是动荡着全幅画面的一种形而上的、非写实的宇宙灵气的流行，贯彻中边，往复上下。古绢的黯然而光尤能传达这种神秘的意味。西洋传统的油画填没画底，不留空白，画面上动荡的光和气氛仍是物理的目睹的实质，而中国画上画家用心所在，正在无笔墨处，无笔墨处却是飘渺天倪，化工的境界。（即其笔墨所未到，亦有灵气空中行）这种画面的构造是植根于中国心灵里葱茏絪缊，蓬勃生发的宇宙意识。王船山说得好：“两间之固有者，自然之华，因流动生变而成绮丽，心目之所及，文情赴之，貌其本荣，如所存而显之，即以华奕照耀，动人无际矣！”这不是唐诗宋画给予我们的印象吗？

中国人爱在山水中设置空亭一所。戴醇士说：“群山郁苍，群木荟蔚，空亭翼然，吐纳云气。”一座空亭竟成为山川灵气动荡吐纳的交点和山川精神聚积的处所。倪云林每画山水，多置空亭，他有“亭下不逢人，夕阳澹秋影”的名句。张宣题倪画《溪亭山色图》诗云：“石滑岩前雨，泉香树杪风，江山无限景，都聚一亭中。”苏东坡《涵虚亭》诗云：“惟有此亭无一物，坐观万景得天全。”唯道集虚，中国建筑也表现着中国人的宇宙意识。

空寂中生气流行，鸢飞鱼跃，是中国人艺术心灵与宇宙意象“两镜相入”互摄互映的华严境界。倪云林诗云：

兰生幽谷中，
倒影还自照。
无人作妍媛，
春风发微笑。

希腊神话里水仙之神（Narciss）临水自鉴，眷恋着自己的仙姿，无限相思，憔悴以死。中国的兰生幽谷，倒影自照，孤芳自赏，虽感空寂，却有春风微笑相伴，一呼一吸，宇宙息息相关，悦怿风神，悠然自足。（中西精神的差别相）

艺术的境界，既使心灵和宇宙净化，又使心灵和宇宙深化，使人在超脱的胸襟里体味到宇宙的深境。

唐朝诗人常建的《江上琴兴》一诗最能写出艺术（琴声）这净化深化的作用：

江上调玉琴，
一弦清一心。
泠泠七弦遍，
万木澄幽阴。
能使江月白，
又令江水深。
始知梧桐枝，
可以徽黄金。

中国文艺里意境高超莹洁而具有壮阔幽深的宇宙意识生命情调的作品也不可多见。我们可以举出宋人张于湖的一首词来，他的《念奴娇·过洞庭湖》词云：

洞庭青草近中秋，更无一点风色。
玉界琼田三万顷，著我片舟一叶。
素月分晖，明河共影，表里俱澄澈。
悠悠心会，妙处难与君说。

应念岭表经年，孤光自照，肝胆皆冰雪。
短发萧疏襟袖冷，稳泛沧溟空阔。
吸尽西江，细斟北斗，万象为宾客。（对空间之超脱）
叩舷独啸，不知今夕何夕！（对时间之超脱）

这真是“雪涤凡响，棣通太音，万尘息吹，一真孤露。”笔者自己也曾写过一首小诗，希望能传达中国心灵的宇宙情调，不揣陋劣，附在这里，借供参证：

飙风天际来，
绿压群峰暝。
云罅漏夕晖，
光写一川冷。
悠悠白鹭飞，
淡淡孤霞迥。
系缆月华生，
万象浴清影。
《柏溪夏晚归棹》

艺术的意境有它的深度、高度、阔度。杜甫诗的高、大、深，俱不可及。“吐弃到人所不能吐弃为高，含茹到人所不能含茹为大，曲折到人所不能曲折为深。”（刘熙载评杜甫诗语）叶梦得《石林诗话》里也说：“禅家有三种语，老杜诗亦然。如波漂菰米沉云黑，露冷莲房坠粉红，为函盖乾坤语。落花游丝白日静，鸣鸠乳燕青春深，为随波逐浪语。百年地僻柴门迥，五月江深草阁寒，为截断众流语。”函盖乾坤是大，随波逐浪是深，截断众流是高。李太白的诗也具有这高、深、大。但太白的情调较偏向于宇宙境象的大和高。太白登华山落雁峰，说：“此山最高，呼吸之气，想通帝座，恨不携谢朓惊人句来，搔首问青天耳！”（唐语林）杜甫则“直取性情真”（杜甫诗句），他更能以深情掘发人性的深度，他具有但丁的沉着的热情和歌德的具体表现力。

李、杜境界的高、深、大，王维的静远空灵，都植根于一个活跃的、至动而有韵律的心灵。承继这心灵，是我们深衷的喜悦。

原载《时与潮文艺》1943年3月创刊号

（选自宗白华著《美学散步》，上海人民出版社1982年出版）

创作背景：

宗白华，（1897—1986），曾用名宗之櫆，字白华、伯华，籍贯为江苏常熟虞山镇。前后曾在南京大学、北京大学任教。宗白华是我国现代美学的先行者和开拓者，被誉为“融贯中西艺术理论的一代美学大师”。1994年，安徽教育出版社出版《宗白华全集》。

中国诗与中国画

钱钟书

一

这不是一篇文艺批评，而是文艺批评史上一个问题的澄清。它并不对中国旧诗和旧画试作任何估价，而只阐明中国传统批评对于诗和画的比较估价。

当然，文艺批评史很可能成为一门自给自足的学问，学者们要集中心力，保卫专题研究的纯粹性，把批评史上涉及的文艺作品，也作为干扰物而排除，不去理会，也不能鉴别。不过，批评史的研究，归根到底，还是为了批评。我们要了解和评判一个作者，也该知道他那时代对于他那一类作品的意见，这些意见就是后世文艺批评史的材料，也是当时一种文艺风气的表示。一个艺术家总在某些社会条件下创作，也总在某种文艺风气里创作。这个风气影响到他对题材、体裁、风格的去取，给予他以机会，同时也限制了他的范围。就是抗拒或背弃这个风气的人也受到它负面的支配，因为他不得不另出手眼来逃避或矫正他所厌恶的风气。正像列许登堡所说，模仿有正有负，“反其道以行也是一种模仿”（Grade das Gegentheil tun ist auch eine Nachahmung）；圣佩韦也说，尽管一个人要推开自己所处的时代，但仍要和他接触，而且接触得很着实（On touche encore à son temps, et très fort, même quand on le repousse）[1]。所以，风气是创作里的潜势力，是作品的背景，而从作品本身不一定看得清楚。我们阅读当时人所信奉的理论，看他们对具体作品的褒贬好恶，树立什么标准，提出什么要求，就容易了解作者周遭的风气究竟是怎么一回事，好比从飞沙、麦浪、波纹里看出了风的姿态。

一时期的风气经过长时期而能持续，没有根本的变动，那就是传统。传统有惰性，不肯变，而事物的演化又迫使它以变应变，于是产生了一个相反相成的现象。传统不肯变，因此惰性形成习惯，习惯升为规律，把常然作为当然和必然。传统不得不变，因此规律、习惯不断地相机破例，实际上作出种种妥协，来迁就演变的事物。批评史上这类权宜应变的现象，有人曾嘲笑为“文艺里的两面派假正经”（ipocrisia letteraria）[2]，表示传统并不呆板，而具有相当灵活的机会主义。它一方面把规律定得严，抑遏新风气的发生；而另一方面把规律解释得宽，可以收容新风气，免于因对抗而地位摇动。它也颇有外交老手的“富于弹性的坚定”（elastic or flexible rigidity）那种味道。传统愈悠久，妥协愈多，愈不肯变，变的需要愈迫切；于是不再能委屈求全，旧传统和新风气破裂而被它破坏。新风气的代兴也常有一个相反相成的表现。它一方面强调自己是崭新的东西，和不相容的原有传统立异；而另一方面更要表示自己大有来头，非同小可，向古代也找一个传统作为渊源所自。例如西方十七、八世纪批评家要把新兴的长篇散文小说遥承古希腊、罗马的史诗[3]；圣佩韦认为当时法国的浪漫诗派蜕变于法国十六世纪的诗歌。中国也常有相类的努力。明、清批评家把《水浒》《儒林外史》等白话小说和《史记》挂钩；我们自己学生时代就看到提倡“中国文学改良”的学者煞费心机写了上溯古代的《中国白话文学史》，又看到白话散文家在讲《新文学源流》时，远追明代“公安”“竟陵”两派。这种事后追认先驱（préfiguration rétroactive）的事例[4]，彷佛野孩子认父母，暴发户造家谱，或封建皇朝的大官僚诰赠三代祖宗，在文学史上数见不鲜。它会影响创作，使新作品从自发的天真转而为自觉的有教养、有师法；它也改造传统，使旧作品产生新意义，沾上新气息，增添新价值。

一个传统破坏了，新风气成为新传统。新传统里的批评家对于旧传统里的作品能有比较全面的认识，作比较客观的估计；因为他具有局外人的冷静和超脱，所谓“当局称迷，傍观见审”（元行冲《释疑》），而旧传统里的批评家就像“不识庐山真面目，只缘身在此山中”（苏轼《题西林壁》）。除旧布新也促进了人类的集体健忘，一种健康的健忘，千头万绪简化为二三大事，留存在记忆里，节省了不少心力。旧传统里若干复杂问题，新的批评家也许并非不屑注意，而是根本没想到它们一度存在过。他的眼界空旷，没有枝节零乱的障碍物来扰乱视线；比起他这样高瞰远瞩，旧的批评家未免见树不见林了。不过，无独必有偶，另一个偏差是见林而不见树。局外人也就是门外汉，他的意见，彷佛“清官判断家务事”，有条有理，而对于委曲私情，终不能体贴入微。一个社会、一个时代各有语言天地，各行各业以至一家一户也都有它的语言田地，所谓“此中人语”。譬如乡亲叙旧、老友谈往、两口子讲体己、同业公议、专家讨论等等，圈外人或外行人听来，往往不甚了了。缘故是：在这种谈话里，不仅有术语、私房话以至“黑话”，而且由于同伙们相知深切，还隐伏着许多中世纪经院哲学所谓彼此不言而喻的“假定”（suppositio）[5]，旁人难于意会。释袾宏《竹窗随笔》论禅宗问答：“譬之二同邑人，千里久别，忽然邂逅，相对作乡语隐语，旁人听之，无义无味。”这其实是生活中的平常情况，只是“听之无义无味”的程度随人随事不同。批评家对旧传统或风气不很认识，就可能“说外行话”，曲解附会。举一个文评史上的惯例吧。

我们常听说中国古代文评里有对立的两派，一派要“载道”，一派要“言志”。事实上，在中国旧传统里，“文以载道”和“诗以言志”主要是规定各别文体的职能，并非概括“文学”的界说。“文”常指散文或“古文”而言，以区别于“诗”“词”。这两句话看来针锋相对，实则水米无干，好比说“他去北京”“她回上海”，或者羽翼相辅，好比说“早点是稀饭”“午餐是面”。因此，同一个作家可以“文载道”，以“诗言志”，以“诗余”的词来“言”诗里说不出口的“志”。这些文体就像梯级或台阶，是平行而不平等的，“文”的等次最高。西方文艺理论常识输入以后，我们很容易把“文”一律理解为广义的“文学”，把“诗”认为文学创作精华的同义词。于是那两句老话彷佛“顿顿都喝稀饭”和“一日三餐全吃面”，或“两口儿都上北京”和“双双同去上海”，变成相互排除的命题了。传统文评里有它的矛盾，但是这两句不能算是矛盾的口号。对传统不够理解，就发生了这个矛盾的错觉。当然，相反地，也会发生统一的错觉，譬如我们常听说中国诗和中国画是融合一致的。

二

诗和画号称姊妹艺术。有人进一步认为它们不但是姊妹，而且是孪生姊妹。唐人只说：“书画异名而同体。”（张彦远《历代名画记》卷一《叙画之源流》）自宋以后，大家都把诗和画说成彷佛是异体而同貌。郭熙《林泉高致》第二篇《画意》：“更如前人言：‘诗是无形画，画是有形诗。’哲人多谈此言，吾人所师。”冯应榴《苏诗合注》卷五〇《韩干马》：“少陵翰墨无形画，韩干丹青不语诗。”孔武仲《宗伯集》卷一《东坡居士画怪石赋》：“文者无形之画，画者有形之文，二者异迹而同趣。”张舜民《画墁集》卷一《跋百之诗画》：“诗是无形画，画是有形诗。”释德洪觉范《石门文字禅》卷八：《宋迪作八景绝妙，人谓之“无声句”。演上人戏余曰：“道人能作‘有声画’乎？”因为之各赋一首》。岳珂《宝真斋法书赞》卷一三《薛道祖白石潭诗帖》：“‘画’以‘有声’著，‘诗’以‘无声’名。‘有声’者，道祖之所已知；‘无声’者，道祖之所欲为而未能者也。”《宋诗纪事》卷五九钱鍪《次袁尚书巫山诗》：“终朝诵公有声画，却来看此无声诗”；《全宋词》三四五三页陈德武《望海潮》：“对无声诗，哦有声画，仪形已见端倪”：这两处的“有声画”指诗，而“无声诗”指景物，由画引申，指入画的真山真水。两者只举一端，像黄庭坚《次韵子瞻、子由题憩寂图》：“李侯有句不肯吐，淡墨写作无声诗”、米友仁

《自题山水》："古人作语咏不得，我寓无声缣楮间"、周孚《题所画梅竹》："东坡戏作有声画，叹息何人为赏音"，例子更多。舒岳祥《阆风集》卷六《和正仲送达善归钱塘》："好诗甚似无声画，昏眼羞同没字碑"，求对仗的平仄匀称，换"有"字为"无"字，出了毛病。"碑"照例有"字"，"没字碑"是自身矛盾语，恰好用作比喻，去嘲笑目不识丁；"画"压根儿"无声"，说"好诗似画"，词义具足，所添"无声"两字就不免修词学所谓"赘余的形容"（redundant epithet）了[6]。南宋孙绍远搜罗唐以来的题画诗，编为《声画集》；宋末名画家杨公远自编诗集《野趣有声画》，诗人吴龙翰作序，说："画难画之景，以诗凑成；吟难吟之诗，以画补足。"（曹庭栋《宋百家诗存》卷一九）从那两部书名，可以推想这个概念的流行。

"无声诗"即"有形诗"和"有声画"即"无形画"的对比，和西洋传统的诗画对比，用意差不多。古希腊诗人（Simonides of Ceos）早说："画为不语诗，诗是能言画。"[7]嫁名于西塞罗的一部修辞学里，论"互换句法"（commutatio）第四例就是："正如诗是说话的画，画该是静默的诗"（Item poema loquens pictura，pictura tacitum poema debet esse）[8]。达文齐干脆说画是"嘴巴哑的诗"（una poesia muta），而诗是"眼睛瞎的画"（una pittura cieca）[9]。莱辛在他反对"诗画一律"的名著里，引了"那个希腊伏尔太的使人眼花缭乱的对照"（die blendende Antithese des griechischen Voltaire），也正是那句希腊古诗，顺手又把他所敌视的伏尔太扫上一笔[10]。"不语诗""能言画"和中国的"无声诗""有声画"是同一回事，因为"声"在这里不指音响，而指说话，就像旧小说、旧戏曲里是"不则（作）声""禁（噤）声"的那个"声"字。古罗马诗人霍拉斯的名句："诗亦犹画"（ut pictura poesis erit），经后人断章取义，理解作"诗原通画"[11]，彷佛苏轼《书鄢陵王主薄折枝》所谓："诗画本一律。"诗、画作为孪生姊妹是西方古代文艺理论的一块奠基石，也就是莱辛所要扫除的一块绊脚石，因为由他看来，诗、画各有各的面貌衣饰，是"绝不争风吃醋的姊妹"（keine eifersüchtige Schwester）[12]。

诗和画既然同是艺术，应该有共同性；它们并非同一门艺术，又应该各具特殊性。它们的性能和领域的异同，是美学上重要理论问题。我想探讨的，只是历史上具体的文艺鉴赏的评判。我们常听人有声有势地说：中国旧诗和中国旧画有同样的风格，体现同样的艺术境界。那句话究竟是什么意思？这个意思能不能在文艺批评史里证实？

三

那句在国画展览会上、国画史等著作里说惯、听惯、看惯的话，和"诗原通画""诗画一律"，意义大不相同。"诗原通画""诗画一律"是树立一条原理，而那句话只是叙述一个事实。前者认为：诗和画的根本性质是一致的；后者认为：在中国传统里，最标准的诗风和最标准的画风是一致的。假使前者成立，也许可以解释后者这个事实；假使后者成立，却还不够证明前者那条原理。对于前者，要求它言之成理，免于牵强理论；对于后者，要求它言之有物，免于歪曲历史。说破了，那句套话的意思就是：中国旧诗和中国旧画同属于所谓"南宗"，正好比西洋文艺史家说，莎士比亚的戏剧和鲁本斯（Rubens）、雷姆勃朗德（Rembrandt）的绘画同属于"奇崛派"（Barock）[13]。

中国画史上最具有代表性、最主要的流派是"南宗"。董其昌《容台别集》卷四有一节讲得极清楚："禅家有南北二宗，唐时始分。画之南北二宗，亦唐时分也，但其人非南北耳。北宗则李思训父子着色山水，流传而为宋之赵干、赵伯驹、伯骕以至马、夏辈。南宗则王摩诘始用渲淡，一变钩斫之法，其传为张璪、荆、关、董巨、郭忠恕、米家父子以至元之四大家；亦如六祖之后，有马驹、云门、临济儿孙之盛，而北宗微矣。要之摩诘所谓‘云峰石迹，迥出天机，笔意纵横，参乎造化’者。东坡赞吴道子、王维画壁亦云：‘吾于维也无间然。’知言哉！”（参看同卷《文人画自王维始》一条，叙述更详）董氏同乡书画家莫是龙《画说》一五条里有一条，字句全同；董氏同乡好友陈继儒《偃曝余谈》卷下有论旨相类的一条，坦白地把李思训、王维分别比为“禅家”北宗的神秀和南宗的惠能。南、北画家的区别，也可用陈氏推尊的王世贞的话来概括，《弇州四部稿》卷一五四《艺苑卮言·附录》卷三：“吴、李以前画家，实而近俗；荆、关以后画家，雅而太虚。今雅道尚存，实德则病。”这是明人鉴赏的常谈，清人承袭了，例如厉鹗说：“尝以词譬之画，画家以南宗胜北宗。稼轩、后村诸人，词之北宗；清真、白石诸人，词之南宗也。”（《樊榭山房文集》卷四《张今涪红螺词序》）清人论书法，把南、北宗的概念来判别流派，而且应用到董其昌本人身上：“太仆[归有光]文章宗伯[董]字，正如得髓自南宗”（姚鼐《惜抱轩诗集》卷八《论书绝句》三）；“尝与钱梅溪[泳]论书，画派分南、北宗，书家亦分南、北。如颜、柳一派，类推至于吾家文敏[张照]，是为北宗；褚、虞一派，类推至于香光，是为南宗”（张祥河《关陇舆中偶忆编》）。近年来有人反对董其昌的分类，夏敬观先生《忍古楼画说》就批评说：“余考宋、元以前论画书，未见有‘南、北宗’之说。夫南、北画派诚有别，然必剿袭禅宗之名以名之，而‘南’‘北’字均无所取义，盖非通人所为。李思训父子为唐宗室，王维太原祁人，均北人也。只张璪唐人，余皆宋人，安见唐时已分南北乎？”

画派分南北和画家是南人、北人的疑问，不难回答。某一地域的专称引申而为某一属性的通称，是语言里的惯常现象。譬如汉、魏的“齐气”、六朝的“楚子”、宋的“胡言”、明的“苏意”；“齐气”“楚子”不限于“齐”人、“楚”人，苏州以外的人也常有“苏意”，汉族并非不许或不会“胡说”“胡闹”。杨万里说：“诗‘江西’也，非人皆江西也”（《诚斋集》卷七九《江西宗派诗序》）；家铉翁说：“奋乎齐鲁汴洛之间者，固中州人物也。亦有生于四方，奋于遐外，而道学文章为世所宗工，德业被于海内，虽谓之中州人物可也”（《元文类》卷三八家铉翁《题中州诗集后》；四库辑本《则堂集》漏收）：更是文学流派名称的好例子。拘泥着地图、郡县志，太死心眼儿了。画派在“唐时”虽然未“分南北”，但唐人诗文评早藉用了“南北宗 ”的概念。遍照金刚《文镜秘府论》南卷《论文意》：“荀、孟传于司马迁，司马迁传于贾谊。乃知司马迁为北宗，贾生为南宗，从此分焉。”这位日本和尚居然讲司马迁而连《史记》都没看，不知道有《屈原贾生列传》，但他也显然道听途说，拣得了唐人的一些谈屑。伪托贾岛撰的《二南密旨》，据《四库全书总目》卷一九七的提要：“以《召南》‘林有朴樕，野有死鹿’句，及鲍照‘申黜褒女进，班去赵姬升’句，钱起‘竹怜新雨后，山爱夕阳时’句，为南宗。以《卫风》‘我心匪石，不可转也’句，左思‘吾爱段干木，偃息藩魏君’句，卢纶诗‘谁知樵子径，得到葛洪家’句，为北宗。”论画“剿袭禅宗之名”，或许“无所取义”，也还可以说有所借鉴。不过，真是“无所取义”么？

把“南”“北”两个地域和两种思想方法或学风联系，早已见于六朝，唐代禅宗区别南、北，恰恰符合或沿承了六朝古说[14]。事实上，《礼记•中庸》说“南方之强”省事宁人，“不报无道”，不同于“北方之强”好勇斗狠，“死而不厌”，也就是把退敛和肆纵分别为“南”和“北”的特征。《世说•文学第四》记褚季野云：“北人学问，渊综广博。”孙安国答：“南人学问，清通简要。”支道林曰：“圣贤固所忘言。自中人以还，北人看书如显处视月，南人学问如牖中窥日。”历来引用的人只知道“牖中窥日”彷佛“管中窥豹”，误解支道林为褒北贬南；而刘峻在这一节的注释里又褒南贬北，说什么北人“学广则难周，难周则识暗”，南人“学寡则易核，易核则知明”。支道林是仲裁者讲公道话。孙、褚分举南、北“学问”各有长处，支承认这些长处，而指出它们也各有流弊，长处就此成为缺点（l é defaut de la qualité）。我国有关“性格类型”（personality types）的最早专著、三国时刘劭《人物志•八观》里第七观是：“观其所短，以知其所长。”支道林可以说是“观其所长，以知其所短”。“中人以还”的“中”不是《论语•雍也》“中人以下，中人以上”的“中”，而是《中庸》“中庸其至矣乎”的“中”，不指平常凑合、不出众，而指恰如其分、无偏差，就是《人物志•体性》所说：“中庸之德……抗者过之而拘者不逮，抗拘违中。”“中人”以下追求广博，则流为浅泛；追求精简，则流为寡陋；浮光掠影和一孔片面都是毛病，尽管病情不同，但都是《人物志•材能》所称“偏材之人”。《隋书•儒林传》叙述经学，说“大抵南人约简，得其英华；北学深芜，穷其枝叶”，这就像刘峻的注解，也简直是唐后对南、北禅宗的惯评了。看来，南、北“学问”的分歧，和宋、明儒家有关“博观”与“约取”“多闻”与“一贯”“道问学”与“尊德性”的争论，属于同一典型。巴斯楷尔区分两类有才智的人（deux sortes d'esprit）：一类“坚强而狭隘”，一类“广阔而软弱”（l'esprit pouvant être fort et é troit, et pouvant être ample et faible）[15]。康德曾分析“理性”里有两种基本倾向：一种按照万殊的原则，喜欢繁多（das Interesse der Mannigfaltigkeit，nach dem Princip der Specification）；另一种按照合并的原则，喜欢单一（das Interesse der Einheit，nach dem Princip der Aggregation）[16]。禅宗判别南北，可以说是两类才智或两种理性倾向在佛教思想里的一个表现。

南宗禅把“念经”“功课”全鄙弃为无事忙，要把“学问”简至无可再简、约至不能更约，说什么“微妙法门，不立文字，教外别传”，“经诵三千部，曹溪一句亡”，“广学知解，被知解境风之所漂溺”（《五灯会元》卷一释迦牟尼章次、卷二法达章次、卷三怀海章次）。李昌符《赠供奉僧玄观》“自得曹溪法，诸经更不看”，张乔《宿齐山僧舍》“若言不得南宗要，长在禅床事更多”，都是说南宗禅省“事”，不看经卷，不坐禅床。南宗画的原则也是“简约”，以经济的笔墨获取丰富的艺术效果，以减削迹象来增加意境（less is more—Robert Browring：“Andrea del Sarto”）。张彦远讲“疏体画”用笔不同于“密体画”，早说出这个理想：“笔才一二，像已应焉。离披点画，时见缺落，此虽笔不周而意周也。”（《历代名画记》卷二《论顾陆张吴用笔》）“周”是“周密”“周到”“周备”的“周”。他在本节里强调“书画用笔同”，我们不妨挪借另一个唐人论书法的话作为注解：“‘损’谓有余。……谓趣长笔短，常使意势有余，点画若不足。”（《全唐文》卷三三七颜真卿《张长史十二意笔法记》）“损”就是“见缺落”，“若不足”就是“不周”。当代卓著的美术史家论“印象派”（Impressionism）含蓄不露（suggestion）的手法，说：观画者不是无所用心，而是“更有事可做”（the artist gives the beholder increasingly “more to do”），参与了作画者的创造（making, creation），在心目中幻出（“conjured up” in our minds）那些未落迹象的景色（the inarticulate and unexpressed）[17]。也不外乎这个原则。休谟可能是首先拈示这种心理活动的哲学家，虽然他泛论人生经验，并未联系到文艺。他认为情感受“想象”的支配，“把对象的一部分隐藏不露，最能强烈地激发情感”（Nothing more powerfully excites any affection than to conceal some part of its object）；对象蔽亏不明（by throwing it into a kind of shade），欠缺不全，就留下余地，“让想像有事可做”（leaves some work for the imagination），而“想象为了完足那个观念所作的努力又能增添情感的强度”（the effort which the fancy makes to compleat the idea gives an additional force to the passion）[17]。把休谟的大理论和我们的小题目拍合，对象“蔽亏”正是“笔不周”，在想象里“完足”正是“意周”，“compleat”可算是“周”字的贴切英译。和石溪并称的“二溪”的程正揆反复申明这一点。他的《青溪遗稿》似乎三百年来无人过问，不妨多引一些。卷一五《山庄题画》六首之三：“铁干银钩老笔翻，力能从简意能繁。临风自许同倪瓒，入骨谁评到董源。”卷二二《题卧游图后》：“论文字者谓增一分见不如增一分识，识愈高则文愈淡。予谓画亦然。多一笔不如少一笔，意高则笔减。何也？意在笔先，不到处皆笔［‘不’字直贯全句，等于‘非到处皆笔’］。繁皴浓染，刻划形似，生气漓矣。”卷二四《龚半千画册》：“画有繁减，乃论笔墨，非论境界也。北宋人千丘万壑，无一笔不减；元人枯枝瘦石，无一笔不繁。予曾有诗云云[即‘铁干银钩’那一首]。”同卷《题石公画卷》：“予告石溪曰：‘画不难为繁，难于用减，减之力更大于繁。非以境减，减以笔。’所谓‘弄一车兵器，不若寸铁杀人’者也。”卷二六《杂著》一：“画贵减不贵繁，乃论笔墨，非论境界也。宋人千丘万壑，无一笔不减；倪元镇疏林瘦石，无一笔不繁。”翁方纲《复初斋诗集》卷一二《程清溪〈江山卧游图〉》“枯木瘦石乃繁重，千岩万壑翻轻灵”，就地取材，正用程氏自己的话来题他的画。吴雯《莲洋集》卷六《题云林〈秋山图〉》“岂但秾华谢桃李，空林黄叶亦无多”，也是赞叹倪瓒的“力能从简”。值得注意的是，程氏借禅宗的“话头”来比喻画法。“弄一车兵器，不是杀人手段，我有寸铁，便可杀人”，那是宋代禅师宗杲的名言，儒家的道学先生都欣赏它的。例如朱熹《朱子语类》卷八就引用了，卷一一五教训门徒，又“因举禅语云：‘寸铁可杀人；无杀人手段，则载一车枪刀，逐件弄过，毕竟无益。’”南宗禅提倡“单刀直入”（《五灯会元》九灵佑又卷一一守廓章次等），不屑拈枪弄棒，所谓：“只要单刀直入，不要广参”（《宗镜录》卷四一），嘲笑“博览古今”的“百会”为“一尚不会”（《五灯会元》卷七洛京南院和尚章次）。那和“南人学问”的“清通简要”“约简得英华”，只是程度上的差异。体现在造形艺术里，这个趋向就是绘画的笔墨“从简”“用减”“笔不周”。“南宗画”的定名超出了画家的籍贯，揭示了画风的特色，难道完全“无所取义”么？

那末，能不能说南宗画的作风也就相当于中国旧诗里正统的作风呢？

四

西洋文评家谈论中国诗时，往往彷佛是在鉴赏中国画。例如有人说，中国古诗“空灵”（intangible）、“轻淡”（light）、“含蓄”（suggestive），在西洋诗里，最接近韦尔兰（Verlaine）[19]。另一人说，中国古诗简约隽永，韦尔兰的《诗法》算得中国文学里传统原则的定义（taken as the definition of the principle of Chinese literary tradition）[20]。还有人说，中国古诗抒情，从不明说，全凭暗示（lyrical emotion is nowhere expressed but only suggested），不激动，不狂热，很少词藻、形容词和比喻（no excitement，no ecstasy，little or no rhetoric，few adjectives and very few metaphors or similes），歌德、海涅、哈代等的小诗偶有中国诗的风味[21]。这些意见出于本世纪前期，然而到现在还似乎代表一般人的看法。透过翻译而能那样认识中国诗，很不容易。一方面也许证明中国诗的艺术高、活力强，它像人体有“自动免疫性”似的，也具备顽强的免译性和抗译性，经受得起好好歹歹的翻译；一方面更表示这些批评家有艺术感觉和本土文学素养。一个绘画史家也指出，歌德的《峰巅群动息》（Ueber allen Gipfeln ist Ruh）和海涅的《孤杉孑然立》（Ein Fichtenbaum steht einsam）两首小诗和中国画的情调融合（entsprechen jener lyrischen Stimmung）[22]。把中国旧诗和韦尔兰联系，最耐人寻味。韦尔兰宣称：最好是“灰黯的诗歌”，不着色彩，只分深淡（Rien de plus cher que la chanson grise. Pas de couleur，rien que la nuance）[23]。那简直就是南宗画风了：“画欲暗，不欲明；明者如觚棱钩角是也，暗者如云横雾塞是也。”（董其昌《画眼》）

一句话，在那些西洋批评家眼里，词气豪放的李白、思力深刻的杜甫、议论畅快的白居易、比喻络绎的苏轼——且不提韩愈、李商隐等人——都给“神韵”淡远的王维、韦应物同化了。西方有句谚语：“黑夜里，各色的猫一般灰色。”（La nuit tous les chats sont gris）据动物学家的研究，猫是色盲的，在白天看一切东西都是灰色（the daylight world is gray to the cat）[24]。正像人黑夜里看猫，猫白天看世界，西洋批评家看五光十色的中国旧诗都成为韦尔兰所向往的“灰黯的诗歌”（la chanson grise）。这种现象并不稀罕。习惯于一种文艺传统或风气的人看另一种传统或风气里的作品，常常笼统概括，有如中国古代隽语所谓“用个带草（怀素）看法，一览而尽”（见董说《西游补》）。譬如在法国文评家眼里，德国文学作品都是浪漫主义的，它的“古典主义”也是浪漫的、非古典的（unclassical）；而在德国文评家眼里，法国的文学作品都只能算古典主义的，它的“浪漫主义”至多是打了对折的浪漫（only half romantic）[25]。德、法比邻，又同属于西欧文化大家庭，尚且如此，中国和西洋更不用说了。

和西洋诗相形之下，中国旧诗大体上显得情感不奔放，说话不唠叨，嗓门儿不提得那么高，力气不使得那么狠，颜色不着得那么浓。在中国诗里算是“浪漫”的，和西洋诗相形之下，仍然是“古典”的；在中国诗里算是痛快的，比起西洋诗，仍然不失为含蓄的。我们以为词华够鲜艳了，看惯粉红骇绿的他们还欣赏它的素淡；我们以为“直恁响喉咙”了，听惯大声高唱的他们只觉得是低言软语。同样，从束缚在中国旧诗传统里的读者看来，西洋诗里空灵的终嫌着痕迹、费力气，淡远的终嫌有烟火气、荤腥味，简洁的终嫌不够惜墨如金。这彷佛国际货币有兑换率，甲国的两毛零钱折合乙国的一块大洋。西洋人评论不很中肯，那可以理解。他们不是个中人，只从外面看个大概，见林而不见树，领略大同而忽视小异。我们中国批评家不会那样，我们知道中国旧诗不单纯是“灰黯诗歌”，不能由“神韵派”来代表。但是，我们也往往不注意一个事实：神韵派在旧诗传统里公认的地位不同于南宗在旧画传统里公认的地位，传统文评否认神韵派是标准的诗风，而传统画评承认南宗是标准的画风。在“正宗”“正统”这一点上，中国旧“诗、画”不是“一律”的。

五

恰巧南宗画的创始人王维也是神韵诗派的宗师，而且是南宗禅最早的一个信奉者。《王右丞集》卷二五《能禅师碑》就是颂扬南宗禅始祖惠能的，里面说“弟子曰神会，……谓余知道，以颂见托”；《神会和尚遗集·语录第一残卷》记载“侍御史王维在临湍驿中问和上若为修道”的对话。在他身上，禅、诗、画三者可以算是一脉相贯，“诗画是孪生姊妹”那句话用得惬当了。苏轼《东坡题跋》卷五《书摩诘〈蓝田烟雨图〉》说：“味摩诘之诗，诗中有画；观摩诘之画，画中有诗。”《凤翔八观·王维、吴道子画》说得更清楚：“摩诘本诗老，佩芷袭芳荪，今观此壁画，亦若其诗清且敦。”纪昀评点苏诗说：“‘敦’字义非不通，而终有嵌押之痕。”指摘得很对。“敦”字大约是深厚之“义”，可参看张彦远《历代名画记》卷一《论画山水树石》所谓“又若王右丞之重深”，但和“清”连用（collocation），就很牵强，凑韵的窘态毕露了。

沈括《梦溪笔谈》卷一七：“书画之妙，当以神会，难可以形器求也。如彦远画评言：‘王维画物，多不问四时；如画花往往以桃杏芙蓉莲花同画一景。’余家所藏摩诘《卧雪图》有雪中芭蕉，此难与俗人言也。”现存《历代名画记》里没有关于王维这一节，画花“不问四时”却是画里一个传统；《卧雪图》也早遗失，但“雪中芭蕉”一事广布久传，为文评和画评提供了一个论证[26]。都穆《寓意编》：“王维画伏生像，不两膝着地用竹筒，乃箕股而坐，凭几伸卷。盖不拘形似，亦雪中芭蕉之类也。”这幅画后来为孙承泽收藏。《庚子销夏记》卷一《唐王维伏生图》：“一老生伏几而坐，手持一卷。……都元敬尝在贵人之家见此图，惊欢不置。”从此“雪中芭蕉”不是孤零零的事件，“难以形器求”的画风又添了佐证，评鉴家更容易施展“挽回”（recuperation）的手段，不理会“俗人”们的“拘形似”的惊疑和嘲笑。神韵诗派大师王士禛就在这一点上把王维的诗和画贯通。《池北偶谈》卷一八："世谓王右丞画雪里芭蕉，其诗亦然。如'九江枫树几回青，一片扬州五湖白'，下连用'兰陵镇''富春郭''石头城'诸地名，皆辽远不相属。大抵古人诗画只取兴会神到。"名诗人兼画家金农更在这一点上把王维的画和禅贯通。《冬心集拾遗·杂画题记》："王右丞雪中芭蕉为画苑奇构。芭蕉乃商飚速朽之物，岂能凌冬不凋乎？右丞深于禅理，故有是画，以喻沙门不坏之身，四时保其坚固也。余之所作，正同此意，观者切莫认作真个耳。"金农对"禅理"似乎不熟。禅宗有一类形容"不可思议"的"话头"，"'雨下阶头湿，晴干水不流；鸟巢沧海底，鱼跃石山头。'前头两句是平实语，后头两句是格外谈"（《五灯会元》卷一八祖琦章次）；"格外谈"颇类似西方古修辞学所谓"不可能事物喻"（adynata， impossibilia）[27]。例如"山上有鲤鱼，海底有蓬尘"，"腊月莲花"，"昼入祇陀之苑，皓月当天。夜登灵鹫之峰，太阳溢目。乌鸦似雪，孤雁成群"（《五灯会元》卷二道钦、卷三道膺、卷一四道楷章次）[28]。鸠摩罗什译《维摩诘所说经·佛道品第八》"火中生莲花，是可谓希有"，或昙无谶译《大般涅盘经·如来性品第四之二》"水中生于莲华，非为希有，火中生者，是乃希有"，正是这一类比喻，很早被道士一眼瞧中，偷入《老子化胡经·玄歌章第一〇》"我昔化胡时"那一首里："火中生莲华，尔乃是至真。"（《鸣沙石室佚书续编》）假如雪里芭蕉含蕴什么"禅理"，那无非像海底尘、腊月或火中莲等，暗示"希有"或"不可思议"。明季画家李流芳似乎领悟这个意思，《檀园集》卷一《和朱修能雪蕉诗》"雪中蕉正绿，火里莲亦长"，就是把两种"不可能事物"结成配偶，使它们相得益彰了。

试举一首传诵的王维小诗，说明他的手法。《杂诗》第二首："君自故乡来，应知故乡事。来日绮窗前，寒梅著花未？"赵殿成《王右丞集笺注》："按陶渊明诗云：'尔从山中来，早晚发天目。我居南窗下，今生几丛菊？'与右丞此章同一机杼，然下文缀语稍多，趣意便觉不远。右丞只为短句，有悠扬不尽之致。"批评不错，只是考订欠些。那首"陶渊明诗"是后人伪托的，上半首正以王维此篇为蓝本；下半首是："蔷薇叶已抽，秋兰气当馥。归去来山中，山中酒应熟"，结句又脱胎于李白《紫极宫感秋》："陶令归去来，田家酒应熟。"[29]王维这二十个字的最好对照是初唐王绩《在京思故园见乡人问》："旅泊多年岁，老去不知回。忽逢门前客，道发故乡来。敛眉俱握手，破涕共衔杯。殷勤访朋旧，屈曲问童孩。衰宗多弟侄，若个赏池台？旧园今在否？新树也应栽。柳行疏密布？茅斋宽窄裁？经移何处竹？别种几株梅？渠当无绝水，石计总成苔。院果谁先熟，林花那后开？羁心只欲问，为报不须猜。行当驱下泽，去剪故园莱。"这首诗很好，和王维的《杂诗》在一起，鲜明地衬托出同一题材的不同处理。王绩相当于画里的工笔，而王维相当于画里的"大写"。王绩问得周详地道，可以说是"每事问"（《论语·八佾》）；王维要言不烦，大有"'伤人乎？'不问马"的派头（《论语·乡党》）。王维彷佛把王绩的调查表上问题痛加剪削，删多成一，像程正揆论画所说"用减"而不"为繁"。张彦远说："笔才一二，像已应焉。离披点画，时见缺落。"程正揆说："意高则笔减，繁皴浓染，刻划形似，生气漓矣。"这种议论可以和王士禛的诗评对照。《香祖笔记》卷六："余尝观荆浩论山水而悟诗家三昧，曰：'远人无目，远水无波，远山无皴。'"[30]同书卷十："'《新唐书》如今日许道宁辈论山水，是真画也。《史记》如郭忠恕画天外数峰，略具笔墨，然而使人心服者，在笔墨之外也。'右王楙《野客丛书》中语，得诗文三昧；司空表圣所谓'不着一字，尽得风流'者也。"《蚕尾集》卷七《芝廛集序》大讲"南宗画"的"理"，然后说："虽然，非独画也，古今风骚流别之道，固不外此。"南宗画和神韵诗就是同一艺术原理在两门不同艺术里的体现了。

既然"诗家三昧"是"略具笔墨""不着一字"，那末，写景工密的诗、叙事流畅的诗、说理痛快的诗都算不得"风骚流别"里的上乘了。例如谢灵运和柳宗元的风景诗都是刻画细致的，所以元好问《论诗绝句》说："谢客风容映古今，发源谁似柳州深！"自注："柳子厚，宋之谢灵运。"宋长白恰好把谢灵运的诗比于北宗画："纪行诗前有康乐，后有宣城。譬之于画，康乐则堆金积粉，北宗一派也；宣城则平远闲旷，南宗之流也。"（《柳亭诗话》卷二八）若把元好问的话引申，柳宗元也就是"北宗一派"。无怪王士祯《戏仿元遗山论诗绝句》对柳宗元有贬词："风怀澄淡推韦、柳，佳处多从五字求。解识无声弦指妙，柳州那得并苏州！""无声弦指妙"就是"不着一字，尽得风流"的另一说法。韦应物正是神韵派的远祖司空图推尊和王维并列的："王右丞、韦苏州澄淡精致，格在其中，岂妨于遒举哉？"（《与李生论诗书》）"右丞、苏州，趣味澄敻。"（《与王驾评诗书》）白居易的诗既能叙事井井，又会说理娓娓，和神韵派更是话不投机。司空图就说："元、白力劲而气孱，乃都市豪估耳。"（《与王驾评诗书》）翁方纲《石洲诗话》卷一来了个补笔："一自司空表圣造二十四《品》，抉尽秘妙，直以元、白为屠沽之辈。渔洋先生题之，每戒后贤勿轻看《长庆集》。盖渔洋教人，以妙悟为主，故其言如此。"使神韵派左右为难的，当然是号称"诗圣"的杜甫。

神韵派在旧诗史上算不得正统，不像南宗在旧画史上曾占有统治地位。唐代司空图和宋代严羽似乎都没有显著的影响；明末清初，陆时雍评选《诗镜》来宣传，王士祯用理论兼实践来提倡，勉强造成了风气。这风气又短促得可怜。王士祯当时早有赵执信作《谈龙录》，大唱反调；乾、嘉直到同、光，大多数作者和评论者认为它只是旁门小名家的诗风。这已是文学史常识。王维无疑是大诗人，他的诗和他的画又说得上"异迹而同趣"，而且他在旧画传统里坐着第一把交椅。然而旧诗传统里排起坐位来，首席是轮不到王维的。中唐以后，众望所归的最大诗人一直是杜甫。借用克罗齐的名词，王维和杜甫相比，只能算"小的大诗人"（un piccolo-grande poeta），而他的并肩者韦应物可以说是"大的小诗人"（un grande-piccolo poeta）[31]。托名冯贽所作《云仙杂记》是部伪书，卷一捏造《文览》记仙童教杜甫在"豆垄"下掘得"一石，金字曰'诗王本在陈芳国'"，更是鬼话编造出来的神话。然而作为唐宋舆论的测验，天赐"诗王"的封号和"子美集开诗世界"的歌颂（王禹偁《小畜集》卷九《日长简仲咸》），可以有同等价值。元稹《唐故检校工部员外郎杜君墓系铭》早称杜甫超过李白，能"兼综古今之长"；宋祁虽然作诗深受"西昆体"的影响，而他的《新唐书·杜甫传赞》和元稹的《杜君墓铭》一致，并不像西昆体领袖杨大年那样"不喜杜工部诗，谓为'村夫子'"（刘攽《中山诗话》）[32]。《皇朝文鉴》卷七二孙何《文箴》"还雅归颂，杜统其众"，"统"正是"兼综"。杜甫《偶题》自说："文章千古事，得失寸心知。……法自儒家有，心从弱岁疲。"（参看辛弃疾《念奴娇·答傅先之提举》："君诗好处，似邹鲁儒家，还有奇节。"）后世评论家顺水推船，秦观《淮海集》卷一一《韩愈论》索性比杜甫于"集大成"的儒宗孔子。晁说之《嵩山文集》卷一四《和陶引辩》说："曹、刘、鲍、谢、李、杜之诗，《五经》也，天下之大中正也；彭泽之诗，老氏也。"吴可《藏海诗话》："看诗且以数家为率，以杜为正经，余为兼经也。"朱熹《语类》卷一三九称李、杜诗为学诗者的"本经"。陈善《扪虱新语》卷七："老杜诗当是诗中《六经》，他人诗乃诸子之流也。"吴乔《围炉诗话》卷二有"杜《六经》"的名称。蒋士铨《忠雅堂文集》卷一《杜诗详注集成序》："杜诗者，诗中之《四子书》也。"潘德舆《养一斋集》卷一八《作诗本经序》："三代而下，诗足绍《三百篇》者，莫李、杜若也。……朱子曰：'作诗先看李、杜，如士人治本经。'虽未以李、杜之诗为《经》，而已以李、杜之诗为作诗之《经》矣。窃不自量，辑李、杜诗千余篇与《三百篇》风旨无二者，题曰《作诗本经》。"潘氏另一书《李杜诗话》卷二曾颂赞杜甫"集大成"，所以"李、杜"齐称也好比儒家并推"孔、孟"，一个"至圣"，一个"亚圣"，还是杜甫居上的。

这样看来，中国传统文艺批评对诗和画有不同的标准：论画时重视王世贞所谓"虚"以及相联系的风格，而论诗时却重视所谓“实”以及相联系的风格。因此，旧诗的“正宗”“正统”以杜甫为代表。神韵派当然有异议，但不敢公开抗议，而且还口不应心地附议。陆时雍比较坦白，他在《唐诗镜·绪论》里对李、杜、韩、白等大家个个责难，只推尊王、韦两家，甚至直言不讳：“摩诘不宜在李、杜下。”王士祯就很世故了。李重华《贞一斋诗说》记载：“近见阮亭批抹杜集。乃知今人去古，分量大是悬绝，有多少矮人观场处，乃正昌黎所谓‘不自量’也。”（指韩愈《调张籍》：“李杜文章在，光焰万丈长。不知群儿愚，那用故谤伤。蚍蜉撼大树，可笑不自量！”）可见王士祯私下曾“批抹”杜诗，大加“谤伤”；（我们从《石洲诗话》卷六《渔洋评杜摘记》，可以推想；）他和门弟子的谈话——记录在《然灯纪闻》里——却称赞杜甫律诗是“究竟归宿处”。赵执信《谈龙录》透露了底细，说王士祯不便自己出面，只借嘴骂人：“阮翁酷不喜少陵诗，特不敢显攻之，每举杨大年‘村夫子’之目以语客。”李重华看到的“批抹”本，就是王士祯“酷不喜少陵诗”的物证。袁枚《随园诗话》卷三也说：“李、杜、韩、白俱非阮亭所喜，因其名太高，未便诋毁。”翁方纲《七言诗三昧举隅》作了解释：“渔洋先生于唐贤，独推右丞、少伯以下诸家得‘三昧’之旨；盖专以冲和淡远为主，不欲以雄鸷奥博为宗。先生又不喜多作刻划体物语，其于昌黎《青龙寺》前半，因微近色相而不取。”“刻划体物”和“近色相”那种说法，竟可以移评北宗画。王士祯《池北偶谈》有一条把王维、韩愈、王安石三家咏桃花源的诗比较一下，结论是：“读摩诘诗多少自在！二公便如努力挽强，不免面赤耳热。”这和翁方纲的话是互相发明的。

王士祯《蚕尾集》卷一〇《跋〈论画绝句〉》，很耐寻味。《论画绝句》的作者就是他标榜为齐名同调的宋荦，所谓：“当日朱颜两年少，王扬州与宋黄州。”（参看《四库总目》卷一七三《西陂类稿》提要）《跋》说：“近世画家专尚南宗，而置华原、营丘、洪谷、河阳诸大家。是特乐其秀润，惮其雄奇，余未敢以为定论也。不思史中迁、固，文中韩、柳，诗中甫、愈（自注：子美河南巩县人），近日之空同、大复，不皆北宗乎？牧仲中丞论画，最推北宋数大家，真得祭川先河之义。”一眼粗看，好像他一反常态或尽除成见，居然推尊杜甫诗和北宗画了；仔细再瞧，原来他别有用心，以致寥寥不上百字的文章脱枝失节，前言不对后语。既然“画家专尚南宗”，那末不讲旁人，至少“洪谷子”荆浩“有笔有墨”的实践对南宗画派的成立大有贡献，他的《山水诀》或《画说》《画法记》等又是南宗画理论的奠基石，他正被“尚”，那能说被“置”呢？既有“文中韩、柳”，就该接“诗中甫、白”，才顺理成章，为什么对韩愈那样偏爱，金榜两次题名，硬生生挤掉了李白呢？既反问“不皆北宗乎”，就该接“牧仲最推北宗”，才合逻辑，为什么悄悄换了一个“宋”字呢？“北宋”画和“北宗”画涵义不同，董其昌所举“南宗儿孙之盛”里，就有巨然、郭忠恕、米芾三位“北宋”大家。《蚕尾集》同卷《跋元人杂画》里也把宋画概括为南宗：“宋、元人画专取气韵，此如宋儒传义，废注疏而专言义理是也。”王士祯用的是画评术语“南宗”“北宗”，讲的是画家、文人的籍贯南方、北方，不是他们的风格。所以他特意注明杜甫是河南人；所以蜀人李白在“北宗”里无地可容，而另一河南人韩愈必须一身二任。李梦阳（“空同”）寄籍扶沟，何景明（“大复”）本籍信阳，又是两个河南人。三个非河南人——马、班、柳——是拉来凑热闹的，彷佛被迫为河南的临时“荣誉公民”。揭穿了这些花样，无非说河南商丘籍的宋荦是货真价实的“北[方大]宗[师]”。发了一通论画意见，请出历代诗文名家，无非旁敲侧击、转弯抹角地恭维那个“牧仲中丞”是大诗人，因此更要指出杜甫和他有同乡之谊，彼此沾光。貌似文艺评论，实质是挂了文艺幌子的社交辞令。在研究古代——是否竟可以说“古今”或“历代”？——文评时，正像在社会生活里，我们得学会孟子所谓“知言”，把古人的一时兴到语和他的成熟考虑过的议论区别开来，尤其把他的由衷认真的品评和他的官样套语、应酬八股区别开来。

六

诗、画传统里标准分歧，有一个很好的例证。上文引过苏轼《王维、吴道子画》，那首诗还有一段话，就是董其昌论南宗画时引为权威性的结论的："吾观画品中，莫如二子尊。吴生虽妙绝，犹以画工论；摩诘得之于象外，有如仙翮谢笼樊。吾观二子皆神俊，又于维也敛衽无间言。"就是说，以"画品"论，吴道子没有王维高。但是，比较起画风和诗风来，评论家把"画工"吴道子和"诗王"杜甫归在一类。换句话说，画品居次的吴道子的画风相当于最高的诗风，而诗品居首的杜甫的诗风相当于次高的画风。苏轼自己在《书吴道子画后》里就以杜甫诗、韩愈文、颜真卿书、吴道子画相提并称。杨慎《升庵全集》卷六四又《外集》卷九四《画品》说："吴道玄则杜甫。"方薰《山静居画论》卷上讲得更清楚："读老杜入峡诸诗，苍凉幽迥，便是吴生、王宰蜀中山水图。自来题画诗，亦惟此老使笔如画。昔人谓摩诘'画中有诗，诗中有画'，方之杜陵，未免一丘一壑。"苏轼《书吴道子画后》《王定国诗叙》《书唐氏六家书》反复推杜甫为"古今诗人之首"，那是平常的正统见解。他的《书黄子思诗集后》却流露出异端情绪："予尝论书，以谓钟、王之迹，萧散简远，妙在笔墨之外。至唐颜、柳始集古今笔法而尽发之，极书之变，……而钟、王之法益微。至于诗亦然。……李太白、杜子美以英玮绝世之姿，凌跨百代，……然魏、晋以来，高风绝尘，亦少衰矣。……诗人继作，虽间有远韵，而才不逮意。……司空图……诗文高妙，……自列其诗之有得文字之表者二十四韵，恨当时不识其妙。"苏轼论诗似乎到头来也倾向神韵派，和他论画很早就倾向南宗，标准渐渐合拢了。"萧散简远，妙在笔墨之外"，"有远韵"，"有得文字之表"，和"维也得之于象外"，词意一致。全祖望看出苏轼对李、杜的不满，在《鲒埼亭集》外编卷二六《春凫集序》里唤起大家注意，还补充说："自唐以还，昌黎、东野、玉川、浪仙、昌谷，以暨宋之东坡、山谷、诚斋、东夫、放翁，其造诣深浅、成家大小不一，要皆李、杜之别子也。"董其昌称南宗画"儿孙之盛"那句话，这里恰用得上，而神韵派诗相形之下，只能像他说北宗画所谓"微"了。

对一个和自己的风格绝然不同或相反的作家，爱好而不漠视，仰企而不扬弃，像苏轼对司空图的企慕，文学史上不乏这类特殊的事。例如白居易向往李商隐（参看《苕溪渔隐丛话》前集卷一六引《蔡宽夫诗话》），陆游向往梅尧臣，或歌德向往斯宾诺沙，波德莱亚向往雨果、巴尔扎克；给我印象更深的是，象征诗派祖师马拉美倾倒于自然主义小说祖师左拉的"空前的生活感"（son sens inouï de la vie）和他表达群众动态、人体美等的才能[33]。古希腊人说："狐狸多才多艺，刺猬只会一件看家本领。"[34]当代一位思想史家把天才分为两个类型，莎士比亚、歌德、巴尔扎克等属于狐狸型，但丁、易卜生、陀思妥也夫斯基等属于刺猬型，而托尔斯太是天生的狐狸，却一心要作刺猬（Tolstoy was by nature a fox，but believed in being a hedgehog）[35]。我们也不妨说，苏轼之于司空图，彷佛狐狸忻羡刺猬，而波德莱亚之于雨果，则颇似刺猬忻羡狐狸。歌德和柯勒立治都曾讲到这种现象，叶芝也亲切地描述了对"相反的自我"（the most unlike，being my anti-self）的追求[36]；美学家还特地制定一条规律，叫什么"嗜好矛盾律"（Law of the Antinomy of Taste）[37]。这规律的名称是够庄严响亮的，但代替不了解释。在莫里哀的有名笑剧里，有人问为什么鸦片使人睡眠，医生郑重地回答："因为它有一种催眠促睡力。"（une vertu dormitive）说白居易"极喜"李商隐诗文，是由于"嗜好矛盾律"，彷佛说鸦片使人睡眠，是由于"催眠促睡力"。实际上都是偷懒省事，不作出真正的解释，而只赠送了一顶帽子，给予了一个封号甚至绰号。

总结起来，在中国文艺批评的传统里，相当于南宗画风的诗不是诗中高品或正宗，而相当于神韵派诗风的画却是画中高品或正宗。旧诗和旧画的标准分歧是批评史里的事实。我们首先得承认这个事实，然后寻找解释，鞭辟入里的解释，而不是举行授予空洞头衔的仪式。

（选自钱钟书《七缀集》，三联书店2019年出版）

创作背景：

钱钟书（1910—1998），江苏无锡人，原名仰先，字哲良，后改名锺书，字默存，号槐聚，曾用笔名中书君，中国现代作家、文学研究家。《谈艺录》《管锥编》《宋诗选注》是其著名的研究论著，另有小说《围城》。

注释：

1 列许登堡（G. C. Lichtenberg）《隽语·散文·书信》（Aphorismen，Essays，Briefe），巴德（K. Batt）编本70页。圣佩韦（Sainte-Beuve）《我的毒素》（Mes Poisons），季洛（V.Giraud）编本197页；他这几句话也在《月曜日文谈》开卷第一篇里早说过。（Causeries du Lundi，t. 1，"M. Saint-Mar Girardin"，pp. 15-16），《我的毒素》的那一节也见《文谈》第11册495页《小记与随感》（Notes et Pensées）136条。

2 克罗齐（Croce）《美学》（Estetica），第10版495页。

3 梅（G. May）《小说在十八世纪的困境》（Le Dilemme du roman au 18e siècle）18—19页，33 页。

4 这是柏格森论古典主义文学是否含有浪漫主义成分所用名词，见《思想与流动》（La Pensée et le mouvant，1934）23-24页。参看尼采论后起的艺术大师不由自主地（unwillkürlich）改变了前人艺术作品的评价和意义（Menschliches，Allzumenschliches，II.i. § 147， Werke， hrsg. K. Schlechta， Bd I， S. 793），又论认识历史需要"事后追起作用的效能"（Rückwirkender Kräfte-Die Fröhliche Wissenschaft， I， § 34， Bd. II， S. 62）。艾略脱论新起作品能改换（alter）传统作品的位置（T. S. Eliot： "Tradition and Individual Talent"， Selected Prose， ed. J. Hayward， "Penguin"， p. 23）。艾略脱那节话是一般人引用惯的，但不如柏格森讲得透彻。博尔赫斯论卡夫卡的先驱者时，说："事实上，每个作家都创造他的先驱者"（El hecho es que cada escritor crea a sus precursores-J. L. Borges： "Kafka y sus precursores"， Otras Inquisiciones， Alianza Emecee， 1979， p. 109），正是柏格森的用意。博尔赫斯列举卡夫卡的"先驱者"，第二名是作《获麟解》的韩愈；这和卡奈谛（Elias Canetti）《另一审判》（Der andere Prozess）里赞美卡夫卡是惟一具有中国真精神的近代西方作家，都未必是咱们乐意听的好消息，然而必将成为研究者捕风捉影的好题目。参看《管锥编》（二）277页。

5 艾尔德曼（K. O. Erdmann）《文字的意义》（Die Bedeutung des Wortes）第3版66—69 页（ein Kapitel Scholastik）。

6 参看昆体良（Quntilian）《修辞原理》（Institutio oratoria）第8卷6章40节，《罗勃（Loeb）古典丛书》本第3册324页。

7 艾德门茨（J. M. Edmonds）《希腊抒情诗》（Lyra Graeca），罗勃本第2册258页。参看哈格斯特勒姆（J. H. Hagstrum）《姐妹艺术》（The Sister Arts）（1958）10又58页。

8 西塞罗《修辞学》（Rhetorica ad Herennium）第4卷28章，罗勃本326页。

9 达文齐《画论》（Trattato della pittura）16章，米拉奈西（G. Milanesi）编本12页。近代一个意大利作家对这句话承而又转："这些画家的绘画不但是无言语的诗歌，而且是无声响的音乐"（La lor pittura non è soltanto una poesia muta， ma è anche una musica muta. -D' Annunzio， Il Fuoco， ed. Fratelli Treves， P. 107）。这也透露，浪漫主义运动以来，音乐在艺术里的地位高升在诗画之上了。参看纪德（A. Gide）1926年5月说批评家（L'abbé Brémond）把"诗如画"（ut pictura poesis）的标准变为"诗如乐"（ut musica poesis），《日记、回忆》（Journal， Souvenirs），《七星（La Pléiade）丛书》本1004页。

10 莱辛《拉奥孔》（Laokoon）《前言》（Vorrede），李拉（P. Rilla）编《莱辛集》第5册10页。

11 霍拉斯《论诗代简》（Ars poetica）361行，参看《姊妹艺术》26、37、59—61、175页。

12 《拉奥孔》第8章，82页。

13 沃尔则尔（O. Walzel）《各门艺术的相互阐发》（Wechselseitige Erhellung der Künste）95页。

14 据文廷式《纯常子枝语》卷九、卷二七所引道士著作，宋后道家也分"南北宗"。原则是否和禅宗的分派相近，我没有去考究。

15 巴斯楷尔（Pascal）《思辩录》（Pensées）第1篇2节，季洛（V. Giraud）编本50页。

16 《纯理性批判》（Kritik der reinen Vernunft），艾尔德曼（B. Erdmann）校本，格鲁依德（W. de Gruyter）版500页，参看495页。当代心理学有关"性格型"的基本分类："外向"（extrovert）和"内注"（introvert）、"发散"（diverger）和"收聚"（converger），也相发明。

17 贡布里支（E. H. Gombrich）《艺术与错觉》（Art and Illusion）5版（1977）169页。

18 休谟《情感论》（Dissertation on the Passions）第6节6条，见《道德、政治、文学论文集》（Essays Moral， Political， and Literary），格林（T. H. Green）与格罗士（T. H. Grose）编本第2册164页。休谟的话很像后来莱辛《拉奥孔》第3章讲绘画该挑选富有生发余地的景象，"好让想像力自由游戏"（was der Einbildungskraft freies Spiel lässt）（前注10所引同书28页）。"工作"和"游戏"通常是对立的概念，但休谟说"留些工作（work）给想像去干"和莱辛说"让想像力游戏自如"，二者完全一致。中国古人所谓"得意忘言""貌异心同""莫死在句下"等，也许我们读外国书时还不妨记住。

19 斯屈来欠（Lytton Strachey）《一部诗选》（An Anthology），见《人物与评论》（Characters and Commentaries）153页。

20 麦卡锡（Desmond MacCarthy）《中国的理想》（The Chinese Ideal），见《经验》（Experience）73页。

21 屈力韦林（R. C. Trevelyan）《意外收获》（Windfalls）115—119页。

22 敏斯德保（O. Münsterberg）《中国艺术史》（Chinesische Kunstgeschichte）第1册222页。

23 韦尔兰（Verlaine）《诗法》（Art poétique），《全集》梅赛因（A. Messein）版第8册295页。

24 盖茨（G. S. Gates）《近代的猫》（The Modern Cat）116页。

25 摩尔克尔（Gottfried F. Merkel）编《浪漫主义与翻译艺术论文集》（On Romanticism and the Art of Translation）68页；参看贝尔（Henri Peyre）《法国古典主义》（Le Classicisme français）183页引圣佩韦和尼采，又吉尔曼（Margaret Gilman）《法国人论诗》（The Idea of Poetry in France）163页。

26 参看《管锥编》（四）151—153页、宋代笔记像《冷斋夜话》《猗觉寮杂记》《懒真子》等，都讲到王维画“雪中芭蕉”；诗篇像惠洪《与客论东坡》七律、陈与义《题清白堂》七绝之三、楼钥《慧画寒林七贤》五古、杨万里《寄题张商弼葵堂》七绝之一等，都用了这个典故。晁冲之《三月雪》“从此断疑摩诘画，雪中自合有芭蕉”（《风月堂诗话》卷下引），是《具茨集》的逸诗。汤显祖《玉茗堂集·尺牍》卷四《答凌初成》说起一个笑话：“昔有人嫌摩诘之冬景芭蕉，割蕉加梅。冬则冬矣，然非王摩诘冬景也！”叶德辉《观画百咏》卷二因李唐《深山避暑图》里画了“丹枫”，赞为“‘妙笔补天’得辋川不问四时之意”，正是利用“雪蕉”为借口。

27 参看普来明格（A. Preminger）主编《诗歌与诗学百科全书》（Encyclopedia of Poetry and Poetics，1965）5页。

28 参看《管锥编》（二）337—344页。

29 洪迈明知那首陶诗可疑，反说王维、李白分别运“用”过它。《容斋五笔》卷一《问故居》：“此诗诸集中皆不载，惟晁文元家本有之。盖‘天目’疑非陶居处，然李白云云，乃用此尔。王摩诘诗云云。”参看《竹庄诗话》卷四《问来使》引《西清诗话》。

30 参看《管锥编》（二）578—583页。

31 克罗齐《帕斯科里（Giovanni Pascoli）论》，见所作《评意大利文学》（La Letteratura Italiana），桑松内（Mario Sansone）辑本第4册231页。

32 《新唐书》讲到文艺，比《旧唐书》态度认真，说话也在行。如果依据《旧唐书》为信史，那末，唐代最大的诗人原来是——吴筠！《隐逸传》说他“词理弘通，文采焕发，每制一篇，人皆传诵。虽李白之放荡、杜甫之壮丽，能兼之者，其唯筠乎！”在整部书二百卷里，不论立专传还是入《文苑传》的诗人，谁都没有赢得那样赞叹备至的评语，尽管那几句话全是从权德舆《吴尊师传》（《全唐文》卷五〇八）里搬来的。

33 许德利希（F. Strich）《艺术与生活》（Kunst und Leben）90又93页，参看238页《论华尔夫林》（H.Wölfflin）；比工（G. Picon）《阅读的效用》（L'Usage de la lecture）188-189页；马拉美（Mallarmé）《答问》（Réponses à des enquêtes sur l'évolution littéraire），《全集》《七星丛书》本871页。

34 参看《管锥编》（二）268—270页。

35 柏林（I. Berlin）《俄罗斯思想家》（Russian Thinkers）22—24页。

36 辛尼奥（G. F. Senior）与卜克（C. V. Bock）编注《批评家歌德》（Goethe the Critic）8页；阿许（T. Ashe）编《柯勒立治语录及其它》（Table - Talk and Omniana）236页；叶芝（W. B. Yeats）《在月亮的友善的静寂中经过》（Per Amica Silentia Lunae），见《散文集》（Essays），麦克密伦（Macmilan，1924）版484页，参看493页（the other self，the anti-self or the antithetical self）。

37 凯恩茨（F. Kainz）《美学这门科学》（Aesthetics the Science），许惠勒（H. M. Schueller）英译本203—204页。佚名氏《燕超楼杂著·古文家别集类案乙集叙录上》评陆游：“文超逸有高致。……陆遹跋其文集以为效法南丰。放翁文实不似南丰，不知过庭之训，何以乃尔！”陆游论文尊曾巩，恰像他论诗尊梅尧臣，都表示他对“相反的自我”的追求。“嗜好矛盾”固然常有，但还不够构成规“律”去颁布。白居易和李商隐的嗜好正是凑手的事例。白遵守那条“律”，他“晚极喜李义山诗文，尝谓‘我死得为尔子足矣’”；而李似乎无视那条“律”，对白的诗文没有相称的反应。《樊南文集》卷八洋洋千余言的《白公墓志铭》里半句不提白诗，甚至只说：“姓名过海流入鸡林，日南有文字国”，而不肯换个字说“诗名”。当然，要辩解也很容易，譬如说：墓碑该讲功业品节等大事，顾不到词章末技，或说：李多活二三十年，准会“晚极喜”白的诗文。还可以找出其他理由；理由是凑趣的东西，最肯与人方便，一找就到。

中国古典诗中山水美感意识的演变[1]

［美］叶维廉

赫洛德·布隆（Harold Bloom）在1969年的一篇文章里说："浪漫主义的自然诗……是一种反自然的诗，甚至在华兹华斯的诗里，他所求取和自然的互相交往交谈，也只在一些偶然的瞬刻中发生。"[2]这段话必然使不少爱好自然诗的读者困惑，因为多少年来，他们一直认为华氏是英国自然诗的大师。说真的，数十年来，华氏常被比作陶潜，比作谢灵运。而他们被拿来相比也并非无因的，其一，他们以自然山水景物做他们诗中的主要素材；其二，他们美学的关注集中在这些景物上；其三，他们都有"复归自然"之说；其四，在某些结构上他们极其相似，譬如华氏、谢氏之应用了"游览"作为呈现景物的过程和手段（谢氏的诗在昭明文选中先被类分为"游览诗"的。）我们甚至敢说，M·H·艾伯林斯（Abrams）所描述的"浪漫抒情长诗"（greater romantic lyric），其中部分的应物程序可以应用到谢诗，两种诗均以山水景物起，以情语结。（但"浪漫抒情长诗"中间常有的"承受了一种悲剧的损失而作了某种道德的决定或解决了某种情感的困难"则"几乎"完全不会在谢诗中出现。）[3]

虽然两种诗有以上的相类点，很多中西山水诗的比较研究结果都趋于表面化而不见落实。试细心从两个文化根源的模子观察，从它们二者在历史中衍生态和美学结构活动两个方面的比较和对比，我们便会发现相当重要的根本的歧异，不但在文类的概念上不同，在整个观物应物表现的程序上都有突出的分别。中国诗人意识中"即物即真"所引发的"文类"的可能性及应物表现的形式几乎是英国自然诗人无法缘接的。要了解自然山水诗发展的投射及弧线，我们必须从两个传统山水美感意识历史的演变出发。

首先，我们必须了解，不是所有具有山水的描写的便是山水诗。诗中的山水（或山水自然景物的应用）和山水诗是有别的。譬如荷马史诗里大幅山川的描写，《诗经》中的溱洧，楚辞中的草木，赋中的上林，或罗马帝国时期叙事诗中的大幅自然景物的排叙[4]，都是用自然山水景物作为其他题旨（历史事件，人类的活动行为）的背景；山水景物在这些诗中只居次要的位置，是一种衬托的作用；就是说，它们还没成为美感关照的主位对象。我们称某一首诗为山水诗，是因为山水解脱其衬托的次要的作用而成为诗中美学的主位对象，本样自存。是因为我们接受其作为物象之自然已然及自身具足。在中国，这个观物的态度是如何产生的？英美诗人有没有发展同样的观物态度？如果有，到什么程度？其接受外物的程度（有条件或无条件的肯定其本然状态）又如何影响诗人应物写物（特别是对山水）的程序？

《禅宗传灯录》有一相当出名的公案：

> 老僧三十年前参禅时，见山是山，见水是水，
> 乃至后来亲见知识，有个入处，见山不是山，见水不是水，
> 而今得个体歇处，依然是见山只是山，见水只是水。

我们试以上面一段话代表我们感应或感悟外物的三个阶段，第一个"见山是山见水是水"，可比作用稚心，素朴之心或未进入认识论的哲学思维之前的无智的心去感应山水，稚心素心不涉语（至少不涉刻意的知性的语言），故与自然万物共存而不泄于诗，若泄于诗，如初民之诗，万物具体自然的呈现，未有厚此薄彼之别。但，当我们刻意用语言来表达我们的感应时，我们便进入了第二个阶段："见山不是山见水不是水"，由无智的素心进入认识论的哲学思维去感应山水，这个活

动是慢慢离开新鲜直抒的山水而移入概念世界里去寻求意义和联系。第三个阶段"依然见山只是山见水只是水"可以说是对自然现象"即物即真"的感悟，对山水自然自主的原始存在作无条件的认可，这个信念同时要我们摒弃语言和心智活动而归回本样的物象。照讲，第一个阶段（我们早已失去）和第三个阶段（我们或可再得）因为不涉语、不涉心智（或摒弃语言和心智活动）是不可能有诗的，无语不成诗。在这两个阶段里要求的是实际的经验而非表现。然而，在第三个感应方式影响下的运思和表现和第二个感应方式影响下的运思和表现是有着很微妙的差别的。为了讨论上的方便，我们可以用哲学上的两个用语来分辨说明。一者为Noesis，按照现象哲学家胡塞尔（Husserl）的说法，是我们看物（Noema）的种种方式。我们可以直看一棵树，想象一棵树，梦想一棵树，哲理化一棵树，但树之为树本身（Noema）不变。以上看树的种种公式是Noetic（知性、理性）的活动，属于心智的行为，其成果或成品是心智的成品，而非自然的成品，如果诗人从第二个阶段出发，所谓Noetic的活动，去呈现山水，他会经常设法说明、澄清物我的关系及意义；如果我们从第三阶段出发，所谓Noematic的觉认，"物原如此"的意义和关系玲珑透明，无需说明，其呈现的方式会牵涉极少Noetic的活动。

兹先以中国后期山水诗人王维的《鸟鸣涧》（形成期的山水诗下面会论到）和英国的华兹华斯（1770—1850）的《汀潭寺》（Tintern Abbey）作一粗略比较。王维的诗很短，只四行：

人闲桂花落　夜静春山空
月出惊山鸟　时鸣春涧中

华氏的《汀潭寺》很长，共162行，我们先译录头22行：

五年已经过去；五个夏天
五个长的冬季！我再次听到
这些流水，自山泉泻下
带着柔和的内陆的潺潺，我再次
看到这些高矗巍峨的悬岩
在荒野隐幽的景色中感印
更深的隐幽的思想，而把
风景接连天空的寂静。
终于今日我再能够休憩
在此黑梧桐下面，观看
农舍的田地和果园的丛树。
在这个季节里，未熟的果实
衣着一片的青绿，隐没于
丛林矮树间。我再次看到
这些树篱，错不成篱的，一线线
嬉戏的林子野放起来；这些牧场
一路绿到门前；圈圈缕烟
自树木上静静地升起
若隐若现的不定，好比
浪游的过客在无房舍的林中

或好比隐士的岩穴，在炉火旁边
隐士一个人独坐着。（PW，Ⅱ，259）

跟着的140行是诗人追记自然山水“这些美的形象”“如何”给与他“甜蜜的感受”和宁静的心境，“如何”在景物中感到崇高的思想融和着雄浑，智心和景物是“如何”活泼泼地交往，而他“如何”依归自然事物，观照自然事物，自然“如何”使他“最纯洁的思想得以下淀”；自然是他整个道德存在和灵魂的“保姆、导师、家长”。

华氏在另一首长诗《序曲》（Prelude）里曾说：

可见的景象
会不知不觉地进入他脑中
以其全然庄严的意象（The Prelude，V，384-6，p.191）

但真正做到这句话的体现的是王维而不是华兹华斯。华氏诗中用的解说性、演绎性和“景物不知不觉地进入他脑中”的观物理想相违。他全诗的四分之三，都在“说明”外物“如何”影响智心，或“说明”智心“如何”和外物交往感印，“如何”与自然互相补充。“汀潭寺”的头22行，如果独立存在的话，确近乎自然山水不经解说的呈现，其间甚至用了一种毫无条件的爱和信念、不假思索的语态去肯定景物的存在，景物的出现也有某程度的自然直抒：“这些”流水……“这些”悬岩……“这些”树篱。[5]在他承接景物的直抒时，甚至有近似王维的入神状态，近乎道家之所谓“虚以待物”，华氏之所谓Wise Passiveness[6]。但华氏之所谓Wise Passiveness（保持一种聪悟的被动）这句名言，和同时提出的另一句重要的话We murder to dissect（意是分解了便不得全，是谋杀）[7]，他的诗中始终未能实实在在地履行这两句话的含义，他亦未体现华氏论者哈特曼（Geoffrey Hartman）所说的“认识与感悟已化合为一”[8]。事实上对华氏来说，自然山水本身不足以构成他诗中的美学的主位对象。这一点，在他的诗《行旅》（The Excursion）的前言和长诗《序曲》（The Prelude）中有明确的说明，他重复地强调智心是意义的制作者和调停者。“无法赋给（意义）的智心/将无法感应外物。”（PW，Ⅱ，35）[9]从这个角度出发的感物程序——其间演绎的进展和探索的思维的繁复性必须留到本文的后半部细论。在此，我们可以说王维和华氏的应物表达程序是相当的不同的。简单地说，王维的诗，景物自然兴发与演出，作者不以主观的情绪或知性的逻辑介入去扰乱眼前景物内在生命的生长与变化的姿态；景物直现读者目前，但华氏的诗中，景物的具体性渐因作者介入的调停和辩解而丧失其直接性。

但这两种观物示物的方式，像其他的美学态度一样，不是隔夜生成的，我们必须从二者各自的传统中探求它们衍生的历史。在此，我们应该问：

山水景物的物理存在，无需诗人注入情感和意义，便可以表达它们自己吗？山水景物能否以其原始的本样，不牵涉概念世界而直接地占有我们？

这不仅是研究山水诗最中心的课题，而且是近代现象哲学里（如海德格尔）的中心课题。这一部分的讨论，我有另文处理。对于上面的问题，如果诗人的答案是肯定的，他必然设法把现象中的景物从其表面上看似凌乱互不相关的存在中解放出来，使它们原始的新鲜感和物性原原本本地呈现。让它们“物各自然”的共存于万象中，诗人溶汇物象，作凝神的注视、认可、接受甚至化入物象，使它们毫无障碍地跃现。显然，这一个运思、表达的方式在中国后期山水诗中占着极其核心的位置，如王维、孟浩然、韦应物、柳宗元，虽然我们并不能说全部的中国山水诗都做到这个纯然的境界。但我们从下面几句脍炙人口的批评用语便可见其在中国思想与诗中的重要性，由庄子的“道无所不在”，经晋宋间的“山水是道”（孙绰），到宋朝的“目击道存”（宋人袭用庄子而成的批评术语）及至理学家邵雍由老子引发出来的“以物观物”，无一不是中国传统生活、思想、艺术风范的反映。[10]

大家或会说，中国古人向来是敬仰热爱山水的灵秀的，曾比之为仁者智者[11]，不错，这个看法甚至可以在后期的诗里找到佐证，譬如杜甫“望岳”里的岱宗，“造化钟神秀”便是。

但山水在古代诗歌里，如诗经、楚辞及赋仍是做着其他题旨的背景，其能在诗中由衬托的地位腾升为主位的美感观照对象，则犹待魏晋至宋间文化急剧的变化始发生。当时的变化，包括了文士对汉儒僵死的名教反抗（如竹林七贤所为，又如嵇康《与山巨源书》里对儒家礼节的厌恶），道家的中兴和随之而起的清谈之风，无数知识分子为追求与自然合一的隐逸与游仙，佛教透过了道家哲学的诠释的盛行和宋时盛传佛影在山石上显现的故事——这些变化直接间接引发了山水意识的兴起。关于以上的历史变化，不少学者曾有细密的研究，[12]但对于这些变化所引起的美学态度的衍变，则仍乏讨论。

在此，我们注意到，其间最核心的原动力是道家哲学的中兴。在当时，王弼注的老子，郭象注的南华真经，都是清谈的中心题旨。尤其是郭注的庄子，影响最大，其观点直透兰亭诗人，达于谢灵运，及与兰亭诗人过从甚密的僧人支遁（世说新语所描写的支遁简直是一个纯粹的道家主义者，支遁亦曾注老庄，其予后来佛义的诠释影响颇大，此从略）。郭象注的南华真经不仅使庄子的现象哲理成为中世纪的思维的经纬，而且经过其通透的诠释，给创作者提供了新的起点。

道家的哲学首先拒绝把人为的假定视作宇宙的必然。许多人用抽象的概念来划分界定原是浑然不分的整体的宇宙现象，他们把这种刻意的知性得出来的结构视作宇宙现象秩序最终的了解和依据。道家认为这都是假像，因为这些人为的假定是以偏概全，是把浑然的整体分化了、简化了，甚至将其原样歪曲，所以庄子的哲学一开始便对人为的假定和概念化作无情的攻击：

> 古之人知其有所至矣。恶乎至？有以为未始有物者，至矣尽矣，不可以加矣。其次以为有物矣，而未始有封（辨别）也。其次以为有封矣，而未始有是非也，是非之彰也，道之所亏也。（《庄》，第74页）

人为的分类理不出天机，要保存完整、具体、表里贯通的宇宙现象，我们必须要把物象的本样复原，而了解：“凫胫虽短，续之则忧，鹤胫虽长，断之则悲。”（《庄》，第317页）物各具其性，各得其所，我们怎应把此物视为主，彼物视为宾呢？我们人类（万物之一种）有什么权利去把现象界的事物分等级？我们怎可以以“我”的观点硬加在别人的身上作为正确的观点，唯一正确的观点呢？白云自白云，青山自青山，白云不能说：青山你怎么是青的呢？青山不能说：白云你怎么是白的呢？用郭象的注来说：“物各自然，不知所以然而然，则形虽弥异，其然弥同。”（《庄》，第55页）“我既不能生物，物亦不能生我，则我自然矣，自己而然，则谓之天然，天然耳，非为也，故以天言之……故天者，万物之总名也，莫适为天，谁主役物乎？故物各自生而无所出焉，此天道也。”（《庄》，第50页）是故庄子所说的“天籁”，不是一种脱离宇宙现象的神秘无形的东西，而是万物“物各自然”的自由兴作。郭象此节的注最能代表当时对庄子的看法，亦最得当时诗人的心：

> 籁，箫也。夫箫管参差，宫商异律，故有短长高下万殊之声。声虽万殊，而所禀之度一也。然则优劣无所错其间矣。况之风物，异音同是，而咸自取焉，则天地之籁见矣。……夫声之宫商虽千变万化，唱和大小，莫不称其所受而各当其分。（《庄》，第45、48页）

齐物顺性可以保持天机的完整，所以山水诗发轫时的王羲之和其他的兰亭诗人都能够说：

仰视碧天际　　俯瞰渌水滨
寥阒无涯观　　寓目理自陈
大矣造化工　　万殊莫不均
群籁虽参差　　适我无非新
　　　　王羲之：《兰亭诗》

这首诗可以说是郭注“天籁”和“吹万不同”的转述。山水自然之值得浏览，可以直观，是因为“目击而道存”（“寓目理自陈”），是因为“万殊莫不均”，因为山水自然即天理，即完整。

郭注对道家思想中兴的最大贡献，是肯定和澄清了庄子“道无所不在”，道是“自本自根”的观念。究竟“道”“天”“神人”诸语含有多少形而上的意义呢？在庄子本书中，由于用了许多寓言来提示“道”这个观念，读者一时尚不敢断言其无形而上的可能，虽然庄子反复地指向物的原性为依归。但郭注直截了当地一口咬定了“上知造物无物，下知有物之自造”（《庄》，郭序），又说“无既无矣，则不能生有，有之未生，又不能为生，然则生生者谁哉？块然自生耳”。（《庄》，第50页）这个肯定使中国的运思与表达的心态，完全不为形而上的问题而困惑，所以能物物无碍、事事无碍地任物自由兴现。郭注同时把环绕着“天”“神人”“圣人”的神秘气氛一扫而清，而称“天”为万物之总名（《庄》，第20页，第50页），称“圣人”为“物得性之名耳”（《庄》，第22页），而“神人”即“今之圣人也”（《庄》，第28页）。因此我们敢说禅宗里的禅机和公案，如前所引的“见山是山”及云门文偃禅师语录中的回答：“如何是佛法大意”“春来草自青”，都可以说得力于郭注所开拓的境界。

现代批评家吕恰慈（I. A. Richards）曾把隐喻（Metaphor）的结构分为Vehicle与Tenor两部分，即朱自清所谓的喻依和喻旨。喻依者，所呈物象也；喻旨者，物象所指向的概念与意义。庄子和郭象所开拓出来的“山水即天理”，使得喻依和喻旨融合为一：喻依即喻旨，或喻依含喻旨，即物即意即真，所以很多中国诗是不依赖隐喻不借重象征而求物象原样兴现的，由于喻依喻旨的不分，所以也无需人的知性的介入去调停，是故庄子提供了“心斋”“坐忘”“丧我”，以求虚（除去知性的干扰）以待物，若止水全然接受和呈现万物具体、自由，同时并发而相互谐和的兴现，亦即是郭象所说的“万物归怀”（《庄》，第136页）， 要得物之天然自然的律动，首先还要还物本身的自由表现的活动与兴现，诗人要溶入自然万象刻刻的变化中而化而为一，郭象说：

> 圣人游于变化之涂，放于日新之流，万物万化，亦与之万化，化者无极，亦与之无极。（《庄》，第246页）

随万物自由地出现与变化可以进入无极，是兰亭诗人及谢灵运等山水诗人承着郭象之说而供出的“依存实有”的一种永恒的观念，而无需如西方诗人一样，着着挣扎要符合一些由抽象概念界定的永恒的形式。

但道家任物无碍的兴现这个观念，从另一个角度来看，可以说是反语言反表现的。因为宇宙现象（自然自足）和语言（人为的媒介）之间，诗人必须要参与调停始可成诗，不涉语，依存实有可以在生活里实践（如禅宗里砍柴打水），但诗不能脱离语言而存在，是故，山水诗发轫之初，如上面王羲之那首“兰亭诗”便未脱离“物各自然”的思考的痕迹，喻依和喻旨仍然是分开的，虽然喻旨最后回指喻依本身为依据。

事实上，那个时期的山水诗，“山水如何自成天理”的考虑是隐伏在诗人的意识中的。试举谢灵运的《于南山往北山经湖中瞻眺》一诗为例：

朝旦发阳崖　景落憩阴峰
舍舟眺回渚　停策倚茂松
侧迳既窈窕　环洲亦玲珑
俯视乔木杪　仰聆大壑淙
石横水分流　林密蹊绝踪
解作竟何感　升长皆丰容
初篁苞绿箨　新蒲含紫茸
海鸥戏春岸　天鸡弄和风
抚化心无厌　览物眷弥重
不惜去人远　但恨莫与同
孤游非情叹　赏废理谁通

诗人目击耳闻山水景物的显现和活动，可谓“仰观宇宙之大，俯察品类之盛”而觉“万物万情”，但诗人仍不能不问：“这些活动的含义是什么？”故有“解作竟何感”之问，其答案是：自然活动在“解作”的律动里，“升长皆丰容”，而初篁、新蒲、海鸥、天鸡各依其性各当其分地发挥其生机活力，由此观之，则“抚化（郭象所谓万物万化之涂也）心无厌，”可见此诗仍未脱解说的痕迹。但此诗的解说方式是独特的，颇近后来的公案的禅机。试把云门文偃的对话相比较：

问：如何是佛法大意？
答：春来草自青。

谢诗：

解作竟何感
升长皆丰容
初篁苞绿箨
新蒲含紫茸
海鸥戏春岸
天鸡弄和风

再看王维的：

君问穷通理
渔歌入浦深

是一脉相连的以实景代替说明的一种表现。由于喻依（自然山水的律动）本身已含着喻旨，所以谢诗最后几句有关悟理情叹的部分可以说是一种附带的说明，诗的核心意识仍然是山水本身的呈现。由于山水从万象中的兴现足以表现天理，所以三四世纪的谢灵运、谢朓、鲍照，至沈约、王融到唐人的诗，其最后的说明性部分越来越失去其重要性而被剔除。既已认可山水自身具足，便无需多费辩词。日人纲祐次在其《中国中世纪文学研究》（东京，1960年）一书中曾就山水诗中的写景与陈述句子的比例作了一项有趣的统计，而归纳出陈述部分的渐次减除而达于纯然的倾出，试抽样举例：

作者	诗	写景行数	陈述行数
湛方生	帆入南湖	4	6
谢灵运	于南山往北山经湖中瞻眺	16	6
鲍照	登庐山	16	4
谢朓	游东田	8	2
	望三湖	6	2
沈约	游钟山诗第二首	全景	
范云	之零陵郡次新亭	全景	
王融	江皋曲	全景	
孔稚珪	游太平山	全景	
吴均	山中杂诗	全景	

诗人对万物自由兴发的肯定后，跟着便产生了他对从宇宙现象里活泼泼地涌现的山水作凝视，诗人使语言尽量地点逗其涌现时的气韵，其自浑沌中跃出时的迹线和纹理，捕捉其新鲜的面貌，如鲍照的“洞涧窥地脉，耸树隐天经”（《登庐山》），又如谢灵运所开拓出来近乎山水画的清（白云抱幽石，绿筱媚清涟——《过始宁墅》），幽（连岩觉路塞，密竹使迳迷——《登石门最高顶》），明（密林含余清，远峰隐半规——《游南亭》）及快（云日相辉映，空水共澄鲜——《登江中孤屿》）；又如谢朓的“江际识归舟，云中辨烟木（一作树）”的远，“鱼戏新荷动，鸟散余花落”的静中之动，王籍“鸟鸣山更幽”的音中之寂、寂中之音。所谓“神趣”，就是物象中这种气韵律动的捕捉，这种表现方法固开后期山水诗人如王维、孟浩然、韦应物、柳宗元和南宋画家之先河，其对六朝后期的对山水有“爱”而不尽有“悟”的诗人，亦有相当的启示。就以王融的《江皋曲》为例：

林断山更续　　洲尽江复开
云峰帝乡起　　水源桐柏来

此诗虽略嫌表面化，但山水呈现层次的律动，我们应物的实感，明快直接，任我们移入其间无碍地遨游。

王维的诗大多以视觉明彻层次色泽分明为著：

江流天地外　　山色有无中
——《汉江临泛》
白云回望合　　青霭入看无
——《终南山》
大漠孤烟直　　长河落日圆
——《使至塞上》

中国的山水诗人要以自然自身构作的方式构作自然，以自然自身呈现的方式呈现自然，首先，必须剔除他刻意经营用心思索的自我——即道家所谓“心斋”“坐忘”和“丧我”——来对物象作凝神的注视，不是从诗人的观点看，而是“以物观物”，不渗与知性的侵扰。这种凝注无疑是极似神秘主义者所称的出神状态：

空山不见人　　但闻人语响

——《鹿柴》

人闲桂花落　　夜静春山空

月出惊山鸟　　时鸣春涧中

——《鸟鸣涧》

木末芙蓉花　　山中发红萼

涧户寂无人　　纷纷开且落

——《辛夷坞》

在这种意识状态中，郭象认为可以“万物归怀”，其原因之一，是脱离了种种思想的累赘以后，诗人仿佛具有另一种听觉，另一种视觉（读者因而亦袭染了的听觉视觉），听到他平常听不到的声音，看到他平常不觉察的活动。因而陆机说：“课虚无而责有，叩寂寞而求音。”因而，司空图说：“素处以默，妙机其微。”

王维和一些他的同辈诗人的作品中，寂、空、静、虚的境特别多，我们听到的声音往往来自“大寂”，来自语言世界以外“无言独化”的万物万象中。在这种诗中，静中之动，动中之静，寂中之音，音中之寂，虚中之实，实中之虚……原是天理的律动，所以无需演绎，无需费词，每一物象展露出其原有的时空的关系，明澈如画，王维、柳宗元承着两谢的清、幽、明、快、静、动、远、近而直逗物象最鲜明的兴现，如柳宗元的名诗《江雪》便是：

千山鸟飞绝　　万径人踪灭

孤舟蓑笠翁　　独钓寒山雪

同样的，日本的芭蕉用语言来迹出静中之动，寂中之音，亦是直追王维等人而来的，如：

古池や蛙飞び込む水の音

或者任无声的世界彩色鲜明地现出：

春なれや名もなき山の朝霞

（春天，无名山之朝霞）

道家由重天机而推出忘我及对自我能驾驭自然这种知性行为的批判，在中国诗中开出了一种可谓“不调停”的调停的观物感应形态，其结果，由演绎性、分析性及说明性的语态的不断递减而达致一种极少知性干扰的纯山水诗，接近了自然天然的美学理想。

（选自叶维廉《中国诗学（增订版）》，人民文学出版社2006年出版）

创作背景：

叶维廉，现代著名诗人、比较文学研究者。1937年出生于广东珠海香洲吉大村，先后毕业于台大外文系、台师大英语研究所，并获爱荷华大学美学硕士及普林斯顿大学比较文学博士。著有《东西比较文学模子的运用》（1974）、《比较诗学》（1983）、《中国诗学》等。

注释：

1 本文的初样曾在台湾大学演讲，并曾登在《中外文学》三卷七期八期（1974-1975），但演讲稿只是本文五分之二，且未经全盘的处理，当时亦有所声明。本文的英文稿发表于Comparative Literature Studies vol.XV.No.2，June，1978是我重写时的依据，由于读者对象不同，亦有增减。文中老庄部分注解，老子按章，庄子（包括郭象注）按郭庆藩编庄子集释（台北：河洛，1974）。华兹华斯部分按标准本E.de Selincourt，The poetical Works of William Wordsworth（Clarendon Press，1940-1949）5.vol.简为PW；序曲 The Prelude 则按J.C.Maxwell编的Parallel Tent （Penguin，1971）。

2 "The Internalization of Quest- Romance " 见Romanticism and Consciousness，edited by Harold Bloom（New York，1970）p.9.

3 见其"Structure and Style in the Greater Romantic Lyric"，收入Bloom 书P.201。

4 譬如罗马帝国时期的Tiberianus的下面的这首诗：

一条河流穿过田野，绕过腾空的山谷泻下
在花树参差点缀的发亮的石卵间微笑
深色的月桂在桃金娘的绿丛上拂动
依着微风的抚触和细语轻轻地摇曳
下面是耸耸的绿草，披戴着一身的花朵
闪烁的百合在地上的番红花泛红
林中洋溢着紫罗兰浮动的香气
在春日这些奖赏中，在珠玉的花冠间
亮起众香之后，最柔色的星
狄安妮的金焰，啊万花无敌的玫瑰
凝露的树木从欣欣的茵草中升起
远近小川从山泉吟唱而下
岩穴的内层结着藓苔和藤绿
柔柔的水流带晶光的点滴滑动
在阴影里每一只鸟，悠扬动听
高唱春之颂歌，低吟甜密的小调
碎嘴的河吟哦地和着簌簌的叶子
当轻快的西风把它们律动为歌
给那穿行过香气和歌声的灌木的游人
雀鸟、河流、飔风、林木、花影带来了神荡

从一个较广的角度来说，这似乎应该称为山水诗，但了解西方中世纪的修辞学的历史的，便知道这是由当时的一种推理演绎的法则转用到描写自然的一种修辞的练习，是根据修辞法则去组合自然山水，而非由感情溶入山水的和谐以后的意识出发。和下文所了解的山水诗有相当大的距离。

5 Geoffrey Hartman，The Unmediated Vision（New York，1966）p.4.

6 "Table Turned，" 一诗（PW，Ⅵ，57）。

7 同上。

8 Hartman，p.23.

9 亦见Donald Wesling，Wordsworth and the Adequacy of Landscape（New York，1970）。

10 见孙绰《游天台山赋》；"目击道存"源于庄子的《田子方》；宋人袭用情况可见郭绍虞《沧浪诗话校释》（香港，1961），第29—34页。

11 《论语》六：一二。

12 英文论著有Richard Mather，"The Landscape Buddhism of the Fifth Century Poet Hsieh Ling-yun，" Journal of Asian Studies，17，no.1（1958），67-69；J. D. Frodsam，The Murmuring Stream（Kuala Lumpur，1967）见其"The poetic Tradition"章pp.86-109。有关道家和佛教的融合，包括有关支遁部分，除了汤用彤的著作外，请参看E. Zürcher，The Buddhist Conquest of China，2 vols，（Leiden，1959）（[荷]许理和：《佛教征服中国》，李四龙译，江苏人民出版社2003年）；对于当时的思想变动，最重要的是王瑶的三册《中古文学思想》《中古文人生活》《中古文学风貌》，其次林庚、曹道衡、叶笑雪、林文月的著作都有阐明的作用，日文材料可见小尾郊一的《中国文学に现ほた自然と自然观》（[日]小尾郊一：《中国文学中所表现的自然与自然观》，邵毅平译，上海古籍出版社，2014年）。

魏晋风度及文章与药及酒之关系

——九月间在广州夏期学术演讲会讲

鲁　迅

我今天所讲的，就是黑板上写着的这样一个题目。

中国文学史，研究起来，可真不容易，研究古的，恨材料太少，研究今的，材料又太多，所以到现在，中国较完全的文学史尚未出现。今天讲的题目是文学史上的一部分，也是材料太少，研究起来很有困难的地方。因为我们想研究某一时代的文学，至少要知道作者的环境，经历和著作。

汉末魏初这个时代是很重要的时代，在文学方面起一个重大的变化，因当时正在黄巾和董卓大乱之后，而且又是党锢的纠纷之后，这时曹操出来了。——不过我们讲到曹操，很容易就联想起《三国志演义》，更而想起戏台上那一位花面的奸臣，但这不是观察曹操的真正方法。现在我们再看历史，在历史上的记载和论断有时也是极靠不住的，不能相信的地方很多，因为通常我们晓得，某朝的年代长一点，其中必定好人多；某朝的年代短一点，其中差不多没有好人。为什么呢？因为年代长了，做史的是本朝人，当然恭维本朝的人物了，年代短了，做史的是别朝的人，便很自由地贬斥其异朝的人物，所以在秦朝，差不多在史的记载上半个好人也没有。曹操在史上的年代也是颇短的，自然也逃不了被后一朝人说坏话的公例。其实，曹操是一个很有本事的人，至少是一个英雄，我虽不是曹操一党，但无论如何，总是非常佩服他。

研究那时的文学，现在较为容易了，因为已经有人做过工作：在文集一方面有清严可均辑的《全上古三代秦汉三国晋南北朝文》。其中于此有用的，是《全汉文》，《全三国文》，《全晋文》。

在诗一方面有丁福保辑的《全汉三国晋南北朝诗》。——丁福保是做医生的，现在还在。

辑录关于这时代的文学评论有刘师培编的《中国中古文学史》。这本书是北大的讲义，刘先生已死，此书由北大出版。

上面三种书对于我们的研究有很大的帮助。能使我们看出这时代的文学的确有点异彩。

我今天所讲，倘若刘先生的书里已详的，我就略一点；反之，刘先生所略的，我就较详一点。

董卓之后，曹操专权。在他的统治之下，第一个特色便是尚刑名。他的立法是很严的，因为当大乱之后，大家都想做皇帝，大家都想叛乱，故曹操不能不如此。曹操曾自己说过：“倘无我，不知有多少人称王称帝！”这句话他倒并没有说谎。因此之故，影响到文章方面，成了清峻的风格。——就是文章要简约严明的意思。

此外还有一个特点，就是尚通脱。他为什么要尚通脱呢？自然也与当时的风气有莫大的关系。因为在党锢之祸以前，凡党中人都自命清流，不过讲“清”讲得太过，便成固执，所以在汉末，清流的举动有时便非常可笑了。

比方有一个有名的人，普通的人去拜访他，先要说几句话，倘这几句话说得不对，往往会遭倨傲的待遇，叫他坐到屋外去，甚而至于拒绝不见。

又如有一个人，他和他的姊夫是不对的，有一回他到姊姊那里去吃饭之后，便要将饭钱算回给姊姊。她不肯要，他就于出门之后，把那些钱扔在街上，算是付过了。

个人这样闹闹脾气还不要紧，若治国平天下也这样闹起执拗的脾气来，那还成甚么话？所以深知此弊的曹操要起来反对这种习气，力倡通脱。通脱即随便之意。此种提倡影响到文坛，便产生大量想说甚么便说甚么的文章。

更因思想通脱之后，废除固执，遂能充分容纳异端和外来思想，故孔教以外的思想源源引入。

总括起来，我们可以说汉末魏初的文章是清峻，通脱。在曹操本身，也是一个改造文章的祖师，可惜他的文章传的很少。他胆子很大，文章从通脱得力不少，做文章时又没有顾忌，想写的便写出来。

所以曹操征求人才时也是这样说，不忠不孝不要紧，只要有才便可以。这又是别人所不敢说的。曹操做诗，竟说是“郑康成行酒伏地气绝”，他引出离当时不久的事实，这也是别人所不敢用的。还有一样，比方人死时，常常写点遗令，这是名人的一件极时髦的事。当时的遗令本有一定的格式，且多言身后当葬于何处何处，或葬于某某名人的墓旁；操独不然，他的遗令不但没有依着格式，内容竟讲到遗下的衣服和伎女怎样处置等问题。

陆机虽然评曰“贻尘谤于后王”，然而我想他无论如何是一个精明人，他自己能做文章，又有手段，把天下的方士文士统统搜罗起来，省得他们跑在外面给他捣乱。所以他帷幄里面，方士文士就特别地多。

孝文帝曹丕，以长子而承父业，篡汉而即帝位。他也是喜欢文章的。其弟曹植，还有明帝曹睿，都是喜欢文章的。不过到那个时候，于通脱之外，更加上华丽。丕著《典论》，现已失散无全本，那里面说：“诗赋欲丽”，“文以气为主”。《典论》的零零碎碎，在唐宋类书中；一篇整的《论文》，在《文选》中可以看见。

后来有一般人很不以他的见解为然。他说诗赋不必寓教训，反对当时那些寓训勉于诗赋的见解，用近代的文学眼光来看，曹丕的一个时代可说是“文学的自觉时代”，或如近代所说是为艺术而艺术（Art for Art's Sake）的一派。所以曹丕做的诗赋很好，更因他以“气”为主，故于华丽以外，加上壮大。归纳起来，汉末，魏初的文章，可说是：“清峻，通脱，华丽，壮大。”在文学的意见上，曹丕和曹植表面上似乎是不同的。曹丕说文章事可以留名声于千载；但子建却说文章小道，不足论的。据我的意见，子建大概是违心之论。这里有两个原因，第一，子建的文章做得好，一个人大概总是不满意自己所做而羡慕他人所为的，他的文章已经做得好，于是他便敢说文章是小道；第二，子建活动的目标在于政治方面，政治方面不甚得志，遂说文章是无用了。

曹操曹丕以外，还有下面的七个人：孔融，陈琳，王粲，徐干，阮瑀，应瑒，刘桢，都很能做文章，后来称为“建安七子”。七人的文章很少流传，现在我们很难判断；但，大概都不外是“慷慨”，“华丽”罢。华丽即曹丕所主张，慷慨就因当天下大乱之际，亲戚朋友死于乱者特多，于是为文就不免带着悲凉，激昂和“慷慨”了。

七子之中，特别的是孔融，他专喜和曹操捣乱。曹丕《典论》里有论孔融的，因此他也被拉进“建安七子”一块儿去。其实不对，很两样的。不过在当时，他的名声可非常之大。孔融作文，喜用讥嘲的笔调，曹丕很不满意他。孔融的文章现在传的也很少，就他所有的看起来，我们可以瞧出他并不大对别人讥讽，只对曹操。比方操破袁氏兄弟，曹丕把袁熙的妻甄氏拿来，归了自己，孔融就写信给曹操，说当初武王伐纣，将妲己给了周公了。操问他的出典，他说，以今例古，大概那时也是这样的。又比方曹操要禁酒，说酒可以亡国，非禁不可，孔融又反对他，说也有以女人亡国的，何以不禁婚姻？

其实曹操也是喝酒的。我们看他的“何以解忧？惟有杜康”的诗句，就可以知道。为什么他的行为会和议论矛盾呢？此无他，因曹操是个办事人，所以不得不这样做；孔融是旁观的人，所以容易说些自由话。曹操见他屡屡反对自己，后来借故把他杀了。他杀孔融的罪状大概是不孝。因为孔融有下列的两个主张：

第一，孔融主张母亲和儿子的关系是如瓶之盛物一样，只要在瓶内把东西倒了出来，母亲和儿子的关系便算完了。第二，假使有天下饥荒的一个时候，有点食物，给父亲不给呢？孔融的答案是：倘若父亲是不好的，宁可给别人。——曹操想杀他，便不惜以这种主张为他不忠不孝的根据，把他杀了。倘若曹操在世，我们可以问他，当初求才时就说不忠不孝也不要紧，为何又以不孝之名杀人呢？然而事实上纵使曹操再生，也没人敢问他，我们倘若去问他，恐怕他把我们也杀了！

与孔融一同反对曹操的尚有一个祢衡，后来给黄祖杀掉了。祢衡的文章也不错，而且他和孔融早是"以气为主"来写文章的了。故在此我们又可知道，汉文慢慢壮大起来，是时代使然，非专靠曹操父子之功的。但华丽好看，却是曹丕提倡的功劳。

这样下去一直到明帝的时候，文章上起了个重大的变化，因为出了一个何晏。

何晏的名声很大，位置也很高，他喜欢研究《老子》和《易经》。至于他是怎样的一个人呢？那真相现在可很难知道，很难调查。因为他是曹氏一派的人，司马氏很讨厌他，所以他们的记载对何晏大不满。因此产生许多传说，有人说何晏的脸上是搽粉的，又有人说他本来生得白，不是搽粉的。但究竟何晏搽粉不搽粉呢？我也不知道。

但何晏有两件事我们是知道的。第一，他喜欢空谈，是空谈的祖师；第二，他喜欢吃药，是吃药的祖师。

此外，他也喜欢谈名理。他身子不好，因此不能不服药。他吃的不是寻常的药，是一种名叫"五石散"的药。

"五石散"是一种毒药，是何晏吃开头的。汉时，大家还不敢吃，何晏或者将药方略加改变，便吃开头了。五石散的基本，大概是五样药：石钟乳，石硫黄，白石英，紫石英，赤石脂；另外怕还配点别样的药。但现在也不必细细研究它，我想各位都是不想吃它的。

从书上看起来，这种药是很好的，人吃了能转弱为强。因此之故，何晏有钱，他吃起来了；大家也跟着吃。那时五石散的流毒就同清末的鸦片的流毒差不多，看吃药与否以分阔气与否的。现在由隋巢元方做的《诸病源候论》的里面可以看到一些。据此书，可知吃这药是非常麻烦的，穷人不能吃，假使吃了之后，一不小心，就会毒死。先吃下去的时候，倒不怎样的，后来药的效验既显，名曰"散发"。倘若没有"散发"，就有弊而无利。因此吃了之后不能休息，非走路不可，因走路才能"散发"，所以走路名曰"行散"。比方我们看六朝人的诗，有云："至城东行散"，就是此意。后来做诗的人不知其故，以为"行散"即步行之意，所以不服药也以"行散"二字入诗，这是很笑话的。

走了之后，全身发烧，发烧之后又发冷。普通发冷宜多穿衣，吃热的东西。但吃药后的发冷刚刚要相反：衣少，冷食，以冷水浇身。倘穿衣多而食热物，那就非死不可。因此五食散一名寒食散。只有一样不必冷吃的，就是酒。

吃了散之后，衣服要脱掉，用冷水浇身；吃冷东西；饮热酒。这样看起来，五石散吃的人多，穿厚衣的人就少；比方在广东提倡，一年以后，穿西装的人就没有了。因为皮肉发烧之故，不能穿窄衣。为预防皮肤被衣服擦伤，就非穿宽大的衣服不可。现在有许多人以为晋人轻裘缓带，宽衣，在当时是人们高逸的表现，其实不知他们是吃药的缘故。一班名人都吃药，穿的衣都宽大，于是不吃药的也跟着名人，把衣服宽大起来了！

还有，吃药之后，因皮肤易于磨破，穿鞋也不方便，故不穿鞋袜而穿屐。所以我们看晋人的画象和那时的文章，见他衣服宽大，不鞋而屐，以为他一定是很舒服，很飘逸的了，其实他心里都是很苦的。

更因皮肤易破，不能穿新的而宜于穿旧的，衣服便不能常洗。因不洗，便多虱。所以在文章上，虱子的地位很高，"扪虱而谈"，当时竟传为美事。比方我今天在这里演讲的时候，扪起虱来，那是不大好的。但在那时不要紧，因为习惯不同之故。这正如清朝是提倡抽大烟的，我们看见两肩高耸的人，不觉得奇怪。现在不行了，倘若多数学生，他的肩成为一字样，我们就觉得很奇怪了。

此外可见服散的情形及其他种种的书，还有葛洪的《抱朴子》。

到东晋以后，作假的人就很多，在街旁睡倒，说是“散发”以示阔气。就像清时尊读书，就有人以墨涂唇，表示他是刚才写了许多字的样子。故我想，衣大，穿屐，散发等，后来效之，不吃也学起来，与理论的提倡实在是无关的。

又因“散发”之时，不能肚饿，所以吃冷物，而且要赶快吃，不论时候，一日数次也不可定。因此影响到晋时“居丧无礼”。——本来魏晋时，对于父母之礼是很繁多的。比方想去访一个人，那么，在未访之前，必先打听他父母及其祖父母的名字，以便避讳。否则，嘴上一说出这个字音，假如他的父母是死了的，主人便会大哭起来——他记得父母了——给你一个大大的没趣。晋礼居丧之时，也要瘦，不多吃饭，不准喝酒。但在吃药之后，为生命计，不能管得许多，只好大嚼，所以就变成“居丧无礼”了。

居丧之际，饮酒食肉，由阔人名流倡之，万民皆从之，因为这个缘故，社会上遂尊称这样的人叫作名士派。

吃散发源于何晏，和他同志的，有王弼和夏侯玄两个人，与晏同为服药的祖师。有他三人提倡，有多人跟着走。他们三个人多是会做文章，除了夏侯玄的作品流传不多外，王何二人现在我们尚能看到他们的文章。他们都是生于正始的，所以又名曰“正始名士”。但这种习惯的末流，是只会吃药，或竟假装吃药，而不会做文章。

东晋以后，不做文章而流为清谈，由《世说新语》一书里可以看到。此中空论多而文章少，比较他们三个差得远了。三人中王弼二十余岁便死了，夏侯何二人皆为司马懿所杀。因为他二人同曹操有关系，非死不可，犹曹操之杀孔融，也是借不孝做罪名的。

二人死后，论者多因其与魏有关而骂他，其实何晏值得骂的就是因为他是吃药的发起人。这种服散的风气，魏，晋，直到隋，唐还存在着，因为唐时还有“解散方”，即解五石散的药方，可以证明还有人吃，不过少点罢了。唐以后就没有人吃，其原因尚未详，大概因其弊多利少，和鸦片一样罢？

晋名人皇甫谧作一书曰《高士传》，我们以为他很高超。但他是服散的，曾有一篇文章，自说吃散之苦。因为药性一发，稍不留心，即会丧命，至少也会受非常的苦痛，或要发狂；本来聪明的人，因此也会变成痴呆。所以非深知药性，会解救，而且家里的人多深知药性不可。晋朝人多是脾气很坏，高傲，发狂，性暴如火的，大约便是服药的缘故。比方有苍蝇扰他，竟至拔剑追赶；就是说话，也要胡胡涂涂地才好，有时简直是近于发疯。但在晋朝更有以痴为好的，这大概也是服药的缘故。

魏末，何晏他们之外，又有一个团体新起，叫做“竹林名士”，也是七个，所以又称“竹林七贤”。正始名士服药，竹林名士饮酒。竹林的代表是嵇康和阮籍。但究竟竹林名士不纯粹是喝酒，嵇康也兼服药，而阮籍则是专喝酒的代表。但嵇康也饮酒，刘伶也是这里面的一个。他们七人中差不多都反抗旧礼教的。

这七人中，脾气各有不同。嵇阮二人的脾气都很大；阮籍老年时改得很好，嵇康就始终都是极坏的。

阮年青时，对于访他的人有加以青眼和白眼的分别。白眼大概是全然看不见眸子的，恐怕要练习很久才能够。青眼我会装，白眼我却装不好。

后来阮籍竟做到“口不臧否人物”的地步，嵇康却全不改变。结果阮得终其天年，而嵇竟丧于司马氏之手，与孔融何晏等一样，遭了不幸的杀害。这大概是因为吃药和吃酒之分的缘故：吃药可以成仙，仙是可以骄视俗人的；饮酒不会成仙，所以敷衍了事。

他们的态度，大抵是饮酒时衣服不穿，帽也不戴。若在平时，有这种状态，我们就说无礼，但他们就不同。居丧时不一定按例哭泣；子之于父，是不能提父的名，但在竹林名士一流人中，子都会叫父的名号。旧传下来的礼教，竹林名士是不承认的。即如刘伶——他曾做过一篇《酒德颂》，谁都知道——他是不承认世界上从前规定的道理的，曾经有这样的事，有一次有客见他，他不穿衣服。人责问他；他答人说，天地是我的房屋，房屋就是我的衣服，你们为什么钻进我的裤子中来？至于阮籍，就更甚了，他连上下古今也不承认，在《大人先生传》里有说："天地解兮六合开，星辰陨兮日月颓，我腾而上将何怀？"他的意思是天地神仙，都是无意义，一切都不要，所以他觉得世上的道理不必争，神仙也不足信，既然一切都是虚无，所以他便沉湎于酒了。然而他还有一个原因，就是他的饮酒不独由于他的思想，大半倒在环境。其时司马氏已想篡位，而阮籍的名声很大，所以他讲话就极难，只好多饮酒，少讲话，而且即使讲话讲错了，也可以借醉得到人的原谅。只要看有一次司马懿求和阮籍结亲，而阮籍一醉就是两个月，没有提出的机会，就可以知道了。

阮籍作文章和诗都很好，他的诗文虽然也慷慨激昂，但许多意思都是隐而不显的。宋的颜延之已经说不大能懂，我们现在自然更很难看得懂他的诗了。他诗里也说神仙，但他其实是不相信的。嵇康的论文，比阮籍更好，思想新颖，往往与古时旧说反对。孔子说："学而时习之，不亦说乎？"嵇康做的《难自然好学论》，却道，人是并不好学的，假如一个人可以不做事而又有饭吃，就随便闲游不喜欢读书了，所以现在人之好学，是由于习惯和不得已。还有管叔蔡叔，是疑心周公，率殷民叛，因而被诛，一向公认为坏人的。而嵇康做的《管蔡论》，就也反对历代传下来的意思，说这两个人是忠臣，他们的怀疑周公，是因为地方相距太远，消息不灵通。

但最引起许多人的注意，而且于生命有危险的，是《与山巨源绝交书》中的"非汤武而薄周孔。"司马懿因这篇文章，就将嵇康杀了。非薄汤武周孔，在现时代是不要紧的，但在当时却关系非小。汤武是以武定天下的；周公是辅成王的；孔子是祖述尧舜，而尧舜是禅让天下的。嵇康都说不好，那么，教司马懿篡位的时候，怎么办才是好呢？没有办法。在这一点上，嵇康于司马氏的办事上有了直接的影响，因此就非死不可了。嵇康的见杀，是因为他的朋友吕安不孝，连及嵇康，罪案和曹操的杀孔融差不多。魏晋，是以孝治天下的，不孝，故不能不杀。为什么要以孝治天下呢？因为天位从禅让，即巧取豪夺而来，若主张以忠治天下，他们的立脚点便不稳，办事便棘手，立论也难了，所以一定要以孝治天下。但倘只是实行不孝，其实那时倒不很要紧，嵇康的害处是在发议论；阮籍不同，不大说关于伦理上的话，所以结局也不同。

但魏晋也不全是这样的情形，宽袍大袖，大家饮酒。反对的也很多。在文章上我们还可以看见裴頠的《崇有论》，孙盛的《老子非大贤论》，这些都是反对王何们的。在史实上，则何曾劝司马懿杀阮籍有好几回，司马懿不听他的话，这是因为阮籍的饮酒，与时局的关系少些的缘故。

然而后人就将嵇康阮籍骂起来，人云亦云，一直到现在，一千六百多年。季札说："中国之君子，明于礼义而陋于知人心。"这是确的，大凡明于礼义，就一定要陋于知人心的，所以古代有许多人受了很大的冤枉。例如嵇阮的罪名，一向说他们毁坏礼教。但据我个人的意见，这判断是错的。魏晋时代，崇尚礼教的看来似乎很不错，而实在是毁坏礼教，不信礼教的。表面上毁坏礼教者，实则倒是承认礼教，太相信礼教。因为魏晋时代所谓崇尚礼教，是用以自利，那崇奉也不过偶然崇奉，如曹操杀孔融，司马懿杀嵇康，都是因为他们和不孝有关，但实在曹操司马懿何尝是著名的孝子，不过将这个名义，加罪于反对自己的人罢了。于是老实人以为如此利用，亵黩了礼教，不平之极，无计可施，激而变成不谈礼教，不信礼教，甚至于反对礼教。——但其实不过是态度，至于他们的本心，恐怕倒是相信礼教，当作宝贝，比曹操司马懿们要迂执得多。现在说一个容易明白的比喻罢，譬如有一个军阀，在北方——在广东的人所谓北方和我常说的北方的界限有些不同，我常称山东山西直隶河南之类为北方——那军阀从前是压迫民党的，后来北伐军势力一大，他便挂起青天白日旗，说自己已经信仰三民主义了，是总理的信徒。这样还不够，他还要做总理的纪念周。这时候，真的三民主义的信徒，去呢，不去呢？不去，他那里就可以说你反对三民主义，定罪，杀人。但既然在他的势力之下，没有别法，真的总理的信徒，倒会不谈三民主义，或者听人假惺惺的谈起来就皱眉，好象反对三民主义模样。所以我想，魏晋时所谓反对礼教的人，有许多大约也如此。他们倒是迂夫子，将礼教当作宝贝看待的。

还有一个实证，凡人们的言论，思想，行为，倘若自己以为不错的，就愿意天下的别人，自己的朋友都这样做。但嵇康阮籍不这样，不愿意别人来模仿他。竹林七贤中有阮咸，是阮籍的侄子，一样的饮酒。阮籍的儿子阮浑也愿加入时，阮籍却道不必加入，吾家已有阿咸在，够了。假若阮籍自以为行为是对的，就不当拒绝他的儿子，而阮籍却拒绝自己的儿子，可知阮籍并不以他自己的办法为然。至于嵇康，一看他的《绝交书》，就知道他的态度很骄傲的；有一次，他在家打铁——他的性情是很喜欢打铁的——钟会来看他了，他只打铁，不理钟会。钟会没有意味，只得走了。其时嵇康就问他："何所闻而来，何所见而去？"钟会答道："闻所闻而来，见所见而去。"这也是嵇康杀身的一条祸根。但我看他做给他的儿子看的《家诫》——当嵇康被杀时，其子方十岁，算来当他做这篇文章的时候，他的儿子是未满十岁的——就觉得宛然是两个人。他在《家诫》中教他的儿子做人要小心，还有一条一条的教训。有一条是说长官处不可常去，亦不可住宿；长官送人们出来时，你不要在后面，因为恐怕将来官长惩办坏人时，你有暗中密告的嫌疑。又有一条是说宴饮时候有人争论，你可立刻走开，免得在旁批评，因为两者之间必有对与不对，不批评则不象样，一批评就总要是甲非乙，不免受一方见怪。还有人要你饮酒，即使不愿饮也不要坚决地推辞，必须和和气气的拿着杯子。我们就此看来，实在觉得很希奇：嵇康是那样高傲的人，而他教子就要他这样庸碌。因此我们知道，嵇康自己对于他自己的举动也是不满足的。所以批评一个人的言行实在难，社会上对于儿子不象父亲，称为"不肖"，以为是坏事，殊不知世上正有不愿意他的儿子象他自己的父亲哩。试看阮籍嵇康，就是如此。这是，因为他们生于乱世，不得已，才有这样的行为，并非他们的本态。但又于此可见魏晋的破坏礼教者，实在是相信礼教到固执之极的。

不过何晏王弼阮籍嵇康之流，因为他们的名位大，一般的人们就学起来，而所学的无非是表面，他们实在的内心，却不知道。因为只学他们的皮毛，于是社会上便多了很没意思的空谈和饮酒。许多人只会无端的空谈和饮酒，无力办事，也就影响到政治上，弄得玩"空城计"，毫无实际了。在文学上也这样，嵇康阮籍的纵酒，是也能做文章的，后来到东晋，空谈和饮酒的遗风还在，而万言的大文如嵇阮之作，却没有了。刘勰说："嵇康师心以遣论，阮籍使气以命诗。"这"师心"和"使气"，便是魏末晋初的文章的特色。正始名士和竹林名士的精神灭后，敢于师心使气的作家也没有了。

到东晋，风气变了。社会思想平静得多，各处都夹入了佛教的思想。再至晋末，乱也看惯了，篡也看惯了，文章便更和平。代表平和的文章的人有陶潜。他的态度是随便饮酒，乞食，高兴的时候就谈论和作文章，无尤无怨。所以现在有人称他为"田园诗人"，是个非常和平的田园诗人。他的态度是不容易学的，他非常之穷，而心里很平静。家常无米，就去向人家门口求乞。他穷到有客来见，连鞋也没有，那客人给他从家丁取鞋给他，他便伸了足穿上了。虽然如此，他却毫不为意，还是"采菊东篱下，悠然见南山"。这样的自然状态，实在不易模仿。他穷到衣服也破烂不堪，而还在东篱下采菊，偶然抬起头来，悠然的见了南山，这是何等自然。现在有钱的人住在租界，雇花匠种数十盆花，便做诗，叫作“秋日赏菊效陶彭泽体”，自以为合于渊明的高致，我觉得不大像。

陶潜之在晋末，是和孔融于汉末与嵇康于魏末略同，又是将近易代的时候。但他没有什么慷慨激昂的表示，于是便博得“田园诗人”的名称。但《陶集》里有《述酒》一篇，是说当时政治的。这样看来，可见他于世事也并没有遗忘和冷淡，不过他的态度比嵇康阮籍自然得多，不至于招人注意罢了。还有一个原因，先已说过，是习惯。因为当时饮酒的风气相沿下来，人见了也不觉得奇怪，而且汉魏晋相沿，时代不远，变迁极多，既经见惯，就没有大感触，陶潜之比孔融嵇康和平，是当然的。例如看北朝的墓志，官位升进，往往详细写着，再仔细一看，他已经经历过两三个朝代了，但当时似乎并不为奇。

据我的意思，即使是从前的人，那诗文完全超于政治的所谓“田园诗人”“山林诗人”，是没有的。完全超出于人间世的，也是没有的。既然是超出于世，则当然连诗文也没有。诗文也是人事，既有诗，就可以知道于世事未能忘情。譬如墨子兼爱，杨子为我。墨子当然要著书；杨子就一定不著，这才是“为我”。因为若做出书来给别人看，便变成“为人”了。

由此可知陶潜总不能超于尘世，而且，于朝政还是留心，也不能忘掉“死”，这是他诗文中时时提起的。用别一种看法研究起来，恐怕也会成一个和旧说不同的人物罢。

自汉末至晋末文章的一部分的变化与药及酒之关系，据我所知的大概是这样。但我学识太少，没有详细的研究，在这样的热天和雨天费去了诸位这许多时光，是很抱歉的。现在这个题目总算是讲完了。

（选自《鲁迅全集》第三卷，人民文学出版社1981年出版）

唐诗四季·序幕

吴经熊

通常我们分唐诗为四个时期：初唐，盛唐，中唐和晚唐。第一期是序幕，第二期包括王维、李白和杜甫等，第三期包括白居易、元稹、韩愈等，末期包括李商隐、杜牧和温庭筠。这种分法是根据诗的技艺而言，与政治社会变迁无关，其实大部分的盛唐是处于“国”不“泰”，“民”不“安”的状态下，无“盛”可言。

今日文学史家分唐诗为两半者不乏其人，首半是李白的时代，次半是杜甫的时代。李白总括前唐诸诗人，杜甫是后者的先驱。这分法具有简洁的优点，也不忽视时势的变迁。毫无疑问，李杜是属于不同的时代，不论是指诗艺或指环境而言。虽然他们出生先后只差十二年。我们可以说李白的精华在安禄山叛乱前已出世，杜甫的杰作是事变后的作品。我以为李白的精神焕爽兴高采烈时诗兴焕爽，杜甫的不朽是愁眉不展时种的根苗。李白是像一只在天堂前歌咏的百灵，杜甫是一种骨鲠于喉泣血的夜莺。明皇初期的辉煌，使李白适逢其时，他黯淡的结局加深了杜甫热情的诗意。这两位大诗人都是明皇的臣民，可是明皇个人的历史也可以分为两半。

我以为这简洁的分法较第一法具有更深的历史意识，美中不足的就是它过分的单调；它忽视了白居易和杜甫的区别，李商隐和韩愈也是触目的例子。近读唐诗多首，得一较前二则更自然和符合事实的分法：我以为唐诗可分为四个时期：春、夏、秋、冬。春季包括初唐诗人，李白和王维；夏季包括杜甫和战时诗人；秋季有白居易、韩愈辈；冬季有李商隐、杜牧、温庭筠、韩偓及其他minor诸家。

季候是互相贯通的，可是大体看来仍是很黑白分明。我不预备为春夏秋冬划下界线，希望读者在这一年的日程内能渐渐了解我的观点。现在我举一个春季诗人描绘春季，一个夏季诗人描绘夏季，二个秋冬季诗人描绘秋冬，以免读者摸不着头路。这是李白的《愁阳春赋》：

春心荡兮如波，春愁乱兮如雪；
兼万情之悲欢，兹一感于芳节。

这是杜甫的《夏夜叹》：

永日不可暮，炎蒸毒我肠。
安得万里风，飘飖吹我裳，
昊天出华月，茂林延疏光。
仲夏苦夜短，开轩纳微凉。
虚明见纤毫，羽虫亦飞扬。
物情无巨细，自适固其常，
念彼荷戈士，穷年守边疆。
何由一洗濯，执热互相望。
竟夕击刁斗，喧声连万方。
青紫虽被体，不如早还乡，
北城悲笳发，鹳鹤号且翔。
况复烦促倦，激烈思时康。

现在让我们平心静气地听白居易的《秋怀》：

月出照北堂，光华满阶墀。
凉风从西至，草木日夜衰。
桐柳减绿阴，蕙兰消碧滋。
感物私自念，我心亦如之。
安得长少壮，盛衰迫天时。
人生如石火，为乐常苦迟。

下摘录李商隐的《冬》：

天东日出天西下，雌凤孤飞女龙寡。
……
冻壁霜华交隐起，芳根中断香心死。

当然，我绝不以为春季的诗人只歌颂春季，夏季的诗人只关心夏季等；同一的季候，同一的景色，能唤起绝对不同的感情，像这句：

晚烛燃短，快乐的日子
在雾中的山峰上站在足尖上。

你可感受到一种春的活跃的欢声？将这伟大的春鸟——莎士比亚——的两行比较李商隐的：

蜡烛啼红怨天曙。

两者都是不可多得的美诗，可是前两句代表希望的美，后一句代表绝望的美。

听李白的这两行：

清水出芙蓉，天然去雕饰。

这我叫做夏季的春。李商隐的这两句是春季的冬：

芭蕉不展丁香结，同向春风各自愁。

在西洋诗中华茨华资我认为是英国的白居易：成熟、萧条、恬静，表现秋季的精神可谓天衣无缝。在望见五彩十色的虹的时候，他的心脏跳跃也没有丝毫春的欢乐，因为他的心脏活动的地带只限于“自然的虔诚”的界线内。实在没有人较他更透澈地了解白居易。日前偶读华诗，极惊喜地找到一首诗证实这二位诗人的联贯，姑录其下，虽然看上来它同我的题旨毫不相干：

夜莺！
你具有火热的心：
你尖锐的歌声
创造着喧嚣而强烈的谐音。
你高唱，
似乎酒神已赠你一个情人，
你的歌曲溢着讥嘲，
你轻藐阴影，露珠，和沉静的夜，
你鄙视永恒的欢乐与
潜藏在寂寥的丛林中的爱情。
这天我也听见
小鸽歌话它朴素的故事。
它的呼声沉埋在树林中，
轻风飘送它到你的耳中。
不息地，
他呢喃着，
忧郁地，
他恳求着。
一曲和谐的恋歌
迟缓地开始，永无完尽，
赞美着严重的信仰和深沉的喜悦。
这是我的歌，为我的！

M.K.译

这首诗其实并不是与我的题旨风马牛，倘是读者能会意这“夜莺”——热心的动物——象征杜甫，这歌唱它朴素的歌的小鸽象征白居易，他已懂得唐诗的大半了。倘是他能欣赏华茨华资赠云雀的诗，他可以更进一步领会初唐诗人的精神，尤其是李白。

你有些癫狂，
你的歌
是神圣的欢乐；

像早晨一样的欣喜，
你笑，你揶揄。

嗟呼，我的路程，崎岖不平，
迂回多刺的荒野，多尘的大道。
不过听见你，或你的同伴！
充满了快乐和天堂的自由；
我，我知足的命运，就前进，

同时祈望着更大的欢乐，在生活的末日。

春季诗人的欢乐、哀愁、希望，和幻梦都是轻松活泼的，我们觉得他们的泪珠也是光芒闪烁的。你可欢喜李白同时代人金昌绪的《春怨》？

打起黄莺儿，莫教枝上啼；
啼时惊妾梦，不得到辽西。

李白的幻梦是多么的奔逸：

南风吹归心，飞堕酒楼前。

读李商隐的这两句诗我们又感到不同的经验：

春心莫共花争发，一寸相思一寸灰。

当然，春并不是没有忧郁的；活泼的李白也不免叹息：

菱歌清唱不胜春！

不过这时的“不胜春”是一回事，像李商隐般痛泣“我意殊春意，先春已断肠！”又是一回事，两者迥然不同。夏季诗人的希望和幻梦是像雷鸣。杜甫觉得被酷热窒息时就大发雷霆（《早秋苦热堆案相仍》）：

束发发狂欲大叫，薄书何急来相仍。
南望青松架短壑，安得赤脚踏层冰。

秋季诗人大暑时的感觉又是多么的不同！白居易的《销夏》有这般哲学化的四句：

何以销烦暑，端居一院中。
……
热散由心静，凉生为室空。

我不知道李白在大伏天气时感觉怎样，推测起来大概他的心灵要竭力地飞冲埋入云霄积雪的山峰，直到他忘却他遗留在这沸腾的洪釜中的躯壳。

一个冬季诗人当然不能处酷热若无事，不过他不会冲入积雪的山峰，也不会聚精会神的驱散炎热，更不会暴躁嘶喊，至多不过嗡嗡地呜咽，祈望较清凉日子的到达，或者他半信半疑的神话上的鬼怪能替他行些方便。这是王毂的《苦热行》蕴含的情绪：

祝融南来鞭火龙，火旗焰焰烧天红。

日轮当午凝不去，万国如在洪炉中。
五岳翠乾云彩灭，阳候海底愁波竭。
何当一夕金风发，为我扫却天下热。

倘是你要知道冬季诗人怎样应付严寒的话，这里是刘驾的《苦寒吟》：

百泉冻皆咽，我吟寒更切。
半夜倚乔松，不觉满衣雪。
竹竿有甘苦，我爱抱苦节。
鸟声有悲欢，我爱口流血。

这是冬天的冷酷——绝望转到心死后的固执。这同杜甫在严寒时的精神是多么的不同（《茅屋为秋风所破歌》）：

安得广厦千万间，
大庇天下寒士俱欢颜，
风雨不动安如山。
呜呼！何时眼前突兀见此屋，
吾庐独破受冻死亦足。

诚然，杜甫是我所知悉最具有基督精神的诗人！

唐诗的春是 Dionysian，夏是 Promethean，秋是 Epimethan [1]，冬，我应当如何称呼它呢？我不能替它题名，不过每逢我诵冬诗时总想到寇士丁那•萝色蒂美得难以形容的“过逝”（“Passing away”），不知不觉地我又低吟她的《王子前进》（Prince’s Progress）中的《新娘歌》：

十年前，五年前，
一年前，——
倘是你那时准时赶到，
虽然已经稍迟，
来看她的脸儿，
（你现在看不到的；）
冻凝的泉源或许会跳跃，
萌芽或许会蓓蕾，
温暖的南风或许会醒来，
融解冬雪。

现在我发现自己背诵冬季诗人杜牧的《叹花》：

自恨寻芳已到迟，往年曾见未开时。
如今风摆花狼藉，绿叶成阴子满枝。

李商隐的同时代人许浑的《王可封临终》，又是渗流着冬季冷酷的绝望：

十年为儒少子孙，一生长负信陵恩；
今朝埋骨寒山下，为报慈亲休倚门。

这几首诗使我想到爱略特的：

世界就这样了结，
世界就这样了结，
世界就这样了结，
一个啜泣，没有响声。

爱略特我并不认为是冬季诗人，不过他描摹冬季精神极为中肯：宇宙的落局我不知道，唐诗的落局却是“一个啜泣，没有响声”。一个啜泣，这样的一个啜泣！

唐末的诗十分酷似一个患着结核症的绝世美女，虽在相当距离之外你可以私密地爱慕她，但和她发生恋爱却是有关性命的。可是有时候我们为了她的风韵媚态而颠倒，觉得生死是无足轻重的事。

唐朝衰亡后，千年以来中国在啜泣下生存着，直到现在她方才觉得灵魂深处的鼓舞，好似新春的蓬勃！严冬延搁已久，“春天还会远吗？”

倘是祖国的将来还有一个黄金时代的话（我深信不疑），愿它的光比唐朝更灿烂，更辉煌！唐代文化的蓓蕾使我想起了Richard Le Galliene的《伦敦歌》（Ballad of London）：

你的花瓣上是蝴蝶，
你的根蒂下，有人说，蛰伏着
哭泣，被蹂躏的东西，
没有眼睛，没有翅翼的蠕虫的世界。

在将来的黄金时代下，生活就是诗，否则它是不值得欢唱的！想到那时候的盛况，情不自禁地神往。不过还须勒住我的思潮，继续写我的文章。

大致说来，唐朝的春是有泪而无愁，在夏季诗人被社会之不平和生活之痛苦所激怒，无暇为自己流泪，秋季汪汪的眼泪减轻了哀愁的悲痛，冬季只有愁而无泪。唐诗之奇就在这整整的一年，一季一季极自然地接踵而至；像罗马法和希腊哲学一样，它的胸怀中生存着一段有生命的天演进化。这种现象在人类文化中可说是绝无仅有。

愈读康熙年间所选订的全唐（618—899 A.D）四万九千首诗，我们愈惊疑怎么在那时世界的一角是那样的丰饶，而欧洲会在荒芜的冬眠时期下。基督死后欧洲的诗，除了无足轻重的Juvenal，整整的死睡了十三世纪。这冬眠在但丁身上醒来，那时在我们脑中余音袅袅的诗声是基督前的浮其尔（Virgil），大自然好像故意催促欧洲入眠以期专心传授亚洲歌吟之道。在老天看来，只要他每二十四小时有悦耳的音乐听，他的孩子在东方或者西方歌唱有甚么分别？

（选自吴经熊《唐诗四季》，辽宁教育出版社1997年出版）

作者简介：吴经熊（1884—1986），浙江鄞县人，字德生，西名John C.H.Wu，现代著名法学家。1920年毕业于上海吴东大学，次年留学美国。历任法国巴黎大学、德国柏林大学、美国哈佛大学研究员、东吴大学法学教授。1949年后在美国夏威夷大学、中国台湾文化学院任教授。中英文著作有《唐诗四季》《法律哲学研究》《哲学与文化》《禅学的黄金时代》《内心愉悦之源泉》等。吴经熊不仅是法学专家，对中外诗学也有相当的造诣。

《唐诗四季》（*Four Seasons of T'ang Poetry*）原是作者吴经熊用英文撰写，从1938 年4月至1939年8月分六批刊登在英文《天下月刊》（*T'ien Hsia Monthly*），后由徐诚斌译成中文，1940年3月起在《宇宙风》上连载。在《唐诗四季》一书中，作者用春夏秋冬四个季节来概括唐诗的历程。因为《天下》月刊的阅读对象是懂英语的异国人士，作者在介绍和赏析的同时尤其注重唐诗与英国诗歌的比较，所以此书又是一部比较文学的专著。

注释：

1 Dionysus，Promethus，Epimethus俱系希腊神话中之人物，此文中皆作形容词用。Dionysus又名 Bacchus，酒神也。Promethus以泥塑成人形，盗至尊无上 Jupiter之火以济泥人生命，后为 Jupiter所禁闭。Epimethus乃 Promethus之兄，曾劝其弟勿作触犯 Jupiter之事，因娶妻事使整个人类受累。

宫体诗的自赎

闻一多

宫体诗就是宫廷的，或以宫廷为中心的艳情诗，它是个有历史性的名词，所以严格地讲，宫体诗又当指以梁简文帝为太子时的东宫，及陈后主、隋炀帝、唐太宗等几个宫廷为中心的艳情诗。我们该记得从梁简文帝当太子到唐太宗宴驾中间一段时期，正是谢朓已死、陈子昂未生之间一段时期。这其间没有出过一个第一流的诗人。那是一个以声律的发明与批评的勃兴为人所推重，但论到诗的本身，则为人所诟病的时期。没有第一流诗人，甚至没有任何诗人，不是一桩罪过。那只是一个消极的缺憾。但这时期却犯了一桩积极的罪。它不是一个空白，而是一个污点，就因为他们制造了些有如下面这样的宫体诗：

长筵广未同，上客娇难逼。
还杯了不顾，回身正颜色。（高爽《咏酌酒人》）

众中俱不笑，座上莫相撩。（邓铿《奉和夜听妓声》）。

这里所反映的上客们的态度，便代表他们那整个宫廷内外的气氛。人人眼角里是淫荡：

上客徒留目，不见正横陈。（鲍泉《敬酬刘长史咏名士悦倾城》）

人人心中怀着鬼胎：

春风别有意，密处也寻香。（李义府《堂堂词》）

对姬妾娼妓如此，对自己的结发妻亦然（刘孝威《郗县寓见人织率尔赠妇》便是一例）。于是发妻也就成了倡家。徐悱写得出《对房前桃树咏佳期赠内》那样一首诗，他的夫人刘令娴为什么不可以写一首《光宅寺》来赛过他？索性大家都揭开了：

知君亦荡子，贱妾自倡家。（吴均《鼓瑟曲有所思》）

因为也许她明白她自己的秘诀是什么。

自知心所爱，出入仕秦宫。
谁言连屈尹，更是莫敖通？（简文帝《艳歌篇十八韵》）

简文帝对此并不诧异，说不定这对他，正是件称心的消息。堕落是没有止境的。从一种变态到另一种变态往往是个极短的距离，所以现在像简文帝《娈童》、吴均《咏少年》、刘孝绰《咏小儿采莲》、刘遵《繁华应令》，以及陆厥《中山王孺子妾歌》一类作品，也不足令人惊奇了。变态的又一型类是以物代人为求满足的对象。于是绣领、袙腹、履、枕、席、卧具……全有了生命，而成为被玷污者。推而广之，以至灯烛、玉阶、梁尘，也莫不踊跃地助他们集中意念到那个荒唐的焦点，不用说，有机生物如花草莺蝶等更都是可人的同情者。

罗荐已擘鸳鸯被，绮衣复有葡萄带。
残红艳粉映帘中，戏蝶流莺聚窗外。（上官仪《八咏应制》）

看看以上的情形，我们真要疑心，那是作诗，还是在一种伪装下的无耻中求满足。在那种情形之下，你怎能希望有好诗！所以常常是那套褪色的陈词滥调，诗的本身并不能比题目给人以更深的印象。实在有时他们真不像是在作诗，而只是制题。这都是惨淡经营的结果：《咏人聘妾仍逐琴心》（伏知道），《为寒床妇赠夫》（王胄）。特别是后一例，尽有"闺情""秋思""寄远"一类的题面可用，然而作者偏要标出这样五个字来，不知是何居心。如果初期作者常用的"古意""拟古"一类暧昧的题面，是一种遮羞的手法，那么现在这些人是根本没有羞耻了！这由意识到文词，由文词到标题，逐步地鲜明化，是否可算作一种文字的裎裸狂，我不知道。反正赞叹事实的"诗"变成了标明事类的"题"之附庸，这趋势去《游仙窟》一流作品，以记事文为主，以诗副之的形式，已很近了。形式很近，内容又何尝远？《游仙窟》正是宫体诗必然的下场。

我还得补充一下宫体诗在它那中途丢掉的一个自新的机会。这专以在昏淫的沉迷中作践文字为务的宫体诗，本是衰老的、贫血的南朝宫廷生活的产物，只有北方那些新兴民族的热与力才能拯救它。因此我们不能不庆幸庾信等之入周与被留，因为只有这样，宫体诗才能更稳固地移植在北方，而得到它所需要的营养。果然被留后的庾信的《乌夜啼》《春别诗》等篇，比从前在老家作的同类作品，气色强多了。移植后的第二、三代本应不成问题。谁知那些北人骨子里和南人一样，也是脆弱的，禁不起南方那美丽的毒素的引诱，他们马上又屈服了。除薛道衡《昔昔盐》《人日思归》，隋炀帝《春江花月夜》三两首诗外，他们没有表现过一点抵抗力。炀帝晚年可算热忱地效忠于南方文化了，文艺的唐太宗，出人意料之外，比炀帝还要热忱。于是庾信的北渡完全白费了。宫体诗在唐初，依然是简文帝时那没筋骨、没心肝的宫体诗。不同的只是现在词藻来得更细致，声调更流利，整个的外表显得更乖巧，更酥软罢了。说唐初宫体诗的内容和简文帝时完全一样， 也不对。因为除了搬出那僵尸"横陈"二字外，他们在诗里也并没有讲出什么。这又教人疑心这辈子人已失去了积极犯罪的心情。恐怕只是词藻和声调的试验给他们羁縻着一点作这种诗的兴趣（词藻声调与宫体有着先天与历史的联系）。宫体诗在当时可说是一种不自主的、虚伪的存在。原来从虞世南到上官仪是连堕落的诚意都没有了。此真所谓"萎靡不振"！

但是堕落毕竟到了尽头，转机也来了。

在窒息的阴霾中，四面是细弱的虫吟，虚空而疲倦，忽然一声霹雳，接着的是狂风暴雨！虫吟听不见了，这样便是卢照邻《长安古意》的出现。这首诗在当时的成功不是偶然的。放开了粗豪而圆润的嗓子，他这样开始：

长安大道连狭斜，青牛白马七香车。
玉辇纵横过主第，金鞭络绎向侯家！
龙衔宝盖承朝日，凤吐流苏带晚霞。
百丈游丝争绕树，一群娇鸟共啼花。
……

这生龙活虎般腾踔的节奏，首先已够教人们如大梦初醒而心花怒放了。然后如云的车骑，载着长安中各色人物panorama式的一幕幕出现，通过"五剧三条"的"弱柳青槐"来"共宿娼家桃李蹊"。诚然这不是一场美丽的热闹。但这颠狂中有战栗，堕落中有灵性：

得成比目何辞死，愿作鸳鸯不羡仙。

比起以前那光是病态的无耻——

相看气息望君怜，谁能含羞不肯前！（简文帝《乌栖曲》）

如今这是什么气魄！对于时人那虚弱的感情，这真有起死回生的力量。最后：

节物风光不相待，桑田碧海须臾改。
昔时金阶白玉堂，即今惟见青松在！

似有“劝百讽一”之嫌。对了，讽刺，宫体诗中讲讽刺，多么生疏的一个消息！我几乎要问《长安古意》究竟能否算宫体诗？从前我们所知道的宫体诗，自萧氏君臣以下都是作者自身下流意识的口供，那些作者只在诗里。这回卢照邻却是在诗里，又在诗外，因此他能让人人以一个清醒的旁观的自我，来给另一自我一声警告。这两种态度相差多远！

寂寂寥寥杨子居，年年岁岁一床书。
独有南山桂花发，飞来飞去袭人裾。

这篇末四句有点突兀，在诗的结构上既嫌蛇足，而且这样说话，也不免暴露了自己态度的褊狭，因而在本篇里似乎有些反作用之嫌。可是对于人性的清醒方面，这四句究不失为一个保障与安慰。一点点艺术的失败，并不妨碍《长安古意》在思想上的成功。他是宫体诗中一个破天荒的大转变。一手挽住衰老了的颓废，教给他如何回到健全的欲望；一手又指给他欲望的幻灭。这诗中善与恶都是积极的，所以二者似相反而相成。我敢说《长安古意》的恶的方面比善的方面还有用。不要问卢照邻如何成功，只看庾信是如何失败的。欲望本身不是什么坏东西。如果它走入了歧途，只有疏导一法可以挽救，壅塞是无效的。庾信对于宫体诗的态度，是一味地矫正，他仿佛是要以非宫体代宫体。反之，卢照邻只要以更有力的宫体诗救宫体诗，他所争的是有力没有力，不是宫体不宫体。甚至你说他的方法是以毒攻毒也行，反正他是胜利了。有效的方法不就是对的方法吗？

矛盾就是人性，诗人作诗本不必对自己的行为负责。原来《长安古意》的“年年岁岁一床书”，只是一句诗而已。即令作诗时事实如此，大概不久以后，情形就完全变了，骆宾王的《艳情代郭氏答卢照邻》便是铁证。故事是这样的：照邻在蜀中有一个情妇郭氏，正当她有孕时，照邻因事要回洛阳去，临行相约不久回来正式成婚。谁知他一去两年不返，而且在三川有了新人。这时她望他的音信既望不到，孩子也丢了。“悲鸣五里无人间，肠断三声谁为续！”除了骆宾王给寄首诗去替她申一回冤，这悲剧又能有什么更适合的收场呢？一个生成哀艳的传奇故事，可惜骆宾王没赶上蒋防、李公佐的时代。我的意思是：故事最适宜于小说，而作者手头却只有一个诗的形式可供采用。这试验也未尝不可作，然而他偏偏又忘记了《孔雀东南飞》的典型。凭一枝作判词的笔锋（这是他的当行），他只草就了一封韵语的书札而已。然而是试验，就值得钦佩。骆宾王的失败，不比李百药的成功有价值吗？他至少也替《秦妇吟》垫过路。

这以“一抔之土未干，六尺之孤何托”，教历史上第一位英威的女性破胆的文士，天生一副侠骨，专喜欢管闲事，打抱不平，杀人报仇，革命，帮痴心女子打负心汉，都是他干的。《代女道士王灵妃赠道士李荣》里没讲出具体的故事来，但我们猜得到一半，还不是卢、郭公案那一类的纠蒿？李荣是个有才名道士。（见《旧唐书•儒学·罗道琮传》，卢照邻也有过诗给他。）故事还是发生在蜀中，李荣往长安去了，也是许久不回来，王灵妃急了，又该骆宾王给去信促驾了。不过这回的信却写得比较像首诗。其所以然，倒不在——

梅花如雪柳如丝，年去年来不自持。
初言别在寒偏在，何悟春来春更思。

一类响亮句子，而是那一气到底而又缠绵往复的旋律之中，有着欣欣向荣的情绪。《代女道士王灵妃赠道士李荣》的成功，仅次于《长安古意》。

和卢照邻一样，骆宾王的成功，有不少成分是仗着他那篇幅的。上文所举过的二人的作品，都是宫体诗中的云冈造像，而宾王尤其好大成癖（这可以他那以赋为诗的《帝京篇》《畴昔篇》为证）。从五言四句的《自君之出矣》，扩充到卢、骆二人洋洋洒洒的巨篇，这也是宫体诗的一个剧变。仅仅篇幅大，没有什么。要紧的是背面有厚积的力量撑持着。这力量，前人谓之“气势”，其实就是感情。有真实的感情，所以卢、骆的来到，能使人们麻痹了百余年的心灵复活；有感情，所以卢、骆的作品，正如杜甫所预言的，“不废江河万古流”。

从来没有暴风雨能够持久的。果然持久了，我们也吃不消，所以我们要它适可而止。因为，它究竟只是一个手段，打破郁闷烦躁的手段；也只是一个过程，达到雨过天晴的过程。手段的作用是有时效的，过程的时间也不宜太长，所以在宫体诗的园地上，我们很侥幸地碰见了卢、骆，可也很愿意能早点离开他们——为的是好和刘希夷会面。

古来容光人所羡，况复今日遥相见？
愿作轻罗著细腰，愿为明镜分娇面。（《公子行》）

这不是什么十分华贵的修辞，在刘希夷也不算最高的造诣；但在宫体诗里，我们还没听见过这类的痴情话。我们也知道他的来源是《同声诗》和《闲情赋》。但我们要记得，这类越过齐梁，直向汉晋人借贷灵感，在将近百年以来的宫体诗里也很少人干过呢！

与君相向转相亲，与君双栖共一身。
愿作贞松千岁古，谁论芳槿一朝新！
百年同谢西山日，千秋万古北邙尘。（《公子行》）

这连同它的前身——杨方《合欢诗》，也不过是常态的、健康的爱情中，极平凡、极自然的思念，谁知道在宫体诗中也成为了不得的稀世的珍宝。回返常态确乎是刘希夷的一个主要特质，孙翌编《正声集》时把刘希夷列在卷首，便已看出这一点来了。看他即便哀艳到如：

自怜妖艳姿，妆成独见时。
愁心伴杨柳，春尽乱如丝。（《春女行》）

携笼长叹息，逶迤恋春色。
看花若有情，倚树疑无力。
薄暮思悠悠，使君南陌头。

相逢不相识，归去梦青楼。（《采桑）

也从没有不归于正的时候。感情返到正常状态是宫体诗的又一重大阶段。惟其如此，所以烦躁与紧张都消失了，只剩下一片晶莹的宁静。就在此刻，恋人才变成诗人，憬悟到万象的和谐，与那一水一石一草一木的神秘的不可抵抗的美，而不禁受创似地哀叫出来：

可怜杨柳伤心树！可怜桃李断肠花！（《公子行》）

但正当他们叫着“伤心树”“断肠花”时，他已从美的暂促性中认识了那玄学家所谓的“永恒”——一个最缥缈、又最实在，令人惊喜、又令人震怖的存在。在它面前一切都变渺小了、暂乎了，一切都没有了。自然认识了那无上的智慧，就在那彻悟的一刹那间，恋人也就是哲人了：

洛阳城东桃李花，飞来飞去落谁家？
洛阳女儿好颜色，坐见落花长叹息：
今年花落颜色改，明年花开复谁在！
……
古人无复洛城东，今人还对落花风。
年年岁岁花相似，岁岁年年人不同。（《代悲白头翁》）

相传刘希夷吟到“今年花落……”二句时，吃一惊，吟到“年年岁岁……”二句，又吃一惊。后来诗被宋之问看到，硬要让给他，诗人不肯，就生生地被宋之问给用土囊压死了。于是诗谶就算验了。编故事的人的意思，自然是说，刘希夷泄露了天机，论理该遭天谴。这是中国式的文艺批评，隽永而正确，我们在千载之下，不能，也不必改动它半点，不过我们可以用现代语替它诠释一遍，所谓泄露天机者，便是悟到宇宙意识之谓。从蜣螂转丸式的宫体诗一跃而到庄严的宇宙意识，这可太远了，太惊人了！这时的刘希夷实已跨近了张若虚半步，而离绝顶不远了。

如果刘希夷是卢、骆的狂风暴雨后宁静爽朗的黄昏，张若虚便是风雨后更宁静更爽朗的月夜。《春江花月夜》本用不着介绍，但我们还是忍不住要谈谈。就宫体诗发展的观点看，这首诗尤有大谈的必要：

春江潮水连海平，海上明月共潮生。
滟滟随波千万里，何处春江无月明！
江流宛转绕芳甸，月照花林皆似霰。
空里流霜不觉飞，汀上白沙看不见。

在这种诗面前，一切的赞叹是饶舌，几乎是亵渎。它超过了一切的宫体诗有多少路程的距离，读者们自己也知道。我认为用得着一点诠明的倒是下面这几句：

江畔何人初见月？江月何年初照人？
人生代代无穷已，江月年年只相似。
不知江月待何人，但见长江送流水！

更敻绝的宇宙意识！一个更深沉、更寥廓、更宁静的境界！在神奇的永恒前面，作者只有错愕，没有恐惧；只有憧憬，没有悲伤。从前卢照邻指点出“昔时金阶白玉堂，即今惟见青松在”时，或另一个初唐诗人—寒山子更尖酸地吟着“未必长如此，芙蓉不耐寒”时，那都是站在本体旁边凌视现实。那态度我以为太冷酷，太傲慢，或者如果你愿意，也可以带点狐假虎威的神气。在相反的方向，刘希夷又一味凝视着“以有涯随无涯”的徒劳，而徒劳地为它哀毁着，那又未免太萎靡，太怯懦了。只张若虚这态度不亢不卑、冲融和易才是最纯正的，“有限”与“无限”，“有情”与“无情”—诗人与“永恒”猝然相遇，一见如故，于是谈开了——“江畔何人初见月？江月何年初照人？……江月年年只相似，不知江月待何人？”对每一问题，他得到的仿佛是一个更神秘的更渊默的微笑，他更迷惘了，然而也满足了。于是他又把自己的秘密倾吐给那缄默的对方：

白云一片去悠悠，青枫浦上不胜愁。

因为他想到她了，那“妆镜台”边的“离人”。他分明听见她的叹喟：

此时相望不相闻，愿逐月华流照君！

他说自己很懊悔，这飘荡的生涯究竟到几时为止！

昨夜闲潭梦落花，可怜春半不还家。
江水流春去欲尽，江潭落月复西斜！

他在怅惘中，忽然记起飘荡的许不只他一人，对此清景，大概旁人，也只得徒唤奈何罢？

斜月沉沉藏海雾，碣石潇湘无限路。
不知乘月几人归，落月摇情满江树！

这里一番神秘而又亲切的、如梦境的晤谈，有的是强烈的宇宙意识，被宇宙意识升华过的纯洁的爱情，又由爱情辐射出来的同情心，这是诗中的诗，顶峰上的顶峰。从这边回头一望，连刘希夷都是过程了，不用说卢照邻和他的配角骆宾王，更是过程的过程。至于那一百年间梁、陈、隋、唐四代宫廷所遗下了那分最黑暗的罪孽，有了《春江花月夜》这样一首宫体诗，不也就洗净了吗？向前替宫体诗赎清了百年的罪，因此，向后也就和另一个顶峰陈子昂分工合作，清除了盛唐的路——张若虚的功绩是无从估计的。

卅年（1941年）八月廿二日陈家营

（选自闻一多《唐诗杂论》，江苏人民出版社2019年出版）

作者简介：闻一多（1899—1946），本名闻家骅，字友三，生于湖北省黄冈市浠水县，中国现代伟大的爱国主义者、诗人、学者、民主战士。1946年7月15日在悼念李公朴先生大会上，发表了著名的《最后一次的演讲》，当天下午即被国民党特务杀害。

论宋诗

缪　钺

宋初沿袭五代之余，士大夫皆宗白居易诗，故王禹偁主盟一时。真宗时，杨亿、刘筠等喜李商隐，西昆体称盛，是皆未出中晚唐之范围。仁宗之世，欧阳修于古文别开生面，树立宋代之新风格，而于诗尚未能超诣，此或由于非其精力之所专注，亦或由于非其天才之所特长，然已能宗李白、韩愈，以气格为主，诗风一变。梅尧臣、苏舜钦辅之。其后王安石、苏轼、黄庭坚出，皆堂庑阔大。苏始学刘禹锡，晚学李白，王黄二人，均宗杜甫。“王介甫以工，苏子瞻以新，黄鲁直以奇。”（《苕溪渔隐丛话》卷四十二引《后山诗话》）宋诗至此，号为极盛。宋诗之有苏黄，犹唐诗之有李杜。元佑以后，诗人迭起，不出苏黄二家。而黄之畦径风格，尤为显异，最足以表宋诗之特色，尽宋诗之变态。《刘后村诗话》曰：“豫章稍后出，会粹百家句律之长，究极历代体制之变，搜讨古书，穿穴异闻，作为古律，自成一家。虽只字半句不轻出，遂为本朝诗家宗祖。”其后学之者众，衍为江西诗派，南渡诗人，多受沾溉，虽以陆游之杰出，仍与江西诗派有相当之渊源。至于南宋末年所谓江湖派，所谓永嘉四灵，皆爝火微光，无足轻重。故论宋诗者，不得不以江西派为主流，而以黄庭坚为宗匠矣。

唐代为吾国诗之盛世。宋诗既异于唐，故褒之者谓其深曲瘦劲，别辟新境；而贬之者谓其枯淡生涩，不及前人。实则平心论之，宋诗虽殊于唐，而善学唐者莫过于宋，若明代前后七子之规摹盛唐，虽声色格调，或乱楮叶，而细味之，则如中郎已亡，虎贲入座，形貌虽具，神气弗存，非真赏之所取也。何以言宋人之善学唐人乎？唐人以种种因缘，既在诗坛上留空前之伟绩，宋人欲求树立，不得不自出机杼，变唐人之所已能，而发唐人之所未尽。其所以如此者，要在有意无意之间，盖凡文学上卓异之天才，皆有其宏伟之创造力，决不甘徒摹古人，受其笼罩。而每一时代又自有其情趣风习，文学为时代之反映，亦自不能尽同古人也。

唐宋诗之异点，先粗略论之。唐诗以韵胜，故浑雅，而贵蕴藉空灵；宋诗以意胜，故能精，而贵深折透辟。唐诗之美在情辞，故丰腴；宋诗之美在气骨，故瘦劲。唐诗如芍药海棠，秾华繁彩；宋诗如寒梅秋菊，幽韵冷香。唐诗如啖荔枝，一颗入口，则甘芳盈颊；宋诗如食橄榄，初觉生涩，而回味隽永。譬诸修园林，唐诗则如叠石凿池，筑亭辟馆；宋诗则如亭馆之中，饰以绮疏雕槛，水石之侧，植以异卉名葩。譬诸游山水，唐诗则如高峰远望，意气浩然；宋诗则如曲涧寻幽，情境冷峭。唐诗之弊为肤廓平滑，宋诗之弊为生涩枯淡。虽唐诗之中，亦有下开宋派者，宋诗之中，亦有酷肖唐人者；然论其大较，固如此矣。

兹更进而研讨之。就内容论，宋诗较唐诗更为广阔。就技巧论，宋诗较唐诗更为精细。然此中实各有利弊，故宋诗非能胜于唐诗，仅异于唐诗而已。

唐诗以情景为主，即叙事说理，亦寓于情景之中，出以唱叹含蓄。惟杜甫多叙述议论，然其笔力雄奇，能化实为虚，以轻灵运苍质。韩愈、孟郊等以作散文之法作诗，始于心之所思，目之所睹，身之所经，描摹刻画，委曲详尽，此在唐诗为别派。宋人承其流而衍之，凡唐人以为不能入诗或不宜入诗之材料，宋人皆写入诗中，且往往喜于琐事微物逞其才技。如苏黄多咏墨、咏纸、咏砚、咏茶、咏画扇、咏饮食之诗，而一咏茶小诗，可以和韵四五次。（黄庭坚《双井茶送子瞻》《和答子瞻》《省中烹茶怀子瞻用前韵》《以双井茶送孔常父》《常父答诗复次韵戏答》，共五首，皆用“书”“珠”“如”“湖”四字为韵）余如朋友往还之迹，谐谑之语，以及论事说理、讲学衡文之见解，在宋人诗中尤恒遇之。此皆唐诗所罕见也。夫诗本以言情，情不能直达，寄于景物，情景交融，故有境界，似空而实，似疏而密，优柔善入，玩味无斁，此六朝及唐人之所长也。

宋人略唐人之所详，详唐人之所略，务求充实密栗，虽尽事理之精微，而乏兴象之华妙。李白、王维之诗，宋人视之，或以为“乱云敷空，寒月照水”（许尹《山谷诗注序》），不免空洞。然唐诗中深情远韵，一唱三叹之致，宋诗中亦不多觏。故宋诗内容虽增扩，而情味则不及唐人之醇厚，后人或不满意宋诗者以此。

唐诗技术，已甚精美，宋人则欲百尺竿头，更进一步。盖唐人尚天人相半，在有意无意之间，宋人则纯出于有意，欲以人巧夺天工矣。兹分用事、对偶、句法、用韵、声调诸端论之。

（一）用事　杜甫自谓“读书破万卷，下笔如有神。”其诗中自有熔铸群言之妙。刘禹锡云：“诗用僻字须要有来去处。宋考功诗云：‘马上逢寒食，春来不见饧。’尝疑此字僻，因读《毛诗·有瞽》注，乃知六经中惟此有饧字。”宋祁云：“梦得作九日诗，欲用餻字，思六经中无此字，不复用。”诗中用字贵有来历，唐人亦偶及之，而宋人尤注意于此。黄庭坚《与洪甥驹父书》云：“自作语最难。老杜作诗，退之作文，无一字无来处。盖后人读书少，故谓韩杜自作此语耳。古之能为文章者，真能陶冶万物，虽取古人之陈言，入于翰墨，如灵丹一粒，点铁成金也。”黄庭坚欣赏古人，既着意于其“无一字无来处”，其自作诗亦于此尽其能事。如《咏猩猩毛笔》云：“平生几两屐，身后五车书。”用事“精妙隐密”，为人所赏。故刘辰翁《简斋诗注序》谓“黄太史矫然特出新意，真欲尽用万卷，与李杜争能于一词一字之顷，其极至寡情少恩，如法家者流。”实则非独黄一人，宋人几无不致力于此。兹举一例，以见宋人对于用字贵有来历之谨细。

> 《西清诗话》：“熙宁初，张掞以二府初成，作诗贺荆公，公和曰：‘功谢萧规惭汉第，恩从隗始诧燕台。’以示陆农师。农师曰：‘萧规曹随，高帝论功，萧何第一，皆摭故实，而请从隗始，初无恩字。’公笑曰：‘子善问也。韩退之《斗鸡联句》：“感恩惭隗始。”若无据，岂当对功字也。’乃知前人以用事一字偏枯，为倒置眉目，反易巾裳，盖谨之如此。”（《苕溪渔隐丛话》卷三十五）

唐人作诗，友朋间切磋商讨，如“僧推月下门”，易“推”为“敲”；“此波涵帝泽”，易“波”为“中”，所注意者，在声响之优劣，意思之灵滞，而不问其字之有无来历也。宋诗作者评者，对于一字之有无来历，斤斤计较，如此精细，真所谓“寡情少恩，如法家者流”。此宋人作诗之精神与唐人迥异者矣。

所贵乎用事者，非谓堆砌饾饤，填塞故实，而在驱遣灵妙，运化无迹。宋人既尚用事，故于用事之法，亦多所研究。《蔡宽夫诗话》云：“荆公尝云：‘诗家病使事太多’，盖皆取其与题合者类之，如此乃是编事，虽工何益。若能自出己意，借事以相发明，情态毕出，则用事虽多，亦何所妨。”《石林诗话》云：“诗之用事，不可牵强，必至于不得不用而后用之，则事辞为一，莫见其安排斗凑之迹。苏子瞻尝作人挽诗云：‘岂意日斜庚子后，忽惊岁在己辰年。’此乃天生作对，不假人力。”大抵用事贵精切、自然、变化，所谓“用事工者如己出”（《王直方诗话》），即用事而不为事所用也。

非但用字用事贵有来历，有所本，即诗中之意，宋人亦主张可由前人诗中脱化而出，有换骨夺胎诸法。黄庭坚谓：“诗意无穷而人才有限，以有限之才，追无穷之意，虽渊明、少陵不得工也。不易其意而造其语，谓之换骨法；规摹其意形容之，谓之夺胎法。”

诗中用字用事用意，所以贵有所本，亦自有其理由。盖诗在各种文学体裁中最为精品，其辞意皆不容粗疏，又须言近旨远，以少数之字句，含丰融之情思，而以对偶及音律之关系，其选字须较文为严密。凡有来历之字，一则此字曾经古人选用，必最适于表达某种情思，譬之已提炼之铁，自较生铁为精。二则除此字本身之意义外，尚可思及其出处词句之意义，多一层联想。运化古人诗句之意，其理亦同。一则曾经提炼，其意较精；二则多一层联想，含蕴丰富。至于用事，亦为达意抒情最经济而巧妙之方法。盖复杂曲折之情事，决非三五字可尽，作文尚可不惮烦言，而在诗中又非所许。如能于古事中觅得与此情况相合者，则只用两三字而义蕴毕宣矣。然此诸法之运用，须有相当限度，若专于此求工，则雕篆字句，失于纤巧，反失为诗之旨。

（二）对偶　　吾国文字，一字一音，宜于对偶，殆出自然。最古之诗文，如《诗经》《尚书》，已多对句。其后对偶特别发展，故衍为骈文、律诗。唐人律诗，其对偶已较六朝为工，宋诗于此，尤为精细。《石林诗话》云："荆公晚年，诗律尤精严，造语用字，间不容发，然意与言会，言随意遣，浑然天成，殆不见有牵率排比处。如'含风鸭绿鳞鳞起，弄日鹅黄袅袅垂'，读之初不觉有对偶，至'细数落花因坐久，缓寻芳草得归迟'，但见舒闲容与之态耳，而字字细考之，皆经檃括权衡者，其用意亦深刻矣。尝与叶致远诸人和头字韵诗，往返数四，其末篇云：'名誉子真居谷口，事功新息困壶头'，以谷口对壶头，其精切如此。"大抵宋诗对偶所贵者数点：

（甲）工切　　如"飞琼"对"弄玉"，皆人名，而"飞"字与"弄"字，"琼"字与"玉"字又相对。如"谷口"对"壶头"，皆地名，而"谷"字与"壶"字，"口"字与"头"字又相对。如"含风鸭绿鳞鳞起，弄日鹅黄袅袅垂"，"鸭绿"代水，"鹅黄"代柳，而"鸭""鹅"皆鸟名，"绿""黄"皆颜色，"鳞鳞""袅袅"均形况叠字，而"鳞"字从"鱼"，"袅"字从"鸟"，备极工切。

（乙）匀称　　如"细数落花因坐久，缓寻芳草得归迟"，其中名词动词形况词相对偶者，意之轻重，力之大小，皆如五雀六燕，铢两悉称。

（丙）自然　　对偶排比，虽出人工，然作成之后，应极自然，所谓"浑然天成，不见牵率处。"如黄庭坚《寄元明》诗："但知家里俱无恙，不用书来细作行。"陈师道《观月》诗："隔巷如千里，还家已再圆。"陈与义《次韵谢表兄张元东见寄》诗："灯里偶然同一笑，书来已似隔三秋。"骤读之似自然言语，一意贯注，细察之则字字对偶也。

（丁）意远　　对句最忌合掌，即两句意相同或相近也。故须词字相对，而意思则隔离甚远，读之始能起一种生新之感。如苏轼："身行万里半天下，僧卧一庵初白头。"黄庭坚："舞阳去叶才百里，贱子与公俱少年。"读上句时，决想不到下句如此接出，此其所以奇妙也。

（三）句法　　杜甫《赠李白》诗云："李侯有佳句，往往似阴铿。"《寄高适》诗云："佳句法如何。"《江上值水如海势聊短述》诗云："为人性僻耽佳句，语不惊人死不休。"韩愈《荐士》诗称孟郊云："横空盘硬语，妥贴力排奡。"唐人为诗，固亦重句法，而宋人尤研讨入微。宋人于诗句，特注意于洗炼与深折，或论古，或自作，或时人相欣赏，皆奉此为准绳。王安石每称杜甫"钩帘宿鹭起，丸药流莺转"之句，以为用意高峭，五字之模楷。黄庭坚爱杜甫诗"不知西阁意，肯别定留人。"肯别耶，定留人耶，一句有两节顿挫，为深远闲雅。《王直方诗话》云："山谷谓洪龟父云：'甥最爱老舅诗中何语？'龟父举'蜂房各自开户牖，蚁穴或梦封侯王''黄流不解涴明月，碧树为我生凉秋'以为深类工部。山谷曰：'得之矣。'张文潜尝谓余曰：'黄九似"桃李春风一杯酒，江湖夜雨十年灯"，真是奇语。'"观此可知宋诗造句之标准，在求生新，求深远，求曲折。盖唐人佳句，多浑然天成，而其流弊为凡熟、卑近、陈腐，所谓"十首以上，语意稍同。"故宋人力矫之。《复斋漫录》云："韩子苍言，作语不可太熟，亦须令生。东坡作《聚远楼》诗，本合用'青山绿水'，对'野草闲花'，以此太熟，故易以'云山烟水'。此深知诗病者。"此事最足以见宋人造句之特色。若在唐人，或即用青山绿水矣，而宋人必易以云山烟水，所以求生求新也。然过于求新，又易失于怪僻。最妙之法，即在用平常词字，施以新配合，则有奇境远意，似未经人道，而又不觉怪诞。如黄庭坚“桃李春风一杯酒，江湖夜雨十年灯”，张耒称为奇语。“桃李”“春风”“一杯酒”“江湖”“夜雨”“十年灯”，皆常词也。及“桃李春风一杯酒，江湖夜雨十年灯”，六词合为两句，则意境清新，首句见朋友欢聚之乐，次句见离别索寞之苦，读之隽永有深味。前人诗中用“江湖”，用“夜雨”，用“十年灯”者多矣，然此三词合为一句，则前人所无。譬如膳夫治馔，即用寻常鱼肉菜蔬，而配合烹调，易以新法，则芳鲜适口，食之无厌。此宋人之所长也。

（四）用韵　　唐诗用韵之变化处，宋人特注意及之。欧阳修曰：“韩退之工于用韵。其得韵宽，则波澜横溢，泛入傍韵，乍还乍离，出入回合，殆不可拘以常格，如《此日足可惜》之类是也。得韵窄，则不复傍出，而因难以见巧，愈趋愈奇，如《病中赠张十八》之类是也。譬夫善驭马者，通衢广陌，纵横驰逐，惟意所之，至于水曲蚁封，疾徐中节，而不蹉跌，乃天下之至工也。”宋人喜押强韵，喜步韵，因难见巧，往往叠韵至四五次，在苏黄集中甚多。吕居仁《与曾吉甫论诗贴》云：“近世次韵之妙，无出苏黄，虽失古人唱酬之本意，然用韵之工，使事之精，有不可及者。”诗句之有韵脚，犹屋楹之有础石，韵脚稳妥，则诗句劲健有力。而步韵及押险韵时，因受韵之限制，反可拨弃陈言，独创新意。此皆宋人之所喜也。

（五）声调　　唐诗声调，以高亮谐和为美。杜甫诗句，间有拗折之响，如“宠光蕙叶与多碧，点注桃花舒小红”，“一双白鱼不受钓，三寸黄柑犹自青”，“负盐出井此溪女，打鼓发舡何郡郎”。其法大抵于句中第五字应用平声处易一仄声，应用仄声处易一平声。譬如“宠光”二句，上句第五字应用平声，下句第五字应用仄声，则音调谐和。今上句用仄声“与“字，下句用平声“舒”字，则声响别异矣。因声响之殊，而句法拗峭，诗之神味亦觉新异。此在杜甫不过偶一为之，黄庭坚专力于此。宋人不察，或以为此法创始于黄。《禁脔》云：“鲁直换字对句法，如：‘只今满坐且尊酒，后夜此堂空月明。’‘清谈落笔一万字，白眼举觞三百杯。’‘田中谁问不纳履，坐上适来何处蝇。’‘秋千门巷火新改，桑柘田园春向分。’‘忽乘舟去值花雨，寄得书来应麦秋。’其法于当下平字处以仄字易之，欲其气挺然不群。前此未有人作此体，独鲁直变之也。”黄非独于律诗如此，即作古诗（尤其七古），亦有一种奇异之音节。方东树谓黄诗：“于音节尤别创一种兀傲奇崛之响，其神气即随此以见。”（《昭昧詹言》）

总之，宋诗运思造境，炼句琢字，皆剥去数层，透过数层。贵“奇”，故凡想落笔，为人人意中所能有能到者，忌不用，必出人意表，崛峭破空，不从人间来。又贵“清”，譬如治馔，凡肥醲厨馔，忌不用。苏轼评黄诗云：“黄鲁直诗文如蝤蛑江瑶柱，格韵高绝，盘飧尽废。”任渊谓读陈师道诗，“似参曹洞禅，不犯正位，切忌死语。”方东树评黄诗曰：“黄山谷以惊创为奇，意，格，境，句，选字，隶事，音节，着意与人远，故不惟凡近浅俗，气骨轻浮，不涉毫端句下，凡前人胜境，世所程式效慕者，尤不许一毫近似之。”黄陈最足代表宋诗，故观诸家论黄陈诗之语，可以想见宋诗之特点。宋诗长处为深折，隽永，瘦劲，洗剥，渺寂，无近境陈言、冶态凡响。譬如同一咏雨也，试取唐人李商隐之作，与宋人陈与义之作比较之：

萧洒傍回汀，依微过短亭。气凉先动竹，点细未开萍。稍促高高燕，微疏的的萤。故园烟草色，仍近五门青。（李商隐《细雨》）

萧萧十日雨，稳送祝融归。燕子经年梦，梧桐昨暮非。一凉恩到骨，四壁事多违。衮衮繁华地，西风吹客衣。（陈与义《雨》）

李诗写雨之正面，写雨中实在景物，常境常情，人人意中所有，其妙处在体物入微，描写生物，使人读之而起一种清幽闲静之情。陈诗则凡雨时景物一概不写，务以造意胜，透过数层，从深处拗折，在空际盘旋。首二句点出雨。三四两句离开雨说，而又是从雨中想出，其意境凄迷深邃，决非恒人意中所有。同一用鸟兽草木也，李诗中之“竹”“萍”“燕”“萤”，写此诸物在雨中之情况而已；陈诗用“燕子”“梧桐”，并非写雨中燕子与梧桐之景象，乃写雨中燕子与梧桐之感觉，实则燕子、梧桐并无感觉，乃诗人怀旧之思，迟暮之慨，借燕子、梧桐以衬出耳。宋诗用意之深折如此。五六两句言人在雨时之所感。同一咏凉也，李诗则云“气凉先动竹”，借竹衬出；陈诗则云“一凉恩到骨”，直凑单微。“凉”上用“一”字形容，已觉新颖矣，而“一凉”下用“恩”字，“恩”下又接“到骨”二字，真剥肤存液，迥绝恒蹊。宋诗造句之烹炼如此。世之作俗诗者，记得古人许多陈词套语，无论何题，摇笔即来。描写景物，必“夕阳”“芳草”；偶尔登临，亦“万里”“百年”；伤离赠别，则“折柳”“沾襟”；退隐闲居，必“竹篱”“茅舍”。陈陈相因，使人生厌，宜多读宋诗，可以涤肠换骨也。再举宋人古诗为例，黄庭坚《跋子瞻和陶》诗云：

> 东坡谪岭南，时宰欲杀之。饱吃惠州饭，细和渊明诗。彭泽千载人，东坡百世士。出处虽不同，风味乃相似。

此诗纯以意胜，不写景，不言情，而情即寓于意之中。其写意也，深透尽致，不为含蓄，而仍留不尽之味，所以不失为佳诗。然若与唐人短篇五古相较，则风味迥殊。如韦应物《淮上即事寄广陵亲故》诗：

> 前舟已渺渺，欲渡谁相待。秋山起暮钟，楚雨连沧海。风波离思满，宿昔容鬓改。独鸟下东南，广陵何处在。

则纯为情景交融，空灵蕴藉者矣。

宋诗中亦未尝无纯言情景以风韵胜者，如：

> 春阴垂野草青青，时有幽花一树明。晚泊孤舟古祠下，满川风雨看潮生。（苏舜钦）
> 梨花淡白柳深青，柳絮飞时花满城。惆怅东栏一株雪，人生看得几清明。（苏轼）
> 我家曾住赤栏桥，邻里相过不寂寥。君若到时秋已半，西风门巷柳萧萧。（姜夔）

诸作虽亦声情摇曳，神韵绝佳，然方之唐诗，终较为清癯幽折。至如：

> 书当快意读易尽，客有可人期不来。世事相违每如此，好怀百岁几回开。（陈师道）

则纯为宋诗意格矣。

宋诗既以清奇生新、深隽瘦劲为尚，故最重功力，“月锻季炼，未尝轻发”（任渊《山谷诗注序》），盖此种种之美，皆由洗炼得来也。吕居仁《与曾吉甫论诗贴》云：“要之此事须令有悟入，则自然越度诸子，悟入之理，正在工夫勤惰间耳。”此言为诗赖工夫也。因此，一人之诗，往往晚岁精进。王安石少以意气自许，故语惟其所向，不复更为涵蓄。后为郡牧判官，从宋次道尽假唐人诗集，博观而约取，晚年始尽深婉不迫之趣。作诗贵精不贵多。黄庭坚尝谓洪氏诸甥言：“作诗不必多，某生平诗甚多，意欲止留三百篇。”诸洪皆以为然。徐师川独笑曰：“诗岂论多少，只要道尽眼前景致耳。”黄回顾曰：“某所说止谓诸洪作诗太多，不能精致耳。”作诗时必殚心竭虑。陈师道作诗，闭户蒙衾而卧，驱儿童至邻家，以便静思，故黄庭坚有“闭门觅句陈无已”之语，而师道亦自称“此生精力尽于诗，末岁心存力已疲”，此最足代表宋人之苦吟也。

宋诗流弊，亦可得而言。立意措词，求新求奇，于是喜用偏锋，走狭径，虽镌镵深透，而乏雍容浑厚之美。《隐居诗话》云：“黄庭坚句虽新奇，而气乏浑厚。”刘熙载云：“杜诗雄健而兼虚浑，宋西江名家，几于瘦硬通神，然于水深林茂之气象则远矣。”此其流弊一。新意不可多得，于是不得不尽力于字句，以避凡近，其卒也，得小遗大，句虽新奇，而意不深远，乍观有致，久诵乏味。《隐居诗话》云：“黄庭坚喜作诗，得名，好用南朝人语，专求古人未使之一二奇字，缀葺而成诗，自以为工，其实所见之僻也。”方东树曰：“山谷死力造句，专在句上弄远，成篇之后，意境皆不甚远。”此其流弊二。求工太过，失于尖巧；洗剥太过，易病枯淡。《吕氏童蒙训》云：“鲁直诗有太尖新、太巧处，不可不知。”方东树曰：“山谷矫敝滑熟，时有枯促寡味处。”刘辰翁曰：“后山外示枯槁，如息夫人绝世，一笑自难。”此其流弊三。

陈子龙谓：“宋人不知诗而强作诗，故终宋之世无诗，然其欢愉愁苦之致，动于中而不能抑者，类发于诗余，故其所造独工。”此言颇有所见，惟须略加解释。盖自中晚唐词体肇兴，其体较诗更为轻灵委婉，适于发抒人生情感之最精纯者，至宋代，此新体正在发展流衍之时，故宋人中多情善感之士，往往专借词发抒，而不甚为诗，如柳永、周邦彦、晏几道、贺铸、吴文英、张炎、王沂孙之伦是也。即兼为诗词者，其要眇之情，亦多易流入于词。如欧阳修，世人称其诗“多平易疏畅，律诗意所到处，虽语有不伦，亦不复问，而学之者往往遂失于快直，倾囷倒廪，无复余地。”（《苕溪渔隐丛话》卷二十二引《石林诗话》）是讥其不能蕴藉也。然观欧阳修之词如：

> 寸寸柔肠，盈盈粉泪，楼高莫近危栏倚。平芜尽处是春山，行人更在春山外。（《踏莎行》）
> 芳菲次第还相续，不奈情多无处足。尊前百计得春归，莫为伤春眉黛蹙。（《玉楼春》）
> 尊前拟把归期说，未语春容先惨咽。人生自是有情痴，此恨不关风与月。（《玉楼春》）

何其深婉绵邈！盖欧阳修此种之情，既发之于词，故诗中遂无之矣。由此可知，宋人情感多入于词，故其诗不得不另辟疆域，刻画事理，于是遂寡神韵。夫感物之情，古今不易，而其发抒之方式，则各有不同。唐人中工于言情者，如王昌龄、刘长卿、柳宗元、杜牧、李商隐，若生于宋代，或将专长于词；而宋代柳周晏贺吴王张诸词人，若生于唐，其诗亦必空灵蕴藉。陈子龙谓：“宋人不知诗而强作诗。”宋人非不知诗，惟前人发之于诗者，在宋代既多为词体夺之以去，故宋诗之内容不得不变，因之其风格亦不得不殊异也。

英国安诺德谓：“一时代最完美确切之解释，须向其时之诗中求之，因诗之为物，乃人类心力之精华所构成也。”反之，欲对某时代之诗得完美确切之了解，亦须研究其时代之特殊精神，盖各时代人心力活动之情形不同，故其表现于诗者风格意味亦异也。宋代国势之盛，远不及唐，外患频仍，仅谋自守，而因重用文人故，国内清晏，鲜悍将骄兵跋扈之祸，是以其时人心，静弱而不雄强，向内收敛而不向外扩发，喜深微而不喜广阔。宋人审美观念亦盛，然又与六朝不同。六朝之美如春华，宋代之美如秋叶；六朝之美在声容，宋代之美在意态；六朝之美为繁丽丰腴，宋代之美为精细澄澈。总之，宋代承唐之后，如大江之水，潴而为湖，由动而变为静，由浑灏而变为澄清，由惊涛汹涌而变为清波容与。此皆宋人心理情趣之种种特点也。此种种特点，在宋人之理学、古文、词、书法、绘画，以至于印书，皆可征验。由理学，可以见宋人思想之精微，向内收敛；由词，可以见宋人心情之婉约幽隽；由古文及书法，可以见宋人所好之美在意态而不在形貌，贵澄洁而不贵华丽。明乎此，吾人对宋诗种种特点，更可得深一层之了解。宋诗之情思深微而不壮阔，其气力收敛而不发扬，其声响不贵宏亮而贵清冷，其词句不尚蕃艳而尚朴澹，其美不在容光而在意态，其味不重肥醲而重隽永，此皆与其时代之心情相合，出于自然。扬雄谓言为心声，而诗又言之菁英，一人之诗，足以见一人之心，而一时代之诗，亦足以见一时代之心也。

原载《思想与时代》第3期，1941年10月

（选自缪钺《诗词散论》，陕西师范大学出版社2008年出版）

作者简介：缪钺（1904—1995），字彦威，江苏溧阳人，著名历史学家、文学家、教育家。曾任保定私立培德中学和保定私立志存中国文教员。后历任河南大学中文系、广州学海书院、四川大学、浙江大学中文系教授。先生治学最大特点是文史结合。另一特点是博通与专精相结合。认为“唐诗以韵胜，故浑雅”。曾任中国唐史研究会理事、中国唐代文学学会理事、成都市杜甫研究学会会长。

一个醒的和八个醉的
——杜甫《饮中八仙歌》札记

程千帆

《饮中八仙歌》是杜甫诗作中一个具有独特意义的存在，本文不同意前人所论此诗反映盛唐诗人共有的“不受世情俗务拘束，憧憬个性解放的浪漫精神”的说法，而逐一稽检诗中人物与作者的有关史料，探寻诗中诸人当时的真实心理状况与杜甫的创作心理，论述此诗在艺术上的成就，以求考定其在杜甫诗作发展轨迹中的位置。本文认为诗中的“饮中八仙”在当时是欲有所为而被迫无所为，为世俗所拘，不得已而沉湎于醉乡，即通过“浪迹纵酒”而“以自昏秽”。而杜甫与他们的关系则可归结为“一个醒的和八个醉的”。杜甫是当时社会中的一个先觉者，他感觉到了表面美妙的社会政治情况之下的实际不妙，开始从唐代盛世的沉湎中清醒过来，但最初的感觉还不是深刻的，所以在《饮中八仙歌》中杜甫是面对一群不失为优秀人物的非正常精神状态，怀着错愕与怅惋的心情，睁着一双醒眼客观地记录了八个醉人的病态。它是杜甫从当时流行风气中挣脱出来的最早例证。据此，本文认为此诗不可能作于杜甫初到长安的年代里，而应更迟一些。艺术上，此诗以前所未有的创新手法，在沉湎于酒这一共同点下通过极简练的写意笔法勾勒出了八个不同的个性化典型，在形式上它看去无头无尾，每段互不相关，仅以所写皆酒徒与句尾皆押同韵维系全篇，更多地采用了空间艺术的形式。

《饮中八仙歌》——杜甫诗作中清醒的现实主义的起点。这就是本文的论旨。

一

天宝五载（746），杜甫结束了他的长期漫游生活，在长安住了下来，一住就是十年，销磨掉了他的整个生命的约六分之一，而在这约六分之一的时间里，他创作了现存诗篇约十分之一。在这十年中写的诗虽不算多，但却有一些杰作，为安史乱后诗人攀登祖国五七言古今体诗的顶峰作了思想上和艺术上的充分准备。

在这个时期的作品中，写于天宝十四载（755）冬天的《自京赴奉先县咏怀五百字》特别引人瞩目，有人认为它是杜甫长安十年生活的总结，是诗人跨越自己和别人前此已达到的境界的一个新起点。[1]从诗篇本身发射的强烈光芒证明，这一点是无可置疑的。然而，我们也不难看出，这篇大诗的出现，并非一个突如其来的、孤立的现象。在诗人写成这篇总结式的杰作之前，他已经过一段反很长的探索历程，才由迷茫而觉醒，成就了他的最清醒的现实主义。写于与此同时的许多其它诗篇，足以互证。

但《饮中八仙歌》在长安十年，甚至在杜甫毕生的诗作中，都是很独特的。评注家们早已注意到它在艺术上的创造性。[2]不断地在艺术上进行新的探索，是杜甫自己规定的、死而后已的任务。这篇诗体现了他在诗形上一次独一无二、几乎是空前绝后的大胆尝试，这是很明显的。但这篇诗是作者在什么心情之下写成的？其所采用的这种特殊形式和诗篇内在意义的关系又是如何？都还是需要进一步探索的问题。

讨论到诗人写作这篇诗的心情，就不能不涉及到它产生的年代。浦起龙《读杜心解》卷首《少陵编年诗目谱》天宝五载至十三载（754）下云：“开、宝间诗，于全集不过十分之一，有不得专系某年者。”这似乎不是浦氏一家之言，从宋以来，为杜诗编年的学者，对安史乱前的作品，大都采取了这种宜粗不宜细的想法和做法。如黄鹤《黄氏补千家集注杜工部诗史》卷二论《饮中八仙歌》年代云：“蔡兴宗《年谱》云天宝五载，而梁权道编在天宝十三载。按史，汝阳王天宝九载

（750）已薨，贺知章天宝三载（744）、李适之天宝五载（746），苏晋开元二十二年（734）并已殁。此诗当是天宝间追忆旧事而赋之，未详何年。”此说不失为闳通之论，故为仇氏《杜诗详注》所采。

当代学人始有申蔡说认为“这大概是天宝五载杜甫初到长安时所作”，理由是他“往后生活日困，不会有心情写这种歌。”[3]说得详细一点，则是这种论点的持有者认为：《饮中八仙歌》乃是杜甫以自己的欢乐心情描绘友人们的欢乐心情的作品。而诗人这种欢乐的心情，只有初旅长安那一段时期中才可能具有，因而这篇诗的作期也决不会太迟。

由于史料的限制，今天要考证出《饮中八仙歌》的确实作期，不免近于徒劳。但杜甫写这篇诗时的心理状态却还是可以探索的，值得探索的。如果这些问题得到了正确的答案，反过来，也有助于我们确定此诗的大体年代。

二

八仙原是汉、晋以来的神仙家所幻设的一组仙人。旧题后汉牟融的《理惑论》中就提到“王乔、赤松八仙之箓”[4]。陈沈炯《林屋馆记》也提到“淮南八仙之图”[5]。先友浦江清教授据此二证指出：“汉、六朝已有八仙一词，所以盛唐有‘饮中八仙’。”又云：“据李阳冰说：‘当时李白浪迹纵酒，以自昏秽，与贺知章、崔宗之等目（或作自）为八仙之游，朝列赋谪仙人诗凡数百首’[6]。所以‘饮中八仙’一名非杜甫所创。而且杜甫诗中有苏晋而无裴周南。一说有裴周南[7]。而八仙之游在天宝初，苏晋早死了。[8]要之，唐时候有八仙一空泛名词，李白等凑满八人，作八仙之游，而名录也有出入。”[9]

浦先生还认为，所谓“饮中八仙”，并非固定的哪八个人，而且也并非同时都在长安。这是事实。由此，我们也无妨推断，这不固定的八个人，乃至杜甫和他们，也不一定彼此都是朋友，都有往来。[10] 浦先生对我们的宝贵启示是：杜甫虽然极为成功地塑造了这八位酒徒的形象，但诗篇所要显示的主要历史内容，并非是他们个人的放纵行为，而是他们这种放纵行为所反映的当时政治社会情况、一种特定的时代风貌。有的学者注意到了这一点，以为诗篇所写的是盛唐诗人们所共有的“不受世情俗务拘束，憧憬个性解放的浪漫精神”[11]。从表面上看，是可以这么理解的。但如根据现存史料，将这些人的事迹逐一稽检，就不难看出，这群被认为是“不受世情俗务拘束，憧憬个性解放”之徒，正是由于曾经欲有所作为，终于被迫无所作为，从而屈从于世情俗务拘束之威力，才逃入醉乡，以发泄其苦闷的。这当然也可以认为具有个性解放的憧憬，但这种憧憬，却并不具有富于理想的、引人向上的特征。如果按照通常的说法，浪漫精神有积极的和消极的之分，则“饮中八仙”的浪漫精神很难说是从属于前者。李阳冰说李白“浪迹纵酒”，是“以自昏秽”，是很深刻的。事实上，“饮中八仙”都是如此。

现在，让我们来依次看看这八个人。

从唐史所载简略行事来看，贺知章是一位善于混俗和光的官僚，“言论倜傥，风流之士”，“晚年尤加纵诞，无复规检”[12]。天宝三载（744），他出家当了道士，回到家乡会稽，不久就以八十六岁的高龄逝世。他流传的事迹既少，作品也不多，但仍然可以看出，就文学才名来说，他在当时颇有地位；而就政治来说，他却是以开元盛世的一个点缀品而存在的。他晚年辞了官，出了家，还了乡之后，曾以愉快的心情作了题为《还乡偶书》的七绝二首。第一首即“少小离家……”，是人们所熟知的。但更能表达他脱离了名利场以后的轻松心绪的，却是第二首：“离别家乡岁月多，近来人事半销磨。惟有门前镜湖水，春风不改旧时波。”[13]这首诗，一个善于吟味的读者，是应当可以体会其十分丰富的内涵的。元稹在《连昌宫词》里，濡染大笔，以浓墨重彩直写开天治乱：“姚崇宋璟作相公，劝谏上皇言语切。燮理阴阳禾黍丰，调和中外无兵戎。长官清平太守好，拣选皆言由相公。

开元之末姚宋死，朝廷渐渐由妃子……”。[14]而在贺知章笔下，却出之以淡墨点染。“近来人事半销磨”寥寥七字，不也透露着当时政局的大转折吗？不同的是，贺知章虽然身当其境，而他所作出的反应，却不过是“常静默以养闲，因谈谐而讽谏”[15]。讽谏既无实效，剩下的也就只是养闲了。但这一点轻轻的感喟，也可以证明，他并不以自己所处的时代和遭际为满足。

杜甫笔下的汝阳王李琎是兼有狂放和谨慎两重性格的矛盾统一体，或一位貌似狂放实极谨慎的贵族。《饮中八仙歌》所写“三斗始朝天”的狂者和《八哀诗》诗中所写“谨洁极”的郡王就是一个人，不仅是符合事实的，也是可以理解的。[16]从唐朝开国起，在皇位继承这个对于封建政权来说是至关重要的问题上，激烈的权力斗争始终没有中断过。从高祖到睿宗的皇子们，由于直接或间接卷入这种性质的斗争而死于非命的，不在二分之一以下，也从没有一位长子能够身登大宝[17]。李琎的父亲李宪本是睿宗的长子。可是在讨平韦后及太平公主，兴复唐室的事业中，第三子隆基即后来的玄宗却立了大功。于是明智的李宪便坚决要求根据立贤不立长的原则，推让玄宗作太子，从而避免了重蹈高祖时代长子建成与太宗之间所发生的那种家庭悲剧的覆辙，并获得了一个很体面的下场，死后被破例谥为“让皇帝”。但李琎，作为李宪的长子，是天然处在一种嫌疑地位的。更使得这位郡王感到尴尬的，则是他相貌出众，又长了一部和他高祖父太宗一般的“虬须”。[18]认为人的相貌体现富贵贫贱并和命运很有关系这种迷信，起源甚早，先秦以来，颇为流行。以致唯物主义思想家如荀况、王充都不得不在他们的著作中作出专题批判。[19]可是这种习惯的落后思想，在它还对统治阶级有利的时候，是无法清除的。据两《唐书》本纪，开国皇帝高祖李渊就是“骨法非常，必为人主”。而且，“贵人必有贵子”。太宗李世民更是“龙凤之姿，天日之表”。李琎既然如杜甫所写的那样，自然也就难免嫌猜。唐人小说记载玄宗精于相术，曾判断安禄山只不过是一条猪龙，成不了大气候。[20]又判断李琎虽然一表堂堂，却并不是帝王之相。[21]但这并不能排除别人对此作出相反的判断，如果在政局变化中，有人需要利用李琎的天人眉宇作号召的话。李琎显然意识到这一点，故而就明智而机警地以“谨洁”和狂放来表示自己既非做皇帝的坯子，也绝无那种野心。他终于在富贵尊荣中得保首领以没。这位郡王看来品德不错，也能礼贤下士，所以杜甫对他颇有好感。但在送他的两篇篇幅不算短的诗中，竟除谏猎一事外，举不出他对朝廷有何献纳，而谏猎，也不过是沿袭司马相如的老一套而已。[22]我们可以推测，李琎对当时政治社会问题不可能没有意见，但他也不可能提出来。因为喝酒总比进谏安全，这一点他十分明白。

李适之是恒山王承乾之后，官至左相，故《新唐书》将其列入《宗室宰相传》。他“以强干见称”，“性简率，不务苛细，人吏便之。”虽然嗜酒，但“夜则宴赏，昼决公务，庭无留事”。然而由于性格粗疏，终于被口蜜腹剑、不学有术的阴谋家李林甫所排挤，服毒自杀了。[23]诗篇特地概括了这位宗室宰相下台后写的诗句。[24]泄露了杜甫对他的悲剧的丰富同情。

崔宗之曾被喜欢识拔后进的前辈韩朝宗所引荐。[25]为人“好学，宽博有风检”[26]。后以侍御史谪官金陵，与李白交游唱和。[27]侍御史“掌纠举百僚，推鞠狱讼”[28]。他以“有风检”的性格来从事这种工作，在政治不够清明的时代，必然无法忠于职守，为所当为。这也许就是他后来被贬谪的原因。《世说新语•言语篇》：“谢太傅（安）问诸子侄：‘子弟亦何预人事，而正欲使其佳？’诸人莫有言者。车骑（谢玄）答曰：‘譬如芝兰玉树，欲使其生于庭阶耳。’”诗美宗之为“玉树”，正暗示他是齐国公崔日用之子，注家或未留意。[29]同书《简傲篇》“嵇康与吕安善”条注引《晋百官名》：“（阮）籍能为青白眼，见凡俗之士，以白眼对之。”此事人所共知。“白眼望青天”，可见在这位出身高门的“潇洒美少年”目中，人间无非凡俗，所以只好不看厚地而看高天了。这就刻画出了他内心的寂寞。

苏晋“数岁能属文”，被人誉为“后来王粲”。开元十四年（755），知吏部选事。当时已用“糊名考判”，而他却“独多赏拔”，即不以弥封的考卷，而以平日的名声为重，来选拔做官的人。因此“甚得当时之誉”。[30]可是后来与世推移，却皈依佛法，吃长斋了。但又常常要喝酒，这便破坏了佛教信徒应当坚持的戒律。我们不妨认为：以禅避世，以醉逃禅，是苏晋思想感情变化的三个阶段。禅可因酒而逃，说明宗教对他来说不过是一种寄托。信教是寄托，饮酒又何独不然？所以诗篇写的虽只是酒与禅之间的矛盾，而实质上则是二者与其用世之心的矛盾。

李白是人们所熟知的。《饮中八仙歌》所写有关他的情节，亦见范传正所撰《李公新墓碑》[31]，可能是诗人受玄宗尊宠时的事实。但其所写是李白醉后失态，如此而已，决非如苏轼所说的“戏万乘若僚友”[32]。这在以皇帝为天然尊长的封建时代里，是绝无可能的。这种错误的想法与将李白当成一个完全超现实人物的观点有关。王闿运曾经指出：“世言李白狂，其集中《上李长史书》但以误认李为魏洽，举鞭入门，乃至再三谢过，其词甚卑，何云能狂乎？又自作荐书令宋中丞上之，得拜拾遗，诏下已卒，亦非轻名爵者。”[33]可见李白不仅不能做到“戏万乘若僚友”，即苏轼同时说的另的另一句“视俦列如草芥”也难于真正做到。我在另外一个地方，曾经这样地评论李白：“自从贺知章称之为谪仙人，后人又尊为诗仙，这就构成了一种错觉，好象李白之所以伟大，就在他的人和诗具有他人所无的超现实性。这是可悲的误会。事实上，没有一位伟大的浪漫主义者是完全超现实的，李白何能例外？开元、天宝时代的其他诗人往往在高蹈与进取之间徘徊，以包含得有希冀的痛苦或欢欣来摇荡心灵，酝酿歌吟。李白却既毫不掩盖他对功名事业的向往，同时又因为自己绝对无法接受那些取得富贵利禄的附加条件而弃之如敝屣。他热爱现实生活中一切美好的事物（当然也包括物质享受在内），而对其中不合理的现象毫无顾忌地投之以轻蔑。这种已被现实牢笼，却不愿意接受，反过来却想征服现实的态度，乃是后代人民反抗黑暗势力与庸俗风习的一股强大的精神力量。这也许就是李白的独特性。”所以，《饮中八仙歌》中李白的形象也只是不胜酒力，并非故意装乔。杜甫恰如其分地透露了他尊敬的前辈性格中固有的世俗性成分与突出的超现实性成分的巧妙融合。这与王闿运之观人于微，即微知著相同，都比苏轼及其追随者故意抬高李白的论点更有助于我们完整地理解李白。

对于张旭的生平，特别是他在政治方面的事迹，今日所知甚少。宋朱长文称其“为人倜傥闳达，卓尔不群，与游者皆一时豪杰”[34]。大概也是根据现存关于他的书法艺术史料加以概括之辞。但《饮中八仙歌》所写这位书家的形象，证以现存其他记载，却是真实的。[35]书法作为客观世界的形体和动态美的一种反映，它必然（尽管是非常曲折而微妙的）会表现出书家的对整个生活的看法和自己的审美趣味、理想。他“善草书而嗜酒，每醉后呼叫狂走，索笔挥洒，变化无穷”[36]。“或以头濡墨而书，既醒自视，以为神，不可复得也”[37]。又曾对邬彤说：“‘孤蓬自振，惊砂坐飞。’予师而为书，故得奇怪，凡草圣尽于此矣。”[38]“孤蓬”二句，出鲍照《芜城赋》[39]，它成功地写出了在荒寒广漠的境界中大自然的律动。张旭用来形容自己草书的风格，是值得玩味的。从诸书所载及易见的张书真迹如《古诗四帖》等看来，他所追求的是对已经成型的书法规范的突破，要以自己创造的点画与从新组合的线条来征服空间。这也就反映了他对现实世界的不驯服态度。

除《饮中八仙歌》外，焦遂仅以隐士形象出现于唐人小说袁郊《甘泽谣》中。[40]但在杜甫笔下，焦遂主要的却是一位思辨者。赵彦材云：“《世说》载……诸名贤论《庄子•逍遥游》，支道林卓然标新理于二家之表。又江淹拟张廷尉诗云：‘卓然凌风矫。’……《新唐书》云：‘李白自知不为亲近所容，益骜放不修，与焦遂等为酒八仙。’则遂亦平昔骜放之流耳。饮至五斗而方特卓，乃所以戏之，末句又以美之。”[41]仇兆鳌云：“谈论惊筵，得于醉后，见遂之卓然特异，非沉湎于醉乡者。”所释能得诗意。简单地说，焦遂是酒后吐真言，只有喝到一定程度，才能无拘束地发挥他那骜放的风格和高谈雄辩的才能，树义高远，不同凡响。[42]这和描写张旭醉后作草，用意正同。即他们平时的性格是受抑制的，只有借酒来引爆，才能产生变化，完成本性的复归。[43]

如果我们对这八个人的思想行为的论述不甚远于事实，那就可以断定，“饮中八仙”并非真正无忧无虑，心情欢畅的欢乐，而是作者已经从沉湎中开始清醒过来，而以自己独特的艺术手段对在这一特定的时代中产生的一群人物作出了客观的历史记录。他们之间的关系可以归结为：一个醒的和八个醉的。

三

《旧唐书•李林甫、杨国忠等传论》云："开元任姚崇、宋璟而治，幸林甫、国忠而乱。"这和元稹《连昌宫词》的论调是一致的。这种意见虽不无将历史变革的原因简单化之嫌，但他们指出玄宗一朝之由治而乱，其转变并不开始于天宝改元以来，而是开元时代就已经开始，这却是正确的。如果我们把开元二十二年（734）李林甫拜相作为这一重大转变的显著标志，大致不会与史实相差过远。

杜甫是玄宗登基那一年（712）出生的。他在高宗、武后以来封建经济日益上升、国势日益发展的大环境中度过了自己的童年和青年时代。所以从唐帝国的繁荣富强中形成的社会风气在杜甫笔下也有所反映。在《忆昔》中，他详细地描写过"开元全盛日"的情况；[44]在《壮游》中，他又详细地叙述了自己从幼至长的浪迹生涯。[45]这就是说，他在到长安之前，乃至初到长安的时候，是和当时的许多诗人一样，沉浸在盛唐时代"那种不受世情俗务拘束，憧憬个性解放的浪漫精神"中的。如果我们将杜甫的《今夕行》[46]与李白的《行路难》[47]、王维的《少年行》[48]合读，就可以非常清楚地看出这一点。

但与此同时，我们却从杜诗里察觉到一点与众不同的生疏信息，那就是一种乐极哀来的心情，例如《乐游园歌》[49]《渼陂行》[50]之类。这是由于他通过自己的生活实践逐步认识到：当时政治社会情况表面上似乎很美妙，而实际上却不很美妙乃至很不美妙。他终于作出了《自京赴奉先县咏怀五百字》那样的总结。

《乐游园歌》《渼陂行》等写诗人自己之由乐转哀，由迷茫而觉醒，显示了形象思维和逻辑思维的和谐一致，所以篇终出现了"此身饮罢无归处，独立苍茫自咏诗"和"少壮几时奈老何，向来哀乐何其多"这种发自内心深处的富有思辨内蕴的咏叹。而《饮中八仙歌》则在很大的程度上是直觉感受的产物。杜甫在某一天猛省从过去到当前那些酒徒之可哀，而从他们当中游离出来，变成当时一个先行的独特存在。但他对于这种被迫无所为，乐其非所当乐的生活悲剧，最初还不是能够立即体察得很深刻的，因此只能感到错愕与怅惋。既然一时还没有能力为这一群患者作出确诊，也就只能记录下他们的病态。这样，这篇诗就出现了在一般抒情诗中所罕见的以客观描写为主的人物群像。同样，这篇诗也就很自然地成为《今夕行》与《乐游园歌》《渼陂行》的中间环节。它是杜甫从当时那种流行的风气中挣扎出来的最早例证。在这以后，他就更其清醒了，比谁都清醒了，从而唱出了安史之乱以来的时代的最强音。从《自京赴奉先县咏怀五百字》起，杜诗以其前此所无的思想深度和历史内容，显示了无比的生命力，而且开辟了其后千百年现实主义诗歌的道路。列宁说过："当然，在具体的历史环境中，过去和将来的成分交织在一起，前后两条道路互相交错。……但是这丝毫也不妨碍我们从逻辑上和历史上把发展过程的几个大阶段分开。"[51]杜甫的创作，在安史之乱前后显然不同，至少应当分为两个大阶段来研究。但如果我们注意到《饮中八仙歌》是杜甫在以一双醒眼看八个醉人的情况之下写的，表现了他以错愕和怅惋的心情面对着这一群不失为优秀人物的非正常精神状态，因而是他后期许多极为灿烂的创作的一个不显眼的起点，这并非是不重要的。这也正是过去和将来交织在一起，前后两条道路互相交错的一例。

由于我们认为《饮中八仙歌》的产生过程有如上述，所以也认为它不可能写于初到长安不久的年代里，而应当迟一些，虽然无法断定究竟迟多久。

四

关于本篇在艺术上的创造，前人所论已多，无须重复。我们只想着重地指出一点，即诗人在这里找到了最恰当的、能够突出地表现那个正在转变的时代的素材和与之相适应的表现方法和表现形式。

沉湎于酒，是这八个人所共同的，但在杜甫笔下，他们每一个人都显示了各自行为、性格的特点，因而在诗篇中展现的，就不是空泛的类型，而是个性化了的典型。他们的某些事迹，如上文所已经涉及的，莫不显示了自己不同于他人的生活道路和生活观点，虽然最后总起来可以归结为“浪迹纵酒”，“以自昏秽”，或如颜延年之咏刘伶：“韬精日沉饮，谁知非荒宴。”[52]如贺知章“骑马似乘船”，以切吴人；李琎“恨不移封向酒泉”，以切贵胄；以及宗之仰天，苏晋逃禅，张旭露顶，焦遂雄辩，都是其习性在某些特定情况下的自然流露，而为诗人所捕捉。如果不是非常熟悉他们，是很难了然于心中，见之于笔下的。由于将深厚的历史内容凝聚在这一群酒徒身上，个性与共性得到高度统一，所以开元天宝时代的历史风貌在诗篇中便显得非常突出。

《饮中八仙歌》在形式上的最大特点便是就一篇而言，是无头无尾的，就每段言，又是互不相关的。它只是就所写皆为酒徒，句尾皆押同韵这两点来松懈地联系着，构成一篇。诗歌本是时间艺术，而这篇诗却在很大的程度上采取了空间艺术的形式。它像一架屏风，由各自独立的八幅画组合起来，而每幅又只用写意的手法，寥寥几笔，勾画出每个人的神态。这也说明，杜甫在写这篇诗时，有他独特的构思，他是想以极其简练的笔墨，描摹出一群富有个性的人物形象，从而表现出一个富有个性的时代——开元天宝时代。

我们都很熟悉杜甫善于用联章的方式来表现广阔的生活内容，因此很钦佩他晚年所写的《八哀》《诸将》《秋兴》等组诗。《饮中八仙歌》却反过来，将一篇诗分割为八个相对独立的组成部分，而又众流归一地服从于共同的主题。虽然其后这种形式没有得到继续的发展，但终竟是值得重视的创造。[53]

一位能够将自己的姓名在文学史上显赫地留传下来的诗人，其成长过程几乎无例外地是这样的：他无休止地和忠实地观察生活，体验生活，与此同时，也不倦怠地和巧妙地反映生活，表现生活。为了能够这样，他不得不煞费苦心，在生活中不断深入，在艺术上不断创新，努力突破别人和自己所已达到的境界。他所走过的人生道路和创作道路，每每留下了可供后人探索的鲜明轨迹。而这些纵横交错的轨迹的总和便体现了文学史的基本风貌。

《饮中八仙歌》是杜甫早期诗作发展轨迹上一个值得注意的点——清醒的现实主义的起点。

（原载于《中国社会科学》1984年第5期）

作者简介：程千帆（1913—2000），男，汉族，九三学社社员，中国著名古代文史学家、教育家，在校雠学、历史学、古代文学、古代文学批评领域均有杰出成就。历任金陵中学、金陵大学、四川大学、武汉大学、南京大学教职。

注释：

1 如冯至《杜甫传·长安十年》。

2 参看王嗣奭《杜臆》卷一、沈德潜《唐诗别裁》卷六、仇兆鳌《杜诗详注》卷二、浦起龙《读杜心解》卷二之一、吉川幸次郎《杜甫诗注》卷一等。

3 萧涤非：《杜甫研究》（山东人民出版社本）卷下第10页。根据这卷书改订重新出版的《杜甫诗选注》第14页同。陈贻焮《杜甫评传》第五章《“应诏”前后》第五节《“李杜文章在，光焰万丈长”》中说：“（萧）这估计是可信的。”山东大学中文系古典文学教研室选注《杜甫诗选》第8页也说："这首诗大约是他到长安头一、二年里所写的。"此外，四川省文史研究馆编《杜甫年谱》系此诗于天宝三载，竟全然不顾诗中已明文提到天宝五载李适之罢相之事，未免太疏忽了。

4 释僧祐：《弘明集》卷一引牟融《理感论》第二十八篇。

5 载《艺文类聚》卷七十八。

6 据李阳冰《草堂集序》载王琦注《李太白全集》卷三十一。

7 范传正《唐左拾遗翰林学士李公新墓碑》："时人又以公及贺监、汝阳王、崔宗之、裴周南等八人为酒中八仙。"此文亦载王注《李太白全集》卷三十一。

8 据《旧唐书·苏晌传》附子晋传，晋以开元二十二年卒，年五十九。

9 浦江清《八仙考》载《清华学报》第11卷第1期，又《浦江清文录》。

10 叶梦得《避暑录话》卷上："（李）适之以天宝五载罢相，即贬死袁州。而子美十载方以献赋得官，疑非相与周旋者，盖但记能饮者耳。"此说甚通 。

11 参见陈贻焮《杜甫评传》第5章第5节。这一意见与，胡适《白话文学史》及刘大杰《中国文学发展史》有关此诗的论点相近。

12 《旧唐书·文苑传》本传。

13 《全唐诗》卷一百十二。

14 《元稹集》卷二十四。

15 《旧唐书·文苑传》载肃宗乾元元年（758）追赠贺知章礼部尚书诏。

16 杜甫提供有关李琎的史料，比两《唐书》还丰富，除了《饮中八仙歌》外，《赠持进汝阳王二十韵》《八哀诗·赠太子太师汝阳郡王琎》都较详细地描写了这位贵族。

17 太宗是高祖次子，高宗是太宗第九子，中宗是高宗第七子，睿宗是高宗第八子，玄宗是睿宗第三子。

18 杜甫《八哀诗》："汝阳让帝子，眉宇真天人。虬须似太宗，色映塞外春。"又其《送表侄王砅评事使南海》云："次问最少年，虬髯十八九。"少年指太宗。此外，段成式《酉阳杂俎》前集卷一《忠孝》云："太宗虬须，常戏张弓挂矢。"钱易《南部新书》癸卷："太宗文皇帝虬须上可挂一弓。"亦可互证。

19 参看《荀子·非相篇》《论衡·骨相篇》及姚振宗《〈隋书·经籍志〉考证》卷三十六，子部五行家。

20 姚汝能《安禄山事迹》卷上："玄宗……尝夜宴安禄山，禄山醉卧，化为一黑猪而龙首，左右遽言之，玄宗曰：'猪龙也，无能为者'。"

21 《守山阁丛书》本南卓《揭鼓录》："琎，宁王长子也。姿容妍美，秀出藩邸，元宗特钟爱焉。……夸曰：'花奴（ 琎小字） 姿质明莹，肌发光细，非人间人，必神仙谪堕也。'宁王谦谢，随而短斥之。上笑日：'大哥不必过虑，阿瞒自是相师。（上于诸亲，常自称此号。） 夫帝王之相，须有英特越逸之气，不然，有深沉包育之度。若花奴但端秀过人，悉无此相，固无猜也。当得公卿间令誉耳。'"

22 司马相如上书谏猎，见《史记》本传。

23 《旧唐书》本传。

24 《汉书·汲郑传》："下邦翟公为廷尉，宾客亦填门，及废，门外可设雀罗。后复为廷尉，客欲往。翟公大书其门，曰：'一死一生，乃知交情；一贫一富，乃知交态；一贵一贱，交情乃见。"适之罢相后赋诗云："避贤初罢相，乐圣且衔杯。为问门前客，今朝几个来。"即用其事。

25 《新唐书·韩朝宗传》："喜识拔后进，尝荐崔宗之、严武于朝。当时士咸归之。"

26 见《新唐书·崔日用传》。

27 见《旧唐书·文苑传》及《新唐书·文艺传》李白传， 计有功《唐诗纪事》卷十九。

28 《旧唐书·职官志三》。

29 仇注引《世说新语·容止篇》："毛曾与夏侯玄共坐，时人谓蒹葭倚玉树。"所谓失之毫厘。

30 两《唐书·苏珦传》附晋传。

31 《碑》云："他日，泛白莲池，公不在宴。皇欢既洽，召公作序。时公已被酒于翰苑中，仍命高将军扶以登舟，优宠如是。"

32 苏轼：《李太白碑阴记》，载王注《李太白全集》卷三十三。

33 《湘绮楼日记》光绪五年己卯（ 1879） 三月十日。

34 《吴郡图经读记》卷下。

35 参看唐张怀瓘《书断》、宋阙名《宣和书谱》卷十八、宋陈思《书小史》卷九、元陶宗仪《书史会要》卷五。

36 《旧唐书·文苑传》贺知章传。

37 《新唐书·文艺传》李白传附张旭传

38 陈思《书小史》卷九。

39 载《文选》卷十一。

40 《分门集注杜工部诗》卷十师古注引《唐史拾遗》："遂与李白号为酒八仙，口吃，对客不出一言，醉后酬结如注射，时目为酒吃。"钱谦益《注杜诗略例》云："注家所引《唐史拾遗》，唐无此书，亦出诸人伪撰。"又云："蜀人师古注尤可恨。……焦遂五斗，则造焦遂口吃，醉后雄谈之事。流俗互相引据，疑误弘多。"《康熙字典》丑集下口部吃字下即引《唐史拾遗》此文，盖不免于流俗之见。又吉川幸次郎《杜甫诗注》亦及师注引《唐史拾遗》，虽不信其说，然误以师古为师尹（ 即师民瞻），亦非。

41 郭知达《九家集注杜诗》卷二引。

42 《汉书·成帝纪》："使卓然可观。"颜注："卓然，高远之貌也。"

43 杨伦《杜诗镜诠》卷一评云："独以一不醉者作结。"似失诗旨。

44 《忆昔》二首之二："忆昔开元全盛日，小邑犹藏万家室。稻米流脂粟米白，公私仓廪俱丰实。九州道路无豺虎，远行不劳吉日出。齐纨鲁缟车班班，男耕女桑不相失。"

45 《壮游》："往昔十四五，出游翰墨场。斯文崔魏徒，以我似班扬。七龄思即壮，开口咏凤凰。九龄书大字，有作成一囊。

性豪业嗜酒，嫉恶怀刚肠。脱略小时辈，结交皆老苍。饮酣视八极，俗物多茫茫。东下姑苏台，已具浮海航。到今有遗恨，不得穷扶桑。王谢风流远，阖闾丘墓荒。剑池石壁仄，长洲芰荷香。嵯峨阊门北，清庙映回塘。每趋吴太伯，抚事泪浪浪。枕戈忆勾践，渡浙想秦皇。蒸鱼闻匕首，除道哂要章。越女天下白，鉴湖五月凉。剡溪蕴秀异，欲罢不能忘。归帆拂天姥，中岁贡旧乡。气劘屈贾垒，目短曹刘墙。忤下考功第，独辞京尹堂。放荡齐赵间，裘马颇清狂。春歌丛台上，冬猎青丘旁。呼鹰皂枥林，逐兽云雪冈。射飞曾纵鞚，引臂落鹙鶬。苏侯据鞍喜，忽如携葛强。快意八九年，西归到咸阳。……”

46　《今夕行》：“今夕何夕岁云徂，更长烛明不可孤。咸阳客舍一事无，相与博塞为欢娱。凭陵大叫呼五白，袒跣不肯成枭卢。英雄有时亦如此，邂逅岂即非良图。君莫笑，刘毅从来布衣愿，家无儋石输百万。”

47　《行路难三首》之一：“金樽清酒斗十千，玉盘珍羞直万钱。停杯投箸不能食，拔剑四顾心茫然。欲渡黄河冰塞川，将登太行雪满山。闲来垂钓碧溪上，忽复乘舟梦日边。行路难！行路难！多歧路，今安在？长风破浪会有时，直挂云帆济沧海。”载王琦注《李太白文集》卷三。

48　《少年行四首》：“新丰美酒斗十千，咸阳游侠多少年。相逢意气为君饮，系马高楼垂柳边。”“出身仕汉羽林郎，初随骠骑战渔阳。孰知不向边庭苦，纵死犹闻侠骨香。”“一身能擘两雕弧，虏骑千重只似无。偏坐金鞍调白羽，纷纷射杀五单于。”“汉家君臣欢宴终，高议云台论战功。天子临轩赐侯印，将军佩出明光宫。”载赵殿成注《王右丞集》卷十四。

49　《乐游园歌》：“乐游古园崒森爽，烟绵碧草萋萋长。公子华筵势最高，秦川对酒平如掌。长生木瓢示真率，更调鞍马狂欢赏。青春波浪芙蓉园，白日雷霆夹城仗。阊阖晴开昳荡荡，曲江翠幕排银榜。拂水低徊舞袖翻，缘云清切歌声上。却忆年年人醉时，只今未醉已先悲。数茎白发那抛得，百罚深杯亦不辞。圣朝亦知贱士丑，一物自荷皇天慈。此身饮罢无归处，独立苍茫自咏诗。”

50　《渼陂行》：“岑参兄弟皆好奇，携我远来游渼陂。天地黤惨忽异色，波涛万顷堆琉璃。琉璃汗漫泛舟入，事殊兴极忧思集。鼍作鲸吞不复知，恶风白浪何嗟及。主人锦帆相为开，舟子喜甚无氛埃。凫鹥散乱棹讴发，丝管啁啾空翠来。沈竿续蔓深莫测，菱叶荷花静如拭。宛在中流渤澥清，下归无极终南黑。半陂已南纯浸山，动影袅窕冲融间。船舷暝戛云际寺，水面月出蓝田关。此时骊龙亦吐珠，冯夷击鼓群龙趋。湘妃汉女出歌舞，金支翠旗光有无。咫尺但愁雷雨至，苍茫不晓神灵意。少壮几时奈老何，向来哀乐何其多。”

51　《社会民主党在民主革命中的两种策略》，载《列宁全集》第9卷，第70页，人民出版社1959年版。

52　颜延年《五君咏·刘参军》，载《文选》卷二十一。

53　吉川幸次郎《杜甫诗注》曾举出清吴伟业的《画中九友歌》是摹仿《饮中八仙歌》之作。这也许是事实。但我们不能不遗憾地指出，吴作只是狗尾续貂，他作为一个内行，根本不应当做这样一件不量力的事。

附录
文学术语汇编

先秦文学

《尚书》：中国古代的一部历史文献汇编，又称《书》。“尚书”的意思是“上古的史书”。主要记载商、周两代统治者的一些讲话记录和政令。《尚书》书名为汉代今文家所定。《尚书》在时间跨度上与甲骨卜辞和铜器铭文相近，是商周记言史料的汇编，包括《虞书》《夏书》《商书》《周书》四部分。《尚书》中的文诰都独立成篇，有完整的结构，文字古奥典雅，对先秦历史叙事散文的成熟有着直接的影响。

《诗经》：在先秦时期称为《诗》，或《诗三百》，至汉代被尊为儒家经典，始称《诗经》。《诗经》我国最早的一部诗歌总集，收集了西周初年至春秋中叶（前十一世纪至前六世纪）的诗歌，共三百一十一篇，其中六篇笙诗有标题而没有内容。包括国风、小雅、大雅、颂。其中风包括十五“国风”，有诗一百六十篇；雅分“大雅”“小雅”，有诗一百零五篇；颂分“周颂”“鲁颂”“商颂”，有诗四十篇。《诗经》的作者绝大部分已经无法考证。《诗经》内容丰富，反映了劳动与爱情、战争与徭役、压迫与反抗、风俗与婚姻、祭祖与宴会，甚至天象、地貌、动物、植物等方方面面，是周代社会生活的真实反映。

诗六义：语出《诗·大序》：“故诗有六义焉：一曰风，二曰赋，三曰比，四曰兴，五曰雅，六曰颂。”一般认为风、雅、颂是《诗经》的分类，《风》是周代各地不同的音乐歌谣，共有十五国风；《雅》是周人的正声雅乐，又分《小雅》和《大雅》；《颂》是周王庭和贵族宗庙祭祀的乐歌，又分为《周颂》《鲁颂》和《商颂》；“赋”“比”“兴”是《诗经》的表现手法。“赋”是平铺直叙的描述，“比”是比喻，“兴”是借助其他事物作为诗歌的开头。

思无邪：指孔子在《论语·为政》借《诗经·鲁颂·駉》的话来概括《诗经》思想纯正的特点：“诗三百，一言以蔽之，思无邪。”由于孔子和《诗经》在中国思想史和文化史上的巨大影响，这句话成为后人理解和阐释《诗经》的基础观点。

《春秋》：本是周王朝和各诸侯国历史的通称，后特指鲁国孔子依据鲁国史官所编《春秋》加以整理修订的编年体史书，成为儒家经典之一，是我国现存的第一部编年体史书。《春秋》记录了从鲁隐公元年（前722年）到鲁哀公十四年（前481年）共242年的大事，其中包含了孔子本人的政治观和历史观。

春秋笔法：原指《春秋》作者在作品中灌注强烈感情色彩的作法。《春秋》是“礼义之大宗”，维护周礼，反对僭越违礼行为，贬斥邪说暴行，这种倾向在行文中不是用议论性文辞，而是在史事的简略记述排比中表现出来。《春秋》还以一字“寓褒贬，别善恶”，在谨严的措辞中表现出作者的爱憎。比如杀有罪为“诛”，杀无罪为“杀”，下杀上曰“弑”等。春秋用词遣句“字字针砭”成为独特的文风，为历代文史家奉为经典。但其“为尊者讳，为亲者讳”的严格倾向性，也产生了消极作用。

《左传》：是《春秋左氏传》的简称，又名《左氏春秋》《春秋左氏》《春秋内传》。相传是左丘明为传述《春秋》而作，是中国第一部叙事详细的编年体史书，同时也是杰出的历史散文巨著，与《公羊传》《谷梁传》合称“春秋三传”。共三十五卷，记事基本与《春秋》重合，还有个别战国初年的史料。《左传》在思想内容上维护周礼，尊礼尚德，以礼之规范评判人物。同时，作者以敏锐的历史眼光，记述了周王室的衰落和诸侯的争霸，揭示了社会变革的趋势。在艺术方面，它以《春秋》的记事为纲，增加了大量的历史事实和传说，把《春秋》中的简短记事发展成为完整的叙事散文。《左传》被称为先秦散文的“叙事之最”，标志着我国叙事散文的成熟。

《论语》：《论语》是孔子及其弟子的语录结集，由孔子弟子及再传弟子编写而成，至战国前期成书。全书共二十篇四百九十二章，以语录体为主，叙事体为辅，主要记录孔子及其弟子的言行，较为集中地体现了孔子的政治主张、伦理思想、道德观念及教育原则等。《论语》在古代有三个版本，包括《古论》《鲁论》和《齐论》。现在通行的《论语》是由《鲁论》和《古论》整理形成的版本。

楚辞：是战国后期楚国出现的以屈原作品为代表的新诗体，它突破了《诗经》四言为主的句式，以六字句和五字句为基本句式，形式自由，句式多变，极富于表现力。特点为“书楚语、作楚声、记楚地、名楚物”，吸取楚地许多美丽动人的神话传说，表现楚国的民俗风情，具有浓郁的地方色彩和浪漫主义情调。此外，《楚辞》也指以屈原为首的一群作家的诗歌总集名称。

《九歌》：是屈原在楚国民间祭歌的基础上加工整理而成的一组抒情诗，包括《东皇太一》《东君》《云中君》等十一篇作品。它保存了民歌原有的精神情韵，有独特的艺术风姿，充满了浓厚的浪漫主义。语言清新秀媚，情味幽深。

《九章》：作者是屈原，是楚辞中一组叙述屈原身世和遭遇的抒情诗，包括《惜诵》《涉江》《哀郢》《抽思》《怀沙》《思美人》《惜往日》《桔颂》《悲回风》九篇作品。艺术上主要采取直接铺叙，反复抒写的手法，所表现的感情较为直接、奔放。

四书五经：“四书”指《大学》《中庸》《论语》《孟子》。《论语》为孔子弟子及再传弟子编纂的孔子及其弟子的言行辑录，《孟子》为孟子与其弟子共同编纂的孟子的言论汇编，《中庸》和《大学》原为《礼记》中的两篇，传为曾子所作。《论语》《孟子》《大学》《中庸》合称为四书始自宋代朱熹写的《四书章句集注》。“五经”指《诗》《书》《易》《礼》《春秋》五部儒家经典著作，《诗》指《诗经》，《书》指《尚书》，《易》指《易经》，《礼》指《礼记》，五经合称始于汉武帝时。

《庄子》：《庄子》是先秦诸子散文中道家学派重要的一部著作，现存三十三篇，包括内篇七篇、外篇十五篇、杂篇十一篇。一般认为，内篇是庄子本人自著，外篇和杂篇中的有些作品出自其门人和后学之手。《庄子》寓言丰富，想象奇诡，文风汪洋恣肆，有很高的文学成就。

《山海经》：《山海经》是中国一部记述古代志怪的古籍，大体是战国中后期到汉代初中期的楚国或巴蜀人所作。该书作者不详，现代学者均认为显然并非成于一时，亦非一人所作。《山海经》传世版本共计十八卷，包括《山经》五卷、《海经》十三卷，各卷著作年代无从定论，其中十四卷为战国时作品，四卷为西汉初年作品。内容主要是民间传说中的地理知识，包括山川、道里、民族、物产、药物、祭祀、巫医等。保存了包括夸父逐日、女娲补天、精卫填海、大禹治水等不少脍炙人口的远古神话传说和寓言故事。《山海经》具有非凡的文献价值，对中国古代历史、地理、文化、中外交通、民俗、神话等研究均有参考。同时也是中国志怪小说的鼻祖。

秦汉文学

汉大赋：汉代兴盛起来的文学体裁与艺术形式。它除师承屈原、宋玉外，还师承《诗经》的“雅”“颂”，是从战国时期的纵横游说之风发展起来的。这种作品多属为统治者扬威颂圣的文字，篇幅巨大，文字铺排堆砌。代表作品是枚乘的《七发》、司马相如的《子虚赋》、班固的《两都赋》、张衡的《两京赋》等。

《史记》：西汉司马迁撰写的我国第一部纪传体通史，原名《太史公书》，东汉后被称为《史记》。记载了上起轩辕皇帝，下讫汉武帝太初年间共三千多年的历史。全书共一百三十篇，五十二万字，包括十二本纪（记帝王政绩）、三十世家（记世袭家族和诸侯兴亡）、七十列传（记载历史中重要人物生平）、十表（大事年表）、八书（礼乐典章、天文历法等专门史）五个部分。《史记》被列为“二十四史”之首，与后来的《汉书》《后汉书》《三国志》合称“前四史”，对后世史学和文学的发展都产生了深远影响。其首创的纪传体编史方法为后来历代“正史”所传承。《史记》被鲁迅誉为“史家之绝唱，无韵之《离骚》”，在中国文学史上有重要地位。

互见法：“互见法”，又称旁见侧出法，是司马迁在《史记》中开创的一种记录历史史料的方法。《史记》特别注意人物形象和事件的统一性，为了维护统一性并保持史实的完整性和真实性，司马迁常常把传主的主要事迹安排在其本传中，而一些不宜在本传写的材料分散安排到别的篇章中。这样既突出了人物的典型形象，又不失历史的真实。

《汉书》：是我国第一部断代史，记载自汉高祖元年到王莽地皇四年，共229年的历史。东汉时期最杰出的史传散文。《汉书》先后经过四人之手才完成，分别为班彪、班固、班昭和马续，其主要作者是班固。在体制上承袭《史记》，而改“书”为“志”，取消“世家”，并入“列传”。全书分本纪十二、表八、志十、传七十，共一百篇。

古诗十九首：《古诗十九首》是东汉末年文人创作的五言诗，由南朝萧统选入《文选》而得名。这些诗的作者已不可考，也非一时一地之作。其内容反映了汉末社会思想大转变时期，追求的幻灭与沉沦、心灵的觉醒与痛苦，抒发了人生最基本、最普遍的几种情感和思绪。全诗语言朴素自然，描写生动真切，具有天然浑成的艺术风格，是乐府古诗文人化的显著标志，被刘勰称为“五言之冠冕”。

汉乐府：“乐府”初设于秦，是专门管理乐舞演唱教习的机构。汉武帝时重设“乐府”，掌管朝会，宴饮，祭礼以及道路游行时所用的音乐，兼采民间诗歌和乐曲，收集各地民歌，后来就将这个机关所采集的、创作的乐歌称为“乐府”，于是“乐府”就成了一种古体诗的名称，是继《诗经》《楚辞》而起的一种新诗体。汉乐府民歌继承和发扬了《诗经》民歌的现实主义精神，其创作“感于哀乐，缘事而发”，把现实主义推进到一个新的阶段。据《汉书·艺文志》记载，当时乐府所采集的民歌有一百三十八篇，现仅存四十多篇，大部分收在宋人郭茂倩所编的《乐府诗集》中。后代文人用“乐府古题”，或仿效乐府风格即事名篇而写的歌辞，也称乐府。

魏晋南北朝文学

建安风骨：东汉末年，以曹操父子及“建安七子”为代表的诗人直接继承汉乐府民歌的现实主义精神，真实广泛地反映社会现实和人民苦难，展示广阔的时代生活画面；抒发作家建功立业的理想壮志和积极进取精神；也流露出人生短促、壮志难酬的悲凉幽怨情绪。作品意境宏大，笔调明朗，形成雄健深沉、慷慨悲凉的风格。后人把这种建安诗歌的独特风格称为“建安风骨”。

《典论·论文》：是魏文帝曹丕所写的中国文学批评史上第一部文学专论。《典论》为曹丕撰写的一部政治、社会、道德、文化论集，是曹丕关于国家大事一系列的问题的论文总集。多已散佚，唯有其中的《论文》因被萧统收入《昭明文选》而得以保存。《典论·论文》对建安七子的创作风格予以分析，并将文学的价值概括为“经国之大业、不朽之盛事”，还提出了“文以气为主”的作家论，在中国文学理论批评史上具有划时代的意义，是中国古代文论开始步入自觉期的一个标志。

竹林七贤：三国魏正始时期七位名士嵇康、阮籍、山涛、向秀、刘伶、阮咸、王戎的合称。七人常集于山阳（今河南辉县一带）竹林之下，肆意酣畅，故世称“竹林七贤”。他们的政治思想和生活态度不同于建安七子，他们大都弃经典而尚老庄，蔑礼法而崇放达。在文学创作上。以阮籍、嵇康最为著名。代表作品有嵇康的《与山巨源绝交书》、阮籍的《大人先生传》、刘伶的《酒德颂》、向秀的《思旧赋》等。其形象可见南京博物院收藏出土南京西善桥附近的六朝砖画《竹林七贤与荣启期》。

左思风力：这是钟嵘《诗品》对左思创作风格的评价，是对西晋太康时期诗人左思诗歌风格的形象概括。左思的诗歌，尤其是他的代表作《咏史》八首，借咏史抒发寒士之不平及对士族的蔑视与抗争，感慨深沉、情调激昂、笔力矫健、气势昂扬，是对建安风骨的继承与发扬，即是后世所说的“左思风力”。

玄言诗：晋室南渡，士族文人沉溺享乐，意志更加消沉，以玄学自我迷醉的风气日渐浓厚，其内容上是以谈论老庄玄理为主，少数兼及佛理的表述，在表达上则是抽象玄虚，淡乎寡味。缺少艺术形象和真情流露，几乎无艺术性可言，东晋玄言诗代表人物有孙绰、许询等。

兰亭诗会：东晋穆帝永和九年（353年）的三月初三，当时任会稽内史、右军将军的王羲之邀请谢安、孙绰、孙统等四十一位文人雅士聚于会稽山阴（今浙江绍兴）兰亭修禊，曲水流觞，饮酒作诗。当日所做的三十七首诗，汇编成《兰亭集》，王羲之畅意挥毫，冠绝千古的《兰亭集序》。兰亭诗会是中国古代文人经典的雅集活动之一，集赏心悦事、诗酒书文数风流于一体。争相为后代文人所效仿。

魏晋风度：指的是魏晋时期名士们所具有的那种率直任诞、清俊通脱的行为风格。魏晋是一个动乱的年代，也是一个思想活跃的时代，士人们多独立特行，人格思想行为又极为自信风流潇洒、不滞于物、不拘礼节，饮酒、服药、清谈和纵情山水是魏晋时期名士所普遍崇尚的生活方式。他们代表的“魏晋风度”得到后来许多知识分子的赞赏。《世说新语》是魏晋风度的集中记录。

《诗品》：《诗品》是古代第一部诗论专著，南朝梁钟嵘撰。所论的范围主要是五言诗。全书共品评了两汉至梁代的诗人一百二十二人，计上品十一人，中品三十九人，下品七十二人。对后代诗歌批评有很大影响，历代多有续写。

四声八病：齐梁时期发现并运用于诗歌创作的声律要求。魏晋以来因佛教输入，中国声韵学受印度梵音学的影响，齐代周颙《四声切韵》指出汉字有“平上去入”四种声调，四声是声律论提出的前提和基础；沈约《四声谱》根据汉字四声和双声叠韵的特点，来研究诗句中声、韵、调的配合，指出五言诗应该避免“平头、上尾、蜂腰、鹤膝、大韵、小韵、旁纽、正纽”这八种弊病，称为“八病”。周颙、沈约等人将“四声八病”运用于诗歌创作，务求作到“一简之内，音韵尽殊，两句之中，轻重悉异。”“四声八病”这一声律要求使诗人具有了掌握和运用声律的自觉意识，对于增加诗歌艺术形式的美感、增强诗歌的艺术效果是有积极意义的。但同时，四声八病的要求过于精密繁琐，增加了诗歌创作的难度。

宫体诗：指以南朝梁简文帝萧纲为太子时的东宫，以及陈后主、隋炀帝、唐太宗等几个宫廷为中心的诗歌。“宫体”既指一种描写宫廷生活的诗体，又指在宫廷所形成的一种诗风，宫体之名始于萧纲入主东宫之时，但沈约、鲍照、萧衍等人的艳诗已肇其端。内容上，主要是以宫廷生活为描写对象，具体的题材不外乎咏物与描写女性。情调轻艳，风格柔靡，注重词藻、对偶与声律。在艺术上继续了永明体的探索而更趋格律化。后来因称艳情诗为宫体诗。

《洛阳伽蓝记》：北魏杨衒之著，是一部具有文学价值的地理书、史书。主要记载洛阳佛寺情况，同时记录了众多的社会、政治、经济、文化等方面的材料，此外，作者在描写洛阳寺院的庄严盛大时，也处处流露出抚今追昔的感慨以及怀恋沉痛的心情。叙事简明，文笔清新，以散体为主，间以骈偶句式，是一部有特色的散文著作。

《水经注》：北魏郦道元著。相传此书是为汉代桑钦所作的记载全国水道的地理书《水经》所作的注。郦道元引书四百多种，加上自己游历各地、跋涉山川的见闻注《水经》，叙述了许多河流两岸的地理古迹、神话传说和风俗习惯，对各地秀丽的山川作了生动的描绘，文笔简洁精美，具有很高的文学性，对后代山水游记文学有很大影响。

骈文：魏晋以来产生的一种文体，又称骈俪文。骈文是与散文相对而言的。其主要特点是以四六句式为主，讲究对仗，因句式两两相对，犹如两马并驾齐驱，故被称为骈体。在声韵上，则讲究运用平仄，韵律和谐；修辞上注重藻饰和用典。由于骈文注重形式技巧，故内容的表达往往受到束缚，但运用得当，也能增强文章的艺术效果。而南北朝时期，亦不乏内容深刻的作品，如庾信的《哀江南赋》，他一方面描写了自己身世之悲，一方面则谴责了梁朝君臣的昏庸，表达对故国怀念之情。唐以后。骈文的形式日趋完善，出现了通篇四、六句式的骈文，所以宋代一般又称骈文为四六文。直至清末，骈文仍十分流行。

志人小说：志人小说是中国古典小说的一种，指魏晋六朝流行的专记人物言行和记载历史人物的传闻轶事的一种杂录体小说，其记叙方式源自《史记》，并受到汉魏六朝人物品评风气的影响。“志人”这个名目，为鲁迅《中国小说的历史的变迁》所设立，与“志怪”相对而言。著名志人小说有《笑林》《世说新语》等。志人小说和其他小说一起，开启了后世小说之先河。

志怪小说：志怪小说是中国古典小说形式之一，以记叙神异鬼怪故事传说为主体内容，产生和流行于魏晋南北朝，与当时社会宗教迷信和玄学风气以及佛教的传播有直接的关系。志怪小说的内容很庞杂，大致可分为三类：炫耀地理博物的琐闻如张华的《博物志》；记述正史以外的历史传闻故事如托名班固的《汉武故事》《汉武帝内传》；讲说鬼神怪异的迷信故事，如东晋干宝《搜神记》、葛洪的《神仙传》、托名陶潜的《后搜神记》等。志怪小说对唐代传奇产生了直接的影响。

《世说新语》：又名《世说新书》，笔记小说集，南朝宋刘义庆撰，今本三卷，分三十六篇。内容为汉末至东晋名士们的遗闻轶事、清谈玄理、疏放举动的记录。在刻画人物和语言使用上有很高的成就，是我国存世的最早的一部文言志人小说集，对后代小说和小品文的发展有重大影响。

《搜神记》：《搜神记》是一部记录古代民间传说中神奇怪异故事的小说集，作者是东晋的史学家干宝。原本已散佚，今本系后人缀辑增益而成，二十卷，共有大小故事四百五十四个。主角有神仙有鬼怪，杂糅佛道，所记多为神灵怪异之事，也有一部分属于民间传说。大多篇幅短小，情节简单，设想奇幻，极富浪漫主义色彩，对后世影响深远。

隋唐五代文学

初唐四杰：初唐四杰指王勃、杨炯、卢照邻和骆宾王四位初唐诗人。他们大都生于唐贞观年间，创作活动集中于唐高宗至武后时期，都属于确有文才而自负很高的诗人。这四位诗人写诗注重反映现实，重视抒情，慷慨悲凉，提倡刚健骨气，反对南朝以来纤巧绮靡的风格。“四杰”虽然还未完全摆脱当时流行的宫廷诗风的影响。但他们风格秀出，已为开启盛唐之风奠定了基础。

新乐府运动：唐朝贞元、元和之际，由唐代诗人白居易、元稹、张籍、李绅等所倡导诗歌革新运动，一反大历以来逐渐抬头的逃避现实的诗风，主张恢复古代的采诗制度，发扬《诗经》和汉魏乐府讽喻时事的传统，使诗歌起到“补察时政”“泄导人情”的作用，强调以自创的新的乐府题目咏写时事。白居易在《与元九书》中提出“文章合为时而著，歌诗合为事而作”的创作纲领，并在《新乐府序》中提出了平易通俗的创作原则，元稹、李绅、张籍、王建也是这一运动中的重要作家，产生了很大社会影响。代表作有白居易《卖炭翁》《轻肥》，元稹《织妇词》等。

唐代古文运动：针对唐代文章流行六朝以来讲求对仗、声律和用典的“骈文”，韩愈、柳宗元等人倡导文体改革运动。“古文”是韩愈开始提出的，指的是上继三代两汉的质朴自由、以散行单句为主的散文，与六朝以来流行的“今文”，即骈文相对立。韩愈及其追随者大力提倡这种文体，后又得柳宗元积极支持与配合，形成了一种社会风尚，即所谓“古文运动”。这个运动是在儒学旗帜下发展起来的。主张文道合一，以道作为文的内容，强调学古文应从实际出发，“因事陈词”，“文从字顺”，自创新意新词。韩、柳古文运动开拓了散文新天地。

文以明道：在古文运动中，韩愈、柳宗元明确提出“文以明道”的主张。韩愈一再说自己“修其辞以明其道”，其主要目的，除了致力于建立儒家道统外，便是用“道”来充实文的内容，使文成为参预现实政治的强有力的舆论工具。出于相同的政治目的，韩、柳二人不约而同地走向了以文明道、反对不切实际的文体文风的路途。他们将文体文风的改革作为其政治实践的组成部分，赋予文强烈的政治色彩和鲜明的现实品格，去其浮靡空洞而返归质实真切。创作了大量饱含政治激情、具有强烈针对性和感召力的古文杰作。

大历十才子：指中唐大历年间的十位诗人，即李端、卢纶、吉中孚、韩翃、钱起、司空曙、苗发、崔峒、夏侯审、耿湋，大历初年他们曾在长安参加重要唱和活动，创作倾向和诗风相近。其中以钱起、卢纶的成就最高。大历诗人创作内容较贫乏，诗风以清丽空灵、省净纤巧为主要特色，相对盛唐，由壮阔变为清秀，由重气势变为重韵味，艺术显得更为精工。

永州八记：“永州八记”是柳宗元在永州贬所写的八篇游记散文。山水游记是柳宗元散文中的精品，也是作者悲剧人生的审美情趣的结晶。包括《始得西山宴游记》《钴鉧潭记》《钴鉧潭西小丘记》《至小丘西小石潭记》《袁家渴记》《石渠记》《石涧记》《小石城山记》。善于选取深奥幽美型的小景物，经过精心刻划，展现出高于自然原型的艺术之美。描写中贯注了浓烈的寂寥心境，借山水写作者凄苦的心境。

韩孟诗派：是中唐时期一个影响较大的诗派，这个诗派的代表是韩愈和孟郊，此外还包括贾岛、卢仝、刘叉等，韩孟等人不满于大历以来华贵平庸的诗风，力图有所突破，他们的诗歌主要通过抒写个人的不幸遭遇来揭露社会的弊病，在艺术上追求奇特的形象，形成一种深险怪癖的风格。

郊寒岛瘦：是苏轼对中唐詩人孟郊、贾岛诗歌风格的概括。他们都属于苦吟派诗人，内容多写饥寒穷愁，构思奇特尖新，意境清冷苦涩，风格孤峭瘦硬。

《二十四诗品》：《二十四诗品》旧提为晚唐司空图撰，实则作者存疑，它是探讨诗歌创作，特别是诗歌美学风格问题的理论著作。其继承了道家、玄学家的美学思想，以道家哲学为主要思想，以自然淡远为审美基础，用诗的语言，将诗歌所创造的风格、境界分类。为二十四种诗歌风格描绘出一幅幅意境，囊括了诸多诗歌艺术风格和美学意境，通篇充盈道家气息，对诗歌创作、评论与欣赏等方面有相当大的贡献。既为当时的诗坛所重视，也对后来产生了极大的影响，成为中国文学批评史上的经典名篇。

唐传奇：是唐代文言短篇小说，内容多传述奇闻异事、神灵鬼怪、人间的各种世态，后人称为唐人传奇，或称唐传奇，是唐代文人“有意为小说”的表现。在艺术形式上，篇幅加长，“叙述宛转，文辞华艳，与六朝之粗陈梗概者较，演进之迹甚明”（鲁迅《中国小说史略》）。部分作品还塑造了鲜明动人的人物形象。唐代传奇的出现，标志着中国古代短篇小说终于成熟。代表作有沈既济《枕中记》、李公佐《南柯太守传》、白行简《莺莺传》等。

俗讲：源于中国古代说唱文学的传统，是六朝以来佛家的一种讲道化俗手段，是僧徒依照经文为俗众讲佛家教义，融讲说、咏唱为一体的宗教性说唱活动。唐代俗讲相当盛行，朝野上下，风靡一时。主讲者称为俗讲僧，俗讲的底本，就是讲经文，敦煌遗书中尚保存有十来种。

变文：唐五代俗讲僧和民间说唱艺人讲说故事的底本，以边讲边唱、边展示图画的方式演述故事。一般认为，用图画表示故事的叫变相，用文字表示故事的叫变文。讲的部分用散文，唱的部分用韵文。内容大体可分两类，一类讲述佛经故事，一类讲述历史故事或民间传说。至宋代因被禁而失传，清末在敦煌石窟中被发现，因此又称敦煌变文，《敦煌变文集》辑录较详备。

曲子词：曲子词是词的早期名称之一。在隋、唐至五代时期，中国民间有一种广为流传的曲调，被称作曲子。这种曲子可以填词歌唱，所填的歌词就被称作曲子词。曲子词的特点，是因曲填词，先有曲调，再按其曲拍调谱来填制歌词。所以作词也被称为“填词”“倚声”。“曲子词”源自民间，经刘禹锡、白居易等诗人的引用和规范，到宋朝初期，曲子词形成了相对固定的格律，演变为宋词。再经苏轼、辛弃疾等人大力拓宽其题材范围，宋词进入辉煌时期。

敦煌曲子词：是二十世纪初在敦煌石窟中所发现的唐、五代人的写本的一部分，大都为民间词（仅杂有温庭筠、唐昭宗李晔、欧阳炯等文人词五首）。作者众多，题材广泛，风格朴素、清新，作者很多出于社会下层，并不限于乐工文士。敦煌曲子词的发现，不仅说明了因乐写词的燕乐歌辞乃是词这一文学体裁的源头，而且保存了词的初始形态与内容特征，证明“词起于民间”，是珍贵的原始资料。

花间集：后蜀赵崇祚编成《花间集》十卷，选录十八位“诗客曲子词”共五百首。代表作者有温庭筠、韦庄。内容主要写男女情爱，文采繁华、轻柔艳丽。《花间集》是最早的文人词总集。它集中代表了词在格律方面的规范化，奠定了以后词体发展的基础。

两宋文学

西昆体：是宋初诗坛上声势最盛的一个诗歌流派，它是以《西昆酬唱集》而得名的，是以杨亿为首的17位宋初馆阁文臣互相唱和、点缀升平的诗歌总集，其诗人中成就较高的有杨亿、刘筠、钱惟演。它是晚唐五代诗风的沿续，艺术上大多师法晚唐诗人李商隐，片面发展了李商隐追求形式美的倾向，其诗雕润密丽、音调铿锵、辞藻华丽、声律和谐、对仗工整，呈现出整饬、典丽的艺术特征。但是从总体上看，西昆体诗的思想内容是比较贫乏的，诗歌思想内容贫乏空虚，脱离社会现实，缺乏真情实感。

令引近慢：唐宋词的四种体制。令为令曲，即小令，每片四拍。“引”和“近”每片六拍，如有需要可增辅拍，辅拍通称为“艳拍”或“花拍”。慢即慢曲，每片八拍，也可用“艳拍”。“引”“近”“慢”的拍子，有缓有急；不论节拍缓急，一字一声，不加重叠，字数也无定规。此亦见称于词调体式，由于拍子的多少不同，令词一般短小（少数令词已属长调），引、近接近中调，慢词较长。但它们之间的区别，并不在字数多少，而在于音乐上的节奏不同。唐、五代至北宋前期，词的字句不多，称为令词。北宋后期，出现了篇幅较长、字句较繁的词，称为慢词。令、慢是词的两大类。从令词发展到慢词，还经过一个不长不短的形式，称为“引”或“近”。明代人开始把令词称为“小令”；引、近列为中调；慢词列为长调。

以诗为词：所谓“以诗为词”是后人对苏轼变革词风的概括。苏轼以写诗的态度来填词，将诗的题材、内容、手法、风格等引入词的领域并使之扩展，突破了音乐对词体的制约和束缚，把词从音乐的附属品变为一种独立的抒情诗体。开拓新词境，提高词的格调，给当时内容狭窄柔软乏力的软绵绵的词风，注入了诸多新的血液，使词题材广泛，风格多样，艺术表现力增强，因而极大地增强了词的活力。

诚斋体：是对南宋杨万里的诗风的概括，风格特征是活泼自然，饶有谐趣。杨万里作诗无拘无束，信手拈来，主要描写身边充满生机和灵性的草木虫鱼，想象奇特，语言流畅，近于口语，给诗歌带来活泼的风格，但也产生了粗率、浅俗的缺点。

江湖诗派：是南宋后期兴起的一个诗派，因书商陈起刊刻的《江湖集》而得名。代表作家有刘克庄、戴复古。其成员大都是落第的布衣之士和官场失意的小吏。他们功名失意，进退无据，只得流转于江湖，献文卖艺为生。他们或奔走于公卿权贵之门，或招群结友于市井乡间，结诗社、推盟首、相互酬唱应和，自然形成一种相近的诗风。后人以其《江湖集》中诗人之诗气味相似，故称之为江湖派。

易安体：李清照号易安居士。其词艺术成就很高，善于提炼口语书面语，风韵天然。善于用平常简练生活化的语言来表现复杂微妙的心理和多变的情感流程。其词既具有女性的细腻柔丽，于温婉中有遒逸之气，旖旎中透出刚健、洒脱和俊爽，又有别于一般意义上的婉约词，这种别树一帜的词风，在当时就广为流传，被称为“易安体”。

唐宋八大家：唐代韩愈、柳宗元和宋代欧阳修、苏洵、苏轼、苏辙、曾巩、王安石八位散文家的合称，他们都是唐宋古文运动的领导者和积极参与者，努力写作内容充实、平易流畅的散文，扭转了唐宋的浮靡文风，影响深远。明初朱右选韩、柳等八家古文为《八先生文集》，遂起用八家之名。明中叶唐顺之所纂《文编》中，唐宋文也取八家。明末茅坤承二人之说，选辑了《唐宋八大家文钞》，此书流传甚广，唐宋八大家之名也随之流行。自明人标举唐宋八家后，治古文者皆以八家为宗，例如清代魏源有《纂评唐宋八大家文读本》。

唐宋古文运动：唐宋古文运动是指唐代中期以及宋朝提倡古文、反对骈文为特点的文体改革运动。因涉及文学的思想内容，所以兼有思想运动和社会运动的性质。“古文”这一概念由韩愈最先提出。 他把六朝以来讲求声律及辞藻、 排偶的骈文视为俗下文字，认为自己的散文继承了两汉文章的传统，所以称“古文”。韩愈提倡古文，日的在于恢复古代的儒学道统，将改革文风与复兴儒学变为相辅相成的运动。在提倡古文时，进一步强调要以文明道。除唐代的韩愈、柳宗元外，宋代的欧阳修、王安石、曾巩、苏洵、苏轼、苏辙等人也是其中的代表。

六一风神：是欧阳修散文的美学风格，他并不刻意选择人物、场景以及按照某种寓意的逻辑来组织内容，只是自然地叙事、自然地抒怀，在看似散漫不经的行文中，使读者慢慢地从寻常的叙事中体悟出难以言传的高远境界。他的散文一般具有笔触多情的特点，常着眼于感情的抒发。另外，文章结构层次上的极吞吐往复、参差离合之致，语言层次上的平易自然，都是“六一风神”的构成要素。

《太平广记》：宋代李昉、扈蒙、李穆、徐铉、赵邻几、王克贞、宋白、吕文仲等十四人奉宋太宗之命编纂的一部类书，始于太平兴国二年（977年），次年（978年）完成。因成书于宋太平兴国年间，和《太平御览》同时编纂，所以叫做《太平广记》。全书五百卷，目录十卷，取材于汉代至宋初的纪实故事及道经、释藏等为主的杂著，因收录大量小说内容，因此《太平广记》被视为古代文言纪实小说的第一部总集。

话本小说：人们以“话”代指口传的故事。宋代的“说话”上承唐代，又因城市经济的繁荣、瓦舍勾栏的设立、艺人的增多和听众的捧场，呈现出职业化、商业化的特点。以口传故事为蓝本的文字记录本，以及受说话体式影响而衍生的其他故事文本，被后世统称为话本，话本小说。宋元的话本小说具有一定的体制，题材有灵怪、烟粉、奇传、公案等，描写细致、生动逼真，字里行间留存说书艺人的风致，表现出叙事的口语化、声口的个性化、谈吐的市井化等特点。

元明清文学

诸宫调：是一种说唱文学，主要流行于宋金时期。因集若干套不同宫调的曲子轮递歌唱而得名，其间插入一定的说白，与唱词配合，叙述有人物、情节的长篇故事。南方的诸宫调主要以笛子伴奏、北方的诸宫调多以琵琶和筝伴奏。《西厢记诸宫调》是现存唯一完整的诸宫调作品。

《西厢记诸宫调》：又称“董西厢”，是指金代董解元创作的诸宫调，内容是在唐代元稹的传奇《莺莺传》的基础上创作而成的，在情节、结局、人物塑造等方面，都作了较大的修改，改变了原作的主题，热情歌颂崔张二人大胆追求爱情的精神，并以才子佳人终成眷属代替莺莺被抛弃作为故事的结局。同时红娘也成为一个重要的人物，并由此而成为王实甫所作《西厢记》的蓝本。在中国戏曲史上占有重要的地位。

南戏：南戏是中国北宋末至元末明初，即12—14世纪此二百年间在中国南方地区最早兴起的地方戏曲剧种，中国戏剧的最早成熟形式之一，是中国的百戏之祖。南戏有多种异名，南方称之为戏文，又有温州杂剧、永嘉杂剧、鹘伶声嗽、南曲戏文等名称，明清间亦称为传奇。就其音乐——南曲来说，是对宋元时南方（长江以南，以温州、永嘉为中心）戏曲、散曲所用各种曲调的统称，用韵以南方（江浙一带）语音为准，有平上去入四声。音乐上用五声音阶，声调柔缓婉转，以箫笛等伴奏，明代初期亦用筝、琵琶等弦索乐器。这种重要的地方戏曲声腔系统为其后的许多声腔剧种，如海盐腔、余姚腔、昆山腔、弋阳腔的兴起和发展奠定基础，为明清以来多种地方戏的繁荣提供了丰富的营养，在中国戏曲艺术发展史上具有重要意义。

元杂剧：又称北杂剧，是在诸宫调和金院本基础上发展起来的成熟的戏剧形式，是元代用北曲演唱的传统戏曲形式。形成于宋末，繁盛于元大德年间（13世纪后半期至14世纪）。主要代表作家有：关汉卿、郑光祖、马致远、白朴等。主要代表作有《窦娥冤》《倩女离魂》《汉宫秋》《梧桐雨》等。其内容主要以揭露社会黑暗，反映人民疾苦为主，现实主义与浪漫主义相结合，主线明确，人物鲜明。其结构上最显著的特色是，四折一楔子和“一人主唱”。杂剧角色分为旦、末、净、杂。

散曲：盛行于元、明、清三代的没有宾白的曲子形式。又称为“乐府”或“今乐府”。由宋词俗化而来，是配合当时北方流行的音乐曲调撰写的合乐歌词，是一种起源于民间新声的中国音乐文学，是当时一种雅俗共赏的新体诗。内容以抒情为主，有小令和套数两种基本形式。后来随着散曲格律化和去市民化，失去了个性鲜明的鲜活市民文化血液，变得与宋词几乎无异，随之衰败，未能像唐诗宋词一样繁荣延续及后世。

唐宋派：是出现于明代嘉靖年间的一个散文流派，代表人物有王慎中、唐顺之、茅坤、归有光等，他们主张作文应学习唐宋古文的法度，因而被称为“唐宋派”。在创作主张上，唐宋派作家注重文以明道，但他们创作中较为成功的作品倒不是那些注重发明“圣贤之道”的文字，而是富有文学意味的篇章。唐宋派文人中文学成就较高的首推归有光，他在提倡道的同时，还特别重视文学的抒情作用。

《四声猿》：明代徐渭的一组杂剧，《四声猿》包括了《狂鼓史》《玉禅师》《雌木兰》《女状元》四本短戏。《狂鼓史》和《玉禅师》是对黑暗政权和虚伪神权的猛烈抨击和尽情戏弄。《雌木兰》和《女状元》是对女性的赞歌，也是对人才遭埋没的惋惜与哀叹。徐渭的杂剧创作活泼畅快、嬉笑怒骂，开辟了讽刺杂剧的新路。他又精通声律，《女状元》杂剧全用南曲，也具备开创意义。

《临川四梦》：是明代剧作家汤显祖的《紫钗记》《牡丹亭》《南柯记》和《邯郸记》四部剧

作的合称。因作家是江西临川人，且四部作品皆以梦境来展开故事情节，故此得名；或以其书斋名合称 “玉茗堂四梦”。 在这“四梦”中，又以《牡丹亭》和《邯郸记》的成就最高。正是凭借这“四梦”，汤显祖确立了自己在中国戏曲史上的不朽地位。

童心说：是晚明时期杰出思想家李贽的文学观念，出自其《童心说》。“童心”就是真诚不伪的赤子之心，就是人在最初未受外界干扰时一颗还无造作，绝对真诚的本心，而与之相对的就是儒家经典所塑造的“伪道学”。李贽认为文学都必须真实坦率表露作者内心的情感和人生的欲望，要保持“童心”，使文学存真去假，就必须割断与道学的联系，这在当时的环境中自有它的进步性与深刻性。

公安派：“公安派”是明代重要的文学流派，代表人物是袁宗道、袁宏道、袁中道“三袁”兄弟，因他们是湖北公安人，所以被称为“公安派”。公安派以李贽的“童心说”为指导提出“性灵说”，袁宏道认为文学的最高境界是“独抒性灵、不拘格套”。在创作上，用“独抒性灵”来反击文学领域中理学的束缚，找到了以独创的精神来表现个人真情实感这一文学的最高境界，主张创新。

竟陵派：晚明时期以钟惺、谭元春为代表的文学派别，因其二人为湖北竟陵人而得名。在文学观念上，受公安派影响竟陵派提出重“真诗”重“性灵”；在复古问题上，提倡学古要学古人之精神，以开导今人心窍，积蓄文学底蕴。在创作上，他们追求一种“幽深奇僻，孤往独来”的文学审美情趣，同公安派浅率轻真的风格相对立，但是他们将创作引向了奇僻险怪、孤峭幽寒之路，缩小了文学表现的视野，显示了晚明文学思潮中激进活跃精神的衰落。

章回小说：是在宋元讲史等话本的基础上发展而成的。它的特色是分章叙事、分回标目，每回故事相对独立、段落整齐，但又前后钩连、首尾相接，将全书构成统一整体。明代章回小说在体制上得以定型的同时，在艺术表现方面也日趋成熟。以《三国志通俗演义》《水浒传》《西游记》《金瓶梅词话》此“四大奇书”为主要标志。

历史演义小说：所谓历史演义，就是用通俗的语言，将王朝兴废、朝代更替等为基干的历史题材组织、敷演成完整的故事，并以此表明一定的政治思想观念和美学理想的小说。《三国演义》是我国历史演义小说的开山之作。

英雄传奇小说：英雄传奇，是中国章回小说的一个分类。以历史上的英雄人物、或在一定历史背景下的虚构英雄人物为描写重点。代表作包括《水浒传》系列、《说唐》系列、《杨家将演义》等。郑振铎先生概括其特点为：撷取民间传说故事为历史背景，作家充分想象，多采用纪传体写法描绘一个英雄人物或英雄群像的传奇事迹，显示他们的武勇和力量，情节可真可幻、若实若虚。

神魔小说：中国神魔小说来源于鲁迅的提法，该类小说在明清时期较为兴盛，是在儒、道、释“三教合一”的思想主导下，接受了古代神话、六朝志怪、唐代传奇、宋元说经话本和“灵怪”“神仙”等小说话本的影响，吸取了道家仙话、佛教故事和民间传说的养料后产生的。其主要特征是尚奇贵幻，以神魔怪异为主要题材，参照现实中的政治、伦理、宗教等方面的矛盾斗争，编织神怪形象系列，并将零散片段的故事系统化、完整化。《西游记》是其代表之作。

世情小说：世情小说是中国古典白话小说的一种，又称为人情小说，世情书等。它是以“极摹人情世态之歧，备写悲欢离合之致”为主要特点的一类小说。明清两代的世情小说，或主要写情爱婚姻，或主要叙家庭纠纷，或广阔地描绘社会生活，或专注于讥刺儒林、官场、青楼，内容丰富。以《金瓶梅》《红楼梦》最著名。

《金瓶梅》：中国古代长篇白话世情章回小说，一般认为是中国第一部文人独立创作的长篇小说。其成书时间约在明朝隆庆至万历年间，作者署名兰陵笑笑生。《金瓶梅》书名是由小说三个女主人公潘金莲、李瓶儿、庞春梅各取一字而合成的。小说题材由《水浒传》中武松杀嫂一段演化而来，通过对兼有官僚、恶霸、富商三种身份的市侩势力的代表人物西门庆及其家庭生活的描述，体现当时民间生活的面貌，具有较深刻的认识价值。被列为明代“四大奇书”之首。

《三言二拍》：“三言”“二拍”是我国古代流传颇广的短篇小说集。“三言”是指明代冯梦龙所编纂的《喻世明言》《警世通言》和《醒世恒言》，是我国文学史上第一部规模宏大的白话短篇小说总集，也是白话短篇小说发展历程上由民间艺人的口头艺术转为文人作家的案头文学的第一座丰碑。“二拍”是指凌濛初所编的《初刻拍案惊奇》和《二刻拍案惊奇》。这些作品题材广泛，内容复杂，从各个角度不同程度地反映了当时市民阶层的生活面貌和思想感情。

桐城派：是清代中期重要的散文流派，代表人物方苞、刘大櫆、姚鼐都是安徽桐城人，所以被称为“桐城派”。方苞将自己的散文理论核心概括为“义法”二字，“义”即“言有物”“法”即“言有序”。刘大櫆是方苞的弟子，具有承上启下的作用。姚鼐对古文理论的主要贡献是对前人的学说进行了融合和总结，使之更加具体化。他强调义理、考证、文章三者兼备。

才子佳人小说：才子佳人小说涌现于明末清初，是人情小说的一个分支和流派。从题材上说，是写才子佳人的恋爱故事。其情节构成，大多是郊游偶遇，题诗传情，梅香撮合，私订终身。其结局或因命运乖违，或因小人拨弄，或出政事牵连，于是佳人逼嫁，才子遭难，但虽经波折，却坚贞如一。后来或由于才子金榜题名，或由于圣君贤吏主持正义，终于“有情人终成眷属”。

《红楼梦》：中国古代章回体长篇小说，又名《石头记》等，被列为中国古典四大名著之首，一般认为是清代作家曹雪芹所著。小说以贾、史、王、薛四大家族的兴衰为背景，以富贵公子贾宝玉为视角，描绘了一批举止见识出于须眉之上的闺阁佳人的人生百态，展现了真正的人性美和悲剧美，可以说是一部从各个角度展现女性美的史诗。《红楼梦》是一部具有世界影响力的人情小说，举世公认的中国古典小说巅峰之作，中国封建社会的百科全书，传统文化的集大成者。

《聊斋志异》：是中国清朝小说家蒲松龄创作的文言短篇小说集。大部分篇章以神仙狐鬼精魅故事为载体，却不完全是在原来迷信的意义上因袭，而是作为文学幻想的审美方式和表现方法用于小说创作中，并藉以关照现实世界、抒写人生苦乐，抒发个人的内心隐秘。

《儒林外史》：清代吴敬梓创作的长篇小说，全书五十六回，以写实主义描绘各类人士对于“功名富贵”的不同表现，一方面真实地揭示人性被腐蚀的过程和原因，从而对当时吏治的腐败、科举的弊端、礼教的虚伪等进行了深刻的批判和嘲讽；一方面热情地歌颂了少数人物以坚持自我的方式所做的对于人性的守护，从而寄寓了作者的理想。小说白话的运用已趋纯熟自如，人物性格的刻画也颇为深入细腻，尤其是采用高超的讽刺手法，使该书成为中国古典讽刺文学的佳作。《儒林外史》代表着中国古代讽刺小说的高峰，它开创了以小说直接评价现实生活的范例。

侠义公案小说：中国之侠义、公案小说，原分两途。至清代二者合流，出现了侠义公案小说，此类小说符合民众对惩暴护民、伸张正义的清官的拥护与对成为铲霸诛恶、扶危济困的侠客的憧憬和在封建纲常名教所允许的范围之内，由清官统率侠客的向往，既在一定程度上符合了民众的心愿，又颇适应鼓吹休明、弘扬圣德的需要。此类小说虽承《水浒传》之勇侠，精神则已蜕变，其人文蕴涵大体在于回归世俗，表现了鲜明的取容于封建法权、封建伦理的倾向。以石玉昆所作《三侠五义》为代表。

《官场现形记》：清代李宝嘉（1867—1906）的《官场现形记》，是中国第一部在报刊上连载、直面社会并取得轰动效应的长篇章回小说，首开近代小说批判现实的风气。它是一部专门暴露官场黑暗的力作，上自军机大臣，下至佐杂小吏，全方位的摄入笔下，对封建社会崩溃时期的官僚政治进行了深入的剖析，勾勒了官场的群丑图。鲁迅将《官场现形记》与《二十年目睹之怪现状》《老残游记》和《孽海花》并称之为四大谴责小说，形成近代一股强劲的批判现实的文学潮流。

鼓词：是明清时期的一种曲艺形式，主要流行于北方，以鼓板击节，配以三弦伴奏。说用散体，唱为韵文。其唱词一般为七言和十言句。有说有唱的成套大书，篇幅较大。后又有与“弹词开篇”相近只唱不说的小段，称“大鼓书”或径称“大鼓”，至今流传。

诗界革命：晚清时期因为资产阶级文化思想影响，梁启超提出“诗界革命”的口号，黄遵宪是“诗界革命”的旗帜，反帝卫国、变法图强是他诗歌的两大重要主题。

小说界革命：光绪二十八年十月（1902年11月），《新小说》杂志在日本横滨创刊。梁启超在《论小说与群治之关系》中，提出了“今日欲改良群治，必自小说界革命始，欲新民，必自新小说始”的口号，这是“小说界革命”的开始。梁启超强调了小说对于社会改革和社会进步的积极作用，将其地位提高到经史、语录、律例之上，打破了千百年来鄙薄小说的传统偏见。还将小说创作纳入资本主义社会改革的轨道，并为小说作出新的分类，为新小说的创作题材揭示了广泛而现实的内容范围。揭示了小说具有“浅而易解”“乐而多趣”的艺术特点，分析了小说具有艺术感染力量。“小说界革命”的影响相当深远，许多人投身于小说创作，在近代小说史上占据了极为重要的地位。

现当代文学

《新青年》：中国现代文学史、文化思想史上最重要的刊物。1915年创刊于上海，原名《青年杂志》，陈独秀主编。“五四”前后以《新青年》为主要阵地，同时进行了新文化运动和文学改革运动。创刊号发表的《敬告青年》提出了民主、科学的反封建思想的革命主张，1917年初发表了胡适的《文学改良刍议》、陈独秀的《文学革命论》，正式掀起文学革命。1918年5月，现代文学史上第一篇白话小说《狂人日记》发表于其上。该刊还广泛译介外国文学。1920年9月，它成为上海共产主义小组机关刊物，1926年终刊。

《狂人日记》：鲁迅创作的第一个短篇白话日记体小说，也是中国第一部现代白话文小说，写于1918年4月。该文首发于1918年5月15日4卷5号的《新青年》月刊，后收入《呐喊》集，编入《鲁迅全集》第一卷。小说通过被迫害者“狂人”的形象以及“狂人”的自述式的描写，揭示了封建礼教的“吃人”本质，表现了作者对以封建礼教为主体内涵的中国封建文化的反抗；也表现了作者深刻的忏悔意识。作者以彻底的“革命民主主义”的立场对中国的文化进行了深刻的反思，同时对中国的甚至是人类的前途表达了深广的忧愤。

鸳鸯蝴蝶派：20世纪初叶在上海“十里洋场”形成的由清末民初言情小说发展而来的一个文学流派。许多作品以“一双蝴蝶，卅六鸳鸯”来比拟书中的才子佳人，因此被称为鸳鸯蝴蝶派。鸳鸯蝴蝶派早期最有影响的杂志《礼拜六》出版后，也被称为“礼拜六派”。鸳鸯蝴蝶派小说是当时广受欢迎的以才子佳人情节为主的市民小说，包括言情、社会、黑幕、娼门、家庭、武侠、神怪、军事、侦探、滑稽、历史、宫闱、民间、公案等各种类型。代表作有徐枕亚的《玉梨魂》、李涵秋的《广陵潮》。他们的文学主张，是把文学作为游戏、消遣的工具。

自叙传抒情小说：自叙传抒情小说是中国现代抒情小说的最初体式，作者多集中于创造社，以郁达夫和倪贻德为代表。郁达夫1921年出版的《沉沦》小说集使自叙传小说成为一种潮流。作品中以第一人称写“我”，即叙述者自己，最常用的手法是直抒胸臆，即在表现自我主人公所经历的日常生活情景时，以充满激烈情绪的笔调去描写，在事件的叙述中作坦率的自我解剖。

语丝社：得名于《语丝》周刊。《语丝》创刊于1924年11月，1930年3月停刊，语丝社随之消散。《语丝》主要撰稿人有孙伏园、周作人、鲁迅、林语堂等。它是中国现代文学史上最早以散文创作为主的刊物，主要发表杂感、短评、小品等。语丝社作家的散文创作形成了独具风格的“语丝文体”，这种文体在思想内容上任意而谈，斥旧促新，在艺术上以文艺性短论和随笔为主要形式，泼辣幽默，讽刺强烈，文字中“富于俏皮的语言和讽刺的意味”，特色是“任意而谈，无所顾忌，要催促新的产生，对于有害于新的旧物，则极力加以排击，——但应该产生怎样的‘新’，却并无明白的表示，而一到觉得有些危机之际，也还是故意隐约其词”。以鲁迅为代表的尖锐泼辣的杂文和以周作人、林语堂代表的幽雅的小品形成了该社散文创作两大类，对散文发展有重要影响。

论语派：论语派是20世纪30年代的一个散文流派。主要人物是林语堂。主要刊物有《论语》《人间世》《宇宙风》，以刊登小品文为主，提倡幽默、闲适、性灵。主张“以自我为中心，以闲适为笔调”，采取与政治保持距离的自由主义立场。《论语》前期文章尚能触及时弊、幽默中含讽刺。1934年后，讽刺锋芒日益减弱，幽默也流于说笑话、寻开心。由此引发了左翼作家与其的论争。

乡土文学：乡土文学的出现溯源于鲁迅的《故乡》。20世纪20年代，现代文坛上出现了一批比较接近农村的年轻作家，他们的创作较多受到鲁迅影响，以农村生活为题材，以农民疾苦为主要内容，形成所谓“乡土文学”。代表作家有彭家煌、鲁彦、许杰、许钦文、王任叔、台静农等。乡土文学是在“为人生”文学主张的影响和发展下出现的，这些寓居于京沪大都市的游子，目击现代文明与宗法农村的差异，在鲁迅“改造国民性”思想的启迪下，带着对童年和故乡的回忆，用隐含着乡愁的笔触，将“乡间的死生、泥土的气息，移在纸上”，显示了鲜明的地方色彩，从总体上呈现出比较自觉而可贵的民族化的追求，开创了现代文学史上堪称一大创作潮流的风气。代表作有彭家煌《怂恿》，王任叔《疲惫者》，许钦文《疯妇》，台静农《地之子》等。

京派小说：京派小说的代表有废名、沈从文、萧乾等，主要是指20世纪30年代前后新文学中心南移上海后，继续在北京活动的一个自由主义作家群。京派作家追求艺术的健康与纯正，多在乡村与都市的对照中建构自己的审美天地，具有乡野的平和质朴之美。由于这些作家的作品都具有地域性和抒情性，并且都身处北京，因此他们的小说被称为京派小说。

新感觉派：20世纪30年代上海大都会中出现的一种有别于老舍、茅盾的都市文学形态。与当时的西方现代主义思潮和日本新感觉派小说有直接的关系。1932年，施蛰存主编大型文学期刊《现代》，为新感觉派小说提供了重要的发表阵地，代表作家有刘呐鸥、穆时英、施蛰存等人。其特点是表现都市社会病态的生活，追求瞬间感受与印象，长于描写人物复杂微妙的内心世界。

社会剖析小说：社会剖析小说是以茅盾创作为首的一类小说，其特点是：表现时代斗争的重大题材，在创作一开始就运用一定的社会科学思想对社会生活进行理性的分析，以开拓形象思维的深广度，在典型环境中塑造典型性格尤其是塑造时代性格，在戏剧冲突强烈的情节中描述人物的性格成长史或突出人物性格的一瞬。在左翼内部，跟随茅盾如此创作的，有沙汀、吴组缃等人。这种小说模式逐渐成为“左翼”文学公认的主流，因而影响深远。

东北作家群：是指“九一八事变”以后，一群从东北流亡到关内的文学青年在左翼文学运动推动下共同自发地开始文学创作的群体。他们的作品反映了处于日寇铁蹄下的东北人民的悲惨遭遇，表达了对侵略者的仇恨、对父老乡亲的怀念及早日收回国土的强烈愿望。他们的作品具有粗犷宏大的风格，写出了东北的风俗民情，显示了浓郁的地方色彩。“东北作家群”的主要作家有萧军、萧红、舒群、端木蕻良等，代表作有萧红《呼兰河传》《生死场》，萧军《八月的乡村》等。

编后记

本书是为艺术院校通识课程“中国文学”所编的教材。

本教材的编写包含了各位老师在当前新形势下对艺术学院校文学课程的重新思考，同时也是对课堂教学经验的一次探索和总结。

文学课程很早就成为艺术教育中的重要组成部分，这与“文学”在中国历史语境中的地位有关，也与艺术教育与人文传统的深厚渊源有关，其重要性与合理性毋庸置疑。但近年来，艺术院校的文学课也面临着种种困惑，相对于艺术学科自身从拓荒似的教学构建发展到近年来大踏步改革前行，文学课程则有些发育迟缓。或者紧跟在专业文学课程的构建之后亦步亦趋，用“文学史”的教学方式一通到底，却无法弥合庞大的课程体系与有限授课时间之间的裂缝，或者应对于时代变迁的各种需求，而将文学课变成了无所不包的大杂烩，用“文学是个筐，什么都能装”的方式，把文学教材和课程以“通识”的名义硬生生撑成了负重累累的“蝜蝂”，或者片面追求实用性，将“文学课程”仅仅弱化为功能性的“写作”之类的课程，而日渐丧失其魅力及合理性，再难见“文学”的本来面目……如此种种，都成为编成这样一本教材的远缘近由。

实际上，上面的诸种情况，从根本上来说都与以下两个问题有关：在艺术教育中，文学怎样定位？在今天的新形势下，文学何以立足？

文学在中国历史中有着悠久而辉煌的传统，但今天当需要将文学纳入教育之中时，就面临着各种各样的新问题。文学的专业教育有着自己的发展理路，非文学专业的文学教育情况却不容乐观，随着近年来专业学科教育内容的不断扩容，高校中近年来《大学语文》课程的日渐边缘化已成为一个不可扭转的事实，随之而来的就是，艺术院校中的文学课急需在这样的局面下由教育者对其合理性进行梳理，对其科学性加以论证。如何处理文学教育与艺术教育的关系，如何寻找文学教育在艺术院校中的意义及地位，这些都是迫切需要面对的问题。

如同专业院校近年来所进行的改革趋势一样，艺术院校随着自身专业化建设的日益深入，教学包含的内容日益丰富，新课程的名目渐渐增加，而带来新的问题：在教学时间的限定内，课程体系的新旧内容都必须对其科学性合理性加以论证。文学课程的合理性因文学与艺术的密切关联而毋庸争辩，但文学课程却面对着专业课程日渐膨胀而趋于边缘的事实，面对这样的压力，文学课出现了种种变形：或者借助于传统中自身与艺术之间互相跨越和渗透的模糊边界，将自身的特质日益剥离，教学的内容向艺术史日渐转化，最后再不见其本来面目，甚至被更为专业的艺术史剥脱其合理合法性；或者被铺天盖地的专业课吓破了胆，于是把各种各样、五花八门的内容全都拉进文学课程内，冠以思想、人文、境界等炫目标题，借花团锦簇以壮声势，教与学都因为这样的安排而没有方向东奔西走。当然无论怎样，至少这样还是主动求变，还有些文学课程或者延续高中语文的教学模式，以灌输为主，或者将文学专业的“文学史”教学模式照搬过来，忽略了文学史所包含的丰富内涵和有限的课时内容之间不可调和的矛盾。

除了面对艺术教育自身发展带来的挑战，“文学课”同时还要面对时代日益变化而造成的窘迫局面。信息社会的加速，削弱了信息匮乏时代“知识传授”这一教育目标的合理性，而课堂教学越来越多地面临着图像化、碎片化等新信息表达手段的冲击，有限时间内的课堂教育似乎变成了学生学习的调剂，文学正面临失去魅力的危险。当然，我们也可以把这种原因大而化之地归罪入社会：经典文学的祛魅与娱乐文化的盛行同时并行、工业生产日益扩大带来的工具化教育效用的递增、价值多元化带来的人们生活重心选择的多样……但这种推诿对解决问题丝毫无补，我们必须要思考的是——我们可以做什么？

文学的问题，仍然要从文学本身来思考。文学具有巨大的感染能力与包容能力，读者可以因此而激发情感的共鸣和带入感受，并且因此加深对于世界及人生理解，拓展“共情”的深度与广度，这些都是文学不可替代的价值。诗人借助诗句的激发，把自己在特殊场景中的新鲜体验，完美地传达给读者，小说家和散文家运用各种艺术技巧和手段，塑造具体场景，把读者带入到真实的体验中，在短短的文字中体验百味人生——这种努力为世界“保鲜”的能力是其他创造者很难做到的，但这种价值的实现，都是以经典作品的阅读为前提，因此，“回归作品、重返阅读”，才是我们解决问题的核心。文学课所有思考都围绕着这个核心而展开。

第一、文学课在艺术教育中定位，并不是将自己同化于艺术教育本身，更不是以杂乱的填充来增加底气，而是要以“作品的精神魅力”这一不可替代的价值作为内核，以此来将自身整合入艺术教育中成为其不可或缺的一部分。

第二、信息时代的冲击其实同样也为文学课带来新的立足点：如何在泛滥的信息中选择经典的内容，如何通过文学作品精细阅读重新挖掘出情感与心灵情境，并借此种涓涓细流潜移默化地浸润和捏合被各种零碎信息切割出的心灵碎片，“深入阅读”恰恰是我们可以做而必须由我们来完成的某种使命。

缘于以上的思考，本教材将编撰的重点放在“阅读”上，选编了中国历代文学中的一些经典作品，以方便在课堂上对作品内容进行详细的解读。按照中国文学的体裁，本书选择了诗歌、散文、小说、文论四大类，分别命名为“兴观群怨”“游于林府”“街谈巷语”“剖情析采”。诗词、散文、小说文体是中国文学中最重要的文体，戏剧则因为篇幅的限制只能割舍，在第四类文论部分，则选择了中国文艺发展中一些非常重要或代表时代潮流的篇章，即可由此深入理解文学思辨的内涵，同时也能加深对文学本身的理解。

选篇原则与方法在此略作说明。中国文学源远流长，经典作品琳琅满目、迭出不穷，因此只能优中择优。在选篇方面，首先考虑其经典性，同时也又考虑到艺术院校教学的特点，在注重作品思想内涵的同时尽量选取在审美性和艺术性表现比较突出的作品，以贴近学生的审美情趣。此外还因为考虑到许多的作品在中小学的语文教育已经被大量的编选，因此本教材在选篇时尽量做了回避，以保证阅读的新鲜感。每个类别的选篇按照时代顺序，以彰显文学的历史演进及时代特色。另外在每篇作品后面附有简单的“创作背景”，对作者生平及创作年代、背景、思想略作介绍，还摘选了对作品重要的历代评析，以期能够回到作品的历史语境中加深其理解。教材还设有“延伸阅读”部分，精选了若干篇现代研究者的经典释读，希望能借这些钥匙登古典文学之殿堂作入室之观。全书的最后一部分，还按照时段附录每个时代重要的文学名词解释，对全书文学史线索和知识点略作补充。

中国文学的选篇过程就是入府库选宝的过程，其中定然有惊喜的发现，同样也难免有陋误，或空怀良材入彀之傲却实落买椟还珠之惭，或满含卞和献玉之心却尤陷自美献芹之悲，可以说每次选篇都是一场“试错之旅”。但课堂教材篇幅有限，个人审美各有不同，很难做到尽美而无憾。不过我们尽量能为“回归作品、重返阅读”做一点初步的努力和探索，也算是为“引玉”而尝试的一次“抛砖”实践，毕竟思考者和实践者越多，教育才越有希望。

本教材由中国美术学院葛加锋老师总体规划，兰宇冬老师负责全篇统筹并编写诗歌篇和文论篇部分，戴燕老师编写散文篇部分，沈晴老师编写小说篇部分。因学识有限，如有错误，由编者负责。

我们时常在课堂上把自己比作导游，这并不是对教师工作意义的消解，实际上，在今天能够吸引学生的兴趣并能使其深入文学之林府流连忘返，我们已经觉得很有成就感了。这同样也对老师提出了更高的要求：在这个信息泛滥的时代，能够做一名有新意有创见的合格引导者，需要教师对职业的热爱、对专业深入的潜心、以及独一无二的心灵和个性的培养。在喧嚣的时代，作品不会说话，文学通常不在现场，成为“沉默的他者”，这需要细心、耐心和爱心将之拉近和唤醒。这种努力，往大里说，对于教师和学生，都是一种弥合裂缝的尝试。因此，值得尝试，并为此甘之如饴。

编者

2019年7月